Ingar Johnsrud

Der Verräter

Ingar Johnsrud

Der Verräter

Thriller

Deutsch von
Daniela Stilzebach

blanvalet

Die Originalausgabe erschien 2018 unter dem Titel »Korset«
bei Aschehoug, Oslo.

MIX
Papier aus verantwortungsvollen Quellen
FSC® C014496

Penguin Random House Verlagsgruppe FSC® N001967

1. Auflage

Redaktion: Bernd Stratthaus
Umschlaggestaltung: www.buerosued.de
Umschlagmotive: Andrea Pistolesi/The Image Bank/Getty Images;
www.buerosued.de
BL · Herstellung: eR
Satz: Uhl + Massopust, Aalen
Druck und Bindung: GGP Media GmbH, Pößneck
Printed in Germany
ISBN 978-3-7341-0948-5

www.blanvalet.de

»Das Gute geht häufig einen spurlosen Weg,
das Böse zieht immer Folgen nach sich.«

Knut Hamsun, Segen der Erde (1917)

Teil 1

1

Die Kerze weinte eine einsame Träne, der Pfarrer faltete die Hände und betete. Er sprach das Gebet leise und nur für sich. Dennoch kamen die Worte zu schnell. Sie folgten dem Takt seines Herzens. Er löste die krummen Finger voneinander und öffnete die Augen.

In dem länglichen Fenster hoch oben in der Wand sah er sein flackerndes Spiegelbild. Draußen war es dunkel, und er nahm eine leichte Melodie wahr. Die sanfte Berührung des Schnees auf der Scheibe.

Eine schwere Flocke hatte sich auf das Glas gelegt, direkt auf den Widerschein der Kerzenflamme. Die Wärme von innen ließ den Schnee schmelzen, sodass die Flamme mehr als ein rötlich-gelber Punkt auf der Scheibe war. Der Widerschein breitete sich wie konzentrische Kreise in einem stillen Gewässer aus, verlieh dem Boden, dem Kreuz und der Bibel eine warme Färbung. Als er schließlich auch seine kniende Gestalt umrahmte, wusste er, dass der Schnee kein Schnee war, sondern dass der Herr zu ihm sprach.

Der Neuschnee machte diese Nacht zwischen Weihnachten und Neujahr so weiß und rein. Der Pfarrer dachte an die Unschuld, die in einer Weihnachtsnacht vor so langer Zeit geboren worden war und den armen Seelen der Welt einen neuen Weg eröffnet hatte. Damit bekam alles um ihn herum einen Sinn: die Eisenstangen vor dem Fenster, die Stahlpritsche mit der dünnen Matratze entlang der Backsteinwand, die Kellerdecke mit ihren Unebenheiten und Flecken, bei denen er sich oft vorstellte, es wären Wolken, und die schwere Tür mit der Luke, zu der er sich hinunterbeugen musste, um hindurchsehen zu können.

Alles hatte eine Bedeutung und alles sprach zu ihm mit klarer Stimme. Er schloss die Augen, faltete erneut die Hände und betete. Langsam dieses Mal. Selbstsicher.

Er hörte den Schließbolzen, und dann stand der Wachmann im Raum, ein großer, hohlwangiger Kerl. Er hieß Richard, und trotz des Gefälles in Stellung und Rang kamen sie gut miteinander aus. Es kam vor, dass Richard, nachdem er den Arm des Pfarrers am Bettgestell festgekettet hatte, sich zu ihm setzte, und dann redeten sie. Bevor ihm das Leben übel mitgespielt hatte, war der Wachmann Sportler gewesen. Er kehrte oft zu diesem einen Augenblick zurück, fingerte an dem Ring herum, den er an einer Kette um den Hals trug und fragte den Pfarrer, ob sich für so etwas Vergebung finde. Dann entspannten sich die Lippen des Pfarrers. Sein Blick wurde milde, und er reckte das Kinn.

»Selbstverständlich findet sich Vergebung«, pflegte er zu sagen. »Demjenigen, der glaubt, wird alles vergeben.«

Allerdings war es nicht das Gerede des Wachmanns, das den Pfarrer interessierte, sondern sein Schweigen. Richard konnte stundenlang zuhören, während der Pfarrer erzählte: von den Heuschreckenschwärmen, die Gott auf das ägyptische Volk losgelassen hatte; von der Sintflut, die die Erde von Misswirtschaft und Untauglichkeit gereinigt hatte; von den Spaniern, die nach Amerika gekommen und eine Krankheit mitgebracht hatten – die Pocken, die innerhalb weniger Jahre das mächtige Aztekenreich ausgelöscht und fast einen ganzen Kontinent zerstört hatten, um der Christenheit den Weg freizumachen.

»Nichts düngt den Boden des Glaubens mehr als quälende Schreie und Blut. Deshalb halten sie mich hier fest«, sagte der Pfarrer.

»Eine Bibel, eine Kerze, zwei Streichhölzer, ein kleiner Teller, ein Glas, eine Kaffeetasse, ein Buttermesser …« Der Wachmann hob den Kopf. »Das Kreuz?«

»Das Kreuz?«, entgegnete der Pfarrer. »Ich habe heute kein Kreuz für das Gebet bekommen.«

Richard studierte das Blatt Papier in seiner Hand. Anschließend betrachtete er erneut die Gegenstände, die zwischen ihnen auf dem Boden lagen. Er runzelte die Stirn. »Ich hatte gehofft, wir hätten das hinter uns.«

Nachdem er das Bett überprüft, unter der Matratze und unter der Decke nachgesehen, nachdem er mit der Taschenlampe den Fensterrahmen, den elektrischen Heizkörper sowie den Spülkasten abgeleuchtet hatte, drehte er sich zu ihm um.

»Es tut mir leid. Sie kennen die Vorschriften.«

»Ich habe heute wirklich kein Kreuz bekommen.«

Der Wachmann legte den Kopf schief und wartete.

Langsam zog der Pfarrer das weite Hemd aus, schüttelte es demonstrativ aus und schleuderte es dann von sich. Anschließend ließ er die Hose zu Boden fallen. Ihre Blicke trafen sich, bevor der Wachmann entmutigt seufzte und den Schritt des Pfarrers in Augenschein nahm. Die Daumen glitten hinter den Gummibund der Unterhose. Als er nackt war, hob der Pfarrer erst den schlaffen Penis und anschließend die Hoden an.

»Drehen Sie sich um und gehen Sie in die Hocke.«

»Ich bin ein Mann Gottes. Glauben Sie, ich hätte mir das Symbol seiner Göttlichkeit in den Hintern geschoben?«

Richard schnaubte ungeduldig und vollzog mit dem Zeigefinger eine rotierende Bewegung. Als sich der Pfarrer aus der demütigenden Position erhoben hatte, drehte er sich wieder um und streckte die Arme, sodass seine Fingerspitzen die Decke berührten. Dann streckte er die Zehen, die zur Fußsohle hin eingerollt waren, spürte, dass sich löste, was dort festgekrallt war, und ließ den Fuß einige Zentimeter nach hinten gleiten.

»Sehen Sie? Kein Kreuz.«

»Was ist das da?« Der Wachmann beugte sich nach vorn. Betrachtete mit zusammengekniffenen Augen die Holzsplitter, die nun direkt vor den Füßen des Pfarrers lagen.

Wenn der Mensch nur hinsehen würde, fände sich Gott überall, wusste der Pfarrer. In dem Wind, der in den Baumkronen spielte; in den Larven, die einen toten Vogel verzehrten. Gott fand sich im modernen Erbgut des Virus sowie in der Art und Weise, wie der Herr dem Menschen erlaubt, es zu manipulieren. Gott war auch Zeit, Gletscher, die schmolzen, Steine, die zu Sand zermahlen wurden, und Beton, der barst und zu Staub wurde. Wie es bei dem Beton an der Decke über dem Pfarrer der Fall war. Dort hatte er einen Spalt gekratzt, bis in ihn das lange Ende eines angespitzten Kreuzes passte. Dem Pfarrer war es nicht gelungen, das Kreuz vollständig zu verbergen, aber das spielte keine Rolle. Denn wer betrachtet schon die Details einer Kellerdecke, die er schon so viele Male gesehen hat? Wachmann Richard jedenfalls nicht.

Der Pfarrer riss das Kreuz los. Richard schaffte es gerade noch den Kopf zu heben, gerade noch den Arm hochzuziehen, um sich zu schützen. Die Spitze traf die ausgestreckte Hand des Wachmanns, gleichzeitig packte ihn der nackte Mann am Kragen und zog ihn zu sich heran. Die hoch aufgeschossene Gestalt torkelte und schrie vor Schmerzen, als sie fiel. Mit den Knien presste der Pfarrer die Luft aus ihm heraus, packte ihn an den Haaren und zerrte seinen Kopf nach hinten. Dann schlug er das magere Gesicht gegen den Boden. Das Geräusch aufplatzender Haut und nachgebenden Knorpels war zu hören. Während der Körper unter ihm unkontrolliert zuckte, bildete die Blutlache auf dem Beton eine Art Heiligenschein.

Der Pfarrer fand den Punkt, nach dem er gesucht hatte. Dort zwischen den oberen Nackenwirbeln platzierte er die vor Blut triefende Spitze des Kreuzes. Erst wollte er sein Körpergewicht zum Einsatz bringen, dann aber zögerte er, hob den Kopf, erkannte in der Fensterscheibe den Widerschein dieser barbarischen Szene. Weiße Schneeflocken klebten an der Scheibe, es ähnelte einer unberührten Leinwand. Einem neuen Leben. Einer neuen Chance.

»Danke, Herr«, murmelte er.

2

Acht Wochen später

Als der liebe Gott dem Menschen die Trostlosigkeit zeigen wollte, schuf er den schneefreien Februar in Oslo.

Ein Stein hatte sich unter seiner Schuhsohle verkeilt, als Polizeihauptkommissar Fredrik Beier den Mittelaltersaal von Schloss Akershus betrat. Geräuschvoll machte er sich auf den Holzdielen bemerkbar.

Die Festtafel war für zweiundsiebzig Personen gedeckt. Viele der Gäste hatten bereits Platz genommen, unter Porträts von Feldmarschällen und verstorbenen Monarchen. Sein Namensvetter, der dänische König Frederik IV., glotzte arrogant vom Rücken eines sich aufbäumenden Pferdes herab. Weiter vorn entdeckte er Kafa Iqbals dunklen Lockenkopf und musste feststellen, dass die zur Uniform gehörende Mütze die Kollegin besser kleidete als ihn. Fredrik erinnerte sich nicht daran, wann er die Galauniform der Polizei zum letzten Mal getragen hatte, oder die zur Ausstattung gehörenden stumpfen Schuhe, vermutete jedoch, dass es anlässlich einer Beerdigung war.

Er erkannte den Minister und weitere hochrangige Leute aus dem Justizministerium, die Chefs des Polizeidirektorats, Polizeipräsident Trond Anton Neme sowie den geschniegelten Leiter des Dezernats für Gewaltverbrechen, Polizeidirektor Sebastian Koss. Kafa hatte einen Stuhl hervorgezogen, und Fredrik begriff, dass sie seine Tischnachbarin sein würde.

»Das ist ja ein höllischer Lärm, Beier. Versuchst du, dich durch das Fundament zu graben?«

Die Stimme gehörte einem kräftigen Kerl mit rundem grauweißem Gesicht und struppigen Haaren, die unter der Mütze hervorlugten und der ihm am Tisch direkt gegenübersaß.

»Franke«, sagte Fredrik und nickte kurz. »Ich dachte, du wärst heute Abend für den Abwasch eingeteilt?«

Franke Nore lachte dunkel und klopfte seiner Tischnachbarin, einem schmächtigen Spatz aus dem Ministerium, etwas zu heftig auf den Arm.

»Dreißig Jahre in Uniform«, sagte er, mit einem vielsagenden Blick auf den Orden an seiner Brust. »Sie müssen wissen, Fräulein, als ich in der Abteilung anfing, dachten wir ein Computervirus wäre eine Geschlechtskrankheit. Und die Diskette das Symptom.« Er lachte aus vollem Hals und reckte sich nach dem Begrüßungsdrink. »Ich habe gesehen, wie aus Laufburschen Mafiabosse wurden, Finanzjongleure mit Golduhr und Kokainbart, die als aidskranke Heroinwracks endeten.« Seine Hand zitterte leicht, als er das Glas an die Lippen setzte.

»Sie hatten sicher eine lange und interessante Karriere«, erwiderte die Frau. »Aber jetzt gehen Sie vermutlich bald in Rente?«

»Ja, das hoffen die Schweine«, antwortete Franke und legte den Arm auf ihre Stuhllehne.

»Sie wird um Jahre gealtert sein, bevor der Abend vorbei ist«, flüsterte Kafa. Fredrik grinste und löste den Kieselstein mit der Silbergabel aus der Schuhsohle.

Beinahe vier Jahre waren inzwischen seit der ersten Begegnung der beiden Ermittler vergangen. Kafa war Expertin für religiösen Fundamentalismus bei der Sicherheitspolizei gewesen und hatte ihn bei den Ermittlungen zu dem Massaker an einer christlichen Sekte unterstützt. Später hatte sie sich beim Dezernat für Gewaltverbrechen, Fredriks Abteilung, beworben, wo sie seither arbeitete. Das war der Grund, warum sie hier saßen, im Romerikssaal der Festung. Vor gut einem Jahr hatten Fredrik und Kafa einen Terroranschlag auf den Ministerpräsidenten des Landes, Simon Riebe, abgewendet. Heute Abend hatten Riebe und die Regierung als Dank zum Abendessen eingeladen. Erscheinen war Pflicht. Da Wahljahr war, hatte der Ministerpräsident außerdem dafür gesorgt, dass eine erkleckliche Anzahl an Wirtschaftsbossen, Politikern und Journalisten anwesend war.

Als Riebe den Saal betrat, verebbten die Gespräche allmählich. Er nutzte die Tür am unteren Ende des Saals und nahm sich auf seinem Weg ausreichend Zeit. Wer keinen Händedruck abbekam, dem wurde entweder ein keckes Zwinkern oder wenigstens ein Kopfnicken zuteil, abhängig davon, ob der Ministerpräsident den Betreffenden als einen Sympathisanten oder einen potenziellen Störfaktor betrachtete. Auf halbem Wege hielt Riebe inne. Der Mann, der sich erhob und seine Hand ergriff, war allen bekannt: der Chef der Arbeiterpartei, Trym Dahl. Fredrik stellte fest, wie ähnlich sich die beiden Männer waren, der Ministerpräsident und der Oppositionsführer: beide Ende Fünfzig, leicht ergraut und mit hagerem Gesicht, so wie man sie auf Fotos von Marathonläufern sieht, die ein Stück hinter der Dreißig-Kilometer-Grenze an Herzinfarkt sterben. Sie trugen dunkle, schmal geschnittene Anzüge. Riebes Krawatte war privatisierungsblau, Dahls in Arbeiterblut getaucht.

»Hauptkommissar«, nickte Riebe Fredrik zu, als er an ihnen vorbeiging und Kafa die Hand entgegenstreckte. »Und Iqbal, wenn mir das Erinnerungsvermögen keinen Streich spielt? Ist mit Ihrer Tochter alles in Ordnung?«

Kafa schüttelte verwundert den Kopf. »Der Name stimmt,

aber ich habe keine Tochter«, sagte sie schnell. Der Ministerpräsident sah auf. »Entschuldigen Sie. Zu viele Gesichter, wissen Sie. Auf jeden Fall möchte ich mich bei Ihnen für Ihren Einsatz fürs Vaterland bedanken. Heute Abend sind wir hier, um Sie zu feiern.« Er schlug die Hacken zusammen, positionierte sich hinter der hohen Lehne des Stuhls am Ende des Tisches und wartete darauf, dass im Saal vollständig Ruhe einkehrte.

Nach dem Hauptgang fand Fredrik endlich Gelegenheit, sich aus dem Staub zu machen. Im Fackelschein tanzten die Schatten über den Hof der Festung, während der Paraffingeruch in der Nase stach. Die steinernen Wände verstärkten das Geräusch seiner Schritte, und er hielt erst an, als er die Brücke über den Wallgraben außerhalb der Festungsmauer überquert hatte. Er legte den Kopf in den Nacken und lauschte dem Singen einer Schnur, die gegen einen Fahnenmast peitschte. Der Himmel war dunkel, der Mond, wie mit einem Fettstift hinter die Wolkendecke gemalt, zeigte sich lediglich als schlanke Silhouette. Dicke Flocken landeten auf seinen Wangen und legten sich ihm auf die Brillengläser. Erbarmte sich der Schnee endlich dieser Stadt?

Auf der Holzbrücke hinter ihm war der Klang hoher Absätze zu vernehmen.

»Fredrik Beier?«

Er senkte das Kinn und drehte sich um. Die Frau, die ihm die Hand entgegenstreckte, hatte ein schmales, hübsches Gesicht. Die blonden Haare reichten ihr bis über die Schultern, und er wusste, dass er sie schon einmal gesehen hatte.

»Ja?«

»Ich habe gesehen, dass Sie zu den Ehrengästen gehören und gehofft, Sie hier zu treffen.« Ihre Hand war knochig, wie die einer alten Frau, auch wenn sie wohl kaum die Dreißig überschritten hatte. »Benedikte Stoltz«, sagte sie und schob den Unterkiefer beharrlich nach vorn.

Jetzt wusste Fredrik, woher er sie kannte. Benedikte Stoltz war Reporterin bei TV 2. Er hatte sie in einer Dokumentation über Korruption in der Entwicklungshilfe gesehen. Sie hatte einen riesigen Aufruhr zur Folge gehabt.

»Ich weiß, wer Sie sind«, sagte er. »Ich bin jedoch nicht befugt, mit Journalisten zu sprechen.«

»Es heißt, Sie sind ein ehrlicher Bulle.«

Fredrik war groß gewachsen, fast eins neunzig, jedoch brauchte er den Nacken nicht zu beugen, um ihr in die Augen zu sehen. »Sind Sie deshalb hier? Um nach ehrlichen Leuten zu suchen?« Er lachte trocken. »Sie wissen, dass der Saal dort drinnen bis zum Bersten mit Politikern gefüllt ist?«

Sie lachte nicht. »Sie sind der Sohn von Ken Beier, richtig?«

Fredrik neigte den Kopf zur Seite. Was war das hier? Sein Vater war vor über zwanzig Jahren gestorben. Ein Bürokrat, der sein Leben hinter einem Schreibtisch verbracht hatte.

»Ihr Vater hat für die Amerikaner gearbeitet, wenn ich mich nicht irre? Bei der Botschaft?«

»Ja?«

»Ich arbeite an einer Aufstellung. Es geht um ein Militärprojekt, eine Kooperation zwischen norwegischen und amerikanischen Behörden während des Kalten Krieges. In diesem Zusammenhang ist der Name Ihres Vaters aufgetaucht. Ich versuche zu verstehen, worin seine Arbeit bestanden hat.«

Fredrik lächelte höflich und gab ihr ein Zeichen, dass er zur Feier zurückmüsse. Ein kühler Luftzug begleitete sie entlang der Wände der überdachten Toreinfahrt.

»Sorry, ich weiß nicht, was mein Vater genau getrieben

hat, aber glauben Sie mir, er war kein spannender Typ. Ich vermute, Sie jagen den falschen Ken Beier.«

»Vielleicht«, entgegnete die Journalistin. »Vielleicht. Sagt Ihnen der Name Ravnli etwas?«

»Nein.«

Auf der Schlosstreppe standen drei Männer im Anzug und rauchten. Sie mussten das Geräusch ihrer Schritte gehört haben, zumal einer von ihnen, ein dicker Kerl mittleren Alters mit hervortretenden Augen und geröteten Wangen, in ihre Richtung starrte. Dann ballte er die Faust und reckte seinen fetten Mittelfinger in die Höhe.

»Scheiße«, sagte Fredrik. »Hat der Drecksack mir gerade den Finger gezeigt?«

»Die Geste hat vermutlich mir gegolten«, beruhigte ihn Benedikte trocken. »Wir hatten vorhin eine kleine Meinungsverschiedenheit.«

»Eine Meinungsverschiedenheit?«

Sie zuckte mit den Schultern. »Einfach eine Diskussion. Wissen Sie, wer das ist?«

»Nein«, sagte Fredrik.

»Henry Falck, stellvertretender Direktor der Unternehmensberatung Faarmand-Bernier. Er arbeitet an einem Projekt für die Behörden, aber keiner rückt damit heraus, worum es sich dabei handelt. Das ganze Projekt unterliegt strengster Geheimhaltung. Gerüchten zufolge bahnt sich ein Skandal an.«

»Und Sie sind hier um ... ein bisschen zu spionieren. Ich dachte, Sie wollten mit mir sprechen?«

»Ich wollte Sie nicht eifersüchtig machen. Veranstaltungen, bei denen sich so viel Macht an einem Ort ballt, sind gut für diejenigen, die herausfinden wollen, was sich hinter verschlossenen Türen abspielt. Aber Sie verstehen sicher, dass er nicht mit mir sprechen will.«

»Hinter verschlossenen Türen.« Fredrik schnaubte. »Viel Erfolg. Was meinen Vater betrifft, sollten Sie meiner Meinung nach Ihre Quellen noch einmal checken. Ich muss wieder rein. Zur Ziehung der Kuchenlotterie.«

Als er schon im Gehen begriffen war, zog sie eine Visitenkarte aus der Tasche, kritzelte eine Telefonnummer auf die Rückseite und bat ihn, sie anzurufen, falls er seine Meinung doch noch ändern sollte. »Niemand muss erfahren, dass wir miteinander gesprochen haben.«

»Keine Sorge«, antwortete Fredrik. »Ich werde nicht anrufen.«

Es war schon spät, als die Bartür hinter ihm ins Schloss fiel und den Zigarettenrauch von draußen mit nach drinnen beförderte. Fredrik torkelte, bis er das Geländer fand. Von irgendwo dort oben ertönten Lester Youngs sanfte Saxofonklänge, vermischt mit Gelächter, Geplauder und dem Geruch von Stearin.

Er hatte nach dem Festessen eigentlich nach Hause gehen wollen, doch die Schneeflocken, die sich jetzt über die Stadt legten und deren Sünden bedeckten, hatten etwas Hoffnungsvolles an sich gehabt. Deshalb hatte der Gedanke, die Tür zur dunklen Wohnung aufzuschließen, sich auszuziehen, sich trostlos einen runterzuholen und sich anschließend seinem alten Albtraum zu ergeben, auf der Rückbank des Taxis plötzlich unerträglich gewirkt. Fredrik hatte mit der Faust gegen die Kopfstütze geklopft und den Fahrer gebeten, ihn zur Grønlandsleiret zu fahren. Er wusste, dass es dort Medizin gegen sein Leiden gab. Sie kam sowohl im Glas als auch auf zwei Beinen daher.

Dem Kalender zufolge war es Mittwoch, in der Jazzbar Paris H war jedoch Wochenende. Fredrik steuerte auf eine Lücke zwischen Designerbrillen und wohlfrisierten Bärten an der Theke zu. Auf sonderbare Weise machten die Leute Platz, während Barkeeper Pierre ihm zuzwinkerte und breit grinste.

»Bist du dienstlich hier?«

»Was meinst du?«

Pierre machte einen Schritt zur Seite, sodass Fredrik sich im Barspiegel sehen konnte.

»Ach, verdammt«, stöhnte er. Die Mütze saß schief, während die Goldtressen auf der Uniformschulter funkelten. Der Orden mit Lorbeerzweig, den der Ministerpräsident einige Stunden zuvor an seine Brust geheftet hatte, baumelte über den Trinkgläsern.

»Kostümball«, murmelte er nur. »Ist es einem Schwerstarbeiter möglich, hier etwas zu trinken zu bekommen?«

»Scotch?«

»Für Whisky ist es zu spät, Pierre. Gib mir einen Drink. Irgendwas Saures und Farbloses.«

Fredrik drehte sich um und stützte die Ellenbogen auf die Theke. In Vasen auf barocken Sockeln waren Blätterarrangements drapiert, was dem Ort ein Dreißigerjahre-Flair verlieh. Die Jazzplakate stammten aus den Fünfzigern, und Fredrik selbst stammte aus den Sechzigern. Soweit er es beurteilen konnte, waren das die einzigen Museumsgegenstände hier. Herrgott, wie verflucht jung alle inzwischen waren.

»Pierre?«

Der Parfümgeruch kroch Fredrik in die Nase. Süßlich, Vanille und Zimt. Er zuckte leicht zusammen. Früher hatte er mal eine Frau gekannt, die so gerochen hat, die Stimme gehörte jedoch einer anderen. Sie war rostig. Rau.

»Er hat keine Ahnung, wie ich wirklich heiße«, hörte er den Barkeeper antworten. »Er glaubt auch, Paris H hätte was mit Frankreich zu tun.«

Die Frau reichte Fredrik nur bis zur Brust. Die dunkelroten lockigen Haare fielen ihr über die Schultern. Sie trug ein bürograues Kostüm, wobei der BH durch die Bluse hindurchschien.

»Fredrik«, sagte Fredrik und streckte ihr eine Hand entgegen.

Die Lippen waren Ton in Ton mit den Haaren geschminkt, und sie betrachtete ihn mit meerblauen Augen. Nicht ganz sein Typ, aber dann war da dieses Lächeln. Spielerisch und verführerisch. Animalisch.

»Angenehm, *Officer*«, sagte sie und nahm seine Hand. Sie trug glatte Lederhandschuhe.

Der Barkeeper schob einen nach Kiefer duftenden Drink über die Theke.

»Für die Dame auch einen, Pierre«, sagte Fredrik, ohne den Blick von ihr zu wenden. Sie presste die Zungenspitze gegen die Oberlippe, öffnete ihr Portemonnaie und reichte dem Barkeeper ein paar Scheine.

»Heute Abend nicht, mein Freund«, sagte sie, zwinkerte ihm zu und verschwand.

3

Mit einem Knall landete die Stahlkiste mit der Fakirausrüstung auf dem Asphalt. Leonard Rudi ging in die Hocke und presste die schmerzende Handfläche in den Neuschnee. Unter der brennend roten Haut sammelte sich bereits Flüssigkeit an. Morgen würde ihm die Blase wie eine Nacktschnecke in der Hand liegen, und es würde höllisch wehtun.

»Tut mir leid«, sagte Leonard. »Ich brauche eine Pause. Ich muss hier irgendwas draufschmieren. Weißt du, ob irgendwo noch eine Apotheke offen hat?« Er starrte das Mädchen an, das er seit dem Vormittag kannte. Tora. Breitbeinig hatte sie an der Landstraße in Maridalen gestanden, zwischen den Wäldern und Feldern, zehn Autominuten nördlich der Stadt. Der Chef hatte gefragt, ob er im Auto Platz für sie habe. Auch wenn Leonard ihre kleine Hand mit seiner umschließen konnte, war ihr Händedruck fest und selbstsicher. Zusammen mit einer Truppe anderer Gaukler hatten sie während der Premiere eines mäßigen Abenteuerfilms im Colosseum Kino für Unterhaltung gesorgt.

Jetzt befanden sie sich auf dem Heimweg, es schneite, und der Wind pfiff, trotzdem trug sie nichts weiter als ein Paar offene Dr. Martens und die stramm sitzende Latzhose aus Leder, in der sie aufgetreten war. Ihre kleinen Brüste schauten über dem Latz hervor, während das Piercing in der Drosselgrube im Kontrast zu ihrer blassen Haut funkelte. Die Rastazöpfe hatte sie zusammengebunden, und er vermutete, das raue Äußere ließ sie älter wirken, als sie in Wirklichkeit war.

Tora sah ihn streng an. Vermutlich war sie der Ansicht, dass Kälte und Schmerz ignoriert werden müssten. Früher einmal war Leonard der gleichen Meinung gewesen, aber selbst zwei Meter große Freaks mit Gesichtstattoo und Wikinger-Schopf wurden sanfter, sobald der Bart ergraute.

»Was ist passiert?«, fragte sie, als sie die lange Kiste mit Fackeln, Schwertern und Lampenöl wieder gemeinsam trugen.

»Die Feuerschale ist umgekippt. Ich muss Ölreste an der Hand gehabt haben, denn als ich sie aufrichten wollte, hat die Hand zu brennen angefangen.«

»Es sah zumindest verdammt cool aus«, sagte sie. »Ich glaube, diese Promifritzen waren beeindruckt. Am Jernbanetorget gibt es eine Apotheke. Die schließen nie. Wenn du da vorbeifährst, kann ich kurz reinspringen und was besorgen.«

Als sie auf dem Parkplatz ankamen, waren die anderen Gaukler bereits aufgebrochen. Nur der Chef war noch da. Er machte keinerlei Anstalten, ihnen zu helfen, als sie die Kiste auf die Rückbank von Leonards altem Volvo 244 hievten.

»Frierst du nicht, mein Mädchen?«, fragte er Tora und schnalzte mit dem Gummi, das das Bündel mit Fünfhundert-Kronen-Scheinen zusammenhielt. »Soll ich dich ein bisschen wärmen?«

Sie hustete einen Batzen Schleim nach oben und platzierte ihn direkt vor seinen Füßen.

»Feuerschlucker frieren vielleicht nicht«, sagte er tonlos und reichte jedem von ihnen fünf Scheine. »Du kriegst noch einen, wenn du den hier runterklappst.« Er zeigte auf den Latz ihrer Hose.

»Ich bin keine Feuerschluckerin. Ich spucke Feuer«, entgegnete Tora, rollte die Scheine zusammen und schob sie sich in den Stiefelschaft. »Wie ein Drache. Vielleicht werde ich dir irgendwann deine Fotzenschweinsaugen rausbrennen.« Sie wackelte mit ihren Brüsten.

Den Chef schien die Beleidigung nicht weiter zu beeindrucken. »Gute Arbeit heute Abend«, sagte er zu Leonard. »Mach was wegen deiner Hand, dann ruf ich beim nächsten Job wieder an.«

»Wo wohnst du?«, fragte Leonard, als Tora mit einer Aloe-Vera-Creme für ihn aus der Apotheke zurückkam.

»Oben im Wald.« Tora wühlte in dem Rucksack, den sie die ganze Zeit mit sich herumgetragen hatte. Er bestand aus rosa Plüsch, hatte Schnurhaare, niedliche Augen und spitze Ohren. Sie legte eine Packung Zigaretten zwischen ihre Oberschenkel und zog sich dann einen Kapuzenpulli über den Kopf.

»Nicht weit entfernt von wo du mich heute Morgen aufgelesen hast. Und du?«

»Auch da in der Nähe«, entgegnete er. »In Maridalen. Auf einem alten Gehöft.«

Sie streckte sich nach dem Hebel aus, um die Fensterscheibe herunterzukurbeln.

»Der funktioniert nicht«, sagte er. »Rauch einfach im Auto.«

»Hast du keine Angst vor Krebs?«

»Ich hatte den ganzen Abend lang den Mund voll Lampenöl. Ich glaube nicht, dass die Zigarette da noch viel ausmacht.«

Sie lachte, heiter und unbeschwert. »Wohnst du alleine? Warum hab ich dich denn noch nie vorher gesehen? Es wohnen ja nicht so unglaublich viele Leute da oben.«

»Ich wohne mit meiner Tochter zusammen. Wir sind erst vor Kurzem von Brighton hierher gezogen. Aus Südengland. Ich hatte das Gefühl, nach Hause zu kommen. Margaret hasst es.«

Tora zündete sich eine Zigarette an und betrachtete die glühende Spitze. »Es ist verflucht kalt«, sagte sie.

»Mir ist das Auto aufgebrochen worden. Als der Dieb das Radio rausgerissen hat, muss er die Elektronik geschrottet haben. Die Heizung funktioniert nicht mehr.«

Sie nahm einen tiefen Zug, blies ein paar kräftige Rauchringe in die Luft und räusperte sich. »Überhaupt, meine ich. In diesem Land ist es verflucht kalt. Vor allem im Tal. Ich kann gut verstehen, dass deine Tochter es hasst. Brighton, das ist richtig krass, oder? Unmengen biodynamisches Gras und so was. Veganläden und Shit?«

»Genau«, antwortete er. »Ein Kumpel von mir hatte so einen Laden. Er kannte eine Bande, die Bauernhöfe überfallen und Hühner geklaut hat, damit die in Freiheit leben konnten. Aber die Hühner haben natürlich nicht kapiert, dass sie keine Eier mehr zu legen brauchten. Also fing er an Omeletts zu servieren. Vegane Omeletts von befreiten Hühnern nannte er sie. Verkauften sich wie geschnitten Brot.«

»Nice«, sagte Tora und lehnte den Kopf gegen die Scheibe. »Du weißt schon, dass im Tal eine Unmenge an Leuten ermordet worden sind, oder? Irgendein Motherfucker ist mit einem Maschinengewehr Amok gelaufen und hat verrückte Christen abgeknallt.«

Leonard lachte. »Nein. Das wusste ich nicht. Warum hat er das getan?«

Sie streckte die Zunge heraus und formte sie zu einem U. Dann drückte sie die Zigarette darauf aus und schluckte, bevor sie die Kippe wieder in die Verpackung schob.

»Ich weiß nicht, warum er das getan hat. Allerdings, hätte

ich ein Maschinengewehr und wäre ein Motherfucker und würde draußen im Wald eine Bande kranker Christen treffen, dann würde ich vielleicht dasselbe machen. Mein Bruder fährt dort Ski. Aber nur wenn es hell ist. Da spukt es, sagt er.«

Leonard lachte erneut. »Vielleicht hat eins der Gespenster ja mein Radio geklaut.«

»Ja. Oder vielleicht ein kranker Motherfucker mit einem Maschinengewehr«, schlug Tora vor.

Sie wohnte auf einem der großen Bauernhöfe in der Talsohle. Als Leonard auf dem Hof anhielt, ging die Haustür auf, und im Scheinwerferlicht tauchte eine blinzelnde Frau auf. Tora winkte ihr zu.

»Meine Mutter«, sagte sie nur, lehnte sich zu ihm rüber und umarmte ihn. »Sie geht nicht ins Bett, bevor ich nicht zu Hause bin. Danke fürs Fahren, Wikinger. Nimm dich vor Gespenstern in Acht.«

Die Flocken fielen dichter, als Leonard auf den Feldweg einbog, der zu dem kleinen roten Holzhaus führte. Dort angelangt, stellte er den Motor ab und blieb im Auto sitzen. Unten in der Stadt war alles nur matschig und dunkel, aber hier, ein paar Autominuten entfernt, lagen noch die Reste vom letzten Schneefall. Die Bäume waren wie mit einem doppelten Pinsel gemalt, oben weiß und darunter dunkelgrün, die gebeugten Schultern der Fichten ließen ihn an seine Tochter denken. Auch sie drückte der Winter nieder.

Für Margaret war es sicher nicht so einfach, mit ihrem Vater hier draußen zu leben. Schließlich kam sie aus einer quirligen Küstenstadt, mit London und dem Kontinent nur eine Zugstunde entfernt. Sie war inzwischen zwölf, zu drei Fünfteln noch ein Kind, zu zwei Fünfteln erwachsen. Leonard hatte immer Norwegisch mit ihr gesprochen, sodass sie wie eine Einheimische klang. Aber das Land war ihr fremd, und ihr Körper war ihr fremd geworden. In der Schule war sie bereits mit einem Jungen aneinandergeraten, der sich über ihren Hintern geäußert hatte. Nachdem er sich beim Hacken eines halben Klafters Holz abreagiert hatte, hatte Leonard wie ein verantwortungsbewusster Vater gehandelt. Er hatte die Mutter des Jungen angerufen und die Familie zum Essen eingeladen.

Im Eingangsbereich vernahm er das Knistern des Kamins und erahnte den Geruch von verbrannter Milch.

»Margaret! Du hast morgen Schule. Du solltest längst schlafen. Und was hab ich dir bezüglich des Feuers gesagt, wenn ich nicht da bin? Kannst du nicht einfach die Öfen benutzen, die ich gekauft habe? Die sind nicht einfach nur Deko.«

Die Dielen im Wohnzimmer knackten, und die alte Holztür schwang auf. Da stand sie. Die Haare, dieses Mal grünweiß, standen in alle Richtungen ab, während der schräge Pony eins ihrer Augen bedeckte. Mit dem anderen blinzelte sie, als hätte sie schon geschlafen. Sein alter Strickpulli reichte ihr bis zu den nackten Knien. In ihren Armen lag Dolly, die Katze.

»Ich soll dich von Mama grüßen«, sagte sie.

»Ach so? Was hat sie denn gesagt?«

»Dass sie uns liebt.«

»Dann ist alles so, wie es sein soll.«

»Sie sagt, wir sind weit weg. Dass sie sich wünscht, wir wären nicht gefahren.«

Es brannte im Zwerchfell.

»Margaret«, sagte er geduldig. »Es ist schön, dass du mit Mama sprichst. Aber sie ist tot, das weißt du doch? Ich glaube, Mama ist froh, dass wir beide hier wohnen. Dass wir einander haben.«

Margaret setzte die Katze auf den Boden, ging einen

Schritt auf ihn zu und schlang die Arme um seine Taille. »Ich habe Brei für den Kobold rausgestellt«, sagte sie, und er strich ihr mit seiner tätowierten Hand über den Kopf.

»Du musst dir die Haare waschen«, antwortete er. »Und bist du nicht ein bisschen zu groß, um den Kobold zu füttern? Außerdem glaube ich, dass er zum Nordpol zurückgefahren ist. Mehr als vier Wochen Urlaub nach Weihnachten bekommt er nicht. Der Kobold ist ein bedauernswerter Arbeitnehmer, genau wie ich.«

»Den Brei isst er aber immer noch«, sagte sie.

»Das sind die Rehe«, erwiderte er. »Bestenfalls. Oder Mäuse. Um die loszuwerden, werden wir den ganzen Sommer brauchen.«

Sie entzog sich ihm. »Kann ich dich nicht zur Arbeit begleiten? Alleine hier ist es so stinklangweilig. Warum kannst du mir nicht das Feuerspucken beibringen?«

»Weil das keine Arbeit für ein Mädchen ist.« Er dachte an den Kerl mit den Fünfhundert-Kronen-Scheinen. »Du sollst in die Schule gehen«, sagte er, »und ein bisschen cleverer werden als dein alter Vater.«

Nachdem er ihr einen Gutenachtkuss gegeben hatte, schaltete er das Licht im Wohnzimmer aus. Die Feuerzungen im Kamin wurden in der Fensterscheibe zu Teufelszungen. Er legte die verletzte Handfläche gegen das kalte Glas, betrachtete die herabfallenden Schneeflocken und zwischen den Holzstämmen hindurch den Nachbarhof. Dort unten auf Solro wohnte niemand mehr. Dennoch glaubte er, in einem der Fenster der Holzvilla ein schwaches, glänzendes Licht zu sehen.

4

Der stellvertretende Direktor Henry Falck glaubte nicht an Zufälle, er glaubte nicht an Gott, und er glaubte definitiv nicht an Mitleid. Daher war er zu dem Schluss gekommen, dass es im Leben darum ging, sich zu entscheiden, wohin man wollte, und anschließend alles Erforderliche zu tun, um dorthin zu gelangen. Der Kampf des Lebens bestand darin, sich an die Spitze der Pyramide zu arbeiten. So viel wie möglich mitzunehmen, so viele wie möglich zu vögeln und so wenig wie möglich zu teilen.

Daran war nichts falsch. Jedes Tier, jede Pflanze, jeder Pilz, jedes Virus und jede Bakterie könnten bestätigen, dass dies der ausschließliche Zweck des Lebens war. Blühen und sich vermehren. Den Erbstoff von einer Generation zur nächsten weitertragen und verbessern. Das Problem war nur, dass das einzige Geschöpf, dass diese Wahrheit mit Worten ausdrücken konnte, derzeit von der kruden Brutalität des Lebens beleidigt und niedergemacht wurde.

Henry Falck hatte auch eine Formel für das, was ihn betrübte: Schmutz an der Kleidung, Erektionsstörungen und Demütigung waren drei der Hauptursachen.

Vielleicht blieb der stellvertretende Direktor von Faarmand-Bernier, der renommiertesten Unternehmensberatung des Landes, deshalb einen Augenblick lang grübelnd sitzen, während die Elektronik die Frontscheibe des Tesla vom Schnee befreite.

Ein paar Stunden zuvor war Falck derart verärgert gewesen, dass er im Hof des Schlosses Akershus einen Mülleimer umgetreten hatte. Irgendein Idiot hatte einen halb vollen Joghurtbecher weggeschmissen, und der Inhalt hatte sich auf Falcks maßgeschneiderte Hose ergossen. Der Anlass des Wutanfalls war die Konfrontation mit einer Frau. Sie hatte behauptet, für TV 2 zu arbeiten, und sie nannte sich Benedikte Stoltz.

Sie war hübsch, weshalb sie überhaupt ins Gespräch gekommen waren. Schlank, beinahe dünn, wie Falck es mochte – nicht nur aufgrund des physischen Vorteils, den ihm das offensichtlich verschaffte, sondern auch weil ein spindeldürrer Körper in der Regel ein spindeldürres Selbstbild beherbergte. Er fühlte sich wohl in der Gesellschaft nervöser Menschen und hatte deshalb seine Deckung fallen gelassen. Dann hatte sie plötzlich ihr wahres Gesicht gezeigt und ihn vor seinen Klienten lächerlich gemacht. Sie hatte dagestanden und Details aus einem Bericht verlangt, von dessen Existenz nur wenige wussten, und sie hatte sich eingeschmeichelt, um mehr zu erfahren. Die anderen Herren hatten gelacht, wohl wissend, dass Diskretion die Ware war, für die man bei Faarmand-Bernier am besten bezahlen ließ. Das war eine Demütigung, die nicht einmal der private After-Dinner-Cognac mit dem Ministerpräsidenten aufwiegen konnte. Nein, der hatte es sogar schlimmer gemacht, denn er hatte sich beim Ministerpräsidenten über den Vorfall beklagt, er konnte nichts dafür, es musste einfach aus ihm heraus. Riebe hatte ihm eine Hand auf die Schulter gelegt und wiehernd gelacht: »Henry. Die Frauen waren schon immer deine Schwäche.«

In der Regel liebte er dieses technologische Wunder von einem Fahrzeug. Als er es jetzt jedoch startete, hätte er sich gewünscht, stattdessen vom Gebrüll des Achtzylinders im

Jaguar begrüßt zu werden, der unter der Wohnung auf Tjuvholmen parkte; nicht vom Summen einer trägen Nähmaschine.

Schmutzige Kleidung und Demütigung – zwei von drei an einem Tag mussten reichen. Er fummelte die kleine Tüte aus dem Getränkehalter, fischte eine der hellblauen rhombusförmigen Pillen heraus und spülte sie mit einem Schluck aus der Champagnerflasche herunter, die er im Auto liegen hatte. Auf dem Smartphone überprüfte er die Reservierung: Der VIP-Tisch im Nachtklub am Solli plass wartete bereits auf ihn.

Während er durch die Straßen der Stadt fuhr, öffnete er das Fenster und ließ die Brise seine Stirn kühlen, während Michael Bublés »Ave Maria« seine Seele kühlte. Der fruchtige Rauch der E-Zigarette vermischte sich mit den Schneeflocken. Er parkte unter einer Straßenlaterne in der Odins gate in Frogner und versuchte, sich nicht darüber zu ärgern, dass sie seine Anrufe nicht entgegennahm. Stattdessen watschelte er zum Wohnhaus und suchte auf dem Klingelschild nach ihrem Namen. B. Wagner. Er hielt den Klingelknopf gedrückt, während er langsam bis fünfzehn zählte. Als er wieder losließ, war sie da.

»Was ist los?«

»Hier unten stehen ein Tesla Model S P90D Ludicrous, eine Flasche Krug, Jahrgang 1990 und ein steifer Schwanz und warten auf dich«, entgegnete er. »Wir wollen in den Nachtklub.«

»Ach … Haha. Henry.« Beatas Tonlage veränderte sich. »Sitz nicht im Auto rum und warte. Komm lieber hoch. Ich bin gerade fertig mit Duschen. Wenn du möchtest, kannst du mir beim Anziehen zusehen?« Beata wusste, dass er nicht Nein sagen würde und wartete die Antwort nicht ab. Der Summer ertönte.

Nach zwei Treppenstufen zögerte er. Sie hatte ganz sicher irgendwas zu trinken da, einen billigen Cava oder so was. Heute war aber ein Abend für echte Ware. Er machte kehrt, um den Champagner zu holen. Als er dann wieder an der Haustür herumhantierte, wurde er auf die Gestalt neben seinem Auto aufmerksam. Durch das Türglas sah er, wie sie gebeugt auf der Beifahrerseite des Fahrzeugs stand, während sie mit der Hand weit ausholte.

Henry Falck riss die Tür auf. »Was zum Teufel machst du da?«

Es musste sich um einen Mann handeln, denn der Körperbau war kräftig und breitschultrig, das Gesicht unter der Kapuze des Pullovers war allerdings nicht mehr als ein dunkler Schatten. Henry eilte über die Straße, während der Mann davonlief. Als Henry den Tesla passierte, sah er, dass Farbe über den teuren Lack lief. Dieser Dreckskerl hatte sein Auto beschmiert. Das bedrückende Gefühl von Demütigung kochte erneut in ihm hoch. Henry lief so schnell er konnte, sein Körper sprudelte über vor Adrenalin, Wut und gekränkter Männlichkeit. Vor ihm rannte die Gestalt unter den kahlen Ästen an den Lattenzäunen der Villen im westlichen Teil der Hauptstadt vorbei, bevor sie im Frognerveien die Straßenbahnschienen überquerte.

»Verdammt«, tobte Henry, als in der Dunkelheit eine Straßenbahn an ihm vorbeidonnerte und er den Flüchtenden aus den Augen verlor. Als die Straßenbahn vorbeigefahren war, hatte er bereits einen riesigen Vorsprung, Falck konnte ihn nur noch sehen, wenn er eine Straßenlaterne passierte. Er nahm erneut die Verfolgung auf. Die Weste spannte über seinem kräftigen Bauch, und die Nähte im Schritt hinderten ihn daran, größere Schritte zu machen. Er rannte noch einen Häuserblock weiter, an der Kreuzung blieb er dann aber keuchend stehen. Während ihm das Herz gegen das Brustbein hämmerte, platzierte er die Hände auf den Knien. War der Drecksack geradeaus weiter- oder den Gimleveien hinuntergelaufen? Oder vielleicht hinauf? Der Schnee fiel jetzt wieder dichter, die Sicht wurde schlechter, und Henry sah ein, dass das so oder so keine Rolle spielte. Als er sich das letzte Mal im Bad auf die Waage gestellt hatte, hatte sich der Zeiger vom grünen in den gelben und schließlich in den roten Bereich gedreht, bevor er bei einhundertvierundzwanzig Kilo stehen geblieben war. Er japste nach Luft und wusste, dass er verloren hatte. Diese Runde. Aber der Kerl würde es ihm büßen. Verdammt, das würde er. Henry würde einen verfluchten Privatdetektiv auf die Sache ansetzen, jedes verfluchte Foto von jeder verfluchten Überwachungskamera in der Gegend beschaffen und dann … verfluchter Drecksack!

Als er das letzte Stück zum Auto zurückwatschelte, sah er, dass Beata unter der Straßenlaterne stand und die Beifahrertür des Tesla in Augenschein nahm. Ihr großer, schlanker Körper war in eines der schwarzen Versace-Kleider gehüllt, die er ihr geschenkt hatte. Der Kragen des Kleides lag wie ein Hundehalsband eng um ihre Kehle. Der Pelzmantel bedeckte ihre Schultern. Ein Grinsen umspielte ihren Mund, das jedoch verschwand, als sie seinen Gesichtsausdruck sah.

»Henry? Was ist denn passiert?«

Abrupt riss er die Arme nach oben.

»Was bedeutet das hier?« Beata las vor, was auf die Autotür geschmiert worden war. »Verräter?« Die Spange, die ihre dunklen Haare am hübschen Kopf zusammenhielt, funkelte. Dann fing sie an zu lachen. »Ach, Henry, nimm es nicht so schwer. Das sind nur Pöbeleien.« Mit ihrer Lederstiefelette tippte sie die Spitze seines Schuhs an. »Lass uns fahren.«

»Ich fahre doch verdammt noch mal nicht mit diesem verfluchten Graffiti an der Tür bei einem der exklusivsten Nachtklubs der Stadt vor!«

»Sagtest du nicht, du hättest eine Flasche Krug? Das ist Farbe, kein Sprühlack. Wenn wir uns beeilen, kriegen wir sie noch ab. Unten in Vika gibt es eine durchgehend geöffnete Waschanlage. Hast du schon mal in einer Autowaschanlage gevögelt?«

5

Leonard Rudi schreckte aus dem Schlaf hoch. Als er sich hingelegt hatte, war das Wohnzimmer mollig warm gewesen, jetzt glomm der Kamin nur noch, und ein eisiger Hauch zog durch die Holzwände.

Als er sich nach oben schob, spürte er in der Handfläche einen brennenden Schmerz. Es war, wie er befürchtet hatte: Trotz der Aloe-Vera-Creme hatte sich die Brandwunde beträchtlich verschlimmert, und unter der Schwellung pochte es. Leonard nahm die Streichhölzer von der Fensterbank. Während er die Spitze einer Nadel zum Glühen brachte, sah er hinaus in die Winternacht. Es schneite noch immer. Wie spät war es? Drei, vielleicht vier Uhr morgens? Mit einer schnellen Bewegung stach er die Blase auf. Nachdem er die helle Flüssigkeit herausgepresst hatte, blieb eine tote, weiße Hautschicht zurück. Er wollte gerade nach dem Verbandszeug greifen, als er es sah, an der Wand des Nachbarhofs: ein gelb flackerndes Licht.

Hier draußen im Wald, mitten in der Nacht. War der Dieb seines Autoradios etwa zurückgekehrt? Leonard ließ das Wohnhaus nicht aus den Augen, während er sich die Binde um die Hand wickelte. Aber das Licht sah er nicht mehr. Vielleicht war es doch nichts gewesen? Er wollte es schon dabei belassen, als ein dumpfer Knall jeglichen Zweifel ausräumte: Dort unten war jemand.

Er stapfte in den Flur hinaus, warf einen Blick auf die

Schrotflinte, die über der Haustür hing – eine Hinterlassenschaft des älteren Ehepaars, das zuvor in dem Haus gewohnt hatte. Nein. Ich bin auf dem Land. In Norwegen, dachte er. Draußen schneite und stürmte es.

Im Herbst war Leonard aufrecht den Pfad entlang gegangen, der unter den Fichten hindurch zur Rückseite des Hauses auf Solro führte, aber jetzt, wo der Schnee auf den Ästen lastete, musste er sich bücken. Vor ihm kreuzte eine frische Hasenspur den Weg, ansonsten waren keinerlei Anzeichen von Leben zu sehen.

Von der Rückseite der Villa aus hielt sich Leonard eng an der Hauswand und bog um die Ecke. Direkt vor ihm lag ein abschüssiger Garten. Aus dem Schnee schauten die nackten Stämme von Obstbäumen hervor. Rechts befand sich die Scheune, und vor der Brücke zur Scheune zeichneten sich im Schnee ein paar tiefe Fußstapfen ab. Sie führten zum Eingang. Das Scheunentor war nur angelehnt, und ein stabiles Brett schien losgetreten worden zu sein. Vorsichtig bewegte er sich entlang des Waldrands. Hörte er von drinnen etwa Schritte? Den Lärm einer Person, die sich durch Gartengeräte und Maschinen hindurchwühlte?

Leonard gehörte nicht zu der nervösen Sorte Mensch, trotzdem wurde seine Stirn klamm, und er ballte die Faust, bis die Brandwunde schmerzte. Mit festen Schritten stapfte er hinauf und schob das Scheunentor auf.

»Hallo! Ist da wer? Hallo!«

Ruhig blieb er stehen, bis er die Umgebung erkennen konnte: Die Beine von über Sofas, Kommoden und Garderobenschränke verteilten Stühlen ragten wie Speere in die Luft. Es roch nach geöltem Holz und verfaulenden Möbeln. An den Wänden standen Regale voller Werkzeug, Farbeimern und Plastikkanistern. Der Wind pfiff bis unter den Dachfirst, einige Petroleumlampen klirrten, und es quietschte in den Scharnieren, als das Scheunentor langsam wieder zufiel.

War es ein Einbrecher, dann hatte er vermutlich entsetzliche Angst. Was, wenn der Kerl in Panik geriet? Mit einem Hammer oder einer Axt oder was auch immer sich hier finden mochte auf ihn einschlug? Vielleicht hatte er ein Messer dabei? Leonard hatte Männer gesehen, fast genauso groß wie er, die nach einem Streit mit mit kleinen Messern bewaffneten Rotznasen im Leichenschauhaus gelandet waren. Erwischte man die richtigen Stellen, spielte der Größenunterschied keine Rolle mehr.

Er war nicht hierhergekommen, um zu sterben. Er wollte nur Bescheid geben, dass der Wald Augen hatte. »Ich weiß, dass du hier bist«, brüllte er. Er machte ein paar Schritte vorwärts.

Als Fakir wusste Leonard besser als die meisten, dass der Wille den Instinkt in die Knie zwingen konnte – wie damals, als er sich dazu gezwungen hatte, den ersten Schritt über glühende Kohlen zu machen. Der Reflex, der einem den Magen umdreht, wenn das Schwert durch den Rachen gleitet. Der Wille erforderte jedoch, vorbereitet zu sein. Unvorbereitet gewann immer der Instinkt die Oberhand.

Deshalb konnte er sich nicht davon abhalten herumzuschnellen, als es an der Wand hinter ihm knallte. Leonard erkannte den Fehler, als er den zu Boden fallenden Hammer sah, als er hörte, wie ein Tisch beiseitegeschoben wurde und sich Schritte über die Bodendielen näherten.

Der kräftige Stoß in den Rücken schleuderte ihn mit rudernden Armen nach vorn, dann folgte ein weiterer Stoß, und er fiel der Länge nach hin. Bevor er es schaffte sich umzudrehen, traf ihn ein Knie schwer zwischen den Schulterblättern. Ihm blieb die Luft weg. Schützend warf Leonard die Hände über den Kopf, kniff die Augen zusammen und wartete auf den nächsten Schlag. Stattdessen aber ließ der Druck auf die Wirbelsäule nach, und er hörte, wie das Scheunentor zur Seite geschoben wurde.

Einen Augenblick lang blieb er einfach liegen. Die Angst verursachte ihm ein Pfeifen in den Ohren, das Herz pumpte und dröhnte, und er begriff, was gerade geschehen war. Das Arschloch war geflohen. Wütend stemmte er die geballten Fäuste auf den Boden und richtete sich auf.

Auf dem Pfad zur Hauptstraße entfernte sich eine Gestalt. Leonard stürzte hinterher. Seine Stiefel sanken tief in den Schnee ein, er war nicht mehr in der Lage schnell zu laufen, allerdings musste es dem Eindringling genauso gehen. Seine Muskeln schwollen an, er starrte nach vorn, der Pfad war schmal und schlängelte sich zwischen den Bäumen hindurch, erstreckte sich jedoch nicht weiter als über ein paar hundert Meter, bevor er in die Hauptstraße mündete. Als er sich um die letzte Kurve quälte, hörte er das Knallen einer Autotür, Sekunden später brummte ein Motor.

Das Auto stand auf dem frei geschippten Platz bei den Briefkästen. Obwohl ihn die kräftigen Scheinwerfer blendeten, stürmte Leonard vorwärts. Er erreichte den Parkplatz in dem Moment, als das Fahrzeug in einem Bogen zurücksetzte. Der Fahrer bremste scharf, legte ruppig den Gang ein und schlitterte über die eisbedeckte Hauptstraße, bevor die Reifen griffen. Das Fahrzeug entfernte sich mit rasanter Geschwindigkeit.

»Verflucht!«, stöhnte Leonard und starrte den roten Rücklichtern hinterher. »Verfluchte Scheiße!«

Erst als er wieder Luft bekam, bemerkte er, dass dort, wo das Auto gestanden hatte, etwas im Schnee lag. Die Kopfbedeckung war schwarz, und das Abzeichen auf der Mütze zeigte ein goldenes Emblem mit dem Reichslöwen auf rotem Hintergrund. Es war eine Polizeimütze.

6

Die Tür zur Autowaschanlage polterte, und Dampf drang nach draußen, der nach künstlichen Fruchtaromen und Seife stank. Beata Wagner rutschte auf dem Ledersitz nach vorn, hob den Hintern an und suchte mit den Fingern unter dem Kleid nach dem Rand ihres Slips. Sie warf Henry einen Blick zu. Er stand am Bezahlautomaten und hatte sich noch immer nicht nennenswert beruhigt. Es schien, als würde die Wut nur etwas anderes überlagern. Eine tiefere Form von Wut. Einen Zorn, der eine Schwäche, eine Kränkung berührte – Beata wusste, welche Triebe das in ihm weckte.

Sie hatte es geahnt, als sie sich ins Auto gesetzt hatte, und die Bestätigung erhalten, als er sich unmittelbar über die Mittelkonsole gelehnt, sie mit der kurzen, fleischigen Hand an der Kehle gepackt und zu sich gezerrt und ihr seine Zunge in den Hals gesteckt hatte. Sie hatte die geplatzten Äderchen in seinen Augen bemerkt, was bedeutete, dass er entweder zu viel Viagra oder zu wenig Herzmedikamente genommen hatte.

Eigentlich sollte ich Angst haben, dachte sie. Oder zumindest nervös sein.

Aber das war sie nicht.

Vielmehr zitterte sie. Denn in Beata Wagner gab es einen Raum, den sie das schwarze Zimmer nannte. Die Tür zu ihm hatte sie irgendwann als Teenager gefunden. Lange war das Zimmer ihr bestgehütetes Geheimnis gewesen, eine

Quelle der Scham, die sie mit niemandem geteilt hatte. Später war sie an Orte gereist, die für Mädchen wie sie nicht gedacht waren, hatte Nächte erlebt, die zu Tagen wurden: Ecstasy und Brunst in Kellern unter namenlosen Klubs in Rotterdam, Marseille und Hamburg; durch Psilocybin hervorgerufene Psychosen mit asiatischen Geschäftsmännern im Luxushotel in Abu Dhabi; Whiskysuff mit peruanischen Gefängniswärtern des Lurigancho-Gefängnisses in einer Bar in Lima.

Dieses Leben war lange her. Die Tür zu diesem Zimmer ließ sich jedoch nicht mehr schließen – und das wollte sie auch nicht, denn sie schämte sich nicht mehr. Es war ein Zimmer für Männer wie Henry Falck. Sie ließ Henry und seinesgleichen nicht wegen der Geschenke an sich heran. Es ging nicht um physischen Kontakt, um eine Begegnung in der Einsamkeit. Es ging um Macht. Um Rohheit, um Unterwerfung, um Instinkt und Begierde. Henry sprach gern über Biologie und darüber, dass der Mensch die wichtigste Lehre der Evolution nicht verstehe. In dem dunklen Zimmer gab es keine Menschlichkeit. Nur Biologie.

Das Auto schaukelte, als Henry auf den Sitz plumpste. Sie reichte ihm die Flasche Krug, und als er begriff, was sie über die Öffnung gebunden hatte, loderte es in seinen Augen. Er trank begierig, ließ die kostbaren Tropfen durch die Spitze laufen, bevor er die Flasche auf den Boden warf, den Gürtel öffnete, den Hosenschlitz aufzog und in die Waschanlage hineinfuhr.

Beata feixte in Richtung der Überwachungskamera in der Ecke der Halle, bevor sie sich breitbeinig über ihm platzierte. Er war steif und gehörte zu jenen, die seiner Körpergröße entsprechend ausgestattet waren. Vielleicht war das der Grund, warum sie seine Anfragen immer wieder beantwortete.

»Diese verfluchte Schweinerei wird sich nicht abwaschen lassen«, sagte er, während sie spürte, wie sich seine Daumen in ihre Pobacken gruben.

»Henry …«

»Die verfluchte Farbe ist bereits getrocknet. Verdammt.«

»Henry …«, wiederholte sie, hob die Arme und versuchte im Nacken den Verschluss des Kleides zu öffnen. Dabei nahm sie unter dem Parfüm ihren eigenen Schweißgeruch wahr. Sie zog das Oberteil herunter und ließ ihn saugen.

Dort, ja. Seine Stirn glühte, und am Haaransatz machten sich zähe Schweißperlen breit. Die Maschinerie, die das Auto in Schaum und Wachs hüllte, jagte Erschütterungen durch das Fahrzeug, der Griff um ihren Hintern wurde fester, und die Dorschaugen traten ihm deutlich aus dem Schädel hervor. Herrgott, kam er etwa schon?

»Verflucht …«, stotterte er, schob sie nach hinten und drehte den Kopf zur Seite.

»Henry?«

»Da ist der Teufel!«

Brutal stieß er sie mit dem Ellenbogen zur Seite, sodass sie mit dem Rücken auf dem Beifahrersitz landete. Wovon redete er da? Sie schob sich nach oben und sah Henry dabei zu, wie er die Tür aufriss.

Der Mann hatte einen Armeestiefel auf der Motorhaube platziert. Seine Hände steckten in einer geräumigen Bauchtasche, und auch wenn Beata unter der großen Kapuze nur die Kinnpartie sah, hätte sie schwören können, dass er grinste. Henry zerrte die Tür auf und wurde von den Düsen mit einer Dusche aus Seife und Wasser empfangen. Er spuckte, räusperte sich und stürzte nach draußen, hielt mit einer Hand die Hose fest, während er mit der anderen seinen Schwanz an Ort und Stelle schob und nach dem Reißverschluss suchte.

»Du wirst es ganz entsetzlich bereuen, hierhergekommen zu sein«, brüllte er. »Ich werde die Schweinerei mit deiner Fresse abwaschen!«

Während er schrie, sah Beata, wie die kräftigen Waschbürsten hinter dem Mann im Kapuzenpullover zu rotieren begannen. Schaum und Wasser landeten auf der Frontscheibe, aber der Kerl rührte sich nicht, nahm lediglich den Stiefel von der Motorhaube und wandte sich Henry zu.

Endlich bekam der die Hose zu. Dann beugte er sich ins Auto und tastete nach dem Hals der Champagnerflasche. Für einen Moment begegnete er Beatas Blick. »Henry… nicht…« Seine Augen leuchteten rot. Sie verstummte.

Es gab drei Bürsten: zwei, um die Seiten des Wagens zu waschen und eine zur Reinigung von Motorhaube, Frontscheibe, Dach und Heck. Die Maschinerie setzte sich in Bewegung, und Henry sprang, um zu dem Mann zu gelangen, bevor die rotierenden Peitschen ihn daran hinderten. Keiner von beiden schien einen Gedanken daran verschwendet zu haben, was passieren würde, wenn die Bürsten über sie hinwegfegten. Die Halle war von Maschinengetöse und Dampf erfüllt, und Beata beobachtete erwartungsvoll, furchtsam und fasziniert das Geschehen. Der Kapuzenmann hatte einen Schritt nach hinten gemacht, und erst als Henry an den Frontscheinwerfern vorbeigetaumelt war, wurde ihr bewusst, wie groß er war. Der Mann überragte den stellvertretenden Direktor um mindestens zwei Köpfe.

Anschließend begriff sie, dass das Ganze hier kein Spiel war.

Das lag nicht daran, dass er seine Identität verbarg, auch nicht, dass er jetzt die Hand aus der Tasche zog und sie sah, was er darin versteckt hatte. Nein, etwas anderes brachte sie zu dieser Erkenntnis: die Art, wie er sich bewegte, vielleicht, die starre, maschinenartige Haltung, als würde er einfach einem Programm folgen. Auf einmal wurde ihr klar, dass an diesem Abend, nachdem Henry sie abgeholt hatte, nichts zufällig geschehen war. Der Mann, der dort vor dem Auto stand, der Mann, der jetzt die Pistole hob, war kein Rowdy, kein Sprayer oder Randalierer. Was auch immer er dort trieb, er übte dabei seinen Beruf aus.

Der scharfe Knall übertönte den Lärm der Waschanlage. Sie sah Henrys Gesicht. Schockiert und fassungslos. Die Flasche klirrte, als sie auf dem Betonboden landete. Beata sah, dass er sich beide Hände vor den Schritt hielt, während er sich langsam nach vorn beugte, umfiel und vor dem Auto verschwand.

»Nein, nein, nein, nein, nein«, rief sie – wollte sie überleben, musste sie nun handeln. Beata sprang auf den Fahrersitz. Grapschte nach der geöffneten Tür, bekam den Griff zu fassen und erhaschte dabei einen flüchtigen Blick auf das Wasser unter dem Auto: Blut hatte den Seifenschaum rosa gefärbt. Sie glaubte, einen weiteren Schuss zu hören, denn sie sah nichts, sie dachte nur nach, überlegte, wie zur Hölle man einen verdammten Tesla startete. Der Schlüssel musste sich doch irgendwo im Inneren des Wagens befinden… Stimmte das, oder hatte Henry ihn in der Tasche? Ein Pedal musste betätigt werden, sie zog die Beine nach, stampfte damit auf, trat ein Pedal nach dem anderen durch, trat auf alle gleichzeitig, suchte auf dem Armaturenbrett nach einem Knopf, einem Schalter… Nichts.

Nichts. In diesem Moment wurde die Hintertür aufgerissen, und ein Schatten landete schwerfällig auf der Rückbank. Sie drehte sich um und starrte in den Lauf der Pistole. Aus der Mündung stieg ein dünner Streifen Rauch auf, und es roch süßlich nach Schießpulver. Der Mann knallte die Tür zu, und dann saßen sie da: der Schatten unter der Kapuze, die Waffe und Beata Wagner. Die Bürsten erreichten das Auto. Ihr Herz, das wie das eines aufgescheuchten Hasen gerast war, drosselte urplötzlich das Tempo. Erneut gelang es ihr, Luft zu holen. Beata drehte ihm den Nacken zu, beugte sich nach vorn und spürte das kalte Lenkrad an ihren Brüsten.

»Ich weiß, warum Sie hier sind«, sagte sie.

7

Benedikte Stoltz wachte nicht gleich beim ersten Läuten ihres Handys auf, als jedoch der Schlummerton erklang, drehte sie sich auf den Rücken und öffnete die Augen einen Spaltbreit. Das Licht der Straßenlaternen verlieh der Holzdecke gelbe Nuancen, und die TV 2-Journalistin vernahm, wie die Winterbrise mit den Zweigen der Rieseneiche vor dem Schlafzimmerfenster spielte. Sie streckte sich und stellte fest, dass sie allein im Bett lag.

Nachdem sie als Reporterin aufgehört hatte, schaltete Benedikte das Telefon nachts in der Regel aus. Sie hatte einen leichten Schlaf, und wurde sie dabei gestört, konnte sie selten wieder einschlafen. Gestern Abend jedoch, nachdem sie sich aus dem Kleid geschält hatte, das sie bei der Veranstaltung im Schloss getragen hatte, war sie mit dem Telefon in der Hand stehen geblieben. Eine Vermutung hatte sich in ihr breitgemacht. Also hatte sie es ans Ladegerät angeschlossen und es auf den Nachttisch gelegt.

Benedikte stand auf. Der Schnee fiel dichter. Hier oben in Fagerborg war das Treiben der Stadt nur mehr ein Rauschen. Die Spiegelung aller Lichter und Laternen der Hauptstadt in den Wolken sowie die golden schimmernde Deckenverkleidung waren nunmehr die einzigen Erinnerungen daran, dass sie hier unter hunderttausend Anderen wohnte. Wie spät war es eigentlich? Sie schnappte sich das Telefon. Bald fünf. Anschließend las sie die Nachricht. »Endlich«, murmelte sie. Dann erschauderte sie leicht unter dem Seidenschlafanzug, schrieb den Namen auf einen Block und löschte die Nachricht.

Im Korridor war das Licht gedämpft, und im Obergeschoss war es dunkel, dunkel auch im Badezimmer und dunkel in der Küche. Sie befüllte den Filter der Espressokanne und stellte sie dann auf die Herdplatte, bevor sie die antike Wohnzimmertür öffnete.

Victoria saß vor den Rundbogenfenstern am Schreibtisch. Aus der Anlage erklang Elvis Costellos bitterliche Stimme, und das einzige Licht im Zimmer war – abgesehen von den drei Bildschirmen – der gedimmte Schein des Kronleuchters.

»Ich komme bald ins Bett, Liebe«, sagte Victoria, ohne sie anzusehen. »Hast du auf mich gewartet?«

Benedikte antwortete nicht, betrachtete lediglich die langen silbergrauen Haare, die Victoria zu einem Pferdeschwanz gebunden hatte. Ihr Nacken leuchtete im Glanz der Bildschirme in einem unschuldigen Weiß.

Der Boden knirschte, als sie barfuß über den weichen Ghom-Teppich stapfte, Benedikte legte die Hände auf ihre Schultern. Ließ die Finger über den Angorapulli gleiten, bevor sie sich nach vorn beugte und sie in die Nackenbeuge küsste.

»Es ist fast Morgen, meine Liebe. Die von TV 2 haben mich gerade kontaktiert und mich gefragt, ob ich die Frühschicht übernehmen kann.«

Victoria drehte den Stuhl halb um, sodass sich ihre Blicke begegneten. »Haben die denn niemand anderen, den sie belästigen können?«

Benedikte strich ihr über die Stirn und fuhr mit einem Nagel an einer der schmalen Falten entlang.

»Doch«, antwortete sie und lächelte. »Viele. Aber nur ich bin dumm genug zu reagieren, wenn sie morgens um fünf anrufen.«

8

Ölfarbe, Staub und Tabak; dunkle Wolken hinter schneeweißen Bergrücken; von mäandrierenden Bachläufen in Streifen zerschnittene Abhänge; einige verrottete Bäume, und am Himmel eine einzelne Lücke, die den Sonnenschein durchließ. Und direkt unterhalb der Sonne stand eine schwarz angemalte Gestalt, breitbeinig und die Arme so verdreht, als würde sie am Kreuz hängen. Das Gesicht zum Himmel gerichtet, die Augen weit aufgerissen und eine klaffende Leere dort, wo sich eigentlich Mund und Nase hätten befinden müssen. Nur fauchender Atem, auf eine Art, die die feinen Grenzen zwischen Fantasie, Traum und Wirklichkeit verschwimmen ließ. Der Mörder.

»Sie wirken abwesend. Ist das eine Nebenwirkung der Antidepressiva?«

Die Stimme lockte ihn von der Szene weg, die er gerade heraufbeschworen hatte. Fredrik Beier suchte auf dem niedrigen Sofa nach einer besseren Sitzposition für sich.

»Ich nehme die Pillen nicht mehr. Der Gedanke, dass ich deprimiert bin, deprimiert mich.«

Das Lachen des Betriebspsychologen klang freudlos.

»Ich habe gestern an einer Veranstaltung im Schloss Akershus teilgenommen«, fuhr Fredrik fort. »Anschließend musste ich mich etwas abreagieren. Es ist spät geworden.«

»Ich verstehe«, sagte der Psychologe und hämmerte seinen aufgedunsenen Zeigefinger viel zu fest gegen das Display seines Tablets.

»Schreiben Sie alles, was ich sage, auf?« Fredrik streckte die Hand nach dem Becher mit dem Pulverkaffee aus und pustete in die warme Flüssigkeit, woraufhin die rechteckige Brille beschlug.

»Ich habe Sie nach Ihrem Vater gefragt«, sagte der Psychologe. »Danach sind Sie ganz still geworden. Haben Sie an etwas Spezielles gedacht?«

Fredrik wartete, bis er wieder etwas sehen konnte. Wie üblich kippelte der übergewichtige Polizeipsychologe auf einem abgenutzten Bürostuhl, der jedes Mal einen kreischenden Laut von sich gab, wenn er das Gewicht zwischen den Pobacken verlagerte.

»Es ist seltsam, dass Sie diese Frage gestellt haben.«

»Ach so?«

»Ich bin gestern einer Journalistin begegnet. Sie hat behauptet, mein Vater hätte eine Verbindung zu einer Sache, an der sie arbeitet.«

Als er am Morgen in der Dusche gestanden hatte, war Fredrik das Gespräch wieder eingefallen. Anschließend war er nicht in der Lage gewesen, den Gedanken daran abzuschütteln. Während er von seiner Wohnung in der Sorgenfrigata in Majorstua durch das Schneegestöber zum Polizeipräsidium in Grønland gelaufen war, hatte er eingesehen, dass er nicht mehr wusste, wie sein Vater ausgesehen hatte. Er erinnerte sich zwar an das Gefühl, im selben Raum wie er zu sein, an die Atmosphäre, die er erzeugt hatte, seine Züge jedoch waren ausgelöscht. War das der Grund, warum die Erinnerungen an den Vater und den Mörder miteinander verschmolzen?

»Alles, was ich noch von meinen Eltern habe, passt in einen Safe. Er ist vor über zwanzig Jahren gestorben, und als ich klein war, war er nicht sonderlich oft da. Er hat für die Amerikaner gearbeitet, nicht in der Botschaft, sondern in einem angemieteten Büro.«

Fredrik runzelte die Stirn, um sich besser zu erinnern.

»Wenn ich versuche, ihn mir vorzustellen, sehe ich stattdessen das Gemälde, das über seinem Schreibtisch hing. Eine Berglandschaft. Sie verschwimmt mit einem meiner Träume. Oder … einem Albtraum. Ein Albtraum von einem Mann, den ich mal gejagt habe. Einen Mörder. Den bösesten Menschen, der mir je begegnet ist.«

»Warum assoziieren Sie Ihrer Ansicht nach diese Vorstellungen miteinander«, fragte der Psychologe.

»Darauf zu antworten, ist doch wohl Ihr Job«, erwiderte Fredrik. »Sie sind der Hirnexperte.« Er holte tief Luft. »Vater war ein kühler und distanzierter Mensch. Nicht besonders liebevoll. Gegen Ende seines Lebens wurde er sehr schwermütig. An dem Tag, an dem er endlich krepiert ist, hatten weder meine Mutter noch ich sonderlich viel Kraft zu trauern.«

»Endlich krepiert ist«, wiederholte der Psychologe, so als würde ihn die Wortwahl faszinieren. Er gab es auf seinem Display ein. »Dieser Mörder und Ihr Vater … sie repräsentieren für Sie also eine Art Angst?«

Psychologengeschwätz. Fredrik verdrehte die Augen. »Sie beide sind alte Gespenster. Und sie sind beide tot. Ich fürchte mich nur vor denen, die leben.«

»Selbstverständlich«, schmatzte der Psychologe. »Selbstverständlich. Schließlich sind Sie ein rationaler Typ. Vermutlich berufsbedingt.« Er zögerte ein wenig. »Wir haben in letzter Zeit nicht viel über Ihre Familie gesprochen. Sind Sie denn jetzt ganz alleine?«

»Was meinen Sie?«

»Ihre Mutter ist vor ein paar Jahren gestorben, Sie sind geschieden, Sie hatten eine Lebensgefährtin …«

Fredrik nahm einen fleckigen Löffel vom Tisch zwischen ihnen, rührte in seinem Kaffee herum und betrachtete die Wand hinter dem Psychologen. Vor ein paar Jahren hing dort noch ein Plakat von Ernest Hemingway mit freiem Oberkörper und Schrotflinte. Fredrik hatte auf die Ironie hingewiesen, dass der Psychologe sein Büro mit dem Plakat eines Mannes dekorierte, auf dem er mit der Waffe posierte, die ihn später das Leben kosten sollte. Mittlerweile hing an der Stelle ein neues Poster: Jack Nicholson mit Lederjacke und Kommandomütze und einem herzzerreißenden Blick.

»Ich spüre eine gewisse Ambivalenz bei Ihnen«, sagte Fredrik, woraufhin der Psychologe ihn fragend anstarrte. »Erst Hemingway, jetzt Nicholson. Aus einem Film, der allen Psychologen und Psychiatern der Welt den Mittelfinger zeigt. Gibt es etwas, worüber Sie reden wollen?«

Irritiert lachte der Psychologe in sich hinein. »Wissen Sie, warum ich die Plakate dort aufhänge?«

»Nicht die geringste Ahnung.«

»Weil es Polizisten wie Ihnen missfällt, über sich selbst zu reden. Sie glauben, Sie wären aufgrund eines Irrtums hier gelandet, genau wie der alte Jack in *Einer flog über das Kuckucksnest*. Gerät das Gespräch ins Stocken, fangen Sie an, den Raum einer genauen Überprüfung zu unterziehen, und hier drin gibt es außer ihm wenig, worüber man reden könnte. Anschließend versuche ich, das Gespräch so vorsichtig wie möglich wieder auf Ihre verlorene Seele zu lenken.«

»Ich verstehe«, sagte Fredrik. »Ist es nicht ein bisschen dumm, diese Taktik preiszugeben?«

Er hatte mehr leises Lachen erwartet, es blieb jedoch aus. Stattdessen legte sich der Psychologe das Tablet auf die Oberschenkel und straffte den Pferdeschwanz im Nacken.

»Fredrik«, begann er. »Heute ist unser letzter Termin.

Anschließend erfolgen die Gespräche auf freiwilliger Basis, und ich weiß, dass Sie von diesem Angebot keinen Gebrauch machen werden. Daher haben wir keine Zeit für Frotzeleien. Erzählen Sie mir von Ihrer Familie. Teilen Sie Ihr Leben mit jemandem, oder kämpfen Sie sich da draußen alleine durch?«

»Frei und ungebunden«, antwortete Fredrik und fixierte ihn dabei. »Meine Tochter Sofia ist von zu Hause ausgezogen und wohnt jetzt in Bergen. Jacob, der Junge, hat eine Zeit lang bei mir gewohnt, was aber nicht funktioniert hat, weshalb er jetzt wieder bei Alice ist, seiner Mutter. Eine Weile hatte ich eine Lebensgefährtin, Bettina, aber das war auch nicht das Wahre. Also ja, ich bin alleine. Aber das ist nicht das, wonach Sie eigentlich fragen. Sie wollen wissen, ob ich einsam bin. Das bin ich nicht. Ich fühle mich wohl in meiner Gesellschaft.« Er beendete den Satz in einer schrilleren Tonlage als beabsichtigt.

Es wurde still. Fredrik sah in das Schneetreiben hinaus, während der Psychologe ihn anstarrte und darauf wartete, dass Fredrik seinen Blick erwiderte. »Frikk«, sagte der Psychologe. »Ich möchte mit Ihnen gern ein wenig über Frikk sprechen.«

Fredrik schloss die Augen.

Der Sohn hatte so wenig gewogen, dass Fredrik den Sarg alleine zum Grab getragen hatte. Es war ein wolkenloser Sommertag gewesen, dennoch spendete weder die Sonne Wärme noch sangen die Spatzen. Die Kirche war voll gewesen, und die Trauer so tief, so kraftvoll, dass Gott es einfach hören *musste*. Er musste den kleinen Frikk sehen und ihn zu sich nehmen. So hatte es zumindest der Pfarrer ausgedrückt. Nur ein Mann hatte an diesem Tag nicht geweint, und das war der Vater des Jungen gewesen. Fredrik.

Er hatte es sich schlichtweg nicht gestattet. Denn Frikk

war seinetwegen tot. Nicht Gottes, nicht des Schicksals wegen, es war kein Unfall gewesen und kein Zufall. Es war Fredrik, der Frikk im Kinderbett schlafend zurückgelassen hatte, während er sich zum Einkaufen nach draußen geschlichen hatte. Nur zum Laden unten an der Ecke. Es war Fredrik, der eine knappe Viertelstunde später in die mit Rauch gefüllte Wohnung in Frogner gestürmt und mit dem Sohn im Arm aus dem Fenster im zweiten Stock gesprungen war. Doch da war es bereits zu spät gewesen. Sie vertragen nicht viel, diese Kleinen. Frikk war damals fünf Monate alt. Seither waren fünfzehn Jahre vergangen.

»Ist es nicht an der Zeit, dass Sie die Trauer loslassen?«, sagte der Psychologe.

Fredrik erhob sich. »Die Trauer halte ich aus. Die Verantwortung jedoch, die ich für Frikks Tod verspüre, wird immer an mir nagen. Dieses Kreuz muss ich tragen.« Sein Knie war steif geworden. Es hatte beim Sprung etwas abbekommen. Die Schmerzen waren eine ständige Erinnerung an sein Versagen. Fredrik hinkte zur Tür.

»Ich danke Ihnen für unsere Gespräche.«

Danach holte sich Fredrik die Verhörprotokolle, die er für den Abschluss der aktuellen Ermittlung benötigte. Ein Junkie, der mit einer viel zu hohen Dosis Heroin im Blut tot in einer Wohnung aufgefunden worden war. Ein Judas, wie es hieß, der ganz eigene Abschiedsgruß der Straße an Spitzel, Dealer, die sich von der Fuhre etwas abzwackten, und Abhängige, die nicht bezahlten. Unter den Bodendielen hatten sie eine große Ladung Heroin gefunden, viel zu viel, als dass ein gewöhnlicher Junkie es einfach abgezweigt haben konnte, und Fredrik vermutete darin das Mordmotiv.

Keiner hatte jedoch etwas gesehen. Seine Kumpels waren sich absolut sicher, dass der Kerl umgebracht worden war.

Sie waren sich auch absolut sicher, dass der Mörder nie verurteilt werden würde, und deshalb hielten sie den Mund. Das ist das Praktische an einem Judas. Er wirkt.

Die Polizeibürokratie verlangte jedoch auch Papier, und Papier sollte sie bekommen. Fredrik gab Bescheid, dass er den Bericht zu Hause fertigstellen würde.

Von der Straßenbahn aus betrachtete er seine Stadt. Das leichte Rieseln von gestern hatte sich zu einem Schneefall, dicht wie Nebel, entwickelt. Dort draußen lief alles in halber Geschwindigkeit ab, was dem Rhythmus von Fredriks Gemüt entsprach. Er grübelte, ob er das Radio ausgeschaltet hatte, und dachte an seine Kinder, Jacob und Sofia. Er hoffte, sie würden sich in den Winterferien sehen, wagte aber nicht, wirklich daran zu glauben. Sie waren jetzt fast erwachsen und hatten ihr eigenes Leben.

Er *hatte* vergessen das Radio auszuschalten und als er dann im Flur stand und sich die Schneeflocken von den Schultern bürstete, hörte er die letzten Minuten der Nachrichten. Es ging um einen Mord, die Jagd nach dem einäugigen Arzt, einem Terroristen, der versprochen hatte, die Apokalypse nach Europa zu bringen, sowie eine Meldung, dass die Finanzministerin erneut krank sei. Fredrik verteilte die Dokumente auf dem Küchentisch und öffnete den Laptop. Er fand jedoch keine Ruhe zum Arbeiten. Die Fragen des Betriebspsychologen hallten noch immer in ihm nach: »Sind Sie denn jetzt ganz alleine? Ich möchte mit Ihnen gern ein wenig über Frikk sprechen. Warum meinen Sie, erinnert Sie der Traum an Ihren Vater?«

Mit einem Seufzer ging er ins Schlafzimmer. Kniete sich vor den Schreibtisch, der zurzeit als Zwischenstation für gewaschene, aber nicht gebügelte Kleidung diente, und kroch darunter. Der alte Mosler-Safe war beim Bau des Hauses in die Wand montiert worden.

Was hatte der Psychologe da nur bei ihm in Gang gesetzt? Nostalgie? Entbehrung? Er drehte das Rad, bis er das leise Klicken vernahm und betätigte dann den Griff. Da lagen sie, die wenigen Besitztümer, die er von denen behalten hatte, die ihm nahestanden: die alte Brieftasche des Vaters, die Geburtsurkunden der Kinder, alle drei, und die Decke. Das Kalbsleder der Brieftasche knirschte. Darin befanden sich zwei Dollarscheine und der Orden. Der brüchige lilafarbene Stoff und das Herz mit George Washingtons Wappen. *Purple Heart.* Als er die Brieftasche zuklappte, fiel ein Schlüssel heraus. Dessen Existenz hatte er völlig vergessen. Es war der Schlüssel zu einem Bankschließfach, den er von seiner Mutter geerbt hatte, zu einem Bankschließfach, das er nie zu lokalisieren vermocht hatte. Er legte ihn zurück und nahm die zusammengefaltete Decke heraus. Der Stoff fühlte sich spröde und kalt an, als er die Nase darin vergrub. Noch immer roch die Decke leicht nach Rauch. Und nach bitterer Scham. Aber ganz weit hinten in der Nase, soweit es sich erahnen ließ, nahm Fredrik etwas wahr, von dem er wusste, dass es ein kleiner Rest seines Sohnes war. Es war die Decke, unter der Frikk geschlafen hatte, in die er das Baby eingewickelt hatte, an dem Tag, als es geschah.

Er schloss die Safetür wieder. Als sie auf den Stahlrahmen traf, gab sie ein Geräusch von sich. So selten er diese Zeitkapsel auch öffnete, tauchte diese Assoziation doch jedes Mal auf. Es klang wie der Auftakt zu einem Beatles-Song: »A Hard Day's Night«.

When I'm home, everything seems to be right
When I'm home, feeling you holding me tight, tight, yeah.

Zurück am Schreibtisch kramte er die Visitenkarte hervor, die ihm die Journalistin gegeben hatte. Benedikte Stoltz, las er. Konnte es sein, dass Fredrik sich irrte? Dass es eine Geschichte über seinen Vater gab, die er nicht kannte?

Bevor es ihm noch gelang, die Nummer einzutippen, klingelte sein Telefon. Es war sein Chef. Sebastian Koss.

»Fredrik. Wo sind Sie? Mordalarm. Groteske Angelegenheit. In einer verfluchten Autowaschanlage.«

9

Hundert Meter vom Außenministerium entfernt, ganz unten in Vika, befindet sich der Munkedamsveien. Er ist eine der Hauptverkehrsadern von Oslo. Die Aderwand ist mit Straßenschlacke und Asphaltstaub verkalkt, und der einzige Grund hierherzukommen besteht in der Vorfreude darauf, wieder von hier wegzufahren.

Die Waschanlage befand sich unter einer namenlosen Brücke. Die darüber hinwegführende Straße sorgte dafür, dass kein Tageslicht dorthin drang, und die davor fallenden Flocken verwandelten sich unmittelbar in eine Suppe aus Streusalz und Schneematsch.

Allerdings kann sich ein Mordermittler seinen Arbeitsplatz nur selten aussuchen, und für die Ästhetik, die der Umgebung fehlte, hatte der Tod selbst gesorgt. Denn ertrug man den Anblick eines Toten, dem zuerst in den Schritt und anschließend in den Bauch geschossen worden war, so kam der Tatort einem Kunstwerk gleich. Einem surrealistischen Kunstwerk, das jeder verstand: Wenn schon das Leben keinen Sinn hatte, dann doch zumindest der Tod.

Der Mann hing leblos über der mittleren Waschbürste. Die Anzugjacke bedeckte den fetten nackten Bauch gerade einmal zur Hälfte. Hose und Unterhose waren ihm um die Fußknöchel gewickelt. Die Spitzen der eleganten Lederschuhe, von denen Seifenwasser und Blut heruntertropften, schwebten einige Zentimeter über dem Betonboden.

Von dieser Installation aus führte ein breiter Streifen aus dunklen Körperflüssigkeiten durch den Schaum zur Vorderseite des Tesla, unter dessen Stoßstange eine Flasche Champagner lag. Um den Ausguss war ein zarter Damenslip gebunden. Auf dem schwarzen Lack der Motorhaube waren die Blutspuren nicht auszumachen, die Windschutzscheibe hingegen war mit einer dicken Schicht Blut überzogen. Vor dem Fahrersitz befand sich in Kopfhöhe ein einzelnes Einschussloch. Um das Loch herum war ein Ring auf die Innenseite der Scheibe gesprüht. Die Substanz erinnerte an noch nicht ganz erkalteten Haferbrei, es handelte sich dabei aber offensichtlich um die Hirnmasse der Frau, die mit nacktem Oberkörper hinter dem Lenkrad saß.

»Meine Güte«, sagte Fredrik und schluckte.

Vorsichtig war er zwischen die Wand und die Bürste getreten, die das Gewicht der Männerleiche trug. Jetzt beugte er sich nach vorn und starrte in das schlaffe, leblose Gesicht.

»Franke kommt bald«, sagte Polizeidirektor Koss und fuhr sich mit der Hand durch die halblangen, blonden Haare. »Er hat noch was Privates zu erledigen, und wir brauchen Leute hier.«

Nur die beiden Männer und Kafa waren im Inneren der Waschanlage anwesend. Die Polizeistreife, die den Alarm ausgelöst hatte, war dabei, die Umgebung abzusperren, und von draußen war ein dumpfes Knallen von Plastikkisten zu hören. Die Spurensicherung lud ihre Ausrüstung aus.

Fredrik blickte zu Kafa. Sie stand mit dem Polizeidirektor beim Auto. Ihre hellbraune Haut wirkte blass. Sie merkte, dass er sie ansah.

»Ja«, sagte sie nur und lächelte matt. Sie zog einen Notizblock aus der Tasche. »Ich habe eine Brieftasche unter den Bürsten gefunden. Wir haben selbstverständlich noch keine

Bestätigung, aber dem Führerschein zufolge handelt es sich bei dem Toten um Henry Falck. Das Nummernschild des Autos bestätigt das …«

Fredrik unterbrach sie. »Das ist Falck. Ich bin mir sicher, dass er es ist.«

»Ach so?«, meinte Koss. »Kennen Sie den Kerl etwa?«

»Nein.«

Fredrik berichtete von dem Gespräch mit der Journalistin Benedikte Stoltz während des Essens im Schloss und von dem Mann, der ihnen den Mittelfinger gezeigt hatte. Der Mann mit den hervortretenden Augen und den rot geäderten Wangen. Es war derselbe Kerl.

»Laut Stoltz war Falck stellvertretender Direktor einer Unternehmensberatung. Sie war dort, um ihn wegen irgendeines geheimen Projekts auszufragen. Er hatte vermutlich irgendeinen Skandal aufgedeckt. Falck war darüber offensichtlich nicht sonderlich erfreut.«

»Verdammt«, murmelte Koss. Missbilligend starrte er auf das rosa Seifenwasser, das um seine Galoschen schwappte. Fredrik wusste, was er dachte: Ein toter Direktor, geheime Projekte und ein Tatort wie dieser? Ein gefundenes Fressen für die Presse.

»Schnappen Sie sich diese Journalistin. Wenn der Kerl im Begriff war einen Skandal aufzudecken, ist das ein mögliches Mordmotiv. Und sorgen Sie dafür, dass so wenige Leute wie möglich Zugang zum Tatort erhalten. Ich will in der Zeitung nichts über die verdammt bizarre Szene hier lesen«, fuhr der Polizeidirektor fort.

Fredrik versuchte, seinen Ärger herunterzuschlucken. Sebastian Koss zeigte wieder seine unangenehmste Seite, schleuderte mit Befehlen um sich, sodass ihm später nichts vorzuwerfen war. Denn ob der Tatort in den Medien detailliert beschrieben wurde, war nicht Fredriks Problem. Seine

Aufgabe bestand darin, den Mörder zu finden, und der wusste bereits, wie es hier aussah. Undichte Stellen waren einzig und allein ein Problem für die Polizeileitung, weil sie zeigten, dass sie die eigenen Leute nicht im Griff hatte.

»Ich setze mich mit Stoltz in Verbindung«, brummte er und sah Kafa an. »Was ist mit der Frau?«

Kafa schüttelte den Kopf. »Ich will nicht ins Auto steigen und nach Ausweispapieren suchen, bevor die Spurensicherung hier war. Soweit ich aber erkennen kann, wurde ihr in den Nacken geschossen. Der Täter muss hinter ihr gesessen haben. Auf dem Rücksitz liegt ein Pelzmantel. Er sieht teuer aus, ebenso das Kleid.« Sie winkte ihn zu sich und leuchtete mit einer Taschenlampe durch die Seitenscheibe. Die Kugel hatte ein mandarinengroßes Austrittsloch ins Stirnbein gerissen. Bis auf die walnussbraune Hautfarbe und das dunkle Haar war durch die Druckschäden im Gewebe unmöglich zu erkennen, wie die Frau einmal ausgesehen hatte. Kafa ließ den Lichtkegel nach unten wandern. Das Kleid war bis unter die Brüste heruntergezogen und bis zu den Hüften hinaufgerollt und gab dadurch den Blick auf einen unbehaarten Intimbereich frei.

»Eine Prostituierte?«, fragte er. »Sind sie hier reingefahren, um es miteinander zu treiben?«

»Der Gedanke ist mir auch schon gekommen«, antwortete Kafa. »Aber sieh dir das mal an.« Sie zog ihn ein paar Schritte nach hinten. An der Seite des Autos stand etwas geschrieben. Die Farbe war verwischt, und Fredrik versuchte zu lesen. »Verra …«

»Verräter«, sagte Kafa.

»Verräter?«

»Ein Schlosser hat die Leichen gefunden. Er wurde gerufen, weil sich das Einfahrtstor nicht öffnen ließ«, erzählte sie. »Seiner Aussage nach ist das hier die einzige rund um die Uhr geöffnete Autowaschanlage in diesem Teil der Stadt.«

»Okay?«

»Die Frage ist, ob das Auto mit Graffiti beschmiert wurde, um Falck hierherzulocken. Ob sich der Mörder die Waschanlage als Tatort ausgesucht hat.«

»Wie kommst du darauf?«

»Da die Farbe verwischt ist, ist sie offensichtlich aufgetragen worden, bevor das Auto in die Waschanlage gefahren ist. Und sieh dir ihre Kleidung an. Er im Anzug, sie im Abendkleid. Sie haben sich auf einen Abend in der Stadt vorbereitet. Falck war sicher nicht der Typ, der in einem beschmierten Auto herumfahren wollte, und da das hier die einzige geöffnete Waschanlage ist …«

»Vielleicht«, sagte Fredrik nachdenklich. »Sprayer verwenden Sprühlack, keine Farbe. Lack könnte man in einer Waschanlage unmöglich entfernen. Farbe allerdings … Ein geplanter Angriff, sagst du?« Er nickte in Richtung des toten Mannes. »Aber warum hängt er dort zum Trocknen? Warum ist er nicht einfach im Auto liquidiert worden?«

Kafa beantwortete die Frage mit einer weiteren. »Vielleicht hat er versucht zu fliehen? Ihm wurde in den Bauch und in den Schritt geschossen, aber nicht in den Kopf wie der Frau. Warum hat der Mörder ihr einen schnellen Tod gegönnt, ihm aber nicht?«

»Verräter«, sagte Fredrik. »Eine Kugel in die Eier und eine in den Bauch. Eine qualvolle Art ermordet zu werden. Jemand wollte, dass er leidet, bevor er stirbt.«

Kafa nickte. »Wahrscheinlich sind die Bürsten über ihn gerollt, haben die Blutlache mit über das Auto gezogen und sind dann wieder zurückgerollt. Vielleicht hat er sich einfach an der Bürste festgehalten und ist deshalb hängen geblieben.« Sie zeigte auf eine Kamera, die über Koss angebracht war. »Hoffentlich gibt es ein Überwachungsvideo, das uns ein paar Antworten liefert.«

Fredrik blieb stehen und starrte von der Kamera zu der Frau im Auto und auf den blanken Männerhintern – das ergab keinen Sinn. Wenn der Mörder wirklich bewusst die Waschanlage als Tatort ausgewählt hatte, warum hätte er sich dann für einen kameraüberwachten Ort entscheiden sollen? Warum sollte er eins der Opfer lebendig zurücklassen? Was, wenn man Falck gefunden hätte, bevor er tot war?

Er musste sich bücken, um unter dem Einfahrtstor hindurchzukommen. Selbst in diesem dunklen, nach Abgasen stinkenden Stadtteil war es gut, an die Luft zu kommen. Benedikte Stoltz' Visitenkarte steckte noch in seiner Tasche. Er landete direkt auf dem Anrufbeantworter. Darauf gab es keinen freundlichen Gruß, nicht einmal die Roboterstimme der Telefongesellschaft, nur einen kühlen Pfeifton, gefolgt von Stille.

10

»Verräter«, brüllte Fredrik Kafa zu und nutzte die Hand als Windschutz. Sie hatte den Mantelkragen nach oben geschlagen und ihre Wollmütze weit über die Ohren gezogen. »Wen hat Henry Falck denn verraten? Wer hat seinen Tod gewollt?«

Dem Einwohnermeldeamt zufolge wohnte Falck in einer Wohnung auf Tjuvholmen mit direktem Blick auf den Fjord. Die Wohnung lag nur wenige hundert Meter von der Autowaschanlage entfernt. Die Ermittler folgten dem Kai entlang der Bars und Restaurants an der Aker Brygge. Mittlerweile fiel der Schnee noch dichter, und es waren kaum Leute auf der Straße. Die Nesodden-Fähre schien den Fjord beim Vorbeifahren in zwei Teile zu reißen.

»Am offensichtlichsten ist doch, dass es etwas mit seiner Arbeit zu tun hat«, sagte sie. »Aber Verräter? Warum verwendet der Mörder gerade dieses Wort?« Sie warf ihm einen Blick zu. Kafa hatte Schneeflocken auf den Wimpern, und das stand ihr gut. Kafa Iqbal stand fast alles. Fredrik hatte sie immer gemocht. Da aber zwanzig Jahre, eine havarierte Ehe und Fredriks halb erwachsene Kinder zwischen ihnen standen, hatte er eingesehen, dass sie Kollegen waren und Kollegen bleiben sollten.

»Falls der Mörder das geschrieben hat«, fuhr sie fort. »Aber das wissen wir nicht.«

»Ich weigere mich zu glauben, dass die Schmiererei und

die Morde nicht zusammenhängen«, sagte Fredrik. »Wen aber könnte er verraten haben? Ist die Frau im Auto wirklich eine Prostituierte, hat der stellvertretende Direktor Falck da draußen vielleicht irgendwo eine eifersüchtige Lebensgefährtin oder Freundin? Jemanden so in den Schritt zu schießen… irgendjemand muss verdammt sauer auf ihn gewesen sein.«

Bald war in dem Schneegestöber das gewölbte Glasdach des Astrup Fearnley Museums auszumachen. Sie überquerten die Holzbrücke, die die Grenze zwischen der Hochburg der Altyuppies – Aker Brygge – und dem Spielplatz einer neuen Generation von Kindern reicher Eltern und Emporkömmlingen – Tjuvholmen – darstellte. Hier herrschten Stein, Stahl und Glas, zusammengeschraubt zu kalten, scharfkantigen Gebäuden, dekoriert mit den Namen kalter, scharfkantiger Anwälte.

In diesem Ökosystem war Henry Falck zu Hause gewesen. Sie folgten einer Gasse bis zu den Luxuswohnungen ganz am Ende des Viertels, wo der böige Wind heulte. Fredrik sah ein, dass es noch einen Grund gab, dem stellvertretenden Direktor das Leben zu nehmen – ein Motiv so alt wie die Menschheit selbst: Reichtum. Wenn Henry Falck es sich leisten konnte, hier zu wohnen, war er zweifellos wohlhabend. Was geschah jetzt mit dem Geld?

Die Empfangsdame in der Lobby trug Perlenohrringe und hatte eine schmale Nase, die sie rümpfte, als sie den Schnee von ihren Jacken klopften.

»Einer Ihrer Kollegen ist bereits hier gewesen. Herr Falck war nicht da, als ich angerufen habe, darum habe ich ihn abgewiesen. Ich kann es selbstverständlich noch einmal versuchen, aber…«

Kafa platzierte ihre Mütze auf dem Empfangstresen, woraufhin ein bisschen Schnee auf der Tastatur der Frau landete.

»Henry Falck ist nicht da«, sagte Kafa und lächelte aufgesetzt. »Das wissen wir. Wir brauchen den Schlüssel zu seiner Wohnung.«

Die Frau lachte, als hätte Kafa gerade vorgeschlagen ihre Zahnbürsten zu tauschen. »So funktioniert das hier nicht«, erklärte sie und wischte mit einem Papiertaschentuch den Schnee von der Tastatur.

»Nun«, sagte Kafa. »Wir müssen in diese Wohnung. Wir können einen Gerichtsbeschluss beschaffen, was nur ein paar Stunden dauern wird. In der Zwischenzeit sind wir gezwungen, Ihre Lobby zu sperren.«

Fredrik sah, dass die Frau nach einem Ausweg suchte. Obwohl sie alleine waren, lehnte sie sich vor und flüsterte: »Geht es um einen Kriminalfall?«

Kafa nickte. »Wir sind Ermittler des Dezernats für Gewaltverbrechen«, sagte sie und ließ die Dame ihre eigenen Schlussfolgerungen ziehen.

»Ist Herrn Falck denn etwas zugestoßen?«

Jetzt war Fredrik des Ganzen überdrüssig. Er beugte sich zu ihr, bis ihm ihr Mentholatem in die Nase stach.

»Jemand hat ihm den Schwanz weggeschossen. Das müssen Sie aber für sich behalten. Okay?«

Im Fahrstuhl stand eine Reinigungskraft zwischen ihnen. Sie hatte Stöpsel in den Ohren, kaute Kaugummi und summte unbeirrt die Melodie eines Liedes mit, das sie nicht hören konnten. Fredrik versuchte Kafas Blick zu deuten – ob sie von seiner Tatkraft beeindruckt war oder ihn lediglich für einen großschnäuzigen Trottel hielt. Er selbst war mit seinem Einsatz zufrieden und zeigte es, indem er sich mit den Fingern munter auf den Oberschenkel trommelte. Als die

Fahrstuhltür aufglitt, standen sie einem Wachmann gegenüber. Er war im Begriff, seinen dunkel gelockten Haarschopf mit einer Schirmmütze zu bedecken. Kafa hielt ihn auf.

»Wir sind auf der Suche nach Henry Falcks Wohnung.«

Er zuckte mit den Schultern. »Tut mir leid. Aber es stehen Namen an den Klingeln.«

Sie fanden Falcks Wohnung am Ende des Flurs. Der Schlüssel war keiner der herkömmlichen Sorte, sondern ein Elektrochip. Als Fredrik ihn auf den Türgriff legte, leuchtete ein grünes Licht auf.

»Müsste das Schloss nicht klicken oder so?«, fragte Kafa.

Fredrik sah sie an. Er hatte den gleichen Gedanken gehabt. »Ich glaube, sie war nicht verschlossen«, sagte er leise. »Könnte da jemand drin sein?«

Kafa antwortete nicht. Schob nur die Hand in die Manteltasche und zog die wuchtige Maglite-Taschenlampe heraus. Fredrik holte tief Luft und drückte die Tür auf.

Die Absätze von Kafas Stiefeletten machten auf den Mosaikfliesen ordentlich Lärm, als sie an dem kunterbunten Pushwanger-Gemälde im Eingangsbereich vorbeigingen. Es bildete einen heftigen Kontrast zum tristen Farbschleier im Wohnzimmer, der von dem Lichtschein verursacht wurde, der durch die bodentiefen Fenster ins Innere drang. Eine dunkle Steinbank teilte den Raum in zwei Bereiche. Linker Hand war eine Küche eingebaut, Stahl und glatter Granit, rechter Hand stand hinter einem Glastisch auf schmalen Beinen ein Designersofa. Über dem Sofa hingen mehrere quadratische Kunstwerke, bestehend aus geraden senkrechten und waagrechten Strichen. Als in der Tür neben dem Wohnzimmerbereich eine breite Gestalt auftauchte, war Fredrik kurz davor, einen lauten Schrei auszustoßen.

»Was zur Hölle geht hier vor?«

»Franke?«

In der Tür zum Schlafzimmer stand Hauptkommissar Franke Nore. Der Polizist, der sich während des Essens auf Schloss Akershus mit der Beamtin aus dem Justizministerium unterhalten hatte. Die Augen des alternden Ermittlers waren weit aufgerissen.

»Verdammt, habt ihr mich erschreckt«, sagte er gereizt. »Warum platzt ihr hier so rein?«

Fredrik und Franke hatten mehrere Jahre lang zusammengearbeitet, aber nie eine gemeinsame Ebene gefunden. Franke gehörte der Generation von Polizisten an, die der Ansicht waren, Vorurteile wären Teil der Ermittlungsmethodik, und Frankes Vorurteile waren ebenso angegraut wie der Mann selbst. Ihm zufolge bestand die Bevölkerung aus Weibern, Pakis, Homos und normalen Leuten, wobei die drei Erstgenannten die Schuld an fast allem trugen, mit dem sich die normalen Leute herumschlagen mussten.

»Was machst du denn hier?«, fragte Kafa. »Hat Koss dich etwa gebeten herzukommen?«

»Ich hab ihm Bescheid gegeben, dass ich herfahre, ja«, antwortete Franke herausfordernd. »Am Tatort kann man rein gar nichts machen, bevor die Gespenster der Spurensicherung nicht ihren Pinzettenmarsch beendet haben. Oder etwa nicht?«

»Stimmt«, antwortete Fredrik zurückhaltend. Er sah, dass Kafa, mit einer tiefen Falte auf der Stirn, Franke betrachtete. »Wie bist du hier reingekommen? Die Dame unten in der Lobby sagte, sie hat dich abgewiesen.«

»Lobby«, schnaubte Franke. »Lobbys sind zum Auffüllen der Minibar da.« Fredrik stellte fest, dass sie zumindest in diesem Punkt einer Meinung waren. »Der Wachmann hat mich reingelassen. Man muss sich ein bisschen raffiniert anstellen.« Franke tippte sich gegen die Schläfe, wobei sein Finger exakt den Ansatz seiner Igelfrisur auf der Stirn traf.

Fredrik trat an die Fensterfront. Im Schneegestöber war der Fjord weiter unten kaum zu sehen, an einem warmen, wolkenlosen Sommertag musste das hier jedoch die schönste Aussicht sein, die man sich in der Stadt für Geld kaufen konnte. Der Oslofjord liegt blau und verlockend da, und vom Balkon aus können die Privilegierten vom Sonnenaufgang bis zur Abenddämmerung in UV-Strahlen und Chablis baden.

Das Schlafzimmer war größer als Fredriks Wohnzimmer. Vor den Fenstern lag ein Zebrafell, und hinter der Spiegeltür des Kleiderschranks waren dunkle Anzüge und Mäntel aufgehängt. Inmitten des Zimmers thronte ein breites, ordentlich gemachtes Bett, auf dessen Decke einige Frotteehandtücher lagen.

»Das hat er nicht selbst gemacht«, sagte Fredrik.

»Nein«, stimmte Kafa ihm zu. Sie stand am anderen Ende des Zimmers am Schreibtisch und war im Begriff, sich ein Paar Gummihandschuhe überzustreifen. »In der Lobby gab es einen Aushang. Reinigung, Wäsche, Hemdenbügeln und Aufräumen sind Teil der Miete.« Sie klopfte mit dem Zeigefinger auf den oberen Bildschirmrand eines Laptops. »Franke?«, fragte sie. »Hast du den angerührt?«

»Nein. Ich habe nicht die leiseste Ahnung von Computern. Ich konnte mich gerade mal kurz umsehen, bevor ihr hereingeplatzt seid.«

»Das ist merkwürdig«, entgegnete Kafa. »Der Laptop ist an. So als wäre er gerade erst benutzt worden.«

Langsam drehte Fredrik eine Runde durch die Wohnung, berührte nichts, musterte nur Einrichtung und Wände, warf einen Blick in den Kühlschrank, in den Mülleimer und in den Wäschekorb. Er war nicht hier, um nach mikroskopischen Spuren von Blut und Sperma, Fingerabdrücken oder Haaren zu suchen. Diesen Job machte die Spurensicherung so viel besser als er. Fredrik war hier, um Henry Falck kennenzulernen. Was für ein Typ war er? Was las er, wenn er ins Bett ging, und was zog er an, nachdem er aufgestanden war? Vor seiner Ermordung war Falck als Verräter bezeichnet worden. Fredrik nahm daher an, dass der Tod des stellvertretenden Direktors Ergebnis des Lebens war, das er geführt hatte. Fredrik suchte nach der Erzählung dieses Lebens.

Das Badezimmer wurde von einer Eckbadewanne beherrscht. Das Gästezimmer war unbenutzt, und über der Toilette neben dem Eingang hing ein Munch-Druck. Auf dem Klo las der stellvertretende Direktor Finansavisen und VG und am Küchentresen Forbes. In dem schlanken Bücherregal fand er Biografien von Leuten wie Darwin, Churchill und Steve Jobs. Die Kunst entsprach scheinbar einer Sammlung dessen, was die Galerien in den letzten Jahren am meisten gepusht hatten, während der Kühlschrank ein paar halb volle Boxen mit Take-away enthielt. Zurück im Schlafzimmer fiel sein Blick auf den Nachttisch. Dort lag ein Zeitungsausschnitt mit Fotos von Henry Falck und mehreren anderen selbstbewussten Herren im Anzug. »Berater an der Spitze der Gehaltspyramide« lautete die Überschrift.

»Verdammt. Wie alt war er denn deiner Schätzung nach?« Franke hatte sich neben ihn gestellt. »So in meinem Alter? Dieser Widerling hat innerhalb eines Jahres mehr an sich gerafft, als ich innerhalb eines ganzen Lebens als Polizist verdient habe«, schmollte er.

»Dir hat aber auch noch keiner die Ausrüstung weggeballert«, gab Fredrik zu bedenken.

»Nein. Noch nicht.«

Unter dem Zeitungsausschnitt fand er ein gebundenes Buch. Der Buchrücken war porös und die Schrift klein. Fredrik lugte über die Brille hinweg. Eine alte Ausgabe von

H. G. Wells' *Men Like Gods*. Es wölbte sich. Es lag etwas darin.

»Was zum Teufel«, brach es aus ihm heraus. Zwischen dem Umschlag und der ersten Seite lag ein gebogenes Stahlmesser mit langem Schaft und einem kurzen, ultrascharfen Blatt.

»Ein Austernmesser«, sagte Franke.

»Ich dachte Austernmesser wären kürzer?«, sagte Kafa.

»Nicht in der Reichenvariante«, entgegnete Franke.

»Warum hat er es hier im Schlafzimmer liegen? In einem Buch?«

»Vermutlich hat er im Bett gern Austern geschlürft?« Franke grinste und schielte zu Kafa. »Du weißt, was man über den Geruch sagt«, fuhr er fort und schniefte gierig. »Vielleicht gaben sie ihm ein paar Ideen, wenn er hier alleine lag?«

»Nach dem, was ich gehört habe, sind die meisten Männer seines Alters impotent«, erwiderte Kafa.

11

Er bestieg sie so, wie Bullen es tun. Sein massiver Körper stürzte sich auf ihren, kräftige Pranken glitten über glatte Schulterblätter, der Rücken war leicht gekrümmt, und von dort erhob sich ein breiter, unschöner Kopf. Die Nackenmuskeln waren angespannt, die Halsschlagader pulsierte, und der Adamsapfel hob und senkte sich im Takt mit dem gutturalen Brummen. Die Bewegungen des zitternden Männerkörpers wurden von ihrem Wimmern begleitet, und weil sie ihrer beider Gewicht trug, war die Oberschenkelmuskulatur der Frau angespannt. Ihr Gesicht lag flach auf dem Kissen und wurde von den Haaren verdeckt.

Es war bestialisch, und die Brutalität nahm zu, als der Mann ihr die Hände zwischen Schultern und Kinn platzierte, ihre Kehle packte und die Frau auf die Knie hochzerrte. Ihr Japsen nach Luft schien ihn zu ärgern, denn die Stöße wurden härter, bevor er sie mit einem kräftigen Ruck aus dem Bett schleuderte. Mit wild herumwirbelnden Armen landete sie auf dem Boden. »Henry«, piepste sie.

»Das reicht«, sagte Polizeipräsident Trond Anton Neme leise. »Sie können das Video ausschalten.«

Sie saßen an einem langen Konferenztisch in einem länglichen Konferenzraum im Polizeipräsidium. Kafa saß am Tischende. Sie hatte Henry Falcks Laptop an den Projektor angeschlossen, der unter der Decke vor Hitze brummte. Das Licht war gedämpft und die Gardinen waren vorgezogen.

Neben Fredrik hatten sich auf dem Gesicht der Leiterin der Spurensicherung, Therese Grøfting, scharfe Falten gebildet. Fredrik direkt gegenüber saßen Franke, Polizeidirektor Koss und der Polizeipräsident. Im Widerschein der Leinwand wirkte ihre Haut kalt und leblos.

»Nein«, sagte Kafa. »Sie müssen noch mehr sehen.«

Henry Falck hatte sich erhoben. Groß, fett und strotzend, mit hervortretenden Augen und zerzaustem silbergrauen Haar. Mit einem nackten Fuß trat er nach der Frau. Sie war groß, beinahe mager, ihre Züge waren skandinavisch, der Hautton war jedoch dunkler. Falck traf sie seitlich an der Brust, zwang sie wieder ins Bett hinauf, packte sie fest um den Nacken und drückte den zerbrechlichen Oberkörper nach unten, bevor er mit seinem Treiben fortfuhr. Endlich hielt Kafa das Video an, ging zur Leinwand und hob eine Hand, sodass sich der blasse Körper des stellvertretenden Direktors über ihrem Arm hin- und herbewegte.

»Dort«, sagte sie und zeigte zwischen die Beine des Mannes und den Hintern der Frau. Die Aufnahme war von guter Qualität, und Fredrik hörte, wie er nach Luft schnappte. Zwischen Henry Falcks Oberschenkeln war ganz deutlich die Hand der Frau zu sehen. Darin hielt sie einen langen, silbrig glänzenden Gegenstand. Das Austernmesser. Die Messerspitze war nur Zentimeter vom Geschlechtsteil des stellvertretenden Direktors entfernt.

»Sieh an … die Mulattin hat sich also verteidigt?«, tönte Franke.

Kafa ignorierte die Wortwahl.

»So was nennt sich *Blading*. Dabei handelt es sich um ein sadomasochistisches Ritual. Ein verabredetes Spiel. Eine Spielerei. Das Ungewöhnliche ist, dass sie das Messer in der Hand hält. Üblicherweise hat es der dominante Part und bedroht den passiven damit.«

»Es handelt sich also um eine Art Gleichgewicht des Schreckens?« Franke wirkte aufrichtig interessiert.

»Ja. So was in der Art.«

»Woher wissen Sie, dass Sie die Waffe nicht zufällig in die Hände bekommen hat?«, fragte der Polizeipräsident.

»Wollen Sie den Rest des Videos sehen? Es wird noch schlimmer. Allerdings verwendet sie das Messer zu keinem Zeitpunkt, um sich zu verteidigen. Sie umklammert es einfach nur mit der Hand, ritzt und sticht während der kompletten Szene leicht zu.«

Nemes verbitterter Gesichtsausdruck war Antwort genug. »Ihre Aussagen genügen mir.«

»Ich habe heute Morgen mit dem Gerichtsmediziner gesprochen«, sagte Kafa. »Henry Falck hat an der Leiste und im oberen Bereich der Oberschenkel mehrere Narben und Stichverletzungen, verursacht von einem scharfen Gegenstand, vermutlich dem Austernmesser. Wahrscheinlich gab es auch Narben an den Geschlechtsteilen, allerdings sind die zu stark in Mitleidenschaft gezogen worden, um diesbezüglich eine sichere Aussage zu treffen. In diesem Bereich verlaufen einige der kräftigsten Arterien des Körpers. Eine falsche Bewegung und das Leben wäre aus ihm herausgepumpt worden.«

»Ach du liebe Güte«, sagte Neme. »Entfernen Sie dieses verfluchte Bild, und schalten Sie das Licht wieder ein. Verdammt noch mal. Was geht bei diesen Leuten da ab?«

Die Leuchtröhren blinkten, und Fredrik blinzelte. Dann schob er den Stuhl nach hinten, zog die Gardinen zur Seite und drückte das Fenster so weit es ging nach oben. Er schob die Handflächen in den Schlitz. Der Schneesturm hatte die ganze Nacht über getobt. Nun schneite es noch immer, und als die weichen Flocken auf seiner Haut landeten, schmolzen sie. Das war ein gutes Gefühl.

Als er mitsamt Stuhl wieder an den Tisch zurückrückte, spürte er Therese Grøftings Hand auf seiner.

»Geht's dir gut?«

Er lächelte halbherzig. »Scheiße«, sagte er mit einem Nicken Richtung Leinwand.

Sie drückte etwas fester zu, bevor sie ihre Hand wieder wegzog.

Der Polizeipräsident stand auf, nahm neben Kafa Platz und streckte seinen langen Körper nach hinten. Er war etwas älter als Fredrik, hatte ein Kinngrübchen und angegraute Schläfen. Dennoch hatte er so breite Schultern, dass für die Uniformjacke eine Spezialanfertigung vonnöten war. Abgesehen davon war Neme kein Anhänger von Maßanfertigungen. Seiner Meinung nach war jeder mit der Fähigkeit ausgestattet, zwischen richtig und falsch zu unterscheiden; und diejenigen, die sich für falsch entschieden, sollten dementsprechend verurteilt werden. Daher war er schockiert darüber, dass ein Mann in Falcks Stellung sich so etwas Abnormales erlauben konnte. Fredrik gegenüber hatte Neme einst im Vertrauen geäußert, dass er die Missionarsstellung bevorzuge.

Wenn nun aber einer der treuen und mächtigen Diener der Gesellschaft sein Leben mit in die Höhe gerecktem Hintern in einer Waschanlage in Vika beendete, engagierte sich der Polizeipräsident dennoch persönlich. Mächtige Leute haben mächtige Freunde. Und mächtige Freunde haben Einfluss auf die Karriere von Männern wie Trond Anton Neme.

»Was ich nicht begreife«, seufzte Neme und blinzelte Kafa zu, »ist, warum er das gefilmt hat. Was, wenn jemand dieses Video in die Finger bekommen hätte? Das hätte doch seinen guten Ruf zerstört.«

»Ich frage mich, ob das nicht Sinn der Sache war«, antwortete Kafa.

»Was meinen Sie?«

»Der Laptop ist so gut wie leer«, sagte sie. »Keine E-Mails, keine sonstigen Dokumente. Dieses Video war nicht in der üblichen Weise gespeichert. Lediglich als temporäre Datei. Solche Dateien, wie sie der Computer, um den Arbeitsspeicher zu entlasten, selbst erstellt und die, ohne dass der Nutzer davon etwas merkt, wieder gelöscht werden.«

»Ich verstehe nicht«, sagte Neme.

»Der Laptop steht auf Falcks Schreibtisch, in seinem Schlafzimmer. Das Video wird mit der Kamera über dem Bildschirm gefilmt. Unsere Techniker haben den Verdacht, dass Falcks Rechner gehackt wurde. Dass jemand ohne sein Wissen die Kontrolle über die Kamera übernommen hat.«

»Um Geld von ihm zu erpressen?«

»Oder Informationen? Oder um zu beeinflussen, was in dem geheimen Projekt gemacht wurde, in das er verwickelt war? Ich weiß es nicht«, sagte Kafa und wandte sich an Fredrik. »Diese Journalistin von der du gesprochen hast …«

»Benedikte Stoltz«, sagte Fredrik.

»Ja. Sie weiß doch offensichtlich etwas über dieses Projekt. So ganz geheim war es dann augenscheinlich doch nicht. Hast du sie erreicht?«

»Sie geht nicht ans Telefon.«

Die Miene des Polizeipräsidenten hatte sich verfinstert. Die Wende, die dieser Fall zu nehmen schien, gefiel ihm ganz und gar nicht. Das war unverkennbar.

»Grøfting«, brummte er und richtete den Blick auf die Leiterin der Spurensicherung. »Was geben die Funde in der Autowaschanlage her?«

»Nun«, begann Therese. »Fangen wir mit der Frau an. Sie wurde mit einem Schuss in den Nacken getötet, abgefeuert aus kurzer Distanz, etwa zehn bis fünfzehn Zentimeter. Das Projektil hat den Schädel passiert und ist durch die Stirn wieder ausgetreten, bevor es die Windschutzscheibe des Tesla durchschlug. Die Kugel haben wir in der Betonwand der Waschanlage gefunden. Das Kaliber ist eine 9-mm-Parabellum, was bedeutet, dass es sich bei der Mordwaffe um nahezu jede Art von Pistole handeln kann.« Sie machte eine Pause und schaute in ihre Unterlagen. »Im Auto haben wir Weinreste gefunden, wahrscheinlich aus der Flasche, die in der Halle auf dem Boden gelegen hat. Ein teurer Champagner. Über den Ausguss war ein Damenslip gebunden, auf dem sich DNA-Spuren von beiden Getöteten befanden. Im Getränkehalter wurde zudem eine unbeschriftete Druckverschlusstüte gefunden, bei deren Inhalt es sich vermutlich um Viagra handelt. Die Kreditkarte der Frau steckte in ihrem Portemonnaie unter dem Pelzmantel im Auto. Ihr Handy haben wir nicht orten können, erhalten aber im Laufe des Tages von der Telefongesellschaft die Verbindungsdaten. Der Name der Frau lautet Beata Wagner. Ihre Personalien habe ich an Kafa weitergeleitet.«

Die Leiterin der Spurensicherung sah für einen Moment von ihren Notizen auf und Fredrik an.

»Auf Henry Falck wurde zweimal geschossen. Die Kugel in den Schritt verursachte ernste Verletzungen an den Geschlechtsteilen sowie innere Blutungen. Das andere Projektil ist in die Bauchhöhle eingedrungen und hat den Darm und den Magen in Fetzen gerissen. Die Todesursache lautet Multiorganversagen infolge des Blutverlustes und einer akuten Sepsis, also Blutvergiftung. Nach Einschätzung des Gerichtsmediziners lebte er noch ein bis zwei Stunden weiter, nachdem die Schüsse gefallen waren.«

»Armer Mann«, murmelte Koss.

Therese nickte nur. »Auch wenn Täter und Waffe gleich sind, erscheint es mir, als wären die Mordmethoden – oder vielleicht sollte ich besser sagen die Mord*absichten* – bei beiden Opfern verschieden zu sein. Beata Wagner wurde liquidiert. Schnell und schmerzlos. So wie man sich eines Zeugen entledigt. Falck hingegen … Das erinnert an Folter. So, als wären starke Gefühle im Spiel gewesen. Das untermauert auch das Wort, das auf das Auto geschmiert war: Verräter.«

Neme stöhnte deprimiert auf und wandte sich an Kafa. »Diese Wagner …«, begann er, wurde jedoch von Therese unterbrochen.

»Da wäre noch etwas.«

»Ja?«

»Der Mörder – wenn wir annehmen, dass es sich um einen Mann handelt – wusste nicht, wie lange Falck noch leben würde. Die Verletzungen waren zwar tödlich, aber wahrscheinlich war er noch lange bei Bewusstsein. Trotzdem ging der Mörder das Risiko ein, ihn in diesem Zustand zurückzulassen. Ich glaube, der Täter wusste, dass der stellvertretende Direktor ihn nicht identifizieren könnte«, sagte sie.

»Also … jemand hat Henry Falck so sehr gehasst, dass er ihn leiden sehen wollte, Falck hätte den Mörder aber nicht wiedererkannt?«, sagte Franke. »Ist das nicht ein Widerspruch?«

»Nicht wenn der Täter angeheuert wurde«, sagte Fredrik. »Ein Auftragskiller.«

12

Das Dezernat für Gewaltverbrechen war ein Theater, in dem die Variationen der immer gleichen Tragödie nie aus dem Programm genommen wurden. Das Stück war getrieben von Liebe und Hass, Begehren und Eifersucht, Gier und Angst. Und wie im richtigen Theater spielte jeder, der durch diese Türen trat, eine Rolle, wobei die meisten selbstverständlich nur Zuschauer waren: das Kind, das seinen Vater mit einer zerbrochenen Flasche in der Hand hinter der Mutter hatte hertaumeln sehen; der Rentner, der Zeuge eines Überfalls geworden war, als er Zigarettentabak kaufen wollte. Anderen war die unglückliche Rolle des Opfers zugewiesen worden, die Polizisten mussten darum kämpfen, die großen Fußstapfen der Helden auszufüllen, und Mörder, Frauenschläger, Querulanten und vor Gewalt blinde Verbrecher mussten, sobald sie für ihre Untaten zur Verantwortung gezogen wurden, Schuld oder Unschuld, Kälte oder krampfartiges Weinen zum Ausdruck bringen, weil das ihrer Meinung nach zu ihrer Rolle gehörte.

Mit den Jahren hatte Fredrik gelernt, sie alle zu durchschauen. Er sah es an den verstohlenen Blicken, an den am Kaffeeautomaten herumnestelnden Fingern. Er nahm den Geruch von Schweiß wahr, hörte die widerspenstigen Schritte auf dem Linoleum.

Die Frau, die er jetzt beobachtete, konnte er jedoch nicht einschätzen. Der Polizist, der sie begleitete, merkte nicht, dass sie immer weiter zurückblieb und mit zögernden Schritten hinter ihm durch den Korridor ging. Sie musste weit über fünfzig sein. Vielleicht sogar schon sechzig. Ihre zu einem einfachen Zopf geflochtenen silbergrauen Haare fielen ihr über den eleganten Wollmantel. Doch es waren ihre Augen, aus denen Fredrik nicht schlau wurde: Der Blick war ausweichend, als würde sie befürchten, er könnte sie verraten, wirkte aber gleichzeitig verletzt, als suchte sie nach Hilfe.

Als Fredrik den Deckel der Thermoskanne zugedreht hatte, sah er erneut in ihre Richtung, aber da war sie bereits verschwunden.

»Krebs«, sagte Franke. »Ihr Zustand hat sich in der letzten Zeit verschlechtert. Sie liegt im Rikshospitalet. Ich habe Koss informiert, aber es ist gut, wenn ihr alle Bescheid wisst, falls ihr das Bedürfnis habt, mich zu erreichen.«

Fredrik begriff, dass er direkt in eine vertrauliche Angelegenheit hineingeplatzt war, und versuchte, so unauffällig wie möglich an seinen Platz zu gelangen. Therese beugte sich zu ihm hinüber. »Frankes Frau ist krank«, flüsterte sie. Fredrik fiel ein, dass Franke ihm einmal von der Krankheit erzählt hatte, er erinnerte sich jedoch nicht mehr daran, wann, und war sich nicht sicher, ob er es damals ernst genommen hatte. Franke quatschte mitunter viel Müll, wenn der Tag lang war.

»Nun«, sagte der Polizeipräsident peinlich berührt. »Dann wissen wir jetzt alle Bescheid. Ich schlage vor, Franke, Sie bringen uns, was Henry Falck betrifft, auf den neuesten Stand, und dann fahren Sie wieder ins Krankenhaus.«

Franke sah Fredrik direkt an. Er wirkte nicht triumphierend, vielleicht nur ein bisschen, beinahe so, als glaubte er, nun irgendeine Art von Vorteil zu haben, den Fredrik anerkennen müsste. Doch der Moment war schnell vorüber, und Fredrik schämte sich. Er musste damit aufhören, in den Menschen immer nach dem Schlechtesten zu suchen.

»Ich nehme an, dass die meisten hier bereits von dem einäugigen Arzt gehört haben?«, begann Franke. Keiner antwortete. »Einer der meistgejagten Terroristen der Welt. Erstmals auf dem Radar erschienen ist er vor etwa fünfzehn Jahren in Afghanistan. Dort hat er für die Taliban gearbeitet, brach allerdings bald wieder mit ihnen. Eine Zeit lang schloss er sich al-Qaida an, bevor er erneut die Seiten wechselte und Teil der Führungsebene des Islamischen Staates wurde, als dieser in Syrien und im Irak das Kalifat errichtete. Nach dessen Zerschlagung tauchte er unter. Er gilt als führender Kopf hinter einer Vielzahl von Terrorangriffen sowohl in Europa als auch unten in Arabistan.«

Aus der Jackentasche kramte Franke einen Notizblock hervor. Seine Hand zitterte leicht, während er zur gesuchten Seite blätterte. »2010, als die Jagd nach dem al-Qaida-Anführer Osama bin Laden noch auf Hochtouren lief, stieß eine Gruppe amerikanischer Elitesoldaten in einem Gebirgsdorf Afghanistans auf ein Waffenlager. Das Dorf wurde von den Männern des einäugigen Arztes kontrolliert. In einem Keller fanden sie große Mengen an Kriegsmaterial, das in Norwegen produziert worden war: moderne Granatenwerfer, Panzerfäuste und Sprengstoff. Der Großteil war nicht einmal ausgepackt worden. Der offiziellen Erklärung zufolge hatten sich die Terroristen die Ausrüstung bei einem Überfall auf eine afghanische Militärkolonne beschafft. Alarm wurde jedoch geschlagen, als der Hersteller die Seriennummern überprüfte. Wie sich nämlich zeigte, waren diese Waffen niemals verkauft worden. Den Unterlagen des Produzenten zufolge befand sich dieses Kriegsmaterial noch in einem Lager in Raufoss.«

»Es wurde also gestohlen?«

»Nein. Denn als sie das Lager überprüften, stand alles dort, wo es stehen sollte.«

»Also …?«

Franke zuckte mit den Schultern. »Das war es, was Henry Falck herauszufinden versuchte. Der Produzent hat bestätigt, dass die in Afghanistan gefundenen Waffen bei ihm hergestellt worden sind. Derartige Ausrüstung ist jedoch mit individuellen Seriennummern gekennzeichnet. Henry Falcks Auftrag bestand darin aufzudecken, was genau passiert war. Er sollte herausfinden, wie eine nicht unbedeutende Menge an Waffen und Sprengstoff in die Hände des einäugigen Arztes gelangen konnte, ohne dass sie vermisst wurde.«

»Aus welcher Quelle stammen denn die Informationen?«, fragte Koss.

»Von Falcks Chef«, sagte Franke. »Wilfred Faarmand, Direktor und Eigentümer der Unternehmensberatung Faarmand-Bernier. Es war beabsichtigt, die Sache zur Anzeige zu bringen, falls sie zu dem Schluss kommen sollten, dass es sich um einen Gesetzesverstoß gehandelt hätte.«

»*Falls* sie zu dem Schluss kommen sollten, dass es sich um einen Gesetzesverstoß gehandelt hätte«, echote der Polizeipräsident. »Wie weit war Falcks Untersuchung denn fortgeschritten?«

Franke schmunzelte selbstgefällig. »Nicht weit, befürchte ich. Er war im Begriff, den ersten Teilbericht abzuschließen, wobei es sich eigentlich nur um eine umfangreichere Version dessen handelt, was ich gerade erzählt habe. Mit den tatsächlichen Untersuchungen sollte es danach erst losgehen.«

»Also gibt es jemanden, der es ungern sehen würde, dass er weiter in der Sache herumbohrt«, sagte Koss. »Er beschafft sich kompromittierendes Material gegen Falck, erpresst ihn vielleicht, und als er nicht aufhören will, ermordet er ihn?«

»Könnte man meinen«, sagte Franke. »Aber in diesem Fall hat er seinen Vorgesetzten nicht darüber informiert, dass er erpresst wurde. Der Chef beschreibt ihn als einen unbestechlichen Typen.« Franke warf einen Blick auf seine Notizen. »Einen weit überdurchschnittlichen Arbeitseifer, kombiniert mit einem unerschütterlichen Geschäftssinn und äußerst starker Berufsethik«, las er vor.

»Vielleicht ist es nicht besonders verwunderlich, dass Falck die Klappe gehalten hat«, sagte Fredrik, »wenn man bedenkt, um welche Art von Material es sich dabei handelt. Wie hat der Chef reagiert, als er von Falcks Tod erfahren hat? Hast du ihm von den genauen Umständen erzählt?«

Franke zögerte ein wenig. »Ich habe ihm nur gesagt, dass er ermordet wurde. Er hat … geschäftsmäßig reagiert, würde ich sagen. Falck war unverheiratet, hat keine Nachkommen. Er war ein Einzelkind und hat nach dem Tod seiner Eltern eine beträchtliche Summe geerbt. Alles, was er hinterlässt, geht laut Testament an verschiedene Forschungseinrichtungen und Universitäten. Die wenigen, die ihn kannten, bezeichnen ihn als Arbeitstier, ehrgeizig, arrogant und egoistisch.«

Für einige Sekunden war es still in dem kleinen Konferenzraum. Alle schienen das soeben Gehörte zu verdauen.

»Es gibt da eine Sache, die ich nicht verstehe«, sagte Fredrik. »Wenn dieser Waffenbericht das Motiv ist, warum wurde er dann als Verräter bezeichnet? Wen hat er verraten? Warum musste er so grausam gequält werden?«

»Sie meinen, er wurde aus einem anderen Grund getötet?«, fragte Koss.

»Ich meine, dass es andere Gründe geben *könnte*. Einen

Versuch, sich das Erbe zu sichern, können wir offenbar ausschließen. Was aber ist mit seinem Sexualleben? Es kann doch sein, dass er jemanden mit zu sich nach Hause gelockt hat, der das Spiel nicht mitspielen wollte, dem es nicht gefallen hat, halb erwürgt, geschlagen und vergewaltigt zu werden.«

Als niemand etwas darauf erwiderte, ergriff der Polizeipräsident das Wort. »Eine letzte Sache, bevor wir zum Ende kommen: das zweite Mordopfer, Beata Wagner.« Er starrte Kafa an. Die Ermittlerin hatte beide Ellenbogen auf den Tisch gestützt und rollte den Kragen ihres Strickpullovers zwischen den Fingern ein und wieder aus. Sie schien in Gedanken versunken zu sein.

»Iqbal. Beata Wagner«, wiederholte Neme laut.

Kafa erschrak. »Tut mir leid«, sagte sie. »Unsere Leute sind gerade in ihrer Wohnung. Die Techniker sind noch nicht fertig, bisher wurde jedoch noch nichts gefunden, was darauf hindeutet, dass es einen anderen Grund für ihre Ermordung geben könnte als ihre zufällige Anwesenheit beim Tod von Henry Falck.« Kafa blätterte in ihren Unterlagen. »Wagner ist fünfundvierzig Jahre alt. Ledig, kinderlos und ohne Eintrag im Strafregister. Seit über zehn Jahren hat sie als Sekretärin im Finanzministerium gearbeitet. Sie wird von ihrem Arbeitgeber als fleißig und unauffällig beschrieben. Eine graue Maus, waren wohl seine Worte.«

Koss pfiff leise. »Eine graue Maus«, sagte er und nickte vielsagend.

Kafa fuhr fort. »Wagner hat eine norwegische Mutter und einen deutschen Vater indischer Abstammung. Die Mutter ist tot, der Vater lebt in Köln. Ich habe auch mit zwei ihrer Freundinnen gesprochen. Sie hatte mehrere Beziehungen, keine davon besonders langlebig. Henry Falck ist Wagner bei der Arbeit begegnet. Sie war Sekretärin bei einem Projekt, für dessen Leitung das Ministerium ihn angeheuert hatte. Sie haben sich seit etwa einem Jahr getroffen. Keine der Freundinnen hatte etwas Positives über Falck zu sagen, bis auf die Tatsache, dass er reich war.«

13

Leonard Rudis Tochter nahm es nicht stillschweigend hin, dass der Vater den Jungen zum Sonntagsessen eingeladen hatte, der behauptet hatte, ihr Hintern sei zu groß.

Während Leonard die letzten Teller auf den Esstisch des Bauernhauses in Maridalen stellte, saß Margaret auf dem Sofa und blickte argwöhnisch drein. Sie hatte die Augen schwarz geschminkt und trug ein unförmiges Punkerkleid.

»Das ist so peinlich«, stöhnte sie, als Autoscheinwerfer das Wohnzimmer erleuchteten.

Der Hinternkommentator hieß Rasmus. Seine Augen wurden groß, als er sah, dass Leonard den Türrahmen fast vollständig ausfüllte. »Danke, dass wir zum Essen kommen dürfen«, log er.

»Schön, dass du gekommen bist. Ich hoffe, du magst Schinken«, entgegnete Leonard.

Rasmus' Mutter war klein und wohlproportioniert, lächelte und hatte zwei dünne Zöpfchen. »Mit einer Mutter mit so 'nem Hintern sollte er sich bei Äußerungen über andere echt zurückhalten.« Sie klopfte auf ihren eigenen runden Po, legte eine Hand auf seinen Unterarm und lachte. »Ich heiße übrigens Vigdis und bin Schweinebäuerin.« Leonard mochte sie sofort.

»Mama!«, ertönte eine gequälte Stimme. »Reiß dich zusammen.«

Als er dem Mädchen, das hinter seiner Mutter stand, das

letzte Mal begegnet war, hatte sie eine stramme Latzhose getragen und einen Kerl als Fotzenschwein bezeichnet. Jetzt waren die wilden Rastazöpfe ordentlich zusammengebunden, und Toras weiße Bluse steckte in einer Stoffhose.

»Ich hab doch gesagt, dass wir uns hier oben wiedertreffen würden, Wikinger«, sagte sie und klopfte ihm kameradschaftlich auf die Schulter. »Du musst Mama einfach ignorieren. Sie hat ihren Eisprung.«

Die beiden Zwölfjährigen konnten nicht schnell genug mit dem Essen fertig werden. Margaret verschwand verärgert nach oben ins Schlafzimmer, während sich Rasmus in die Küche verzog, um via Smartphone den Rest eines Fußballspiels anzuschauen. Er schien es ein bisschen komisch zu finden, dass sie keinen Fernseher hatten. Vigdis wollte ihn nach oben zu Margaret schicken, Leonard aber schüttelte den Kopf.

»Sie ist momentan nicht die einfachste Gesellschaft. Solange sie es schaffen, miteinander klarzukommen ...«

»Rasmus wird kein Wort mehr über ihren Hintern verlieren. Das verspreche ich dir. Mama hat ihn ordentlich zur Schnecke gemacht«, sagte Tora und schob ihren Teller von sich. »Total verdient. Er ist ein verficktes Chauvischwein. Ich geh hoch zu ihr«, sagte Tora und entzog sich den böse funkelnden Blicken ihrer Mutter.

»Wie alt ist sie eigentlich«, fragte Leonard.

Vigdis lächelte und klagte gleichzeitig: »In einem Monat wird sie sechzehn. Da kommt Freude auf. Ich überlege, sie im Keller einzusperren.«

Er schmunzelte. »Falls das ein Trost ist: Als wir zusammengearbeitet haben, hatte ich den Eindruck, dass Tora in der Lage ist, auf sich selbst aufzupassen. Wie lange trainiert sie schon ihre Nummer? Sie ist geschickt.«

»Lange. Ihr Vater liebt solche Sachen. Feuerschlucken,

Jonglieren, Akrobatik … Er hat sie zu Mittelalterfesten und zur Wildschweinjagd mitgenommen.«

»Machen sie das noch immer?«

Sie begriff, wonach er eigentlich fragte. »Wildschweinjäger werden keine guten Schweinebauern. Wir haben uns getrennt, als Tora eingeschult wurde. Was ist mit …«

»Margarets Mutter ist vor etwas mehr als einem Jahr gestorben«, sagte Leonard. »Knapp vierzig, nie krank gewesen. Eines Tages bekam sie einfach einen Hirnschlag.«

»Wie traurig«, sagte Vigdis.

»Ja«, sagte er. »Das war traurig. Margaret hat es hart getroffen. Deshalb sind wir umgezogen. Ich dachte, das wäre gut für sie. Aber … ich weiß nicht.«

Er machte sich daran, die Teller abzuräumen und fragte, ob sie noch ein Glas Wein wolle. Vigdis verwies mit einer Kopfbewegung auf das Auto vor dem Haus. »Das müssen wir verschieben. Aber was ist mit dir? Ist das mit dem Gauklerdasein was Längerfristiges?«

»Definitiv nicht. Der Plan ist, den Schuppen da draußen in eine Glasbläserei umzubauen. Ich bin ausgebildeter Glasbläser.«

Sie betrachtete seine tätowierten Hände. »Ihr riesigen Kerle habt irgendwas an euch … Normalerweise habt ihr geschickte Hände.«

»Falls ich reich werde, kaufe ich eines Tages vielleicht auch noch das Haupthaus dort unten.«

Sie schnaubte belustigt. »Na, für Solro musst du nicht viel bezahlen. Da will sonst keiner wohnen.«

»Nein, das hab ich bereits verstanden. Warum eigentlich nicht?«

Sie zog den Stuhl näher an den Tisch heran und schaute auf die Weinflasche. »Noch *ein* Glas. Wir können zu Fuß nach Hause gehen.«

Vigdis war in Maridalen aufgewachsen. Den Hof hatte sie geerbt, und sie erinnerte sich noch an den Tag, an dem die Solro-Sekte in den Ort zog.

»Die Solro-Sekte«, sagte Leonard und dachte kurz darüber nach. »Das klingt nicht gut.«

»Als sie ins Tal kamen, dachten wir, es wäre einfach irgendeine exzentrische Glaubensgemeinschaft. Sie wollten nichts mit den Leuten hier zu tun haben. Die Einzigen, mit denen die Sekte Kontakt hatte, war das alte Ehepaar, das hier gewohnt hat. In dem Haus, das ihr gekauft habt.«

Eines Nachts vor vier Jahren war Vigdis jedoch vom Heulen der Sirenen aus dem Schlaf gerissen worden. Das Tal war in Blaulicht getaucht gewesen. Ein Mörder war Amok gelaufen. Mit einem Automatikgewehr hatte er sieben oder acht der auf Solro lebenden Männer getötet.

»Vermutlich hatte er es auf die Pfarrer abgesehen, die die Sekte geleitet haben. Zwei von ihnen hat er erwischt, der dritte ist einfach verschwunden. Seither hat niemand mehr etwas von ihm gehört.«

»In dem kleinen, friedlichen Tal hier?« Leonard starrte sie ungläubig an. »Tora hat schon so was gesagt, aber ich dachte, das wären nur Flunkereien. Was hat diese Sekte denn wirklich getrieben?«

Vigdis nahm einen großen Schluck Wein, richtete sich auf und lauschte, als wollte sie sichergehen, dass auch keines der Kinder zuhörte. »Das kommt ein bisschen darauf an, wen du fragst«, sagte sie dann. »Aber nach dem, was ich gehört habe, waren sie keineswegs christlich. Sie waren Teufelsanbeter.«

Leonard musste lachen.

»Unter der Brücke zur Scheune gab es einen Keller. Dort unten wurden … Schwarze Messen abgehalten. Orgien. Blutrituale … vollkommen geisteskranke Sachen. Die Polizei hat den Hof mehrere Monate lang gesperrt. Bevor sie abgezogen sind, haben sie den Keller mit Steinen aufgefüllt und den Eingang zugemauert.« Vigdis sah ihn direkt an. »Lach du nur, aber was ich sage, ist wahr. Und das Wildeste hast du noch nicht mal gehört.«

»Was denn?«

»Eines der getöteten Sektenmitglieder, die Mutter eines kleinen Jungen, war Annette Wetre.« Sie sagte das, als müsste ihm der Name etwas sagen. »Wetre?«, versuchte sie es erneut.

Er schüttelte den Kopf.

»Herrgott, wie lange bist du eigentlich im Ausland gewesen? Annette war die Tochter von Kari Lise Wetre. Der Ministerin. Der stellvertretenden Vorsitzenden der Kristelig Folkeparti.«

Leonard stieß einen Pfiff aus. »Sex, Satan und Politik. Wer war der Mörder?«

»Ein Schwede.«

Leonard nickte vielsagend. »Ein Schwede«, sagte er. »Das erklärt alles.«

»Er *war* Schwede. Staffan hieß er. Staffan irgendwas. Er wurde gefasst, kam direkt danach aber bei einem Brand ums Leben. Er war ursprünglich wohl mal Kommandosoldat. Einige sagen, sein Gesicht sei entstellt gewesen, nachdem er bei einem Auftrag vor vielen Jahren gefangen genommen und misshandelt worden war. Die Folter hatte ihn verrückt werden lassen. So ist er mit der Solro-Sekte in Kontakt gekommen. Hatte wohl ein paar Gleichgesinnte gefunden. Dann hat es bei ihm einfach klick gemacht.« Sie zögerte kurz. »Der Pfarrer, von dem ich dir erzählt habe, du weißt schon, der einfach verschwunden ist?«

»Ja?«

»Es wird gemunkelt, der Schwede habe ihn ermordet

und seine Leiche gegessen. Deshalb habe man ihn nie gefunden.«

Leonard versuchte erst gar nicht, seine Skepsis zu verbergen. »Entschuldige«, sagte er. »Glaubst du diese Geschichte denn wirklich?«

Vigdis zuckte mit den Schultern. »Du bist jetzt hier auf dem Land. Hier passieren lauter merkwürdige Sachen. Vergangenes Jahr hat eine meiner Sauen ein Ferkel mit zwei Köpfen zur Welt gebracht.«

»Glaubst du, die Sekte hatte was damit zu tun?«

»Nein«, lächelte sie. »Das lag an einem geilen Eber namens Camelot. Aber auf jeden Fall ist Fakt, dass niemand auf Solro wohnen will. Der Hof steht seit Jahren zum Verkauf.«

Eine Stunde später stand Leonard vor der Tür zu Margarets Zimmer. Die Gäste wollten sich verabschieden. Der eifrige Klang von Toras Stimme hatte ihn jedoch innehalten lassen.

»Lampenöl schmeckt verdammt scheiße. Du musst dich selbst einfach dazu zwingen, es nicht zu schlucken, und dann musst du die Lippen zusammenquetschen und alles kräftig ausspucken. Wie ein Drache. Den Strahl so weit wie möglich streuen, bevor er die Fackel trifft.«

Er klopfte an. Die Mädchen saßen sich auf dem Boden im Schneidersitz gegenüber, und Tora hielt sich eine Kerze vor den Mund. Margarets Augen leuchteten begeistert. Wann hatte er sie das letzte Mal so gesehen? Es war lange her. Entsetzlich lange.

»Was macht ihr denn, Mädels?«

»Nichts«, sagte Margaret schnell.

»Ich bringe deiner Tochter Feuerspucken bei. Warum willst du das denn nicht machen? Das ist echt blöd, Mann.«

»Hattet ihr Spaß?«, fragte er. Margaret nickte, und Leonard holte tief Luft. »Weißt du, Tora, wenn du Lust hast wiederzukommen und Margaret das Feuerspucken beizubringen, dann bist du herzlich eingeladen.«

Tora schaute seine Tochter triumphierend an. »Ich hab doch gewusst, dass er Ja sagt.«

An diesem Abend kam Margaret nicht zu ihm ins Wohnzimmer, um gute Nacht zu sagen, wie sie es sonst immer tat. Stattdessen ging sie einfach ins Bett, und als Leonard ins Zimmer schaute, begriff er, dass seine Tochter auf ihn gewartet hatte. Er setzte sich zu ihr auf die Bettkante.

»Glaubst du, dass Tora wirklich zurückkommt, wie sie es versprochen hat? Auch wenn sie schon so alt ist?«

»*So* alt ist sie gar nicht«, antwortete er und strich ihr übers Haar, wischte ihr Reste von Schminke aus den Augenwinkeln. »Ich bin ganz sicher, dass sie Lust hat, dich wieder zu besuchen.« Er dachte kurz nach, bevor er fortfuhr. »Du. Es kursieren ein paar seltsame Geschichten über den Hof da unten. Solro. Du musst nicht alles glauben, was die Leute erzählen.«

»Ich glaube, der Kobold hält sich dort auf«, sagte sie.

»Der Kobold, der deinen Brei isst? Warum glaubst du das?«

»Weil die Spuren dorthin führen.«

Er ließ die Hand auf ihrem Kopf ruhen.

»Du weißt, dass das nur Tiere sind, oder?«

»Tiere, die sich bedanken?«, entgegnete sie.

»Was meinst du?«

Margaret setzte sich auf und holte unter dem Bett eine kleine, geschnitzte Kiste aus dunklem Holz hervor – ein Geschenk ihrer Mutter. Sie hantierte ein wenig am Schloss herum. Obenauf lagen kleine Zweige. Sie nahm ein paar davon heraus und legte sie ihm in die Hand. Sie waren geschnitzt und mit Rinde zusammengebunden worden, immer zwei.

»Jedes Mal wenn ich die leere Breischüssel hole, liegt so ein Kreuz darauf. Als Dankeschön.«

14

Die Wolken loderten in Rosa, Orange und Rot, als Fredrik und Kafa aus dem Polizeipräsidium traten. Der Horizont hatte die Sonne gerade verschluckt, und das Farbenspiel war ein Abschiedsgeschenk vor einer kalten, dunklen Nacht.

Auch in Fredrik loderte es. Seit mehreren Tage hatte er nun versucht, Benedikte Stoltz zu erreichen. Jedes Mal wenn er das Telefon beiseitegelegt hatte, hatte sich ein Stachel etwas tiefer in ihn gebohrt. Letztendlich hatte er bei ihrem Arbeitgeber TV 2 angerufen. Da sie an einer Dokumentation arbeitete, konnte sie kommen und gehen, wann sie wollte, hatte man ihm dort gesagt. Er hatte allerdings die Nummer von Benediktes Freundin und Lebensgefährtin bekommen. Fredrik hörte gerade noch, dass es klingelte, bevor schon jemand abnahm.

»Victoria Pytell?«

»Hier ist Hauptkommissar Fredrik Beier. Ich …«

»Ah, Herrgott! Haben Sie sie gefunden?«

Es waren vier Tage vergangen, seit Benedikte früh am Morgen zur Arbeit gefahren war. Danach hatte sie keinerlei Lebenszeichen mehr von sich gegeben. Ihre Freundin hatte die Polizei benachrichtigt, aber wie in allen solchen Fällen die Antwort erhalten, dass man abwarten müsse. Die meisten tauchten von alleine wieder auf.

»Benedikte ist aber nicht so«, sagte Victoria.

Fredrik wusste, dass niemand so war. Nicht bevor sie eines Tages so wurden, etwas Unvorhersehbares taten, ohne ein Wort verschwanden, bis sie irgendwann wieder auftauchten. Das traf aber nur auf die allermeisten zu. Es gab diejenigen, die sich ausgestattet mit einem Strick und einem Brief in den Wald begaben, Frauen, die vergewaltigt und mit einem Messer aufgeschlitzt, und Männer, die erschossen und am Wegesrand vergraben wurden.

»Danke«, sagte Fredrik nachdem er seine Fragen gestellt hatte. »Sie haben sicher keinen Grund, sich Sorgen zu machen. Ich werde ein paar Nachforschungen anstellen, dann hören Sie wieder von mir.« Er brauchte seine Notizen nicht zu überprüfen. Benedikte Stoltz war an dem Morgen nach dem Mord an Henry Falck verschwunden.

Anschließend besprach er sich mit Kafa. Falck hatte Benedikte Stoltz an diesem Abend auf Schloss Akershus den Mittelfinger gezeigt. War er verärgert gewesen, weil sie etwas gegen ihn in der Hand hatte? Wusste sie von dem Sexvideo? Konnte sie Falck vor dessen Ermordung erpresst haben?

»Wenn Falck wegen des Berichts über die gestohlenen Waffen ermordet wurde und Stoltz den Inhalt des Berichts kannte…« Kafa brauchte den Satz nicht zu beenden. Sie waren gerade auf dem Weg zu Polizeidirektor Koss, als dieser schon auf sie zugeeilt kam.

»Macht euch auf den Weg ins Finanzministerium. Sie haben um ein Treffen gebeten. Sofort.«

Die Wolken hatten wieder ihre übliche Farbe angenommen, als die Ermittler die Treppen zu dem monumentalen Jugendstilgebäude in der Akersgata hinaufliefen. Unterwegs hatten sie nicht viele Worte gewechselt. Stattdessen hatte Fredrik gegrübelt, während er über die Schneewälle gestapft war: Was wollte das Finanzministerium von ihnen?

Waren auch die Behörden in die Untersuchung des Waffenfundes in Afghanistan verwickelt gewesen? Es bestand kein Zweifel, dass sich damit ein Skandal anbahnte, und Fredrik konnte sich nicht von dem Gedanken befreien, dass Benedikte Stoltz diesem Skandal auf die Schliche gekommen war. Was aber hatte das Finanzministerium damit zu tun? Fiel so etwas nicht in die Zuständigkeit des Verteidigungsministeriums? Die Lage musste heikel sein.

Wie heikel, begriff er, als sie direkt ins Büro der Finanzministerin gelotst wurden.

Der Stuhl mit der hohen Lehne hinter dem Mahagonischreibtisch war leer, an dem ovalen Tisch in der Ecke des Zimmers saßen allerdings zwei Männer. Den einen kannte Fredrik. Ein Anzugträger, zart gebaut, Ende Dreißig. Die eng stehenden Augen und der schmale Kiefer ließen Fredrik stets an eine Ratte denken. Der Name des Mannes lautete Ruben Andersen. Staatssekretär und rechte Hand von Ministerpräsident Simon Riebe.

»Iqbal und Beier«, sagte Andersen. »Wie viele neue Stellen hat diese Regierung bei der Osloer Polizeibehörde noch eingerichtet? Trotzdem schickt man Sie beide. Kein Wunder, dass wir uns schwer damit tun, der Kriminalität in dieser Stadt Herr zu werden.« Er lachte verkrampft, wie um zu unterstreichen, dass es sich um einen Scherz handelte und gleichzeitig auch wieder nicht.

Fredrik grunzte nur und griff nach der ausgestreckten Hand des zweiten Mannes. Im Gegensatz zum Staatssekretär hatte dieser sich erhoben. Es handelte sich um einen korpulenten älteren Herrn mit blutleeren Lippen und zurückgekämmtem Haar.

»Haakon Bull«, stellte er sich vor. Seine Stimme war tief und fest.

»Bull?«, sagte Kafa, nachdem sie sich vorgestellt hatte.

»Haben Sie nicht für die vorhergehende Regierung gearbeitet? Sind Sie nicht Mitglied der Arbeiterpartei?«

Bull stieß einen wiehernden Laut aus, während die Ermittler auf dem Ledersofa Platz nahmen. Die Sofalehne war dünn gepolstert und kirschrot, genau wie die Tapete.

»Beeindruckend, junge Dame. Es gibt nicht viele, die sich an ehemalige Staatssekretäre des Verteidigungsministeriums erinnern. Nachdem Andersen und seine Parteifreunde der Høyre uns aus den Regierungsbüros vertrieben hatten, bin ich in die Beratungsbranche gewechselt – besser bezahlt und weniger Ärger mit den Medien.« Erneut gab er einen wiehernden Laut von sich. »Jetzt hat mich das Ministerium angeheuert, um ein Projekt zu Ende zu bringen, das angelaufen war, bevor wir die Wahl verloren haben. Wie Sie wissen«, sagte er, als würde er ein Geheimnis preisgeben, »sind sich die beiden wichtigsten Parteien des Landes, Høyre und Arbeiterpartei, in vielen Punkten einig, vor allem wenn es um die Verteidigungspolitik geht. Das ist auch der Grund, warum wir heute hier sind«, sagte er mit einem Blick auf Andersen.

»Ja«, sagte Fredrik kurz. »Dürften wir jetzt erfahren, warum Sie uns hergebeten haben.«

Ruben Andersen setzte einen geschäftsmäßigen Gesichtsausdruck auf. »Wie Sie sicher wissen, ist Finanzministerin Fiskvik derzeit krankgemeldet. Die Prognose ist ungewiss, weshalb der Ministerpräsident einige Umstellungen in der Regierung vorgenommen hat. Die Vertretung der Finanzministerin hat heute ihren ersten Tag«, sagte Andersen und verwies mit einem Nicken auf die Tür neben dem Schreibtisch. »Sie ist derzeit in einer Besprechung mit der Verwaltungsleitung des Ministeriums. Anschließend kommt sie zu uns.«

Fredrik bemühte sich weiterhin um einen neutralen Gesichtsausdruck. Er war kein politischer Mensch, wusste aber so viel, dass die Regierung aus den beiden konservativen Parteien Høyre und Kristelig Folkeparti bestand. Die Høyre war die größere von beiden und stellte den Ministerpräsidenten, während die Kristelig Folkeparti den zweitwichtigsten Regierungsposten besetzte, den des Finanzministers. Wenn die Vorsitzende der Kristelig Folkeparti jetzt krank war, war es ihre Stellvertreterin, Kari Lise Wetre, die die Rolle der wichtigsten Frau im Lande übernahm.

Wetre war für Fredrik keine Unbekannte. Als sie noch Oppositionspolitikerin im Parlament war, war ihre Tochter Teil der christlichen Sekte, die auf Solro massakriert worden war. Er hatte neben ihr gesessen, als sie um ihre Annette geweint hatte, die zwar vor der Glaubensgemeinschaft des verrückten Pfarrers geflohen war, aber dennoch von dessen Mörder getötet wurde. Auch Fredrik hatte ein Kind verloren, und die Tragödie hatte ein Band zwischen ihnen geknüpft. Sie waren keine Freunde, weit davon entfernt, doch hat man erst einmal die blanke Trauer eines Menschen gesehen, brennt einem das ein Zeichen in die Seele.

Wetre war ihrem Stil entsprechend klassisch elegant gekleidet. Das gut frisierte Haar wies ein paar neue graue Strähnen auf, ansonsten wirkte sie von den vergangenen Jahren nahezu unberührt. Bei der Begrüßung sagte sie nichts, hielt lediglich seine Hand einen Augenblick länger fest, bevor sie sich setzte und die Hände vor sich auf dem Tisch verschränkte. »Es handelt sich heute um ein Anliegen, für das in meinem Terminkalender unbedingt Platz geschaffen werden musste. Allerdings hat man mir keine Zeit gelassen, mich in die Details einzuarbeiten. Kannst du uns kurz auf den letzten Stand bringen, Ruben?«

Der Staatssekretär grinste breit. »Nun«, sagte er. »Ich habe die Polizei hergebeten, weil sie im Mordfall an einem Berater ermittelt. Henry Falck. Falck stand wegen der Untersuchung eines … Waffenexports in Kontakt mit dem Verteidigungsministerium. Bei ihm wurde möglicherweise gegen einzelne gesetzliche Bestimmungen verstoßen.«

»Ja«, unterbrach Wetre ihn. »So viel wurde mir berichtet. Inwieweit betrifft das mein Ministerium?« Sie sagte das mit einem Gewicht, als hätte sie nicht vor, dieses Büro so schnell wieder herzugeben. Ruben Andersen und Haakon Bull wechselten einen Blick.

»*Diese* Untersuchung ist nicht Gegenstand dieser Besprechung«, ergriff Bull das Wort. »Es geht leider um etwas noch Heikleres. Zuerst muss ich mich entschuldigen, dass wir es nicht geschafft haben, die Ministerin vorab zu informieren.« Bull verfügte offenbar über ausreichend Erfahrung, um bei der Begegnung mit der Macht vorsichtig vorzugehen. »Zudem muss ich den vertraulichen Charakter dieser Angelegenheit unterstreichen.« Er fing Kafas Blick auf und hielt ihm so lange stand, bis sie den Stift aus der Hand gelegt hatte.

»Henry Falck war unter Federführung des Verteidigungsministeriums, des Finanzministeriums und des Büros des Ministerpräsidenten mit einem Projekt betraut. Ich selbst war unter der vorhergehenden Regierung in der Startphase darin eingebunden und wurde jetzt erneut als Fachberater angeheuert.« Er machte eine kurze Pause. »Als Henry Falck ermordet wurde, war er im Besitz eines USB-Sticks, auf dem dieses Projekt beschrieben ist. Dieser USB-Stick ist verschwunden. Wird der Inhalt der Öffentlichkeit auf eine … falsche Weise bekannt, kann das unabsehbare Folgen haben.«

»Jetzt müssen Sie nur noch erklären worum es geht«, sagte Wetre eisig. Sie machte keinen Hehl daraus, dass es ihr missfiel, die Person in diesem Raum zu sein, die über die wenigsten Informationen verfügte.

Bull räusperte sich. »Sie waren vermutlich selbst dabei, als der Koalitionsvertrag ausgearbeitet wurde.«

Wetre nickte.

»In den Verhandlungen ging die Høyre letztendlich auf die Forderung Ihrer Partei ein, eine verhältnismäßig kostenintensive Investition in sechs neue Militärüberwachungsflugzeuge zurückzustellen. Stattdessen sollten die Mittel für Nothilfe, Entwicklungshilfe, Aufnahmeeinrichtungen für Asylsuchende und die Integration von Flüchtlingen eingesetzt werden.«

»Das stimmt«, sagte Wetre. »Zehn Milliarden Kronen. Ein wichtiger politischer Sieg.«

»Genau«, murmelte Bull. »Diese Vereinbarung ist hinfällig. Finanzministerin Fiskvik und Ministerpräsident Riebe haben sich darauf geeinigt, fünf neue Überwachungsflugzeuge einzukaufen. Die verbleibenden Mittel sollen wie vereinbart eingesetzt werden. Die gestohlenen Dokumente befassen sich mit diesem Handel: Auswahl der Lieferanten, Kosten, Truppenstärke, Analysen des Nachrichtendienstes et cetera.«

Es gibt subtile Arten, Arroganz auszudrücken. Eine davon ist es, das Worte »et cetera« so auszusprechen, als befände man sich in einer Lateinvorlesung an der Universität.

Ebenso gibt es subtile Arten, Wut zum Ausdruck zu bringen. Kari Lise Wetre schürzte die Lippen. Dann zog sie ihre schwarze Bürojacke aus, zupfte Ärmel und Schultern zurecht, stand auf und hängte dann die Jacke über die Stuhllehne. »Das ist unmöglich«, sagte sie. »Fiskvik kann einen solchen Beschluss nicht alleine fassen. Darüber muss im Parteivorstand abgestimmt werden.«

»Und wie lange würde es Ihrer Meinung nach dauern, bis das alles über die Titelseiten der Zeitungen geschmiert würde?« Der Einwurf kam von Ruben Andersen. Wetres

Augen funkelten das blinzelnde Nagergesicht an, dieses Mal ließ er jedoch nicht locker.

»Wir leben heute in einer anderen Welt als zum Zeitpunkt des Regierungsantritts. Russische U-Boote spionieren in unseren Fjorden umher. Flugzeugträger patrouillieren wenige Kilometer von unserer Küstenlinie entfernt. Die Russen setzen Militärmacht ein, um ihre Ziele zu erreichen, auch hier in Europa. Gleichzeitig fallen Hunderttausende Immigranten auf dem Kontinent ein, Glücksritter und Terroristen. Und die Amerikaner – wir wissen doch nicht mehr, wo sie stehen. Finanzministerin Fiskvik versteht das. Wir müssen unser Land verteidigen. Das tun wir, indem wir unser Territorium überwachen und indem wir der NATO zeigen, dass wir unseren Teil der Last tragen.«

Ruben Andersen wandte sich an Fredrik. »Wir wüssten es sehr zu schätzen, wenn die Polizei uns dabei unterstützen könnte, diesen USB-Stick aufzuspüren. Es geht um die Sicherheit unseres Landes.«

Wetres Lippen waren weiß wie Schnee. Der Rest ihres Gesichts war eingefroren. »Ich beabsichtige nicht, hier zu sitzen und mit dem Kofferträger des Ministerpräsidenten über die Politik der Regierung zu diskutieren«, sagte sie bestimmt. »Das gehört sich nicht, Ruben. Darüber können Sie Ihren Chef in Kenntnis setzen.«

Mit einem Wink gab sie zu verstehen, dass die Besprechung beendet war.

Als sie sich verabschiedeten, lächelte Wetre ihn bittersüß an. »Es war wirklich nett, Sie wiederzusehen, Herr Hauptkommissar. Den Umständen zum Trotz. Viel Erfolg bei Ihren Ermittlungen.«

»Viel Erfolg bei Ihrem Ministerpräsidenten«, entgegnete Fredrik.

15

Es war dunkel geworden, und vor dem Finanzministerium peitschte ihnen der Wind den Schnee um die Ohren. Die wenigen Menschen, die sich dennoch nach draußen wagten, hatten die Jackenkragen hochgeschlagen und ihr Kinn tief darin vergraben. Sie stapften davon wie Statisten in einem Fritz-Lang-Film.

Kafa nahm die Straßenbahn nach Hause, und Fredrik überlegte, es ihr gleichzutun, als eine Nachricht auf seinem Handy einging – eine unbekannte Nummer, aber eine bekannte Signatur. Haakon Bull, der Mann, dem sie soeben gegenübergesessen hatten. Er wollte Fredrik in der Bar des Hotel Bristol treffen.

»Bevorzugen Sie einen Drink oder ein Bier«, fragte Bull, als Fredrik an dem dunklen Tisch in der einsamsten Ecke des Lokals Platz nahm. Die Bristol Bar ist so ein Ort, wo der Geruch von Lederpflege und Geldrollen mit der Tapete und den lachsfarbenen Plüschlehnen eins geworden ist.

»Ich bevorzuge die Wahrheit«, sagte Fredrik geradeheraus. »Was zum Teufel war das eigentlich da drin bei der Finanzministerin?«

»Der stellvertretenden Finanzministerin«, korrigierte Bull, bevor er etwas hervorzwang, was einem Lächeln nahekam. »Das war eine Vorführung des Machtspiels in der Spitzenpolitik. Eure Anwesenheit hat es Kari Lise Wetre unmöglich gemacht zu reagieren. Die Regierungspolitik wird nicht in Anwesenheit Außenstehender gestaltet. Das weiß der Ministerpräsident selbstverständlich. Deshalb hat er seinen Assistenten geschickt.«

»Also … Kafa und ich … wir waren nur Staffage?«

»Alles, was gesagt wurde, ist wahr. Es ist von entscheidender Bedeutung, dass wir diesen USB-Stick zurückerhalten. Ministerpräsident Riebe sah wohl schlichtweg eine Chance, zwei Fliegen mit einer Klappe zu schlagen.«

»Und für Sie ist es in Ordnung, auf diese Weise benutzt zu werden?«

Haakon Bull streichelte den Schlangenlederrücken der Speisekarte. »Wie Sie wissen, war Simon Riebe nie dazu ausersehen, Ministerpräsident zu werden. Er war einfach der frisch gewählte stellvertretende Vorsitzende, als sich der vorhergehende Parteichef der Høyre plötzlich zurückzog. Alle glaubten, Riebe zielte auf einen Staatsratsposten ab, um dann zum Militär zurückzukehren, wo er herkam. Er aber nutzte seine Chance und manövrierte den Gegenkandidaten durch die Verbreitung von Gerüchten und Halbwahrheiten aus. Das Ganze war zynisch, unsportlich und unnötig brutal. Seither hat er die Partei fest im Griff. Ich habe für Riebe oder seinen unerträglichen Staatssekretär nichts übrig. Aber in genau dieser Angelegenheit sind wir uns einig: Die Nation muss ihre Verteidigungsbereitschaft stärken. Und ich bin kein Politiker mehr. Lediglich ein Söldner.«

Er legte die Speisekarte aus der Hand. »Ich hatte den Eindruck, Sie und Ruben Andersen kennen sich von früher?«

Fredrik schnaubte. Da hatte er wohl recht. Als Fredrik und Kafa im Fall des Massakers auf Solro ermittelt hatten, stellte sich heraus, dass der Presse über eine Telefonnummer, die auf Simon Riebe registriert war, Informationen zugespielt wurden. Zu diesem Zeitpunkt war der jetzige Ministerpräsident Oppositionsführer im Parlament. Als sie

Riebe mit der Tatsache konfrontierten, ließ er sie wissen, dass das Telefon gestohlen worden sei. Es war ihnen nie gelungen, diese Behauptung zu beweisen. Allerdings missfielen die Beschuldigungen Riebe und seiner Ratte enorm. Sie hatten nie vergessen, dass Fredrik diese geäußert hatte. Das aber behielt Fredrik für sich. Zuckte lediglich mit den Schultern. »Wir sind uns begegnet, ja. Und ich bevorzuge Scotch. Single malt.«

Bull stand an der Bar, und Fredrik nutzte die Gelegenheit, ihn in Augenschein zu nehmen. Das Gesicht war rund, wie es bei alten Männern oft der Fall war, bevor es irgendwann einschrumpfte. Durch die dünnen Haare schienen Leberflecke durch. Er benahm sich, als wäre er hier zu Hause, und als er zurückkehrte, hatte er für sich selbst einen roten Drink in einem schlanken, hohen Glas dabei. Er tauchte den Finger hinein und probierte, bevor er Fredriks Glas über den Tisch schob. »Ich habe eine Schwäche für Süßes«, sagte er. »Hier mixen sie den perfekt.«

»Sie waren selbst beim Militär?«, sagte Fredrik.

»Woher wissen Sie das? Haben Sie mich gegoogelt?«

»Sie haben so etwas an sich.«

Bulls Lachen drang aus den Tiefen seines umfangreichen Bauches.

»Dass ich es gewohnt bin, meinen Willen zu bekommen, meinen Sie? Sie haben recht. Ich bin auch mal Polizist gewesen.« Er machte eine Pause, als wollte er sehen, wie Fredrik auf diese Information reagierte. »Aber das war wohl vor Ihrer Zeit. Früher war alles einfacher. Ich war bei der Marine, und dort wurde uns für sechs Monate ein Polizeikurs angeboten. Ich habe einige Jahre hier in Oslo gearbeitet und wurde später Ermittler, so wie Sie. Was mich am meisten faszinierte, war die Begegnung mit den Tätern. Die Verhöre. In fortgeschrittenem Alter habe ich dann eine Ausbildung zum Psychologen angehängt und bin später zum Militär zurückgekehrt. Dort war ich einige Jahre lang als Militärpsychologe tätig, bevor ich Vollzeitpolitiker wurde. Und nun sitze ich hier.«

Er nahm einen großen Schluck von seinem Drink. »Beier«, sagte er. »Ich habe schon von Ihnen gehört. Beeindruckend, wie ihr im vergangenen Winter den Terroranschlag auf den Ministerpräsidenten verhindert habt.«

»Danke.«

»Und als ich von Ihnen hörte, wurde mir erzählt, dass Ken Beier Ihr Vater war.«

»Ja …?«

»Ich habe Ihren Vater in Vietnam kennengelernt«, sagte Bull. »Wussten Sie das? Dass norwegische Marinesoldaten da unten für die Amerikaner gearbeitet haben?«

Das wusste Fredrik nicht, und Haakon Bull erzählte weiter. Er selbst war damals ein junger Mann gewesen, gerade fertig mit der Marineausbildung, als einer seiner Dozenten, ein Geheimdienstoffizier, ihn rekrutierte.

»Bevor der Krieg voll ausbrach, wurden der CIA norwegische Torpedoboote zur Verfügung gestellt. Der Auftrag bestand darin, südvietnamesische Kommandosoldaten über die Flüsse nach Nordvietnam zu befördern. Ich war auf einem der Boote Leutnant zur See. Ihr Vater arbeitete auf dem Stützpunkt, zu dem wir gehörten.«

»Aha.«

»Das war ein Scheißkrieg. Was mich betrifft, im wahrsten Sinne des Wortes. Nach wenigen Wochen bin ich an Cholera erkrankt. Wissen Sie wozu das geführt hat? Ich bekam den Spitznamen Kapitänsleutnant Bullshit.« Haakon Bull lachte, dass seine Schultern bebten.

»Ihr Vater und ich sind heil dort rausgekommen. Während eines Artillerieangriffs saß ich auf der Kloschüssel und hatte so hohes Fieber, dass ich kaum begriff, was vor sich ging. Ihr Vater zerrte mich raus und schleuderte mich in einen Schützengraben, kurz darauf bekam das baufällige Plumpsklo einen Volltreffer ab. Der Soldat, mit dem ich dorthin gegangen war… Wir fanden nur noch seine rechte Hand. Ihr Vater zog sich eine Schulterverletzung zu, durch Splitter. Dafür wurde er mit dem *Purple Heart* ausgezeichnet, wenn ich mich recht erinnere.«

Fredrik nickte.

»Ken Beier ist also ein Mann, den ich nicht vergessen werde. Er muss Ihnen doch davon erzählt haben?«

»Vater hat wenig über sich selbst gesprochen. Und niemals über Vietnam.«

Fredrik versuchte, gelassen zu wirken. Bull war der Zweite, der ihn innerhalb kurzer Zeit auf seinen Vater angesprochen hatte. Er überlegte, ob er von Benedikte Stoltz erzählen sollte, davon, dass es eine Journalistin gab, die Henry Falck auf den Fersen gewesen war, bevor er ermordet wurde, und die jetzt verschwunden war. In seinem Kopf nahm die Landkarte dieser Ermittlung langsam Gestalt an. Das Terrain zeichnete sich ab, die Landmarken und vielleicht noch wichtiger: die Wege zwischen ihnen. Was, wenn Benedikte Stoltz die Fährte einer ganz anderen Sache gewittert hatte als der Geschichte über die Waffen, die in den Händen von Terroristen gelandet waren? Was, wenn es eigentlich um die Überwachungsflugzeuge ging? Das wäre ein Coup gewesen, der die Regierung stürzen konnte. Der feuchteste Traum eines jeden Journalisten.

»Das ist zumindest der Grund, warum ich Sie hierher eingeladen habe«, sagte Bull und unterbrach damit seine Gedankengänge. »Nicht um über Ken zu sprechen, wenn Sie aber auch nur einen Bruchteil seiner Integrität geerbt haben, dann habe ich etwas, was euch helfen kann.«

»Ach ja?«

»Ich nehme an, dass ihr Henry Falcks Computer untersucht habt?«

»Ja. Ihre Dokumente sind nicht darauf.«

»Nein. Nicht mehr. Das Material, zu dem Falck Zugang hatte, war selbstverständlich verschlüsselt. Um es zu lesen, benötigt man einen Code. Und der war auf dem USB-Stick installiert, der jetzt verschwunden ist. Derjenige, der die Dokumente gestohlen hat, muss gewusst haben, dass er den Code braucht und hat die Dokumente schlicht und einfach auf dem USB-Stick abgespeichert, als er ihn entwendet hat. Anschließend hat diese Person die Dokumente vom Computer gelöscht.«

»Und zu welchem Zweck das alles?«

»Damit kein anderer Zugang zu ihnen bekommt, nehme ich an.«

»Hat Falck den USB-Stick möglicherweise freiwillig weitergegeben?«, fragte Fredrik. »Kann er vielleicht erpresst oder bedroht worden sein oder…?« Bulls heftiges Kopfschütteln unterbrach ihn.

»Nein. Ich weiß mit Sicherheit, dass sich der USB-Stick zum Zeitpunkt der Ermordung Henry Falcks in dessen Wohnung befand. Er wurde erst am Vormittag des darauffolgenden Tages entwendet.«

Fredrik verstummte. Der Vormittag, nachdem Falck ermordet worden war, als er und Kafa in dessen Wohnung waren – wo sie auf ihren Kollegen Franke gestoßen waren. »Woher wissen Sie das?«

Fredrik hatte sein Handy auf den Tisch gelegt. Bull schob einen kleinen Chip in den USB-Anschluss des Smartphones. »Der Grund, warum wir den Dechiffrierungscode auf einem USB-Stick installiert haben, war, dass wir ihn auch mit einer Spähsoftware ausgestattet haben. Der USB-Stick sendet ein Signal. Das Programm, dass ich soeben auf Ihrem Handy installiert habe, ortet dieses Signal.«

»Sie wissen also, wo sich der USB-Stick befindet?« Fredrik gelang es nicht, seine Überraschung zu verbergen.

»Leider ist der Sender nicht besonders stark.« Bull drückte auf Fredriks Telefon, woraufhin eine Karte von Oslo sichtbar wurde. Eine dünne grüne Linie zeigte an, dass der USB-Stick von Falcks Wohnung auf Tjuvholmen in nördlicher Richtung aus der Stadt hinaus und anschließend wieder Richtung Zentrum und Sjursøya, dem gigantischen Containerhafen an der Ostseite des Fjords, transportiert worden war. Dort verlor sich das Signal.

»Wir haben selbstverständlich danach gesucht«, sagte er resigniert. »Allerdings ohne Ergebnis. Daher nehmen wir an, dass sich der Sender in einem Gebäude befindet. Sollte er jedoch bewegt werden, können Sie das Signal sehen. Das Programm zeigt ihnen genau, wo er sich befindet.«

Fredrik war beschwipst, als er ins Paris H stolperte. Warum war er nicht einfach nach Hause gegangen, als Haakon Bull aufgestanden war und seinen langen Mantel zugeknöpft hatte? Warum war er sitzen geblieben und hatte auf dem Boden des Glases nach Leben gesucht?

Weil er nichts anderes zu tun hatte. Der Arbeitstag war vorüber. Die Nacht war im Anmarsch. Zu Hause wartete niemand auf ihn. Fredrik war wegen der Erinnerung an eine Frau ins Paris H gekommen – die Frau mit den dunkelroten Haaren, den meerblauen Augen und diesem besonderen Lächeln. Spielerisch und verführerisch. Und animalisch.

Aber sie war nicht da. Fredrik bestellte eine Cola und wollte gerade gehen, als jemand mit einem unlackierten Fingernagel auf seine Tischplatte klopfte.

»Beier, nicht wahr?«

Sie war jünger als er, blond, gut gebaut und lächelte.

»Stine«, sagte sie nur und streckte ihm die Hand entgegen. »Du hast mich bisher sicher nur in Uniform gesehen. Ich arbeite bei der Schutzpolizei.«

16

Als er aufwachte, war das Fenster geöffnet und das Zimmer kalt. Trotzdem fror er nicht, da das Herz in seiner Brust raste. Er hatte sich im Schlaf derart verkrampft, dass die Muskeln schmerzten. Langsam kühlte der Schweiß ab, während er dem Wintersturm lauschte, dem Rauschen der Nachttaxis auf dem Bogstadveien und dem Lärm betrunkener Jugendlicher auf dem Heimweg vom Feiern. Er lauschte jedem Geräusch von ihr. Sie hatte sich in die Decke eingewickelt und vergessen, dass sie zu zweit waren. Sie atmete langsam, und er versuchte seine Atemzüge ihrem Tempo anzupassen. Trotz des Halbdunkels waren die feinen Sommersprossen zu erkennen. In den Augenwinkeln hatten sich Mascarareste gesammelt, und der Mund mit den weichen Lippen war ein Stück weit geöffnet.

Er wollte nicht schlafen. Denn dann kam er zurück. Der Mann mit dem glatt rasierten, eisig weißen Schädel, unebenem Knorpelgewebe dort, wo sich die Ohren befinden sollten, und eine dunkle, gurgelnde Kluft anstatt einer Nase, Lippen und Zunge. Würde er der Müdigkeit nachgeben, würden sich ihr Atemgeräusch, der Straßenlärm und Fredriks umherschweifende Gedanken zu einer grotesk fauchenden Wut vereinen.

Die Wut hatte einen Namen, und Fredrik wollte nicht an ihn denken.

Staffan Häyhä.

Ein störendes Dröhnen riss ihn weg von den gold-weißen Hügeln eines Traumes, der ihm als Traum sehr bewusst war.

Das Geräusch wurde lauter. Es war das Telefon, das auf dem Nachttisch vibrierte. Die Landschaft, in der er sich befunden hatte, verschwand. Die Gardinen dämpften das von draußen hereindringende Tageslicht, weshalb das grelle Leuchten des Handydisplays in seinen Augen stach.

»Hallo, Kafa.« Fredriks Stimme war brüchig.

»Guten Morgen, Fredrik. Habe ich dich geweckt?«

»Selbstverständlich nicht.«

»Die Spurensicherung hat uns gebeten, zur Autowaschanlage zu kommen. Können wir uns da treffen? Ich muss etwas mit dir besprechen.«

»Ja, gut«, sagte Fredrik und stemmte sich auf die Ellenbogen hoch. Aufgrund schlechter Erfahrungen hatte er zwei Paracetamol mit einem halben Liter Wasser heruntergespült, bevor er ins Bett gegangen war. »Kannst du es mir nicht jetzt sagen?«

»Bist du alleine?«, fragte Kafa.

»Selbstverständlich bin ich alleine.«

Er suchte nach dem Lichtschalter und schaltete die Deckenlampe ein. So. Jetzt war er wach.

»Ich weiß nicht genau, wie ich anfangen soll …«, begann sie. »Ich habe mit dem Unternehmen gesprochen, das für den Wachdienst im Wohnhaus von Henry Falck zuständig ist, um herauszufinden, ob Überwachungsaufnahmen existieren. Dem Unternehmen zufolge wurden die Videos bereits am Tag nach den Morden der Polizei übergeben.«

»Okay?«

»Franke hat um das Material gebeten, als der Wachmann ihm die Wohnung aufgeschlossen hat. Er hat die komplette Festplatte mitgenommen, woraufhin das System fast zwei Tage nicht funktionierte. Es gibt kein einziges Bild, weder von der Mordnacht noch vom darauffolgenden Tag, als wir dort waren.«

Fredrik antwortete nicht. Er biss sich lediglich auf die Lippe. Hauptkommissar Franke Nore. Kafa hatte sofort gestutzt, als sie ihn in der Wohnung angetroffen hatten.

»Warum hat er nicht gesagt, dass er die Überwachungsvideos abgeholt hat? Und wo sind sie jetzt?«, fuhr sie fort.

»Ich bin sicher, dass es dafür eine einfache Erklärung gibt«, murmelte Fredrik. »Ich bin in einer halben Stunde da.«

Als er sich aus dem Bett schwang, erklang aus dem Flur das Tapsen nackter Füße.

»Ich habe gehört, dass du wach bist«, sagte eine freundliche Stimme. »Hab deine Dusche benutzt. Hoffe, das ist okay. Und dann hab ich aus dem Schrank eine der Zahnbürsten stibitzt. Ich war mir nicht sicher, ob du es vielleicht eklig findest, wenn ich deine nehme.«

Fredrik setzte die Brille auf und zog die Decke hoch. In der Tür stand lächelnd eine große blonde Frau. Sie trug dieselbe helle Bluse wie in der Nacht zuvor. Um die Hüfte hatte sie sich eines seiner Handtücher gewickelt.

»Du, ich finde weder meinen BH noch meinen Slip. Du bist hoffentlich nicht so ein Schlüpferschnüffler, oder?« Dann lachte sie herzlich. »Wenn es okay ist, leihe ich mir einfach eine deiner Boxershorts. Einen Extra-BH habe ich auf der Arbeit im Schrank.« Sie fand seine Lieblingsunterhose auf dem Schreibtisch, ließ das Handtuch fallen und zog sie an.

Fredrik räusperte sich. »Ich sag dir Bescheid, wenn ich deine Unterwäsche finde … ähm …«

»Stine«, vollendete sie den Satz. »Vielleicht sollten wir uns an einem geheimen Ort im Polizeipräsidium treffen und Unterwäsche austauschen.« Sie lächelte schief. »War nur ein Witz. Danke übrigens für den Abend. Es war sehr nett. Du bist ein cooler Typ. Vielleicht ein bisschen düster.«

»Ja, danke«, sagte Fredrik. »Das Vergnügen war ganz auf meiner Seite.«

»War das da am Telefon deine Freundin?«

Er lachte schallend. Ein bisschen zu laut und ein bisschen zu lange. »Nur eine Kollegin.«

»Wie ich, also«, sagte Stine. »Du musst dir keine Gedanken machen. Ich werde es keinem erzählen.«

Der Schneematsch war gefroren. Das Absperrband der Polizei war verschwunden, der Verkehr floss zäh und die Abgase stauten sich unter der Betonbrücke wie in einem Fass. Fredrik entdeckte Kafa und die Chefin der Spurensicherung, Therese Grøfting, in der Tankstelle neben der Autowaschanlage, beide mit einer Tasse Kaffee vor der Nase. Das Tor zur Waschanlage stand offen. Sowohl die Toten als auch der Tesla waren abtransportiert worden. Ein Mann und eine Frau, beide mit weißen Schutzanzügen bekleidet, waren damit beschäftigt, die Strahler in eine Plastikkiste zu packen. Das Wasser und der Schaum auf dem Boden waren in der Kälte zu Matsch geworden, der noch immer einen leichten Rotschimmer aufwies.

Kafa und Therese standen an einem hohen Tisch im hinteren Teil der Tankstelle. Kunden waren keine da, nur ein pickliges junges Mädchen, das hinter dem Tresen runzlige Käsewürstchen über die Wärmeplatte rollte. Auf dem Tisch zwischen den Ermittlern lagen eine Asservatentasche der Polizei und Kafas zerkratzter Laptop.

»Das ging ja fix«, sagte Kafa und gab ihm einen Pappbecher mit der Aufschrift *Excellent coffee for excellent people*. Er roch daran und stellte fest, dass beides gelogen war.

»Ich hab keinen Grund gesehen, zu Hause zu bleiben, als

ich erfahren habe, dass ihr beiden Sonnenscheine auf mich wartet«, antwortete er, von der eigenen Heiterkeit überrascht.

»Oh, Fredrik«, sagte Therese und lehnte sich an ihn. Obwohl sie eine dicke Steppjacke über dem weißen Schutzanzug trug, spürte er ihre Wärme. »Das ist das Schönste, was mir heute jemand gesagt hat.«

»Lebst du nicht allein mit einem Teenagersohn?«

»Doch«, sagte Therese. »Das erklärt die Sache vermutlich.«

Die Asservatentasche enthielt einen Pinsel. Der Pinselkopf war weiß. »Wir haben ihn unter dem Schnee in einem Graben gefunden, zwei Häuserblocks von Beata Wagners Wohnung entfernt«, sagte Therese. »Es ist die gleiche Farbe, wie sie an Falcks Auto verwendet wurde.«

»Habt ihr Fingerabdrücke gefunden?«

Therese nickte vergnügt. »Willst du die gute oder die schlechte Nachricht zuerst hören?«

»Überrasch mich.«

Kafa warf der Tankstellenmitarbeiterin einen Blick zu. Diese hatte beschlossen, die Würstchen in ihrem eigenen Fett schmoren zu lassen und schien vollends von ihrem Handy in Anspruch genommen zu sein. Kafa schob den Laptop zu ihm hinüber und startete einen Film – das Überwachungsvideo aus der Autowaschanlage. Allerdings war die Aufnahme von schlechter Qualität, und da einer der Metallarme der Anlage kontinuierlich vor- und zurückglitt, boten sich ihnen nur flüchtige Einblicke in das Geschehen. Nachdem der schwarze Tesla geparkt hatte, trat eine Gestalt vor das Fahrzeug. Aufgrund der Größe und des kräftigen Körperbaus schätzte Fredrik, dass es sich um einen Mann handelte. Er hatte eine Kapuze über dem Kopf und stand von der Kamera abgewandt. Dann verschwand das Bild wieder, bevor sie Falck sahen, wie er aus dem Auto ausstieg. Als der Metallarm zurückfuhr, lag der stellvertretende Direktor bereits vor dem Fahrzeug. Im Inneren des Wagens war zwischen den Vordersitzen eine Bewegung wahrzunehmen, dann wurde der Tesla in Seifenschaum gehüllt. Als die Bürsten ihren Rückzug antraten, lag eine Gestalt über dem Lenkrad, und die Frontscheibe war von einem dunklen Streifen Blut überzogen. Falck war noch am Leben. Als die Waschbürste über ihn fuhr, griff er danach, blieb hängen und wurde von der Bürste mitgezogen. Kafa hielt die Aufnahme an, und Fredrik erschauderte.

Er war soeben Zeuge der Auslöschung zweier Menschenleben geworden. Trotzdem empfand er nicht sonderlich viel. Vielleicht lag es an der schlechten Qualität der Aufnahme, vielleicht war es der fehlende Ton und somit der fehlende Angstschrei oder das fehlende Wimmern des Sterbenden, das sich im Trommelfell festsetzte. Er hoffte, dies wäre die Erklärung, nicht einfach die Tatsache, dass es ihn im Grunde nicht kümmerte; dass er mehr an dem Mörder als an den Opfern interessiert war.

»Ungefähr so, wie wir es uns vorgestellt hatten«, sagte er. »Das ist kein Raubmord. Seht mal, wie der Mörder die ganze Zeit über dafür sorgt, die Kamera zu meiden. Er weiß, dass er gefilmt wird, schert sich aber nicht darum. Die ganze Szene ist genau geplant.«

»Sehe ich genauso«, sagte Kafa. »Die Auftragskillertheorie. Das wird auch von dem untermauert, was wir auf Falcks Handy gefunden haben. Es steckte in seiner Jackentasche.«

»Ach so?«

»Falck hatte einen VIP-Tisch in einem der exklusiveren Nachtklubs der Stadt reserviert. Der Mörder muss gewusst haben, dass er dort nicht mit »Verräter« über eine komplette Autoseite geschmiert hinfahren würde.«

Fredrik versuchte, den Plastikdeckel des Kaffeebechers abzudrehen, ohne sich die heiße Flüssigkeit über die Hände zu schütten. »Also nehme ich an, die gute Nachricht ist, dass ihr wisst, wer der Mörder ist?«

»Wir wissen zumindest, wer den Pinsel in der Hand gehabt hat«, sagte Therese. »Die Fingerabdrücke stammen von einem Mann namens Richard Reiss.«

»Richard Reiss?«, wiederholte Fredrik. »Der Eisschnellläufer?«

Kafa schloss das Fenster mit dem Video und öffnete eine E-Mail aus dem Polizeipräsidium.

Richard Reiss' Vorstrafenregister war lang wie ein Zehntausendmeterlauf im Gegenwind. Konsum und Besitz von Drogen, Schmuggeln von Rauschgift und Steroiden, Verurteilungen wegen Gewalt und Bedrohung, unerlaubter Waffenbesitz, Geldeintreibertätigkeit und ein fünfzehn Jahre zurückliegender Mordversuch.

»An wem?«, fragte Fredrik.

»An seiner Ehefrau, Ida Axelsen. Er war betrunken, und es kam zum Streit. Er schlug sie mit einer Bratpfanne nieder, so heftig, dass sie vom Balkon im zweiten Stock fiel und auf dem Rasen vor ihrem Wohnblock auf einem brennenden Grill landete. Sie erlitt dabei ernsthafte Brandverletzungen und brach sich das Rückgrat. Seitdem ist sie von der Taille abwärts gelähmt.«

»Wo ist sie jetzt?«

»Ich weiß nicht, ob sie noch lebt«, antwortete Kafa. »Wir haben das Material erst kurz vor deiner Ankunft erhalten. Du sagtest, er war Sportler?«

»Wenn es derselbe Kerl ist. Anfang der Neunziger war er berühmt. Ein Eisschnellläufer. Dann aber zog er sich eine Verletzung zu und schaffte es nie wieder, richtig in Form zu kommen. Hast du nie von ihm gehört?«

Kafa schnaubte. »Pakistaner spielen Cricket und Polo. Nichts, was mit Minusgraden oder Schweinefleischwürstchen aus der Thermosflasche zu tun hat.«

»Diese Zeiten sind vorbei«, sagte Fredrik. »Heutzutage befinden sich die Eisschnelllaufbahnen in Hallen. Ich glaube, am Kiosk kann man Kebab kaufen.«

»Halal?«

»Jetzt machst du's aber kompliziert.« Er sah Therese an. »*Du* hast aber von ihm gehört?«

Therese zuckte mit den Schultern. »Weil ich weiß bin? Ich interessiere mich eigentlich nicht so für Sport.«

Fredrik verdrehte die Augen und stöhnte. »Nein, nein«, sagte er nur. »Ich wollte niemandem zu nahe treten.«

Therese verließ sie, um bei der Beräumung des Tatorts zu helfen, während Kafa ihn fixierte. »Hast du über das nachgedacht, was ich dir erzählt habe?«

Er nickte. Dann erzählte er ihr von dem Gespräch mit Haakon Bull, von dem Computerprogramm, das bewies, dass der USB-Stick an dem Morgen aus Henry Falcks Wohnung gestohlen worden war, an dem sie Franke dort begegnet waren.

»Ich stimme dir zu, dass das merkwürdig klingt. Aber Kafa, vergiss nicht, dass seine Frau todkrank ist. Franke hat derzeit viel Grund zu grübeln. Ich werde mit ihm sprechen.«

Er sah, dass Kafa noch mehr auf dem Herzen hatte, aber sie hielt sich zurück. Sie widmeten sich der Lektüre von Urteilen und Verhörprotokollen. Nach Käsewürstchen Nummer zwei krächzte Fredrik einen Rap als Zeichen dafür, dass er mit den Dokumenten durch war.

Es war tatsächlich Richard Reiss, der Eisschnellläufer. In einem Verhör hatte er von einer Jugend berichtet, in der sich das Leben nur ums Training gedreht hatte. Er fuhr Slalom, spielte Fußball und versuchte sich im Biathlon, bevor sich herausstellte, dass sein größtes Talent auf der Eisbahn lag. Er entschied sich für die Distanz der Feinschmecker: eintausendfünfhundert Meter. Drei und eine dreiviertel Runde auf spiegelglatter Fläche verlangen die Muskelmasse eines Sprinters und die Ausdauer eines Langstreckenläufers. Eine Zehntelsekunde Unaufmerksamkeit, ein falscher Schritt und du bist am Arsch. Reiss hatte mehrere Norwegische Meisterschaften, eine Silbermedaille bei der WM und Bronze bei den Olympischen Spielen gewonnen, als es zu der Tragödie kam. Während des Trainings machte ein anderer Läufer einen Fehler beim Bahnwechsel. Beide stürzten, und als sie durch die Bande krachten, schnitt die messerscharfe Kufe des Kontrahenten tief in Richard Reiss' Oberschenkel. An dem Tag, als seine Mannschaftskameraden in Lillehammer zur Eröffnungszeremonie einmarschierten, lag er mit zusammengeflickter Schlagader im Krankenhaus. Olympische Spiele in der Heimatarena – für einen Sportler gibt es nichts Größeres.

Physisch erholte er sich, psychisch wurde er jedoch nie wieder derselbe, hatte Reiss im Verhör erklärt. Während des Aufbautrainings entwickelte er eine Abhängigkeit von schmerzstillenden Opiaten, und als der Arzt sie ihm nicht mehr verschreiben wollte, besorgte er sich die Drogen illegal auf der Straße. Ohne sportliche Erfolge auf dem Eis verschwanden die Sponsoren, und der Muskelprotz Richard Reiss musste seine Physis anderweitig einsetzen. Zuerst als Türsteher, später als Geldeintreiber. Erneut geriet er aufs Glatteis, dieses Mal hatte er jedoch keine Kontrolle darüber: Richard Reiss schlitterte direkt in den Abgrund hinein. Von Wut, Eifersucht und Alkohol zerfressen, versuchte er, seine Frau umzubringen, was ihm beinahe auch gelang.

»Er saß vier Jahre ein«, sagte Kafa. »Anschließend war er

immer mal wieder in verschiedenen Anstalten, bevor er wegen Drogenschmuggels eine längere Haftstrafe verbüßte. Vor zwei Jahren ist er dann auf freien Fuß gekommen.«

»Kennen wir seine Adresse?«

»Ja.«

»Ich schicke gleich eine Streife hin.«

Nachdem er das Telefonat mit der Zentrale beendet hatte, wandte sich Fredrik an Kafa. Sie las in einem Bericht der Polizeidatenbank. »Nach dem, was hier steht, verabschiedete sich Reiss während des letzten Gefängnisaufenthalts von seiner Alkohol- und Drogenabhängigkeit. Er soll mit seinem alten Umfeld gebrochen und angefangen haben, als Wachmann zu arbeiten.«

»Wachmann? Wer zum Teufel stellt denn einen Berufskriminellen als Wachmann ein?«

»Gute Frage. Ich finde keinen Namen…« Dann verstummte sie, sodass Fredrik aufblickte.

»Verdammt!«, rief sie aus. »Herrgott noch mal!«

Sie ging um den Tisch herum. Auf dem Laptop war das Foto von Reiss zu sehen, das bei seiner Entlassung aufgenommen worden war. Es war wenig übrig von dem Knaben, an den sich Fredrik von den Fernsehbildern her erinnerte. Die langen, dunklen Locken waren kurz geschnitten, und die früher mal straffen, glatt rasierten Wangen waren unter dem breiten Jochbein hohl. Der Blick war abwesend, der Gesichtsausdruck verbissen. Fredrik hätte den Mann nicht als Richard Reiss, den Eisschnellläufer, wiedererkannt. Trotzdem erkannte er ihn wieder.

Denn der Mann auf dem Foto war der Wachmann, dem sie an der Fahrstuhltür vor Henry Falcks Wohnung begegnet waren.

17

Es gibt eine Sache, die man bei der Osloer Polizei schlichtweg nicht tut: Man beschuldigt keinen Kollegen, ein Schurke zu sein. Draußen unter den wirklichen Schurken wurden die Informanten als Verräter bezeichnet. Sie endeten mit gebrochenen Daumen, ausgeschlagenen Zähnen – oder einem Judas. Im Polizeipräsidium folgte auf die Beschuldigung eine Warnung, und die Strafe dafür war ziemlich subtil. Die Botschaft war jedoch dieselbe: Halt die Klappe und sieh weg. Eine formelle Anfrage bei der Leitung zog offiziellen Papierkram nach sich. Papiere landeten bei der Presse, und dann brach die Hölle los. Jede Niedertracht, die man selbst schon verdrängt hatte, wurde wieder hervorgekramt. Fredrik hatte so viel Dreck am Stecken, dass er noch nicht einmal wusste, ob er sich trauen würde, Quisling einen Nazi zu nennen.

Kafa wollte Sebastian Koss anrufen. Dem Polizeidirektor erzählen, dass sie Franke Nore für einen abtrünnigen Staatsdiener hielt. Fredrik aber packte sie fest und bestimmt am Handgelenk.

»Nein, verdammt«, zischte er, woraufhin die Würstchenbräterin ihn anstarrte. Fredrik zog Kafa mit sich vor die Tür. »Das ist gefährlich! Du hast keine Ahnung, was du dir damit einbrockst.«

»Was also ist deiner Meinung nach geschehen?«, fauchte sie zurück. »Franke befand sich in einer Wohnung mit einem angeschalteten Laptop. Aus der Wohnung ist ein USB-Stick mit Staatsgeheimnissen darauf verschwunden. Er war dort zusammen mit einem verurteilten Geldeintreiber und Gewalttäter.«

»Vielleicht hat Franke seine Gründe«, sagte Fredrik. Er versuchte ruhig zu klingen. »Lass mich mit ihm reden. Ich fahre heute Abend zu ihm nach Hause. Dort können wir ungestört reden. Das Mindeste, was wir tun können, ist, uns seine Erklärung anzuhören.«

Kafa streckte einen Zeigefinger in die Luft. »Das muss eine verdammt gute Erklärung sein. Wenn nicht, gehe ich damit zu Koss.«

Das Blut pochte noch immer in seinen Schläfen, als er vor der rot gestrichenen, in die Jahre gekommenen Villa stand, in der die TV 2-Journalistin Benedikte Stoltz gewohnt hatte, bevor sie verschwand. Die Villa lag hinter einer prachtvollen, knorrigen Eiche, etwas abseits der Straße in Fagerborg, einige hundert Meter südlich des Sendezentrums in Marienlyst. Vom Briefkasten bis zum Hauseingang war ein schmaler Pfad freigeschaufelt, der an einen Darm erinnerte, und abgesehen von den Spuren einiger Vögel war der Schnee im Garten unberührt.

Die vielen Fenster zeugten davon, dass das Gebäude aus zwei Etagen bestand, drei, wenn man das Loft unter dem Dachfirst mitrechnete. Entlang der Fensterrahmen und dem Vorsprung über der Giebelwand war das Holz filigran geschnitzt. Gardinen versperrten den Einblick.

Was kostete so etwas? Sicher genauso viel wie Henry Falcks Luxuswohnung unten auf Tjuvholmen. Das hier aber war eine andere Form von Reichtum: nicht obszön und prahlerisch, sondern vielmehr vornehm charmant und nonchalant.

»Victoria und Benedikte« stand auf dem schmalen Messingschild, und in dem Augenblick, in dem sie öffnete, erkannte Fredrik Victoria Pytell wieder. Die silbergrauen Haare führten ihr Eigenleben, und sie trug denselben dünnen Mantel wie auf dem Polizeipräsidium, als er sie im Flur beobachtet hatte.

»Hauptkommissar Beier«, sagte er und streckte ihr eine Hand entgegen. »Ich habe angerufen.«

Das Innere der Villa war so, wie er es sich vorgestellt hatte. Im Eingangsbereich stand ein minimalistischer Garderobenständer aus drei dünnen Stahlrohren, die sich an der Spitze in mit Gold überzogene Zweige verwandelten, gleich neben einer antiken Kommode mit Affenpfoten als Griffen und Löwentatzen als Füßen. Darüber hing ein gerahmtes Plakat von Andy Warhols Ausstellung 1968 im Moderna Museet, mit dem Text *All is pretty*.

Victoria Pytell sagte nicht viel, während er seine Jacke auszog, bot ihm jedoch einen Drink an, als sie ihn durch den hellblauen Flur führte.

»Ein Glas Wasser muss reichen«, antwortete er.

Sie ließ ihn im Wohnzimmer zurück, wo Fredrik die Umgebung studierte. Aus diskreten KEF-Lautsprechern erklang Thomas Dybdahls »One Day You'll Dance For Me, New York City«, und auf einem Perserteppich standen ein paar tiefe Scandia-Stühle, ausgestattet mit dem obligatorischen Lammfell. Das dominierende Möbelstück des Zimmers war allerdings ein sofalanger, abgerundeter Schreibtisch. Er war vor den Bogenfenstern platziert, sodass man durch die Gardinen in den Garten sah, und auf dem Tisch standen drei Bildschirme sowie eine schlichte, drahtlose Tastatur.

Die Dielen knarrten, als Victoria mit einem Glas Wasser für ihn und einer Tasse Tee für sich selbst zurückkehrte.

»Danke, dass ich vorbeikommen durfte«, sagte Fredrik.

»Noch immer kein Lebenszeichen von Ihrer Lebensgefährtin?«

Die feinen Fältchen rund um die Augen wurden tiefer. Sie mochte das Wort scheinbar nicht. Lebenszeichen. Denn fand man keine Zeichen für Leben, was fand man dann?

Sie setzten sich.

Seit sechs Jahren lebten sie nun zusammen. Victoria und Benedikte waren einander auf einer Konferenz für datengestützten Journalismus begegnet, bei der sie als Dozentin und Benedikte als Teilnehmerin gewesen war. Victoria war Single und Benedikte im Begriff ein Verhältnis zu beenden. Eine Woche später zogen sie zusammen. Victoria erzählte, dass Benedikte ihre Arbeit sehr mochte, genau wie sie, und dass Benedikte für ihre investigativen Reportagen einige Preise gewonnen hatte. Sie hatten beide keine Kinder. Benedikte besuchte ab und an ihren Vater, ansonsten hatte keine von ihnen eine engere familiäre Beziehung. Benedikte trainierte, wanderte und machte Yoga, während Victoria die kulturell Interessierte war.

»Sie arbeiten von zu Hause aus?«, sagte Fredrik mit einem Nicken Richtung Schreibtisch.

»Im Bereich Datensicherheit. Ich verkaufe Dienstleistungen an verschiedene Unternehmen.«

»Und es läuft gut, wie ich sehe«, sagte er und klopfte gegen den Designerstuhl.

»Ja«, erwiderte sie, ohne zu lächeln. »Ich weiß, was ich tue.«

»Aber wissen Sie, was Benedikte getan hat? An welchen Projekten sie gearbeitet hat? Wer ihre Quellen sind?«

»Was meinen Sie?«

»Es tut mir leid, das sagen zu müssen, aber der Grund, warum ich hier bin, ist die Ermittlung in einem Doppelmord. Henry Falck und Beata Wagner.«

Doppelmord. Ein weiteres Wort, das eine heftige Reaktion bei ihr auslöste.

»Die beiden, die in der Autowaschanlage erschossen wurden? Was hat das mit Benedikte zu tun?«

»Ich hatte gehofft, dass Sie mir das beantworten können. Ich bin Benedikte am Abend vor ihrem Verschwinden begegnet, bei einem Essen auf Schloss Akershus. Falck war auch dort. Sie erzählte, dass er an einem … Projekt arbeite, über das sie recherchiert. Jetzt ist Falck tot, der Bericht über das Projekt gestohlen und Benedikte verschwunden.«

»Was für eine Art von Projekt?«

Fredrik schürzte die Lippen. »Tut mir leid. Das ist vertraulich.«

Victoria atmete schwer. »Glauben Sie, dass Benedikte an etwas Kriminellem dran ist? Etwas, was mit diesem Bericht zu tun hat?«

»Ich weiß es nicht«, sagte Fredrik. »Leider ist es naheliegend, an einen Zusammenhang zu glauben.«

Sie hatte ihn beobachtet. Jetzt senkte sie den Blick und schaute auf die Teetasse. Sie rührte um, wobei der Löffel an der Keramik schabte.

»Sie hat mich angelogen«, sagte Victoria leise. »An dem Morgen, an dem sie verschwand.«

»Aha?«

»Benedikte sagte, TV 2 habe angerufen und gefragt, ob sie eine Frühschicht übernehmen könne. Ich bin deshalb erst mal nicht stutzig geworden, das kommt ab und an vor, aber inzwischen habe ich mit ihren Chefs gesprochen, die an diesem Morgen gearbeitet haben. Sie brauchten keine Aushilfen.«

»Wer hat also angerufen?«, fragte Fredrik.

Victoria antwortete nicht. Stellte einfach nur die Teetasse auf dem Teppich ab und holte einen Notizblock vom

Schreibtisch. Mit einem Bleistift hatte sie die Oberfläche schraffiert, um den Abdruck des Wortes lesen zu können, das auf dem abgerissenen Blatt gestanden haben musste.

»Der lag auf ihrem Nachttisch. Das wirkt vielleicht seltsam, aber … es ist wohl nicht zu übersehen, dass uns ein gewisser Altersunterschied trennt. Bevor ich begriffen habe, dass es sich um eine ernste Angelegenheit handeln könnte, hatte ich die Befürchtung, dass sie vielleicht ein Verhältnis mit einer anderen hat. Das hier sagt mir jedoch nichts.«

Fredrik hingegen sagte es etwas. Der Name, den Benedikte notiert hatte, war deutlich zu lesen. »Reiss« stand dort.

»Hat Benedikte jemals von einem Mann namens Richard Reiss gesprochen?«, sagte er.

»Dem Eisschnellläufer? Ist das etwa sein Name, den sie da aufgeschrieben hat? Sie hat niemals … Benedikte hat ihn nie erwähnt. Daran würde ich mich erinnern.«

»Sein Name ist im Rahmen der Ermittlungen aufgetaucht«, sagte Fredrik. In dem tiefen Stuhl hatte sein Knie angefangen wehzutun. Er stand auf, streckte das Bein und drehte sich zu ihr um.

»Ich habe das Protokoll gelesen, als Sie Benedikte als vermisst gemeldet haben. Sie fuhr einen roten Mini Cooper?«

»Fährt«, sagte Victoria. »Sie *fährt* einen roten Mini.«

Er presste ein Lächeln hervor.

»Tut mir leid. Fährt, selbstverständlich. Ich werde eine Fahndung veranlassen. Dann werde ich mir ihre Telefonverbindungen besorgen und untersuchen, wo sie das Telefon an diesem Morgen verwendet hat.«

Victoria legte ihm eine Hand auf den Arm.

»Danke, dass Sie das ernst nehmen. Das weiß ich sehr zu schätzen.«

»Da ist noch eine Sache, die ich Sie fragen muss«, sagte er. »Sie kennen sich offensichtlich mit Computern aus.

Haben Sie Benedikte irgendwann einmal bei der Beschaffung von Material geholfen, das sie für ihre Arbeit benötigt hat? Und das vielleicht nicht für ihre Augen gedacht war?«

Die warme Hand verschwand von seinem Arm.

»Fragen Sie mich, ob ich mir unrechtmäßig Zugang zu Computern anderer verschafft und Informationen gestohlen habe, um Benedikte zu helfen?«

Er antwortete nicht.

»Darum hätte Benedikte mich niemals gebeten.«

18

Der Pfleger öffnete die Tür zum Patientenzimmer, woraufhin ein kühler Luftzug durch die Gardinen strich. Die Medaillen, die über dem Bilderrahmen mit Fotos eines Mädchens hingen, das mit einer Nummer auf der Brust die Ski zum Siegesjubel anhob, klimperten. Die kalte Luft drang unter das Hemd der Frau, die mit dem Abendessen auf einem Tablett auf ihrem Schoß in einem gut gepolsterten Rollstuhl saß. Ihre aufgedunsenen Arme waren von Gänsehaut überzogen.

In der Luft lag ein Unheil verkündender Geruch, süß und erdig. Der Pfleger schloss die Tür, und Fredrik war alleine mit Ida Axelsen. Richard Reiss' Exfrau.

»Es riecht nach Tod«, sagte sie und verwies auf einen Platz neben dem Patientenbett.

»Stimmt.« Der Stuhl ächzte, als er sich nach vorn lehnte und die Baumkronen auf dem Friedhof gegenüber dem Pflegeheim betrachtete.

»Früher haben sie die Leichen in Plastik eingepackt«, erklärte sie. »Jetzt erinnert sich keiner mehr an die Toten, und die Gräber sollen wiederverwendet werden. Aber die Körper sind nicht verwest. Deshalb pumpen sie Branntkalk in die Särge. Innerhalb weniger Tage zerschmelzen die Kadaver. Allerdings läuft es nicht immer nach Plan, und die Totengräber erwartet eine unangenehme Überraschung. Einige Leichen sind noch immer erkennbar. Aber sie stinken.«

Ida Axelsen stocherte mit der Gabel in der Mikrowellenlasagne herum. »Die Frau eines Friedhofsdieners hat hier gewohnt. Er hat das erzählt.«

»Sie waren selbst Skilangläuferin?«, fragte Fredrik mit einem Blick auf die Fotos an der Wand.

»So bin ich ihm begegnet. Wir sind für den gleichen Verein gelaufen.«

Ihm. Damit meinte sie Richard Reiss. Den Mann, den sie der Morde an Beata Wagner und Henry Falck verdächtigten. Den ehemaligen Eisschnellläufer, der seine Frau auf das Gröbste misshandelt hatte.

Entlang des Hemdkragens erahnte er die gedehnte Haut und die Narben von glühenden, unebenen Streifen, wo sich der Grillrost in ihr Fleisch gebrannt hatte. Gesicht, Oberarme und Oberschenkel waren von Kortison aufgeschwemmt, zudem erschwerte ihm die Frisur den von Depressionen gezeichneten Gesichtsausdruck zu lesen.

»Sie kennen das Yin-Yang-Symbol? Das Schwarze und das Weiße? So ist Richard. So lange er trainieren und Schlittschuhlaufen, gewinnen und berühmt sein konnte, war alles ausschließlich weiß. Als das aber nicht mehr der Fall war…«

»Sie meinen, seine Persönlichkeit hat sich verändert?«

»Nein. Das ist ja der Punkt. Wenn ich daran zurückdenke, glaube ich, dass er das Dunkle immer in sich getragen hat. Sie kennen die alte Indianergeschichte. Alle Menschen tragen zwei Wölfe in sich, und die kämpfen ununterbrochen miteinander. Der eine ist gut, der andere ist böse. Der, der gewinnt…« Sie nahm einen Bissen Lasagne und zeigte mit der Gabel an, dass sie beabsichtigte, den Satz zu beenden, aber Fredrik konnte nicht warten.

»…ist der, den man füttert«, sagte er. »Ich habe es auf Facebook gelesen. Wenn ich es richtig verstehe, interessieren Sie sich für Urvölker und Ethnologie.« Das Bücherregal neben dem Bett stand voll mit entsprechender Literatur.

Erfreulicherweise kaute sie fertig, bevor sie antwortete. »Ich war Anfang dreißig, als man mich in dieses Zimmer verfrachtet hat. Jetzt bin ich fast fünfzig, meine Eltern sind tot und meine Schwester ist Rentnerin. Einmal im Monat fährt der Pflegebus nach Arboga, dort trinken wir im Winter Kakao und essen im Sommer ein Eis. Die restliche Zeit verbringe ich hier und versuche, die Stunden nicht darauf zu verwenden, den Mann zu hassen, der mich hierhergebracht hat. Bis ich ihm begegnet bin, hatte ich ein gutes Leben.«

Fredrik sah auf seinen Notizblock. »Der Krankenpfleger, der mich zu ihnen gebracht hat, hat mir erzählt, dass er Sie besucht?«

Ida Axelsen drehte den Rollstuhl und griff nach der Schnur, die über dem Bett hing.

»Wollen Sie Kaffee? Kostet einen Zehner«, sagte sie. »Dieses Land hat so wenig Geld, dass ich meinen Gästen nicht mal einen Kaffee anbieten kann, zumindest wenn sie keine Politiker sind. Wenn die kommen, ist alles gratis.«

»Schade«, sagte er. »Um als Politiker durchzugehen, lüge ich viel zu schlecht.«

Sie leckte das Messer ab. »Sobald Richard auf Freigang war, ist er hierhergekommen und hat um Vergebung gebeten, hat behauptet, der Alkohol sei schuld gewesen, und dass er nie vorhatte, mir wehzutun. Dann folgte die nächste Verurteilung, und er blieb wieder weg. Dann kam er wieder. Und so ist es seither geblieben.«

Eine Pflegerin klopfte an und brachte den Kaffee. Während sie das Essen wegräumte, öffnete Ida Axelsen eine Tür des Nachttischs. Holte ein Marmeladenglas voller Münzen, Visitenkarten, Schrauben und Schlüsseln hervor. Sie kippte den Inhalt in ihren Schoß und reichte ihm einen Silberring, ihren Ehering. »Liebe Ida. Für immer dein. Richard« war hineingraviert worden.

»Er trägt seinen an einer Kette um den Hals. In Richards Welt… Er war immer der Meinung, das Leben, das er hätte führen sollen, die Ehre und der Ruhm seien ihm genommen worden. Er sieht sich selbst als das Opfer. Nicht mich. Als ich mich von ihm habe scheiden lassen, ist er wütend geworden. Für ihn war es unvorstellbar, dass ich… dass selbst *ich* armselige kleine Person ihn verlassen konnte. Richard sagt, ich müsse ihm vergeben, damit wir beide vorangehen können.« Sie klopfte auf die Räder des Rollstuhls. »Aber ich kann nicht gehen. Und meine Vergebung braucht Richard nicht, er muss sich selbst verzeihen.«

»Aber er besucht Sie trotzdem?«

»Nicht oft.« Mit einer unerwartet abrupten Bewegung reichte sie ihm einen Zettel, so als ob sie ihn selbst am liebsten nicht berühren wollte. »Aber vor einem Monat hat er angerufen und mir erzählt, dass er Arbeit gefunden hat. Als Wachmann, ausgerechnet. Natürlich hat er mir das nur erzählt, um anzugeben, wollte wohl zeigen, dass er noch immer jemand ist.«

»Wissen Sie, wo er gearbeitet hat?«

»Ja, natürlich. Auf einer Baustelle. Die Nummer steht da. Ich war so verärgert, als ich das hörte, dass ich dort angerufen und denen erzählt habe, was für ein Drecksack er ist. Die Frau, mit der ich gesprochen habe, schien das nicht zu kümmern. Den Job hat ihm vermutlich sein verfluchter Polizeikontakt besorgt.«

»Polizeikontakt? Was meinen Sie damit?«

»Als er wegen des Angriffs auf mich einsaß, ist Richard im Gefängnis mit einer der Gangs aneinandergeraten. Er hat mit der Polizei irgendeine Vereinbarung getroffen, hat gegen mehrere von denen ausgesagt, die ihn bedroht haben.«

Richard Reiss war also ein Informant. Ein Spitzel. Eine Ratte. Ein Denunziant. Eine Schlange.

»Und der Polizeikontakt? Wissen Sie, wer es ist?«

»Das weiß ich sehr gut«, sagte sie. »Er war erst vor wenigen Tagen hier. Ein älterer Kerl. Er hat behauptet, Richard und er hätten eine ... Abmachung, glaube ich, war das Wort, das er gebrauchte. Er wirkte gestresst und sagte, er könne Richard nicht erreichen. Es sei wichtig, wenn er also auftauche, solle ich anrufen.«

In Ida Axelsens Marmeladenglas herrschte Ordnung. Sie wühlte in dem Haufen herum, bis sie die Visitenkarte mit dem Polizeilogo darauf fand. Fredrik brauchte nicht draufzuschauen. Er wusste bereits, wessen Name da stand.

Fredrik hatte es nicht eilig, als er vom Pflegeheim in Grefsen zur T-Bane schlenderte. Was sollte er nur zu Franke sagen? Dass er bereits Bescheid wusste? Oder sollte er Franke die Möglichkeit geben zu reden? Es war mehr als zehn Jahre her, dass Reiss die Strafe für den Mordversuch an seiner Frau verbüßt hatte. Franke und Richard Reiss mussten sich von damals kennen. Aber hatte Reiss Franke geholfen oder umgekehrt? Manchmal war das Terrain äußerst unwegsam, das wusste Fredrik nur zu gut.

Warum hatte Franke Reiss geholfen, Henry Falcks Geheimnisse zu stehlen? Was wollten ein alter Schläger und ein noch älterer Bulle mit einem USB-Stick voller Staatsgeheimnisse? Wer hatte sie dorthin geschickt?

Darauf sollte Franke Nore besser eine verdammt gute Antwort parat haben. Falls nicht, würde Kafa ihren Vorgesetzten informieren. Und Fredrik müsste ihr zur Seite stehen. Der Teufel sollte sie holen.

19

Sobald er auf den kleinen Weg zwischen den Einfamilienhäusern in Ulsrud einschwenkte – den östlichsten Teil Oslos, bevor der Wald begann –, war Fredrik klar, dass etwas nicht stimmte. Die Hauswände sowie die schneebedeckten Bäume in den Gärten flimmerten rot und blau, während die Lichter der Einsatzfahrzeuge die Menschen auf der Straße wie Schatten erscheinen ließen. Vor Franke Nores Haus parkten drei Polizeiwagen. Bei der Einfahrt hielt ein Polizist neugierige Nachbarn auf Abstand. Fredrik war im Begriff, sich seinen Weg an ihm vorbei zu bahnen, als er eine schwere Hand auf seiner Schulter spürte. Es war ein älterer Kerl mit Steppjacke und bis weit über die Ohren gezogener Strickmütze.

»Beier. Was geht hier verdammt noch mal vor sich? Der Türsteher da will nicht mal alten Kollegen etwas verraten.« Der Mann sagte das laut, damit der Polizist in Uniform es hören konnte. Fredrik erkannte ihn wieder. Er hieß Petterson, Roger Petterson, wenn Fredrik sich recht erinnerte, ein pensionierter Kollege aus dem Dezernat für Gewaltverbrechen. Franke und Roger waren eine Zeit lang Partner gewesen, waren immer noch Jagdkameraden und Freunde. Sie glichen einander, sowohl im Aussehen als auch im Gemüt. Es waren Typen von der Sorte, die auf einem Schiff durchs Leben segelten, das zu gleichen Teilen mit hohem Selbstvertrauen und schlechter Selbsteinschätzung beladen war.

»Ich weiß es nicht«, erwiderte Fredrik und starrte an die Fassade von Frankes Haus, betrachtete das Farbenspiel an den Wänden und die Schatten hinter den Fenstern. »Wohnst du hier?«

»*Alle* wohnen hier. Wir nennen es nur Bullengasse. Irgendwann nach dem Krieg bekamen Polizisten Sonderpreise für Grundstücke in dieser Straße, und seither ist es einfach so. Ihr könnt also nicht einfach hier angelatscht kommen und jemanden verhaften, ohne dass es für Aufsehen sorgt«, erklärte Petterson.

»Jemanden verhaften?«, fragte Fredrik. »Was meinst du damit?«

»Sie sind doch gerade mit Franke weggefahren. In einem Gefangenentransporter, mit Handschellen und allem Drum und Dran.«

»Scheiße«, sagte Fredrik. Er entdeckte Sebastian Koss' teure Handtasche – Weekender, wie der Polizeidirektor sie beharrlich nannte – auf dem Beifahrersitz des nächsten Polizeiwagens. Hatte Kafa ihn nun doch verständigt?

»Ich muss gehen«, sagte Fredrik und klopfte Petterson auf die Schulter.

Ein paar hohe Fichten sorgten dafür, dass der Eingangsbereich zu Franke Nores einstöckigem Holzhaus teilweise im Dunkeln lag. Fredrik stampfte sich gerade den Schnee von den Stiefeln, als er von drinnen Sebastian Koss' Bariton vernahm. »Wir sperren das hier bis auf Weiteres ab. Dann liegt es beim Staatsanwalt zu entscheiden, ob wir die Techniker herschicken. Gott weiß, dass wir anderes zu tun haben.«

Er hörte Getrampel, dann ging die Tür auf. Im Gegenlicht sah Fredrik nur die Konturen des Polizeidirektors.

»Beier. Das Gerücht verbreitet sich schnell, wie ich sehe.«

»Ich glaube, ich war in einer anderen Angelegenheit hier als ihr«, murmelte Fredrik. »Was geht hier vor sich?«

Koss schaute irritiert zur Straße und brüllte den Polizisten an, er solle das Blaulicht ausschalten.

»Wie müssen die Presse nicht herlocken, bevor es notwendig ist«, sagte er grimmig und führte Fredrik in den erleuchteten Eingangsbereich. Dort war es lauschig warm, roch nach gebratenem Fleisch und Sauerkraut. Über der Brüstungsvertäfelung hingen Häkeldeckchen, die Fredrik nicht berühren wollte. Aus dem Wohnzimmer hörte er das Tapsen von Pfoten sowie die eifrigen Kommandos eines Hundeführers.

»Es ist eine traurige Angelegenheit«, sagte Koss. »Heute Nachmittag erhielt ich einen Anruf aus der Asservatenkammer der Polizeibehörde. Wissen Sie, was dieser Idiot getan hat? Er hat sich an einer beschlagnahmten Ladung bedient. Eins Komma acht Kilo Heroin, um genau zu sein. Franke war in der Nacht nach dem Abendessen auf Schloss Akershus dort.«

»Sie machen Witze.«

»Ich wünschte es wäre so. Der Drecksack hat die Überwachungskameras manipuliert. Was er aber nicht wusste, ist, dass sie dort unten kürzlich ein Back-up-System installiert haben. Die Spezialeinheit hatte den Verdacht auf Schwund.«

»Was zur Hölle wollte Franke mit fast zwei Kilo Heroin?«

Koss hielt die Handflächen vor den Ofen. »Er hat kein Wort gesagt, als wir kamen. Stand nur da, briet im einen Augenblick Koteletts und streckte im nächsten die Arme aus. Er begriff, dass er ertappt worden war, und hat mich einfach ignoriert, als ich ihn fragte, wo das Rauschgift ist.«

»Ist es denn nicht hier?«

Koss stöhnte, bevor er antwortete. »Wir haben mit dem Hund bald das ganze Haus durchkämmt.« Dann starrte er Fredrik fragend an. »Was wollten Sie eigentlich hier?«

»Auf jeden Fall bin ich nicht gekommen, um eins Komma acht Kilo Heroin abzuholen«, sagte er. »Die Sache ist, dass wir, Kafa und ich, unseren eigenen Verdacht gegen Franke haben. Ich glaube, er war daran beteiligt, als der USB-Stick aus Henry Falcks Wohnung gestohlen wurde.«

»Was zum Teufel reden Sie da?«

»Richard Reiss war zur selben Zeit wie Franke in der Wohnung. Und die beiden ... die beiden Drecksäcke kennen einander von früher. Reiss war Frankes Informant im Gefängnis. Sie könnten jahrelang zusammengearbeitet haben.«

Koss grub eine Hand ins blonde Haar. »Herrgott noch mal. Richard Reiss? Den Mann, den wir wegen der Morde in der Autowaschanlage verdächtigen? Wenn Franke damit was zu tun hat, ist der Skandal komplett. Mehr als komplett. Verdammt!«

20

»What have we done with innocence?«

Kafa drehte die Lautstärke hoch. Einhundertfünfundsiebzig Beats per minute, Dave Grohls dynamische Stimme und das drängende Gitarrenriff übertönten das monotone Summen des Laufbandes. Vollgas jetzt, drei Minuten und fünfzig Sekunden verbleibende Trainingszeit. Siebzehn Stundenkilometer. Die letzten hundertzwanzig rauf auf einundzwanzig. Der beißende Schweißgeruch des Nebenmannes wurde durch Blutdunst ersetzt, Eisengeschmack trat in ihren Mund, und Perlen rannen ihr von der Stirn in die Augen, bis der Rand ihres Sichtfeldes verschwamm ... Was in aller Welt machte er so früh am Morgen hier?

Sie konzentrierte sich auf ihre Technik, lange, leichte Schritte, Finger korrigieren, Arme und Hüfte koordinieren. Im Augenwinkel sah sie seinen langen, dünnen Körper, das eine Knie steifer als das andere. Er stellte sich hinter sie, sie sah ihn in der Spiegelwand, die kurzen graubraunen Haare waren zerzaust, und der Bart bewegte sich Richtung Nase, als er versuchte eine bedauernde Miene aufzusetzen. Die Ringe unter den schlaffen Augen mit dem Hundeblick bezeugten, dass er zu wenig geschlafen hatte.

Das Lied neigte sich dem Ende zu, und sie drosselte die Geschwindigkeit des Laufbandes, hielt aber noch immer ein gutes Joggingtempo, als er sich neben das Bedienelement stellte. Sie zog die Ohrstöpsel heraus.

»Du hast von Franke gehört?«, fragte Fredrik, und Kafa spürte seinen Blick, während sie einen Schluck aus der Trinkflasche nahm.

»Ja«, keuchte sie. »Meine Güte.«

»Wir müssen Richard Reiss finden«, sagte Fredrik. »Ich glaube, ich habe eine Spur.«

»Super«, antwortete Kafa. »Aber jetzt trainiere ich. In einer Viertelstunde bin ich an meinem Platz.«

Er verschwand mit einem Schulterzucken.

Als Kafa das Großraumbüro des Dezernats für Gewaltverbrechen betrat, saß Fredrik an ihrem Schreibtisch. Er hatte Dokumente über die Tischplatte verteilt und starrte auf sein Handy.

»Ich wollte dich nicht stören«, sagte er ohne aufzusehen. »Ich schlafe momentan nicht so gut. Alte Gespenster.«

»Ich verstehe.« Er hatte sicher auf etwas Herzlicheres gehofft, aber das war alles, was sie gerade zu bieten hatte. Sie mochte Fredrik, das war nicht das Problem, aber manchmal behandelte er sie wie ein kleines Mädchen. Kafa wusste genau, was auf dem Spiel stand, wenn sie einen Kollegen beschuldigte, mit Kriminellen gemeinsame Sache zu machen. Wenn sie aber wegen Franke keine Meldung machten, was verflixt noch mal sollten sie dann überhaupt noch melden? Wie auch immer. Franke brauchte offensichtlich keine Hilfe, um sich sein eigenes Grab zu schaufeln. Allerdings musste Fredrik die Vorstellung aufgeben, dass sie eine Krücke brauchte. Er war derjenige, der hinkte.

»Sieh dir das an«, sagte er und zeigte auf die Unterlagen auf dem Tisch. »Das sind Richard Reiss' Handydaten. Er hat das Telefon seit dem Tag nach dem Mord an Falck und Wagner nicht mehr benutzt. Die Basisstation, die das Signal aufgefangen hat, befindet sich in der Nähe des Maridalsvannet, nördlich der Stadt.«

»Okay?«

Er reichte ihr sein Handy. »Laut Ortung befand sich am selben Vormittag auch der USB-Stick in diesem Gebiet. Ich dachte, ich fahr jetzt dorthin.«

»Reiss hatte den USB-Stick bei sich«, bemerkte sie. »Was wollte er dann damit oben im Wald?«

»Nach … unserer Diskussion gestern war ich bei Victoria Pytell«, sagte Fredrik. »Der Freundin von Benedikte Stoltz von TV 2. In der Nacht, in der Falck ermordet wurde, hat jemand Kontakt zu Benedikte aufgenommen. Entweder war es Richard Reiss selbst oder jemand, der ihr Reiss' Namen genannt hat. Sie ist noch vor dem Morgengrauen von zu Hause aufgebrochen.« Er sah sie an. »Benedikte Stoltz war auf der Jagd nach den Dokumenten, die auf dem USB-Stick gespeichert sind. Richard Reiss hatte ihn in seinem Besitz.«

»Du glaubst, dass Richard Reiss die Informationen an Benedikte Stolz weitergegeben hat? Dass sie ein Treffen beim Maridalsvannet verabredet haben, wo er ihr den USB-Stick überlassen hat?«

»Im besten Fall. Vielleicht wollte er sie auch nur dorthin locken.«

Kafa schloss die Augen und massierte ihre Schläfen.

»Der Zeitablauf stimmt nicht. Benedikte ist am frühen Morgen von zu Hause weggefahren. Reiss war jedoch erst am Vormittag in Falcks Wohnung?«

»Dann hat sie in der Zwischenzeit wohl was anderes gemacht.« Er wartete, bis sie ihn ansah. »Ich weigere mich zu glauben, dass das nur ein Zufall ist.«

Der Himmel war grauweiß und verschwamm mit den Feldern. Der Wind fegte schneegesättigte Nebelschwaden über die Straße. Kafa fuhr aus der Stadt heraus.

Fredrik war zum Maridalsvannet gefahren. Sie selbst war

auf dem Weg zu Richard Reiss' letzter bekannter Arbeitsstelle. Die Nummer, die Richards Exfrau Fredrik gegeben hatte, gehörte einer Vorarbeiterin auf einer Baustelle in der Nähe eines Steinbruchs in Nittedal, gut zehn Kilometer in nordöstlicher Richtung.

Sie dachte an das, was Fredrik gesagt hatte. »Im besten Fall.« Laut Einwohnermeldeamt wohnte Reiss in einer Sozialwohnung in Grünerløkka. Die aber war, der Streife, die sie dorthin geschickt hatten, zufolge verschlossen und verlassen.

Es war unlogisch, dass Richard Reiss Benedikte Stoltz' verborgene Quelle war. Wenn es so wäre, wo war dann die TV 2-Journalistin jetzt? Wenn sich das Ganze einfach um den Diebstahl geheimer Dokumente drehte, warum war Henry Falck dann so bestialisch ermordet worden?

Manche Dinge waren es wert, für sie zu morden. Das wusste Kafa. Es gab Türen, die nicht geöffnet werden sollten, Geheimnisse, so tief begraben, dass sie verfaulen und zu Erde werden sollten. Was wenn Falck in so etwas herumgestochert hatte? Was wenn Benedikte davon erfahren hatte? Dann war der USB-Stick der perfekte Köder. Und die Wälder rund um den Maridalsvannet waren groß und dunkel.

In dem enormen Steinbruch, zu dem sie gekommen war, nachdem sie die Hauptstraße verlassen hatte, herrschte keinerlei Aktivität. Keine Steine zermalmenden Maschinen, Bulldozer oder Arbeiter in selbstleuchtenden Jacken waren irgendwo zu sehen. Kafa folgte einem breiten Weg, der am Kraterrand entlang und dann in den Wald hineinführte. Hier lag der Schnee viel tiefer als in der Stadt, und die Landschaft war unwegsam. Nachdem sie über einen Bergkamm gefahren war, kreuzte der Weg ein Tal, bevor sie auf einem planierten Schotterplatz landete.

Als sie sich die Mütze über die Ohren zog, brach die

Sonne durch die Wolkendecke. Es hätte schön sein können. Wenn sie nach Westen blickte, sah sie nichts als Wald und Schnee, Täler und Berge. Die Idylle wurde jedoch vom brutalen Knattern der Hydraulikhämmer und dem Brummen der Baumaschinen unterbrochen.

Der Lärm kam von der Baustelle vor ihr. Hinter der Umzäunung war man gerade dabei, mehrere Industriehallen zu errichten. Am Einfahrtstor stand eine Baracke zur Überwachung.

Jennifer Hope brühte den Kaffee stark genug, um einen brünstigen Bären damit zu verjagen. Die schmächtige blonde Frau hatte eine warme Stimme, aber kalte Augen, weiche Hände und eine Boxernase. Wenn Kafa hundert Vorstellungen davon gehabt hätte, was einen Vorarbeiter ausmachte, hätte keine davon zu Jennifer Hope gepasst, vielleicht mit Ausnahme ihres Hangs zum Fluchen.

»Habt ihr den Schlappschwanz gefunden«, fragte sie und lüftete das Geheimnis, wie man ihr Hexengebräu runterbekam: mit vier Stück Zucker und einem Deziliter Kaffeesahne.

»Noch nicht«, entgegnete Kafa. »Deshalb bin ich hier.«

»Er ist seit einer Woche nicht hier gewesen. Und das muss ich Richard lassen, es sieht ihm nicht ähnlich. Freundlich und schnell wäre zu viel gesagt, aber zumindest hält er für gewöhnlich seine Arbeitszeiten ein.«

Hope erzählte, dass Reiss seit Beginn der Bauarbeiten im vergangenen Herbst bei ihr gearbeitet habe. Er saß im Wachhäuschen, registrierte Lieferungen und beaufsichtigte die Fahrzeuge, die ankamen und abfuhren. Sie hatte ihn mal beim Dösen erwischt, auf der anderen Seite war es aber auch ein verdammt langweiliger Job.

»Wissen Sie, was er tut, wenn er nicht arbeitet?«, fragte Kafa.

Hope zuckte mit den Schultern. »Nein. In so was mische ich mich nicht ein. Aber als ich ihn eingestellt habe, war er sehr daran interessiert, dass alles ordentlich vonstattengeht, dass er nicht abends und nachts arbeiten musste und dass er Steuern bezahlte und so was.«

»Ist das denn nicht vollkommen normal?«

Jennifer Hope rieb sich kräftig die Nase. »Doch. Schließlich ist das hier ja nicht die Türkei«, sagte sie mit einem Blick, aus dem Kafa nicht ganz schlau wurde. »Ich fand es trotzdem ein bisschen seltsam, dass er das erwähnt hat.«

»Vielleicht fehlte es ihm an Erfahrung aus dem Arbeitsleben. Ich nehme an, dass Sie über seine Vergangenheit informiert sind?«

»Die als Eisschnellläufer oder die als Gangster?«, grinste Hope. »Ja, seine Exfrau hat angerufen. Aber die Leute müssen im Leben doch eine zweite Chance bekommen, oder was meinen Sie?« Sie schob die Dose mit den Zuckerwürfeln über den Tisch. »Was hat er denn angestellt?«

»Sein Name ist im Rahmen einer Ermittlung aufgetaucht. Wie würden Sie ihn als Typ beschreiben?«

Hope zuckte mit den Schultern, sichtlich verschnupft darüber, dass Kafa ihre Frage nicht beantwortet hatte. »Ganz okay. Ich würde ihn nicht gerade vögeln wollen. Aber das würden Sie wohl auch nicht. Ihr Türken seid ja nicht gerade dafür bekannt, den Weinkeller für jeden Dahergelaufenen zu öffnen.«

»Pakistan«, sagte Kafa. »Da ich annehme, dass Sie sich auf die Herkunft meiner Eltern beziehen. Pakistan, an der Grenze zu Afghanistan. Nicht Türkei.«

»Ja, da ist es vermutlich genauso?«

»Keine Ahnung. Ich hab nie da gelebt.«

Jennifer Hope musterte sie, als befänden sie sich in irgendeiner Form von Duell. »Mögen Sie den Kaffee?«

Kafa antwortete nicht.

»Ich mag ihn stark. So wie sie ihn in der Türkei trinken. Wie auch immer. Ich kann Ihnen nicht groß weiterhelfen, fürchte ich.«

»Die Türken verwenden keine Kaffeesahne«, sagte Kafa.

Hope fixierte sie einen Augenblick lang. »Nein. Selbstverständlich. Ihr seid ja Muslime.«

Kafa ging nach draußen, während Jennifer Hope den *Brunnensprenger* aufsuchte, wie sie es nannte. In Anbetracht der Stärke des Kaffees rechnete Kafa damit, dass es ein bisschen dauern würde. Als die Vorarbeiterin endlich herauskam, hatte sie eine viel zu große Armeejacke über den Blaumann gezogen.

»Was bauen Sie hier eigentlich?«, fragte Kafa.

»Eine Abfallanlage. Der Steinbruch unten am Abhang wurde stillgelegt und soll jetzt als Mülldeponie genutzt werden. Hier sollen Spezialabfälle, Kühlschränke und so was sortiert werden.«

»Mitten im Wald? Und das haben die Umweltbehörden genehmigt?«

»Das Gebiet ist bereits für Spezialabfälle freigegeben. Früher gab es im Tal tiefer im Wald einen Platz, wo Bomben und Granaten vergraben wurden, die die Nazis nach dem Krieg liegen gelassen hatten. Tschernobyl nannten sie ihn«, antwortete Hope.

»Tschernobyl?«

»Sie haben doch sicher von der Explosion gehört? In dem Atomkraftwerk in der Sowjetunion?«

Kafa nickte geduldig.

»Der Wind wehte nach Norwegen, sodass es Radioaktivität regnete, nicht wahr? Becquerel und so'n Scheiß. Viele Rentiere und Schafe mussten geschlachtet werden, damit sie nicht anfingen, von selbst zu leuchten. Ihre radioaktiven Leiber wurden verbrannt und die Asche zusammen mit der alten Munition dort unten im Tal entsorgt. Danach haben sie das komplette Territorium abgesperrt.«

»Davon habe ich noch nie etwas gehört«, gestand Kafa.

»Ich glaube nicht, dass sie das an die große Glocke gehängt haben. Jedenfalls steht dort jetzt ein riesengroßer Zaun.«

21

Fredrik hielt zwischen einigen Autos auf einem Parkplatz direkt nördlich des Maridalsvannet an. Er fror und ließ den Motor laufen. Der zivile Polizeiwagen hätte längst ausgetauscht werden müssen, aber Fredrik mochte den alten Ford Escort, vielleicht weil er so ausgestattet war, wie Autos ausgestattet sein sollten: mit Schaltknüppel, einer soliden Handbremse, Blinkerhebel und CD-Player und einem Motor, der sich nicht jedes Mal ausschaltete, wenn er an einer Ampel hielt. Das einzige Netz, was es in diesem Auto gab, war das Netz aus Holzkugeln, gegen das er seinen Hinterkopf jetzt lehnte.

In der Ferne machte er am Waldrand ein paar Skifahrer aus, und Fredrik dachte an das letzte Mal, als er dort oben war. Das musste während der Ermittlungen zum Solro-Massaker gewesen sein. Der Hof lag nur knapp einen Kilometer weiter ins Maridalen hinein, und er hoffte, nie wieder dorthin zurückkehren zu müssen.

Heute war es eine Woche her, dass Henry Falck und Beata Wagner ermordet worden waren. Vor einer Woche war Benedikte Stoltz verschwunden, und der Himmel öffnete sich und überzog das Land mit einer Schneedecke. Fredrik hatte teils gehofft, teils befürchtet, hier irgendwo am Straßenrand oder entlang der Felder den roten Mini Cooper der TV 2-Reporterin zu finden.

Gehofft, weil es bestätigen würde, dass der erste Teil seiner Theorie richtig war, dass Stoltz und Reiss sich hier getroffen hatten.

Befürchtet, weil es auch den zweiten Teil seiner Theorie bestätigt hätte, dass die Journalistin hierher gelockt wurde und nicht mehr in der Lage war, wieder von hier wegzufahren.

Inzwischen hatte er allerdings jeden einzelnen Parkplatz überprüft, war die Landstraßen entlanggetuckert und hatte Passanten gefragt, sobald sich die Möglichkeit ergeben hatte. Fredrik hatte keinen eingeschneiten Mini gefunden.

Irritiert hämmerte er auf das Handydisplay. Der USB-Stick soll sich ungefähr an dieser Stelle befunden haben, aber wie genau war die Ortung? Als er hineinzoomte, glich der grüne Strich eher einem ungesunden Herzrhythmus, der in dem Gebiet umherirrte, über den See und zurück. Verdammt noch mal. Er zog den Reißverschluss der Jacke bis oben hin zu und stieg aus.

Am Fluss, der in den Maridalsvannet mündete, führte ein Feldweg entlang. Jetzt war er schneebedeckt. Konnte er vielleicht vor dem Schneefall befahrbar gewesen sein? Fredrik wusste, dass sich nicht weit von hier einige verfallene Scheunen und ein altes Kraftwerk befanden. Was wenn das Auto dort stand? Die Schuhe würden sich mit Schnee füllen, er würde frieren, aber es musste sein.

Bald war er von hohen Bäumen umringt. Parallel zum Weg verlief eine Loipe, und er entdeckte Fährten von Rehen und Hasen. Aber auch wenn es kalt war, sorgte der vom See herüberwehende Wind für ein angenehmes Rauschen in den Baumkronen, und mit einem Mal brach die Sonne durch die Wolkendecke. Er verspürte Frieden. Oder vielleicht war Präsenz ein besseres Wort. Nicht nur physisch, sondern auch geistig. Die Stille, die Natur und hoch über ihm der Himmel – alles war so nah, so real, als wären seine

Instinkte zum Leben erwacht. Hatte Benedikte Stoltz etwas Ähnliches empfunden? Hatte sie gewittert, dass etwas nicht stimmte, eingesehen, dass Richard Reiss Blut an den Händen klebte, und sich schlicht und einfach versteckt? Er hoffte es. Wirklich.

Es stand auch kein roter Mini beim Kraftwerk, und die Scheunen waren mehr oder weniger in sich zusammengefallen. Der Feldweg führte weiter, jetzt aber fror er wirklich. Wie konnte er wissen, ob das Auto an diesem und nicht am nächsten Weg stand? Das ganze Unterfangen war hoffnungslos, das sah er mittlerweile ein. Fredrik machte sich auf den Rückweg zum Parkplatz.

Als er die letzte Schneewehe überquerte, sah er, wie ein Mann ein Paar Ski in sein Auto packte. Der Mann war schätzungsweise in den Fünfzigern, etwa zwei Köpfe kleiner als er und mit Anorak, Kniebundhose und selbst gestrickten Wollsocken bekleidet. Als er Fredrik sah, grinste er schief.

»Sie sollten Ski nehmen«, sagte er mit einem Blick auf seine schneedurchtränkten Schuhe. »Dem Wetter entsprechend.«

»Ja, danke«, erwiderte Fredrik, während er mit den Fingern die größten Schneeklumpen aus den Schuhen fischte. Akademiker, Einfamilienhaus in Ullevål Hageby, Morgenbladet-Leser und fleischfreier Montag, tippte er. »Laufen Sie oft hier Ski?«

»So oft ich kann. Und Schlittschuh, wenn der Schnee nicht zu tief ist«, sagte der Mann und richtete den Blick auf den See auf der anderen Seite des Weges.

»Sie haben hier oben nicht vielleicht einen roten Mini Cooper gesehen?« Fragen kostete nichts.

»Heute?«

»Vergangene Woche.«

Seinem ganzen Gesicht war anzusehen, dass er nachdachte. »Ich glaube nicht, nein. Haben Sie Ihr Auto verloren?«

»Ich bin von der Polizei«, sagte Fredrik. »Ich suche nach einer vermissten Frau. Ungefähr dreißig, blond, schlank. Sie ist vor einer Woche verschwunden und fährt einen roten Mini.«

Der Typ hörte auf, Grimassen zu schneiden. »Nein. Aber ist sie hier in den Wäldern, dann taucht sie vermutlich bald wieder auf. Das ist ein beliebtes Ausflugsziel. Hier ist es nicht leicht, sich zu verstecken. Zudem ist milderes Wetter vorhergesagt. Auch wenn der Schnee jetzt tief liegt, ist schwer zu sagen, wie viel davon in ein oder zwei Wochen noch da ist.«

Fredrik brummte unzufrieden. »Na«, sagte er. »Ich danke Ihnen jedenfalls für die Hilfe.«

»Keine Ursache.«

Als er sich in den Ford setzten wollte, bemerkte er, dass der Mann stehen geblieben war und über den Maridalsvannet starrte.

»Sie ist doch wohl nicht durchs Eis gegangen?«

»Was meinen Sie?«, fragte Fredrik.

»Jedes Jahr gibt es den ein oder anderen Dummkopf auf Schlittschuhen, der glaubt, das Eis wäre überall gleich sicher. Dabei gibt es da draußen ein paar heimtückische Stellen. Sie ist vor einer Woche verschwunden, sagen Sie? Bevor der Schnee kam, war das Eis spiegelblank.«

Langsam machte Fredrik ein paar Schritte um das Auto herum, während er nach seinem Handy suchte. Seine Gedanken rasten. War Benedikte wirklich einem Verbrechen zum Opfer gefallen, wollte der Täter vermutlich nicht, dass sie so schnell gefunden wurde. Schnee konnte schmelzen. Das Eis aber, das blieb bis zum Frühjahr an Ort und Stelle.

Er fand das Programm, das dem USB-Stick nachspürte,

zoomte dorthin, wo sich der Strich Richtung See bewegte. »Wo sind denn diese heimtückischen Stellen?«

Der Mann starrte auf das Display. »Genau da, unter anderem.« Er zeigte direkt auf die Stelle, wo der Strich die Richtung wieder zum Land hin änderte.

22

Einst sollte hier die Stadt gebaut werden. Kleinbauern, Häusler und Pächter strömten in die Hauptstadt. Dort wollten sie in den Spinnereien, Mühlen, Schmieden und Tischlereien das Joch der Armut abstreifen. Auf den Werften wurden Segelschiffe gezimmert und an den Kais Waren entladen.

Tigerstadt wurde sie genannt, gefährlich und unbarmherzig gegenüber ihren Bewohnern. Um den Hunger des wachsenden Raubtiers zu stillen, brauchte es nicht nur Menschen, sondern auch Holz für Häuser, in denen die Menschen im Winter frieren und sich im Sommer fortpflanzen konnten.

Das Holz wurde aus den großen Wäldern im Inneren des Landes hertransportiert, über die Flüße zum Maridalsvannet und dann zum Sägewerk am südlichen Ende des Sees. Nicht alle Baumstämme kamen dort an. Einige versanken unterwegs. Sie liegen noch heute auf dem Grund des Sees. Langsam vermodern sie. Durch die geduldige Arbeit der Bakterien entsteht Methan, das Gas steigt an die Oberfläche und im Winter macht es das Eis porös und für alle gefährlich.

Exakt an einer solchen Stelle kniete jetzt Fredrik Beier auf allen vieren. Mit den Händen hatte er den Schnee beiseitegeschaufelt: ein Viereck, einen Quadratmeter groß, auf dem das Sonnenlicht in den feinen Rissen des Eises und auf dem blassen Frauengesicht schimmerte. Durch das spiegelblanke Eis betrachtet, wirkte Benedikte Stoltz' glatte Haut wie Samt. Die Sonnenstrahlen und das Wasser ließen das treibende blonde Haar glänzen, ihre Augen standen offen, der Blick war intensiv, aber leblos. Das Blut war gefroren. Der Körper schien gegen den glasklaren Film zwischen ihnen gepresst zu sein, als wüsste der See, dass dieses Geschöpf nicht hierhergehörte.

Die Sonne stand niedrig, als Benedikte Stoltz' Körper aus dem Wasser geborgen wurde. Die Taucher schnallten die Leiche auf eine Plastikbahre, kleine Eissplitter zogen die Haare nach unten. Die Journalistin trug Lederstiefeletten, eine eng sitzende Jeans und den Mantel, den Fredrik von ihrer Begegnung her wiedererkannte. Er sah kurz zu Kafa hinüber. Ihr Blick war abwesend, ihr Gesichtsausdruck unlesbar.

»Man hat mir ihre Handydaten geschickt«, sagte Fredrik leise. »Während ich auf die Taucher gewartet habe. Ich habe nichts Auffälliges daran entdeckt, bis ich bemerkt habe, was fehlt.« Von Süden her wehte ein kalter Wind über den See, weshalb Fredrik die Jacke enger um sich zog. »An dem Morgen, an dem sie verschwand, hat Benedikte zu ihrer Freundin gesagt, dass TV 2 sie angerufen habe. Laut Telefonprotokoll war das Handy zu diesem Zeitpunkt jedoch inaktiv. Sie hat weder Gespräche geführt noch Textnachrichten erhalten.«

Kafa drehte den Kopf zu ihm.

»Hast du nicht gesagt, dass die Lebensgefährtin Benedikte verdächtigt, sie angelogen zu haben? TV 2 hat vermutlich nie angerufen?«

»Nein. Das haben sie nicht. Allerdings hatte sich Benedikte Richard Reiss' Namen auf dem Block auf ihrem Nachttisch notiert. Irgendjemand muss sie also kontaktiert haben.«

»Vielleicht war das Treffen mit Reiss schon vorab vereinbart?«

Der warme Atem, den Fredrik durch die Nase ausstieß, gefror unmittelbar danach. Der Wind trug ihn davon. »Warum ist sie dann mitten in der Nacht aufgestanden? Wenn sie wusste, dass sie Reiss treffen würde, warum hat sie es ihrer Lebensgefährtin gegenüber nicht erwähnt, bevor sie ins Bett gegangen ist?«

Ein Ruf aus Richtung der Stelle neben dem Loch im Eis unterbrach sie. Therese Grøfting hielt eine durchnässte, tropfende Winterjacke in den Händen. Unter dem weißen Schutzanzug musste sie eine dicke Schicht Kleidung tragen, denn sie ähnelte nur einer unförmigen, aufgeblähten Version ihrer selbst.

»Die Jacke war unter dem Eis festgefroren, einige Meter von der Leiche entfernt. Das steckte in ihrer Tasche«, sagte sie und reichte Fredrik ein Portemonnaie.

Darin befand sich ein Führerschein. Der auf dem verblassten Foto abgebildete Mann hatte kurze, dunkle Haare und eingefallene Wangen. Sein Blick war teilnahmslos. Es war Richard Reiss. In dem Portemonnaie befanden sich außerdem mehrere Kreditkarten und ein bisschen Kleingeld.

»Also ... was zur Hölle ist hier passiert?« Fredrik holte mit den Armen aus. »Das ehemalige Eisschnelllaufass Richard Reiss lädt die investigative Journalistin Benedikte Stoltz zu einem Morgenspaziergang an den Maridalsvannet ein, und dann gehen sie beide übers Eis? Ist es nur ein verdammter Unfall gewesen? Liegt da unten vielleicht noch eine Leiche?«

Therese legte das Kleidungsstück zusammen und packte es in eine Plastikkiste. Ein weißer Strich auf ihrer Stirn zeigte an, wo sich das Gummiband der Kapuze befunden hatte.

»Seine Jacke ist das Einzige, was wir gefunden haben. Sollte Reiss in den See gefallen sein, ist es logisch, dass er sie ausgezogen hat. Sie ist bleischwer. Die Strömung kann den Körper mitgerissen haben«, sagte sie.

»Oder die Jacke wurde in den See geworfen«, mutmaßte Kafa.

Therese winkte sie an die Bahre. Die Techniker hatten den Körper in einem Leichensack verstaut, dessen Reißverschluss noch offen war. Die Aura, die die Tote unter dem Eis umgeben hatte, war verschwunden. Jetzt sah Fredrik deutlich die dunkelblauen Adern entlang der Kehle. Die geplatzten Adern in den Augen ließen erahnen, was für eine Panik Stoltz verspürt haben musste, als sie einsah, dass die Sanduhr abgelaufen war.

Therese ließ ihre mit dem dünnen, blauen Handschuh bekleidete Hand am Nacken der Leiche entlanggleiten, bevor sie den Schädel mit einem festen Griff zur Seite drehte.

»Sie hat hier eine Verletzung«, sagte sie und zeigte auf eine Schnittwunde hinter dem Ohr. Knochensplitter belegten, dass der Schlag hart gewesen sein musste. »Der Gerichtsmediziner muss entscheiden, ob das die Todesursache gewesen ist. Die Verletzung kann entstanden sein, als der Kopf aufs Eis traf, während sie einbrach … oder durch etwas anderes.« Sie zog den Reißverschluss zu. Die Metallzähne griffen resolut ineinander.

»Die Verstorbene hatte einen Schlüsselbund in der Tasche, die sie über der Schulter trug«, sagte sie und reichte ihnen eine durchnässte Damenhandtasche. »Ich habe nicht hineingesehen.«

Die Techniker hatten ein Zelt aufgestellt, in dem sich die Taucher umziehen konnten sowie Essen und ein warmes Getränk bekamen. Fredrik und Kafa räumten den Campingtisch frei. In der Tasche befanden sich ein Portemonnaie, ein Notizblock, einige Kugelschreiber, ein ausgeschaltetes Handy sowie ein Flachmann. Fredrik schraubte den Verschluss ab. Die Flasche war knapp halb voll, und der Inhalt roch stark nach Zitrone und Alkohol.

Kafa blätterte in dem Notizblock. Viele Seiten waren durch die Feuchtigkeit zusammengeklebt, allerdings sah es nicht so aus, als wäre er benutzt worden. »Was hat das zu bedeuten?«, fragte sie. »Benedikte kam hierher, um Reiss zu interviewen, aber daraus ist nichts geworden?« Sie wollte den Block schon beiseitelegen, als ein zusammengefaltetes Blatt Papier herausfiel. Ganz unten stand ein Wort darauf.

»Tschernobyl?«, las sie überrascht.

»Sagt dir das was?«

»Ja… Erst vor wenigen Stunden habe ich mich mit Richard Reiss' Chefin unterhalten. Sie hat von einem alten Lagerplatz für Munition erzählt, nicht weit entfernt von der Baustelle, auf der Reiss gearbeitet hat. Der wird Tschernobyl genannt, weil dort Kadaver von Tieren verbrannt und vergraben worden sind, die nach dem Reaktorunglück in der Sowjetunion radioaktiven Niederschlag abbekommen haben.«

Umständlich faltete Kafa das Blatt auseinander. Etwas steckte darin. Ein Foto. Das Fotopapier war gewellt und vergilbt, das Motiv zeigte ein Backsteingebäude in einem abschüssigen Garten. »Villa Ravnli« war mit verschnörkelter Schrift darauf geschrieben.

»Danach war Benedikte auf der Suche«, rief Fredrik. »An dem Abend, als ich sie getroffen habe, hat sie mich nach diesem Namen gefragt. Ravnli. Ich dachte, es wäre ein Ort, ein Nachname vielleicht… Dabei ist es eine Villa?«

»Warum hat sie denn geglaubt, der Name würde dir etwas sagen?«

Fredrik nahm die Brille ab und musterte blinzelnd das Foto. »Ich… ich weiß es nicht. Das sieht nicht…« Er spürte, wie sich eine Falte in seine Stirn grub. Er hatte dieses Gebäude noch nie zuvor gesehen. Oder etwa doch?

»Sie hat etwas gesagt. Über meinen Vater, der ihrer Meinung nach ...«

»Ken Beier?«

Verwundert warf Fredrik Kafa einen Blick zu. »Ja? Hab ich dir von meinem Vater schon mal erzählt?«

Sie zeigte auf das Blatt Papier. Unter das Feld wo »Tschernobyl« stand, war ein Dreieck gezeichnet. In der Mitte des Dreiecks stand mit Druckbuchstaben »Die Organisation« geschrieben. Was jedoch Kafas Aufmerksamkeit erregt hatte, war der Name, der an der einen Ecke des Dreiecks stand: »Ken Beier«.

Was hatte Benedikte Stoltz eigentlich gesagt, als sie ihn vor Schloss Akershus angesprochen hatte? Die Journalistin hatte an einer Aufstellung eines Militärprojekts aus der Zeit des Kalten Krieges gearbeitet. In diesem Zusammenhang war der Name seines Vaters aufgetaucht.

»Verdammt«, murmelte Fredrik, während er las, was an der letzten verbleibenden Ecke des Dreiecks stand. »Afghanistan. Noman Mohammed«.

»Noman Mohammed?« Er schaute Kafa an. »Wer ist das?«

»Keine Ahnung«, antwortete sie schnell.

Hätte er besser hingesehen, hätte er bemerkt, dass sie das Blatt so fest packte, dass ihre Handknöchel weiß wurden.

23

Eine Dorfstraße irgendwo im Süden des Landes, irgendwann Anfang der Achtzigerjahre. Die Straße kreuzt ein Feld, und mitten auf dem Feld steht eine alte Scheune. Hinter der einen Querwand warten zwei Jungen. Vielleicht zwölf oder dreizehn Jahre alt. Sie flüstern, spähen um die Ecke. Es ist Richard, der lebhafte, wortgewandte Kerl aus der B, der immer davonkommt, wenn es an die Verteilung der Schuld geht. Und es ist das Streichholz. So nennen sie ihn. Wegen all der roten Haare, sollte man meinen, aber vermutlich eher, weil er immer so schnell explodiert. Der Vater des Streichholzes arbeitet auf hoher See und trinkt, wenn er zu Hause ist. Die Mutter des Streichholzes hat ihn so lange geschlagen, bis das Streichholz zurückgeschlagen hat. Denn das Streichholz ist jetzt groß, einen Kopf größer als Richard und viel stärker. Jetzt begnügt die Mutter sich mit Worten.

All das weiß der Junge, der bald an der Scheune vorbeigehen wird, deshalb umklammert er den Gegenstand in seiner Hand. Er weiß, dass sie dort stehen, weil sie dort niemand sehen kann. Sie stehen dort, weil es auf dem Heimweg von der Schule liegt, und sie stehen dort, weil sie auf ihn warten.

Was er nicht weiß, ist, warum sie gerade ihn ausgewählt haben. Warum sie ihn in die Schultoilette zerren und in seinen Rucksack pinkeln. Warum er es ist, den sie einen verdammten Blender nennen, und warum sie vor den Lehrern so tun, als würden sie nur Spaß machen, bevor ein Ellenbogen seine Nieren trifft. Auch sein Vater arbeitet auf hoher See. Er aber ist Ingenieur, er trinkt nicht und hat seiner Familie ein schönes Haus und schöne Kleidung gekauft.

Nun, vielleicht versteht er es ja doch. Und er versteht, dass sie sich auf ihn stürzen werden, sobald er um die Ecke kommt. Er lässt den Daumen über die Spitze des Zirkels gleiten.

Das Streichholz kommt zuerst. Das Streichholz kommt immer zuerst. Er ruft etwas, irgendwas mit Homoteufel, und Richard lacht, wartet darauf, dass er losrennt. Denn das tut er immer. Er rennt, bis Richard ihn einholt. Denn Richard ist so verdammt schnell. Heute aber rennt er nicht los.

»Verdammtes Alkibalg«, sagt der Junge. Er stampft mit den Füßen auf den Schotter. Das Streichholz entflammt. Der Junge hebt seine Hand. Wartet, wartet, bis das Streichholz sich auf ihn stürzt. Dann tut er es. Er zielt auf das Auge und dreht dabei den Arm so heftig er nur kann.

An diese Episode dachte Bredo Holm zurück, wenn ihn jemand fragte, warum er Gefängniswärter geworden war, wie er die Kraft aufbrachte, zwischen Betonwänden herumzutraben, zwischen Verrückten und Junkies, Pädophilen und Mördern. »Ich tue es, weil es sinnvoll ist«, antwortete er, ohne mit der Wimper zu zucken. »Die Leute können nicht einfach machen, was sie wollen. Untaten müssen Konsequenzen haben. Das Gefängnis ist das Bollwerk zwischen Zivilisation und Anarchie.«

Der Kebab, den er vor seiner Schicht gekauft hatte, war mittlerweile kalt, aber so mochte er ihn. Er mochte es, den Inhalt aus der dünnen Serviette auf den kleinen Teller mit der Aufschrift »Gefängnis Oslo« zu leeren und ihn mit der Plastikgabel zu einem Mischmasch zusammenzurühren, bevor er das Massaker in die Mikrowelle schob. Für gewöhnlich stellte er diese auf *High* und zwei Minuten ein, heute aber wurden es *M. High* und vier Minuten. Das sollte reichen. Das Dröhnen der Mikrowelle übertönte nahezu den Lärm, den er aus dem Korridor hinter sich zu hören meinte. Er drehte sich nicht um, um nachzusehen, was dort draußen im Gefangenenflügel vor sich ging. Stattdessen sah er dem Teller bei seiner meditativen Drehung zu. Das Dressing blubberte und trat über den Rand, er nahm den Geruch des gewürzten Lammfleischs wahr und sah, wie sich über dem Gericht Dunst bildete. Vier Minuten waren vielleicht ein bisschen zu viel? Er wartete trotzdem. Als das Klingeln ertönte, drückte er auf den Knopf, und die Tür sprang auf. Es konnte jetzt stehen bleiben und abkühlen, während er nachsah, was da vor sich ging.

Die Küchenzeile befand sich direkt neben dem großen Fenster am Ende des Korridors von Abteilung B-3, der Seniorenabteilung des Gefängnisses. Vor dem Fenster stand eine Sofaecke. Sie war verwaist, und der Fernseher war ausgeschaltet. Er warf einen Blick ins Raucherzimmer. Dort saß nur der alte Lars. Bredo kannte niemanden, der länger im Gefängnis gesessen hatte als er. Lars zog an seiner Pfeife und nickte kurz. »Es wird wohl langsam Abend«, knurrte er. »Die anderen Kerle haben sich bereits hingelegt. Abgesehen von dem Neuling. Es hörte sich an, als hätte er irgendwelche Probleme bekommen.«

Bredo Holm starrte den Flur hinunter. Unter dem gewölbten Dach befanden sich auf beiden Seiten zehn Zellentüren. Aus einer der Türöffnungen ragte ein Beinpaar heraus. Eine Blutlache ergoss sich über den Boden.

»Ja, tatsächlich«, sagte er. »Sieht aus, als wäre er hingefallen und hätte sich den Kopf aufgeschlagen.«

Über den Knopf an seinem Gürtel löste er den Alarm aus.

Zwanzig Minuten später kamen die Gelbkittel mit der Rettungsbahre angerannt. Bredo und seine Kollegen hatten die Wunde verbunden und den Kopf des Gefangenen auf eine Nackenstütze gebettet, viel mehr hatten sie aber nicht tun können. Einer der Rettungssanitäter fragte, wer der Gefangene sei.

»Franke Nore«, antwortete Bredo. »Polizist. Er sitzt in Gewahrsam, die Gefängnisleitung war jedoch der Meinung, hier oben zwischen den Alten wäre es für ihn sicherer.«

»Ein Polizist?«

Der Gefängniswärter zuckte mit den Schultern. »*Beurlaubter* Polizist.«

»Wie heißen Sie? Ich brauche einen Namen für den Bericht«, sagte der Typ vom Rettungsdienst, als der Körper auf der Bahre lag. Franke Nores Atem ähnelte mehr einem Zischen. Überhaupt konnte man ihn kaum als Atem bezeichnen.

»Bredo Holm«, sagte der Gefängniswärter. »Aber die Leute nennen mich das Streichholz.«

Er strich über die Narben neben seinem Auge, dachte an den Jungen, der vor so vielen Jahren auf ihn zugestürzt war. Der Junge, den man später ertränkt in einem Jauchekübel in einer Scheune gefunden hatte.

Die Leute können nicht einfach machen, was sie wollen, dachte Bredo. Auch Polizisten nicht.

Dann machte er sich auf den Weg, um sich die Hände zu waschen. Er wollte beim Essen kein Blut an den Finger haben.

24

»Ist Ihnen Ockhams Rasiermesser ein Begriff?«

Der Mann, der TV 2-Nachrichtenredakteur Carl Solli gegenübersaß, versuchte sein Essstäbchen durch einen der frittierten Scampi auf dem länglichen Teller zu bohren. Solli seinerseits aß Pang Pang Biff. Es war das Gericht, das er für gewöhnlich hier bestellte, das oder Tin Tin Hot Pot. Beide, weil ihm der Klang der Namen gefiel. In der Redaktion wies er stets darauf hin, dass ein klangvoller Titel schon so manchen schlechten Artikel gerettet habe. Ockhams Rasiermesser? Auch der Klang dieses Namens gefiel ihm.

»Nein«, sagte Solli. »Klären Sie mich auf.«

Nachdem Carl Solli Nachrichtenchef geworden war, hatte er eine Entdeckung gemacht: Es war nur ein Mythos, dass die Elite die Presse nicht mochte, sie mochte nur Journalisten nicht. Sie mochte es nicht, wie sich die Journalisten schlicht und einfach weigerten, das große Ganze zu sehen, und sich immer an unwichtigen Details festklammerten. Die Journalisten verstanden nicht, welches Fingerspitzengefühl es erforderte, ein Land zu lenken, das den Friedensnobelpreis verlieh und zugleich durch eine moderne Waffenindustrie reich werden wollte. Ein Land, das so gern grün sein wollte, gleichzeitig aber auch Milliarden Liter des schwärzesten Öls aus der Tiefe pumpte.

Bei den Chefredakteuren verhielt es sich anders. Dort begegneten die Mächtigen einander auf einer Ebene. Denn auch die Redakteure konnten es sich nicht leisten Idealisten zu sein. Sie sahen ein, dass die Welt eine groteske Schmiererei in schwarz, braun und dunkelgrün war, und dass allen damit gedient war, das Wort über die Tat zu stellen. Mit den Chefredakteuren konnten sie die Wirklichkeit diskutieren, wie sie wirklich war.

Das war der Grund, warum der Nachrichtenchef mindestens einmal pro Woche zum Mittagessen ins Dinner in der Stortingsgaten einlud. Es lag auf der Achse zwischen Parlament und Außenministerium, einen kleinen Bummel von der Karl Johan, vom Schloss, vom Rathaus und von Tjuvholmen entfernt. Es waren immer Vieraugengespräche, und nun wartete Carl Solli darauf, was Staatssekretär Ruben Andersen ihm mitzuteilen beabsichtigte. Die Ratte Ruben, wie er genannt wurde. Solli aber hatte ihm seinen eigenen Spitznamen gegeben: der Hamster. Denn Ruben Andersen ließ einen Leckerbissen nie unangerührt, und er trug alles umgehend weiter zu seinem Chef, Ministerpräsident Simon Riebe.

»William von Ockham war Franziskanermönch und Wissenschaftler. Kurz gesagt, läuft Ockhams Prinzip darauf hinaus, dass die einfachste Erklärung in der Regel die richtige ist. Wenn die Polizei einen Mord aufklären muss zum Beispiel. In neun von zehn Fällen ist der Ehepartner der Täter.«

»Nicht der Gärtner?«

Ruben Andersen grinste über seinen Scampi hinweg. »Nur im Film. Wenn die Finanzministerin jetzt also erneut wegen Diabetes und Bluthochdruck krankgeschrieben ist, was folgt daraus am wahrscheinlichsten? Dass Finanzministerin Vibecke Fiskvik sich vierzig Kilo abtrainiert oder dass die Kristelig Folkeparti einen neuen Vorsitzenden wählen muss und das Land einen neuen Finanzminister bekommt?«

Er verschlang die Garnele und spuckte den Schwanz auf den Teller. »Der Regierungsvertrag schreibt fest, dass der

Vorsitzende der Kristelig Folkeparti diesen Ministerposten innehat. Wen wird die Partei also wählen?«

»Aha«, sagte Solli. »Sie sind also auf einem Fischzug?«

Ruben Andersen murmelte unzufrieden, während er das Essstäbchen weiterhin als Harpune verwendete.

»Eigentlich nicht. Ich hatte nur gehofft, Sie könnten mir vielleicht sagen, dass es nicht Kari Lise Wetre wird.«

Wetre war die stellvertretende Vorsitzende der Kristelig Folkeparti, Gesundheitsministerin, und kommissarisch als Finanzministerin tätig. Solli erinnerte sich vor allem im Zusammenhang mit dem Solro-Massaker an sie, bei dem ihre Tochter ermordet worden war und Wetre daraufhin die Fürsorge für ihr Enkelkind übernehmen musste.

»Wie alt ist der Wetre-Junge inzwischen? Fünf? Sechs?«

Andersen zuckte mit den Schultern. »Er ist gerade eingeschult worden, glaube ich.«

»Und der Ministerpräsident will Wetre nicht als Finanzministerin haben?«

Andersen hob das Essstäbchen mit der Kammmuschel an, für die er sich entschieden hatte. Wedelte damit herum, als wäre sie Teil seines Zeigefingers. »Der Ministerpräsident entscheidet, wer in der Regierung sitzt, machen Sie sich da nichts vor. Allerdings wird es einen heftigen Krach geben, wenn er es auf ein Kräftemessen mit der Kristelig Folkeparti ankommen lässt. Wetre ist sicher tüchtig, lebt jedoch im selben Land wie ein paar Ihrer Journalisten. In Disneyland.«

»Nun«, sagte Solli. »Wenn der Mann, der die Welt regiert, Donald heißt, ist das vielleicht gar nicht so dumm … Meine Leute sind sich ziemlich sicher, dass es Wetre wird. Die übrigen Minister der Partei sind Schafe.«

Andersen schluckte die Muschel in einem Stück herunter. »Schafe sind gut«, sagte er nachdenklich. »Schafe verfügen über die Vernunft, dem Leittier zu folgen.«

»Aber sie haben auch die Tendenz, von Wölfen gefressen zu werden«, gab Solli zu bedenken.

»Apropos Wölfe.« Andersen schob seinen Stuhl nach hinten und erhob sich. »Wie gedenken Sie über die Ankunft der neuen F-35-Kampfjets zu berichten? Es ist immerhin das größte verteidigungspolitische Ereignis in Norwegen seit dem Krieg.«

»Zumindest das teuerste«, antwortete Solli trocken. »Wir schicken vermutlich einen unserer Disney-Reporter.«

»Gut«, sagte Andersen. »Gut.« Er leerte das Weinglas und zog seine Jacke an. »Die Pflicht ruft. Ich darf im Übrigen das tiefste Bedauern des Ministerpräsidenten darüber zum Ausdruck bringen, was mit Ihrer Kollegin geschehen ist. Stoltz. Sie war eine tüchtige Frau. Es ist traurig, wenn Menschen in diesem Alter sterben.«

»Ja«, sagte Solli. »Das ist verdammt traurig.«

Den ganzen Vormittag über hatte er sich auf das Schokoladenfondant gefreut, als der schwarz gekleidete Kellner nun jedoch vor seinem Tisch stand, zögerte er. Carl Solli hatte keinen Appetit mehr auf etwas Süßes. Stattdessen bestellte er einen doppelten Espresso. Blieb sitzen und sah sich um, betrachtete die Wände mit ihrem Farbverlauf, die orientalischen Symbole, die Bambuslampen und die Angestellten, junge, hübsche Menschen mit ostasiatischen Zügen. Stammten sie alle aus China oder rechneten sie nur damit, dass Norweger nicht in der Lage waren, den Unterschied zwischen einem Thai, einem Chinesen und einem Vietnamesen zu erkennen?

Die Grübelei machte ihn unaufmerksam, weshalb der Nachrichtenchef zusammenzuckte, als er bemerkte, dass ein Mann vor ihm stand – groß und schlank, mit traurigen Augen hinter der Brille, graue Strähnen an den Schläfen.

»Hauptkommissar«, sagte Solli und stützte das Kinn auf die Finger. »Auf der Suche nach einem gratis Mittagessen?«

Mit einer Geste gab Fredrik Beier zu verstehen, dass er sich setzen wolle, und Solli nickte einladend.

»Bei TV 2 hat man mir gesagt, dass ich Sie wahrscheinlich hier finde«, sagte Beier. »Wir haben, glaube ich, nicht mehr miteinander gesprochen, seit ich wegen des Massakers auf Solro ermittelt habe.«

»Es gab keinen Grund dafür.«

»Und jetzt begegnen wir uns unter traurigen Umständen wieder. Ich möchte Ihnen gern ein paar Fragen zu Benedikte Stoltz stellen.«

Beier wirkte älter als bei ihrem letzten Zusammentreffen – das war er ja auch, schließlich ließ sich die Zeit nicht anhalten, allerdings wirkte er etwas blass, und seine Augenringe zeugten von Schlafmangel. Der Kellner kehrte zurück, und der Ermittler bat um ein Glas Wasser.

»Ihnen ist bekannt, dass wir sie im Maridalsvannet unter dem Eis gefunden haben?«, sagte der Polizist.

Solli betrachtete das braune Stück Zucker, das sich langsam in seinem Espresso auflöste. »Ihr glaubt, dass sie ermordet wurde?«

Beier holte tief Luft. »Wie Sie selbstverständlich wissen, recherchierte sie über norwegische Waffen, die in einem Terroristennest in Afghanistan aufgetaucht sind. Wie unsere Untersuchungen jedoch ergeben haben, hat sie möglicherweise viel tiefer gebohrt.«

Sein Hals wurde warm, eine unwillkürliche Reaktion, die Solli an sich selbst verachtete. Er wurde immer rot, wenn man ihn reizte. Die Leute konnten sein Temperament wie an einem Thermometer ablesen. Benedikte lag noch immer in einer Kühlbox in der Gerichtsmedizin. Es war ausgesprochen ungehörig von der Polizei, ihren Tod als Brechstange zu verwenden, um herauszufinden woran TV 2 arbeitete. Solli zuckte lediglich mit den Schultern.

»Was ich Ihnen jetzt sagen werde, hat in den Nachrichten nichts zu suchen. Ist das klar?«, sagte Beier.

In einer Art stillschweigender Zustimmung bleckte Solli die Zähne.

Fredrik Beier erzählte, dass er Benedikte am Abend vor ihrem Verschwinden auf Schloss Akershus begegnet war. Dort hatte sie ihm mitgeteilt, dass sie an Henry Falck und dem Bericht dran war, an dem er arbeitete.

»Sie hat mir aber auch von einem anderen Projekt erzählt. Einer Sache bezüglich einer Zusammenarbeit zwischen dem norwegischen und dem amerikanischen Militär. Kommt Ihnen das bekannt vor? Haben Sie Benediktes Aufzeichnungen, Dokumente oder Aufnahmen, die sie gemacht hat und die Licht in die Angelegenheit bringen könnten?«

»Wissen Sie«, sagte Solli – die Röte hatte mittlerweile seine Wangen erreicht –, »ich werde nicht darauf antworten, welche Art von Material wir haben oder nicht, oder Ihnen erzählen, an welchen Projekten wir arbeiten. Das sollten Sie eigentlich wissen.«

Jetzt wachte Beier auf. Die fahle Gesichtsfarbe verschwand. »Es geht um Mord«, sagte er verärgert. »Wir haben Grund zu der Annahme, dass der Mann, der des Mordes an Henry Falck verdächtigt wird, sich als Quelle ausgegeben hat. Sinn und Zweck dessen war es, Ihre Kollegin zum Maridalsvannet zu locken.«

»Aber ihr wisst doch gar nicht, ob Benedikte ermordet wurde?«, fauchte Solli zurück. Die Gäste am Nachbartisch starrten sie an. Beier zögerte eine Sekunde.

»Dem vorläufigen Obduktionsbericht zufolge, lautet die Todesursache Ertrinken. Aber sie hatte auch eine Wunde am

Hinterkopf. Sie könnte niedergeschlagen und in den See geworfen worden sein.«

»Wer ist dieser Verdächtige?«

Beier schüttelte den Kopf, und Solli schnaubte. »Sagt Ihnen das Prinzip von Ockhams Rasiermesser etwas?«, fragte er plötzlich.

Fredrik sah ihn argwöhnisch an.

»Ockhams Prinzip besagt, dass die einfachste Erklärung in der Regel die richtige ist. Wenn ihr in einem Mord ermittelt, ist somit fast immer der Ehepartner der Täter. Wenn ihr allerdings Benedikte ertrunken im Maridalsvannet gefunden habt, dann ist sie wahrscheinlich übers Eis gegangen. Ich kannte sie als eine äußerst vorsichtige Person, die sich nicht unnötigen Gefahren ausgesetzt hat. Sie wäre ohne eine Rückversicherung nicht zu einem Treffen mit einem Informanten gefahren.«

Beier bekam sein Glas Wasser. Leerte es mit ein paar großen Schlucken und bat um ein neues. Das Wasser hatte scheinbar einen beruhigenden Effekt auf ihn. »Ich verstehe nicht, was dieses Prinzip mit einem Rasiermesser zu tun hat«, sagte er dann versöhnlich.

»Ich auch nicht.« Solli grinste schief, und Beier erwiderte das Grinsen.

»Sie erwähnten den Ehepartner«, sagte er. »Ich habe Benediktes Freundin getroffen, Victoria. Sie erscheint mir etwas rätselhaft. Welchen Eindruck haben Sie von ihr?«

»Rätselhaft, ja«, sagte Solli. »Sie arbeitet als eine Art Softwareberaterin, glaube ich. Aber hat sie Ihnen erzählt, dass sie eingesessen hat? Wegen Computerkriminalität?« Er sah dem Ermittler an, dass ihm das neu war. »Victoria Pytell war in den Neunzigern und Anfang des neuen Jahrtausends eine von Europas sagenumwobensten Hackerinnen, eine Art Robin Hood des Internets, die Informationen von Behörden und multinationalen Unternehmen gestohlen und sie an Umweltschützer und Menschenrechtsaktivisten weitergegeben hat. Möglicherweise bin ich voreingenommen, aber es bestand zwischen ihnen ja ein beträchtlicher Altersunterschied. Ich glaube, Benedikte war von Victorias Vergangenheit fasziniert.«

Beier blickte ihn überrascht an.

»Welche Art von Informationen hat sie denn gestohlen?«

»Tja. Geheime Berichte über Gifte im Trinkwasser, Listen über Spielzeug, das krebserregende Stoffe enthält, Übergriffe auf die Urbevölkerung, Wahlmanipulation – solche Sachen. In unseren Kreisen war sie eine Heldin. Na ja … zuerst hat sie diesen Unternehmen Schäden in riesiger Höhe zugefügt. Jetzt bezahlen dieselben Unternehmen sie dafür, dass nicht noch einmal jemand sie so an den Eiern packt. Das ist ein cleveres Geschäftsmodell«, sagte Solli.

»Sie wäre also in der Lage … wo auch immer einzudringen«, fragte Beier.

Solli zuckte mit den Schultern. »Wahrscheinlich schon.«

»Was wissen Sie über das Verhältnis zwischen Benedikte und Victoria?«, fragte Beier, als sein Handy klingelte und er in der Tasche danach kramte.

Solli lächelte. »Ich glaube nicht, dass Victoria Benedikte ermordet hat, wenn es das ist, was Sie wissen wollen.«

Er konnte dem Ermittler ansehen, dass er ihm nicht mehr zuhörte. Die Hand, mit der er sich das Telefon ans Ohr hielt, war angespannt, und Beiers Blick ging einfach durch ihn hindurch.

»Ist etwas …?«

»Ich muss gehen«, sagte Fredrik Beier.

25

»Ullevål Krankenhaus. So schnell wie möglich«, bellte Fredrik den Taxifahrer an.

Kafa war aufgebracht gewesen, als sie angerufen hatte. Franke Nore schwebte nach einem *Vorkommnis* im Gefängnis in Lebensgefahr. In was hatte sich der alte Trottel da hineinmanövriert?

Das Wetter hatte seit gestern umgeschlagen. Plusgrade hatten die Kälte ersetzt, dazu gab es Nebel und einen nahtlos grauen Himmel. Fredriks Gedanken rasten, während er die Bewohner Oslos betrachtete, die steifbeinig durch den Schneematsch staksten. War Franke angegriffen worden? War es ein Versuch gewesen, ihm das Maul zu stopfen?

Fredrik zeichnete einen Strich in den Tau auf der Fensterscheibe. Dieser Fall hatte mit dem Mord in der Autowaschanlage an Henry Falck durch Richard Reiss begonnen. Einige Stunden später war Franke in Falcks Wohnung spaziert, wo er auf Reiss getroffen war. Gemeinsam hatten sie den USB-Stick gestohlen. Dann hatte Reiss sich am Maridalsvannet mit Benedikte Stoltz verabredet und vielleicht hatte er auch sie ermordet.

Es lag nahe zu glauben, dass Benedikte hinter dem USB-Stick her war. Geheime Militärdokumente, eine Enthüllung über eine Regierung im Krieg mit sich selbst – für so was gab es Journalistenpreise. Nachdem er jedoch die Notiz gesehen hatte, die Stoltz beim Treffen mit Reiss bei sich gehabt hatte, waren Fredrik Zweifel gekommen. Denn dort stand nichts über Waffen, die in den Händen von Terroristen gelandet waren, nichts von dem Streit über die Überwachungsflugzeuge. Stattdessen hatte sie ein Dreieck gezeichnet, dessen Ecken Tschernobyl, Fredriks Vater sowie ein Name und ein Land, Noman Mohammed und Afghanistan, bildeten. In der Mitte stand »Die Organisation«. Die Organisation? Wer war das?

Sind die Korridore die Äste des Krankenhauses, dann sind die Zimmer sein Laub. Hinter einigen Türen herrscht Frühling, Knospen öffnen sich, und Mütter können mit ihren Neugeborenen nach Hause zurückkehren. Hinter anderen ist Sommer. Gebrochene Beine werden geheilt, Krankheiten auskuriert, und der Herbst ist noch nicht gekommen. Hinter Frankes Tür führte jedoch der Winter das Regiment, im wahrsten Sinne des Wortes. Das Zimmer war dunkel und kalt. Die Temperaturen wurden so niedrig gehalten, damit sich die Adern zusammenzogen und somit die zerstörerischen biochemischen Prozesse gestoppt wurden, die in Gang gesetzt werden, wenn einem der Schädel bis zur Hirnrinde mit einer Stahltür zermalmt wird.

Die Apparate neben dem Bett piepten leise, während rote Lichtsignale anzeigten, dass Frankes Körperfunktionen alles andere als normal waren. Rot brannten auch die Augen der Frau, die neben ihm saß. Sie war kahlköpfig und hatte keine Augenbrauen mehr, ihr Gesicht war durch Medikamente aufgeschwemmt, weshalb ihr Alter schwer zu schätzen war. Indessen war es nicht schwer zu erraten, dass es sich um Frankes krebskranke Ehefrau Rita handelte.

»Dass Sie es wagen hierherzukommen«, sagte sie heiser. »Seht euch nur an, was ihr getan habt.«

Fredrik wusste nicht genau, was er darauf antworten

sollte. Er hätte selbstverständlich sagen können, dass Franke an seinem Unglück selbst schuld war, dass der Kollege eins Komma acht Kilo Heroin aus der Asservatenkammer gestohlen und mit einem drogenabhängigen Frauenschläger und Geldeintreiber zusammengearbeitet hatte, zweifelte jedoch daran, dass das die Stimmung aufhellen würde.

»Ich verstehe, dass Sie wütend sind«, sagte Kafa. »Ich bedaure wirklich sehr, dass Franke dem hier ausgesetzt wurde.«

Rita Nore seufzte schwer. »Ein Polizist in einer offenen Abteilung eines Gefängnisses. Was habt ihr euch denn dabei gedacht? Dass man ihn mit Applaus empfangen würde? Oder seid ihr so naiv zu glauben, dass mein Mann nur unglücklich gefallen ist?«

»Alle Umstände der Tat werden gründlich untersucht. Wir arbeiten mit Franke im Dezernat für Gewaltverbrechen zusammen und haben nichts mit den Ermittlungen gegen ihn zu tun. Wir sind gekommen, weil wir seine Freunde und Kollegen sind.«

Fredrik warf Kafa einen Blick zu. »Freunde« war wohl ein bisschen zu dick aufgetragen, jedoch hatten die Worte den gewünschten Effekt. Das Feuer in Ritas Augen erlosch.

»Setzen Sie sich«, sagte sie.

Bevor er Platz nahm, blieb Fredrik kurz neben dem Bett stehen. Unter dem weißen Laken zeichnete sich Frankes Körper deutlich ab. Der Kopf ruhte auf einem schmalen Kissen, wobei ein kräftiger Verband den Großteil von Schädel und Gesicht bedeckte. Die Haut war gräulich weiß und die Lippen rund um den Schlauch, der in seinem Rachen verschwand, blutleer.

»Die Ärzte haben ihn ins künstliche Koma versetzt«, sagte Rita. »Sie sagen, dass er wahrscheinlich überlebt, aber sie wollen keine Prognose über seinen Zustand abgeben, wenn er wieder aufwacht – ob er normal sein wird, oder … nicht.«

Sie sah aus, als würde sie gleich anfangen zu weinen, weshalb Fredrik ihr ein Stück Zellstoff von der Trommel neben dem Waschbecken abreißen wollte. Mit einer wedelnden Handbewegung stoppte Rita ihn. »Ich habe keine Tränen mehr«, sagte sie.

Anschließend saßen sie schweigend da und starrten auf den Körper im Bett. Dann durchbrach Kafa die Stille. »Wissen Sie denn, warum er das Heroin aus der Asservatenkammer gestohlen hat?«

Rita Nore atmete wieder schneller. »Sagten Sie nicht, dass Sie nicht gegen Franke ermitteln?«

»Das tun wir nicht. Aber wir müssen wissen, warum er das Heroin gestohlen hat, um die zu finden, wegen deren Drohung er eine so … unkluge Entscheidung getroffen hat.«

»Drohung«, murmelte Rita. »Der Grund war vermutlich ich.«

Fredrik sah sie fragend an. »Was meinen Sie damit?«

Die krebskranke Frau setzte ein trauriges Lächeln auf und verwies auf ein Foto auf dem Patiententisch. Es zeigte Franke, Rita mit rosigen Wangen und vollem Haar sowie eine dritte Frau. Ihre Augen waren stark geschminkt und standen weit auseinander, genau wie die Ritas. Die Haare waren stark blondiert und borstig, sie hatte Sommersprossen und grinste breit. Allerdings war es ein betrübtes Grinsen, und die Zähne hinter der Grimasse waren bräunlich gelb. Die Frau war vermutlich in den Dreißigern. Fredrik hatte das Gefühl, sie schon einmal gesehen zu haben.

»Das ist meine Tochter Siri«, erklärte Rita. »Ich habe Siri bekommen, lange bevor ich Franke begegnet bin. Ich war gerade achtzehn. Ihr Vater war ein finsterer Mensch, und dasselbe gilt für Siri. Sie und Franke sind nie besonders gut miteinander ausgekommen. Als Siri ein Teenager war, zerbrach ihr Verhältnis komplett. Sie hat Drogen genommen und ist von zu Hause ausgezogen … Sie ist schon seit über zwanzig Jahren drogenabhängig und tut, was Mädchen tun müssen, um sich Geld zu beschaffen. Franke schämt sich für sie, für das Leben, das sie lebt und dafür, dass es ihm als Polizist nicht gelungen ist, sie auf den rechten Weg zu bringen.«

»Das tut mir leid«, sagte Fredrik. »Traurig zu hören. Möglicherweise bin ich ihr in meiner Zeit auf Streife mal begegnet.«

Rita nickte. »Oslo ist ja nun nicht gerade eine Weltstadt, und es gibt nicht viele, die so lange durchhalten.« Sie zog die Wolldecke auf ihrem Schoß enger um die Oberschenkel. »Die letzten Jahre lief es besser mit Siri. Sie nimmt an einem Methadonprogramm teil und hat eine Wohnung. Aber nach so einem Leben … Sie braucht Hilfe. Unterstützung. Und da sie und Franke nicht in der Lage sind, sich im selben Zimmer aufzuhalten, lastet diese Bürde auf meinen Schultern.«

Rita Nore fuhr sich mit einer Hand über die Glatze. »Falls Siri die Kraft aufbringen soll weiterzukämpfen, dann muss ich überleben. So einfach ist das. Deshalb war es ganz entsetzlich, als bei mir Hautkrebs diagnostiziert wurde. Vor ein paar Jahren haben sie ein Muttermal entfernt. Vergangenen Winter hatte der Krebs gestreut, und ich bekam das komplette Paket mit Chemotherapie und erneuter Operation. Jetzt ist die Krankheit wieder aufgeflammt.«

Das traurige Lächeln kehrte zurück. »In einem Krankenhaus in Israel haben sie eine Behandlung gegen meine Krebsform entwickelt. Sie befindet sich aber noch im experimentellen Stadium, und die Kasse will die Behandlung nicht zahlen. Sie ist enorm teuer.«

Fredrik stöhnte. Er ahnte, was nun folgen würde.

»Am Abend vor Frankes Verhaftung ist er zu mir gekommen. Er hat sich an mein Bett gesetzt, meine Hand genommen, hat geweint und gefragt, ob ich stolz auf ihn sei. Sie kennen Franke. Das ist nicht seine Art. Ich begriff, dass etwas nicht stimmte.«

Rita hatte Franke gefragt, ob er etwas Dummes getan habe, und er hatte sowohl genickt als auch geleugnet. Dann erzählte Franke, dass er von einem alten Informanten kontaktiert worden sei. Diese Person wusste, dass Rita krank war und dass es in Israel Hoffnung auf Rettung gab. Er sagte, er habe jemanden ausfindig gemacht, der sowohl bereit sei, Rita einen Platz im Krankenhaus zu beschaffen als auch für ihren Aufenthalt zu bezahlen. Jedoch forderte diese Person Gegenleistungen. Franke hatte zugestimmt. Am Anfang sei es nur um Kleinkram gegangen: Informationen über Kollegen, Überprüfung des Hintergrunds irgendwelcher Personen. Dann sei er gebeten worden, die Drogen zu stehlen.

»Ich wurde wütend. Das konnte ich doch nicht zulassen. Meine Tochter ist rauschgiftsüchtig, und jetzt klaute er Drogen, um ihr zu helfen? Um mir zu helfen? Glaubte er wirklich, dass ich so etwas billigen würde?«

In schwermütiger Stimmung hatte Franke sie verlassen. Dann wurde er verhaftet.

»Sie haben mich ihn im Gefängnis besuchen lassen. Er sagte, ein Mann namens Richard würde mich aufsuchen. Er bat mich, flehte mich an, das Geld anzunehmen. Ich hingegen bat ihn, zur Hölle zu fahren. Das waren meine letzten Worte an ihn.«

Beim Reden hatte Rita Nore auf ihre Finger geschaut. Jetzt hob sie den Kopf und begegnete Fredriks Blick.

»Haben Sie Kinder?«

»Ja.«

»Dann verstehen Sie vielleicht, dass ich jetzt anders

denke. Denn jetzt *weiß* ich, dass Franke nie mehr in der Lage sein wird, sich um Siri zu kümmern. Falls mich dieser Richard wirklich aufsucht, werde ich das Geld annehmen. Und wenn es jemand wagt, sich mir in den Weg zu stellen, dann kratze ich ihm die Augen aus.«

26

Staatssekretär Ruben Andersen war sich vollkommen im Klaren darüber, dass sein Spitzname Ratte lautete. Das kümmerte ihn wenig. Ratten besaßen viele gute Eigenschaften. Sie überlebten unter den widrigsten Verhältnissen. Sie waren intelligent und loyal gegenüber der Gruppe. Das war mehr, als man über die meisten der Menschen sagen konnte, von denen Ruben täglich umgeben war.

Er hörte nur mit halbem Ohr zu, während Ministerpräsident Simon Riebe telefonierte. Stattdessen blieb er wie so viele Male zuvor stehen und betrachtete das Gemälde an der Wand hinter seinem Chef. »Fluss in der Nacht durch Park in der Stadt« hieß das Werk, und es sprühte nur so vor verschiedenen Blautönen mit einigen Tupfen Gelb, Orange und Rot. Ihm gefiel es, dass das Gemälde einen so aussagekräftigen Namen hatte. Sonst hätte er nicht gewusst, worauf er da starrte.

Der Ministerpräsident war gerade von einem NATO-Treffen in Brüssel zurückgekehrt, um das sich das Gespräch drehte. Erneut hatte Terrorismus auf der Tagesordnung gestanden. Der einäugige Arzt.

»I will see to it personally«, beendete Riebe das Gespräch mit breitem skandinavischem Akzent. Dann lehnte er sich zurück und grinste. Der Bürostuhl schaukelte leicht.

»Gibt es etwas Besonderes, worüber wir uns freuen sollten?«, fragte Andersen.

»Ja«, entgegnete Riebe, ohne genauer darauf einzugehen. »Bist du eine fleißige kleine Biene gewesen, während ich auf Reisen war?«

Ruben öffnete das in Leder eingeschlagene Notizbuch. »Ich habe heute mit dem Nachrichtenredakteur von TV 2 zu Mittag gegessen. Sie sind derselben Meinung wie wir. Wenn Finanzministerin Fiskvik geht, wird die Partei Kari Lise Wetre zur neuen Vorsitzenden wählen.«

Der Bürostuhl hörte auf zu schaukeln.

»Eine gute Nachricht ist jedoch, dass TV 2 tatsächlich plant, über die F-35-Kampfjets zu berichten. Sie senden Ihre Begrüßungsrede live und schaffen Platz in den Nachrichtensendungen …«

»Selbstverständlich tun sie das«, unterbrach Riebe ihn gereizt. »Was Sie in Wirklichkeit also getan haben, ist, sich während eines von Carl Solli spendierten extravaganten Mittagessens Selbstverständlichkeiten servieren zu lassen?«

Die Ratte hatte lange genug für Riebe gearbeitet, um zu wissen, dass es auf diese Frage keine richtige Antwort gab.

»Da ist es doch gut, dass einer von uns etwas zustande gebracht hat. Die Amerikaner haben versprochen, dass der neue Botschafter pünktlich zur Lieferung der Kampfjets im Amt ist«, sagte Riebe. »Außerdem glaube ich, dass wir Besuch von der *USS Nimitz* höchstselbst bekommen. Ihr ältester im aktiven Dienst befindlicher Flugzeugträger, dreihundertdreißig Meter rohe Kraft. F-35-Kampfjets, F/A-18 Hornets, Kampfhubschrauber … Das wird ein ziemlich sichtbares Beispiel dafür werden, wie sehr unsere amerikanischen Freunde die Bemühungen dieser Regierung zu schätzen wissen.«

Ruben Andersen nickte anerkennend. »Wetre hatte diese Woche ihren ersten Tag als kommissarische Finanzministerin«, sagte er. »Ich habe sie darüber informiert, dass die Kampfjets lediglich der erste Schritt sind. Dass Sie und die amtierende Finanzministerin sich bereits darüber einig sind, dass die Armee auch neue Überwachungsflugzeuge braucht, und dass die Finanzierung durch Mittel erfolgen muss, die für Sozialhilfe, Flüchtlinge und Asylsuchende eingeplant sind.«

»Und wie hat sie reagiert?«

Andersen lachte kurz. »Wie Sie es vorausgesehen haben. Sie wurde wütend.«

»Gut«, sagte Riebe. »Ausgezeichnet.« Der Ministerpräsident stand auf, knöpfte seine Anzugjacke auf, zog sie aus und reichte sie ihm.

»Würde es Ihnen sehr große Mühe machen, die in die Reinigung zu schicken? Und geben Sie Ihren Kontakten in der Kristelig Folkeparti zu verstehen, dass Wetre womöglich nicht diejenige ist, die ihren Interessen am besten dient, sollte sie Parteivorsitzende werden.«

»Mein Eindruck ist, dass sich die Partei darin ziemlich einig ist.«

»Nun«, sagte Riebe. »Es ist doch denkbar, dass sich das ändert.«

Mehr sagte er nicht, und Ruben begriff, dass das Gespräch damit beendet war. Bevor er die Tür zum Büro der Staatssekretäre öffnete, drehte er sich noch einmal um. Simon Riebe stand vor dem schusssicheren Fenster und betrachtete die Schmelzwasserpfützen auf dem gepflasterten Platz vor seinem Büro.

»Was machen wir, wenn die gestohlenen Dokumente an die Öffentlichkeit gelangen? Wenn die Pläne über den Kauf von Überwachungsflugzeugen bekannt werden, bevor die offiziellen Beschlüsse gefasst sind?«

Riebe zuckte mit den Schultern. »Mein lieber Ruben,

glauben Sie wirklich, ich würde zulassen, dass so etwas passiert? Sie können ganz beruhigt sein. Sobald die Zeit reif ist, wird die Neuigkeit von mir bekannt gegeben, und von sonst niemandem.«

27

Ein Gentleman im Frack. Das war die Vision von Architekt Eero Saarinen, als er die Amerikanische Botschaft in der Henrik Ibsens gate entwarf. An einem Sommertag war diese Metapher vielleicht brauchbar, dachte Fredrik. Aber jetzt, wo vom Fjord her der Nebel aufstieg und die Sonne von den Wolken verdeckt war, erinnerte das klobige schwarzgraue Gebäude mehr an ein Bestattungsinstitut.

Drei Männer, alle mit ausdruckslosem Gesicht und Plastikordnern, Visaanträgen und Pässen bewaffnet, bildeten die Schlange vor dem Empfang. Fredrik nutzte seinen Polizeiausweis, um die Schlange zu vermeiden. Der Wachmann warf einen flüchtigen Blick auf den Ausweis, bevor er murrte: »Und Sie haben einen Termin?«

»Korrekt.«

»Setzen Sie sich und warten Sie.«

Ein kleiner Mann holte ihn ab, um die Fünfzig und mit Geheimratsecken, so hoch, dass der noch verbliebene Haarbüschel an einen Eichhörnchenschwanz erinnerte. Er präsentierte sich als Botschaftssekretär Steven Miller.

»Danke, dass Sie so entgegenkommend sind«, biederte Fredrik sich an. »Mir ist durchaus bewusst, dass Sie das nicht tun müssen.«

»Nein«, antwortete Miller, während er Fredrik zum Atrium in der Mitte der Botschaft führte. Ihre Stimmen wurden von den hohen weißen Wände gedämpft. Ihnen entlang aufgereiht standen die Fahnen aller US-Bundesstaaten, und in der Mitte des Raums befand sich ein Bassin mit einer Fontäne und ein paar kleinen Fischen. »Sie befinden sich jetzt auf amerikanischem Boden. Allerdings haben wir den Wunsch, unseren norwegischen Freunden zu helfen, sofern es in unserer Macht steht. Soweit ich es verstanden habe, geht es um einen Mordfall?« Er sprach Norwegisch mit einem kräftigen texanischen Akzent.

»Das ist richtig. Und in diesem Zusammenhang ist ein Name aufgetaucht: Kenneth Beier. Die meisten nannten ihn Ken. Ein ehemaliger Angestellter der Botschaft. Er hat in einem Ihrer externen Büros gearbeitet. Nicht hier im Haus.«

Miller führte ihn eine Treppe hinauf und einen Korridor entlang. Die Wände säumten Pappkartons, Dokumentenboxen, Bürostühle und zusammengeklappte Tische.

»Entschuldigen Sie bitte die Unordnung«, sagte er. »Die Botschaft ist im Begriff umzuziehen. Neue Zeiten sind angebrochen.« Mit einem Kopfnicken verwies er auf den Sicherheitszaun und die bewaffneten Wachmänner vor dem Fenster. »Es heißt, dass früher jedermann hierherkommen und die Fische im Bassin füttern konnte. Jugendliche hörten sich im Schallplattenarchiv Jazzscheiben an.« Er kniff die Augen zusammen. *»Fuckin' terrorists.«*

Nachdem er die Bürotür geschlossen hatte, bot er Fredrik einen Stuhl an. »*So*… Kenneth Beier sagten Sie?«

Fredrik nickte.

»Und *Ihr* Name ist Fredrik Beier?«

»Er ist mein Vater.«

»Sie ermitteln gegen Ihren eigenen Vater?«

»Er gehört wahrscheinlich nicht zu den Verdächtigen. Mein Vater starb, kurz nachdem er hier aufgehört hatte, Anfang der Neunziger. Aber, wie gesagt, sein Name ist aufgetaucht. Er soll eine Verbindung zu etwas gehabt haben, was als die Organisation bezeichnet wird und an einem Ort oben in der Nordmarka gewesen sein soll, wo nach dem Krieg Munition vergraben wurde. Tschernobyl wurde er wohl genannt. Außerdem suche ich noch nach einem Haus. Villa Ravnli. Ich muss herausfinden, was es mit all dem auf sich hat.« Fredrik zögerte einen Moment. »Mein Vater hat nicht viel über seine Arbeit gesprochen. Ich möchte gern seine Akte sehen, überprüfen, ob es darin etwas gibt, was uns bei den Ermittlungen helfen kann.«

Steven Miller rieb sich mit Daumen und Zeigefinger über die kahlen Stellen auf dem Kopf. Vielleicht hoffte er, die Haare zurückmassieren zu können. »Tschernobyl. Sie sind sicher, dass Sie nicht vielleicht mit den Russen sprechen sollten?«

Fredrik entschied sich, das als Witz einzustufen, und versuchte zu lachen.

»Nichts von dem hört sich für mich bekannt an. Aber das war ja auch lange vor meiner Zeit. Geben Sie mir einen Moment«, sagte Miller und räumte ein paar Unterlagen weg, bevor er nach draußen verschwand.

Fredrik schaute aus dem Fenster. Von hier aus konnte er hinter den winternackten Bäumen im Schlosspark gerade so das Schloss erkennen. Die Gardisten, das Karl-Johan-Monument und die in einem nicht enden wollenden Strom vorübergehenden Touristen sah er hingegen nicht. Er wusste nur, dass es sie gab.

Das ließ ihn an seinen Vater denken. Hatte Ken Beier Seiten gehabt, die er seinem Sohn nie gezeigt hatte? Wer war sein Vater eigentlich gewesen? Darüber hatte Fredrik in den vergangenen Tagen viel nachgegrübelt. War er der gefühlskalte, langweilige Bürokrat, als den Fredrik ihn immer erlebt hatte? Oder hatte Benedikte Stoltz recht, dass sein Vater während des Kalten Krieges in ein Militärprojekt verwickelt gewesen war? Was zum Teufel bedeutete das eigentlich? Soldaten waren in Militärprojekte verwickelt, das Gleiche traf auf Waffeningenieure und Politiker des Verteidigungsministeriums, Forscher, die biologische Waffen entwickelten, Überläufer, Infiltranten, Spione und Folterer zu. Konnte seinem Vater einer dieser Stempel aufgedrückt werden? War Ken Beier ein guter Mensch? Oder hatte er die Welt mit dem gleichen Zynismus betrachtet wie seinen Sohn?

Fredrik war bewusst geworden, dass es kaum noch jemanden gab, den er fragen konnte. Seine Eltern hatten sich kennengelernt, als seine Mutter Gunhild bei der norwegischen UN-Delegation in New York gearbeitet hatte. Kenneth Beier war Amerikaner mit norwegischen Vorfahren und trat seine Stelle bei der Botschaft in Oslo an, als Fredrik zwei Jahre alt war. In den USA gab es nur noch entfernte Verwandte, Familie, mit der sie gerade einmal Weihnachtskarten ausgetauscht hatten. Hier in Norwegen hatten die Eltern kein nennenswertes Sozialleben gehabt – zumindest hatte Fredrik nichts davon mitbekommen.

Deshalb saß er nun hier. Fredriks einzige Verbindung zu seinem Vater bestand in seinem alten Arbeitgeber.

»Es tut mir leid«, sagte Botschaftssekretär Miller, als er endlich wieder in der Tür stand. Die Mappe, die er über den Tisch schob, hatte einen steifen, sauberen Einband und war sehr dünn. »Es ist nicht viel, befürchte ich.«

Darin befanden sich nur zwei Dokumente: ein Arbeitsvertrag sowie eine Notiz über das Ende des Arbeitsverhältnisses. Beiden sah man ihr Alter an. Fredrik wartete, bis sich der Amerikaner wieder hingesetzt hatte. »Das kann nicht Ihr Ernst sein. Er hat fast zwanzig Jahre hier gearbeitet, und das ist alles, was von ihm übrig ist?«

Miller zuckte mit den Schultern. »Möglicherweise wurden die Sachen bereits nach Washington geschickt. In Verbindung mit dem Umzug der Botschaft wurde viel altes Archivmaterial überführt.«

»Und Tschernobyl? Die Organisation? Villa Ravnli?«

Ein neuerliches Schulterzucken.

Fredrik las. Der Arbeitsvertrag entsprach dem Standard, sagte nichts über die Arbeit aus, die Ken Beier ausführen sollte. Die Notiz hingegen, die bei Beendigung des Arbeitsverhältnisses geschrieben worden war, erweckte seine Aufmerksamkeit. Dort stand, dass er die letzten Monate von der Arbeit suspendiert gewesen war.

»Suspendiert?«, fragte Fredrik und hob den Kopf. »Warum?«

»Was das betrifft, habe ich selbstverständlich keine Ahnung.« Botschaftssekretär Miller sah auf die Uhr und wirkte nicht mehr ganz so entgegenkommend. »Möglicherweise war er krank oder … das sind nur Spekulationen.«

Fredrik richtete seinen Blick auf ihn. »Sie waren eine ganze Weile weg«, sagte er nachdenklich und hob die Mappe an, in der die Dokumente gelegen hatten. »Die hier ist ganz neu. Die Ecken sind scharf, und die Pappe ist steif. Die Dokumente darin sind vergilbt. Da kommt ein alter Ermittler wie ich natürlich ins Grübeln, ob sie bisher vielleicht in einer anderen Mappe gelegen haben. Einer Mappe, die Dokumente enthält, die ich nicht sehen soll?«

Als Miller die Stirn anspannte, glitt der Eichhörnchenschwanz weiter nach vorn. »Ich bin nicht ganz sicher, ob mir Ihr Ton gefällt«, sagte er bestimmt. »Wie Sie selbst festgestellt haben, gilt norwegisches Recht hier nicht. Wir sind Ihnen keinerlei Auskunft schuldig. Das da«, sagte er und zeigte auf die Papiere, »ist eine freundliche Geste.«

Vor dem Gebäude betrachtete Fredrik das Häuschen, das die Polizei auf der gegenüberliegenden Straßenseite zur Bewachung der Botschaft aufgestellt hatte. Die Scheiben waren verrußt, und es war unmöglich zu erkennen, ob dahinter jemand saß. Er aber fühlte sich beobachtet.

Ken Beier war die letzten Monate, in denen er an der Botschaft gearbeitet hat, suspendiert gewesen. Warum? Hatte er etwas falsch gemacht? War gegen ihn ermittelt worden?

Fredrik drehte sich abrupt um, hoffte, hinter einem der Fenster dort oben den Blick von Botschaftssekretär Miller aufzufangen. Aber nur die leeren Fenster starrten auf ihn herab.

Welche Geheimnisse verbargen sich hier wirklich?

28

Der Albtraum riss ihn aus dem Schlaf. Fredrik war zurück zwischen den nackten Baumstämmen, zurück unter kahlen Berghängen und einem dunkelgrauen Himmel. Anfangs war es nur die Stille, ein verlassener Wald, weil alles was fliehen konnte, geflohen war. Schritte über den Waldboden. Furchtlos. Die Schritte eines Jägers. Dann der Atem. Ein fauchendes Gift, das sich über Wald und Flur legte, das Moos und Heidekraut überzog. Es verteilte sich, suchte und fand. Fredrik war gelaufen, hingefallen und nun nicht mehr in der Lage aufzustehen. Der Dunst drückte ihn nach unten, bis eine Gestalt über ihm aufragte. Und auch wenn die Nase abgeschnitten, die Zunge nur eine bebende Fleischfaser und die Lippen verschwunden waren, hörte Fredrik deutlich, was der Mann sagte. Es war nur ein Wort, aber er wiederholte es immer wieder, bis es in Fredriks Kopf klingelte.

Selbst als er mit Herzklopfen und schweißgebadet im Bett saß, hörte er es.

Irrsinn, wusste Fredrik, als er die Gardinen beseitezog. Draußen war es immer noch dunkel. Regentropfen klatschten gegen die Scheibe. Es war Irrsinn. Ein Traum dessen Kulisse das Gemälde seines Vaters war. Der Teufel, der ihn jagte, war ein toter Killer aus einem abgeschlossenen Fall, und der Name, den er rief, war der von Fredriks totem Sohn.

»Frikk.«

Ein Mosaik alter Traumata.

Einige Stunden später saß Fredrik auf dem Beifahrersitz eines Streifenwagens und fuhr aus der Stadt hinaus. Es war Sonntag, und Fredrik hatte eigentlich nicht vorgehabt, sich vor dem Abend ins Präsidium zu begeben, aber das war, bevor die von der Einsatzzentrale angerufen und ihm mitgeteilt hatten, sie hätten ein Auto geschickt, das ihn auflesen werde.

Die Felder, die vor nur wenigen Tagen in der Sonne so schneeweiß und verlockend gefunkelt hatten, waren nun im Regen versunken. Die Scheibenwischer bewegten sich auf Hochtouren über die Frontscheibe, und der Fahrer, ein Polizeidienstanwärter mit dem Hang, ohne Punkt und Komma zu reden, hielt endlich die Klappe, nachdem Fredrik die Sonntagsandacht im Radio zum zweiten Mal lauter gestellt hatte.

Die Verbrennungsanlage befand sich auf der Ostseite des Maridalsvannet, nicht weit entfernt vom Klärwerk, das dafür sorgte, dass die Bewohner Oslos sauberes Wasser hatten. In der dunklen Halle wartete ein langhaariger Schlaks auf ihn. Beißender Rauch reizte seine Nase, und im Lichtschein, der von draußen hereinfiel, sah er die feinen Aschepartikel in der Luft umherwirbeln.

»Hallo«, sagte der Schlaks und blickte kurz zu ihm auf. »Lassen Sie mich das hier nur fertig machen, dann können wir uns unterhalten.« Er zeigte Fredrik den ordentlichen Klumpen Kautabak, den er in seiner Handfläche geknetet hatte.

»Das passt schon«, sagte Fredrik. »Ich bin von der Polizei, und Sie sind vom Wasserwerk. Das reicht.«

»Ah, Sie kommen gleich zur Sache. Prima«, sagte der Typ und schob sich den Kautabak unter die Lippe. »Ich bin auch so. Und schließlich ist Wochenende. Kein Grund, Zeit zu verschwenden.«

»Auf keinen Fall«, sagte Fredrik.

»Ich weiß nicht, wie viel Sie darüber wissen, wie wir hier arbeiten«, sagte der Mann vom Wasserwerk, während er Fredrik zu einer Metallbank zwischen zwei Verbrennungsöfen führte, »aber hier in der Anlage sortieren wir den Abfall, der sich am Staudamm sammelt, damit keine Probleme für den Betrieb des Klärwerks entstehen. Das meiste geht ins Recycling, einiges verbrennen wir allerdings. Hauptsächlich handelt es sich dabei um Waldabfälle wie Holzreste oder so was, allerdings kommt es vor, dass Tierkadaver über die Flüsse in den See gelangen.« Er setzte einen ernsten Gesichtsausdruck auf. »Schließlich wollen wir ja nicht, dass so was im Trinkwasser liegt und verfault.«

»Nein«, sagte Fredrik. »Das wollen wir nicht.«

»Das Ganze wird mit einem Kran herausgehoben, dann wird es manuell sortiert.« Der Typ strich sich die Haare beiseite, die ihm in die Augen fielen. »Ab und zu geht aber trotzdem was schief.«

»So wie jetzt?«, fragte Fredrik ungeduldig.

»So wie jetzt«, bestätigte der Kerl und verwendete einen kleinen Spaten, um in der Asche auf der Bank herumzukratzen. Es blitzte auf. Es war eine Kette, eine dünne Kette, auf die ein Silberring gefädelt war. Daneben lagen ein paar kleine, verkohlte Knochenreste.

»Ein aufmerksamer Kollege hat das hier gefunden, als heute morgen die Asche aus dem Ofen entfernt wurde. Da vor dem Wochenende ein paar Polizisten hier waren und nach einer Leiche gesucht haben, brauchte man nicht gerade ein Genie zu sein.«

Nachdem er an der Innenseite des Rings gerieben hatte, war Fredrik in der Lage, die Gravur zu entziffern. »Lieber Richard. Ich bin für immer dein. Ida«, stand dort. Es war Richard Reiss' Ehering.

Fredrik starrte auf die dünne Schicht Asche auf der Sitzfläche der Metallbank. »Das ist von ihm übrig?«

»Es wird verdammt heiß in dem Ofen. Das ist der Sinn. Schließlich verbrennen wir Tierkadaver. Meiner Theorie zufolge ist der Typ auf dem Scheiterhaufen gelandet, bevor wir Bescheid bekamen, dass ihr nach ihm sucht. Denn anschließend haben wir alles doppelt gecheckt.«

29

Die Haustür ließ sich mit einem großen, flachen Schalter öffnen. So einem, die einen eigentümlich hohlen Klang von sich geben und die sich inzwischen überall an Institutionen und öffentlichen Gebäuden befinden.

Das Knirschen von Rollstuhlreifen und die flüsternden Stimmen in dem gelb gestrichenen Flur betonten nachdrücklich den Übergang zwischen der großen Welt da draußen und dem kleinen Dasein hier drinnen.

Kafa hielt vor dem Spiegel neben dem Kleiderständer inne. Niemand nutzte diesen Ständer, dafür kamen und gingen hier zu viele Menschen. Er stand dennoch hier neben den Plastikpalmen, wie er es immer getan hatte. Zumindest in den acht, neun Jahren, seit denen sie hierherkam.

Sie strich sich die Haare ein wenig zurecht. Es hatte leicht geregnet, weshalb ihre Finger dabei feucht wurden. Dann legte sie sich den Schal und die Jacke über den Arm. Die Gummisohlen ihrer Schuhe quietschten auf dem Linoleum, und sie zuckte ein wenig zusammen, aber einer der Pfleger hatte sie bereits gehört und trat aus dem Aufenthaltsraum.

»Hallo«, sagte der Rotbärtige mit einem Lächeln. »Wir haben Sie heute nicht erwartet. Weiß er, dass Sie kommen?«

Sie unternahm einen Versuch, das Lächeln zu erwidern. »Nein. Ich bin auf dem Weg zur Arbeit und wollte nur Hallo sagen.«

»Ich glaube, er ruht sich aus«, sagte der Pfleger. »Aber

gehen Sie doch einfach rein.« Der Pfleger war groß und kräftig – sicher zwanzig Jahre älter als Kafa –, und er ahnte vermutlich, dass sie etwas belastete, denn er legte ihr eine Hand auf die Schulter und drückte kurz zu. Die Berührung fühlte sich warm und sicher an, und sie war froh, dass es Menschen gab, die solche Berufe ausüben wollten.

»Entschuldigung«, sagte sie zögernd. »Ist denn jemand hier gewesen, der nach ihm gefragt hat?«

Er runzelte die Stirn. »Was meinen Sie?«

»Eine Journalistin? Oder jemand anderes?«

»Nein. Nein, dann hätten wir Ihnen Bescheid gegeben. Wieso?«

Kafa schüttelte den Kopf. »Danke«, sagte sie nur.

Am Ende des Flurs vermischte sich der Geruch von Seife mit dem von Kaffee und Gebäck aus der Großküche im Keller. Es war Sonntag, und das bedeutete, dass über den Fernseher in der Sofaecke bald alte Folgen von *Hotel Cæsar* flimmern würden. Die Bewohner würden Besuch von Kindern und Enkelkindern, Geschwistern und Freunden bekommen, und sie konnte erleichtert wieder weggehen, denn der Junge hinter der Tür würde wissen, dass sie für ihn da war. Immer. Er hatte nur sie. Und so sollte es bleiben. Kafa berührte das Namensschild: »Noman Mohammed Iqbal«.

Auf dem Schreibtisch lag ein Stapel mit Dokumenten aus dem Labor. Die Obduktion von Benedikte Stoltz war abgeschlossen. Die Wunde am Hinterkopf war durch einen schweren, stumpfen Gegenstand verursacht worden. Der Gerichtsmediziner schloss aus, dass die Verletzung Folge eines Sturzes auf das Eis war. Sie hatte Wasser in der Lunge, und die Todesursache lautete Ertrinken. *Der Verletzung nach zu urteilen, war die Verstorbene bewusstlos, als sie ins Wasser stürzte*, stand dort. Weitere Verletzungen hatte

Stoltz' Körper nicht aufgewiesen, und im Blut waren keine Medikamente nachzuweisen.

Das nächste Dokument widmete sich der Analyse der Gegenstände, die man in ihrer Schultertasche gefunden hatte. Der Flachmann enthielt eine Mischung aus Selbstgebranntem, Zucker und Zitronensaft. Die Anrufliste und die Kurznachrichten auf dem Handy stimmten mit der Kontaktliste überein, die Fredrik bereits überprüft hatte. Neben denen von Stoltz und ihrer Lebensgefährtin wurden in der Tasche keine weiteren DNA-Spuren gefunden. Weil die Leiche so lange unter Wasser gelegen hatte, war es unmöglich, brauchbare Fingerabdrücke zu finden.

Als sie das letzte Dokument des Stapels sah, zögerte Kafa ein wenig. Es war eine Kopie des Zettels, der in Stoltz' Notizblock gelegen hatte. Sie ging zur Fensterreihe, von der aus man auf den Botsparken blickte, und verfolgte den Weg der Regentropfen über die Scheibe. Als auf einmal eine Windbö über die Stadt fegte, änderten sie ihre Richtung, wie eine Drosselschar, die plötzlich Gefahr witterte, und trieben nun seitlich über das Glas. Dann flaute der Wind wieder ab. Einen Augenblick lang waren die Regentropfen wie festgefroren, bevor die Schwerkraft wieder Besitz von ihnen ergriff. Kafa ließ einen Finger über die Worte ganz unten auf dem Dokument gleiten. »Afghanistan. Noman Mohammed«.

Es fühlte sich an, als würde sie dort hängen, schwerelos zwischen Himmel und Erde. Warum stand gerade dieser Name auf dem Zettel? Hatte Benedikte Stoltz Kafas Geheimnis gekannt? Hatte sie von *ihm* gewusst?

Vom Auto aus rief Kafa Fredrik an.

»Benedikte Stoltz wurde ermordet«, sagte sie.

»Und der Mörder ist tot«, entgegnete Fredrik. Er erzählte ihr von dem Fund in der Verbrennungsanlage; dass das Einzige, was von Richard Reiss übrig war, ein paar Knochenreste, eine Halskette und ein Ehering waren.

»Glaubst du wirklich, dass er es ist?«, sagte sie.

»Der Benedikte umgebracht hat? Oder der zu Asche verbrannt wurde?«

»Beides.«

Es dauerte ein bisschen, bis er antwortete. »Ich weiß es nicht«, sagte er schließlich. »Es gibt so viel, was ich nicht verstehe. Warum haben Franke und Richard Reiss den USB-Stick mit den Dokumenten über den Flugzeugkauf gestohlen? Woher wussten Sie überhaupt von der Existenz dieser Dokumente? Warum hat Reiss »Verräter« an Falcks Auto geschrieben, und wen hat Falck verraten?« Es klang, als würde er seinen Kopf gegen irgendetwas hämmern. »Franke und Reiss sind nur Mittelsmänner«, sagte er dann. »Sie handeln im Auftrag von jemand anderem.«

»Ja«, antwortete Kafa. »Das glaube ich auch.«

»Ich folge der Spur des USB-Sticks«, sagte Fredrik. »Ich fahre dieselbe Route ab, die er vor seinem Verschwinden genommen hat. Möglicherweise ist die Auswahl der Strecke kein Zufall. Vielleicht finden wir etwas, was uns helfen kann, die Sache in einem anderen Licht zu sehen. Willst du mitkommen?«

»Nein«, sagte Kafa. »Ich bin auf dem Weg zur Baustelle bei der Kiesgrube in Nittedal, wo Richard Reiss als Wachmann gearbeitet hat. Das Gebiet, das Tschernobyl genannt wird, liegt schließlich ganz in der Nähe. Ich will es mit eigenen Augen sehen und versuchen zu verstehen, warum gerade dieser Ort auf dem Zettel stand, den Benedikte Stoltz bei sich trug, als sie starb.«

Nachdem sie beim Steinbruch abgebogen war, schaltete Kafa die Scheinwerfer aus und ließ sich die Augen an das Dämmerlicht gewöhnen, bevor sie weiter durch den Wald fuhr. Was sie erwartete, wusste sie nicht, doch sie hatte keine Lust, ihre Ankunft groß anzukündigen. Am letzten Anstieg vor der Baustelle parkte sie auf dem Seitenstreifen und warf erneut einen Blick auf die Karte. Was die Vorarbeiterin Hope gesagt hatte, stimmte, das schmale Tal hinter dem Bereich, in dem jetzt gebaut wurde, war grau schraffiert und als Schutzgebiet eingezeichnet. Ein Waldweg endete etwa in der Mitte des Tals, allerdings befanden sich dort keine Gebäude. Luftlinie waren es nur vier bis fünf Kilometer nach Maridalen, wo Benedikte Stoltz gefunden worden war, zur Baustelle sowie zu dem Gebiet namens Tschernobyl. Zwischen diesen Orten befand sich nichts außer Wald.

Kafa holte die Maglite-Taschenlampe und den Seitenschneider aus dem Handschuhfach.

Hier war es kälter als unten in der Stadt, und der Regen, der früher am Tag gefallen war, war mittlerweile zu Eis gefroren. Die Brise brachte Schnee mit, der an den Wangen und am Hals pikte. Als sie das letzte Mal hier gewesen war, hatte die Luft vor Baustaub gestanden. Heute aber war Sonntag, kein Mensch war zu sehen, kein Geräusch außer dem Knistern des verharschten Schnees zu vernehmen, als sie dem Zaun rund um die Baustelle folgte. Wenig später stand sie am Waldrand über dem Abhang, der ins Tal hinunter führte.

Der Schnee lag knöcheltief zwischen den Stämmen der Fichten, und der Wald umgab sie. Das Rauschen des Windes verschwand, und sie lauschte, meinte irgendwo dort vorn Hundegebell zu hören. Ein Skifahrer mit seinem Hund? Kafa umklammerte die Taschenlampe fester.

Dann stand sie in der Talsohle. Die Bäume standen hier vereinzelter, die Abhänge und Bergkämme wirkten abschüssiger und höher, als es von oben gewirkt hatte. Bald würde es dunkel sein. Als sie die Taschenlampe einschaltete, sah sie, dass es weiter vorn metallisch glänzte. Ein Zaun. Er war mehr als doppelt so hoch wie sie, und oben neigten sich die Pfosten nach außen. Zwischen ihnen verlief rostiger und verbogener Stacheldraht. Sie ging weiter an der Absperrung entlang. Da sah sie das Schild. Von der Zeit gezeichnet, dennoch waren die Buchstaben gut zu lesen: »Sperrgebiet. Sprengstoff. Kein Zutritt. Der Konsum von Wasser, Beeren und Pilzen kann zum Tod oder zu ernsthaften Gesundheitsschäden führen.« Unter dem Text befanden sich drei Symbole. Ein Schädel auf einem orangen Viereck: Gift. Ein Warndreieck mit einer explodierenden Bombe sowie das gelb-schwarze Zeichen mit dem Gefahrensymbol für Radioaktivität.

Mit dem Seitenschneider rückte sie dem Zaun zu Leibe. Das war ein mühseliges Unterfangen, die Drähte waren dick, und sie konnte die Zange gerade so dazu zwingen, ihre Arbeit zu verrichten. Letztendlich hatte sie aber eine einen Meter lange Schneise in dem Zaun. Sie zog ihn auseinander und quetschte sich hindurch.

Sie war nicht weit gegangen, als sie Tierspuren im Schnee entdeckte, tiefe und schmal. Es waren viele. Sie lauschte, aber alles war still. Vor ihr lag ein kleiner Hügel, und sie kletterte hinauf.

Tageslicht war inzwischen kaum noch vorhanden. Dennoch konnten die Formationen vor ihr unmöglich täuschen. Es waren Gebäude, Betongehäuse, etwas niedriger als die Baumspitzen, mit Flachdächern und dunklen Fenstern.

30

Im Zimmer befanden sich drei Personen. Ein Mann, eine Frau und ein Schicksal. Die Frau hatte den anderen beiden den Rücken zugewandt. Sie betrachtete ein helles Feld an der Wand, bevor sie den Blick auf das Gemälde richtete, das dort gehangen hatte. Dicke, unbesonnene Striche in Weiß und Schwarz. Sie sollten schneebedeckte Bergkämme, Wasserfälle und Wald darstellen. Jemand hatte das Geschmiere vom Haken genommen und auf den Fußboden gestellt.

Am Oberschenkel spürte sie das Vibrieren des Handys. Sie las die Nachricht und drehte sich um. Die beiden anderen befanden sich jeweils in einer Ecke des Büros. Der Mann blätterte in einer Zeitung. Das Schicksal stand einfach nur wie gewohnt da, unbeweglich, die Arme hingen seitlich herunter, und der stramme Armeepullover wölbte sich über der Brust. Er hätte eine der Büsten sein können, die sie aus dem Zimmer hatten tragen lassen, wären da nicht die fauchenden Atemzüge zwischen den Löchern der Silikonmaske und die grauen, starrenden Augen gewesen, die sich genau in diesem Moment auf sie richteten.

Abscheu und Entsetzen waren zweifellos die Gefühle, die man bei der Begegnung mit diesem Wesen verspürte. Abscheu für alles, was er seinen Mitmenschen angetan hatte; Entsetzen über das, was ihm selbst angetan worden war. Die Frau jedoch fühlte nichts von alledem. Sie empfand beinahe

Wärme, zumindest Vertrauen, nach all den Jahren, die sie zusammengearbeitet hatten.

Sie nannte ihn »das Schicksal«, denn das war er – sein eigenes und das vieler anderer. Aber selbstverständlich hatte der Mörder einen Namen.

Sie ging zu ihm, und der Riese beugte sich herunter. Mit der Nase nahe an seinem kahlen Schädel erahnte sie den fremdartigen Geruch. Talg. Tier.

»Tschernobyl«, flüsterte sie in Richtung der unebenen Narbe, wo sich einst ein Ohr befunden hatte. »Jemand ist auf dem Weg dorthin.«

Staffan Häyhä verließ sie.

Erst als das Stampfen der Armeestiefel des Killers verklungen war, faltete der Mann die Zeitung zusammen, reichte sie ihr, und sie las: »Saigon hat heute Nacht kapituliert. Der Krieg ist vorbei.« Eine Krone und fünfundsiebzig Öre hatte die Verdens Gang damals gekostet.

»Falls du Interesse an so was hast«, murmelte der Mann.

Sie legte die Zeitung beiseite. »Meine Aufgabe besteht nicht darin, die Geschichte zu bewahren, sondern sie auszuradieren.«

Er sah sie müde an. »Und er«, fragte er mit einem Nicken in Richtung des Vakuums, das Häyhä hinterlassen hatte, »ist er wirklich notwendig? Als er das letzte Mal geschickt wurde, um aufzuräumen, hat es eine höllische Schweinerei gegeben. Einige sind der Meinung, sein Vorgehen gegen die Glaubensgemeinschaft auf Solro sei unverzeihlich gewesen.«

»Wir wissen beide, was auf Solro schiefgelaufen ist. Staffan Häyhä hat einfach nur Befehle ausgeführt. Ich garantiere dir, so etwas wird nicht wieder vorkommen.«

Der Mann schmatzte und griff nach der Zeitung. »Dann behalte ich die«, sagte er und trat an die Fenster ohne Gardinen und schielte auf die Baumaschinen im schneebedeckten Garten vor dem Gebäude, das Hafenbecken unten hinter der Schnellstraße, die Container, die Schiffskräne und die massiven Tanks für Treibstoff und Chemikalien, auf die Stadt, deren Umrisse in der Ferne zu sehen waren. »Siebzig Jahre«, sagte er. »Und dann endet das Ganze so.«

»So muss es enden«, entgegnete sie. »Ein Mann befindet sich auf der Flucht. Es gibt undichte Stellen in Richtung Medien. Tschernobyl ist bereits geräumt. Die Organisation hat sich entschieden. Der norwegische Zweig muss abgewickelt werden.«

31

Der Killer Staffan Häyhä wusste, dass er auf Tiere den gleichen Effekt hatte wie auf Menschen, weshalb er keine Unruhe verspürte, als er auf das Kläffen der Wildhunde aufmerksam wurde. Er hielt lediglich zwischen den Baumstämmen inne und versuchte herauszufinden, wie viele es waren.

Der kleinste der Köter witterte ihn zuerst, wahrscheinlich weil er am Rand der Lichtung umherstreifte. Die Ohren erinnerten ihn an die eines Schäferhundes, der Körper an eine Art Hirtenhund. Sein Gemüt hingegen musste von irgendeinem unterdrückten Familienhund stammen, denn jedes Mal wenn er sich in die Nähe der Beute wagte, setzte ihm einer der anderen Kläffer nach. Aus irgendeinem Grund kam er direkt auf ihn zu gelaufen, so als wäre ein Mensch einst seine Rettung gewesen. Mit einem Tritt lehrte Häyhä das Tier, wie unterschiedlich Menschen waren. Der Köter hinkte davon, die Hunde erstarrten, senkten ihre Köpfe und sträubten das Fell, als er weiterging.

Das spärliche Licht unter den Fichten hatte ihn getäuscht: Es war kein Elchkalb, sondern eine Hirschkuh, die die Hunde gerissen hatten. Sie war trächtig gewesen, und ein ungeborenes Kalb – nicht größer als eine Katze – war aus der Gebärmutter gerutscht und lag nun entkräftet im Schnee. Die Hunde bellten und knurrten, warfen blutdürstige Blicke um sich. Bald begriffen sie allerdings, dass er es auf etwas komplett anderes als ihr Aas abgesehen hatte, woraufhin die Köter sich wieder ihrer Beschäftigung zuwandten.

Von der Talsohle aus bewegte er sich den Berghang hinauf, wo er im Gelände eine passende Vertiefung fand. Er öffnete die Tasche und breitete die Plastikdecke aus, bevor er die Waffe aus dem geölten Tuch wickelte. Er klappte die Schenkel des Zweibeins aus und platzierte das Gewehr so, dass es ins Tal wies.

Auf dem Weg hierher hatte er unter dem Pullover und der Armeehose geschwitzt, hier aber herrschte bissige Kälte, die sich wie Zähne in seinen Nackenwirbeln verkeilte, dort wo nach dem Genickbruch, der ihn beinahe das Leben gekostet hätte, Stahl und Knochen wieder zu einem Ganzen zusammengeschraubt worden waren. Er kramte den Poncho hervor und streifte ihn sich über. Dann richtete er den Blick auf die Talsohle unter ihm. Es gab dort drei Gebäude. Das größte war die Hauptanlage, und er hatte sich so platziert, dass er den kompletten länglichen Betonklotz sehen konnte. Zu beiden Seiten befanden sich kleinere Bauten: das Verwaltungsgebäude und die Kantine. Über den dunkelgrünen Dächern ragten die Bäume auf.

Er schaltete den Laptop ein, kontrollierte das Satellitensignal und schob den speziell angefertigten Ohrstöpsel an Ort und Stelle. Anschließend legte er sich auf den Boden, fand die richtige Position für Ellenbogen und Knie, justierte Taille und Unterleib, sodass die Linie vom Nacken zum Steißbein einen perfekten Bogen bildete und legte dann das Auge ans Visier und schätzte den Abstand.

Es dauerte nicht lange.

Mit der Taschenlampe in der Hand war die zarte Gestalt leicht zu erkennen. Die Frau leuchtete die nackten Betonwände des Hauptgebäudes ab, trampelte durch den Schnee und starrte hinein.

Einen Moment lang überlegte er, das Nachtvisier zu verwenden, entschied sich jedoch abzuwarten. Vorläufig reichte das nachmittägliche Licht noch aus.

Vor den Kellerfenstern beugte sich die Frau nach unten und hob etwas auf. Es gelang ihm nicht zu erkennen, was es war, bevor sie es wegpackte. Dann schlich sie sich in die große Halle hinein. Durch die Fensterscheiben verfolgte er ihr Tun. Das Licht der Taschenlampe glitt über die Wände. Als sie die ersten Schritte die Kellertreppe hinunter machte, verschwand sie aus seinem Blickfeld, und er nutzte die Gelegenheit, um Kontakt zu Hvalen aufzunehmen.

Nahezu unmittelbar danach vernahm er die Stimme im Ohr und sah das Gesicht auf dem Display.

»Hast du das Ziel identifiziert?«

Er nickte.

»Ist sie es?«

Er nickte erneut. »Die Pakistanerin«, tippte er.

»Schick mir ein Foto.«

Der Befehl irritierte ihn. Vertraute Hvalen ihm etwa nicht? Er atmete schwer, woraufhin die Luft zwischen Silikonmaske und Wangen gefror. Dann legte er erneut das Auge ans Visier, fand das Kellerfenster, von dem er wusste, dass die Frau irgendwann darin auftauchen musste, und wartete.

Plötzlich wurde er auf eine Bewegung aufmerksam. Es war einer der Wildhunde, der Schwächling mit den Ohren eines Schäferhundes, der zwischen den Gebäuden hindurchhinkte. Das eine Hinterbein hatte er angehoben, durch die Begegnung mit Häyhäs schwerem Armeestiefel musste bei ihm etwas gebrochen sein, und in einem Augenblick des Mitleids zielte er auf das Tier. Eine Rippe stand heraus, die Augen waren vor Schmerz weit aufgerissen. Dieses Tier hatte keine Zukunft mehr. Dann bemerkte er im Keller eine Bewegung. Es war die Polizistin. Nachdem sie den Raum in

Augenschein genommen hatte, bewegte sie sich ganz nah ans Fenster, hielt inne und legte dann die Taschenlampe aufs Fensterbrett. Das Licht fiel auf das Gesicht der Frau. In dem scharfen Lichtschein glänzte ihre Haut. Er drückte auf den Auslöser beim Visier, hörte das Klicken, das bestätigte, dass das Foto gesendet worden war und wartete auf den Befehl.

Jetzt ein Wort von Hvalen. Ein Wort. Das war alles, was er brauchte.

32

»So … dann fahren wir vermutlich ins Polizeipräsidium zurück?«

Fredrik überhörte die Frage und starrte auf den verlassenen Platz. In den Abdrücken der Lkw-Reifen hatten sich Pfützen gebildet, und Schmelzwasser füllte die Spuren hoher Absätze dazwischen – die Spuren der Frau mit Lederhose und Webpelzjacke, die verschwunden war, als Fredrik und der Polizeidienstanwärter im Streifenwagen angerollt kamen.

Sie befanden sich im Osten der Stadt, unweit von Sjursøya. Dem asphaltierten Blinddarm im inneren Oslofjord, wo Tanks für Öl und Chemikalien, Lagerhallen, Silos, sich auftürmende Kräne und Reihen von Schiffscontainern die Sicht auf den Fjord verunstalteten. Als Fredrik sich umdrehte, sah er die nackten Bäume auf der Spitze der Ekebergskråningen. Die Äste ähnelten Rabenklauen, die sich in der Dämmerung in den Himmel reckten.

Nachdem sie sich die traurigen Überreste von Richard Reiss angeschaut hatten, waren sie zum Maridalsvannet gefahren. Von dort aus waren sie der Spur des USB-Sticks Richtung Stadt gefolgt. Es war wie die Jagd nach einem Schatten in einer mondlosen Nacht. Denn wonach suchte Fredrik eigentlich? War es relevant, dass der USB-Stick durch eine Straße nur wenige Häuserblocks von Beata Wagners Wohnung entfernt befördert worden war? War es von

Bedeutung, dass sich der USB-Stick augenscheinlich in einer Straße in der Nähe von TV 2 befunden hatte?

Die Tour war langsam vonstattengegangen, denn jedes Mal wenn sie eine Überwachungskamera passierten, hatten sie angehalten, und Fredrik hatte die Stelle auf der Karte markiert. Entstanden war so eine gepunktete Linie, die vom Stadtrand durch das Zentrum von Oslo hierher führte, zu einem Parkplatz einige hundert Meter vom Containerhafen entfernt, wo die Lkw-Fahrer mit Chlamydien infiziert wurden, während sie darauf warteten, dass ihre Lastzüge entladen wurden.

Irritiert klickte er mit dem Kugelschreiber.

»Nimm die Karte mit und finde heraus, wem die Überwachungskameras gehören …«

»Es ist Sonntagabend …«, flehte der Polizeidienstanwärter leise.

»Umso besser«, entgegnete Fredrik. »Morgen ist Montag. Dann kannst du dich daran machen, die Aufnahmen einzusammeln. Weißt du, ob im Kofferraum ein Paar Gummistiefel liegen?«

»Du fährst nicht mit zurück?«

»Ich muss eine Runde laufen. Ein bisschen nachdenken«, entgegnete Fredrik.

»Zu Fuß ist das aber ein ganzes Stück«, erwiderte der Student.

»Wenn die Prostituierten es schaffen, dann ich wohl auch.«

Die Stiefel waren ein paar Nummern zu groß, aber sie hielten immerhin seine Füße trocken. Niemand öffnete, als er an die Türen der wenigen hier abgestellten Lkw klopfte. Auf der anderen Seite des Parkplatzes hatte sich jemand damit die Zeit vertrieben, aus Pappkartons, Bretterstücken und anderem Plunder eine Art Gerüst zu bauen. Daneben stand ein Ölfass. Der Lack schlug Blasen und war verkohlt. Offensichtlich wurde es zum Feuer machen genutzt.

Aufs Geratewohl stapfte er durch den Schneematsch, hielt inne und sah zum Kai auf Sjursøya hinab. Dort legten Containerschiffe und Tanker aus der ganzen Welt an. War der USB-Stick mit einem von ihnen verschwunden? Oder in einem Lkw durch Schweden und hinunter auf den Kontinent? Mit einer Fähre über die Ostsee? Denn weshalb waren die Dokumente eigentlich gestohlen worden? Er sah zwei Möglichkeiten: Entweder bestand das Ziel darin, den Inhalt der Öffentlichkeit preiszugeben, Benedikte Stoltz und TV 2 dazu zu gebrauchen, denjenigen die Tour zu vermasseln, die die Überwachungsflugzeuge kaufen wollten. Falls es so war, war offensichtlich etwas schiefgelaufen. Äußerst schief. Oder es handelte sich um Spionage. Staatsgeheimnisse. Viele waren bereit, für so etwas gut zu zahlen, wahrscheinlich so gut, dass der Verlust von Menschenleben in Kauf genommen werden konnte. Der Gedanke quälte ihn. War hier ein weltpolitisches Spiel im Gange, von dem Fredrik lediglich die Konturen erahnte?

Er lauschte dem Rauschen auf der E18 und legte den Kopf in den Nacken. Der Nieselregen heftete sich ihm an Kinn und Wangen, beinahe hatte er schon die Unruhe beiseitegeschoben, als er zusammenzuckte.

Die Parkplatzbeleuchtung war angegangen. Dasselbe traf auf die Straßenlampen entlang der Schnellstraße zu, und plötzlich funkelte alles um ihn herum golden und nass. Die Lkw, der Schneematsch, ja selbst die Regentropfen hatten Glanz bekommen. Außerhalb der Reichweite der Lampen wirkte die Welt allerdings mit einem Mal umso diffuser.

Die Jagd nach einem Schatten in einer mondlosen Nacht.

Auf der anderen Seite der Schnellstraße führte ein

schmaler Pfad die Ekebergskråningen hinauf. Und im Glanz der Straßenlaternen ragte nun ein Gebäude auf, das er Minuten zuvor kaum bemerkt hatte. Die Villa schien abgelegen zwischen den Bäumen im unteren Bereich des Hanges zu stehen. Die eine Seite war in Licht getaucht, die andere lag in tiefster Dunkelheit. Die Konstruktion hatte etwas seltsam Vertrautes an sich. Er überquerte den Parkplatz und ging zu dem Pfad hinüber. War das nicht… Doch. Das Haus dort oben. Er hatte es schon einmal gesehen. Es war die Villa, deren Foto Benedikte Stoltz in der Tasche gehabt hatte. Villa Ravnli.

Zwar herrschte kein dichter Verkehr, doch die Autos waren zügig unterwegs. Die zu großen Gummistiefel behinderten ihn, und die Sohlen rutschten auf dem Eis, als er über die Straße rannte.

Die Backsteinvilla lag abgeschieden hinter einer Dornenhecke in einem zum Fjord hin abschüssigen Garten. Selbst ohne Blätter war das Geäst der Hecke so dicht, dass Fredrik bis zu dem schmiedeeisernen Tor gehen musste, um hineinsehen zu können. Das Tor war höher als er und breit genug für ein großes Fahrzeug. Aus der Nähe betrachtet, war deutlich zu sehen, dass die Zeit ihre Spuren an den Backsteinen hinterlassen und Mulden in den Mörtel zwischen ihnen gegraben hatte. Lange betrachtete er das Haus. Es brannte kein Licht, und es gab keinerlei Anzeichen von Leben. Das Tor war verschlossen. Er machte einen Schritt nach hinten. Würde er es schaffen hineinzugelangen? Dann bemerkte er den Briefkasten. Die Hecke hatte ihn fast überwuchert. Das Schild mit dem Namen der Villa war jedoch noch lesbar.

Warum trug Benedikte Stoltz ein Foto dieses bescheidenen Wohnhauses in einem versteckten Garten am Rand des Stadtkerns bei sich? Wer würde überhaupt einem Haus wie diesem einen Namen geben? Wenn nicht… Was wenn das überhaupt kein Wohnhaus war?

Das Gebäude war keine architektonische Meisterleistung, und diesen Gedanken hatte das Tor bei ihm ausgelöst. Es war kein gewöhnliches Eingangstor, sondern ein Tor aus braun gesprenkeltem Stahl, wie man sie üblicherweise vor Industriegebäuden findet. Unter dem Dachfirst des Gebäudes zeichneten sich helle, runde Flecken ab, als wären dort Lampen festgeschraubt gewesen. Oder Überwachungskameras. An den hohen Fenstern gab es keine Gardinen, und im Garten standen Bagger und ein Lkw.

Die Drähte, mit denen der Briefkasten am Tor befestigt war, ächzten lautstark, als Fredrik auf den Deckel trat und sich hinüberschwang. Es war leichter, als er befürchtet hatte, allerdings dämpften die Gummistiefel den Aufprall kaum. Sein Knie schmerzte, als er im Schneematsch landete, dann lag sie vor ihm. Villa Ravnli.

Auf der Ladefläche des Lkw dort unten im Garten waren Teile einer zerschlissenen Kücheneinrichtung, ein Kühlschrank und ein alter Ölofen, offene Archivschränke mit leeren Schubladen, Schreibtischplatten und Bürostühle aufgestapelt. War das früher ein Bürogebäude gewesen? Fredrik wollte gerade die Treppe hinaufgehen, als er unvermittelt erstarrte.

Die Erkenntnis kam aus seinem tiefsten Inneren, nicht aus Erinnerungen, die er vor seinem inneren Auge sehen konnte, wie eine Szene aus der Kindheit oder einen Zwischenfall aus der Schulzeit. Nein, es lag noch weiter zurück. Er wusste einfach, dass die erste Treppenstufe nachgeben würde, wenn er darauf trat, um dann beim Kontakt mit dem Geländer schrill zu knirschen. Das war eine Erinnerung aus einer so frühen Zeit seines Lebens, dass er sie nicht vor seinem inneren Auge sehen konnte. Er wusste es nur.

Die Stufe gab nach, und dann erklang ein kreischendes Geräusch. Nicht so laut und schrill, wie er es erwartet hatte, aber dennoch knirschte es.

Da begann er zu verstehen. Es waren alte Erinnerungen an eine Villa, von der er inzwischen annahm, dass sie ein Bürogebäude und kein Wohnhaus war. Es gab nur eine Erklärung dafür, denn seine Mutter war nicht berufstätig gewesen. Der Einzige, der ihn hierher mitgenommen haben konnte, war sein Vater. Ken Beier. Das war der Grund, warum Benedikte Stoltz ihn gefragt hatte, ob er den Namen Ravnli kenne.

Fredrik verspürte keinen Triumph, keine Freude. Stattdessen wusste er, dass die kurzen, schnellen Atemzüge ein Zeichen dafür waren, dass die Unruhe ihren Griff um ihn verstärkte. Denn jetzt gab es keinen Zweifel mehr: Diese Ermittlung drehte sich auch um ihn. In welcher Weise, wusste er nicht, dass Fredrik aber schon einmal hier gestanden hatte, wusste er schon. Was hatte sein Vater vor so langer Zeit getan, dass eine Journalistin heute einen Grund dafür sah, die alten Geschichten aufzuwühlen?

So geräuschlos wie möglich drückte er die Klinke nach unten. Die Tür war verschlossen. Während er die letzte Treppenstufe nahm, vibrierte in der Tasche sein Telefon. Er versteckte sich im Schatten der Hecke.

33

»Kafa?«

»Kafa?«

Die Atemzüge, die er vernahm, waren schnell und japsend. Warum sagte sie nichts?

»Kafa!«

Hörte er Schritte? Schnelle Laufschritte?

»Bist du da? Ist alles in Ordnung?«

»Ein Auto, Fredrik! Ich habe gerade ein Auto starten hören! Ich muss …«

»Wovon redest du?«

»Ich sehe es. Verdammt! Es fährt weg.«

»Was ist denn bei dir los?«

Das Geräusch von Schritten im Schnee verstummte. Kafa keuchte heftig und fluchte.

»Tut mir leid, Fredrik. Das Auto ist mir entwischt. Aber es war jemand hier. Jemand muss mich beobachtet haben.«

»Wovon redest du? Wo bist du?«

»Tschernobyl. An dem Entsorgungsort für Munition im Wald. Erinnerst du dich nicht, dass ich hierherfahren wollte? Es ist … Irgendwas ist äußerst seltsam. Der Karte zufolge befindet sich hier oben überhaupt nichts. Das gesamte Gebiet ist jedoch eingezäunt und mit Gefahrenschildern gekennzeichnet. In der Talsohle stehen mehrere Gebäude mehr oder weniger unter den Bäumen verborgen. Sie ähneln Industriehallen oder Lagern oder … Aber alles ist komplett leergeräumt. Nur die Armaturen stehen noch. Es riecht nach Reinigungsmitteln. Hier ist etwas passiert. Noch bis vor Kurzem.«

»Und dich hat jemand beobachtet? Wer denn?«

Fredrik versuchte, eine gedämpfte Lautstärke beizubehalten und stand weiter gebeugt in der Hecke vor der Villa.

»Ich weiß es nicht. Ich war gerade im Keller des größten Gebäudes, als die Hunde – hier gibt es nämlich Wildhunde – zu jaulen anfingen. Dann hörte ich, wie ein Motor gestartet wurde.«

»Aber … bist du sicher, dass derjenige deinetwegen dort war? Woher sollte er das denn wissen?«

»Fredrik. Dieses Tal ist nahezu isoliert. Es gibt keinen Grund hierherzukommen.«

Er hörte, dass sie sich wieder bewegte.

»Ich gehe zum Auto und fahr in die Stadt zurück. Sobald das Handynetz gut genug ist, schicke ich dir ein paar Fotos.«

»Okay.«

»Im Keller gibt es einen speziellen Raum mit Stahltür, einer einfachen Pritsche, Waschbecken und Metallklo«, sagte sie.

»Wie eine … Gefängniszelle?«

Sie redete einfach weiter: »Alle Kellerräume haben Fenster. Aber das Fenster in diesem Raum war mit einem Gitter versperrt. Und direkt davor habe ich etwas gefunden. Du wirst es auf dem Foto sehen, aber … Es ist ein Kreuz. An einem Ende angespitzt und mit etwas beschmiert, bei dem es sich vermutlich um Blut handelt.«

Der Mond blinzelte von einem unruhigen Himmel herab, während Fredrik an der Außenwand der Villa entlangschlich und versuchte, durch die Fenster einen Blick ins

Innere zu werfen. Er schielte hinter die Gitter vor den Kellerfenstern und erahnte dort unten einen rötlichen Schimmer.

Auf der Rückseite des Hauses befand sich eine kleine Veranda. Fredrik benutzte die Hände als Schirm und spähte durch die Scheibe der Verandatür ins Innere. Unter der Decke pulsierte ein grelles Licht und an der Scheibe war ein Aufkleber angebracht: Das Gebäude wurde professionell von einer Firma überwacht. Das Licht blinkte ungewöhnlich hektisch, als wäre der Alarm bereits ausgelöst worden. Wann könnte das geschehen sein? Als Fredrik über das Tor geklettert war? Hier draußen betrug die Reaktionszeit der Wachdienste mindestens fünfundzwanzig Minuten, wahrscheinlich eher eine halbe Stunde. Das bedeutete, dass ihm wenigstens noch fünfundzwanzig Minuten blieben.

Es würde Stunden, vielleicht Tage dauern, einen Durchsuchungsbefehl zu beschaffen, vielleicht würde er ihn auch nie bekommen. Fredrik hatte keinen Beweis, dass hier ein Verbrechen stattgefunden hatte. Er hatte keine Ahnung, wer sich hinter diesen Wänden aufhielt. Das einzige Argument für einen Einbruch war, dass Benedikte Stoltz ein Foto dieses Hauses bei sich getragen hatte, als sie ermordet worden war, und dass sie den Namen der Villa ihm gegenüber erwähnt hatte. Das war ziemlich dürftig.

Fredrik verwendete den Absatz eines der Gummistiefel, um die Scheibe einzuschlagen. Das Glas klirrte, und er lauschte, während er den Stiefel wieder überstreifte. Kein Alarm, keine Stimmen oder Schritte. Er holte tief Luft und schlängelte sich an den Glassplittern im Türrahmen vorbei.

Der Raum war mittelgroß. Das Inventar war entfernt worden. Allerdings war es hier drinnen wärmer als draußen, zudem war ein schwacher Dunst von etwas Menschlichem zu erahnen, vielleicht der Rest eines Parfüms, vielleicht auch nur Schnee, der auf einer Jacke geschmolzen war und den charakteristischen Geruch von Textilien und Körper zurückgelassen hatte.

Ein blasses Quadrat auf dem Boden zeigte an, dass dort einmal ein Teppich gelegen hatte, die Kratzer am Türrahmen belegten, dass bei der Räumung der Villa keine Rücksicht genommen worden war. An der Wandverkleidung lehnten zusammengefaltete Umzugskartons, während die Tapete darüber in Material und Muster an längst vergangene Zeiten erinnerte. Da fiel sein Blick auf einen goldfarbenen Bilderrahmen zwischen den Kartons.

Er schob die Kartons beiseite und schnappte nach Luft. In den Träumen, in der Erinnerung, hatte das Gemälde so viel größer gewirkt, alles ausgefüllt, die ganze Wand bedeckt. In Wirklichkeit aber war es kaum größer als ein Atlas. Dennoch bestand keinerlei Zweifel: Er erkannte die weißen Bergkämme und die Wolken dahinter wieder, die Talhänge, in die sich schwarz die Bäche gruben, und kahle Bäume. Es war das Gemälde aus seinen Albträumen, das Bild, das über dem Schreibtisch seines Vaters gehangen hatte.

Er berührte die Tapete. Lauschte dem Atem des Gebäudes. Es war, als könnte er das Klappern der Schreibmaschine im Nebenzimmer hören, die Schatten der Büsten erahnen, ernst dreinblickende Männerköpfe, die die Wand gesäumt hatten. Das hier war das ehemalige Büro seines Vaters. Fredrik sah es jetzt genau vor sich: Den Schreibtisch, den Archivschrank hinter dem gepolsterten Bürostuhl, den dicken Teppich, der Reibung erzeugte und knisterte, sobald er die Schuhe auszog. Hier hatte Fredrik gewartet, mit Wachsmalstiften auf Packpapier gezeichnet, in Büchern mit großen Bildern geblättert und war über den Boden geschlichen, um nicht zu stören.

Schloss er die Augen, wusste er, dass sich draußen im

Flur eine Toilette befand und neben dem Eingang die Küche. Im Nebenzimmer hatte eine Sekretärin gesessen, und oben gab es weitere kleinere Büros. Er erinnerte sich an den Geruch von Tabak, von Tinte und einem Hauch Vanille, der den Eichenbrettern der Wandverkleidung entströmte. Er erinnerte sich, dass die Erwachsenen nicht Norwegisch gesprochen hatten.

Der Bürogröße nach, musste Ken Beier hier eine Leitungsfunktion innegehabt haben. Aber was für eine Art von Arbeit war hier verrichtet worden? Verflucht. Verflucht, dass Benedikte Stoltz tot war. Verflucht, dass er ihrer Frage ausgewichen war.

Er holte tief Luft und sammelte sich. Der USB-Stick hatte ihn hierhergeführt, danach suchte er. Fredrik sah auf die Uhr. Fünfzehn Minuten bis er hier wieder weg sein musste.

Er überprüfte die anderen Zimmer im Erdgeschoss, die Küche und das Büro der Sekretärin, die Toilette und die Abstellkammern. Alles war leer. Dann stieg er mit langen, schnellen Schritten die Treppe hinauf, und es bestätigte sich, dass seine Erinnerung richtig war. Die leeren Büros befanden sich dort, wo er es vermutet hatte. Der Geruch stimmte, ebenso das Knarren der Treppe. Er war hier entlanggelaufen, das wusste er, umherspaziert, während er auf den Vater gewartet hatte.

Schließlich blieb nur noch der Keller übrig. Die Tür dorthin befand sich hinter dem Sekretariat.

Nasskalte Luft und komplette Dunkelheit erwarteten ihn bei der Kellertreppe. Im Licht des Handybildschirms sah er, dass die Wände feucht waren, und nachdem er in zwei leere Kellerräume hineingeschaut hatte, stand er vor der letzten Tür. Sie unterschied sich von den anderen, war neueren Datums und dicker. Die Feuchtigkeit hatte das Holz noch nicht verfärbt und uneben gemacht. Er fuhr mit der Hand am Rahmen entlang. Zwischen Türblatt und Leiste drang Wärme hindurch.

Langsam eilte es. Noch zehn Minuten. Fredrik öffnete die Tür.

Drinnen war die Luft warm und trocken. Über dem Betonboden lag ein Teppich, und das Kellerfenster war mit einem Stofflappen bedeckt. Die Lichtquelle, die er von draußen wahrgenommen hatte, war der rote Schein einer Nachtleuchte. Sie lag neben einem Schlafsack auf einem Feldbett. Ein massiver Koffer, lang und flach, war unter das Bett geschoben worden. Er ging in die Hocke und zog ihn hervor.

Der Schaumgummi im Inneren war sorgsam ausgeschnitten, es gab einen Bereich für den Gewehrkolben, einen anderen für den Lauf, bedeutend länger als bei gewöhnlichen Gewehren. Es waren Hohlräume für Munition, Optik und ein Zweibein ausgestanzt. Das hier war der Koffer eines Scharfschützengewehrs. Allerdings befand sich die Waffe nicht darin, in den Vertiefungen lagen lediglich zusammengeknüllte Zeitungsseiten. Sie rochen nach Öl, und als er sie auseinanderfaltete, schluckte er kräftig. Die Zeitungen waren neueren Datums. Die Artikel behandelten die Morde an Henry Falck und Beata Wagner. Dann fiel sein Blick auf den Boden des Koffers. Dort, halb verborgen unter dem Zeitungspapier, lag der USB-Stick, genau wie Haakon Bull ihn beschrieben hatte. Fredrik schaute auf sein Handy. Nicht einmal hier wurde das Signal des Sticks angezeigt. Warum nicht? Lief das Ganze über Satellit? Oder war der Sender deaktiviert?

Plötzlich hörte er ein Geräusch. Erst dachte Fredrik, es sei das Geheul eines Schiffshorns unten am Kai. Dann aber begriff er. Das Geräusch kam vom Geländer draußen. Verdammt. Schon? Er kannte die Routinen der Wachdienste. Nachdem sie überprüft hatten, ob die Tür aufgebrochen worden war, würden sie um das Haus herumgehen und dort nach Anzeichen für einen Einbruch suchen. Sobald sie die Verandatür entdeckten, würden sie die Polizei rufen, und dann würden die Höllenhunde der Bürokratie auf ihn losgelassen. Er steckte den USB-Stick in die Tasche, kramte seinen Polizeiausweis hervor, den er an einer Kette um den Hals trug und ging schnellen Schrittes nach draußen. Er war gezwungen die Möchtegerns vom Sicherheitsdienst davon zu überzeugen, dass er rechtmäßig hier war. Fredrik musste die Kollegen herbeirufen, nicht sie. Er stieg die Treppe hinauf, schob die Kellertür auf und rief. »Hallo! Hier ist die Polizei! Ist da jemand?«

In dem dunklen Flur wehte Fredrik ein kühler Hauch entgegen. Die Haustür stand zur Dornenhecke und zum Tor hin weit offen. Hatten die Wachleute den Auftrag, sich Zugang zur Villa zu verschaffen? Das war durchaus möglich, aber … warum antworteten sie nicht?

Das war nicht gut, verdammt noch mal gar nicht gut.

Dann erstarrte er.

Zwischen Fredrik und der Haustür befand sich der Eingang zur Küche. Das Geräusch kam von dort. Es klang wie das Rascheln von trockenem Laub oder Kieselsteinen, wie das Rauschen, wenn sich eine Vogelschar in die Lüfte erhebt. Wie Atemzüge. Tiefe, fauchende Atemzüge.

Eine Gestalt trat in den Flur hinaus.

Im Gegenlicht waren keine Details zu erkennen, lediglich der Umriss eines Mannes, noch größer und bedeutend kräftiger als Fredrik selbst. Die Armeehose spannte über seinen Oberschenkeln, ein Poncho bedeckte den Oberkörper. Der fauchende Mann trug seine Mütze wie ein Mönch. In der Hand hielt er ein Messer. Die Klinge war schwarz, mit Ausnahme der Schneide. In ihr spiegelte sich der Schein der Straßenlaternen.

Einen Augenblick lang standen sie still da – es war nur ein Augenblick, aber dennoch eine Ewigkeit.

»Du«, sagte Fredrik. »Du lebst.« Abrupt machte er kehrt.

Fredrik erreichte das Ende des Flurs so rasch, dass er mit der Schulter gegen den Türrahmen krachte. Er musste einen Gang runterschalten, um im ehemaligen Büro seines Vaters nicht zu Boden zu gehen. Das Manöver wäre gelungen, hätten nicht die zusammengefalteten Pappkartons auf dem Boden gelegen. Als die Stiefelsohle auf einem der Kartons landete, verlor er den Halt, der Fuß rutschte unter ihm weg, und Fredrik landete auf Ellenbogen und Knien. Die Knochen schmerzten, während er weiterkrabbelte und versuchte, mit den Gummisohlen Halt zu finden, versuchte, mühsam wieder auf die Beine zu kommen.

Genau wie im Traum zeigte ihm ein gurgelndes Fauchen an, dass der Jäger bei ihm war.

Fredrik trat zu, stolperte aber nur kraftlos nach vorn. Dann flammte Schmerz auf, als ein Knie mit voller Wucht sein Kreuzbein traf. Würde das Ungeheuer ihn am Kopf packen, ihn nach hinten reißen und ihm Halsschlagader und Muskeln, Luftröhre und Speiseröhre durchtrennen? Würde das Messer Furchen in seinen Halswirbel graben? Oder würde sich die Klinge ihren Weg durch Fredriks Rippen bahnen und die Lunge durchbohren, bevor der matte Stahl das Herz punktierte, und der Muskel sich zusammenkrampfte, bis Fredrik an seinem eigenen Blut erstickte? Er klatschte die Handflächen auf den Boden, kratzte mit den Nägeln darauf entlang, als er spürte, dass seine Fingerspitzen gegen etwas Hartes stießen. Der Bilderrahmen. Er bekam ihn zu fassen. Abrupt drehte Fredrik sich um, das Knie des Angreifers rutschte zwischen Rücken und Arm, dann holte er aus. Der Schlag war nicht hart, kam jedoch unerwartet. Die Ecke des Rahmens traf in etwa dort, wo er ihn hatte treffen wollen. Das Holz zerbarst zwischen Ohr und Stirn, und wäre die Kapuze nicht gewesen, hätten die spitzen Splitter tiefe Wunden gerissen. Mit einem dumpfen Stöhnen glitt der Riese zur Seite. Fredrik wölbte den Rücken und kämpfte sich hoch. Er senkte den Kopf auf die Brust und schützte sich mit den Armen vor den Glassplittern, als er durch die Verandatür stürmte. Er rannte zur Vorderseite des Hauses, die Gummistiefel rutschten über den Schneematsch, fast fiel er wieder hin, gewann aber das Gleichgewicht irgendwie zurück. Als er jedoch um die Ecke bog und auf die beleuchtete Seite des Hauses gelangte, wo das Tor den einzigen Weg durch die Dornenhecke freigab, nahm er eine Bewegung wahr.

Das Ungeheuer stand in der Tür. Anstatt hinter Fredrik herzujagen, hatte es den kurzen Weg durch die Villa genommen. Die Kapuze hatte es inzwischen abgezogen. Im Schein der Straßenlaternen glänzte der blanke Schädel, an dessen Seite Blut herunterlief, das Blasen schlug, als es am Übergang zwischen Silikonmaske und Jochbein anlangte.

Ein paar kurze Schritte, dann wäre das Monster bei ihm.

Das Tor war so hoch, dass Fredrik kaum an den Stahlbalken ganz oben reichte. Adrenalin. Wut. Todesangst. Er zog sich an den Armen hoch, schwang ein Bein hinüber, und wollte das andere gerade hinterherziehen, als er merkte, dass der Fuß feststeckte. Der Gummistiefel hatte sich zwischen den schmiedeeisernen Stangen verkeilt. Er warf dem Mann auf der Treppe einen panischen Blick zu. Der aber stand nur da und beobachtete. Verfolgte er ihn denn gar nicht?

Fredrik zog, bis der Stiefel den Fuß endlich freigab, dann ließ er sich fallen, landete auf Schneematsch und Asphalt und spürte, wie er sich beim Aufprall die Hände blutig schürfte. Während des Falls hatte er sich zur Seite gedreht, und es knirschte in der Schulter, als er herumrollte und wieder auf die Beine kam. Er starrte nach hinten. Auf der anderen Seite des Tors stand die riesige Gestalt, mit seinem Gummistiefel in der Hand.

Fredrik rannte los, raste den kleinen Weg hinunter, spürte nicht, wie sich der Schotter in die Fußsohle bohrte, spürte nicht den eiskalten Schneematsch und sah nicht die Autos, die ihm auswichen, als er über die Schnellstraße hastete. Er rannte einfach nur hinunter zum Parkplatz, zwischen den Lkw hindurch, hin zum Licht, hin zu den Flammen, die um ein Ölfass herum züngelten und zu der Person, die er dort sah.

»Hilfe«, rief er.

»Hilfe!«

34

Beim Solro-Fall handelt es sich um einen norwegischen Kriminalfall aus dem Jahr 2013. In der Nacht zum 2. Juli wurden auf dem Hof Solro in Maridalen, nördlich von Oslo gelegen, fünf Mitglieder der christlichen Sekte Gottes Licht ermordet (Lesen Sie mehr: Solro-Massaker). Das Sektenmitglied Annette Wetre wurde später bei einer Bombenexplosion getötet (Lesen Sie mehr: Bombenattentat vor der Oper). Wetre war das bekannteste Mitglied der Glaubensgemeinschaft. Ihre Mutter ist die stellvertretende Vorsitzende der Kristelig Folkeparti, Gesundheitsministerin und kommissarische Finanzministerin Kari Lise Wetre (Lesen Sie mehr: Kari Lise Wetre). Nach dem Mord übernahm Kari Lise Wetre das Sorgerecht für Annette Wetres Sohn.

Mutmaßlicher Mörder ist der schwedische Söldner Staffan Häyhä (Link fehlt), der wenige Tage, nachdem er gefasst wurde, bei einem mysteriösen Brand im Ullevål Krankenhaus ums Leben kam. Laut Zeugen trug Häyhä während des Angriffs auf Solro eine Maske, die Verletzungen im Bereich des Gesichts verdeckt haben soll, die er sich durch Kriegsfolter zugezogen hatte.

Da niemals Anklage erhoben wurde, wird der Fall als Skandinaviens größter ungelöster Kriminalfall eingestuft.

In 2015 vom Dagbladet durchgeführten Interviews mit überlebenden Sektenmitgliedern wurde einer der Pfarrer der Glaubensgemeinschaft, Børre Drange, als Oberhaupt der Sekte benannt (Lesen Sie mehr: Der Pfarrer aus der Hölle). Dranges Schicksal ist bis zum heutigen Tage ungeklärt.

Über Häyhäs Motiv für den Angriff auf die Sekte ist wenig bekannt, dem Artikel des Dagbladet zufolge hatte er es jedoch auf die Pfarrer der Sekte abgesehen.

Leonard Rudi klappte den Laptop zu. Die Wikipedia-Version war zwar nicht so schlimm wie die von Toras Mutter, aber trotzdem. Er stemmte sich auf dem Sofa nach oben und schaute aus dem Wohnzimmerfenster und erahnte im Halbdunkel zwischen den Fichten die weiße Villa. Solro. Was für ein Ort war das eigentlich?

Puff! Eine kräftige Flammenzunge blendete ihn, und er hörte die Mädchen draußen lachen.

»Verdammt gut, Maggie! Jetzt hast du's drauf!«

Tora und Margaret trainierten auf dem Hof das Feuerspucken. »Denk an das, was ich gesagt habe! Du bist die Drachenfrau! Fucking *Game of Thrones*«, fuhr Tora fort.

»Papa lässt mich das nicht gucken«, hörte er seine Tochter antworten. Leonard schob das Fenster auf.

»Tora! Du solltest um sechs zu Hause sein. Abendessen. Ihr müsst für heute aufhören.«

»Okidoki, Wikinger«, sagte Tora.

»Grüß deine Mutter.«

»Ich soll dich auch grüßen«, antwortete Tora und stieß mit der Zungenspitze ein paarmal fest gegen die Innenseite ihrer Wange. »Sie freut sich darauf, dich wiederzusehen.« Leonard überhörte das raue Lachen und zog das Fenster wieder zu.

»Wir sehen uns in den Winterferien«, rief seine Tochter, als Tora verschwand.

Es war stockdunkel, im Ofen glühten nur noch ein paar Holzreste, als Leonard aufschreckte. Er musste nach dem Abendessen auf dem Sofa eingeschlafen sein. Es roch nach verbrannter Milch, Margaret hatte Brei gekocht. Das Geräusch, das ihn aufgeweckt hatte, war das der zuschlagenden Haustür gewesen. Irritiert ballte er die Fäuste. Der Schorf in der Handfläche spannte. Er hatte Margaret untersagt, den Brei nach draußen zu stellen, nachdem sie ihm die Kreuze gezeigt hatte. Er wusste verdammt noch mal nicht, wer sie bastelte, der Kobold war es auf jeden Fall nicht.

So ein Verhalten hatte etwas Verstörendes an sich: im Verborgenen umherzuschleichen, während man Brei von einem präpubertären Mädchen entgegennahm und die Geste mit primitiven, mit Rinde zusammengebundenen Holzkreuzen aus krummen Zweigen beantwortete. Was für ein Mensch benahm sich so? Seine Gedanken schweiften zu dem ab, was er vorhin über die Glaubensgemeinschaft, das Massaker und die Pfarrer unten auf Solro gelesen hatte. Der große Mann erschauderte.

Leonard hatte ein ernsthaftes Gespräch mit Margaret geführt. Er verstand, dass sie ihre Mutter vermisste, dass es schrecklich wehtat. Aber womöglich war es keine gute Idee, mit der Mutter so zu sprechen, als wäre sie noch bei ihnen. Margaret konnte nicht länger in einer Welt leben, in der Fantasie und Wirklichkeit ineinander übergingen. Die Mutter war tot, und der Kobold existierte nicht.

Als er ihre Schritte auf der Türschwelle vernahm, wollte er sie am liebsten ausschimpfen und ins Bett schicken, unterließ es jedoch. Die Freundschaft mit Tora tat ihr gut. Schimpfen würde seine Tochter nur von ihm entfremden. Sie war nicht das Problem, sondern der Irre mit den Kreuzen.

»Ich lege mich hin.«

Er tat so, als würde er dösen. »In Ordnung mein Mädchen. Schlaf gut.« Sie ging die Treppe hinauf, schloss die Tür ihres Zimmers hinter sich, und es wurde still. Leonard ging in den Flur hinaus, streckte sich nach der Schrotflinte über der Haustür und … Scheiße. Sie war weg. Hatte Margaret sie genommen? Nein. Das konnte er einfach nicht glauben. Tora? Tora war vielleicht der Typ, aber tief im Inneren wusste er, dass es nicht so war. Im Flurspiegel sah er sich selbst. Herrgott. Er war zwei Meter groß, breitschultrig wie ein Bär und zu einem Mann erzogen worden. Sollte er hier drin sitzen und wegen eines simplen Diebs zittern wie Espenlaub? Leonard überprüfte die Schubladen der Kommode. Die Box mit den Patronen war unberührt, die Flinte war nicht einmal geladen gewesen.

Es hatte den ganzen Tag über genieselt, und jetzt, da sich die Nacht herabsenkte, hatte sich über dem Schnee eine verharschte Schicht gebildet. Leonard lief über den Hof zum Schuppen. Hier pflegte Margaret den Brei hinzustellen. Er holte tief Luft und ging weiter.

Die Schale war leer, und im Harsch daneben stand ein weiteres kleines Kreuz. Wütend trat er es in den Schnee hinein. Wie lange war es her, dass Margaret hier gewesen war? Sechs, sieben Minuten. Der Drecksack musste auf sie gewartet haben. Leonard sah sich um, fand aber keine Spur. Allerdings waren Leonard, Tora und Margaret selbst so viel hier herumgetrampelt, dass das überhaupt nichts bedeuten musste. Er drehte sich zum Waldrand um.

Es gab andere Wege, die man nehmen konnte, aber Leonard wusste, wohin er wollte. Es zog ihn regelrecht hinunter zur Lichtung hinter den Fichten. Zum Hof Solro.

Als er das letzte Mal nachts hier herumgeschlichen war, hatte er sich unter dem Astwerk versteckt. Jetzt nicht. Er war von Wut getrieben. Wer wagte es, derart in ihr Privatleben einzudringen? Leonard ging um das Haus herum, hielt für einen Moment inne und betrachtete den Garten, die Scheune und die Scheunentreppe. Dann stapfte er entschlossen auf die Tür des Haupthauses zu. Er klopfte nicht an, griff einfach nach der Klinke und riss die Tür auf.

Seine Schritte hallten wider, wie es Schritte in einem leeren Haus eben tun. Im Halbdunkel nahm er blasse Umrisse wahr, wo Bilder und Kleiderhaken gehangen oder Möbel gestanden haben mussten. Es roch nach Staub und altem Lack. Die Zimmer waren groß und leer. In der Küche tropfte ein Wasserhahn. Das Waschbecken im Bad hatte braune Streifen. Am Fuß der Treppe blieb er stehen und lauschte. Hier hatte eine ganze Glaubensgemeinschaft gelebt. Babys, Kinder und Erwachsene, Frauen und Männer.

Nachdem er die Schlafzimmer im Obergeschoss überprüft hatte, war er sicher: Hier war niemand. Leonard ging ins Bad, um sich das Gesicht mit Wasser zu befeuchten. Als er vor dem schmutzigen Waschbecken stand, sich mit den Händen durch die Haare fuhr und sein eigenes Spiegelbild betrachtete, bemerkte er es. Hinter ihm hing ein Badezimmerregal, und im unteren Fach lag etwas, was seine Aufmerksamkeit auf sich zog: eine Tube Aloe-Vera-Creme. War das nicht die Creme, die Tora für die Verletzung an seiner Hand gekauft hatte? Daneben stand eine Packung Schmerztabletten einer britischen Marke. Waren das die Pillen aus dem Handschuhfach seines Autos?

Der Duschvorhang bauschte sich, als hätte ein Windstoß ihn erfasst, und er riss ihn zur Seite. Dort wo für gewöhnlich die Dusche montiert war, befand sich eine Öffnung in der Wand. Sie reichte vom Boden bis in Kopfhöhe und war so schmal, dass er sich seitlich durch sie hindurchzwängen musste. Das Licht im Inneren war rötlich, und ein chemischer Geruch schlug ihm entgegen. Er kannte ihn aus seiner

Jugend. Es war der Geruch von Entwicklerflüssigkeit, wie sie für Fotos verwendet wurde.

Er hörte nichts, nahm keine Bewegung wahr. Leonard holte Luft. »Hallo«, sagte er laut. »Ist da jemand?«

Es war, wie er vermutet hatte, eine Dunkelkammer. Sie war größer, als er erwartet hatte, mit einer Bank an der einen Seite, auf der ein Vergrößerungsapparat und in Plastikwannen sortierte Kanister voller Chemikalien standen. Unter der Decke liefen Schnüre entlang, und von ihnen hingen Fotos herab. Sein Herz begann zu pochen. Waren das Fotos von Margaret? Alleine draußen auf dem Hof, mit einer Schale in der Hand? Vielleicht auf dem Weg zur Schule? Vielleicht Bilder, aufgenommen durch den Spalt in ihrem Badezimmerfenster? Durch den man direkt in die Dusche sehen konnte?

Nein. Es waren Fotos von einem Betongebäude. Es ähnelte einer Schule mit einem asphaltierten Platz davor, Spielgeräten und abgetrennten Spielfeldern. Mehrere der Fotos waren Vergrößerungen verschiedener Motive: von Türen, einer Bushaltestelle an einer Straße, einer Überwachungskamera. Eine Serie zeigte eine ältere, elegant gekleidete Frau, die einen Jungen an der Hand hielt. Sie gingen über den Schulhof und auf dem letzten Foto stiegen sie in eine schwarze Limousine. Ein Mann hielt ihnen die Tür auf.

»Was zum Teufel …?« Man brauchte nicht viele Spionagefilme gesehen zu haben, um zu verstehen, was das hier war. Jemand hatte diese Schule beobachtet – die Ausgänge, die Überwachungskameras, die Schüler und ihre Erziehungsberechtigten. Aber zu welchem Zweck?

Er kramte sein Handy aus der Hosentasche hervor und schaute sich um. An der Längswand stand ein Bett, und neben dem Bett stand ein Tisch. Auf dem Tisch lag eine Karte in Form eines Buches, aufgeschlagen bei einem Ausschnitt von Oslo. Um eine Grundschule in Kringsjå war ein Kreis gezeichnet.

Leonard gab die 999 ein, stellte aber fest, dass das die britische Notrufnummer war. Wie lautete nur die norwegische? Neben der Karte lag eine Zeitung. »Finanzministerin wieder krank. Kari Lise Wetre übernimmt – endgültig?« War es die 113? Oder die 112? Auf gut Glück wählte er eine. Sein Blick glitt zu dem Foto unter der Überschrift »Satan!« und nahm es ab. Er verglich die Frau auf dem Schulhof mit dem Foto der neuen Finanzministerin. Es war dieselbe Frau. Kari Lise Wetre.

Am anderen Ende der Leitung dröhnte es.

»Notrufzentrale, Feuerwehr?«

»Hallo! Ich rufe von Solro in Maridalen an. Können Sie mich mit der Polizei verbinden?«

»Mit wem spreche ich?«

»Hier ist Le …«

»Nein!«, ertönte plötzlich eine Stimme. »Kein Telefon.«

Leonard schaffte es nicht sich umzudrehen, bevor ihn der Gewehrkolben an der Schläfe traf. Er taumelte über das Bett, das Foto rutschte ihm aus der Hand und flatterte zu Boden, das Handy entglitt ihm, und während er sich auf die Seite drehte, nahm er eine magere, blasse Gestalt wahr. Die kurzen graublonden Haare waren struppig, die Augen starrten ihn ängstlich an.

Teil 2

35

Durch das Fenster der Kantine betrachtete Nachrichtenchef Carl Solli eine der neuen Vertretungen und fand, es gäbe keine besseren Arbeitstage als Sonntage. Die schlanke dunkelhaarige Schönheit bediente sich an der Salatbar, wobei er unter dem Stoff ihrer weiten Hose die Slipnaht erahnen konnte.

Sie unterschied sich nicht so sehr von der Frau, die er vor fast zwanzig Jahren genau hier in der TV 2-Kantine kennengelernt hatte. Damals war er nur ein einfacher Journalist gewesen, und sie hatte für eine der Talkshows recherchiert, die sich der Sender in den fetten Tagen geleistet hatte. Jetzt aber herrschten andere Zeiten. Die Leute hatten keine Lust mehr auf Plapper-TV, und er hatte keine Lust mehr auf seine Frau.

An Sonntagen ließ man ihn in Ruhe. Die Mannschaft war auf ein Minimum reduziert, und unzufriedene Journalisten kamen nicht zu ihm, um sich über seltsame Kollegen, miserable Chefs, Zahnarzttermine, zerbrochene Beziehungen oder alles Mögliche andere zu beklagen, was den Leuten ihrer Meinung nach eine Art Anrecht darauf gab, halbtags zu arbeiten, aber Vollzeit zu verdienen. In der Regel sagte er einfach zu allem Ja und Amen. Diese Idioten würden sowieso nicht verstehen, dass sie bald durch andere Leute ersetzt würden: selbstbewusste Siebenundzwanzigjährige ohne Kinder, Harnwegsentzündungen oder Sorgen hinsichtlich aufgeweichter Rentensysteme.

Das Handy brummte, doch er hatte nicht die Absicht ranzugehen. Er war hinaus auf den Balkon getreten, um in Ruhe seinen Zigarillo zu genießen. Carl Solli legte den Kopf in den Nacken. Spürte den Nieselregen auf der Stirn, sah die Wolken vor den Mond ziehen und dachte, dass er ganz gewiss ein langweiliges Ungeheuer war. Aber lieber das, als ungeheuer langweilig.

Als das Telefon zum zweiten Mal klingelte, stopfte er die Kippe in den Rest des Krabbenbrotes und sah aufs Display. Helene Mork. Die Redaktionsleiterin, die ihm die Leitung des Nachrichtenressorts aufgedrängt hatte. Was zum Teufel wollte diese Waldwühlmaus? Und warum ausgerechnet jetzt?

Er hatte sich noch immer nicht entschieden, ob er rangehen wollte, als Mork schnellen Schrittes vom Fahrstuhl her angelaufen kam. Durch den geöffneten Türspalt hörte er das Klappern von Lederstiefeletten, dicht gefolgt von einer schrillen Stimme.

»Ist Carl hier?«

Die Schönheit von der Salatbar starrte sie verschüchtert an.

»Carl?«

»Solli. Der Nachrichtenchef. Ich weiß, dass er im Haus ist. Haben Sie ihn gesehen?«

»Er steht draußen auf dem Raucherbalkon, glaube ich.«

Solli entsorgte den Pappteller mit dem Krabbenbrot und riss die Tür auf.

»Helene«, sagte er mit tiefer Stimme.

»Verdammt, Carl, hast du das Telefon nicht dabei?«

»Doch.«

»Hast du nicht gesehen, dass ich angerufen habe?«

»Doch.«

Sie verdrehte die Augen und winkte ihn zu sich, als wäre

er ihr Untergebener und nicht umgekehrt. »Du musst kommen«, sagte sie. »Krise.«

Im Fahrstuhl fragte er sie, worum es ging, sie aber schielte nur zu den beiden Fotografen, die glotzend dastanden. Als die Tür aufglitt, eilte sie in Richtung IT-Abteilung davon. Sie hielt erst wieder an, als sie bei einem Programmierer angelangt war, der vor einem Haufen halb leerer Colaflaschen, Computer und schmutziger Kaffeetassen saß und fluchte. Was für eine Sauerei. Der Knabe hämmerte fieberhaft auf eine Tastatur ein, die Carl nicht einmal mit der Kneifzange berührt hätte.

»Was geht hier vor sich?«, fragte er gereizt.

»Ich weiß es nicht!«, schluchzte der Programmierer. »Ich habe keine Kontrolle mehr. Jemand hat uns gehackt. Sie sind im System und löschen Dateien. Sie löschen komplette Fernsehsendungen, verdammt!«

36

»Hallo? Hallo! Scheiße. Du musst aufwachen! Hallo!«

Es war, als würde er mit Nadeln gestochen – ein unangenehmes Kribbeln auf der Kopfhaut. Nicht warm, es war kalt, und Fredrik war nass und eiskalt vom Hintern über die Oberschenkel abwärts. Der eine Fuß war taub, als würde er im Wasser liegen. Die Stirn hämmerte, und dann kam die Übelkeit. Er drehte sich auf die Seite, japste nach Luft, schaffte es aber nicht, die Lunge zu füllen, übergab sich und schnaubte.

»Hier«, sagte eine Stimme. Eine Mullbinde wurde ihm in die Hand gestopft. Er wischte sich Tränen und Rotz weg, rieb die Mundwinkel trocken, spuckte und wischte sich erneut den Mund ab. Die Krämpfe im Zwerchfell ließen nach.

»Verfluchte Scheiße.« Fredrik stöhnte und fiel wieder auf den Rücken.

Die Gestalt, die neben ihm gehockt hatte, faltete die Zeitung zusammen, auf die er sich erbrochen hatte, fluchte und stieg über ihn hinweg.

»Wo bin ich?« Fredrik hörte das Knistern von Feuer und das Rauschen vorbeifahrender Autos. Er tastete mit den Händen um sich. Er lag auf einem kalten Karton. Die beiden Schrägen über ihm bestanden aus Bretterstücken, Pappe und Zeitungen. An einem Band hing eine fingerdicke Taschenlampe herab, die ein dumpfes Licht abgab.

Sein Kopf wurde klarer, und er zuckte zusammen. Fredrik erkannte, wo er sich befand: auf dem Lkw-Parkplatz in dem Gerüst, das er gesehen hatte, bevor er zur Villa Ravnli hinaufgegangen war. Zum Waffenkoffer. Zu *ihm*, dem kahlköpfigen, fauchenden Riesen.

Während Fredrik die Ellenbogen auf die Unterlage stützte und den Oberkörper anhob, wurde die Pappe vor dem Eingang zur Seite gezogen. »Du bist Beier, stimmt's?«

»Wo ist der Mann, der mich gejagt hat?«

Es war eine eigenartige Erscheinung, die ihn dort in gebeugter Haltung beäugte. Die enge Jeans zeigte an, dass er kaum Fleisch auf den Rippen hatte. Er trug einen weiten, ausgefransten Pullover mit einem Elch auf der Brust. Das schüttere Haar war nach hinten gekämmt, und die rechte Augenbraue stand im 45-Grad-Winkel von der Nasenwurzel ab. Das Auge darunter schien ein Eigenleben zu führen.

»Entspann dich, Kumpel. Hier is keiner außer uns. Beier, nich wahr? Der Bulle? Kennste mich nich wieder?«

»Nein?« Fredrik blinzelte. Allerdings kam ihm etwas an dem Kerl tatsächlich bekannt vor, der ihm jetzt seine Brille reichte und sich im Schneidersitz hinsetzte.

»Ich heiße Tommi«, sagte er und richtete seinen Elchpullover. »Ich erinner mich anscheinend besser an dich als du dich an mich.« Dann packte er den einen löchrigen Converse-Schuh und zerrte daran, um seine Füße auf den Oberschenkeln zu platzieren.

Fredrik quälte sich auf die Knie hoch. Die Anstrengung verstärkte das Pochen in seinen Schläfen, weshalb er eine seiner aufgeschürften Hände zum Kopf führte. An der Stirn wuchs eine Beule. Er griff in die Tasche. Das Handy war noch, wo es sein sollte. Der USB-Stick ebenfalls.

»Hier«, sagte Tommi und reichte ihm eine Wasserflasche. »Trink nich alles aus und komm nich ans Gewinde. Kann ja keiner wissen, was du vielleicht mit dir rumschleppst.«

»Was ist passiert?«, fragte Fredrik, nachdem er sich den Mund ausgespült hatte.

»Das musst du *mir* sagen. Ich hab draußen im Ölfass Feuer gemacht, als du über den Platz gesprungen bist. Scheiße, du hast ausgesehn, als wär der Teufel persönlich hinter dir her. Hast gekrischen und gebrüllt. Ich dachte, du willst mich um die Ecke bringen. Aber dann biste auf die Schnauze geflogen und mit der Stirn direkt auf'm Ölfass gelandet. Ein Ton wie von der Rathausuhr. Ich hab dich hier reingeschleppt und wieder Leben in dich geschüttelt.«

Tommi Teigen hieß er. Jetzt erinnerte sich Fredrik an ihn.

Tommi war ungefähr zur gleichen Zeit wie Fredrik auf der Straße gelandet: Er in der Rolle als Streifenpolizist, Tommi als kleinkrimineller Drogendealer. Von dort aus hatten sie beide Karriere gemacht. Fredrik bei der Schutzpolizei, als Fahnder bei einer Sondereinheit, bevor er Ermittler bei der Mordkommission wurde. Tommi drehte die obligatorischen Runden durchs Kittchen, wo er die Bekanntschaft mit härteren Drogen machte. Es musste zehn Jahre her sein, dass Fredrik ihn das letzte Mal gesehen hatte … Mindestens. Es war ein warmer Sommertag gewesen, und Fredrik und ein Kollege hatten bei einer Autobahnkreuzung in Bjørvika ungefähr dort nach einer vermissten Frau gesucht, wo sich heute die Oper befindet. Damals war es nichts weiter als ein düsteres Loch gewesen. Die Frau hatten sie nie gefunden, aber Tommi hatte dort gelegen. Gerade aus dem Bau entlassen und mit einer heftigen Dosis Heroin im Blut. Sie hielten ihn am Leben, bis der Rettungswagen kam.

»Wohnst du hier?«, fragte Fredrik.

Es funkelte in dem seltsamen Auge.

»Mi casa«, sagte Tommi. »Nein, ich wohn nich hier. Man kommt heut nich mehr so über die Runden, verstehste. Deine Kumpels vom Rauschgiftdezernat sind auf Zack und

machen Probleme. Aber ’n alter Fuchs wie ich weiß, mit wem er sprechen muss. Ich hab mir ’n bisschen was geliehen. Das Problem is nur, dass die Leute wissen, dass ich klarkomm. Und wenn ich was hab, versuchen sie’s, weißte? Klauen. Wenn ich auf’m Trocknen sitze, zieh ich normalerweise hier raus. Tommi Zugvogel. Das bin ich. Im Sommer isses schön hier.«

Er zog seinen Pullover hoch. Um die schmale Taille trug er einen Gürtel, den er so lange drehte, bis sich die Gürteltasche vor seinem Bauch befand. »Is das okay?«, fragte er.

Fredrik zuckte mit den Schultern.

Tommi öffnete den Reißverschluss der Tasche und legte eine verpackte Einwegspritze sowie die Hülse mit der Nadel vor sich hin, holte die Dose mit der Ascorbinsäure, den angekokelten Löffel, das Feuerzeug und ein paar Wattestäbchen hervor. Das Reiseset eines jeden erfahrenen Junkies. Aus der Tasche zog er ein zusammengefaltetes Stück Silberpapier und signalisierte Fredrik, dass er die Wasserflasche zurückhaben wolle.

»Es gibt ’nen Kerl, der seine Mädchen hier rausfährt, wenn’s ’nen riesen Andrang von ausländischen Lkw gibt. Ich bin in der Nähe und ruf an, wenn eins von den Mädchen Ärger kriegt«, sagte Tommi, während er mit dem Silberpapier herumhantierte. »Er gibt mir ’n bisschen Knete.«

»Du betreibst also eine Art Wachdienst?«, fragte Fredrik.

Tommi hatte dem Feuerzeug mittlerweile eine Flamme entlockt und hielt sie unter den Löffel. Die Bewegungen waren ihm so sehr in Fleisch und Blut übergegangen, dass er gar nicht mehr hinzusehen brauchte. Stattdessen grinste er Fredrik breit an.

»So kann man’s wohl sagen. Ich krieg dafür nich grade Rentenpunkte, aber… es is gut für mich, gut für die Mädchen und gut für… den Typen. Viele von den Lkw-Fahrern sind nette Jungs. Kommt vor, dass sie mit was zu essen oder trinken zu meinem Nest kommen. Also dacht ich mir, ich mach da mehr draus. Wie dieser Serafin. Erinnerst du dich an den? *Serafin und seine Wundermaschine*? Mein Lieblingsbuch.«

Das Gebräu auf dem Löffel fing an zu brodeln, und Tommi goss die Zitronensäure hinein.

»Du…«, sagte Fredrik. »Apropos Mädchen. Kennst du eine namens Siri? Drogenabhängig und Prostituierte?«

»Siri? Es gibt viele Siris.«

»Die ich meine, ist lange dabei. Beinahe so lange wie du, glaube ich. Sie ist die Tochter, oder besser gesagt, die Stieftochter eines Kollegen… Franke Nore?«

»Ah. Der Drogenbulle, den se zusammengeschlagen haben. Ja, die kenn ich. Wir war'n 'ne Zeit lang zusammen unterwegs. Feines Mädchen. Sie pfeift aus dem letzten Loch, wenn du mich fragst. Wird langsam zu alt fürs Geschäft«, Tommi nickte in Richtung der Lkw draußen.

»Was meinst du? Ich dachte, sie wäre weg von der Straße?«

Tommi schmunzelte. »Du guckst zu viel Sozialkanal. Es gibt nur drei Gründe, warum wir Alten verduften. Entweder werden wir eingelocht oder wir erfrieren oder wir klappen zusammen. Abwasserratten kannste nich abrichten, Bulle. Wir werden nie zu Hausmäusen.«

Während er mit der einen Hand den Löffel waagrecht hielt, griff er mit der anderen nach der Spritze, biss in die Verpackung und riss sie auf. »Ich hab gehört, dass sie 'nen Platz in 'nem Programm ergattert hat. Aber das hat nich lange gedauert.«

»Hmm«, murmelte Fredrik. »Was hast du mit zusammengeschlagen gemeint?«

Das frei bewegliche Auge stierte ihn fragend an.

»Du hast gesagt, dass Franke zusammengeschlagen wurde«, sagte Fredrik. »Woher weißt du das?«

Tommi schnaubte, während er die Flüssigkeit durch die Baumwolle zog, die er von den Wattestäbchen gerissen hatte. »Waren es nich irgendwelche Schlauköpfe deiner Mannschaft, die den Bullen im offenen Vollzug eingebuchtet haben?«

»Doch?«

»Genau«, bekräftigte Tommi. Hob die Spritze gegen das Licht und schnipste mit einem dreckigen Fingernagel behutsam dagegen.

Fredrik stellte den nackten Fuß auf den Boden, holte Schwung und stand auf. Hinter seiner Stirn begann es nun so stark zu pochen, dass ihm schwindelig wurde. Mit gekrümmtem Rücken versuchte er, die spröden Pappwände nicht umzureißen.

»Danke für die Hilfe«, sagte er. »Ich muss los.«

»Nimm den«, sagte Tommi. Er legte den fertigen Schuss beiseite und zog einen Schuh aus. »Der is nich gerade wasserdicht, aber du kannst da draußen nich mit nem verdammten Gummistiefel umherhinken. Das is nich so toll.«

»Und du?«

»Ich komm schon klar.«

»Tust du das?« Fredrik verwies mit einem Nicken auf die Spritze. »Du hast über alles die Kontrolle?«

Tommi lachte lauthals los und klopfte mit der Spitze der Spritze gegen den Löffel. »Du weißt ja, was man so sagt: Einem wie mir das Leben zu retten, is wie 'n Vogeljunges vom Boden aufzuheben. Wenn du am Lauf der Natur rumpfuschst, dann wird der Piepmatz zu deiner Verantwortung. Ich hab über alles Kontrolle, Bulle. Aber danke der Nachfrage.«

Fredrik zog den Schuh an und schob die Pappe vor der

Öffnung zur Seite. Das scharfe Licht der Scheinwerfer über dem Parkplatz blendete ihn. Der Nieselregen prasselte in die Glut im Ölfass. Er versuchte Kafa zu erreichen, aber sie ging nicht ran. Einen Augenblick lang war er ratlos. Dann rief er Therese an. Die Kollegin von der Spurensicherung. Nachdem er sich ihr, so gut er konnte, erklärt hatte, sagte Therese, sie werde kommen und ihn abholen.

»Das nächste Mal spendier ich dir einen Burger«, sagte Fredrik und lächelte schwach. Tommi hatte den Pulloverärmel hochgekrempelt und war im Begriff seinen Gummiriemen um den Oberarm festzuziehen. »Pass auf dich auf.«

»Ebenso, Bulle. Du bist es, der aussiehst, als wär er 'nem Gespenst begegnet, nich ich.«

Fredrik trat auf den Parkplatz hinaus. Hier wollte er stehen bleiben, bis Therese kam, mitten im Licht, weit weg von den Schatten. Er schob die Hand in die Tasche und umklammerte fest den kleinen USB-Stick.

»Ein Gespenst«, wiederholte er für sich selbst. Er *war* einem Gespenst begegnet.

Er war Staffan Häyhä begegnet.

37

Fredrik wurde vom Plätschern des Regens geweckt. Der Himmel hing so tief, dass die Wolken aufrissen, während sie über den Häuserblock in Majorstua zogen. Sein Schlaf war tief und traumlos gewesen.

Therese hatte darauf bestanden, ihn zum ärztlichen Bereitschaftsdienst zu fahren. Dort hatte er ein paar kräftige Schmerzstiller bekommen. Die hatten sich Schicht für Schicht zu der Erschöpfung hinzugesellt, und ab da war alles nur noch trübe Dämmerung. Vermutlich war er direkt ins Bett gefallen, denn er war sowohl mit T-Shirt als auch mit Boxershorts bekleidet, dabei gehörte Fredrik zu den Menschen, die gern nackt schliefen.

Von dem bebrillten Kerl, der ihn vom Garderobenspiegel her ansah, ließ er sich nicht beeindrucken. Die Beule an der Stirn ließ das Gesicht schief wirken, zudem waren die Wangen geschwollen.

Im Flur erklang, von munterem Gesang begleitet, Musik. Es duftete nach gebratenem Speck und Bohnen in Tomatensoße. Er kannte die Stimme. Therese war hier.

In der Tür zur Küche stoppte Fredrik. Therese Grøfting war um die fünfundvierzig und hatte einen Sohn im Teenageralter. Ihm fiel auf, dass er zuvor noch nie *so* an sie gedacht hatte – als eine Person, über die er sich freute, sie in seiner Küche zu sehen. Die enge Jeans verschwand unter einer weißen Bluse, die dunklen Haare waren im Nacken unordentlich zusammengebunden. Während sie sang, wackelte sie mit dem Hintern und warf den Kopf hin und her.

»You own the money, you control the witness. I hear you're lonely, don't monkey with my business…«

»Duran Duran«, sagte Fredrik mit rauer Stimme. »Nicht das Schlechteste, was die Achtziger zu bieten hatten.«

Therese zuckte zusammen, bevor sie mit einer eleganten Drehung kehrtmachte. Es kümmerte sie sichtlich nicht, auf frischer Tat ertappt worden zu sein.

»Mach nur weiter«, sagte er heiser. *»Notorious.«*

»Wie ich sehe, lebst du noch.« Sie lächelte.

»Ich lebe noch«, bestätigte er. »Wie spät ist es?«

Sie drehte die Lautstärke runter. »Fast zehn. Ich habe Kafa benachrichtigt, dass du heute womöglich nicht ins Büro kommst. Sie war hier und hat den USB-Stick abgeholt. Willst du Kaffee? Ich habe mir erlaubt, Frühstück für uns zu machen.«

»Kafa«, sagte er. »Geht es ihr gut?«

»Warum nicht?«

»Na ja, sie war nur in einer etwas… unklaren Lage, als ich gestern mit ihr gesprochen habe.« Er nahm die Tasse, die sie ihm entgegenstreckte. »Hast du hier geschlafen?«

»Erinnerst du dich denn nicht daran, was der Arzt gesagt hat?«

Fredrik schüttelte den Kopf. Er hatte keine Ahnung, was der Arzt gesagt hatte.

»Du hast eine leichte Gehirnerschütterung. Er wollte nicht, dass du alleine bleibst. Ich habe dich in der Nacht ein paarmal geweckt, nur um zu checken, ob alles in Ordnung ist. Die einzige Verletzung scheint jedoch dein Gehör zu betreffen.« Sie machte ein brutales Schnarchgeräusch. »Verdammt noch mal, das hat mich daran erinnert, warum ich mich habe scheiden lassen.«

Fredrik gelang es nicht ganz, in ihr Lachen einzustimmen.

»Wohnt dein Sohn denn auch hier? Es war so ein Durcheinander im Gästezimmer, dass ich auf dem Sofa geschlafen habe.« Mit einem Nicken deutete sie Richtung Wohnzimmer.

»Sofia«, sagte Fredrik, »meine Tochter, wenn sie in der Stadt ist. Sie behauptet, dass natürliche Unordnung die Kreativität fördert. Jacob wohnt bei seiner Mutter.«

»Natürliche Unordnung. Wie alle Jugendlichen weiß sie vermutlich, wovon sie spricht.« Sie verdrehte die Augen. »Siehst du deine Kinder denn oft?«

Fredrik war unsicher, ob ihm die Richtung gefiel, die dieses Gespräch nahm.

»Tja, vielleicht nicht oft«, antwortete er. »Sie sind mittlerweile fast erwachsen. Jacob ist bald mit der Musikakademie fertig, und im August fliegt er nach Moskau, um dort sein Studium fortzusetzen. Sofia ist vierundzwanzig und versucht, als Fotografin in Bergen ihren Lebensunterhalt zu verdienen. Ich hatte gehofft, sie in den Winterferien zu sehen, aber sie haben schon andere Pläne.« Er wartete auf die nächste Frage. Über Frikk. Er wollte nicht über seinen toten Sohn reden. Nicht jetzt. Therese schien das zu verstehen.

»Erwachsene Kinder«, sagte sie nur. »Das klingt herrlich. Ich habe übrigens die Dokumente heruntergeladen, von denen du gesprochen hast. Auf dem Wohnzimmertisch liegt ein Ausdruck. Gib mir fünf Minuten, dann ist das Essen fertig.«

Die Dokumente, von denen er gesprochen hatte?

Im Wohnzimmer hing seine Jacke über einer der Stuhllehnen. Auf der Sitzfläche lag die Gästebettdecke, auf dem Tisch fand er einen dünnen Stapel Papier und… Unterwäsche? Ein schwarzer Spitzen-BH und ein passender Slip, ordentlich zusammengelegt.

»Also, das da gehört nicht mir!«, feixte Therese aus der Küche. »Das lag zwischen den Sofakissen.«

Wie peinlich. Es war die Unterwäsche, die sein letzter Übernachtungsgast hiergelassen hatte, die redegewandte Polizistin, die er in der Stadt getroffen hatte, Silje oder Stine oder wie sie verdammt noch mal hieß. Er beeilte sich, die Sachen in seine Jackentasche zu stopfen und überlegte einen Moment, seine Tochter vorzuschieben, da klingelte Thereses Telefon. Außerdem erstarrte er, als er die erste Seite der Dokumente las. Es handelte sich um einen Obduktionsbericht.

Staffan Häyhäs Obduktionsbericht.

Den sterblichen Überresten nach zu urteilen, war der Körper so intensiver Hitze ausgesetzt, dass er verkohlt ist. Es war nicht mehr möglich, Blutproben zu entnehmen oder biologisches Material für einen DNA-Test zu extrahieren, las er. *Der Tod muss nahezu unmittelbar eingetreten sein.*

Er blätterte um und fand den Polizeibericht, an dessen Erstellung er selbst mitgewirkt hatte.

Staffan Häyhä war schwedischer Staatsbürger, auf Gotland geboren, und hatte Karriere als Scharfschütze in den schwedischen Spezialstreitkräften gemacht. Er hatte im Frühjahr 1992 unter norwegischer Leitung an einer nicht spezifizierten Militäroperation im Norden teilgenommen, hatte später in den Jugoslawienkriegen gedient und soll aus dieser Zeit schwere Verletzungen im Gesicht davongetragen haben. Dann wurde er Söldner und verkaufte seine Dienstleistungen höchstbietend. Die Verletzungen verbarg Häyhä hinter einer Silikonmaske, die er auch trug, als er im Sommer vor fünfzehn Jahren von der Osloer Polizei bei einer Verkehrskontrolle angehalten wurde. Im Kofferraum des Wagens fanden die Beamten eine Jacke mit Brandlöchern, und Häyhä wurde eine Zeit lang verdächtigt, Feuer in den Räumen eines MC-Klubs in Alnabru gelegt zu haben. Die Ermittlungen verliefen jedoch im Sand, und Staffan Häyhä kam mit einem Bußgeld wegen überhöhter Geschwindigkeit davon.

An den MC-Brand erinnerte Fredrik sich nicht. Allerdings gab es wenig aus dieser Zeit, an das er sich erinnerte, denn das war der Sommer, in dem er Frikk zu Grabe getragen hatte. Es war der Sommer, der niemals Farbe bekam, der Sommer, der in den Winter seines Lebens überging.

Er lehnte sich auf dem Sofa zurück und atmete schwer, während das Herz in der Brust heftiger schlug. Denn was Fredrik niemals vergessen würde, war seine erste Begegnung mit Staffan Häyhä. Die Albträume suchten ihn noch immer heim. Es war während der Ermittlungen zum Solro-Massaker gewesen, die Spuren hatten Fredrik und Kafa in ein Wohnhaus im Zentrum geführt. Dort hatten sie eines von Häyhäs malträtierten Opfern gefunden. Häyhä selbst hatte sich verborgen gehalten und Kafa angeschossen. Dann hatte er mit Fredrik gespielt wie eine Katze mit einer Maus. An diesem Tag hatte Fredrik das Gesicht hinter der Maske gesehen, den schmalen, kahlen Schädel, Knorpelstummel, wo sich einst Ohren befunden hatten, eiskalte graue Augen über einem schnaubenden Loch, die klaffende Nasenhöhle, und die Narbe anstelle der Oberlippe, die ihm abgeschnitten worden war, die zähe Fleischfaser, die von der Zunge übrig war.

Staffan Häyhä war im Begriff gewesen, das Leben aus

ihm herauszuquetschen, als die Spezialeinheit eintraf und Häyhä floh.

»Willst du Bohnen in Tomatensoße?«

»Nein«, stotterte Fredrik. »Eine Scheibe Brot und ein bisschen Butter reichen.«

»Du?«, sagte Therese. Sie hatte sich neben ihn gesetzt. »Polizeidirektor Koss hat angerufen. Er hat gefragt, warum ich die Dokumente über Häyhä heruntergeladen habe. Er ist ziemlich laut geworden. Tote Männer morden nicht, hat er gesagt.«

38

Im Großraumbüro des Dezernats für Gewaltverbrechen stand eine durchsichtige Beweistafel. Bei Regenwetter zeichneten sich die Tropfen auf der Fensterscheibe wie dunkle Schatten darauf ab, die wie Tränen über die Tafel glitten. Fredrik folgte ihnen mit dem Finger.

Hier hingen sie. Die Aufnahmen, die der Gerichtsmediziner von den Opfern gemacht hatte: Henry Falck, Benedikte Stoltz und Beata Wagner. Die ersten beiden hatten einen starren Blick und farblose Gesichter. Wagner hatte ein klaffendes Loch in der Stirn, und seine Gesichtszüge waren aufgrund der Verletzungen verzerrt. Dennoch wirkte sie friedlich. Das war den geschlossenen Augen geschuldet. Es sah aus, als hätte sie sich mit ihrem Schicksal abgefunden.

In der Reihe darunter entdeckte er Richard Reiss und Franke Nore, die Verdächtigen. Reiss blickte jähzornig von einem alten Gefängnisfoto herab, das Foto von Franke machte ihn traurig. Es war von der Ehrenwand für diejenigen abgenommen worden, die dem Gesetz dreißig Jahre lang gedient hatten. Er posierte stolz in Galauniform, ohne zu wissen, dass das Bild letztendlich hier landen sollte.

»Geht es dir gut?« Lautlos hatte Kafa sich neben ihn gestellt.

»Ja«, antwortete Fredrik. »Ich komme klar.«

»Was ist passiert?«

Er erzählte von den Geschehnissen in der Villa Ravnli,

davon, wie er erkannt hatte, dass es der ehemalige Arbeitsplatz seines Vaters war, von dem Fund des Gewehrkoffers und dem USB-Stick – und von *ihm*, von seinen Gefühlen, als das Bein unter ihm versagt hatte und die schwere Gestalt auf seinem Rücken gelandet war.

»Ich war mir sicher, dass ich diesmal sterben würde«, sagte Fredrik leise.

Kafa kaute auf ihrer Lippe herum. »Bist du sicher, dass es Staffan Häyhä war, der dich angegriffen hat?«

Fredrik drehte sich zu ihr um. »Die gleiche Frage hat mir vor einer halben Stunde der Polizeipräsident gestellt.«

»Und, was hast du geantwortet?«

Er runzelte die Stirn. »Es war dunkel. Es ging schnell, und ich hatte Angst. Gestern Abend war ich überzeugt davon, dass er es war. Aber jetzt… Staffan Häyhä ist im Krankenhaus gestorben. Wir haben beide die Leiche gesehen, Kafa.«

»Wir haben einen verkohlten Körper gesehen«, sagte sie.

»Weißt du was?«, sagte Fredrik. »Tief im Inneren will ich nicht glauben, dass er es war. Stell dir nur vor, was das bedeuten würde. Staffan Häyhä war ernsthaft verletzt, als wir ihn verhaftet haben. Er wurde im Krankenhaus überwacht, von unseren Kollegen hier bei der Polizei. Stell dir diesen Aufwand vor, den es erfordert, ihn da herauszuschmuggeln, einen anderen Körper im Bett zu platzieren und eine Explosion zu verursachen, die die Leiche zu Asche verbrennt… direkt vor unseren Augen?«

»Erinnerst du dich an das Gewehr, das nach dem Terroranschlag auf den Ministerpräsidenten im vergangenen Jahr gefunden wurde? Es trug Häyhäs Fingerabdruck«, sagte Kafa nachdenklich.

»Ja«, sagte Fredrik. »Ein altes Gewehr und ein alter Fingerabdruck, meinten die Techniker.« Er betrachtete ihr Gesicht, ohne entschlüsseln zu können, was in ihr vorging. »Der Koffer«, sagte sie dann, »er gehörte zu einem Scharfschützengewehr?«

Er nickte.

»Was glaubst du, wozu das Gewehr verwendet werden soll?«

»Das ist, was mir Angst macht. Die Anlage, die du dort oben im Wald gefunden hast… Tschernobyl… du hast gesagt, sie war beräumt und gereinigt. Laut Grundbuch wurde die Villa Ravnli kürzlich an einen Investor verkauft und soll abgerissen werden. Alle, die etwas über diese Sache wissen«, er klopfte mit der Faust auf die Fotos an der Beweistafel, »sind entweder tot oder liegen im Koma. Was geht hier vor sich? Was für einer Sache war Benedikte auf der Spur? Ein solches Gewehr… Das dient nicht der Selbstverteidigung. Solche Waffen werden für Attentate verwendet.«

Sie wirkte, als hätte sie dasselbe gedacht.

»Weißt du, wer der Verkäufer der Villa ist?«, fuhr Fredrik fort. »Die Amerikanische Botschaft. Ich war erst vor ein paar Tagen dort und habe sie nach meinem Vater und der Villa Ravnli gefragt. Sie haben kein Wort gesagt. Nicht ein einziges Sterbenswörtchen. Da ist was faul, Kafa. Ich begreife nur nicht, was.«

»Du musst dir etwas ansehen«, sagte sie und ging zu ihrem Schreibtisch. »Die Analyse des USB-Sticks, den du in der Villa gefunden hast. Es besteht kein Zweifel daran, dass es sich dabei um denjenigen handelt, der aus Falcks Wohnung gestohlen wurde.« Sie reichte ihm einen Ausdruck. »Als wir im Finanzministerium waren, sagten sie doch, darauf seien Pläne über den Einkauf neuer Überwachungsflugzeuge gespeichert, nicht wahr?«

»Ja?«

»Es befinden sich aber keine derartigen Dokumente darauf. Alles dreht sich um die norwegischen Waffen, die in Afghanistan in die Hände von Terroristen gelangt sind.«

»Und was ist mit dem Sender in dem USB-Stick?«

»Der ist deaktiviert.«

»Deshalb habe ich kein Signal empfangen.«

Die Analyse hatte ergeben, dass sich auf dem USB-Stick die Fingerabdrücke mehrerer Personen befinden. Lediglich einer ließ sich identifizieren. Beata Wagners.

»Beata Wagners?«

»Das Finanzministerium hat ihr doch die Aufgabe zugewiesen, Falck zu assistieren. Vermutlich hat sie die Aufzeichnungen gemacht«, sagte Kafa. »Aber sieh dir mal an, was der Bericht besagt. Falcks Chef zufolge hatte er mit der Aufstellung gerade erst begonnen. Falck muss jedoch tiefer gegraben haben.«

Der Bericht begann mit einer Aufzählung der Ereignisse, wann die Waffen in Afghanistan gefunden wurden, wo und von wem. Dann gab es eine Liste über die Funde in dem afghanischen Terrorlager, den Gesetzestext, an den sich der Produzent halten musste, die Prozeduren für den Export von Waffen, Seite um Seite voller bürokratischer Langeweile. Gegen Ende des Berichts jedoch war eine Seite fast leer. Auf ihr standen nur wenige Zeilen: eine Internetadresse, die keiner glich, die Fredrik bisher gesehen hatte. Lediglich eine endlose Reihe scheinbar zufälliger Zahlen, Buchstaben und Symbole.

»Was ist das?«

»Hör dir an, was Falck schreibt«, sagte Kafa und blätterte um.

Von dieser Internetseite wurden anscheinend die Instruktionen für den Waffendiebstahl erteilt. Kurz zusammengefasst, wurde die Operation durchgeführt, indem zu einem kritischen Zeitpunkt während der Produktion die Strom-

versorgung der Fabrik gekappt wurde. Das führte zu einem Datenverlust, was wiederum dazu führte, dass auf eine begrenzte Anzahl neuer Waffen und Munition bereits verwendete Seriennummern gedruckt wurden. Diese Duplikate wurden daher bei der Ankunft im Lager nicht registriert und sind offenbar zu einem späteren Zeitpunkt entfernt worden. Die Instruktion beinhaltet auch eine Beschreibung davon, wie die Buchführung und der Materialverbrauch manipuliert werden sollten, sodass die Doppelproduktion im Nachhinein nicht aufgedeckt wurde. Die Instruktion ist nicht signiert, nur unterzeichnet mit: die Organisation.

39

»Tote Männer morden nicht, Beier!« Sebastian Koss knallte die flache Hand auf den Schreibtisch. Auf der Glasplatte blieb ein fettig glänzender Abdruck zurück.

»Ich habe gesehen, was ich gesehen habe«, sagte Fredrik leise. »Ich sage nicht, dass ich zu einhundert Prozent sicher bin. Aber ich habe gesehen, was ich gesehen habe.«

Sie saßen im Büro des Polizeidirektors. Fredrik und Kafa auf den italienischen Besucherstühlen vor dem länglichen Tisch mit den vergoldeten Beinen, Koss auf dem Kalbsledersstuhl mit der hohen Lehne ihnen direkt gegenüber. Er rieb eine Nagelfeile unnötig fest über die perfekten Nägel. »Was haben Sie gestern eigentlich getrieben, als Sie in fremdes Eigentum eingedrungen sind? Sie haben nicht um Verstärkung gebeten. Sie haben nicht um einen Durchsuchungsbeschluss gebeten. Es ist nicht so, dass wir uns einfach jedes Recht herausnehmen können, auch wenn uns ein Polizeischild auf der Brust klebt. Wir sollten gottfroh sein, dass Sie niemand wegen Einbruchs angezeigt hat«, brummte er.

»Wie ich bereits gesagt habe«, sagte Fredrik müde, »Benedikte Stoltz hatte ein Foto der Villa in ihrer Tasche, als sie ermordet wurde, eine Notiz, in der sie meinen Vater nennt, der dort gearbeitet hat, da bin ich mir sicher. In der Villa habe ich einen Waffenkoffer gefunden, ich habe den USB-Stick gefunden, den wir gesucht haben, und ich wurde von einem brutalen Riesen mit einem Messer angegriffen. Das Ungeheuer hat mich fast umgebracht, Sebastian.«

Koss rümpfte die Nase. Er mochte es nicht, wenn Fredrik seinen Vornamen verwendete.

»Niemand bezweifelt, dass Sie angegriffen wurden, Beier«, sagte er mit Blick auf Fredriks Beule. »Aber Sie haben einen Koffer gefunden, keine Waffe. Sie haben einen Mann gesehen, aber kein Gesicht. Was wenn es nur ein Landstreicher war? Ein Junkie oder ein Einbrecher, der in Panik geraten ist, als er begriff, dass er nicht alleine war?« Er hob die Hand, um anzuzeigen, dass er noch nicht fertig war. »Die Streife, die heute Vormittag dort gewesen ist, hat ein leeres Gebäude vorgefunden. Keinen Waffenkoffer, kein zerbrochenes, altes Gemälde und keinen längst verstorbener Söldner.«

Die Kopfschmerzen kündigten sich erneut an. »Was ist Ihrer Meinung nach also passiert«, sagte Fredrik erschöpft.

Koss strich mit dem Daumen über die Kanten der Nägel und begutachtete sein Werk.

»Ich meine, wir sollten uns auf das konzentrieren, was wir sicher wissen«, antwortete er.

»Wir wissen, dass Franke und Richard Reiss sich kannten. Wir wissen, dass Franke eins Komma acht Kilo Heroin aus der Asservatenkammer gestohlen hat. Ist es so verdammt schwer sich vorzustellen, dass Reiss, ein ehemaliger Rauschgiftsüchtiger und Schläger, den Auftrag übernommen hat, diese Drogen zu verkaufen? Das Geld konnten sie beide gebrauchen.«

»Durchaus nicht«, sagte Fredrik, »aber was haben sie dann in Henry Falcks Wohnung gemacht? Wer hat sie dort hingeschickt, um den USB-Stick zu stehlen?«

»Irgendwer wusste offensichtlich, dass Falck an dem Bericht über die Waffen gearbeitet hat, die in Afghanistan gelandet sind«, sagte Koss und zeigte auf den Stapel tagesaktueller Zeitungen. Benedikte Stoltz' Gesicht zierte mehrere Titelseiten. »Der wahrscheinlichsten Hypothese zufolge wurde Falck deswegen ermordet. Es ist nicht ausgeschlossen, dass Franke von Falcks Untersuchung erfahren hat. Franke ist ein erfahrener Polizist mit Kontakten sowohl nach oben als auch nach unten. Vielleicht hat sich Falck darüber beklagt, dass TV 2 ihm im Nacken saß, sodass Franke und Reiss hier eine weitere Möglichkeit sahen, Geld zu verdienen. Ich wette, dass TV 2 bereit ist, für den Bericht einen ordentlichen Batzen hinzulegen.«

Kafa hatte schweigend dagesessen, während sich das Testosteron ergoss. Jetzt schaltete sie sich ins Gespräch ein.

»Aber anstatt die Drogen und den Bericht einfach zu verkaufen, schlachtet Richard Reiss Henry Falck, Beata Wagner und Benedikte Stoltz ab?«

Koss sah sie an, als wäre sie ein ungezogenes Kind.

»Richard Reiss, was für ein Typ war er eigentlich? Nun, er war ein Mann, der seine Frau mit einer Bratpfanne schlug bis sie vom Balkon fiel und auf einem brennenden Grill landete, ein Mann, der wiederholt wegen brutaler Gewalt verurteilt worden war. Reiss war kein guter Mensch. Bei dem Überfall in der Autowaschanlage kann es sich schlicht und einfach um einen Raubüberfall gehandelt haben, der aus dem Ruder gelaufen ist. Vielleicht hatte er es auf den Schlüssel zu Falcks Wohnung abgesehen? Vielleicht glaubte er, Falck hätte den USB-Stick bei sich?«

»Ein Raubüberfall, der aus dem Ruder gelaufen ist?«, brach es aus Fredrik heraus. »Aber statt Falck zu ermorden, entscheidet Reiss, dass der Kerl dort liegen bleiben und verbluten soll?«

Der Polizeidirektor zuckte mit den Schultern. »Was in Reiss' Kopf vor sich ging, werden wir nie erfahren. Vielleicht wollte er es wie einen Rachemord aussehen lassen, um uns auf eine falsche Fährte zu locken? Vielleicht wurde er von Falck provoziert und hat sich deshalb entschieden, ihn leiden zu lassen?«

Er griff sich eine der Zeitungen und bohrte die Nagelfeile in ein Foto von Benedikte.

»Wenn Franke und Reiss eine Abmachung hatten, den gestohlenen Bericht an Stoltz zu verkaufen, hätten sie ein großes Problem gehabt. Hätte sie von Falcks Ermordung erfahren, hätte sie gewusst, dass etwas nicht stimmt. Deswegen hat Reiss früh an jenem Morgen Kontakt zu ihr aufgenommen, um sie zum Schweigen zu bringen. Reiss hat sie getötet, und als er die Leiche versenken wollte, ist er selbst durchs Eis gebrochen. Angst, Fredrik, das abgedroschenste Motiv der Mordhistorie.«

Er legte die Nagelfeile beiseite und presste die Fingerkuppen gegeneinander. »Kann es nicht sein, dass es so einfach ist?«

»Ockhams Rasiermesser«, murmelte Fredrik.

»Was?«

Fredrik schüttelte den Kopf. »Ich glaube nicht daran«, sagte er. »Die Jacke, die Kette und die Knochenreste. Ich glaube, all das wurde platziert, damit wir glauben, dass Reiss tot ist.«

»Sehen Sie sich das hier an«, sagte Koss und schob eine Dokumentenmappe über den Tisch. Fredrik öffnete sie. Darin lagen ein Röntgenbild und ein Foto der Knochen, die in der Verbrennungsanlage gefunden worden waren.

»Als Kind hat Richard Reiss in einem Düngerlager gespielt. Dort zog er sich eine Entzündung in einem Finger zu. Diese Entzündung führte zu einer Missbildung des Fingerknochens. Die gefundenen Knochen weisen den gleichen Schaden auf.« Koss schmatzte. »Es *war* Richard Reiss, der in der Abfallanlage verbrannt wurde.«

Fredrik seufzte. Kraft und Wille ebbten ab. Koss hatte sich entschieden. »Was ist mit den Notizen in Benediktes Tasche, die Kafa zu einer nicht gekennzeichneten Industrieanlage mitten im Wald geführt, den Namen meines Vaters beinhalten und mich zu der Villa gelockt haben? Was ist die Organisation? Wer hat den USB-Stick in den Waffenkoffer gelegt, wenn Richard Reiss zu diesem Zeitpunkt bereits tot war?«

Koss setzte ein gekünsteltes Lächeln auf. »Wir sind Polizisten. Wir ermitteln in Kriminalfällen. Welcher Gesetzesverstoß hat Ihrer Meinung nach in der Anlage stattgefunden, die Kafa entdeckt hat? Fehlende Kennzeichnung auf der Karte? Welcher Gesetzesverstoß hat in der Villa stattgefunden, bevor Sie dort eingebrochen sind?« Er ließ die Fragen in der Luft hängen. »Sie sehen Verbindungen, die es nicht gibt. Wenn Benedikte einen illegalen Waffenexport nach Afghanistan aus einem Lager in Raufoss untersucht hat, dann ist das ein Problem des Polizeichefs von Vestre Toten, nicht unseres.«

Es knirschte in den Scharnieren, als Koss sich auf dem Stuhl zurücklehnte.

»Beier, dieser Fall ist nicht aufgeklärt, aber von allen Theorien, die wir heute diskutiert haben, ist Ihre die absurdeste, nämlich, dass ein Mann von den Toten auferstanden ist und sich auf eine mörderische Reise begeben hat, die jeglicher Logik entbehrt. Bis Ostern sind es noch ein paar Wochen. Die Toten sind noch nicht erwacht.«

40

Nachdem er den Abzug und das Schloss sauber gepustet hatte, fummelte er ein wenig herum, um das dünne Plastikröhrchen an der Düse der Spraydose zu befestigen. Dann sprühte er alles gründlich mit Waffenöl ein. Er mochte das erdige Aroma. Anschließend entfernte er mit einem Stück Stoff behutsam das überschüssige Öl. Dann tauchte er die Reinigungsschnur ins Wasser, die er zur Säuberung der Innenseite der Läufe verwendete und zog sie hindurch. Zum Schluss hielt er die Gewehrläufe gegen das Licht und kontrollierte sein Werk.

Roger Petterson saß am Esstisch zu Hause in Ulsrud. Über die Tischplatte hatte der pensionierte Polizist das zerschlissene Lederstück gelegt, das bereits sein Vater verwendet hatte, um sein Gewehr für die Jagd zu putzen. Das waren Stunden, an die sich Roger gern erinnerte, ein wortloses Beisammensein von Vater und Sohn. Stille, lediglich unterbrochen von der brummigen Heiterkeit des Vaters, während er das Gewehr montierte. So hatte Roger Petterson die Kunst gelernt, so hatte er das Wissen an seine Tochter weitergegeben. Jetzt freute er sich darauf, dass seine Enkelkinder größer wurden.

Roger hatte sich auch auf die Hasenjagd in diesem Winter gefreut. Trotzdem verspürte er an diesem Nachmittag nicht die gewohnt gute Laune. Warum, wusste er nur zu gut. Franke, sein ehemaliger Kollege, sein Nachbar und

Jagdkamerad, lag noch immer im Krankenhaus im Koma. Er wusste nicht, was er von den Anschuldigungen halten sollte, die gegen ihn erhoben wurden, allerdings wusste er nur zu gut, dass Franke ein rechtschaffener Mann war. Er musste seine Gründe gehabt haben.

Die Schrotflinte, die er im Begriff war zusammenzusetzen, gehörte Franke, denn es war Roger, der ihre Gewehre für die Jagd wartete. Jetzt sollte die Büchse eingeschlossen werden und verstauben, vielleicht für immer. Ohne Franke würde die Jagd nicht mehr dasselbe sein.

Es war lange her, seit Rogers Vater aufgehört hatte zu brummen, bevor der Vater gestorben war, hatte Roger jedoch noch ein neues Hintergrundgeräusch in sein Leben eingeführt: Wenche. Die Ehefrau war wie eine Katze, schnurrte zu allen Freuden des Lebens, egal ob sie miteinander schliefen oder eine wohlschmeckende Mahlzeit genossen. Immer wenn im Radio ein Lied lief, trällerte sie mit. Er hatte sie nie singen hören, sie summte einfach drauflos, ohne Gedanken an die Absichten des Komponisten oder musikalische Kapriolen zu verschwenden. Er liebte es. Es war ein Dröhnen ohne das er nicht leben konnte. Selten hörte er richtig zu, aber es fiel ihm immer auf, wenn sie aufhörte. Und jetzt summte sie nicht.

Roger legte das fertig montierte Gewehr beiseite und ging in die Küche. Dort stand sie, mit dem breiten Hintern und den grau-weißen Locken über die Arbeitsplatte gelehnt, während sie durch die Gardinen spähte.

»Ist was?«

»Mmh«, antwortete sie nur.

Sie zog die Gardine zur Seite. Draußen goss es in Strömen, und es wurde langsam Nacht. Frankes Haus lag auf der anderen Seite der Straße. Die Fenster waren dunkel, und er sah keinerlei Anzeichen von Leben.

»Ich dachte, ich hätte draußen wen gesehen«, sagte sie. »Einen Mann.«

»Bist du sicher?«, fragte er. »Es ist doch alles still und ruhig?«

»Siehst du nicht, dass das Polizeiabsperrband vor der Haustür zerrissen ist?«

Roger wurde bewusst, dass seine Frau wahrscheinlich eine bessere Ermittlerin geworden wäre, als er es jemals war.

»Solltest du nicht deinen alten Kollegen anrufen? Zur Sicherheit.«

»Beier? Diesen Grünschnabel. Ich werde selber hingehen und nachsehen.«

Nachdem er sich Jacke und Schuhe angezogen hatte, warf er einen Blick auf das Gewehr auf dem Tisch und zögerte kurz, bevor er es mitnahm. Es gehörte doch so oder so dorthin.

»Ich bleibe hier stehen und behalte alles im Blick«, sagte Wenche, als er ihr einen Kuss gab.

In Frankes Einfahrt hielt Roger Petterson einen Augenblick lang inne. Regenwasser stand in den Reifenspuren, aber irgendetwas musste seine Frau tatsächlich gesehen haben, denn eine Stiefelspur führte durch den Matsch zur Treppe. Er warf einen Blick nach hinten und entdeckte sie dort zwischen den Küchengardinen. Ihre Hände umklammerten etwas, und er nahm an, dass es das Telefon war. Ermittlerin hätte Wenche durchaus werden können, Streife wäre aber wohl nichts für sie gewesen.

Mit ein paar festen Tritten löste er den Matsch von den Schuhen und klopfte an. Wartete und klopfte erneut. Dann schloss er die Faust um den Gewehrkolben und bereitete sich darauf vor, die Tür aufzudrücken. Da hörte er ein Geräusch, erst in der Ferne, dann näher am Eingangsbereich. Es klang wie ein Hämmern, als würde etwas Hartes in regelmäßigen Stößen den Boden treffen. Sein Hals schnürte sich zusammen.

Die Rita Nore, die Roger einst gekannt hatte, hatte flammend rote Haare, ebensolche Lippen und reizende, schneeweiße Wangen gehabt. Die hatte sie gern eingesogen, wenn sie etwas Freches erzählt hatte, das Wenche erröten und Franke in schallendes Gelächter hatte ausbrechen lassen. Die Frau, die jetzt vor ihm stand, war jedoch abgemagert, die Augen, die von Natur aus weit auseinander standen, wirkten auf dem kahlen Kopf seitlich nach hinten gezogen, wie bei einem Fisch. Selbst Augenbrauen und Wimpern hatte ihr das Zellgift genommen. Das Geräusch, das er gehört hatte, war von der Gehhilfe verursacht worden.

»Herrgott Rita. Solltest du nicht im Krankenhaus sein?«

Sie presste die Hand gegen die Kehle, bevor sie zu reden begann.

»Ich bin nur kurz nach Hause, weil ich ein paar von Frankes Sachen holen muss«, sagte sie mit rauer Stimme.

»Herrgott«, sagte Roger erneut. »Wie geht es ihm denn? Und wie geht es dir?«

»Die Ärzte sagen, sie wollen versuchen, ihn in ein paar Tagen aufzuwecken. Aber … ich weiß nicht.« Dann schielte sie auf ihren ausgemergelten Körper hinunter.

»*Du* siehst gut aus«, sagte sie. Schaute über seine Schulter und hob die Hand, als wüsste sie, dass Wenche dort stand und das Geschehen verfolgte.

»Hattest du etwa vor mich zu töten?« Mit einem Nicken verwies sie auf das Gewehr. »Ein Mord aus Barmherzigkeit?«

Roger wusste nicht, was er antworten sollte, daher sagte er gar nichts, reichte ihr einfach nur die Schrotflinte.

»Die gehört Franke. Ich habe sie für die Hasenjagd fertig gemacht. Wenche glaubte, hier jemanden gesehen zu haben, und ich… Na, du weißt ja. Bei allem was geschehen ist, da…«

Rita war gerade so in der Lage, das Gewehr zu halten. »Ich glaube leider nicht, dass er dafür noch Verwendung hat«, sagte sie.

»Nein«, entgegnete Roger, »das hat er wohl nicht. Soll ich Wenche bitten, einen Moment rüberzukommen?«

Sie atmete erschöpft. »Ich muss mich ausruhen, Roger. Das Taxi holt mich morgen früh ab. Aber sag ihr, dass sie mich gern im Krankenhaus besuchen kann. Das war so nett letztens.«

»Hat sie Grüße an mich ausgerichtet?«, fragte Wenche, als er sich auszog.

»Ja.«

»Arme Rita«, sagte seine Frau und küsste ihn auf die Wange.

41

Erinnerungen. Es war leicht, die Lebenserfahrungen des Menschen in endlosen Schubladenreihen vor sich zu sehen. Bei einigen war es eine elegant ausgeführte Konstruktion, bei anderen ein wackliges Bauwerk, dessen Inhalt unzuverlässig zwischen den Unterteilungen hin und her rutschte. Der erste Schultag, die Freundin, die Schluss gemacht hatte, der Sarg, der in der Tiefe verschwand, und die Erkenntnis, dass es jetzt keine Generation mehr über einem gab, nur noch darunter.

Bei Bedarf werden die Erinnerungen hervorgekramt.

Vielleicht aber war unsere Erinnerung nicht so organisiert. Vielleicht ähnelten die Erinnerungen mehr Samenkörnern, und die Samenkörner sollten wachsen und denjenigen formen, zu dem wir geworden sind. Bekamen sie jedoch keine Nahrung, blieben sie einfach Samenkörner. Sie würden niemals aufgehen, wo sie eingepflanzt wurden.

Nachdem Fredrik erwachsen geworden war, dachte er nur noch selten an seinen Vater. Er wusste nicht mehr, was für einer Arbeit sein Vater nachgegangen war oder was für Gespräche sie geführt hatten. Wenn es darum ging, hatte Fredrik mehr über die Gespräche nachgedacht, die sie *nicht* geführt hatten, was er seinem Vater immer noch vorwarf. Die ständigen Erinnerungen an ihn, die Fragen von Benedikte Stoltz, die Entdeckung der Villa Ravnli sowie das Gemälde hatten dem kargen Boden Nahrung gegeben. Die Samenkörner hatten zu sprießen begonnen.

Ein solches Samenkorn war die Erinnerung an ein Abendessen. Sie waren bei Bekannten von Fredriks Eltern gewesen. Während des Essens wurde bekannt, dass Fredriks Mutter krank war. Solange sie nach einer Tagesmutter suchten, war Ken Beier gezwungen, Fredrik mit zur Arbeit zu nehmen. Da hatte der Gastgeber gefragt, ob Fredrik sich darauf freue, seinen Vater zu begleiten. Fredrik hatte geprahlt und erzählt, dass sein Vater Chef von Männern in Uniform sei, dass einer der Kollegen seines Vaters Fredrik eine Pistole gezeigt und ihm eine Offiziersmütze aufgesetzt hatte.

Ken Beier hatte es weggelacht. Danach hatte er ihm eine Ohrfeige verpasst und gesagt, dass Fredrik über so etwas nicht reden solle. Er erinnerte sich an die Scham, ein Versprechen gebrochen zu haben, das er doch nie abgegeben hatte; darüber, den Vater enttäuscht zu haben. Was hatte diese Wut ausgelöst?

»Ich erinnere mich an das Abendessen«, sagte Haakon Bull. »Es war in unserem Haus in Vinderen. Faktisch wohnen wir noch immer dort. Sie können nicht älter als drei, vier Jahre gewesen sein. Sie sind damals sanftmütig mit den Händen auf dem Rücken umhergeschlendert, als wären Sie ein älterer Herr. Sie müssen in jedem Zimmer gewesen sein. Ihr Vater sagte, Sie würden das immer so machen, Sie hätten keine Ruhe, bevor Sie nicht die Umgebung sondiert hätten.«

»Hmm«, entgegnete Fredrik.

Er hatte den einstigen Vietnam-Kameraden seines Vaters, den Berater, der sie im Finanzministerium informiert hatte, in einen der Besprechungsräume des Polizeipräsidiums gebracht. Auf der Fensterbank stand eine vertrocknete Pflanze. Draußen regnete es.

»Ich bin froh, dass Sie so schnell kommen konnten«, sagte Fredrik. »Wir haben den aus Henry Falcks Wohnung gestohlen USB-Stick sichergestellt.«

Bull streckte den kräftigen Körper durch. »Okay?«

»Sie haben nichts zu befürchten. Die geheimen Pläne über den Kauf neuer Überwachungsflugzeuge für das Militär waren nicht darauf.«

Der Mann runzelte verwundert die Stirn. »Nein? Und Sie sind sicher, dass es der richtige USB-Stick ist?«

»Er ist mit der Ortungssoftware ausgestattet, die Sie auf meinem Handy installiert haben. Allerdings ist die Nachverfolgung deaktiviert. Deshalb gab es kein Signal.« Schnell erläuterte Fredrik, dass sich die Dokumente darauf mit Waffenschmuggel befassten, nicht mit Flugzeugankäufen.

»Das überrascht mich sehr«, sagte Bull und fuhr sich mit einer Hand durch das schüttere Haar. »Die Ortungssoftware war gut versteckt.«

Fredrik nickte. »Ich nehme an, dass derjenige, der den USB-Stick gestohlen hat, wusste, dass man ihn orten konnte.«

Bull sah ihn skeptisch an. »Okay?«

»Das Signal führte in die Nähe des Containerhafens, zu einem anderen Ort als dem, wo wir den Stick dann tatsächlich gefunden haben. Ich habe den Verdacht, dass wir dorthin gelockt wurden, um uns weiszumachen, er wäre außer Landes geschafft worden.« Bull wollte etwas entgegnen, aber Fredrik ließ sich nicht unterbrechen. »Meiner Theorie zufolge war denen, die den Stick gestohlen haben, der Inhalt bereits bekannt. Er wurde nicht gestohlen, um irgendetwas aufzudecken, sondern um zu verdecken. Falck war mit seiner Untersuchung des Waffenschmuggels viel weiter vorangekommen, als irgendjemand ahnte. Nicht einmal seine Vorgesetzten wussten davon. Sobald der USB-Stick und Falck aus der Welt geschafft waren…« Fredrik machte eine vielsagende Pause. »Dieser Bericht über Waffenschmuggel«, sagte er, »haben die Behörden Falck bei der Arbeit daran unterstützt?«

»Nein. Das Verteidigungsministerium war zwar informiert, aber nicht beteiligt. Es handelte sich um eine Untersuchung im Auftrag des Produzenten. Warum?«

»Das war nur eine Frage.« Fredrik zog den Stuhl an den Tisch heran und lehnte sich vertraulich nach vorn. »Es gibt noch eine Sache, die ich Sie fragen möchte. Eine etwas heikle.«

Bull sah ihn abwartend an.

»Als wir das letzte Mal miteinander gesprochen haben, haben Sie Ministerpräsident Riebe in recht… heftigen Worten beschrieben – als einen politischen Zyniker.«

Der kräftige Mann schmunzelte. »Das ist milde ausgedrückt.«

»Sie sagten, Ihrer Ansicht nach seien meine Kollegin und ich nur benutzt worden, damit die neue Finanzministerin keinen Widerspruch in Bezug auf den Ankauf der Überwachungsflugzeuge erhebt.«

»Und dazu stehe ich.«

»Glauben Sie, dass Riebe oder sein Assistent, Ruben Andersen… Könnten sie Sie getäuscht haben? Könnten sie die Geschichte über die gestohlenen Dokumente erfunden haben, um eine solche Besprechung zu inszenieren? Um die Finanzministerin auszumanövrieren?«

Auf Haakon Bulls Stirn kam eine tiefe Furche zum Vorschein. »Ich glaube, es gibt wenig, was Ministerpräsident Riebe und seinen Leuten heilig ist«, antwortete er schließlich. Dann lehnte er sich zurück und legte sich die Hände auf den Bauch. »Erlauben Sie mir, *Ihnen* eine Frage zu stellen?«

»Selbstverständlich.«

»Ist es korrekt, dass Franke Nore etwas mit dem Diebstahl des USB-Sticks zu tun hatte?«

Fredrik sah ihn überrascht an. »Warum?«

»Ich deute das als ein Ja«, antwortete Bull bedauernd.

»Verdammt noch mal. Ich kenne Franke. Wir gehen gemeinsam zur Jagd, Franke, sein Nachbar Roger und ich. Wir drei waren hier im Haus Kollegen. Das ist eine Ewigkeit her. Aber wir sind Kameraden geworden und jagen seither jedes Jahr im Winter Hasen und im Herbst Elche.« Er brummte. »Ich habe versucht, an die Elchjagd im Herbst zurückzudenken. Wenn ich etwas gesagt habe, was… ja, was er sich zunutze gemacht haben könnte, was ihn auf Ideen gebracht haben könnte…«

»Haben Sie das denn?«

Bull brummte weiter. »Ich weiß es nicht. Sie wissen doch, wie das mit Kumpels auf Tour ist. Man redet einfach drauflos, nicht wahr. Über alles und nichts. Das hier ist doch trotz allem eine verdammte Tragödie.«

Fredrik begleitete Bull zum Fahrstuhl. Der kräftige Mann hatte einen Watschelgang.

»Sie kannten doch meinen Vater«, sagte Fredrik. »Wissen Sie, warum meine Eltern nach Norwegen gezogen sind?«

Bull sah ihn argwöhnisch an. »Nein… Ihre Mutter war doch Norwegerin. Sie hatte vermutlich Heimweh. Warum fragen Sie?«

Fredrik zögerte kurz. Er war unsicher, wie viel er preisgeben sollte. »Sie wissen doch Bescheid über die Journalistin, die wir im Maridalsvannet gefunden haben, Benedikte Stoltz? Sie hat mich nach meinem Vater gefragt. Sie hat sich für seine Arbeit interessiert.«

»Meinen Sie, das könnte etwas mit den Morden zu tun haben?«

»Das weiß ich nicht«, antwortete Fredrik schnell. »Aber ich bin in der amerikanischen Botschaft gewesen und habe sie darum gebeten, seine Personalakte einsehen zu dürfen. Das Einzige, was sie mir gezeigt haben, war der Arbeitsvertrag und eine Notiz zu seinem Abschied.«

»Na ja, nach Vietnam bin ich Ihrem Vater erst wieder begegnet, nachdem ich bei der Polizei angefangen hatte. Eines Tages hat er mich einfach kontaktiert. Der alten Zeiten wegen, nahm ich an. Unsere Ehefrauen haben sich angefreundet, und wir sind zu guten Bekannten geworden. Beruflich hatten wir jedoch nichts miteinander zu tun. Wenn ich mich recht entsinne, war er mit der Lagerung amerikanischer Kampfmittel hierzulande betraut – Fahrzeuge, Panzer, Waffen… für den Fall eines Konflikts mit der Sowjetunion«, sagte er.

»Aber Sie hatten nicht den Eindruck, dass er auch an etwas… Sensiblerem beteiligt war?«

Bull drückte mit einem fetten Zeigefinger auf den Fahrstuhlknopf. »Damals war alles sensibel. Das war der Kalte Krieg. Viel von dem, was damals vor sich ging, unterliegt noch immer der Geheimhaltung. Möglicherweise wollte die Botschaft Ihnen deshalb keine Einblicke in die vorhandenen Informationen gewähren.«

»Wussten Sie, dass er suspendiert wurde?«

»Was meinen Sie?«

»Die letzten Monate, bevor mein Vater bei der Botschaft aufgehört hat, war er vom Dienst freigestellt. Ich frage mich, ob er etwas falsch gemacht haben kann, ob gegen ihn irgendeine eine Untersuchung oder Ermittlung lief?«

»Tut mir leid«, sagte Bull. »So nah standen wir uns nicht. Er starb ja auch nur kurze Zeit später. Das ging damals so schnell.«

Fredrik ließ nicht locker. »Die Organisation«, sagte er. »Hat mein Vater irgendwann einmal diesen Begriff erwähnt? Vielleicht in Bezug auf jemanden, für den oder mit dem er gearbeitet hat?«

Bull legte das Gesicht in nachdenkliche Falten. »Nein.«

Dann ertönte das Fahrstuhlsignal, und die Türen glitten auf.

»Ihre Frage macht mich neugierig. Diese… Organisation. Was ist das? Ist das wichtig?«

Fredrik schüttelte den Kopf. »Ich weiß es nicht.«

Es war inzwischen Abend geworden. Fredrik und Kafa waren fast alleine in dem Großraumbüro. Er drückte die letzte Schmerztablette aus dem Blister, spülte sie mit kaltem Kaffee herunter und hinkte dann steif zur Fensterfront. Fredrik mochte es, einfach dazustehen und den Blick über seine Stadt schweifen zu lassen. Es hatte aufgehört zu regnen, und der Schneematsch, der noch im Botsparken lag, wirkte im Schein der Parklaternen gelblich. Hinter den Baumkronen zeichnete das Gebäudeensemble, das »Barcode« genannt wurde, geometrische Figuren in den Fjord, und wenn er die Stirn gegen das Glas lehnte, sah er links unten das Osloer Gefängnis. Wie die Speichen aus einer Nabe sprangen die drei Flügel aus dem schiefen Backsteinhalbkreis heraus. Dort hatte Franke Nore eingesessen.

Die kalte Scheibe wirkte lindernd auf die Beule an der Stirn und klärend auf die Gedanken. Fredrik war sich sicher, dass Polizeidirektor Koss falsch lag. Dieser Ockham konnte sich sein Rasiermesser sonstwohin stecken. Benedikte Stoltz hatte etwas gefunden, was eine Verbindung herstellte zwischen dem Waffenschmuggel nach Afghanistan, den verlassenen Industriebaracken im Wald und der Villa, in der sein Vater gearbeitet hatte. Das hatte sie das Leben gekostet. Woher aber hatte sie ihre Informationen?

Fredrik überlegte, womit die TV 2-Journalistin ihre letzten Stunden verbracht hatte. Nach dem Abendessen auf Schloss Akershus hatte sie zu Hause geschlafen. Am nächsten Morgen war sie früh aufgestanden, hatte gesagt, sie gehe zur Arbeit, war stattdessen jedoch einige Stunden später am Maridalsvannet aufgekreuzt. Dort hatte sie sich mit Richard

Reiss getroffen. Im Gepäck hatte sie einen leeren Notizblock sowie einen Zettel mit vier Namen darauf. Tschernobyl. Ken Beier. Afghanistan und Noman Mohammed. Und im Zentrum des Ganzen stand die Organisation.

»Warum?«, murmelte er. Benediktes Chef hatte sie als eine vorsichtige Reporterin beschrieben, die nie unnötige Risiken einging. Warum also fuhr sie alleine zu einem Treffen mit einem verurteilten Straftäter und Schläger? Warum log sie ihre Lebensgefährtin an? Was geschah in den Stunden zwischen ihrer Abfahrt zu Hause und dem Treffen mit Reiss?

Was hätte Fredrik selbst getan? Wenn er in einem Fall ermittelt hätte und ein gewalttätiger Krimineller ihn an einem einsamen Ort treffen wollte?

Er hätte Nein gesagt. Er *hätte* Nein gesagt.

Es sei denn …

Es sei denn, eine Person, der er vertraute, hätte für seine Sicherheit garantiert.

Er kramte in seiner Tasche und fand die zerknitterte Visitenkarte, die Benedikte Stoltz ihm nach dem Essen im Schloss gegeben hatte.

»Verdammt!« Fredrik ging schnell zu Kafa. Verwirrt sah sie zu ihm auf, als er sich durch die Dokumente wühlte. Schließlich fand er den Zettel, nach dem er gesucht hatte.

»Warum befand sich Beata Wagners Fingerabdruck auf dem USB-Stick?«, sagte er.

»Darüber haben wir doch bereits gesprochen? Weil sie Falcks Sekretärin war?«

»Nein, Wagner hat im Finanzministerium gearbeitet und war Sekretärin für das Projekt mit den Überwachungsflugzeugen. Die Dokumente auf dem USB-Stick handeln jedoch vom Waffenschmuggel, und mit dieser Untersuchung hatte das Ministerium nichts zu tun. Warum also hatte Wagner den USB-Stick in den Fingern?«

Kafa zuckte mit den Schultern.

»Hör zu«, sagte Fredrik. »Der Zettel, den wir in Benediktes Tasche gefunden haben, belegt, dass sie an weitaus mehr als nur dem Inhalt des USB-Sticks interessiert war. Sie saß auf Informationen, von denen wir nur einen Bruchteil kennen. Benedikte muss eine geheime Quelle gehabt haben. Was, wenn es sich dabei um Beata Wagner gehandelt hat?«

»Okay?«

»Benedikte war als vorsichtige Journalistin bekannt. Dennoch hat sie verschwiegen, wohin sie wirklich wollte, und ist alleine zu dem Treffen mit Richard Reiss gefahren. Warum? Na ja, weil eine Person, der sie vertraute, ihr die Sicherheit des Treffens bestätigt hat.«

Kafa sah ihn abwartend an.

»Erinnerst du dich daran, was die Techniker in der Autowaschanlage *nicht* gefunden haben? Beata Wagners Handy. Victoria zufolge wurde Benedikte in der Nacht vor ihrem Verschwinden kontaktiert. Victoria glaubte, ihre Freundin hätte einen Anruf erhalten. Was aber, wenn es stattdessen eine SMS war? Eine Nachricht von Beatas Telefon, dass Richard Reiss einem Treffen mit Benedikte zugestimmt hatte?«

»Aber… wir haben Benediktes Verbindungen doch überprüft. Für diese Nacht sind keine Nachrichten oder Telefongespräche registriert.«

Fredrik legte die Visitenkarte, die die Journalistin ihm gegeben hatte, auf den Schreibtisch.

»Das ist die Telefonnummer, die auf Benedikte Stoltz registriert ist«, sagte er und zeigte auf die Ziffern unter dem aufgedruckten Namen. »Die Verbindungen dieses Telefons haben wir überprüft.«

Anschließend drehte er die Karte um. Dort stand die Nummer, die Benedikte Stoltz für ihn an dem Abend zusätzlich draufgekritzelt hatte, als sie sich vor Schloss Akershus begegnet waren.

»Weißt du, was Benedikte gesagt hat, als sie mich nach meinem Vater fragte? ›Niemand muss erfahren, dass wir miteinander gesprochen haben.‹ Zu diesem Zeitpunkt hab ich nicht begriffen, was dieser Satz bedeutet. Als investigativer Reporter arbeitet man an heiklen Sachen, hat geheime Quellen und lügt seine Freundin an – was wäre dafür ein ganz logisches Arbeitsmittel?« Er beantwortete seine Frage selbst. »Ein zweites Telefon mit einer Nummer, die nicht zu einem nachverfolgt werden kann.«

Kafa pfiff leise. »Wow. Aber warum haben wir dieses Telefon dann nicht bei Benedikte gefunden? Glaubst du, der Täter hat es mitgenommen?«

»Nein. Denn warum hätte er sich dann nicht die ganze Handtasche geschnappt? Schließlich haben uns die Notizen in den Ermittlungen weitergebracht. Benedikte und der Mörder müssen dort draußen auf dem Eis gut sichtbar gewesen sein. Der Mörder hatte wenig Zeit. Benedikte wusste, dass das Telefon ihre Quellen entlarven könnte, daher hat sie es versteckt, bevor sie zu dem Treffen mit Richard Reiss gefahren ist. Kontaktierst du die Telefongesellschaft und beschaffst die Verbindungsnachweise?«

Sie nickte, um ihn anschließend fragend anzustarren. »Es gibt noch eine Sache, die ich nicht verstehe. Warum musste Benedikte ihre Freundin bezüglich des Treffens mit Reiss anlügen? Was bringt dich zu der Annahme, dass Benedikte Stoltz und Beata Wagner einander überhaupt kannten?«

Fredrik schaute sie lange an. »Das weiß ich noch nicht. Aber ich habe eine Theorie.«

Auf dem Gehweg vor dem Lompa war ein schielender Keramikweihnachtsmann im Schneematsch begraben, und Fredrik überlegte, ob er seit Weihnachten dort gestanden hatte oder ob er einfach nur früh dran war. Fredrik selbst kam gerade rechtzeitig. Die alte Bierhalle war kurz davor zu schließen, jedoch schaffte er noch ein Pils, bevor die letzte Straßenbahn heimwärts fuhr.

An der Bar standen ein paar Kerle mit Bart und Flanellhemd und diskutierten den Unterschied zwischen einem Red Ale und einem Amber. Fredrik stellte sich so weit weg von ihnen wie möglich. Eine Zeit lang war auch er auf den Mikrobrauereitrick reingefallen: affektierte Etiketten, doppelter Preis und völlig übertriebene Mengen an Hopfen. Aber er war des Ganzen überdrüssig geworden. Es verursachte bei ihm nur einen Kater und ein leeres Portemonnaie. Fredrik mochte sein Bier filtriert, sterilisiert und in Massenproduktion hergestellt.

Also trank er und ließ stattdessen den Blick über das dunkle Holz, die sperrigen Kronleuchter und die Gemälde von schiefen Holzhäusern und hoch aufragenden Wohnblocks schweifen aus einer Zeit, bevor die Einwanderer den Stadtteil besiedelt und ihn mit Gemüseläden, Kebabbuden und Halalgeschwätz gefüllt hatten.

Er hatte bezahlt und wollte gerade gehen, als neben ihm eine Gestalt auftauchte.

»*Officer*«, sagte eine raue Stimme, während die Frau neben ihm ihre Lederhandschuhe auszog.

»Ich meine mich zu erinnern, dass du Drinks spendierst?«

Woher kamen ihm die halblangen, dunkelroten Haare nur bekannt vor? Die tiefblauen Augen mit dem frechen Blitzen darin? Das Parfüm half ihm auf die Sprünge, der Duft nach Zimt und Vanille. Oder vielleicht war es ihr spielerisches Lächeln. Es war die Frau, der er im Paris H begegnet war, am Abend nach dem Essen auf Schloss Akershus.

»Ich glaube nicht, dass sie noch ausschenken«, sagte er.

Sie steckte die Handschuhe in ihre Tasche und reichte ihm ihre schmale Hand.

»Cecilia Synd«, sagte sie. »Und du musst Fredrik Snortare sein?«

Fredrik sah sie fragend an. Sie fuhr sich mit der Zungenspitze über die Lippen.

»Nur ein Lied, an das ich gerade denken musste. Hätte ich dich nicht bereits in Uniform gesehen, hätte ich gewettet, dass du bei der Steuerbehörde arbeitest.«

»Aber ich bin nun mal Bulle«, antwortete Fredrik.

»Dann wirst du das hier lieben«, sagte Cecilia. Sie zog ihre weit ausgeschnittene Bluse beiseite und drehte ihm ihre Schulter zu. Das Tattoo begann neben der Achselhöhle, die Farbschattierungen reichten bis weit über das Schulterblatt. Die qualmende Pistole bedeckte fast die komplette Narbe, über die sie gestochen worden war.

»Also, ich bin nicht angeschossen worden.« Dann streckte sie sich, und Fredrik spürte ihre Brüste an seinem Oberkörper, während ein rot lackierter Nagel die Beule an seiner Stirn berührte. »Du etwa?«

42

Auf dem Kopfkissen war eine Mulde erkennbar, und als er es zu sich heranzog, erahnte er den süßen Duft von Vanille. Einen Augenblick lang blieb er so liegen und ließ den Geruch die Erinnerungen zurückbringen.

Sie waren im Schlafzimmer. Seinem Schlafzimmer. Hier. Sie hatte die Knöpfe seines Hemds geöffnet und es ihm ausgezogen, bevor sie ihn aufs Bett gestoßen hatte. Dann hatte sie sich ihrer Sachen entledigt, zuerst der Bluse – er hatte auf ihr Tattoo gestarrt, auf die Narbe, während sie den BH geöffnet, den Reißverschluss an der Hüfte aufgezogen und sich aus dem Rock geschält hatte, bevor sie sich nach vorn beugte. Dann waren Strumpfhose und Slip dran gewesen, und schließlich war sie vor ihm auf die Knie gegangen und hatte seine Hände weggeschoben, als er mit dem Gürtel behilflich sein wollte.

Er hatte sich nach hinten auf die Matratze fallen lassen und mit müden Augen in das Deckenlicht gestarrt. Und er war gefallen und gefallen und gefallen, bis die Dunkelheit die Wände bis an die Decke hinaufgekrochen und die Deckenlampe nur noch ein Punkt auf einer schwarzen Leinwand war, ein Stern in einer mondlosen Nacht.

Verflucht. Er starrte auf den Bettbezug. Er war offensichtlich eingeschlafen.

Fredrik stemmte sich auf die Ellenbogen hoch. Es war taghell, und das Dröhnen des Verkehrs vom Bogstadveien klang bedrohlich nah. Der Wecker auf dem Nachttisch zeigte bald Mittag an.

»Cecilia?«

Keine Antwort. Die Beule an der Stirn war kleiner geworden und sie pochte nicht mehr, jedoch fühlte sich sein Kopf wie mit Watte gefüllt an, und seine Augen waren geschwollen. Es war also festzuhalten, dass die Kombination aus Gehirnerschütterung, schmerzstillenden Medikamenten, Alkohol und Sex für einen unglücklich geschiedenen Ermittler über fünfzig zu viel war. Herrgott. Was trieb er hier eigentlich? Er dachte an Therese, was ihm einen Stich in der Brust versetzte. Das Gefühl verwunderte ihn. Warum sah er jetzt ihre grünen Augen vor sich? Warum hatte er das Gefühl, etwas Falsches getan zu haben?

Nachdem er eine Runde nackt durch die Wohnung gedreht hatte, stellte er fest, dass er alleine war. Nicht einmal eine Telefonnummer hatte sie dagelassen. Allerdings hatte er im Laufe der Morgenstunden mehrere E-Mails erhalten. Die kürzeste war von Botschaftssekretär Steven Miller. *Es ist korrekt, dass die Villa Ravnli kürzlich an einen norwegischen Investor verkauft wurde. Aus Sicherheitsgründen können wir nicht näher darauf eingehen, wie die Immobilien der amerikanischen Botschaft später genutzt werden oder wie sie bisher genutzt wurden.*

Fredrik schnaubte spöttisch. So etwas hatte er erwartet. Mit der nächsten E-Mail verband er jedoch größere Hoffnungen. Es waren die Verbindungsnachweise von Benedikte Stoltz' geheimem Handy, eine Übersicht mit Datum und Zeitpunkt aller SMS und Telefonate.

Die Nummer war vor anderthalb Jahren aktiviert worden, und anfänglich hatte es den Anschein, als hätte Stoltz nur mit einer einzigen anderen Nummer kommuniziert, und das auch nur in Form von Textnachrichten. Diese Nummer war nicht mehr aktiv, las er. Dann tauchte eine andere Nummer auf, mit der sie sowohl SMS austauschte als auch Telefonate führte. Die letzte Nachricht wurde an dem Morgen von Benediktes Verschwinden an sie geschickt, dem Morgen, an dem sie den Namen Richard Reiss auf den Notizblock auf ihrem Nachttisch geschrieben hatte.

Der Absender war Beata Wagner, Henry Falcks Geliebte. Die Frau, die zusammen mit ihm in der Autowaschanlage in Vika ermordet worden war.

»Was meinen Sie damit, die Information wurde gelöscht?«

Fredriks aufbrausender Tonfall ließ den Taxifahrer missbilligend in den Rückspiegel schielen. Fredrik erwiderte den Blick, während die Frau von der Telefongesellschaft bemüht war, freundlich zu bleiben.

»Das Datenschutzrecht verpflichtet uns dazu, diese Angaben nach einer bestimmten Zeit zu löschen, daher kann ich Ihnen nicht sagen, wer diese Telefonnummer zuvor benutzt hat. Der Anschluss wurde vor über einem Jahr gekündigt und ist seither nicht in Gebrauch gewesen.«

»Es geht um eine Mordermittlung.« Der Taxifahrer zog eine Augenbraue hoch.

»Das habe ich schon verstanden, aber die Angaben existieren nicht mehr.«

Er ließ den Blick auf den grauen Fassaden ruhen, während sie durch die Straßen der Stadt fuhren. Wie sollte er jetzt herausfinden, mit wem außer Beata Wagner, Benedikte Stoltz kommuniziert hatte?

»Da sind wir«, sagte der Taxifahrer bestimmt.

Dann stand Fredrik auf der Odins gate in Frogner. Auf der einen Seite erblickte er eine Reihe von Laubbäumen im Winterkleid, und hinter den Bäumen befanden sich Stadtvillen und Reihenhäuser. Auf der anderen Seite der Straße erhoben sich Mehrfamilienhäuser, einhundert Jahre alte Jugendstilbauten, gestrichen in Schattierungen von Weiß und Gelb. Sein Blick suchte ein ganz bestimmtes Fenster im zweiten Stock.

Es war fünfzehn Jahre her, seit er zum letzten Mal hier gewesen war. Fünfzehn Jahre, seit sich Fredrik aus diesem Fenster hatte fallen lassen, mit Frikk in den Armen und einem wütenden Feuer im Rücken.

Hier hatten sie gewohnt: Fredrik, seine Frau Alice und die Kinder. Sofia, Jacob und Frikk. Wer jetzt wohl dort lebte? Wussten sie, dass dort drin im Schlafzimmer ein Kind ums Leben gekommen war? Waren die Wände immer noch rußgeschwärzt, wenn man Farbe und Tapete abkratzte?

Er blinzelte und wandte sich ab. Die Wohnung, zu der er wollte, befand sich weiter unten an der Straße.

Ein weißes Geländer führte entlang der gefliesten Treppe nach oben. Der Hausmeister wartete mit dem Schlüssel vor der Tür zu Beata Wagners Wohnung.

»Ich dachte, ihr seid hier schon lange fertig«, sagte er, als Fredrik das Polizeiabsperrband löste.

»Das dachte ich auch«, erwiderte Fredrik, »aber es kann sein, dass wir gerade erst begonnen haben.«

Als die Tür hinter ihm wieder ins Schloss fiel, war alles still. Er stand im hellblauen Flur einer kleinen Wohnung. Die Einrichtung war schlicht, aber keineswegs simpel. Auf der geschnitzten orientalischen Kommode neben der Wohnungstür hatte sich eine kaum sichtbare Staubschicht gebildet, ebenso auf dem niedrigen Wohnzimmertisch und der Yogamatte neben dem Fenster zum Hinterhof. Es lag Staub auf dem eingerahmten Stück Reispapier, das dekoriert mit chinesischen Schriftzeichen über dem weißen Stoffsofa hing.

Beata Wagner hatte Benedikte Stoltz den Namen von

Richard Reiss geschickt. Beata war es, die sich für ihn verbürgt hatte – das heißt, Benedikte Stoltz hatte es zumindest geglaubt. In Wirklichkeit deutete alles darauf hin, dass Beatas Handy bei ihrer Ermordung gestohlen worden war, um damit Benedikte zum Maridalsvannet zu locken. Das bedeutete, dass Benedikte und Beata einander gekannt haben mussten. Ja, mehr als das, Benedikte war alleine zu einem Treffen mit einem Gewalttäter gefahren, weil Beata ihr diese Nachricht geschickt hatte.

Während er Bücherregale durchsuchte, Schubladen öffnete und Kleiderschränke durchforstete, versuchte er sich daran zu erinnern, was sie über Beata Wagner wussten, die Sekretärin aus dem Finanzministerium, die in dieser Ermittlung bisher als unschuldiges Opfer betrachtet worden war; Henry Falcks Geliebte, die zufällig zur falschen Zeit am falschen Ort gewesen war, als der Mörder sich entschloss, sich in einer Waschanlage in Vika Henry Falcks zu entledigen.

Sie war fünfundvierzig Jahre alt, als sie ermordet wurde, unverheiratet, mit einem deutsch-indischen Vater und einer norwegischen Mutter. Ihr Chef hatte sie als eine graue Maus bezeichnet.

Im Bambusregal im Schlafzimmer fand er ein Bild von ihr. Es lag neben einigen Büchern und einem Fotoalbum. Das Porträt war in einem Studio aufgenommen worden und zeigte Beata Wagner von der Taille aufwärts. Soweit Fredrik das beurteilen konnte, war sie weit entfernt davon, eine graue Maus zu sein. Die Haut war goldbraun, und die schwarzen Haare reichten ihr bis zur Schulter, wenn sie den Kopf zur Seite legte. Das Jochbein war abgerundet und markant, die Nase schlank und das Kinn spitz. Die Augen lächelten warm, und sie war ausgesprochen hübsch. Fredrik erinnerte sich an den Moment, als er sie gesehen hatte: über das Lenkrad eines Tesla geschleudert, das Gesicht von der

Druckwelle einer Kugel entzweigerissen, Hirnmasse tropfte ihr aus der Stirn.

Wie der Rest der Wohnung war auch das Schlafzimmer minimalistisch eingerichtet. Am Ende des Futons lag eine Bettdecke, darauf ein Handtuch sowie zwei schwarze Kleider. Beide wirkten teuer und aufreizend. Außerdem lag da Unterwäsche, als hätte sie verschiedene Varianten ausprobiert, bevor sie sich entschieden hatte, was sie an dem Abend tragen sollte, an dem sie Henry Falck traf. Neben der Matratze stand auf dem Einband eines Notizbuches ein Weinglas. Der Wein war blass und roch nach Essig.

Der Umschlag des Notizbuches war aus hellem Leder und die Seiten dick wie Pergament. Smythson. Er blätterte ein wenig darin. Seite um Seite enthielten vegetarische Rezepte, kombiniert mit handgezeichneten Illustrationen von schlanken, eleganten Frauen in Yogapositionen. Die Buchstaben waren sorgfältig gerundet und in einer fließenden Handschrift mit Füller ausgeführt.

Dann widmete er sich dem Fotoalbum: Urlaubsbilder, vermutlich irgendwo in Asien, Thailand vielleicht. Bei ein paar Aufnahmen von einem Strand, wo der Sand weiß, der Himmel blau und die Palmenblätter grün waren, hielt er kurz inne. Zwei Frauen waren eng umschlungen darauf zu sehen. Beide trugen weite, helle Baumwollhemden über dem Bikini. Ihre Beine waren nackt und die Füße im Sand vergraben, die Finger ineinander verschlungen – die hellen der einen Frau in die dunklen der anderen. Beata Wagner und Benedikte Stoltz.

»Verdammt«, murmelte er. »Ich wusste es.«

»Verräter« war an Falcks Tesla geschmiert worden. Sie waren überzeugt gewesen, dass sich die Anklage gegen Falck gerichtet hatte, schließlich war es sein Auto. Jetzt sah Fredrik jedoch ein, dass dem vielleicht nicht so war.

Beata Wagner war eine x-beliebige Sekretärin im Finanzministerium, dem Ministerium, dem sich alle anderen Ministerien beugen mussten, weil es auf dem Geld saß. Eine graue Sekretärinnenmaus, anwesend bei internen Besprechungen, ganz hinten im Raum, ohne jemals die Stimme zu erheben, ohne jemals Aufmerksamkeit zu erregen.

Beata Wagner musste Benedikte Stoltz' Quelle gewesen sein. Sie hatte Benedikte mit Informationen versorgt. Beata Wagner hatte ihr Verschwiegenheitsgelübde gebrochen. Sie war die Verräterin.

43

Nachdenklich nahm der Ministerpräsident den Garten vor dem Gebäude in Augenschein. »Als ich noch ein Knirps war«, sagte er, »war Norwegen weiß«.

Am Zaun zur Inkognitogata schlenderte ein Wachmann entlang. Seine Maschinenpistole zeigte zu Boden, und das Polizeikäppi wies am Hinterkopf eine sonderbare Beule auf. Sie war den langen schwarzen Haaren geschuldet, wusste Ruben Andersen. Er hatte gesehen, wie der Wachmann sie nach der Arbeit in der Garderobe unter der Wohnung des Ministerpräsidenten in den Turban wickelte.

»Dreiunddreißig Prozent«, entgegnete er. »Jeder dritte Bewohner dieser Stadt ist Einwanderer oder Kind von Einwanderern. Es herrschen neue Zeiten.«

Simon Riebe schmunzelte. »Ich meinte den Schnee. Als ich jung war, hat es an Weihnachten noch geschneit, und der Schnee ist bis April liegen geblieben. Ich bin mit dem Tretschlitten zur Schule gefahren, Ruben. Wissen Sie, was ein Tretschlitten ist? Gibt es dafür eine App?«

»Nicht dass ich wüsste«, murmelte der Staatssekretär.

»Das ist ein Bild unserer Zeit, Ruben. Eisige Kälte, Schneestürme und strömender Regen. Alles ist vergänglich. Nichts ist in Stein gemeißelt. Was hat der liebe Gott als Nächstes vor?«

Der Ministerpräsident und sein Staatssekretär standen am Fenster des Esszimmers. Die Scheiben reichten vom Boden bis zur Decke und davor hingen hellblaue, durchsichtige Gardinen. Die Farbe war Rubens Idee gewesen. Beim Einzug des Ministerpräsidenten waren die Gardinen weiß gewesen, aber Blau war schließlich die Farbe des Himmels, des Meeres sowie der Regierungspartei Høyre. Hinter den Bäumen im Park befand sich das Schloss. Die Königsflagge mit dem Reichslöwen wehte und zeigte an, dass der Monarch im Lande war. Der *andere* Monarch, wie Riebe es gern ausdrückte.

»Apropos lieber Gott«, sagte Ruben. »Ich glaube, die stellvertretende Vorsitzende der Kristelig Folkeparti hat jetzt lange genug gewartet. Soll ich sie hereinbitten?«

Riebe hatte sich mit dem Rücken zum Fenster gesetzt, als Ruben mit dem Gast zurückkehrte. Der Ministerpräsident erhob sich, setzte ein gekünsteltes Lächeln auf und streckte die Arme aus.

»Kari Lise. Amtierende Finanzministerin und Gesundheitsministerin. Sie sollten mehr als genug zu tun haben, um sich die Zeit zu vertreiben? Schaffen Sie es denn überhaupt noch, Ihr Enkelkind zu sehen?«

Kari Lise Wetre stellte ihre Tasche auf dem langen Eichentisch ab, bevor sie sich umarmen ließ. »Ich hole ihn von der Schule ab. Aber diese Woche sind ja Winterferien, sodass er jetzt mit seinem Großvater zu Hause ist. Die letzte halbe Stunde habe ich in Ihrem Vorzimmer verbracht. Genau diese Zeit hätte besser genutzt werden können.«

»Tut mir leid«, sagte Riebe und bedeutete Ruben, dass er Kaffee herbeischaffen solle. »Ich war beschäftigt.«

Ruben setzte die fauchende Espressomaschine neben der Tür in Gang und machte einen großen Schritt nach hinten, um das Gespräch hören zu können. Alle, die er fragte, sagten das Gleiche: Kari Lise Wetre würde auf dem außerordentlichen Parteitag zur neuen Vorsitzenden der Kristelig Folkeparti gewählt werden.

Wetre und Riebe kamen überhaupt nicht miteinander aus. Die schlanke, elegante Frau sah den Ministerpräsidenten in einer Weise an, wie es sich nur sehr wenige trauten – als würde sie durch ihn hindurchsehen. Sie ignorierte die blank geputzte Fassade, die Beredsamkeit und das vornehme Gehabe. Sie ahnte, was sich dahinter verbarg, dachte Ruben.

»Ich werde nicht aufgeben«, sagte Wetre, als Ruben die kleine Tasse vor ihr abstellte. »Es ist vollkommen inakzeptabel, das Flüchtlingsengagement hintanzustellen, nur weil die Kriegshetzer im Verteidigungsministerium neue Überwachungsflugzeuge haben wollen. Wenn ihr diese Flugzeuge kaufen wollt, müsst ihr das Geld dafür an anderer Stelle auftreiben.«

»Kari Lise«, sagte Riebe und ließ Espresso in ein Stück braunen Zucker ziehen. »Sie sind jetzt amtierende Finanzministerin seit… ein paar Wochen? Da gibt es viel, in das Sie sich erst einarbeiten müssen, aber ich bin sicher, dass Sie bereits erkannt haben, dass der finanzielle Handlungsspielraum begrenzt ist. Die allerwichtigste Aufgabe einer Regierung«, sagte er und saugte das Zuckerstück aus, »ist es, die Sicherheit der Einwohner zu gewährleisten.« Bevor er fortfuhr, legte er die Reste auf die Untertasse. »Russische Militärflugzeuge kreisen über uns. U-Boote und Spionageschiffe durchkämen unsere Hoheitsgewässer. Häufig ahnen wir nicht, dass sie da sind, bevor ein verwirrter Fischer Meldung macht. So kann es nicht bleiben. Die neuen Überwachungsflugzeuge sind ein ausgezeichnetes Mittel, um unser Territorium zu schützen. Die Flugzeuge können Ziele unter Wasser finden, identifizieren und angreifen. Sofern wir nicht erheblichen Willen zeigen, unsere eigenen Interessen zu wahren, werden unsere Alliierten bei der NATO, insbesondere die Amerikaner, nicht mehr für unsere Sicherheit garantieren. Ich nehme an, das wissen Sie.«

Ruben hatte Platz genommen und den Notizblock gezückt. Er spürte, dass er lächelte. Der Chef war gut.

Auch Kari Lise Wetre lächelte, jedoch nicht mit den Augen. »Auch das weiß ich«, sagte sie. »Vertraulich haben uns die Amerikaner gebeten, mehr Flüchtlinge aufzunehmen. Wir haben ein Aufnahmesystem von hoher Kompetenz, um die Lügner von den wirklich Schutzbedürftigen zu unterscheiden. Wir verfügen über ausreichend Kapazitäten in den Aufnahmeeinrichtungen und haben eine Sicherheitspolizei, die alles gut im Griff hat. Unsere Alliierten werden zweifellos verstehen, dass ein kleines Land wie Norwegen Prioritäten setzen muss. Wie Sie ganz richtig sagen, ist der finanzielle Handlungsspielraum schließlich begrenzt.«

Simon Riebe zerdrückte den Rest des Zuckerstücks zwischen den Fingern. »Kari Lise, die Russen spielen in der Ostsee Krieg, die Amerikaner meißeln ihre Außenpolitik via Twitter in Stein. In Zeiten wie diesen ist es unklug, uns der Bestialität des Terrors auszusetzen. Es ist unklug, noch mehr Probleme zu importieren.«

»Probleme«, zischte Wetre, und Ruben ahnte, dass es in den Augen des Ministerpräsidenten funkelte.

»Meinen Sie damit die Frauen und Kinder, die gesehen haben, wie ihre Häuser zerbombt wurden? Kleine Jungen, die über das Mittelmeer flüchten, weil die Alternative darin bestünde, zum Kampf für die Islamisten gezwungen zu werden?« Wetre sah Ruben direkt an. »Legen Sie den weg«, sagte sie und zeigte auf den Notizblock. »Das gehört nicht in Ihr Referat.« Dann beugte sie sich über den Tisch nach vorn und senkte ihre Stimme.

»Meine Tochter ist Opfer eines Terroranschlags geworden. Ich brauche keine Vorlesung über den Preis des Terrorismus. Suchen Sie Ihr Geld an anderer Stelle. Falls nicht, wird sich meine Partei aus der Regierung zurückziehen.« Sie erhob sich so abrupt, dass sie gegen den Tisch stieß und die Tasse umkippte. Der Espresso ergoss sich über die Eichenplatte. »So wichtig ist diese Sache für mich und meine Partei.« Sie knallte die Tür hinter sich ins Schloss.

Ruben wollte ein paar Papierservietten holen, aber Riebe wedelte nur mit der Hand und betrachtete die sich ausbreitende Kaffeepfütze. Sie rann in den schmalen Spalt der Tischplatte hinein, für die irgendein Däne vermutlich einen Designpreis gewonnen hatte. Dann seufzte er, schob seinen Stuhl nach hinten, griff nach der Dokumententasche, die gegen das Tischbein gelehnt war, und legte sie sich auf den Schoß.

»Ich werde das nicht zulassen«, sagte der Ministerpräsident leise. »Ich werde nicht zulassen, dass diese Fotze meine Regierung stürzt.«

»Was soll ich tun?«, fragte Ruben.

Ministerpräsident Riebe sah ihn an. »Sie hat ihre Absichten erklärt. Das war das Beste, was wir uns wünschen konnten. Kari Lise wird sich nicht überreden lassen. Das war eine Kriegserklärung. Und das Schöne am Krieg ist, dass alles erlaubt ist.« Er zog einen Papierordner aus der Tasche und nahm das darinliegende Dokument heraus, bevor er den Ordner in die Kaffeepfütze warf. Langsam verfärbte sich das graue Papier dunkler.

»Kari Lise Wetre hat das Sorgerecht für ihr Enkelkind William. Williams Mutter Annette war Mitglied einer christlichen Sekte, die Terroranschläge gegen die Nation geplant hat. Vielleicht ist die Zeit gekommen, der Öffentlichkeit zu zeigen, was für eine Terroristenliebhaberin Wetre in Wirklichkeit ist«, sagte Riebe.

Ruben Andersen erschauderte und tat dann etwas, was

er noch nie zuvor getan hatte. Er fragte, ob der Ministerpräsident wirklich durchdacht habe, was er da sagte. »Es gibt sehr gute Gründe dafür, die Ereignisse auf Solro unter Verschluss zu halten.«

Riebe schnaubte nur verächtlich. »Ich bin der Ministerpräsident.« Dann reichte er dem Staatssekretär das Dokument. Ruben las es schnell durch und schnappte nach Luft, als er begriff, was er da in den Händen hielt.

»Sind Sie sicher? Das wird Konsequenzen nach sich ziehen. Unvorhersehbare Konsequenzen.«

»Sorgen Sie einfach dafür, es bekannt zu machen.«

»Das wird sie zermalmen. Das wird auch das Kind treffen.«

»Das wird es«, antwortete Riebe. »Deshalb ist es ja so wichtig, dass die Öffentlichkeit informiert ist, bevor die Kristelig Folkeparti ihren neuen Vorsitzenden wählt.«

44

Die Vase hinter dem Bilderrahmen war sowohl zu hoch als auch zu schlank, und die Chrysanthemen sahen aus, als würden sie langsam erdrosselt. Die Kronblätter vibrierten in der Wärme der Teelichter. Das Foto, für das sie sich entschieden hatten, zeigte Benedikte Stoltz mit einem TV 2-Mikrofon vor der Brust. Mit Helm und schusssicherer Weste bekleidet, stand sie umgeben von Kindern inmitten einer Wüstenlandschaft.

Die Furchen im Gesicht des Mannes, der die Rede hielt, waren mit dem Hammer der Straße und dem Meißel der Nacht gehauen worden, und der Stimme nach zu urteilen, verschlang er die Bibel wie Alkoholiker Hochprozentiges. Es war ein Pfarrer, mit dem Benedikte in dem Winter zusammengearbeitet hatte, in dem sie eine Reportage über Obdachlose gemacht hatte.

Fredrik verfolgte das Gesagte nicht sonderlich intensiv. Er wusste, dass die Worte ihn berühren würden, und er war nicht hier, um sich berühren zu lassen. Stattdessen ließ er seinen Blick über die versammelte Menge schweifen. Der Großteil von Benediktes Kollegen war zur Gedenkstunde in die TV 2-Kantine gekommen. Es war seltsam, die Gesichter, die er vom Fernsehbildschirm her kannte, so zu sehen, die Promis, die Schwätzer und die Neunmalklugen, die sich der Aufgabe angenommen hatten, die Löcher zwischen den Werbepausen zu füllen.

Nach dem Pfarrer war Victoria Pytell an der Reihe. Die grauen Haare waren geflochten und teilten den Rücken ihres Kleides in der Mitte. Der Streifen, den die Tränen hinterlassen hatten, glänzte noch immer, als sie nach dem Stapel weißer Plastikbecher griff und diese unter den Anwesenden verteilte. Dann öffnete sie einen Flachmann und goss jedem einen winzig kleinen Schluck ein.

»Ich musste etwas nachfüllen«, sagte sie. »Benedikte hat so gerne Touren in Wald und Flur unternommen. Sie hat das meiste ausgetrunken.« Alle schmunzelten. Fredrik nippte an der Flüssigkeit. Sie war hellgelb und duftete nach Zitrone.

»Den hatte sie immer dabei. Wenn sie ankam, sei es auf dem höchsten Berggipfel oder lediglich an einem kleinen Waldsee, füllte sie den Verschluss mit Limoncello aus dem besten Selbstgebrannten, den ihr Vater auftreiben konnte.« Erneut gab es Gelächter. Victoria hob ihren Becher an.

»Ein Prosit auf eine gute Tour und ein glückliches Ende, pflegte Benedikte zu sagen. Also lassen Sie uns anstoßen.« Sie drehte sich zu dem Foto ihrer Freundin um. »Es war kein glückliches Ende, Benedikte, aber wir wünschen dir weiterhin eine gute Tour. Ich liebe dich.« Die letzten Worte ertranken fast in Tränen. Sie setzte sich und blieb so sitzen, bis alle gesagt hatten, was nötig war, und anschließend wieder ihrer Wege gegangen waren.

Der für gewöhnlich so redegewandte Nachrichtenchef Carl Solli fühlte sich sichtlich unwohl, als er sich hinter seinem Schreibtisch niederließ. Er bedeutete Fredrik und den beiden Frauen, Victoria und Redaktionsleiterin Helene Mork, auf den Besucherstühlen Platz zu nehmen. Victoria hatte ihre Tränen getrocknet und sich einen Schal über die Schultern gelegt. Sie wirkte müde, aber gefasst. Fredrik kannte das bereits von früher. Die Trauer war in Mordfällen nicht immer das Schlimmste, sondern die Ungewissheit. Wer war der Mörder? Warum hatte er sie getötet?

»Ich habe um ein Gespräch gebeten, weil ich ein paar Fragen an Sie habe«, begann Fredrik. »Das schien ein … guter Anlass, um ein bisschen zu reden.« Der raue Schnapsgeschmack lag ihm noch immer hinten auf der Zunge, weshalb er einen großen Schluck Kaffee nahm, bevor er fortfuhr. »Angenommen, jemand käme zu TV 2, gäbe an, er verfüge über Informationen, die der Verschwiegenheit unterliegen, Militärgeheimnisse, die er verkaufen will, Dokumente, die einen Skandal entfachen und die Schlagzeilen bestimmen würden – wie viel wären Sie bereit, für so etwas zu zahlen?«

Solli schnaubte. »Und wie hat sich der Betreffende diese Informationen denn beschafft?«

»Der Betreffende hat sie gestohlen.«

»Nicht eine Krone. Wir würden niemals für Diebesgut bezahlen. Was wollen Sie da andeuten? Dass Benedikte …«

»Nein«, unterbrach Fredrik, mit einem entschuldigenden Nicken Richtung Victoria. »Aber jetzt, wo es keinen Zweifel mehr daran gibt, dass sie ermordet wurde, muss ich wissen, woran sie gearbeitet hat.«

Die TV 2-Chefs tauschten untereinander Blicke aus. Solli atmete schwer. »Dunkelzeit«, sagte er schließlich. »Das war nicht unbedingt ein offizieller Name. Mehr ein Arbeitstitel. Als Benedikte«, die Pause zwischen den Worten war genau so lang, dass sie peinlich wurde, »von uns genommen wurde, hatten wir noch nicht entschieden, ob wir dem Projekt Priorität einräumen sollten. Fernsehdokumentationen sind bekanntermaßen teuer und die Ressourcen gering. Sie ließ durchblicken, dass die Sache äußerst heikel war und geheim gehalten werden musste.«

»Dunkelzeit?«, fragte Fredrik. »Was für ein Projekt war das?«

Solli suchte an der Decke nach Worten. »Vor etwas mehr als einem Jahr wurde Benedikte von einer… Person kontaktiert. Einer anonymen Quelle. Die betreffende Person behauptete, Informationen über Militärprojekte zu haben, die seit dem Krieg laufen, gesteuert von einer Art verborgenem Netzwerk, das sich der Kontrolle durch die Gesellschaft entzog.« Er hob die Hand, bevor Fredrik nachfragen konnte. »Die Details sind mir nicht bekannt, aber es ging um Geheimagenten, verdeckte Militäroperationen sowie ungesunde Verbindungen zwischen dem politischen Milieu und den Geheimdiensten. Um gesetzeswidrige Verbindungen. Benedikte und die Quelle vereinbarten ein Treffen, die Quelle ist jedoch nicht aufgetaucht. Seither hatte sie nichts mehr von ihr gehört.« Der Nachrichtenredakteur rieb sich die Wangen. »Was soll man mit so einem Hinweis anfangen? Da draußen gibt es genug Verrückte, also einigten wir uns darauf, dass Benedikte versuchen sollte, in der Sache zu recherchieren. Sie sollte versuchen herauszufinden, wer die Quelle war. Mein Vertrauen in Benedikte war groß«, sagte er und wartete, bis Victoria ihn ansah, »daher ließ ich ihr freie Hand, insofern es ihre sonstigen Aufgaben nicht beeinträchtigte – und insofern sie sich nicht in Gefahr begab.«

»Aber… sie muss doch Notizen gemacht haben? Hat sie überhaupt kein Material abgespeichert?«

Erneut bemerkte Fredrik den Blick zwischen den beiden TV 2-Chefs.

»Doch«, räumte Solli ein. »Vor Weihnachten hatten Benedikte und ich ein Gespräch. Sie hatte eine zweite Quelle aufgetan. Diese Quelle bestätigte nicht nur Teile der Informationen, die sie bereits hatte, sondern konnte sogar noch weitere Angaben machen. Eine Woche vor ihrem Verschwinden lieferte Benedikte einen Entwurf dessen ab, was ihrer Meinung nach Thema der ersten Episode sein musste. Es existieren ein paar Minuten Filmmaterial. Sie sagte, es sei nur eine Kostprobe dessen, was noch kommen werde.«

Quelle Nummer zwei. Beata Wagner. »Kann ich es sehen?«

Sollis Mund wurde gerade wie ein Strich.

Redaktionsleiterin Helene Mork war äußerlich nicht gerade beeindruckend: Sie war mittelgroß, ihr Teint, ihr Körperbau und ihr Aussehen entsprachen dem, was man als Durchschnitt bezeichnen würde. Nun aber funkelten ihre Augen resolut. »Carl«, sagte sie und sah ihren Chef eindringlich an. Seine Wangen waren im Begriff, rot zu glühen.

»Der Nachrichtenchef hat vollkommen recht«, sagte sie an Fredrik gewandt. »Unveröffentlichtes Material händigen wir nicht aus, nicht einmal in einem Mordfall. Aber in diesem Fall haben wir auch gar keine Wahl. Wir waren einem Hackerangriff ausgesetzt. Alle Aufzeichnungen, Kontakte und E-Mails von Benedikte wurden entfernt. Selbst der Programmentwurf, den sie erstellt hatte, wurde von unseren Servern gelöscht.«

Victoria erwachte zum Leben. »Wie ist das denn passiert?«

Mork schüttelte den Kopf. Die mittelblonden, mittellangen Haare wogten. »Das analysieren wir derzeit. Selbstverständlich sollte das gar nicht möglich sein.«

»Alles ist möglich«, erwiderte Victoria, »wenn man weiß, was man tut.«

Carl Solli erhob sich schwerfällig. Die Hände in die Hüften gestemmt stellte er sich hinter den Schreibtisch. »Wir haben den Diebstahl nicht angezeigt, und wir werden es auch nicht tun. Denn wo sollten wir das anzeigen? Bei den Behörden? Mein Verstand sagt mir: Wenn Benedikte wirklich einer solchen Sache auf der Spur gewesen ist – Geheimoperationen, Geheimagenten oder was zur Hölle auch immer –, dann stehen die Behörden an der Spitze meiner Verdächtigenliste.« Er stützte sich auf die Stuhllehne. »Ich vertraue euch nicht, Fredrik Beier. Wie Sie sehen, sind meine Redaktionsleiterin und ich uns in diesem Punkt nicht ganz einig.«

Entmutigt hob Fredrik seine Hände. »Sie wissen selbstverständlich, dass ich davon keine Ahnung habe. Die Polizei agiert nicht in dieser Weise.«

»Selbstverständlich nicht«, sagte Solli. »Aber wem erstatten Sie Bericht? Und wem erstattet der Betreffende wiederum Bericht? Und wer liest den Bericht, den Ihr Chef schreibt, und wer verfolgt letztendlich Ihre Ermittlungen? Ich spreche nicht von Ihnen, Beier. Ich spreche vom System.«

Helene Mork ergriff wieder das Wort. »Niemand hat Benediktes Material gesehen, aber sie hat mir eine Zusammenfassung gegeben. Es handelte sich um eine Geheimoperation während des Krieges gegen die Taliban in Afghanistan. Terroristen und ihre Verwandten durften nach Norwegen kommen, erhielten eine neue Identität und einen Neustart für ihr Leben. Als Gegenleistung verrieten sie die Taliban.«

»Verwandte nach Norwegen? Ich dachte, es ging um Waffenschmuggel? Geheimoperationen nach dem Zweiten Weltkrieg?«

»Benedikte zufolge gibt es einen Faktor, der all das miteinander verbindet. Und der eigentliche … Grund für unsere Besorgnis ist: Wenn die Afghanistan-Spur stimmt, geht es hier nicht um alte Geschichten, bei denen alle Beteiligten entweder tot oder steinalt sind, sondern sie sind noch immer Teil des Systems. Nur eben in höherer Position.«

Als die Türen sich wieder hinter ihm schlossen, hielt Fredrik auf der Karl Johan inne und atmete den lauwarmen Wind ein. Die Paradestraße der Stadt war nicht sonderlich sehenswert, wenn sich das Wetter so präsentierte wie an diesem Tag, aber es sah auch niemand hin. Diejenigen, die an diesem frühen Nachmittag vorbeieilten, hefteten ihren Blick auf die Betonplatten vor sich.

»Afghanistan«, murmelte er vor sich hin. Er dachte an den Zettel, den sie in Benediktes Tasche gefunden hatten. »Afghanistan. Noman Mohammed« hatte darauf gestanden. War das der Name eines der Beteiligten?

Er wollte gerade gehen, als Victoria Pytell aus der Rezeption des Fernsehsenders trat. Sie hatte eine schlanke Zigarette zwischen den Lippen und nickte, als sie ihn bemerkte.

»Ich rauche eigentlich nicht«, sagte sie.

»Tut mir leid«, sagte Fredrik, »dass es so geendet ist, dass ich Sie in dieses Treffen mit hineingezogen habe. Ich dachte, Benedikte hätte zu Hause vielleicht darüber gesprochen.«

Victoria zündete die Zigarette an und nahm einen tiefen Zug. Sie stellte sich an die Wand, während sie ihn mit undurchdringlicher Miene ansah.

»Glauben Sie, was die sagen? Dass jemand ins Netzwerk eingedrungen ist und das gesamte Material von Benedikte gelöscht hat?«, fragte er.

»Ich hätte es geschafft«, sagte sie. »Aber ich war es natürlich nicht.«

»Wie gut wissen Sie über Benediktes Vergangenheit Bescheid?«

»Ziemlich gut, glaube ich.«

»Das heißt, Sie wussten auch von ihrer früheren … Freundin. Beata Wagner.«

Sie nickte.

»Trotzdem haben Sie nichts gesagt. Obwohl Wagner zusammen mit Henry Falck ermordet wurde und ich nach einer Verbindung zwischen Falck und Benedikte gesucht habe.«

»Nein. Das habe ich nicht getan.« Victoria blies den Rauch von ihm weg. »Ich hatte den Eindruck, dass Henry Falck die entscheidende Person in dieser Ermittlung ist, dass Beata ermordet wurde, weil sie eine Zeugin war.«

Fredrik räusperte sich. »Langsam befürchte ich, dass das ein Fehlschluss war. Aber trotzdem… Sie scheinen eine clevere Frau zu sein. Sie hätten begreifen müssen, dass eine solche Information wichtig für die Ermittlungen sein könnte.«

Sie sah weg, hinunter zur Domkirche. »Ich nehme an, Sie haben erraten, dass Beata Benediktes zweite Quelle war?«, sagte sie.

»Ja.«

»Und Sie glauben, dass Benedikte und Beata noch immer ein Verhältnis hatten?« Sie sagte das, ohne ihn anzusehen.

»Hatten sie das nicht?«

»Ehrlich gesagt, weiß ich es nicht. Ich gehöre nicht zu der eifersüchtigen Sorte, aber… manchmal hat man einfach eine Vermutung, nicht wahr? Benedikte hat mich einmal erwischt, als ich in ihrem Handy herumgeschnüffelt habe. Sie wurde wütend und sagte, Beata sei nur eine Quelle, allerdings eine wichtige. Sie behauptete, Beata riskiere viel, indem sie ihr half.«

Victoria drehte ihm den Kopf wieder zu. »Vielleicht habe ich deshalb nichts gesagt. Weil ich lieber mit der Ungewissheit leben will als zu erfahren, dass Benedikte mir untreu war. Es sind so viele Gefühle im Spiel, Fredrik Beier, das Letzte, was ich jetzt brauchen kann, ist zu erfahren, dass ich von der Frau, die ich verloren habe, auch noch verraten wurde.«

»Das kann ich verstehen.«

»Wurden Benedikte und Beata deswegen ermordet? Wegen dieses Projekts? Dunkelzeit?«, fragte sie.

»Ich weiß es nicht.«

»PJ«, sagte sie plötzlich. »Die Quelle, von der Solli gesprochen hat, die Quelle, die zuerst mit Benedikte Kontakt aufgenommen hat. Ich glaube, das sind die Initialen.«

»Woher wissen Sie das?«

»Weil Benedikte zu mir gekommen ist und gesagt hat, sie stehe mit jemandem in Verbindung, der behauptet, über äußerst sensible Informationen zu verfügen. Ich war ihr bei der Einrichtung eines sicheren E-Mail-Accounts außerhalb der TV 2-Systeme behilflich. Der Erstkontakt erfolgte jedoch über Benediktes normale E-Mail-Adresse. Ich habe die Mail gelesen. Sie war selbstverständlich anonym abgeschickt worden, die ersten zwei Buchstaben der Absenderadresse lauteten jedoch ›PJ‹, gefolgt von einer langen Zahlenreihe.«

»Kann es sich dabei nicht einfach um zwei zufällige Buchstaben handeln?«

»Sie werden überrascht sein, wie viele über so etwas nicht nachdenken. Solange die eigentliche E-Mail verschlüsselt ist, kommt es ihnen gar nicht in den Sinn, dass Anbieter gern E-Mail-Adressen vergeben, die auf dem eigenen Namen oder den Initialen basieren, sofern man das nicht selbst ändert.«

Victoria Pytell drückte die Zigarette an der Wand aus.

»Was stand denn in dieser E-Mail?«, fragte Fredrik.

»Eigentlich nichts. Nur eine Forderung, dass jegliche Kommunikation gesichert ablaufen müsse. Anonymes Handy, verschlüsselte E-Mail.«

»Haben Sie noch Zugang zu Benediktes E-Mail-Konto?«

Sie lächelte matt. »Nein. Wie gesagt, ich weiß, was ich tue. Die Passwörter kannte nur Benedikte. Allerdings finde ich es merkwürdig, dass sie das Material einfach TV 2 überlassen haben soll, ohne eine Sicherheitskopie zu erstellen.«

»Sie haben gesagt, dass Benedikte Yoga gemacht hat?«

»Ja?«

»Wissen Sie, wo sie trainiert hat?«

Victoria schüttelte den Kopf. »Warum?«

»Nur so ein Gedanke.«

45

»PJ«, murmelte Fredrik vor sich hin, während er zur U-Bahn-Station am Jernbanetorget schlenderte. Hatte Victoria recht mit ihrer Vermutung, dass dies die Initialen von Benediktes verborgener Quelle waren? Falls ja, wer versteckte sich dahinter? Wer hatte die Journalistin auf die Spur von Fredriks Vater, von geheimen Militäroperationen und im Wald verborgenen Stützpunkten geführt? Von dem, was als »Die Organisation« bezeichnet wurde?

Fredrik überquerte die Straßenbahnschienen vor dem Hauptbahnhof im unteren Teil der Karl Johan. Obwohl Plusgrade herrschten, wehte vom Fjord her ein frostiger Wind herüber, weshalb die Pendler zusammengepfercht in den Wartehäuschen ausharrten. Vor dem Hauptbahnhof hingen die Drogenhändler in wasserdichten Steppjacken herum. Hierher mussten sie kommen, die Junkies auf der untersten Stufe der Hackordnung, diejenigen, die keinen Dealer hatten, mit dem sie einen Kaffee tranken, bevor Geld und Stoff unter der Tischplatte den Besitzer wechselten, diejenigen, die von der Hand in den Mund lebten und nie mehr wert waren als das, was sie gerade gestohlen oder geschnupft hatten, nachdem die Wirkung des morgendlichen Schusses nachließ.

Da entdeckte er ihn. Tommi Teigen saß auf der breiten Treppe, die zum Bahnhof hinaufführte. Den Kopf hatte er gegen das Geländer gelehnt, und die Haut war weiß wie Zeitungspapier.

»Is das nich?« Tommis Stimme schwebte, und das frei bewegliche Auge wanderte. Dann holte er Luft, hob den Hintern und breitete den Karton aus, auf dem er saß. Zwischen seinen Füßen stand ein Pappbecher, allerdings lagen nicht viele Münzen darin. »Darf's ein Platz auf der Chaiselongue sein?«

Fredrik setzte sich und bemerkte, dass sich ein paar der Steppjackenträger verzogen.

»Ist es so schlimm um dich bestellt«, fragte Fredrik, »dass du hierher ziehen musstest? Um zu betteln?«

Tommi blinzelte ihn müde an. »Das Betteln macht mir nix. Das Problem is nur, dass nix zu holen is. Und die Jungs verkaufen nich auf Kredit. Also sitz ich hier, musste wissen. Bis irgendein Wachheini mich wegschleppt. Ich bin bestimmt 'ne Last«, sagte er und betonte dabei das letzte Wort. »Bist du jemals 'ne Last gewesen, Bulle?«

»Nur für meine Kinder«, antwortete Fredrik und knuffte Tommi in die Seite. »Allerdings war es nicht so schlimm, dass ich weggeschleppt wurde.« Er zog die Jacke enger um den Körper.

»Frierst du?« Tommi legte ihm eine Hand auf den Rücken. »Du darfst hier nich atmen«, sagte er und klopfte Fredrik zwischen die Schulterblätter. »Du musst hier atmen.« Er zog die Hand hinunter zu seinem Kreuzbein und rieb. »Du, Bulle?«, sagte Tommi. »Der alten Freundschaft wegen …« Sein Blick wanderte zur Schwellung an Fredriks Stirn, dem Rest der Beule von ihrer letzten Begegnung. »Kannste mir nich vielleicht 'nen Tausender leihen?«

»Eintausend Kronen? Willst du in den Urlaub?« Er hatte ein Grinsen erwartet, aber Tommi jammerte nur.

»Die Sache is die, dass ich 'nen Typen kenne. Er hat irgendwelchen Ärger bekommen, deshalb verkauft er nur an Leute, denen er vertraut. Das Arbeitsamt is allerdings ein bisschen spät dran mit dem Lohn, und … er will am liebsten nur größere Mengen verkaufen. ’n Tausender is eigentlich zu wenig, aber vielleicht kann ich ihn überreden.«

»Tommi. Ich bin Polizist. Ich kann dir nicht dein Dope bezahlen, aber ich spendiere ein Bier, wenn du Lust hast?«

»Ein Bier.« Die Straßenbahn fuhr quietschend vorbei, und Tommi sprach deshalb etwas lauter. »Bier hilft mir nich mehr, Kamerad. Aber Danke fürs Angebot.«

So blieben sie sitzen, zwei Männer auf einem Stück Pappe auf einer Steintreppe. Ab und an richtete Tommi einen krummen Finger auf einen der Passanten. »Anwalt«, flüsterte er. »Lehramtsstudent. Ingenieur. Straßenbahnfahrer.« Dann verstummte er wieder und lehnte sich gegen Fredriks Schulter.

»Ich hab sie getroffen, die Tochter vom Drogenbullen. Siri. Es geht ihr grade nich gut.«

Fredrik antwortete nicht. Er stand lediglich auf und richtete einen Zeigefinger auf Tommi. »Schuhverkäufer«, sagte er.

»Wovon redest du?«

Fredrik reichte ihm ein paar Fünfhundert-Kronen-Scheine. »Für den Schuh, den du mir gegeben hast. Sieh zu, dass du was zwischen die Zähne kriegst. Ein Würstchen oder so.«

Er war gerade in die Bahn gestiegen, als sein Telefon klingelte. Unbekannte Nummer.

»Ja?«

»Spreche ich mit Beier? Fredrik Beier?«

»Ja?«

»Hier ist Roger Petterson. Der Nachbar von Franke Nore. Sie … Können Sie kommen? Ich glaube, in Frankes Haus ist etwas passiert.«

46

Dort wo die Schneedecke auf den Waldrand traf, öffnete sich zwischen den Baumstämmen eine Lichtung, und auf der Lichtung stand eine Gärtnerei. Der Schein der Wärmelampen verlieh der Plane, die über den roten Mini Cooper davor gezogen war, einen goldenen Schimmer. Auf dem Schotterweg, der von dort wegführte, stieg von der Motorhaube eines anderen Fahrzeugs Dampf auf. Die Frau auf dem Rücksitz hatte die beschlagene Scheibe trockengewischt, hob jedoch nicht den Kopf, auch nicht, als sie die Schritte des Mannes hörte, der sich von der Gärtnerei her näherte. Er knallte die Autotür unnötig heftig zu.

»Die Polizei hat den USB-Stick«, sagte der Mann. Er schlug die Schuhsohlen gegeneinander, sodass der Schneematsch sich löste und auf der Gummimatte für schmutzige Pfützen sorgte. »Das ist ungünstig. In den darauf enthaltenen Dokumenten wird die Organisation mit der Operation in Afghanistan in Verbindung gebracht. Das sorgt für eine gewisse… Nervosität.«

»Das sind doch nichts weiter als unbewiesene Behauptungen in einem unfertigen Sachverständigenbericht«, sagte sie kühl. Sie rümpfte die Nase ob des fauligen Geruchs, den er aus dem Gewächshaus mitgebracht hatte.

Der Mann sah sie prüfend an, bevor er langsam nickte. »So lautet auch meine Schlussfolgerung. Konntest du besorgen, worüber wir gesprochen haben?«

Sie reichte ihm den Gegenstand, mit dem sie beim Warten herumhantiert hatte. Es war ein Schlüssel, funkelnd und glänzend, neu geschliffen.

»Das ist eine Kopie.«

»Gut«, sagte er. »Gut. Und dieser Fredrik Beier. Was für einen Eindruck hast du von ihm?«

»Er ist scharfsinnig und hat die Villa Ravnli auf eigene Faust lokalisiert. Er leitet einen wichtigen Teil der Ermittlungen, doch ich habe die notwendigen Maßnahmen ergriffen. Sollte er sich als Bedrohung erweisen, wird er neutralisiert.«

Einen Augenblick lang hielt er den Schlüssel gegen das Licht und ließ die Finger über die Zacken gleiten, bevor er ihn in die Tasche steckte. »Du warst es, die dafür gesorgt hat, dass Häyhä ihn in der Villa nicht getötet hat?«

Sie zuckte mit den Schultern. »Tote Polizisten ziehen viel Aufmerksamkeit auf sich.«

»Ja. Das tun sie leider.« Dann starrte er an ihr vorbei, vielleicht in Richtung des Bauernhofs weit draußen auf dem Grundstück. »Wir betrachten diese Angelegenheit im selben Licht, du und ich«, sagte er langsam. »Unsere Sorge ist nicht die Polizei.« Mit einem Mal änderte er den Tonfall, Klang nun geschäftsmäßig, aber auch ernst, als verläse er ein Urteil. »Es ist bestätigt worden. Die Situation ist außer Kontrolle.«

»Der Beschluss … ist also gefasst?«

»Ja.«

Sie musste tief durchatmen. »Um … der Schlange den Kopf abzuschlagen?«

»Ja.«

»Du meine Güte«, sagte die Frau leise. »Du meine Güte.«

»Da du Fredrik Beier im Spiel belassen hast«, fuhr er fort, »weißt du vielleicht auch, wer sein Vater war.«

»Selbstverständlich.«

»Dann sind dir auch die Umstände rund um Ken Beiers letzte Tage bei uns bekannt? Die Tragödie, die sich damals ereignet hat?«

»Ja?«

Er schaute einfach weiter aus dem Fenster. »Möglicherweise ist Fredrik Beier von Nutzen.«

47

Ein Taxi stand mit laufendem Motor in der Auffahrt zu Frankes flachem Einfamilienhaus in Ulsrud. Der Schneematsch unter dem Auspuffrohr war grauschwarz, weshalb es bereits eine Weile dagestanden haben musste.

»Beier. Gut, dass sie kommen konnten. Das ist Hassam«, sagte Roger Petterson, indem er sich vom Beifahrersitz erhob. Ein Norweger mit pakistanischen Wurzeln, mittleren Alters, starrte sie vom Fahrersitz aus an. Ungeduldig trommelte er auf dem Lenkrad herum.

»Ich habe ihn zurückgehalten, falls ihr ihn verhören müsst«, fuhr der pensionierte Polizist fort.

»Verhören?«, fragte Fredrik. »Warum sollten wir das tun?«

»Er ist gestern gekommen, um Rita abzuholen. Aber sie hat nicht geöffnet, und Hassam glaubte, die Zentrale hätte vielleicht nur die Tage verwechselt. Also kam er heute zurück. Aber auch heute hat sie nicht aufgemacht.«

»Rita?« Das ging Fredrik zu schnell. »Wer ist Rita? Meinen Sie Frankes Frau?«

Roger nickte eifrig. »Ja. Sie hat Krebs und war zu Hause, um ein paar von Frankes Sachen zu holen. Ich habe mit ihr gesprochen, und sie ...«

»Ich bin ihr begegnet«, unterbrach Fredrik ihn. »Sie glauben, dass etwas passiert ist?«

»Sie hätten sie sehen sollen«, sagte Roger, während er auf

einen Limonadenkasten unter dem Fenster neben dem Eingangsbereich zeigte. »Sie konnte kaum aufrecht stehen. Rita geht nicht ans Telefon, und das Krankenhaus sagt, dort sei sie nicht. Die Haustür ist verschlossen, und ich habe Angst, sie könnte einen Schwächeanfall erlitten haben. Stellen Sie sich darauf.«

Fredrik hielt sich am Fensterrahmen fest, bevor er sich auf den wackligen Kasten hochzog.

»Sehen Sie Richtung Eingang. Liegt dort nicht eine umgekippte Gehhilfe? Es ist so verdammt dunkel, aber man wird doch unruhig, nicht wahr? Wenche ist ganz außer sich vor Sorge.«

»Wenche?«

»Meine Frau. Ich habe sie ins Haus geschickt. Mit ihrem Gequassel hat sie Hassam und mich in den Wahnsinn getrieben.«

Fredrik presste das Gesicht gegen die Scheibe. Roger hatte recht. Im Flur dort drinnen lag irgendetwas.

»Fragen Sie nach, ob der Taxifahrer eine Taschenlampe hat.«

Hassam hatte keine Taschenlampe, aber er hatte einen Radmutternschlüssel, und das sollte reichen. Mit einem harten Schlag zerschmetterte Fredrik das dicke Glas der Haustür.

Wäre dem Tod einer der fünf Sinne zugeordnet, dann der Geruch. Es ist nicht immer leicht, den Unterschied zwischen Lebenden und Toten zu *sehen*, Leichen können Geräusche wie ein schlummernder Mensch ausstoßen, Nervenspannungen können bei Berührung Spasmen auslösen. Aber kein Lebender riecht wie ein Toter. Fredrik meinte, noch immer den Geruch von Sauerkohl zu erahnen, wie beim letzten Mal, als er hier auf der Türschwelle gestanden hatte. Allerdings hatte sich zu dem süßlichen Duft eine unangenehme Note gesellt, der die beiden erfahrenen Ermittler dazu brachte einander anzusehen.

»Scheiße«, sagte Roger leise.

Fredrik öffnete die Tür zum Flur.

»Oh, verdammt, verfluchte Scheiße«, fügte Roger hinzu.

Es war kühl, als wäre der Heizofen seit mehreren Tagen nicht in Gebrauch gewesen, dunkel, als hätte der Teufel persönlich das Licht ausgeknipst, als er Rita Nores bedrückte Seele mit ins Jenseits genommen hatte.

Sie hatte keinen Schwächeanfall erlitten. Sie war nicht auf der kleinen Treppe zum Wohnzimmer gestolpert. Die abgemagerte Krebspatientin lag auf dem Rücken, die umgekippte Gehhilfe über ihren Füßen. Das Nachthemd war bis zu den Oberschenkeln hinaufgerutscht, was bezeugte, dass ihre Beine nicht viel dicker als Fredriks Oberarme waren. Ein Venenkatheter war von ihrem Handrücken abgerissen, das Blut hatte sich um die Wunde herum gestaut, das Stirnbein war zermalmt, sodass jedes Auge auf seiner Seite der Schädelhälfte festsaß. Der Raum dazwischen war ein Mischmasch aus Haut, Knochen und Blut. Die Mordwaffe lag neben ihr. Es war eine Schrotflinte.

»Rufen Sie die Wache an«, schnaubte Fredrik. »Rufen Sie sofort die Wache an.«

Als die Spurensicherung sie endlich wieder in das Holzhaus hineinließ, hatten sie die Leiche mit einem Tuch abgedeckt. Die Gehhilfe hatten sie daneben platziert. In dem scharfen Licht der Scheinwerfer sah Fredrik Blutspritzer auf dem Metall. Fredrik und Kafa gingen ins Wohnzimmer. Dort blieb er einen Augenblick stehen und betrachtete Therese, die das Team der Spurensicherung leitete. Sie trug den weißen Anzug mit der weißen Kapuze. Unter der Wärme der Halogenlampen glänzte ihr Gesicht vor Schweiß, die Falten auf ihrer Stirn zeugten von voller Konzentration. Als er ihren Blick auffing, lächelte sie ihn nur traurig an.

»Ich wusste, dass sie unter einer aggressiven Form von Krebs litt, aber dass er so aggressiv war, habe ich nicht geahnt«, scherzte ein Mitarbeiter der Spurensicherung. Keiner lachte. Fredrik wandte sich an Kafa.

»Die Schrotflinte gehört Franke«, sagte er. »Ich habe mit dem Nachbarn gesprochen, der uns benachrichtigt hat – ein ehemaliger Polizist und Freund des Ehepaars Nore. Er hatte das Gewehr für die Hasenjagd vorbereitet und es vor ein paar Tagen Rita übergeben.«

»Er hat geglaubt, dass Franke in diesem Winter mit zur Jagd gehen würde?«, fragte Kafa.

»Du weißt doch, wie die Leute sind.«

»Nein«, entgegnete sie. »Ich glaube, das weiß ich nicht.«

Das Wohnzimmer lag ein paar Treppenstufen unterhalb des Flurs. Neben dem Ecksofa stand die Verandatür einen Spalt breit offen. War der Mörder dort ins Haus gekommen? Es gab einen Kamin, einen Fernseher und ein Regal. Darin befanden sich Bücher, größtenteils Krimis, die ein oder andere Politikerbiografie sowie eine Lexikonreihe. Etwa in Kopfhöhe standen zwei Rahmen. In einem erkannte Fredrik das Jubiläumsfoto von Franke in Uniform wieder. Das andere Foto zeigte Rita, lächelnd, füllig und rothaarig ausgestreckt achtern auf einem Boot. Lebhaft, wäre wohl das Wort, das Fredrik verwendet hätte. Er wünschte, er wäre ihr begegnet, als sie noch gesund war. Zwischen den Fotos befand sich ein Abdruck in der Staubschicht, und Fredrik vermutete, dass das Bild, das für gewöhnlich dort stand, das war, das er in Frankes Krankenzimmer gesehen hatte: das Foto von Franke, Rita und ihrer drogensüchtigen Tochter Siri.

»Fakt ist, dass der Mörder die Waffe nicht dabeihatte«,

stellte Fredrik fest. »Vielleicht wusste er nicht, dass Rita hier war. Schließlich liegen sowohl sie als auch Franke eigentlich im Krankenhaus.«

»Sieh dir das mal an«, sagte Kafa. Sie hockte vor den Schubfächern. Eins von ihnen war einen Zentimeter weiter herausgezogen als die anderen. In der Schublade befand sich Silberbesteck. Die Besteckkästen lagen kreuz und quer. Die Deckel waren abgenommen, und der Inhalt fehlte.

»Ein Einbruchdiebstahl?« Kafa starrte ihn an. »Kann es so einfach gewesen sein? Rita hörte Geräusche, nahm das Gewehr, der Dieb bekam Angst und tötete sie?«

Fredrik kniff den Mund zusammen. Das fühlte sich nicht richtig an. Überhaupt nicht richtig.

»Das Gewehr ist nicht geladen«, sagte eine Stimme hinter ihnen. »Es wurde als Schlagwaffe benutzt.« Therese stand auf dem Absatz der kleinen Treppe und wischte sich die Stirn mit einer Papierserviette trocken.

»Die Leiche liegt seit ein paar Tagen hier. Wenn es so ist, dass der Nachbar sie vorgestern noch angetroffen hat, kann sie nicht viel später ermordet worden sein. Der Körper weist Anzeichen eines Kampfes auf, sie hat blaue Flecken an den Armen und unter den Nägeln etwas, von dem ich hoffe, dass es Hautreste des Täters sind. Allem Anschein nach lag sie auf dem Boden, als sie ermordet wurde. Der Täter stand über ihr, hielt den Lauf in der Hand und schlug mit dem Kolben zu.«

»Gibt es noch andere Verletzungen?«, fragte Fredrik. »Anzeichen für eine Vergewaltigung oder …«

»Ihre Unterwäsche hat sie an.«

Fredrik vergrub die Finger in den Haaren und blieb so mit erhobenen Armen stehen. »Roger Petersson, der Nachbar, hat erzählt, dass seine Frau glaubte, draußen einen Mann gesehen zu haben. Das war überhaupt der Grund, warum

Roger vor ein paar Tagen hier nachgesehen hat. Nachdem er jedoch mit Rita gesprochen hatte, nahmen sie an, dass seine Frau einfach nur sie gesehen hatte. Jetzt ist sie sich nicht mehr so sicher.« Er stöhnte. »Ich kann einfach nicht glauben, dass es sich hier um einen Raubüberfall handelt, nach allem, was mit Franke passiert ist. Niemals.«

Er starrte in die Luft. Letztendlich unterbrach Therese die Stille. »Franke, ist er …«

Kafa schüttelte den Kopf. »Nein. Die Ärzte wollen ihn in ein oder zwei Tagen aus dem Koma wecken.«

»Armer Teufel«, sagte Therese und drehte sich um, um zu den Kollegen zurückzugehen. »Armer, armer Teufel.«

Fredrik setzte sich auf den Wohnzimmertisch, stützte die Ellenbogen auf die Oberschenkel und betrachtete seine Schuhe. »Ich war heute bei der Gedenkstunde für Benedikte Stoltz.« Er berichtete von dem Hackerangriff auf TV 2, dass Benedikte ein Verhältnis mit Beata Wagner hatte und dass Beata tatsächlich eine geheime Quelle der Journalistin gewesen war.

»Außerdem wurde Benedikte vor über einem Jahr von einer zweiten, unbekannten Quelle kontaktiert«, sagte er. »Diese Quelle soll sie auf die Spur eines verborgenen Netzwerks gebracht haben, von Leuten mit beträchtlichem Einfluss. Es war die Rede von Agenten, Militäroperationen …« Er zögerte und sah sie an. »Da stimmt etwas nicht, Kafa, etwas, dessen wahre Ausmaße wir nicht sehen. Mein Vater, Villa Ravnli, Staffan Häyhä, Geheimaktionen … und jetzt das.«

Er stand auf. »Therese«, rief er. »Seid ihr so weit fertig, dass ich einen Drogenspürhund herbestellen kann?«

»Gib uns noch eine Stunde«, antwortete sie. »Allerdings ist das nicht nötig. Das Haus wurde durchsucht, als Franke verhaftet wurde. Hier ist kein Heroin.«

Fredrik kramte sein Telefon hervor.

Nachdem er das Gespräch beendet hatte, bemerkte er, dass Kafa ihn mit gerunzelter Stirn ansah. »Was für eine Art von Material war das, das bei TV 2 gelöscht wurde?«

»Alles eigentlich. Notizen, Kontakte … sowie ein paar Aufnahmen für ein Projekt, das Benedikte ›Dunkelzeit‹ genannt hatte.«

»Dunkelzeit?«

»Rohmaterial für die erste Episode einer Dokumentarserie, soweit ich es verstanden habe. Afghanische Terroristen und ihre Familien sollen nach Norwegen gebracht worden sein und eine neue Identität erhalten haben, wenn sie im Gegenzug ihre Vorgesetzten verrieten. Hört sich für das Vaterland nach einem verflucht schlechten Deal an, wenn du mich fragst.«

Er konnte schwören, dass Kafa erblasste.

»Weißt du etwas darüber?«, fragte er.

Sie antwortete nicht. »Aber das Material wurde bestimmt gelöscht?«

»Wenn es keine Sicherheitskopie gibt, ja.«

Der Hund brauchte nicht länger als eine Viertelstunde, bis der Job erledigt war. Unter den Bodenleisten im Wohnzimmer lag ein brauner Klotz, Schicht um Schicht in Plastikfolie eingepackt: vierhundert Gramm braunes, duftendes Rauschgift.

»Das verstehe ich nicht«, sagte der Hundeführer. »Wir sind beim letzten Mal verdammt sorgfältig vorgegangen.«

Fredrik lächelte. »Da bin ich mir ganz sicher. Aber da lag hier auch noch kein Heroin.«

48

»Der Mann, der Rita Nore ermordet hat, war dort, um das Heroin zu platzieren«, erklärte Fredrik.

Es war dunkel, fast Nacht, und Kafa fuhr schneller, als sie es eigentlich sollte. Sebastian Koss hatte angerufen und die Ermittler sowie Therese gebeten, sich so schnell wie möglich im Präsidium einzufinden.

»Warum?«, wollte Therese wissen.

»Franke ist der einzige Lebende, der aufdecken kann, was hier vor sich geht, wer hinter dem allen steckt. Es wäre eine Sache, wenn Franke gezwungen wurde, die Drogen aus der Asservatenkammer zu stehlen. Etwas vollkommen anderes wäre es, wenn er das Heroin gestohlen hätte, um es selbst zu verkaufen. Irgendjemand will ihn anschwärzen, alles zerstören, was von seiner Glaubwürdigkeit noch übrig ist.«

Koss wartete im Polizeipräsidium neben dem Fahrstuhl auf sie. »Es hat sich etwas ergeben«, sagte er. Schnellen Schrittes führte der Polizeidirektor die kleine Truppe durch das menschenleere Großraumbüro.

»Etwas Schlimmeres, als dass der Ehefrau eines Polizisten der Schädel mit einem Gewehrkolben zerschmettert wurde?«

»Womöglich sogar weitaus schlimmer.«

Sie passierten Frankes Schreibtisch. Er war trostlos und schmutzig, Frankes Habseligkeiten waren von Mitarbeitern der Spezialeinheit in Kartons gepackt worden. Koss machte einen Bogen darum, als wäre er infiziert, bevor er die Tür zu einem der fensterlosen Beratungsräume öffnete. Die Jalousien zum Flur hin waren heruntergelassen. Erst drinnen sah Fredrik, dass Polizeipräsident Neme persönlich an dem ovalen Konferenztisch saß.

»Telefone«, sagte Koss und streckte eine Hand aus. Er legte sie in die Dokumentenbox vor dem Raum, bevor er die Tür zuschob und abschloss. Er bedeutete ihnen, Platz zu nehmen.

»Schön, dass Sie so schnell kommen konnten«, sagte Trond Anton Neme. Der Polizeipräsident hatte die Uniformjacke über die Stuhllehne gehängt. Die Schweißflecken unter seinen Armen waren deutlich sichtbar.

»Beier, Iqbal und Grøfting«, sagte er. »Sie alle drei waren an den Ermittlungen zum Massaker an der Glaubensgemeinschaft auf Solro beteiligt?«

Der Polizeipräsident tendierte ab und an dazu, Fragen zu stellen, deren Antworten er bereits kannte. Worauf wollte er hinaus?

»Therese hat die Spurensicherung geleitet. Wir waren die Ermittler«, antwortete Fredrik verwirrt.

»Beier. Können Sie die Ermittlungen kurz zusammenfassen?«

»Ich … bin nicht sicher, ob ich Sie recht verstehe? Das Massaker an der Solro-Sekte? Sie und Koss haben die Arbeit damals selbst geleitet?«

»Ich möchte gern Ihre Version hören«, sagte der Polizeipräsident.

Seine Version. Was zum Teufel meinte er damit?

»Nun gut«, sagte Fredrik. »Ich kam zu dem Fall, als Kari Lise Wetre – sie war zu diesem Zeitpunkt noch nicht Ministerin, sondern nur gewöhnliche Abgeordnete – die Polizei aufsuchte. Sie machte sich Sorgen, weil sie keinen Kontakt mehr zu ihrer Tochter Annette bekam. Annette war Mitglied der Glaubensgemeinschaft, die sich auf dem Hof Solro niedergelassen hatte, eigentlich eine Sekte. Bibeltreue Christen, geleitet von ein paar starken Männern, Gegner muslimischer Einwanderung, homosexuellen Partnerschaften, Aufweichung der familiären Werte … das ganze Programm. Annette hatte ein Kind mit einem der anderen Sektenmitglieder. Kurze Zeit, nachdem uns der Fall übertragen wurde, wurde der Hof angegriffen, und fünf Männer wurden getötet. Darunter einer der Pfarrer, die die Sekte leiteten.«

Kafa nickte bekräftigend.

»Unter der Scheune war eine Art Raum des Jüngsten Gerichts gebaut worden«, fuhr er fort. »Dort hätte die Sekte monatelang überleben können, wenn … in der Außenwelt etwas geschehen wäre. Im Keller fanden wir zudem ein Labor.« Er räusperte sich. »Teile der Sekte suchten Schutz in einem Luftschutzbunker, den sie außerhalb von Porsgrunn erworben hatten. Aber der Mörder, der sie jagte, Staffan Häyhä …« Fredrik warf Koss einen schnellen Blick zu. Er hatte die silberne Uhr vom Handgelenk gelöst und sie auf den Dokumentenstapel vor sich gelegt. Er erwiderte Fredriks Blick nicht. »… holte sie ein. In dem Luftschutzbunker fanden wir ein weiteres Labor. Sowie zwei entführte Männer, ein homosexuelles Paar. An ihnen war experimentiert worden, man hatte sie mit Pocken und Milzbrand infiziert … mit biologischen Waffen. Der eine war bereits tot, der andere starb kurze Zeit später.«

Fredriks Blick ging durch seine Zuhörer hindurch. Staffan Häyhä trug er stets mit sich herum, doch es war lange her, dass er an die Opfer des Solro-Falls gedacht hatte. Sie waren in seiner Erinnerung verblasst. Jetzt sah er den mit Pocken infizierten Mann wieder vor sich, den Körper von Geschwüren übersät, in den eigenen Ausscheidungen schwimmend, unter der Erde an ein Krankenbett gefesselt.

»Richtig«, sagte Neme leise. Er legte den Zeigefinger in sein Kinngrübchen. »Biologische Waffen. Was haben wir über den Ursprung der Waffen herausgefunden?«

»Die Sekte beziehungsweise vor allem einer der Pfarrer, Børre Drange, war von einer Gruppe Wissenschaftler inspiriert, die vor und während des Krieges für die Nazis gearbeitet hatte. Die Wiener Bruderschaft nannten sie sich. Drange war ein Rätsel. Ein begabter Schüler, der sich zum Biochemiker hatte ausbilden lassen. Er soll für das Militär gearbeitet haben, ertrank jedoch unter sonderbaren Umständen angeblich im Meer und wurde für tot erklärt. Wir haben sogar einen Totenschein gefunden. Für wen er in Wirklichkeit gearbeitet hat, *was* er getan hat, bevor er nach Solro kam, haben wir nie herausgefunden. Alles deutet jedoch darauf hin, dass er ein religiöses Erweckungserlebnis hatte, Teil der Sekte wurde und in den Untergrund abtauchte.«

Fredrik dachte nach, bevor er fortfuhr. »Aussteiger haben uns erzählt, dass sich alles geändert hat, als Pfarrer Drange kam. Er hat den Raum des Jüngsten Gerichts bauen lassen und leitete das Labor. Børre Drange war der Auffassung, dass das Jüngste Gericht unmittelbar bevorstünde, und vermutlich war er auch überzeugt davon, dass Gott ihm befohlen hatte, das Ganze in Gang zu setzen. Unserer Vermutung nach plante der Pfarrer, die biologischen Waffen bei einem Terrorangriff einzusetzen.«

»Dann aber wurde die Glaubensgemeinschaft selbst angegriffen?«, sagte Neme. »Warum?«

»Das ist wohl der Punkt, an dem sich die offizielle Erklärung von *meiner* Version unterscheidet«, sagte Fredrik. Er schielte die beiden Polizeichefs an. »Staffan Häyhä war ein schwedischer Elitesoldat und Scharfschütze. Kafa und ich haben ihn verhaftet. Er hätte uns beide fast umgebracht. Häyhä selbst verletzte sich beim Kampf schwer. Er war ein

Ungeheuer von einem Menschen, bis zur Unkenntlichkeit entstellt. Scheinbar starb Häyhä bei einem Brand im Krankenhaus kurze Zeit nach seiner Festnahme, und mit seinem Tod wurden die Ermittlungen eingestellt. Pfarrer Drange verschwand einfach, und es wurde … eine Geschichte konstruiert, die der Öffentlichkeit präsentiert wurde. Es gab eine Erklärung, dass Häyhä ein Rachemotiv hatte, dass er ein einsamer Wolf war. Es kursierten allerlei Gerüchte: dass die Anhänger der Sekte Satanisten waren, dass sie Menschenopfer zelebrierten … Geschichten, die entstehen, wenn die Leute nicht die Fantasie haben sich vorzustellen, wie teuflisch die Realität selbst ist.«

»Sie haben nicht geglaubt, dass er ein einsamer Wolf war?«, fragte Neme.

»Die Erklärung, dass Staffan Häyhä auf eigene Faust gehandelt hat, habe ich nie geglaubt«, entgegnete Fredrik. »Ich vermute, er wurde nach Solro geschickt, um Børre Drange zu töten und alle Spuren der biologischen Waffen zu beseitigen. Wir haben Pfarrer Drange nie gefunden, und in der offiziellen Version wurde er einfach ausradiert. Dasselbe galt für die biologischen Waffen. Die Öffentlichkeit sollte nie erfahren, dass die Nation knapp einem Terroranschlag entgangen war.«

Neme sah Kafa an. »Entspricht das auch Ihrer Auffassung?«

»Im Großen und Ganzen ja. Ich darf noch hinzufügen, dass sowohl Fredrik als auch ich … Wir hatten das Gefühl, dass unsere Entdeckungen und Theorien ins Lächerliche gezogen wurden. Besonders Fredrik, zumal er der Erfahrenere war.«

Neme presste die Lippen so heftig aufeinander, dass sie weiß wurden. »Das ist bedauerlich«, sagte er dann. »Aber wir haben Befehle befolgt. Es wurde als wichtig für die allgemeine Ruhe und Ordnung betrachtet, dass die Terrorpläne nicht bekannt wurden.«

Es machte den Anschein, als hätte Polizeidirektor Koss einen Fleck an seiner Hand entdeckt, denn er rieb mit dem Daumen seinen Zeigefinger. »Annette Wetre«, sagte er dann nachdenklich. »Auch sie wurde ermordet. Ihr Sohn, William, wohnt jetzt bei seiner Großmutter, Finanzministerin Wetre. Sie sagten, der Vater war auch Mitglied der Sekte?«

Fredrik runzelte die Stirn. Die Wahrheit war, dass Fredrik darüber etwas wusste – ein Geheimnis, das er versprochen hatte, für sich zu behalten. »Das stimmt«, antwortete er knapp. »Annette hat ihrer Mutter erzählt, dass Williams Vater… ich erinnere mich nicht an seinen Namen… dass er eine Weile vor dem Massaker verstorben war. An irgendeiner Krankheit.«

Koss sah ihn lange an. Das war keine Lüge. Es war nur nicht die ganze Wahrheit. »Ich verstehe.«

Fredrik legte die Hände auf den Tisch. »Darf ich fragen, was wir hier machen? Sie sagten, es habe sich etwas *ergeben*, Sebastian?«

Trond Anton Neme nickte dem Polizeidirektor zu, wie um ihm seine Genehmigung zu erteilen.

»Die Industrieanlage, die Sie im Wald entdeckt haben«, sagte Koss an Kafa gerichtet. »Sie befand sich in der Nähe der Baustelle, auf der Richard Reiss als Wachmann gearbeitet hat, nicht wahr?«

»Ja, in einem Tal. Der Platz war nach dem Krieg für die Entschärfung von Bomben genutzt worden. Er wird vermutlich Tschernobyl genannt, weil nach dem Reaktorunglück in der Sowjetunion dort radioaktiv verseuchte Tierkadaver verbrannt und vergraben worden sein sollen.«

Neme starrte sie interessiert an.

»Sie haben ein Kreuz zur Untersuchung auf DNA-Spuren eingeschickt?«

»Das stimmt. Dort war ein… abgetrennter Kellerraum,

aus dem ich nicht recht schlau geworden bin. Er ähnelte einer Zelle. Davor habe ich ein angespitztes Kreuz gefunden, und ich hatte den Verdacht, dass Blut daran geklebt hat.« Sie sah Koss fragend an. »Warum?«

»Wir haben beschlossen, den Solro-Fall wieder aufzurollen«, sagte Koss. »Deshalb haben wir Sie herbestellt. Das Blut an dem Kreuz stammt von Richard Reiss, wie die DNA-Proben belegen. Der Mann jedoch, der das Kreuz in der Hand hielt, als Reiss verletzt wurde, war Pfarrer Børre Drange. Wir haben seine Fingerabdrücke in den Blutspuren gefunden. Der Terrorist ist zurück.«

49

Der Polizeipräsident erhob sich und wünschte Gute Nacht. Die anderen blieben sitzen.

»Wir befürchten undichte Stellen«, erklärte Polizeidirektor Koss. »Bis auf Weiteres arbeiten nur wir, die hier Anwesenden, an diesem Fall. Nach außen hin ermitteln wir in den Morden an Henry Falck, Benedikte Stoltz, Beata Wagner und Rita Nore. Nichts anderem.«

Es war schlau, die Ermittlungen nach außen geheim zu halten, aber Fredrik wurde das Gefühl nicht los, dass der Polizeidirektor auch ihnen etwas verheimlichte. Denn wer sollte denn eigentlich nichts von den Ermittlungen mitkriegen? Die Medien und die Öffentlichkeit? Der Rest der Polizei? Oder jemand anderes?

Konnte Fredrik Koss vertrauen? Wie war es mit Polizeipräsident Neme? Er erinnerte sich an die Worte des TV 2-Nachrichtenchefs: Benedikte Stoltz hatte an einer Sache gearbeitet, die *die Behörden* betraf. Wer durfte hier also von nichts Wind bekommen?

Fredrik und Kafa tauschten einen Blick aus, und Fredrik presste einen Finger gegen die Lippen. Er wollte abwarten, bevor sie Koss in ihre Erkenntnis einweihten, dass Beata Wagner der Schlüssel zu der ganzen Angelegenheit war.

»Das Kreuz bildet also sowohl eine Verbindung zwischen Richard Reiss als auch zwischen Pfarrer Børre Drange mit den Gebäuden im Tal – mit Tschernobyl«, sagte Kafa. »Die

Vorarbeiterin auf der Baustelle, auf der Reiss tagsüber gearbeitet hat, hat erzählt, dass er ab und zu eingeschlafen sei. Kann es sein, dass Reiss nachts in Tschernobyl war? Dass sein Job als Wachmann auf der Baustelle nur Tarnung war?«

Koss zog etwas aus dem Dokumentenstapel heraus und faltete es auseinander. Es war eine Karte. »Haben Sie jemals überprüft, wem das Grundstück im Tal gehört?«, fragte er Kafa.

»Ich warte auf die Antwort. Es gibt offenbar ein paar Unstimmigkeiten.«

»Das ist der Bebauungsplan der Kommune für das Gebiet«, sagte Koss.

Kafa lehnte sich vor. Fuhr mit dem Finger über die Karte und blinzelte. »Es müsste … ungefähr hier liegen«, sagte sie und zeigte auf eine Waldfläche.

»Der Kommune zufolge befindet sich dort nichts«, sagte Koss, »und es ist dort auch niemals etwas gebaut worden. Es handelt sich um ein Schutzgebiet.« Koss fischte ein weiteres Dokument aus dem Stapel – ein ausgedrucktes Foto. »Das sind Satellitenaufnahmen vom Katasteramt«, erläuterte er. »Hier ist das von Ihnen angezeigte Tal.« Er sah von Therese zu Fredrik und dann zurück zu Kafa. »Wald. Nichts als Wald.«

»Das gibt's nicht«, sagte Kafa. »Ich bin doch dort gewesen. Die Gebäude, die dort stehen, sind zwar unter den Bäumen verborgen, aber sie sind groß. Sie müssten aus der Luft zu sehen sein.«

»Dem Computergrafiker zufolge hat jemand die Aufnahme manipuliert«, sagte Koss kühl. »Wer ist denn zu so etwas in der Lage?« Er ließ die Frage im Raum stehen. »Ich habe ein paar Nachforschungen angestellt. Es ist nur ein Mythos, dass nach der Explosion in dem Atomkraftwerk in der Sowjetunion radioaktiv verseuchte Kadaver in der

Oslomarka verbrannt und vergraben wurden. Das ist nie geschehen.«

»Die perfekte Tarnung«, sagte Fredrik langsam. »Im Volksmund wird der Ort Tschernobyl genannt. Niemand wagt sich dorthin, weil alle glauben, der Ort wäre radioaktiv verseucht, der Berg wäre voller Bomben und Gift. Wozu aber wurde die Anlage genutzt? Wurde Børre Drange dort gefangen gehalten? Hat er sich von dort befreit? Klebt deshalb Reiss' Blut an dem Kreuz?«

»Wir haben jetzt Leute hingeschickt«, sagte Koss. »Hoffentlich liefert uns das ein paar Antworten. Unser Problem ist, dass ein Terrorist frei herumläuft und wir keine Ahnung haben, was er vorhat.«

»Bei allem Respekt«, sagte Fredrik unverblümt. »Das Problem hatten wir bereits vor vier Jahren, als ihr den Fall zu den Akten gelegt und so getan habt, als würde Børre Drange nicht existieren.«

Koss nahm die Silberuhr von dem Dokumentenstapel und klopfte damit gegen die Tischplatte.

»Was wollen Sie von mir, Beier? Tränen der Reue? Unserer Einschätzung nach war er ungefährlich, die biologischen Waffen wurden unschädlich gemacht, und eine weitere Jagd nach ihm hätte nur das Risiko erhöht, dass die Öffentlichkeit von den Terrorplänen erfahren hätte.«

»Was ist mit Staffan Häyhä?«, sagte Fredrik und sah den Polizeidirektor direkt an. »Häyhä war während des Solro-Falls auf der Jagd nach Børre Drange. Jetzt ist Drange wieder aufgetaucht, und …«

»… Häyhä hat Sie in der Villa Ravnli angegriffen«, unterbrach ihn Koss.

Er zog ein weiteres Foto aus dem Stapel heraus. »Sie haben den Polizeidienstanwärter, der Sie zur Villa Ravnli gefahren hat, gebeten, die Überwachungsvideos im Zeitraum zwischen dem Transport des USB-Sticks vom Maridalsvannet und seinem Verschwinden durchzusehen. Das hat er gefunden.«

Das Bild war zwar unscharf, dennoch war leicht zu erkennen, dass die kräftige, kahlköpfige Gestalt in dem kleinen roten Mini Cooper nicht Benedikte Stoltz war.

»Er ähnelt Häyhä«, sagte Koss kurz angebunden.

»Danke«, sagte Fredrik mit einem schwachen Lächeln, »denn tote Männer töten ja nicht.« Die Arterie auf der Stirn des Polizeidirektors pulsierte heftiger, und Therese versetzte ihm unter dem Tisch einen schmerzhaften Tritt.

50

»Lieber Gott, allmächtiger Vater, Herrscher über Himmel und Erde, über alles, das kommen wird und alles, das war. Herr, ich habe gesündigt. Vergib mir. Ich schwöre bei deinem heiligen Namen, ich werde dich nie wieder verraten. Ich *kann* dich nicht verraten, denn du bist jetzt ich. Ich bin dein Wille, dein Wort und deine Tat.«

Das heisere Gemurmel ließ ihn nicht zur Ruhe kommen. Stattdessen döste er wie ein Ertrinkender, der zu leicht war, um in der Tiefe sein Grab zu finden, und zu schwer, um die Oberfläche zu durchbrechen. Er zwang sich, die Augen zu öffnen. Leonard Rudi war erschöpft. Er blinzelte, um in der Dunkelheit etwas zu erkennen.

Die Wolldecke war heruntergerutscht, und er klapperte mit den Zähnen. Als er nach der Decke griff, gruben sich die stramm gezogenen Stricke in seine Handgelenke. Seine Finger waren angeschwollen und gefühllos. So unauffällig wie möglich versuchte er, die Decke über sich zu ziehen. Immer nur einen Zentimeter, den Blick auf die Gestalt dort unter dem Wohnzimmerfenster geheftet. Der Betende schien ihn allerdings gar nicht zu bemerken. Sein Psalmodieren war mittlerweile zu einer undeutlichen Geräuschkulisse verschwommen. Die Zunge zuckte ihm unwillkürlich im Mund, und ein Dröhnen erfüllte das Wohnzimmer, sickerte durch das Holz des kleinen Bauernhauses im Wald und stieg zum Himmel hinauf.

Mit dem Morgengrauen kam das Tageslicht. Da jedoch die Gardinen vorgezogen waren und ein Laken über die Gardinenstange gehängt war, erschienen die Fotografien von Margaret und ihrer Mutter an der Wand nur noch wie unscharfe Skizzen. Hier drinnen konnte es nicht viel wärmer sein als draußen. Der Mann, der Leonard Rudi unten auf Solro angegriffen hatte, hatte den Strom abgestellt. »Sie suchen«, hatte er geflüstert, als er ihre Handys ins Feuer geworfen hatte. »Aber sie finden mich nicht.«

Noch immer stieg der saure Geruch von der Glut auf.

Die Schwellung an Leonards Kopf schmerzte nicht mehr so stechend, sondern pochte nur noch sanft im Takt seines Pulses. Als er die gefesselten Hände prüfend anhob, stellte er fest, dass die Stelle brennend heiß war. Er lehnte mit dem Rücken an der Wohnzimmerwand, die Knie bis zum Kinn hochgezogen.

Margaret atmete schnell und keuchend. Im Halbdunkel sah er sie nicht, erkannte nur ein Bündel unter der Decke auf dem Sofa. Sie wimmerte und wand sich, die düsteren Träume zehrten auch an ihr. Er würde nie die Angst in den Augen seiner Tochter vergessen, als sie ihn gefesselt und verletzt gesehen hatte, als sie den Mann sah, der Leonard bezwungen hatte.

»Kannst du nicht Brei kochen?«, hatte der Mann am ersten Tag zu Margaret gesagt. »Du machst so guten Brei.«

Er hatte sie nicht angerührt, ihr nichts angetan, und Leonard dachte, wie furchtbar es auch war – dafür war er dankbar.

»Haben Sie einen Namen?«, hatte seine Tochter am zweiten Tag gefragt.

»Viele nennen mich Pfarrer«, hatte der Mann geantwortet, »aber du kannst mich Kobold nennen, wenn du möchtest.« Dann hatte er gelacht – nicht herzlich, aber dennoch von Herzen. Es hatte geklungen, als würde Styropor gegen Glas gerieben. Irgendwann muss dieser Mann einmal wie wir gewesen sein, hatte Leonard in diesem Moment gedacht. Irgendwo hinter den paranoid dreinblickenden Augen und den salbungsvollen Worten musste ein Mensch stecken. Was hatte er erduldet, dass er so geworden war?

Am dritten Tag, kurz vor Einbruch der Dunkelheit ließ der Pfarrer ein wenig Licht herein. Lange hatte er die Holzwand betrachtet, vor der Leonard gefesselt saß. Dann hatte er zu ihm hinabgeschaut.

»Hing hier nicht das Kreuz des Herrn?«

Leonard verstand ihn nicht.

»Das Ehepaar, das früher hier gewohnt hat, hatte das an dieser Wand nicht ein Kreuz aufgehängt?«

»Das liegt im Schuppen«, antwortete Leonard.

»Kein Wunder, dass du seinen Zorn geweckt hast.«

Dann schickte der Pfarrer Margaret los, um es zu holen. Jetzt lag das Kreuz auf dem Boden vor dem betenden Mann, neben der Bibel, der Schrotflinte und den Patronen, einem Feuerzeug, ein paar Kerzen und dem dicken Umschlag, den er hierher mitgenommen hatte.

Am vierten Tag hatte Leonard seine Beine vom Strick befreien können. Während der Pfarrer zu Margarets Füßen auf dem Sofa döste, hatte er den Strick gegen die Kante der Steinplatte unter dem Ofen gerieben. Leonard schaffte es aufzustehen, nach dem Feuerhaken zu greifen, er hielt ihn fast schon zwischen den Händen, als die Stimme des Pfarrers sanft an seinem Ohr ertönte.

»Das nächste Mal lasse ich sie dafür büßen«, flüsterte er und stieß Leonard mit der Gewehrmündung in den Rücken. Anschließend rieb er erneut Styropor gegen Glas.

»Amen.«

Heute war der fünfte Tag.

Der Pfarrer stöhnte, als er sich erhob. Er legte das letzte Scheit aufs Feuer. Es knisterte und loderte und erfüllte den Raum mit einem trüben Schein. Die Bodendielen knackten, und er blieb zwischen Leonard und Margaret stehen, betrachtete das schlafende Mädchen, bevor er Leonard ansah.

»Hast du geglaubt, dass ihr hier im Wald Ruhe finden würdet?« Der Pfarrer senkte die Stimme. »Das haben wir auch geglaubt. Aber so ist es nicht. Sie sind überall. Sie sehen und hören dich.«

»Wer denn?«, entgegnete Leonard müde. »Wer?«

»Sie«, antwortete der Pfarrer und ließ seinen Blick über die Wände gleiten. »Aber ich weiß, wer sie sind. Sie müssen für ihre Sünden bezahlen, so wie wir alle. Bete jetzt also, bete zu unserem Herrn, solange noch Zeit ist.«

»Warum sind Sie hier«, fragte Leonard. »Was wollen Sie von uns?«

Der Pfarrer antwortete mit leiser Stimme. »Das musst du deinen Gott fragen. Der Herr hat dich auf Solro geschickt.«

Dann verließ er das Wohnzimmer. Im selben Moment machte Margaret die Augen auf. Sie musste zugehört haben. »Papa?«, flüsterte sie. »Wird er uns töten?«

Leonard versuchte zu lächeln. »Nein, meine Kleine. Er versteckt sich nur eine Weile hier bei uns. Bald wird er uns freilassen.«

»Aber er hat gesagt, dass du beten sollst, solange noch Zeit ist?«

»Hörst du nicht, wie viel er betet? Er ist Christ. Und Christen töten nicht. Das steht in den zehn Geboten.«

Ihr Gesichtsausdruck zeigte ihm, dass sie nicht überzeugt war. Plötzlich hob seine Tochter den Kopf. Ihre Nasenlöcher weiteten sich, und sie runzelte die Stirn. »Was treibt er da draußen?«

Leonard bemerkte es auch. Es roch nach Propan. Verwendete er etwa den Gasbrenner? Doch er nahm noch einen anderen Geruch wahr, bitter und chemisch. Medizinisch.

Sie hörten Schritte, und Margaret stemmte sich auf dem Sofa nach oben.

»So. Die Prinzessin ist wach. Prima.« Der Pfarrer schritt ins Zimmer und löste die Stricke um Margarets Handgelenke. »Ist dir kalt?«, fragte er und strich ihr über den Rücken. »Das Kind darf nicht frieren«, sagte er zu Leonard, als wäre es seine Schuld.

»Wie viel Benzin hast du im Tank?« Der Blick des Pfarrers flackerte nicht mehr, und seine Stimme klang mit einem Mal so, als würden sie übers Wetter reden. Leonard hatte das zwischen den Gebeten und Klagegesängen erahnt – dieser Mann hatte noch eine andere Seite. Hinter dem Fanatismus schwelte etwas Analytisches und Zielgerichtetes. Diese Erkenntnis erschreckte ihn, denn solche Menschen waren gefährlich. Solche Menschen machten Pläne. Und sie verwischten ihre Spuren.

»Ich weiß nicht.«

»Dann werde ich es selbst herausfinden.«

Damit hängte sich der Pfarrer die Schrotflinte über die Schulter und legte eine Hand auf Margarets Arm. »Du kommst mit mir. Wir brauchen noch mehr aus dem Schuppen.«

Leonard ließ sich zur Seite fallen. Mit verrenkten Bewegungen robbte er sich nach vorn, am Ofen vorbei, dorthin, wo der Pfarrer betete. Der Umschlag, den der Pfarrer bei sich hatte, war offen und enthielt Dokumente sowie ein Buch. Auf dem obersten Blatt stand eine Adresse: Wie es aussah, war es die der städtischen Polizeibehörde; außerdem fanden sich darin Zugtickets und Geldscheine. Bei dem Buch handelte es sich um eine alte Ausgabe des Lonely-Planet-Reiseführers »Europa«. Er zog ein Dokument aus der Mitte des Stapels heraus. Da vernahm er das Geräusch des Automotors. Wenn er es nur schaffen würde, eine Nachricht zu schreiben und sie an der Fensterscheibe zu befestigen, würde sie vielleicht jemand sehen. Es kamen nicht viele Menschen vorbei, hier draußen im Wald, aber manchmal kam es doch vor, dass Wanderer am Hof vorbeigingen. Der Zeitungsbote machte sich ab und an die Mühe hierherzukommen, auch wenn sich der Briefkasten unten an der Straße befand. Vor allem geschah das an Samstagen, da hatte er mehr Zeit. Und morgen war Samstag.

Leonard kroch zum Ofen, fuhr mit dem Finger an der Innenseite des Gusseisens entlang und ließ nicht locker, bis er schwarz vor Ruß war. Dann schrieb er. »Hilfe. Nicht reinkommen. Rufen Sie die Polizei.«

Plötzlich wurde draußen der Automotor abgestellt. Es folgten schnelle Schritte im Schnee. Verdammt. Er rollte sich herum, drehte den Rücken zur Wand und knüllte den Zettel in der Hand zusammen.

»Jemand kommt!«

Margaret stolperte über die Türschwelle ins Haus, das Brennholz krachte auf den Boden, und der Pfarrer schob sie zum Sofa.

»Erwartet ihr Besuch?« Der flackernde Blick war zurück.

Leonard schüttelte den Kopf.

»Doch«, antwortete Margaret mit dünner Stimme. »Tora.«

»Tora?«

Leonard schnappte nach Luft. »Die Freundin meiner Tochter«, sagte er schnell. »Wenn Sie mich losmachen, werde ich mit ihr reden und sie abwimmeln.«

Der Pfarrer holte ein Messer und durchtrennte Leonards

Fesseln. Dieser kam kaum auf die Beine, rieb sich die Handgelenke und ließ den Pfarrer zusehen, wie er die Pulloverärmel herunterzog, um die Abdrücke der Stricke zu bedecken. Am Haken im Flur fand er eine Mütze, die die Schwellung verbarg.

Der Pfarrer nahm die Schrotflinte von der Schulter und richtete den Lauf auf Margaret.

»Gott sieht dich«, sagte er zu Leonard.

Das Tageslicht war so hell, dass er die Augen zusammenkneifen musste. Es war kälter geworden und schneite leicht. Tora trug eine Armeehose und einen dicken schwarzen Strickpullover mit einem weißen Kreis auf der Brust. Der Pullover reichte ihr bis zur Mitte der Oberschenkel. Auf dem Arm hielt sie Dolly. Ihre Katze.

»Ich habe sie unten am Weg gefunden«, sagte Tora. »Scheiße, sie hat ja kaum noch Fleisch auf den Rippen. Füttert ihr das Tier denn nicht, oder was?« Sie setzte die Katze auf dem Boden ab, und Dolly lief die Treppe hinauf, um sich an seinen Knöcheln zu reiben.

»Ist die Drachenfrau zu Hause? Wir wollten heute zusammen üben.« Tora schnaubte, als hätte sie den Mund schon voller Öl und eine Fackel in der Hand.

Leonard lächelte schwach. »Sorry, Tora. Wir hätten dich anrufen sollen. Margaret ist in den Ferien zu Verwandten nach England gefahren. Ich habe vergessen, dass ihr verabredet wart.«

»Okay? Dann musst du sie grüßen. Darf ich kurz reinkommen? Du spendierst mir doch wohl einen Kaffee, bevor ich den ganzen verfluchten Weg wieder nach Hause laufen muss? Oder vielleicht sogar ein Pils«, sagte sie mit einem Augenzwinkern.

Sein Herz hämmerte in der Brust. »Ich … Das wäre nett,

wenn ich aber ehrlich bin, passt es gerade nicht so gut. Ich hatte gestern ein paar Kumpels zu Besuch… und es ist einiges an Alkohol geflossen, um es mal so auszudrücken. Ich bin nicht gerade in Topform.«

»Ach so, du hast einen Kater. Du bist auch richtig leichenblass.« Sie zog eine seltsame Grimasse. »Du hast doch wohl keinen Damenbesuch? Da wird Muttern aber eifersüchtig.«

Bevor er antworten konnte, lachte sie bereits. »Ich verarsche dich nur. Wenn du durch die Gegend vögeln willst, ist das deine Sache. Steck nur meine Mutter nicht mit Herpes an.«

»Keine Angst«, sagte Leonard kleinlaut. Urplötzlich kribbelte es ihn heftig in den Füßen, und er bekam Angst, dass ihm gleich schwarz vor Augen würde.

»Was ist denn mit deinem Finger passiert?«

Leonard erschrak und starrte den Finger an. Er war rußgeschwärzt. »Ach, das. Das ist nur ein bisschen Asche.«

»Verstehe«, sagte sie. »Kein Bier und keine Gesellschaft. Nein, nein. Wir sehen uns.«

Tora drehte sich um.

»Hallo!«, sagte Leonard. »Kannst du Dolly mitnehmen. Ich fahre am Wochenende weg, und es ist nicht gut für sie, alleine hier herumzuspazieren. Nicht jetzt, wo es wieder kälter wird.« Er ging in die Hocke und kraulte Dolly unter dem Halsband im Nacken, bis sie schnurrte. Dann setzte er die Katze vor Toras Füßen im Schnee ab.

»Bist du sicher? Ich bin alleine zu Hause. Muttern ist mit meinem Bruder in Schweden auf irgend so einer Skifreizeit.«

Leonard nickte. »Gib ihr einfach ein bisschen Leberwurst. Margaret wird es sehr freuen, wenn du auf sie aufpasst.«

»Komm, Miez«, sagte Tora. Dolly sah aus, als würde sie

sich wundern, und drehte sich einmal um die eigene Achse. Leonard stieß sie mit dem Fuß weg.

»Geh jetzt«, sagte er. Sie maunzte. »Geh jetzt, du dummes Vieh.« Leonard trat ein bisschen fester zu. Dolly schielte ihn beleidigt an und trollte sich.

Als er die Treppe wieder hinaufstieg, stützte er sich auf dem Geländer ab. Würde Tora den Zettel finden, den er unter Dollys Halsband geschoben hatte? Er war im Begriff in die Dunkelheit dort drinnen zurückzukehren, als er hörte, wie das Wohnzimmerfenster aufgeschoben wurde. Die Scharniere quietschten. Tora musste es auch gehört haben, denn sie drehte sich zu ihm um.

Diese Szene sollte sich für immer in sein Gedächtnis einbrennen.

Der rieselnde Schnee, der die Grenze zwischen dem grauweißen Himmel und dem Horizont auswischte, die hoch gewachsenen Fichten zu beiden Seiten des Feldwegs, die Katze, die dem Teenager mit Rastazöpfen hinterherrannte, das lauernde Lächeln und der viel zu große Wollpullover, der weiße Kreis auf der Brust, der in einer lauten, alles zerreißenden Sekunde rot gefärbt wurde, bevor die Ladung der Schrotflinte sie wie eine leblose Gliederpuppe nach hinten schleuderte und ihre Eingeweide über den schneeweißen Boden verteilte.

»Gott sieht alles«, tobte der Pfarrer, als er Leonard fesselte und ihm den Mund mit einem Handschuh stopfte. »So. Kein Gequatsche mehr.«

Margaret schrie und schrie, bis der Teufel sie mit dem Gewehr niederschlug.

51

Es war Freitag, und die Straßenverhältnisse waren trügerisch. Der leichte Schneefall vom Vormittag machte es unmöglich zu erkennen, wo das Eis im Laufe der Nacht spiegelglatt gefroren war. Trotzdem nahm Fredrik nach der Morgenbesprechung die Beine in die Hand. Er mochte solche Tage. Sie waren eine Erinnerung daran, dass er in einem Land lebte, das vom Polarkreis geteilt wurde, einer Nation, in der die Leute aufeinander angewiesen waren, um zu überleben. Oft vergaß er, dass Menschen Menschen brauchten. In der Brugata stellten die Gemüsehändler Zelte auf, um die Waren vor der Kälte zu schützen, und vor dem Teddy's genoss ein halb erfrorener Teufel eine Zigarette.

Menschen brauchen Menschen. Er dachte an einen anderen Teufel. Franke. Vor ein paar Wochen hatte der Kerl noch einen tollen Job, eine sichere Rente in Aussicht und eine Frau, die zu Hause auf ihn wartete. Und jetzt? Das Bild von Rita Nores zerschmettertem Gesicht machte sich auf seiner Netzhaut breit. Er bedauerte den armen Kerl, der Franke diese Szene beschreiben musste. Dem armen, dummen Franke.

Als Fredrik auf die Akersgata in Richtung der sperrigen Granitfassade des Finanzministeriums abbog, schaute er auf die Uhr. Er war früh dran. Statt hineinzugehen, stellte er sich direkt gegenüber vor den Türen des Zeitungshauses unter und grübelte.

Kafa und Fredrik nahmen an, dass Pfarrer Drange in der Kellerzelle eingesperrt gewesen war, die sie in Tschernobyl gefunden hatten. Das Blut an dem Kreuz legte nahe, dass es einen Kampf gegeben haben musste. Versuchte Drange vielleicht zu fliehen? Warum aber war er gefangen gehalten worden, wenn so viele andere Sektenmitglieder abgeschlachtet worden waren? Die Antwort lag auf der Hand: Der Pfarrer hatte die biologischen Waffen nach Solro gebracht und sie an Menschen getestet. Er hatte aus den Mitgliedern einer sonderbaren christlichen Glaubensgemeinschaft extremistische Fundamentalisten gemacht.

Irgendwo hatte Fredrik gelesen, dass nur eine geringe Anzahl der Ärzte aus den Konzentrationslagern der Nazis nach dem Krieg vor Gericht gestellt worden war. Der Rest war nach Moskau und Washington ausgeflogen worden, um das Wissen zu teilen, das sie sich angeeignet hatten, während sie Juden und Zigeuner, Schwule, Behinderte und andere »Untermenschen« zu Tode gefoltert hatten. So verhielt es sich auch im Fall Børre Drange: Irgendwer betrachtete seine Erfahrungen als wertvoll. Børre Drange durfte leben, weil er der teuflischste aller Teufel war.

Eine Frage blieb jedoch offen: Die Viren und die Bakterienkulturen, die der Pfarrer zur Glaubensgemeinschaft auf Solro gebracht hatte – so etwas bastelte man nicht in der Garage zusammen. Woher also kamen sie?

»Ja. Hier war ihr Platz.«

Der Abteilungsdirektor sammelte ein paar der Rosenblätter auf, die von den verwelkten Stielen in der Vase abgefallen waren. Er war in Fredriks Alter, und sein Gesicht hatte dieselbe Farbe wie sein bürograuer Anzug.

»Alles ist noch genau so, wie Beata Wagner es verlassen hat?«

»Abgesehen von den Blumen natürlich. Wir dachten, das könnte nicht schaden.«

Brusthohe Wände aus Filz trennten Beata Wagners Schreibtisch von denen der anderen Sekretärinnen. Einige von ihnen hatten aufgesehen und genickt, als sie das Großraumbüro betreten hatten.

»Sie war aber sehr ordentlich«, kommentierte Fredrik. Neben den Blumen gab es hier nichts außer einer Tastatur, einem Almanach und einem Bildschirm. An der Trennwand über dem Bildschirm hing ein Foto, das eine Frau mittleren Alters mit einem mit Schlagsahne zugekleistertem Gesicht zeigte. »Herzlichen Glückwunsch zum 40. Geburtstag«, stand darauf, darunter waren zahlreiche Unterschriften.

»Wir fahren eine *clean desk policy*«, sagte der Abteilungsleiter.

»Aber keine *clean face policy*?«, entgegnete Fredrik.

»Nein. Das Bild ist tatsächlich etwas unpassend, wenn man den Ernst der Sache in Betracht zieht, aber Ihre Kollegen haben darauf bestanden, dass wir alles so lassen, wie es war.«

»Und wer ist die Dame?«

»Mrs. Doubtfire. Aus dem Film. Das war ein … Beata hatte sowohl eine Vorliebe für Frauen als auch für Männer. Hier bekam sie sozusagen beides. Außerdem fand sie, Robin Williams sei in dem Film so unglaublich lustig. Das war nur ein Insiderwitz. Möglicherweise war er doch nicht so fürchterlich lustig.«

»Immerhin lustiger als ermordet zu werden«, sagte Fredrik. Er wusste nicht genau, warum er das gesagt hatte. Irgendetwas an dem Abteilungsleiter irritierte ihn. »Sie hat hier auf der Arbeit von ihrem Privatleben erzählt?«

»Beata hat nicht so viel Aufhebens um sich gemacht. Aber sie war rücksichtsvoll gegenüber den Kollegen, teilte ihre eigenen Erfahrungen, wenn andere Probleme hatten. Wir vermissen sie hier alle.«

Fredrik bedauerte nun den gefühllosen Kommentar ein wenig. »Was hatte sie für ein Verhältnis zu Henry Falck?«

»Sie bekam den Auftrag, ihn als Sekretärin zu unterstützen. Sie hat sich um die Dokumentation gekümmert und in den Archiven das herausgesucht, was er brauchte. Sie hat Protokolle von Besprechungen und die Berichte geschrieben, die er aber immer noch einmal durchlas, bevor er sie freigab. Als sie … sich näher kennenlernten, hat sie mich über das Verhältnis in Kenntnis gesetzt. Alles lief vollkommen korrekt und den Vorschriften entsprechend.«

»Ich verstehe«, sagte Fredrik. »Beata hatte also freien Zugang zu den Archiven der Ministerien?«

»Was meinen Sie?«

»Welchen Sicherheitsstatus hatte sie den?«

»Einen hohen, nehme ich an. Den brauchte sie, um ihre Arbeit bezüglich der«, der Abteilungsdirektor warf einen Blick auf Mrs. Doubtfire, »Überwachungsflugzeuge machen zu können.«

»Gibt es ein Verzeichnis der Akten, die sie aus den Archiven geholt hat?«

Einige der Sekretärinnen hatten die Köpfe gehoben und taten so, als würden sie nicht zuhören.

»Das weiß ich nicht. Einiges davon betrifft Staatsgeheimnisse. Das läuft nicht gerade via Rohrpost. Sie hat viel draußen in den Ministerien gearbeitet.« Das Gesicht des Abteilungsleiters war inzwischen noch grauer geworden. »Aber hat das denn streng genommen etwas mit den Ermittlungen zu tun? Uns wurde erzählt, dass Falck das Ziel gewesen ist? Dass Beata nur getötet wurde, weil sie zufällig gerade mit ihm zusammen war?«

Fredrik überhörte die Frage geflissentlich. Stattdessen

griff er nach dem Almanach auf dem Schreibtisch. Die Sekretärin, dachte er. Die Fliege im Zimmer. Kriegt alles zu hören, kriegt alles zu sehen, aber keiner nimmt von ihr Notiz, solange sie nicht anfängt, zu viel herumzuschwirren – wie Beata es getan hatte. Die Fliegenklatsche, die sie für sie verwendet hatten, war eine 9-mm-Parabellum.

Er blätterte ein wenig in dem Almanach, was seine Vermutung allerdings nur bestätigte: Sollte Beata Wagner Staatsgeheimnisse an die Presse weitergegeben haben, war sie sicher nicht so dumm gewesen, das in ihrem Kalender zu notieren.

Oder?

»Was bedeuten diese roten Felder? Dienstags, drei Uhr?«

Der Direktor studierte die Markierungen. »Das weiß ich nicht.«

»Dürfen Ihre Angestellten während der Arbeitszeit trainieren?«

»Ja… in einigen Fitnessstudios hier in der Nähe… Wir haben Firmenverträge. Das stärkt die Moral und reduziert die Fehlzeiten. Haben Sie so was bei der Polizei nicht?«

Eine Wand aus Dunst und Sitarakkorden stürzte ihm entgegen, als Fredrik die Tür zum Yogastudio aufzog. Er starrte direkt auf die Hintern von etwa zwanzig vor Schweiß glänzenden Menschen in Tights, Sport-Bustiers und stramm sitzenden Shorts. Der Großteil von ihnen waren Frauen, alle standen breitbeinig mit dem Kopf zwischen den Beinen da und umklammerten mit den Händen die Fußknöchel. Sollte Fredrik irgendwann einmal in einer solchen Position landen, würde es ihn das Leben kosten. Eine sonderbare Mischung aus Ekel und Lust durchfuhr ihn, und Fredrik heftete seinen Blick auf sein Abbild in der Spiegelwand am anderen Ende des Raumes. Es war brütend heiß hier, und niemand schien Notiz von ihm zu nehmen, bis sein Telefon klingelte. Anstatt den Anruf von Polizeidirektor Koss anzunehmen oder wegzudrücken, ließ er das Handy klingeln, bis eine wie ein Spaghetti geformte Frau vor dem Spiegel in die Höhe schnellte. Mit einer ausgesprochen wenig meditativen Handbewegung gab sie ihm zu verstehen, dass er sich zur Hölle scheren solle. Er winkte sie zu sich.

»Haltet *Dandayamana-Bibhaktapada-Paschimotthanasana*, geht danach über in *Trikonasana*«, rief sie, bevor sie die Tür hinter sich schloss.

»Es tut mir leid, wenn ich störe«, sagte Fredrik. Er erklärte ihr, wer er war. »Was treiben Sie da drin? Scampi kochen?«

Die Yogalehrerin hatte sich einen Baumwollmantel übergezogen, das Gesicht mit einem Handtuch abgetrocknet und starrte ihn jetzt von oben herab an. *»Bikram«*, sagte sie. »Wir nehmen Leute jeden Alters auf.« Sie sagte es so, dass er verstand, dass sie selbst Leute *seines* Alters aufnahmen. »Das ist gesund. Sie werden stark und geschmeidig, reduzieren das Risiko für Herzinfarkt, Gliederschmerzen, Asthma …« Sie warf sich das Handtuch über die Schultern. »Dort drinnen finden Sie nicht viele, die sich in die Nähe eines Scampis begeben. Die Zucht zerstört die Mangrovenwälder.«

Fredrik seufzte. »Und dabei ist das mein Lieblingshappen in der Bento-Box. Das Risiko für einen Infarkt muss ich wohl in Kauf nehmen.« Er legte ein Foto von Beata Wagner vor sie hin.

»Hat sie hier trainiert?«

»Beata? Ja?«

»Was ist mit Benedikte Stoltz? Journalistin bei TV 2, dünn, blond …«

»Ja«, antwortete sie. »Sie haben beide fest hier trainiert. Geht es … um das, was passiert ist?«

Fredrik nickte. Er betrachtete das Plakat an der Wand hinter ihr. »Morgenyoga – was ist das?«

»Ein paar Tage in der Woche fangen wir um sechs mit einem Kurs an. Viele kommen gern her, bevor sie zur Arbeit gehen.«

»Hat Benedikte dieses Angebot manchmal genutzt?«

Die Spaghettifrau dachte kurz nach. »Ja… ab und zu, vielleicht? Wir führen keine Anwesenheitslisten, aber…«

»Danke«, sagte Fredrik und bat sie, ihn zu den Garderobenschränken zu führen.

In Beata Wagners Schrank befanden sich lediglich Trainings- und Wechselkleidung. Nachdem er jedoch das Schloss zu Benediktes Schrank aufgebrochen hatte, blieb Fredrik kurz stehen und schmatzte zufrieden. Auf einem zusammengefalteten Handtuch lag ein Telefon, bei dem es sich wohl um Benedikte Stoltz' geheimes Handy handeln musste. Hier war Benedikte zwischen dem Verlassen ihres Zuhauses und der schicksalhaften Begegnung mit Richard Reiss am Maridalsvannet also gewesen. In dem Handtuch lag eine Strumpfhose, und in der Strumpfhose eine kleine rosafarbene Festplatte. »Dunkelzeit. Rohfassung«, stand darauf.

Fredrik hörte die Nachricht von Koss auf der Mailbox ab. Im Laufe des Wochenendes sollte Franke aus dem Koma aufgeweckt werden.

52

Inzwischen war es Montagmorgen, und die Techniker hatten das Wochenende gut genutzt. Die Analyse von Benedikte Stoltz' geheimem Telefon war fertig, und nach der morgendlichen Besprechung saß Fredrik nun mit Therese zusammen.

Die meisten Textnachrichten waren kurz. Einzelne Worte wie *ok* und *ja.* Aber nicht alle. *Zum Projekt Dunkelzeit. Die Organisation ist der Schlüssel. Sei kritisch gegenüber der Polizei und ihren Erklärungen. Es liegen faule Äpfel im Korb. Ken Beier hat einen Sohn in der Abteilung. Er ist ehrenwert. Kontaktiere ihn aber nicht, bevor du nicht ausreichend Material hast. Sei in Gottes Namen vorsichtig. Niemand muss erfahren, dass wir Kontakt haben. Niemand.*

»Das muss doch jemand geschrieben haben, der mich kennt!« Fredrik hatte die Nachricht mit weit aufgerissenen Augen gelesen.

»So sieht es aus.«

»Es liegen faule Äpfel im Korb«, murmelte er. »Bezieht sich das auf Franke?«

Therese konnte selbstverständlich nur mit den Schultern zucken.

»Diese Nachrichten stammen von der ersten Quelle der Journalistin«, sagte sie schließlich und klopfte mit dem Fingernagel auf das Dokument zwischen ihnen. »Der Absender, dessen Identität wir nicht kennen.«

»Der mysteriöse PJ«, sagte er.

»Die andere Person, mit der Benedikte kommuniziert hat, war Beata Wagner. Hier ist die Nachricht, die Benedikte an dem Morgen erhalten hat, an dem sie ermordet worden ist.« Therese zeigte darauf. *R Reiss. 11.00. Maridalsvannet.* Genau wie Fredrik vermutet hatte: Beata Wagners Mörder hatte ihr Telefon gestohlen und es verwendet, um Benedikte in den Tod zu locken.

»Sie hatten offensichtlich ein Verhältnis. Sie haben alles Mögliche ausgetauscht, von Herzsymbolen bis hin zu Nachrichten, um sich zum Sex zu verabreden. Es scheint, als hätten sie sich oft im Yogazentrum getroffen, um anschließend ein paar Stunden miteinander zu verbringen. Aber hör dir das hier an«, sagte Therese und las laut vor: »*Henry sagt, dass jemand versucht, ihn zu erpressen. Dass es ein Video gibt. Allerdings weiß ich nicht, ob es nicht nur eines seiner kranken Spielchen ist. Trotzdem werde ich das Gefühl nicht los, dass mir jemand folgt. Bist du sicher, dass es sicher ist? Vielleicht bin ich ja auch nur ein bisschen paranoid. :-)*«

Entspann dich, lautete Benediktes Antwort. *Dein Geldschwein verarscht dich nur.* Die Nachrichten waren wenige Tage vor ihrer aller Tod ausgetauscht worden.

»Ich glaube nicht, dass wir einem Beweis dafür, dass Beata Benediktes Quelle war, noch näher kommen«, sagte Fredrik. »Sie muss ihre Freiheiten im Ministerium dafür genutzt haben, Benedikte die gewünschten Informationen zu beschaffen. Dann ist ihnen jemand auf die Schliche gekommen.«

Therese schob die Papiere beiseite. »Laut DNA-Test stammen die Hautreste unter Rita Nores Fingernägeln von ihr selbst«, sagte sie. »Aus dieser Richtung haben wir also keine Aufschlüsse zu erwarten. Die Fingerabdrücke des Mörders haben wir nicht gefunden. Weder am Lauf der Schrotflinte noch im Haus.« Sie legte eine Hand auf seinen Arm und sah ihn mit offenem Blick an. »Ist es dir unangenehm, dass dein Vater mit diesem Fall in Verbindung steht?«

Er legte seine Hand auf ihre und lächelte erschöpft. »Mein Vater ist tot. Egal welche Rolle er bei all dem hatte – es wird nicht viel ändern. Interessiert bin ich an den Leuten, die noch am Leben sind. An der Organisation.«

»Vielleicht sollten wir über diese Leute mal bei einem Drink diskutieren«, sagte Therese.

Viel mehr war gar nicht nötig, um einem alten Morderмittler eine Freude zu machen, und als Fredrik den turmhohen Eingangsbereich des Ullevål Krankenhauses betrat, fühlte er sich beinahe glücklich. Das Grinsen wurde jedoch ausgelöscht, als er um die letzte Ecke des Krankenhausflurs bog. Vor der Tür zu Franke Nores Krankenzimmer stand Stine, die Frau, die er aus dem Paris H mit nach Hause genommen hatte. Ihre blonden Haare waren zu einem straffen Zopf geflochten, der über den Rücken der Polizeiuniform fiel.

»Beier«, sagte sie und lächelte. »Man hat mir gesagt, dass du herkommen würdest.«

»Prima«, brummte Fredrik. »Was machst du hier?«

»Wachdienst. Ich darf nichts anderes machen, seit ich schwanger bin.«

Fredrik konnte sein Erstaunen nicht verbergen. Sie lachte ihn aus.

»Ich mache nur Witze. Ich hab mir bei einem Betriebsfußballspiel den kleinen Zeh gebrochen. Der Arzt sagt, ich hätte Glück gehabt. Es hätte auch der Knöchel sein können.«

»Das ist dann ja noch mal gut gegangen.«

»Dass ich mir den kleinen Zeh gebrochen habe? Oder dass ich nicht schwanger bin?«

Fredrik räusperte sich. »Ich habe übrigens… deine Sachen gefunden.«

»Pack sie einfach in einen Beutel und leg ihn in mein Fach«, sagte Stine und lächelte noch immer. »Ich nehme an, dass du nicht mit meiner Unterwäsche in der Tasche durch die Gegend spazierst.«

Fredrik begriff, dass er ihre Unterwäsche tatsächlich dabeihatte. Nicht hier, natürlich, sie war noch in der Jacke, in die er sie bei Thereses Besuch gesteckt hatte.

»Abgemacht«, sagte Fredrik und schob die Tür zu Frankes Zimmer auf.

»Die letzte Beschlagnahmung bestätigt, dass die Strategie der Polizei aufgeht. Wenn wir sämtliche Glieder der Kette verfolgen – vom Rauchgiftsüchtigen auf der Straße bis hin zu den Verkäufern und den Hintermännern –, erzeugen wir so viel Unruhe, dass sich die Szene auflöst.«

»Aber bedeutet das nicht nur, dass die Allerschwächsten, die obdachlosen Drogenabhängigen, zu noch mehr Kriminalität und Prostitution gezwungen werden, um sich Geld für ihre Drogen zu beschaffen?«, fragte die Journalistin. *»Ihre Abhängigkeit verschwindet doch nicht?«*

»Dieses Argument haben wir all die Jahre über gehört. Aber verschwinden die Drogen, dann verschwinden auch die Drogensüchtigen.«

»Nun«, sagte die Journalistin. *»Das war Oslos Polizeipräsident Trond Anton Neme, nachdem die Polizei und der Zoll gestern erneut eine Rekordmenge an Heroin beschlagnahmt haben. Damit geben wir zurück ins Studio.«*

Das Licht im Krankenzimmer war gedämpft, und die Apparate, die Frankes Körperfunktionen überwachten, waren stumm. Das Radio stand auf dem Rollwagen neben dem Bett, zusammen mit dem Blumenstrauß, dem Familienfoto und einem Becher Tabletten. Franke hatte ihm den Rücken zugedreht, sodass sein Blick auf den Spalt zwischen den Gardinen gerichtet war. Als Fredrik den Ton leiser drehte, räusperte er sich.

»Hat Koss die Wachhexe hier platziert?«

»Stine? Die ist doch wohl in Ordnung?«, sagte Fredrik.

»Kennst du sie?«

»Nein.«

Franke brauchte Hilfe, um sich auf den Rücken zu drehen. Fredrik griff nach seiner Hand und legte die andere zwischen die Schulterblätter des Kollegen. Die Hand war kraftlos und kalt, der Oberkörper aufgeschwemmt. Fredrik sah ihm nicht ins Gesicht, stattdessen heftete er seinen Blick auf eine Öffnung im Hemd, auf die grau behaarte, blasse Brust. Vom Patienten stieg ein Dunst auf, ein bitterer Mix aus Medikamenten, Schweiß und Urin.

Als Fredrik endlich den Kopf hob, schaute er an dem aufgedunsenen Doppelkinn, der vor Trauer weißen Haut und den trüben Augen vorbei. Sein Blick blieb erst an der Vertiefung im Schädel zwischen Ohr und Stirn hängen. Der Bürstenschnitt war abrasiert worden, und dort, wo sich die Schädeldecke hätte wölben sollen, befand sich nur noch eine klaffende Senke, groß genug, um eine Apfelsine hineinzulegen.

»Die Ärzte haben ein bisschen was entfernt«, sagte Franke. Fredrik war es offensichtlich nicht gelungen, sein Entsetzen zu verbergen. »Damit das Gehirn keine Druckschäden abbekommt, als es angeschwollen ist.« Er sprach langsam. »Als ob dieser Kopf nicht schon genug gelitten hätte.«

»Es tut mir leid, was mit Rita passiert ist, Franke. Wir werden den Mörder finden. Das verspreche ich dir«, sagte Fredrik leise.

Franke sah ihn mit leerem Blick an. Er versuchte, die Hand zu heben, aber sie fiel wieder auf die Decke hinunter. »Würde es dir was ausmachen, mir etwas zu trinken zu geben?«

Becher steckten in einem Spender neben dem Waschbecken. Während Fredrik darauf wartete, dass das Wasser kalt wurde, redete Franke weiter. »Der Plan ist vermutlich, dass sie die Schädeldecke wieder an Ort und Stelle verpflanzen.«

Fredrik hielt den Becher, und Franke trank.

»Wer hat dir das angetan?«, fragte Fredrik. »Wer hat dich im Gefängnis angegriffen?«

Franke drehte den Kopf weg, hin zu den Eisblumen an der Scheibe hinter den Gardinen.

»Kannst du mir sagen, was hier vor sich geht? Warum hast du das Heroin gestohlen? Hat dich jemand dazu gezwungen?«

Keine Antwort. Letztendlich wandte der Polizist sich ihm einfach wieder zu und sah ihn an.

»Ich weiß, dass Richard Reiss euch für Ritas Behandlung in Israel Geld versprochen hat. Reiss ist mittlerweile tot. Von ihm hast du also nichts mehr zu befürchten. Du kannst offen reden«, fuhr Fredrik fort.

In Frankes linkem Auge hatte sich eine Träne gebildet. Sie kullerte am Mundwinkel vorbei und verschwand in den grauen Stoppeln auf dem Kinn. Die Träne hinterließ einen Streifen, der das Gesicht in zwei Hälften teilte.

»Wir haben das Heroin hinter der Bodenleiste in deinem Haus gefunden. Hast du das Dope dort versteckt? Oder ist es dort platziert worden?«

Endlich loderte in Franke etwas auf. »Ich bin kein einfacher Dealer, Fredrik. Ich glaube, das weißt du.«

»Dann hilf mir. Verstehst du nicht, dass du das Ganze für dich nur noch schlimmer machst? Die Wache vor der Tür ist deinetwegen hier. Nicht, um dich zu überwachen. Hier bedroht dich niemand.« Fredrik sprach leiser. »Menschen sind ermordet worden, Franke. Deine eigene Frau. Du hast Heroin gestohlen. Das ist ernst, aber keine Todsünde. Erzähl mir, was du weißt, dann sitzt du ein Jahr, vielleicht achtzehn Monate. Danach bist du frei.«

»Frei«, schnaubte Franke. Sein Blick löste sich von Fredrik, suchte nach einem Ankerpunkt und landete bei dem Foto auf dem Tisch, dem Bild von Franke, Rita und Siri.

»Ich war hier, als du im Koma gelegen hast. Rita hat an deinem Bett gesessen. Sie hat von deiner Stieftochter erzählt. Dass euer Verhältnis nicht gut ist. Jetzt aber bist du alles, was sie noch hat, Franke. Wenn du also nicht um deiner selbst willen reden willst, dann tu es wenigstens für sie.«

Erneut erwachten Frankes Augen zum Leben. »Fahr zur Hölle.«

Dann schwieg er. In dem Streifen Tageslicht, der durch das Fenster hereinfiel, rieselten Staubkörner langsam zu Boden. Draußen war das Knirschen von Gummisohlen auf Linoleum zu hören.

»Sie folgen mir aufs Klo und in die Dusche. Selbstmordwache nennen sie es heimlich, wenn sie glauben, dass ich schlafe. Wer, glaubst du, schaut zu? Wer lauscht?« Franke zeigte auf die Halbkugel an der Decke. Hinter dem Glas blinkte eine Kameralinse.

Fredrik stöhnte entmutigt. »Nur müde Nachtwachen, Franke. Sie werfen einen kurzen Blick auf dich, während sie online Pornos schauen und sich einen runterholen.«

»Hehe!« Einem obszönen Witz hatte Franke noch nie widerstehen können. Dann schloss er die Augen, holte Luft und legte die Hände auf die Brust. »Ich muss... mich ausruhen, Fredrik.« Als Fredrik ihm die Hand drückte, um sich zu verabschieden, zog Franke ihn zu sich heran, als wollte er ihn umarmen. Erst als er den warmen Atem am Ohr spürte, bemerkte Fredrik das Flüstern. »Sie haben mich nach Solro geschickt, Fredrik. Um nach dem Pfarrer zu suchen.«

»Dem Pfarrer? Wer hat dich geschickt?«

Franke schob ihn von sich.

»Ich konnte es aber nicht richtig untersuchen«, sagte er.

53

Zwischen Schule und Turnhalle befand sich ein Spielplatz. Mitten auf dem Spielplatz stand ein Mann und starrte hinauf in einen alten Ahornbaum. Er hätte Schatten gespendet, hätte sich die Sonne an diesem kalten Wintertag nicht hinter den Wolken verborgen. Der Mann trug einen Mantel, hatte eine schmale Nase und ein spitzes Kinn. Die Leute waren der Ansicht, er ähnelte einem Nagetier. Staatssekretär Ruben Andersen war hingegen der Ansicht, die Schutzmatten unter dem Klettergerüst ähnelten Wunden im Asphalt.

Jetzt starrte er zu den grünen Trauben zwischen den nackten Ästen hinauf. Misteln. Diese Pflanze faszinierte ihn. Sie war die erste gewesen, die hierzulande unter Schutz gestellt worden war. Noch immer schmückten die Leute ihre Wohnungen mit dem immergrünen Gewächs, um die Liebe zu feiern. Einige waren der Meinung, es brächte Glück, andere, es wäre heilig, von den Göttern gesegnet. In Wahrheit war die Mistel ein Schmarotzer. Sie bohrte ihre Wurzeln tief in das Holz des Wirts und saugte dessen Saft aus. Ihre Beeren waren bitter und ihre Blätter giftig. In Wirklichkeit war die Mistel nichts anderes als ein hübsches Krebsgeschwür. Mit gutem Aussehen kam man allerdings weit, das wusste Ruben Andersen. Die Leute schluckten die grausamsten Botschaften, solange die Verpackung sorgfältig ausgesucht war. Ruben gefiel der Gedanke, dass die Verpackung seine Stärke war. Immerhin war er der engste Mitarbeiter des Ministerpräsidenten.

Durch die Fenster der Aula sah er zahllose Reihen Schüler und Lehrer und dazwischen ein paar dunkle Anzüge. Die Leibwächter. Der Chef seinerseits saß vermutlich in der ersten Reihe und tat so, als würde er den Erzählungen über Bomben und Krieg und die Flucht durch Europa interessiert zuhören. Einige Menschen mit tragischem Schicksal waren ausgesucht worden, um ihre Geschichten zu teilen. Zum Schluss sollte Ministerpräsident Riebe selbst aufs Podium treten und die Geschichte seines Vaters erzählen, der während des Krieges vor den Nazis geflohen war. Mittlerweile erzählte er sie so gut, dass man hätte glauben können, sie wäre wahr.

Ruben zog es vor, hier draußen unter dem Ahorn zu stehen. Außerdem erwartete er einen Anruf. Ein Mann hatte um ein Gespräch gebeten. Und es musste zu einem Zeitpunkt stattfinden, wenn der Ministerpräsident nicht in der Nähe war.

Sobald die Autotür hinter ihm zuschlug, hörte Ministerpräsident Simon Riebe auf zu lächeln. Er lockerte die Krawatte, öffnete den obersten Knopf des Hemdes und lehnte den Kopf nach hinten, bis es in den Nackenwirbeln knackte.

»Das war schön«, sagte er. »Dankbare Kinder. Einige von ihnen zudem ziemlich clever. Verdammt clever.«

»Sie tun gut daran, sich zu bedanken«, sagte Ruben, der neben ihm auf der Rückbank saß. Er reichte ihm die Mappe mit den Dokumenten. »Ich hoffe, sie schämen sich für ihre Väter, die hier in Sicherheit schmarotzen, statt in ihrer Heimat für die Freiheit zu kämpfen.«

»Mein guter Ruben«, sagte Riebe und verdrehte die Augen. »Sie sind immer so kalt. Die Väter zweier Mädchen dort drinnen haben ihr Leben für unser Land riskiert. Einer von ihnen arbeitete als Dolmetscher für unsere Truppen in

Afghanistan. Der andere war Informant. Wir müssen denen helfen, die uns helfen.«

»Ich halte nur fest, dass *wir* gekämpft haben, als die Deutschen kamen. Das ist Teil unserer Kultur.«

Riebe öffnete die Mappe und starrte ihn an. »Ihre Vorfahren gehörten doch zu der großen Gruppe von Norwegern, die nicht viel mehr taten, als ihr Mäntelchen nach dem Wind zu hängen?«

»Deshalb bin ich Berater und Sie sind Ministerpräsident«, entgegnete Ruben.

»Dafür gibt es wohl noch andere Gründe«, ließ ihn der Ministerpräsident wissen.

»Es gibt da eine Sache, die ich mit Ihnen besprechen möchte«, wechselte Ruben das Thema. »Die Aftenposten hat angefragt, ob einer ihrer Fotografen Sie in der Zeit bis zur Parlamentswahl begleiten darf. Sie wollen zeigen, wer Sie *eigentlich* sind«, sagte er in gekünsteltem Tonfall. »Der Artikel soll an dem Wochenende vor der Wahl erscheinen. Sie planen eine große Strecke in ihrem Wochenendmagazin. Ich halte das durchaus für eine gute Idee – das Leben hinter der Fassade.«

Riebe wedelte geistesabwesend mit der Hand. »Na gut.«

Während das Regierungsauto durch die Straßen des Zentrums schlich, beobachtete Ruben seinen lesenden Chef und wartete, bis das kleine Lächeln seine Mundwinkel umspielte. Endlich tauchte es auf.

»Er ist also bestätigt«, konstatierte Ruben. »Zufrieden?«

»Das fehlte noch«, sagte Riebe. »Es ist eine verfluchte Schande, dass die Amerikaner so lange gebraucht haben, um einen neuen Botschafter zu ernennen. Aber er wird zum Empfang der neuen F-35-Kampfjets hier sein?«

»Definitiv. Das wird großartig. Absolut großartig.«

Ruben lehnte sich nach vorn und drückte auf den Knopf,

der die Scheibe zwischen ihnen und dem Fahrer hochfahren ließ. Dann wartete er, bis das Glas gegen die Decke stieß.

»Es geht um die Information, die Sie mich gebeten haben… weiterzuvermitteln. Bezüglich Finanzministerin Wetre und ihrem Enkelkind.«

Riebe sah missvergnügt von den Unterlagen auf. »Gibt es ein Problem?«

»Geben wir der Presse Zugang zu diesem Dokument, wird früher oder später herauskommen, dass die Nation am Rande eines Terroranschlags mit biologischen Waffen gestanden hat. Wir werden zur Verantwortung gezogen werden, weil wir die Terrorpläne geheim gehalten haben. Das gibt ein höllisches Spektakel.«

Riebe schloss die Dokumentenmappe.

»Ruben. Es kommt mir vor, als hätten wir dieses Gespräch bereits geführt. Unser Kommentar lautet ›Kein Kommentar‹. Danach wird sich die Presse an Terrorexperten, die Armee und die Sicherheitspolizei wenden. Alle werden dasselbe sagen: Es gibt unzählige Bedrohungen, von denen die Öffentlichkeit nie etwas erfährt. Der Grund dafür ist, dass es die Fähigkeit Terroranschläge abzuwehren schwächt, wenn unsere Ermittlungsmethoden bekannt werden. Wer uns wegen der Geheimhaltung beschuldigt, muss auch die Verantwortung tragen, wenn die Sicherheitsvorkehrungen das nächste Mal nicht ausreichen.«

Riebe legte die Mappe auf den Sitz zwischen ihnen und starrte aus dem Seitenfenster nach draußen auf die Backsteinmauer in der Glacisgata – die Wand, die die Welt von der Verteidigungsmacht und dem Büro des Ministerpräsidenten trennte.

»Nach ein paar Tagen laden wir dann einige ausgewählte Medien in die Wohnung des Ministerpräsidenten ein. Der Fotograf von der Aftenposten darf gern dabei sein. Vor dem

Kamin und den Familienfotos werde ich mit ernster Miene ihren Fragen lauschen, bevor ich herausstreiche, worum es bei der Sache eigentlich geht, nämlich dass es gut geendet ist, dass nie irgendein Anschlag stattgefunden hat. Der Grund dafür sind unser ausgezeichneter Ermittlungsapparat, die glänzenden Verbindungen zu unseren Alliierten sowie eine Regierung, die ihr Volk im Kampf gegen Terror und feindliche Mächte niemals im Stich lässt.«

Riebe knöpfte den Hemdknopf wieder zu und zog die Krawatte straff.

»Ihre Aufgabe«, sagte er kalt, »ist es, das Dokument in der Presse zu platzieren, ohne dass jemand erfährt, dass es von uns kommt. Denn das, was zu einem Problem werden *kann*, mein lieber Ruben, einem teuflischen Problem, ist, wenn bekannt wird, dass wir versucht haben, Einfluss auf die Wahl des Vorsitzenden einer anderen Partei zu nehmen. Niemand darf erfahren, dass wir die Öffentlichkeit wissen ließen, dass die Tochter von Finanzministerin Wetre ein Kind mit dem Terroristen Børre Drange bekommen hat.«

Als sie in die Tiefgarage fuhren, erfüllte das smaragdgrüne Licht der Notausgänge den Innenraum des Wagens. Ruben musterte seinen Chef. Seine Haut schimmerte wie die Blätter einer Mistel.

54

In einer anderen Schule in Oslo saß derweil eine stellvertretende Direktorin an ihrem Schreibtisch. Sie war wütend und wollte, dass die beiden blassen kleinen Jungs vor ihr das auch wussten. Deshalb hatte sie die Stimme gesenkt und sprach die Worte übertrieben deutlich aus.

»Und du hast was gesagt?« Sie heftete ihren Blick auf den älteren der beiden, einen Drittklässler mit goldenen Locken und Lachgrübchen, die exakt in diesem Moment zu nicht viel taugten.

»Ich habe nur gesagt, dass seine Mutter tot ist«, murmelte der Junge.

»Das hast du nicht gesagt!«, brach es aus dem anderen heraus. »Du hast gesagt, sie ist ermordet worden, und dass ich so verwöhnt bin, dass ich es verdient hätte!«

»William David Wetre!«, sagte die stellvertretende Direktorin barsch. »Du hast das Wort, wenn ich es dir erteile.« Sie wandte sich an den anderen. »Stimmt das?«

Der Junge nickte zaghaft. »Aber es stimmt doch. Sie *wurde* doch ermordet. Außerdem gibt ihm das nicht das Recht, auf mich loszugehen.«

»Nein.« Die stellvertretende Direktorin betrachtete den blutverschmierten Stein, der zwischen ihnen auf der Tischplatte lag. Glücklicherweise war es dem Drittklässler gelungen, sich mit der Hand zu schützen. Die Krankenschwester meinte, der Schnitt in der Handfläche sei nicht so tief, dass er genäht werden müsse. »Wirklich nicht, William. Gewalt ist an meiner Schule vollkommen inakzeptabel.« Sie rutschte auf dem Stuhl nach hinten. »Dasselbe gilt für Mobbing. Ich werde eure Eltern… eure Erziehungsberechtigten zu einem Gespräch einbestellen. Das Ganze muss ein Ende haben.«

»Meine Großmutter ist Finanzministerin«, sagte William mürrisch. »Sie hat keinen Bock, zu Ihrem idiotischen Gespräch zu kommen!«

Die stellvertretende Direktorin legte eine Hand vor den Mund und zählte langsam bis zehn. »Gut«, sagte sie und nickte dem Lockenkopf zu. »Du kannst gehen. William, du bleibst hier.«

Nachdem die Tür wieder ins Schloss gefallen war, blieben sie einfach sitzen und starrten einander an, er herausfordernd, sie abwartend. Letztendlich holte sie tief Luft und versuchte zu lächeln.

»William. Wir, die hier an der Schule arbeiten, sind da, um dir zu helfen. Du musst versuchen, es uns nicht so schwer zu machen.«

Der Junge wurde unruhig.

»Die anderen Kinder, sie… Es ist für sie nicht so leicht zu verstehen, wie es ist, seine Mama und seinen Papa verloren zu haben«, sagte sie. »Wenn dich jemand belästigt, dann sag es uns. Können wir es so machen?«

Er nickte, wobei er den Blick starr auf die Tischplatte richtete.

»Prima.« Die stellvertretende Direktorin suchte den Zettel, auf dem sie die Notiz gemacht hatte. »Eine der Sekretärinnen deiner Großmutter hat angerufen. Sie ist wegen einer Besprechung verhindert, weshalb ein Assistent dich abholen wird. Du sollst einfach an der Bushaltestelle vor der Schule warten. Der Assistent fährt einen Volvo und heißt Børre.«

55

»Notrufzentrale, Feuerwehr?«

»Hallo! Ich rufe von Solro in Maridalen an. Können Sie mich mit der Polizei verbinden?«

»Mit wem spreche ich?«

»Hier ist Le …«

»Nein! Kein Telefon.«

Dann folgten einige Worte, die Fredrik nicht verstand, sowie ein Stöhnen und ein Knall, als das Telefon auf dem Boden landete, anschließend ein Tuten von der unterbrochenen Verbindung.

»Wie lange ist das her, sagtest du?« Fredrik ließ den Kopf gegen die Nackenstütze sinken. Mit leerem Blick starrte er auf die Fichten nach draußen. Dazwischen waren undeutlich die weißen Felder des Maridalen zu sehen. Sie hatten einige Meter von dem Feldweg entfernt geparkt, der zum Hof Solro führte, dorthin, wo Frankes geheimnisvolle Auftraggeber ihn geschickt hatten, um nach Pfarrer Børre Drange zu suchen.

Es tutete noch immer, als Kafa die Aufnahme stoppte. »Die Feuerwehr hat den Anruf vergangenen Sonntag entgegengenommen. Vor acht Tagen«, sagte sie.

»Das ist ja eine verdammte Ewigkeit.«

»Der Anruf kam von einer britischen Nummer, die sie nicht orten konnten. Die Zentrale dachte, er stammte von einen Verrückten.«

»Es gibt da ja auch einen Verrückten«, sagte Fredrik frustriert. »Einen verdammt gefährlichen sogar. Aber wer ist der Anrufer? Wer ist *Le*…«

Auf Kafas Handy ging eine Textnachricht ein. »Polizeidirektor Koss«, sagte sie und zog die Schnalle ihres Pistolengürtels fest. »Wir haben die Erlaubnis, uns zu bewaffnen.«

Fredrik sah sie an. »Ist es für dich in Ordnung, wenn wir alleine reingehen?«

Kafa zuckte mit den Schultern. »Das ganze Land erinnert sich an das Massaker auf Solro. Nehmen wir die Spezialeinheit mit, wird die Presse innerhalb einer halben Stunde davon erfahren. Und da die Ermittlung hinsichtlich der Drange-Spur geheim gehalten werden soll… Der Befehl lautet jedenfalls, dass wir uns zurückziehen und Verstärkung rufen sollen, falls sich da irgendetwas rührt.«

Fredrik brummte und kontrollierte, ob die schusssichere Weste unter der Jacke so saß, wie sie sollte. Das hier gefiel ihm nicht.

Sie gingen den Feldweg Richtung Solro entlang. Als Fredrik das letzte Mal hier gewesen war, auf der Lichtung zwischen der Scheune und dem Haupthaus, war es Sommer gewesen. Die Leichen der ermordeten Sektenmitglieder waren abtransportiert worden, und der Rest der Sekte war verschwunden. Er hatte zwischen den Obstbäumen gehockt. Die Finger durch das Gras gleiten lassen und den Duft der reifen Früchte eingesogen, während er sich das Leben auf dem Hof vor dem Massaker vorgestellt hatte. So viele Gläubige hatten hier gelebt. Jetzt herrschte überall Gottlosigkeit: in der Farbe, die von den Scheunenwänden abblätterte, in abgebrochenen Zweigen vernachlässigter Bäume, in der Fassade des Hauses, mit Fenstern, die wie leere Augen starrten und einer Tür, die einem geschlossenen Maul glich. Selbst der Schnee im Garten war blass und grau wie die

Haut derer, die aus der Kühlkammer der Gerichtsmedizin gerollt wurden.

»Hat Franke gesagt, warum er hierhergeschickt worden ist?«, flüsterte Kafa, als sie vor der Tür standen. Sie hatte die Heckler & Koch aus dem Halfter gelöst.

»Um Børre Drange zu finden.«

»Aber warum *hier*?«

In solchen Stunden sah Fredrik ein, wie verschieden sie beide waren. Kafa war analytisch, und in ihren Gedanken war es eine irrationale, unlogische Handlung, für Pfarrer Drange nach Solro zurückzukehren, zurück an den Tatort. Fredrik sah das anders. Auf Solro hatte Børre Drange seinen Gott gefunden. Hier war seine Seele geprägt worden. Wir alle tragen Abdrücke auf der Seele. Nicht die Vernunft führt uns dorthin zurück, wo wir diese Abdrücke herhaben. Wir kommen, weil wir es müssen.

Kafa nickte kurz, und Fredrik riss die Tür auf. Sie hatte die Waffe angehoben, und ihr Blick folgte den Bewegungen des Laufs. Selbst unter ihren leichten Schritten knirschte der Boden. Sie lauschten. Stille. Der Puls schlug im Finger über dem Abzugbügel. Wenn Pfarrer Drange hier war, was würde er dann tun? Angreifen? Oder fliehen?

Schnell hatten sie die großen, leeren Aufenthaltsräume durchsucht, ebenso die Küche.

Auch im Obergeschoss gab es keine Spur von Menschen. Kafa hatte sich auf die Suche nach der Kellertreppe begeben, als Fredrik im kleinsten der Schlafzimmer stand. Die Spitzengardinen vor den Fenstern wogten sanft hin und her. Nur der Rahmen des Betts war noch vorhanden, in dem der Pfarrer, der die Sekte angeführt hatte, hingerichtet worden war. Fredrik wollte zur Scheune hinausschauen, als er Kafa rufen hörte.

»Fredrik!«

Ihre Stimme klang nicht ängstlich, sondern bestimmt. Er beeilte sich und blieb im Wohnzimmer stehen, verwirrt, sie dort nicht zu finden. Da ertönte die Stimme erneut – aus dem Badezimmer.

»Hier rein! Durch den Spalt in der Wand in der Dusche!«

Als er sich durch die schmale Öffnung quetschte, erkannte er, was für ein Raum dahinter war. Er sah den Vergrößerungsapparat und die Plastikwannen, die Schnüre an der Decke und den roten Schein der nackten Glühbirne. Früher waren die Mitarbeiter der Spurensicherung nach ihrer Rückkehr von den Tatorten in solchen Verschlägen des Polizeipräsidiums verschwunden. Einige Stunden später hatte das Ergebnis in Form eines Stapels Fotografien dann vorgelegen, noch immer weich und nach Chemikalien stinkend.

»Eine Dunkelkammer? Die war doch nach dem Massaker noch nicht hier?«

Kafa hockte auf dem Boden und hatte ihm den Rücken zugewandt. »Es war ein Kühlraum. In der Wand dort gab es eine Tür in die Küche, aber die ist entfernt worden. Stattdessen hat jemand einen getarnten Eingang durch die Dusche angelegt.«

An der Wand standen ein Bett und ein Tisch. An den Schnüren hingen keine Fotos, und es gab auch keine Anzeichen, dass das Bett benutzt worden war.

»Sieh dir das an.« Kafa leuchtete mit der Taschenlampe auf die Dielen und einige winzig kleine schwarze Flecken. Sie kratzte einen davon mit dem Nagel ab. Das dünne Blättchen löste sich. »Sieht das nicht aus wie geronnenes Blut?«

»Warte kurz«, sagte Fredrik. »Gib mir deine Taschenlampe.« Was hatte er dort unter dem Bett gesehen?

Fredrik musste sich auf den Bauch legen, um das Foto zu erwischen. Als er das Motiv sah, keuchte er auf. Es war das Foto einer erwachsenen Frau und eines Jungen auf dem Weg von einem Schulhof zu einem wartenden Auto.

»Meine Güte. Das ist Kari Lise Wetre, die Finanzministerin. Und ihr Enkelkind, William. Verdammte Scheiße.«

Kafa sah ihn fragend an. »Was meinst du? Plant der Pfarrer ein Attentat auf die Finanzministerin?«

»Nein«, sagte Fredrik schnell. »Pfarrer Drange ist Williams Vater. Annette Wetre, Kari Lises Tochter, hat gelogen und behauptet, ein anderes Mitglied der Glaubensgemeinschaft sei der Vater. Aber Kari Lise hat ihr nicht vertraut. Nachdem Annette ermordet wurde, hat Kari Lise einen DNA-Test an ihrem Enkelkind durchführen lassen. Ich habe versprochen, keinem die Wahrheit zu verraten.«

Sie starrten einander an. »Verstehst du, was das bedeutet?«, brach es aus Fredrik heraus. »Dieser Teufel plant, sein eigenes Kind zu entführen. Deshalb hat er sich hier oben versteckt. Und jetzt ist er nicht hier, und es ist der erste Schultag nach den Winterferien, und …«

Kafa war bereits auf dem Weg durch den Spalt in der Wand. Sie rannten durchs Haus, durch die Tür, auf den Hof hinaus, und Kafa tippte auf ihrem Handy herum, als sie beide erstarrten.

Ein Schrei gellte durch den Wald.

56

Anfangs war es nur ein Kribbeln in der Nase, über Nacht aber wurde der Eisengeruch stärker. Er erinnerte an das Aroma eines Stücks Fleisch, nur dass er sich tiefer in die Lunge bohrte. Dann kam die süßliche Note von Fäulnis dazu, eine Giftwolke, die das Wohnzimmer erfüllte. Margaret erinnerte sich an den Anblick ihrer Mutter im Sarg. An die geschlossenen Augen. Die gefalteten Hände. Aber so hatte sie nicht gerochen. Ihr Duft war der einer Spätsommerblume gewesen. Aber sie wusste, was hier stank. Der Geruch zehrte an ihr, und sie wollte einfach nur weg.

Aber Margaret war gefesselt. Sie war dem Mann ausgeliefert, der Tora den Feldweg hinter sich hergeschleppt, die Leiche ins Haus getragen und sie im Badezimmer in die Wanne geworfen hatte. Den Klang von Toras Kopf auf dem emaillierten Stahl würde sie nie vergessen – genau wie die Kirchenglocken bei der Beerdigung.

Die Gardinen und die Laken vor den Fenstern sperrten den Tag aus, und der einzige Lichtschein kam von den Kerzen. Sie standen geschmolzen in ihrem eigenen Wachs neben der Bibel, dem Kreuz, dem Feuerzeug und den Kanistern mit Lampenöl, die das Monster aus dem Schuppen geholt hatte.

Margaret richtete den Blick auf ihren Vater. Als Tora getötet wurde, war auch der große tätowierte Mann mit den langen, struppigen Haaren erloschen. In dem dunklen Licht wirkte ihr Vater nur noch wie ein abgemagerter Schatten, zusammengekauert neben dem Kamin. Der Handschuh, den ihm der Pfarrer in den Mund gepresst hatte, wurde von einem Schal an Ort und Stelle gehalten, weshalb er tief und angestrengt durch die Nase atmete. Seine Arme waren auf dem Rücken gefesselt, die Fußknöchel zusammengeschnürt. Er hatte ihr nicht mehr in die Augen gesehen, seit es passiert war.

Ihre eigenen Hände waren noch immer fest vor der Brust zusammengebunden, jedoch hatte das Ungeheuer ihr den Knebel erspart, sobald sie versprochen hatte, nicht mehr zu schreien. Sie hätte aufstehen, sich zu ihrem Vater schleichen und versuchen können, ihn zu trösten. Aber sie wagte es nicht. Sie wollte nicht wieder geschlagen werden.

Der Dämon rumorte im Badezimmer. Er hatte zwei ihrer Koffer in den Eingangsbereich gestellt. Der eine war geöffnet, und sie erkannte ihre eigenen Sachen darin wieder. Er bereitete sich auf die Abreise vor. Was ihr Vater gesagt hatte, dass er Christ sei und sie am Leben lassen würde, stimmte nicht. So war dieses Geschöpf da draußen nicht. Er hatte Tora getötet. Warum sollte er sie verschonen? Wenn sie am Leben blieben und die Polizei sie finden würde, würden sie doch reden … und das ließ er vermutlich nicht zu.

Ihr Vater hatte den Kopf gehoben. Er blinzelte.

»Ich liebe dich«, flüsterte sie. Seine Augäpfel verdrehten sich. Auch er musste begriffen haben, dass dies ihre letzte Stunde war, dass alles bald zu Ende sein würde.

Oder versuchte ihr Vater, ihr etwas mitzuteilen? Worauf wies er sie mit seinem Nicken hin? Auf die Bibel, das Feuerzeug oder das Kreuz?

Leonard Rudi lehnte seinen Rücken gegen die Wand. Das tat verdammt weh. Der Pfarrer hatte die Stricke so stramm gebunden, dass Hände und Füße taub waren. An Beinen und Oberarmen, am Rückgrat und im Nacken spürte er jedoch, dass noch Leben in ihm steckte. Seit mehr als zwei Tagen hatte er nichts mehr gegessen, nichts getrunken. Der Handschuh in seinem Mund war nur noch ein wässriger Klumpen, was dazu führte, dass sich die Haut von Wangen, Gaumen und Zunge ablöste.

Dann vernahm er Schritte im Flur – und dort stand er. Im Lichtschein der Kerzen musste Leonard sich anstrengen, um klar zu sehen. Und selbst dann zweifelte er noch an dem, was er sah.

Er war ein vollkommen anderer Mensch. Die Haare waren geschnitten und gekämmt, kurz und ordentlich, das Gesicht war gewaschen, und die Wangen hatte er sich rasiert. Er trug einen von Leonards alten Anzügen, die Hose war jedoch hochgekrempelt und die Jacke enger genäht, sodass er an der mageren Gestalt nur ein bisschen zu groß wirkte. Die Hände des Pfarrers ruhten in Taillenhöhe auf dem Bauch, wodurch er einem Propst vor seiner Gemeinde glich. Er lächelte schüchtern. Die Verwandlung war fast perfekt. Aber nur fast. Leonard musste nur die Augen sehen, um den Wahnsinn zu begreifen, den der Mann weiterhin in sich trug.

Der Pfarrer schritt durch das Zimmer. Über einen Unterarm hatte er ein Handtuch gelegt, das er nun um einen der Kanister mit Lampenöl wickelte. Den nahm er dann mit nach draußen, und Leonard hörte das Gluckern des Öls, das aus dem Behälter lief. Erst auf die Emaille der Badewanne. Dann auf die Treppe, in die Küche und in den Flur. Anschließend kehrte er zurück und öffnete den zweiten Kanister. Anstatt den Inhalt über dem Boden auszugießen, ging er auf die Knie, hob das Kreuz auf, faltete die Hände und betete kurz und lautlos.

»Manchmal ist Gott nicht zu verstehen«, sagte der Pfarrer, als er sich wieder erhob. »Unten auf Solro war ich so unsicher. Ich brauchte ein Auto, ich brauchte Kleidung und Geld. Sollte ich wagen, euch zu bestehlen? War das der Wille des Herrn? Er aber sah meine Zweifel und schickte dich. Denn auch du bist Gottes Werkzeug. Und du«, sagte er und nickte Richtung Margaret. Sie saß still da und hatte den Kopf zwischen den Beinen vergraben.

»Das Mädchen, das hierherkam, das war Gottes Art, mich zu prüfen. Alles hat einen Sinn. Selbst das, was sinnlos erscheint.« Der Pfarrer blies die Kerzen aus, bevor er die Bibel und das Kreuz nahm und vor sich auf dem Wohnzimmerboden eine große Pfütze Öl ausgoss. »Ich bin dankbar für das, was ihr für mich getan habt. Ohne euch könnte Gottes Wille nicht geschehen. Ich möchte, dass ihr daran denkt, wenn Ruhe einkehrt.« Der Pfarrer verbeugte sich sanftmütig. »Ich habe dafür gesorgt, dass alles vollkommen ohne Schmerzen vonstattengeht, denn Gott ist barmherzig, und ich bin sein barmherziges Werkzeug.« Dann zog er eine Flasche aus der Tasche. »Ihr wisst nicht, wer ich bin«, sagte er. »Aber bevor Gott zu mir kam, war ich Chemiker. Ich habe ein Elixier hergestellt, dass euch beide einschlafen lässt, ganz friedlich. Ihr werdet überhaupt nichts spüren.« Er löste den Schal um Leonards Kopf und musste den Handschuh aus seinem Mund zerren. Die Vorderzähne wären beinahe gefolgt. »Ich möchte, dass du das trinkst«, sagte der Pfarrer.

Leonard hob den Kopf. Die Tränen liefen ihm die Wangen hinab. »Können wir nicht erst beten? Kann ich nicht meine Tochter ein letztes Mal in den Armen halten, während du für uns betest?«

Auf dem Gesicht des Pfarrers breitete sich ein gesegnetes Lächeln aus. »Selbstverständlich werden wir beten.«

Margaret erhob sich langsam vom Sofa. Mit unsicheren

Schritten wankte sie über den Boden, den Blick hielt sie auf den Abgrund vor sich gerichtet. Mit dem Rücken zu Leonard setzte sie sich hin. Er spürte, wie sie zitterte. Ihre feine Haut glänzte vor Schweiß.

Der Pfarrer sank vor ihnen auf die Knie. »Lasst uns beten«, sagte er, faltete die Hände und schloss die Augen.

Leonard wartete, bis die Worte aus dem Mund des Pfarrers strömten. Dann lehnte er sich zu Margaret vor. »Ein harter Stoß. Du bist die Drachenfrau, wie Tora es gesagt hat.«

Zur gleichen Zeit als Margaret den Kopf hob, sah der Pfarrer verwundert auf. Sie streckte die zusammengebundenen Hände nach vorn. Öffnete eine Hand und ließ den Daumen über den Anzünder des Feuerzeugs gleiten. Eine Flamme loderte auf. Anschließend pustete sie, bis sie keine Luft mehr in sich hatte. Bis der Mund vollkommen von Lampenöl entleert und der Teufel in Flammen eingehüllt war.

57

Einen Augenblick lang starrten Fredrik und Kafa einander an. Der Schrei war so schrill, dass der Wald selbst ihn hätte ausgestoßen haben können. Klaffende Münder aus Gestein und Wurzeln. Dann drehte sich Kafa abrupt um.

»Der Nachbarhof«, rief sie. »Der Schrei kam vom Nachbarhof!«

Sie stürmte auf die Bäume zu, und Fredrik rannte ihr hinterher, jagte zwischen den Baumstämmen hindurch, bemerkte den Rauch, der hinter dem Holzschuppen aufstieg, erkannte den Geruch, der ihm entgegenschlug. Als sie auf dem Hof ankamen, liefen sie gegen eine heiße Wand. In dem grellen Schein des lichterloh brennenden Hauses sah er Kafa nur als Umriss. Sie stand still da, in einer Hand die Pistole, die andere vor das Gesicht gehoben.

Einige Meter von ihr entfernt, nahm er eine Gestalt wahr. Es war ein Mann. Mit ausgestreckten Armen, als würde er am Kreuz hängen, sackte er in einer Schneewehe zusammen. Das Geschrei war verstummt. Sein Gesicht brannte so intensiv, dass Fredrik meinte, das Fettgewebe kochen zu hören.

58

Ein Mörder und sein Opfer.

Auf den ersten Blick waren sie sich recht ähnlich. Beide lagen sie auf einem Stahltisch im rechtsmedizinischen Institut im Keller des Rikshospitalet. Die Plastiküberwürfe, die sie bedeckten, waren bis zu den Schultern heruntergeklappt, und Fredrik konnte noch immer die Konturen von Nase, Kinn und Stirn erahnen. Vom Blutgewebe waren jedoch nur noch verkohlte Reste übrig. Die Augenhöhlen waren leer, und hinter verbrannten Lippen stachen die Zähne hervor. Dem Pfefferminzöl unter seiner Nase gelang es nicht den Gestank zu übertünchen.

Fredrik zwang sich trotzdem sie anzusehen. Tora Riis, fünfzehn Jahre alt, Tochter von Vigdis Riis, die in diesem Moment mit ihrem Sohn im Auto saß, auf dem Rückweg von einer Skiveranstaltung in Nordschweden. Er war froh, nicht der zuständige Polizeichef zu sein, der sie begleitete.

»Sie ist am ganzen Körper so verunstaltet. Die Todesursache ist jedoch selbstverständlich der Schuss mit der Schrotflinte in den Bauch. Willst du es sehen?« Gerichtsmediziner Konrad Heissmann hatte Hände so groß wie Dessertteller. Dennoch lag in der Art, wie er mit den Fingern zwischen der Decke und der Toten entlangstrich, etwas Respektvolles, als wollte er sie nicht wecken.

Fredrik schüttelte den Kopf. »Erzähl mir lieber von ihm.«

Mit einer geschmeidigen Bewegung bedeckte der Gerichtsmediziner das Gesicht des Mädchens, bevor er um die Stahlbänke herumging. Heissmann war etwa einen Kopf größer als Fredrik, kahlköpfig und mit ausdrucksstarkem Jochbein. Der Mundschutz vibrierte im Takt seiner gleichmäßigen Atemzüge, und seine Schritte waren schwer.

»Børre Drange«, sagte er. »Neunundvierzig Jahre alt. Die Todesursache lautet Herzversagen, wahrscheinlich verursacht durch Schock und Aufregung.«

»Herzversagen?«

»Der Verstorbene war sehr schwach. Das Herz machte bereits Überstunden. Durch die Brandverletzungen wurde es zu viel.« Auch jetzt ging er behutsam vor, als er die Hand unter das Plastik schob. Da Fredrik keine Anzeichen von Protest erkennen ließ, zog er es weg.

Fredrik dachte an den gestrigen Abend zurück, an die langen Stunden im Krankenhaus, an Leonard Rudi und seine Tochter Margaret, die beide mit einem Tropf im Arm gefasst über acht Tage in der Hölle berichteten. Die Worte des Vaters hatten Eindruck auf ihn gemacht. Der große, kräftige Mann sagte, dass er von dem Augenblick an, als er auf Solro angegriffen wurde, wusste, dass der Pfarrer sie töten werde. Er habe es in seinen Augen gesehen.

Margaret hatte im Krankenhaus eine Katze dabei, und Leonard hatte ihnen den Zettel gezeigt, den er in ihrem Halsband versteckt hatte. Es waren nicht die Worte, die der Vater in Todesangst darauf gekritzelt hatte, die die Ermittler interessierten, sondern das, was sie auf der anderen Seite des zufällig aus dem Dokumentenstapel des Pfarrers gezogenen Blattes gefunden hatten: eine Skizze der Anlage, die sie mittlerweile unter dem Namen »Tschernobyl« kannten. Am Rand standen handgeschriebene Notizen, und Pfeile zeigten auf das Hauptgebäude, Dranges Zelle, Wachbaracken, Mannschaftsräume und die Kantine. Die großen Hallen über der Zelle waren mit »Org. Labor« bezeichnet.

Kafa und Fredrik hatten einander angesehen. Es verhielt sich genau so, wie sie angenommen hatten. Die Organisation hatte Børre Drange gefangen genommen und in die Anlage im Tal gebracht.

»Meine Güte«, hatte Kafa gesagt. »Das ist die Rache des Pfarrers an der Organisation.«

»Was meinen Sie?«

Sie hatte Leonard angesehen. »Sagten Sie nicht, dass auf dem obersten Blatt in dem Umschlag die Adresse der Polizei gestanden hat?«

»Doch.«

Kafa hatte Fredrik am Handgelenk gepackt. »Die Zugtickets, das Geld, der Reiseführer… Drange wollte seinen Sohn entführen, die Organisation anzeigen und dann verschwinden, den Jungen mitnehmen und sich irgendwo verstecken. Neu anfangen.«

Was aber hatte Drange ihnen noch verraten wollen? Die Personen, die hinter der Organisation steckten? Die Verantwortlichen für die Forschung an den tödlichen Krankheiten? Für all die Morde? Darauf würden sie nie mehr eine Antwort erhalten, denn der Rest der Unterlagen war zu Asche geworden. Nur Sekunden nachdem Margaret Rudi ihren Mund entleert und die Flammen auf den Pfarrer gespien hatte, hatte das Haus schon lichterloh gebrannt. Das Lampenöl und das alte Holz hatten dafür gesorgt. Sie hatte gerade noch genug Kraft gehabt, ihrem Vater nach draußen zu helfen. Margaret hatte während des Verhörs nicht viel gesagt. Als Fredrik sich jedoch verabschiedete, hatte sie ihren Pony zur Seite geschoben und gefragt: »Bin ich jetzt eine Mörderin?«

Vielleicht würde ihr die Tatsache, dass Børre Dranges

Herz ihn schon lange vor seiner Begegnung mit Margaret Rudi im Stich gelassen hatte, eines Tages Frieden verschaffen.

Gerichtsmediziner Heissmann legte seine Pranke unter den Schnitt entlang des Schlüsselbeins. Hier ging das verkohlte Fleisch in feuerrote Haut über. Einige Zentimeter tiefer wies der Körper keinerlei Anzeichen der Hitzeeinwirkung mehr auf. Seitlich an der Brust verlief ein weiterer Schnitt, und Fredrik wusste, dass sich spiegelbildlich einer auf der anderen Seite befand. Sie waren während der Obduktion gemacht worden. Nachdem sie sich durch die Haut und das Gewebe geschnitten hatten, durchtrennten die Rechtsmediziner die Rippen und nahmen den Brustkorb ab, setzten ihn dann allerdings wieder an Ort und Stelle, sobald die Arbeit erledigt war. Unterhalb der Rippen war der Bauch eingesunken, und das Geschlechtsorgan sah aus, als wäre es über der Haut zwischen den markanten Hüftknochen auf Leinwand gespannt. Die Oberschenkel waren abgemagert, und an den Knien wölbten sich die Knochen nach außen.

»Wie du siehst, hat das brennende Öl nur Kopf und Oberkörper erwischt. Du hast gesagt, er wurde gefangen gehalten?« Heissmann sprach perfekt Norwegisch, allerdings verriet der Akzent bei der Frage des Hünen seine österreichische Herkunft.

»So lautet unser Verdacht.«

»Er passt zu unseren Funden. Knochenstruktur und Muskelmasse weisen Anzeichen von wenig Bewegung auf. Er litt an Vitamin D-Mangel, ein üblicher Zustand bei Leuten, die lange ohne direkten Zugang zu Sonnenlicht eingesperrt waren.« Er packte das Handgelenk des Toten und drehte es ruckartig herum. Die Totenstarre hatte sich noch nicht wieder gelöst.

»Zwei Sachen sind auffällig«, sagte der Gerichtsmediziner, während er die steifen Finger nach hinten bog. Er zeigte auf ein kleines, ganz unten auf die Handfläche tätowiertes Kreuz, verwackelt und ungleichmäßig.

»Ich habe den Farbstoff zur Analyse geschickt, schätze aber, dass er von einem ganz gewöhnlichen Kugelschreiber stammt. Ich habe den Verdacht, dass die Tätowierung von ihm selbst gemacht worden ist.«

»Er war ein ernsthaft gestörter, tief religiöser Mann«, sagte Fredrik. »Ein Fanatiker.«

Heissmann betrachtete den Umriss von Tora Riis' Körper unter der Decke. »Das habe ich begriffen«, erwiderte er knapp. »Lass uns hoffen, dass er daraus lernt.«

Fredrik sah ihn fragend an.

»Bist du gläubig, Beier?«

»Nicht besonders.«

»Nun. Ich schon. Katholik. Dieser Mann wollte zwei unschuldige Menschen verbrennen. Stattdessen brannte er selbst. Jetzt brennt er in der Hölle.«

Fredrik schnaubte. »Ironie des Schicksals.«

»Oder die Strafe Gottes«, sagte Heissmann in einem Ton, der keinen Zweifel daran ließ, dass er es so meinte. Der Rechtsmediziner ließ seinen Finger von der Tätowierung in die Armbeuge und anschließend auf den Oberarm wandern. »Was ich dir sonst noch zeigen wollte, ist das hier«, sagte er.

Fredrik blinzelte über die Brillengläser hinweg. Kleine rote Erhebungen. Sie ähnelten Mückenstichen. »Einstichstellen?«

»Komm«, sagte Heissmann und bedeckte den Leichnam mit dem Plastik.

Im Saal nebenan war eine Obduktion in vollem Gange, und dem Geruch nach zu urteilen, lag auf dem Operationstisch keine Frischware. Eine ältere Frau, schlank und fast genauso groß wie Heissmann, stand am Kopfende. Sie hatte die Säge angeworfen, um das Gehirn freizulegen, ließ den Motor jedoch wieder ausgehen, als sie sie bemerkte.

»Konrad«, sagte sie. »Es tut mir leid, aber ich muss dich bitten, heute Abend ein paar Überstunden zu machen. Wir haben noch einen reinbekommen, und die Kühlung ist bald voll.«

»Geht in Ordnung«, sagte Heissmann und öffnete die Tür zum Vorzimmer. »Es dauert nur ein paar Minuten.«

»Hohes Verkehrsaufkommen?«, fragte Fredrik, als sie in dem türkisfarbenen Zimmer standen. Hier hingen Plakate mit Anatomieskizzen, und hier standen auch Gläser mit Herzen, Nieren und Gehirnen in Formalin – wie ein Fundbüro für verlorene Organe.

Heissmann breitete die Arme aus wie bei einer Präsentation. »Politik«, sagte er. »Das ist es, was hier liegt. Man holt die Drogen von der Straße, nicht aber die Drogensüchtigen. Und was tun die armen Menschen dann? Stopfen allen möglichen Mist in sich hinein: Heroin vermischt mit Waschpulver, Pillen aus Mutters Medizinschrank, Lösungsmittel … Und das geht dann richtig schief. Grüß also deinen Polizeipräsidenten und sag ihm, dass seine Methode Wirkung zeigt. Bald sind alle Drogensüchtigen weg. Er kann sie hier abholen.«

Fredrik räusperte sich. »Was wolltest du mir denn zeigen?«

Der Gerichtsmediziner zog die Plastikhandschuhe aus, löste den Mundschutz, zog aus dem Regal an der Wand eine Mappe heraus und legte sie auf den Tisch zwischen sie. »Die Einstiche«, sagte er. »Die Proben haben ergeben, dass Børre Drange eine hohe Konzentration von Antikörpern gegen das Vacciniavirus im Blut hatte. Weißt du, was das bedeutet?«

Fredrik wusste es nicht.

»Dieser Mann wurde vor Kurzem gegen Pocken geimpft. Die Anzahl der Einstiche belegt, dass er zudem mehrere andere Impfungen erhalten hat. Was glaubst du warum?«

Fredrik antwortete nicht. Biss sich lediglich auf die Lippe.

»Pocken sagen dir was, oder nicht? Das tödlichste Leiden der Weltgeschichte. Eine biologische Waffe. Eine Krankheit, die vor bald vierzig Jahren ausgerottet wurde. Heute wird das Virus nur noch in ein paar wenigen Labors aufbewahrt und hierzulande überhaupt nicht.«

Fredrik wusste, dass das nicht stimmte. Denn das Pockenvirus war der Erreger, an dem Børre Drange in seinem Labor auf Solro geforscht hatte. Als ein Terrorist vor anderthalb Jahren den Ministerpräsidenten angegriffen hatte, war seine Waffe das Pockenvirus gewesen. Das aber war geheim. Streng geheim.

Heissmann presste die Hände gegen seinen blanken Schädel und bohrte die Daumen in die Vertiefungen an den Schläfen. »Heutzutage werden nur noch äußerst wenige Menschen gegen Pocken geimpft, schließlich ist es sinnlos … solange man sich nicht in der Nähe des Virus befindet.« Der Mediziner betrachtete Fredrik und versuchte, seinen Gesichtsausdruck zu deuten. »Wäre das ein Einzelfall, hätte ich mich damit zufriedengegeben, dass es sicher irgendeine Erklärung dafür gibt. Aber«, sagte er und öffnete die Mappe. »am Neujahrstag des vergangenen Jahres lag dort drin eine andere Leiche. Auch sie hatte Antikörper gegen das Vacciniavirus im Blut. Ebenso wie bei Drange trat ihr Tod plötzlich und gewaltsam ein.«

Er schob die Mappe über den Tisch. Die Fotos zeigten den nackten Oberkörper einer Frau. Sie lag seitlich auf dem Stahltisch im Obduktionsraum, und die Bilder waren sowohl von hinten als auch von vorn aufgenommen worden.

Eins davon zeigte das kleine Eintrittsloch einer Kugel im Nacken, ein anderes eine blau-schwarz geschwollene Stirn und Blut, das der Frau aus dem Mund gelaufen war.

»Die Kugel stammte aus einer 9-mm-Parabellum. Das Projektil hat den Hirnstamm und das Gehirn durchschlagen, bevor es sich in das Stirnbein bohrte. Der schiefe Winkel hat die Kugel gestoppt. Die Tote hieß Petra Johanssen, Forschungsleiterin eines Biolabors in Horten und die landesweit größte Expertin für biologische Waffen.«

»Petra Johanssen«, sagte Fredrik langsam. »Sie hat… Ich kannte sie. Sie hat der Polizei als Sachverständige gedient. Ich erinnere mich an den Mord. Er wurde nie aufgeklärt, glaube ich.« Fredrik sah sich die Fotos ganz genau an. Lange. »Gute Arbeit«, murmelte er. Seine Gedanken waren bereits ganz woanders.

»Mortui vivos docent«, entgegnete Heissmann. »Die Toten lehren die Lebenden.«

Auf dem Platz vor dem Rikshospitalet war es kalt und windig, und in einer Schneewehe hatte ein Hund sein Geschäft verrichtet. Fredrik starrte auf die Schweinerei, nicht weil es ihn interessierte, sondern weil er etwas brauchte, um seinen Blick darauf zu heften. Petra Johanssen. PJ. Benedikte Stoltz' geheime Quelle. War sie das gewesen?

Petra Johanssens Institut hatte die biologischen Waffen von Solro identifiziert. Sie hatte Fredrik in vollem Umfang darüber in Kenntnis gesetzt, was für eine teuflische Waffe das Pockenvirus ist. »Pocken haben im vergangenen Jahrhundert mehr Menschen getötet als Hitler und Stalin zusammen«, hatte sie einmal gesagt. Hatte Petra Johanssen auf eigene Faust in Børre Dranges Vergangenheit herumgestochert? Hatte sie Benedikte geschrieben, dass sie ihm, Fredrik, vertrauen könne?

Benedikte Stoltz' zweite Quelle, Beata Wagner, war auch mit einem Nackenschuss getötet worden. Auch diese Kugel stammte aus einer 9-mm-Parabellum.

59

»Zeugen werden zum Schweigen gebracht«, sagte Fredrik zu Kafa. Die beiden Ermittler saßen in einem Besprechungsraum des Polizeipräsidiums mit Ausblick auf die Mehrfamilienhäuser auf der anderen Seite des Åkebergveien. Draußen war es eisig kalt. Im Norden zeichneten sich dunkle Wolken am Himmel ab, während der Wind, der durch den Fensterspalt pfiff, einen Wetterumschwung ankündigte. Wieder einmal.

»Bist du sicher, dass Petra Johanssen Benedikte Stoltz' geheime Quelle war?«

Fredrik zuckte mit den Schultern. »Die Kriminaltechniker haben die Kugel, mit der Petra Johanssen getötet wurde, mit denen vom Mord an Beata Wagner und Henry Falck in der Autowaschanlage verglichen. Die Projektile stammen vom gleichen Produzenten, die Spuren an den Kugeln sind jedoch nicht identisch.«

»Also …?«, sagte Kafa. »Zwei verschiedene Waffen?«

»Oder zwei verschiedene Pistolenläufe«, sagte Fredrik. »Denk nach. Wenn Staffan Häyhä der Mörder ist, ein erfahrener Söldner und Auftragskiller – wäre es nicht das Erste, was er sicherstellen würde? Dass keine Verbindung zwischen den Morden hergestellt werden kann.«

Kafa lächelte schief. »Dieses Argument hält vor Gericht nicht stand.«

»Nein. Aber es fügt sich in die Reihe der Indizien ein. Sieh dir das hier mal an.« Er öffnete die Ermittlungsmappe.

Fredrik hatte den Nachmittag darauf verwendet, das Material zu sichten, das es über den Mord an Petra Johanssen gab. Der Mord war in Horten geschehen und fiel daher in den Zuständigkeitsbereich der Polizeidirektion Vestfold. Da Petra Johanssen als ihre Sachverständige tätig gewesen war, waren sowohl Fredrik als auch Kafa damals verhört worden.

Andere Zeugenaussagen hatten belegt, dass sie in den letzten Monaten ihres Lebens frustriert und gereizt gewirkt hatte. Laut den Kollegen hatte sich die Virologin isoliert und fast ihre komplette Zeit darauf verwendet, alles über biologische Waffen zu lesen und diese zu studieren, was wiederum bei der Laborleitung zu Frustration geführt hatte. Sie hatte behauptet, etwas Großem auf der Spur zu sein, aber vorsichtig sein zu müssen. Niemand hatte eine gute Antwort darauf geben können, woran sie genau gearbeitet hatte. Sie hatte nur sehr wenig preisgegeben, nicht einmal ihre eigene Familie wusste Bescheid.

Zwei Monate bevor Petra Johanssen ermordet aufgefunden wurde, nachdem sie in einer Seitenstraße im Zentrum von Horten aus kurzer Distanz erschossen worden war, hatte sie eine Beurlaubung beantragt. Ihre Tasche mit Laptop und Portemonnaie hatte man nicht gefunden. Der Fall galt als ungelöst.

»Sie war verheiratet und hatte zwei Kinder, Zwillinge«, sagte Fredrik leise.

Kafa hatte ein Foto des leblosen Gesichts vom Tatort gefunden. Die Augen waren geöffnet, und vom Mund rann Blut Richtung Mütze und schneebedeckter Straße darunter. »Ich glaube, du hast recht«, sagte sie. »Petra Johanssen war Expertin für biologische Waffen, genau wie Børre Drange. Davon kann es hierzulande nicht so viele geben. Vielleicht hatte sie jemanden ausfindig gemacht, der ihn kannte, jemanden, mit dem er zusammengearbeitet hat. Vielleicht hatte sie herausgefunden, für wen er gearbeitet hat, bevor er religiös wurde und mit dem Virus nach Solro geflohen ist?«

»Was glaubst du hat sie gefunden?«, fragte Fredrik ohne auf eine Antwort zu warten. »Es muss etwas gewesen sein, was sie so furchtbar erschreckt hat, dass sie sich gezwungen sah, sich an eine Journalistin zu wenden. Deshalb hat sie Benedikte Stoltz kontaktiert. Jetzt sind beide tot, ermordet.«

Kafa sah ihn an. »Tschernobyl«, sagte sie. »Von den Karten gelöscht und in einem Tal verborgen, weit abseits aller Wege. Børre Drange wurde dort gefangen gehalten. Sie hätten ihn nicht gegen Pocken geimpft, wenn keine Ansteckungsgefahr bestanden hätte. Er wurde nicht einfach nur verhört. Er muss gezwungen worden sein, seine Forschungsergebnisse in einem Labor zu präsentieren.«

Fredrik nickte. »Und es hat noch immer nach Reinigungsmitteln gerochen, als du da warst. Die Anlage muss bis vor Kurzem in Betrieb gewesen sein. Irgendwo befindet sich ein Pockenvirus auf Abwegen.« Fredrik stand auf und zog das Fenster zu. Die Wolken rückten näher.

»Es gibt noch etwas anderes, was ich dir gern zeigen möchte«, sagte er. Aus seiner Tasche kramte er die rosafarbene Festplatte in der Größe eines Taschenbuches hervor. »Das ist die Rohfassung von Benedikte Stoltz' erster Episode. Ich habe die Festplatte im Garderobenschrank des Yogazentrums gefunden, in dem sie trainiert hat. Den Computerleuten ist es nicht gelungen, die Verschlüsselung zu knacken, daher habe ich eine … Bekannte gefragt. Ich habe sie heute zurückbekommen. Du bist die Erste, die sie sehen darf.«

»Eine Bekannte?«, fragte Kafa. »Außerhalb der Polizei?«

Fredrik antwortete nicht, sondern verband sie einfach nur mit dem Computer.

Der Film begann mit einem schwarzen Bildschirm, dann wurde ein gelblich weißer Schein allmählich stärker, bis sie den Umriss einer Frau erahnen konnten. Langsam wurde Benedikte Stoltz' Gesicht erkennbar. In den Händen hielt sie Dokumente, ihr Blazer war schmal geschnitten, die Haare im Nacken zusammengebunden. Zum Geräusch einer Schreibmaschine wurde Buchstabe um Buchstabe sichtbar. »Dunkelzeit.«

»An der Dramaturgie gibt es schon mal nichts auszusetzen«, kommentierte Kafa. »Es ist merkwürdig, sie so zu sehen, wenn man weiß, wie es geendet hat.«

Es war tatsächlich merkwürdig, sie so zu sehen. Der entschlossene Blick, der Daumen, der unmerklich über die Dokumente glitt, das kurze Nicken, bevor sie zu sprechen anfing – Fakten, die einen daran erinnerten, wer sie gewesen wäre, hätte sie leben dürfen.

»Uns wurde stets gesagt, dass wir in einer Demokratie leben«, begann die Journalistin. »Wir wählen unsere Anführer und machen sie nicht ihre Arbeit, dann wählen wir einfach neue. Wir geben unseren Volksvertretern die Macht, über uns zu bestimmen. Sie machen unsere Gesetze, nicht nur für Sie und mich, sondern auch für die Polizei, das Militär und die Geheimdienste.« Sie machte eine lange Pause, bevor sie sich einer anderen Kamera zuwandte. Lediglich das Gesicht und die Schultern waren zu sehen. »Was aber wenn ich Ihnen sage, dass es nicht so ist? Was wenn ich Ihnen sage, dass bereits seit dem Zweiten Weltkrieg Kräfte im Verborgenen operieren, über alle demokratischen Spielregeln erhaben? Sie betrachten es als ihre Aufgabe, uns zu beschützen, anfangs gegen die Sowjetunion, später gegen den Terrorismus. Sie stehen hinter Militäroperationen, hinter der Erforschung von Waffen, so grausam, dass sie im Krieg verboten sind. Sie operieren im Geheimen, eine kleine

Anzahl ausgewählter Männer und Frauen, und sie nennen sich die Organisation. Sie operieren in der Dunkelzeit.«

Dann wurde der Bildschirm wieder schwarz. In der linken unteren Ecke lief eine Uhr. Kafa sah ihn an. »Sie muss von den biologischen Waffen gewusst haben!«

Fredrik nickte. »Es kommt noch mehr.«

Nach etwa einer halben Minute gab es einen Schnitt, und Stoltz war zurück auf dem Bildschirm. Jetzt lehnte sie sich vor einer nackten Backsteinmauer gegen einen Schreibtisch.

»Geheimaktionen, Spionage und Militäroperationen – in der Regel erfahren Sie und ich erst viele Jahre nach einem Ereignis, was eigentlich geschehen ist, sobald die Verantwortlichen verstorben sind oder keine Verantwortung mehr tragen. Das Einzigartige an der Geschichte, die Sie gleich sehen werden, ist, dass die Organisation noch immer existiert. Dies ist die erste Episode von ›Dunkelzeit‹, die erste Episode der Dokumentation über die Organisation.« Benedikte Stoltz holte tief Luft, und die Kamera zoomte heran.

»Wir schreiben das Jahr 2005. Alles beginnt mit einer Geburt in einem Krankenhaus im diplomatischen Viertel von Pakistans Hauptstadt Islamabad. Die Frau, die dort ein Kind zur Welt bringt, ist jedoch keine Pakistanerin, sie stammt aus dem Nachbarland Afghanistan und wurde von norwegischen Spezialkräften dorthin gebracht. Denn das Kind, das sie zur Welt bringt, hat keinen gewöhnlichen Vater. Er gehört zum Kreis der Männer um einen der gefürchteten Anführer der Taliban. Und der Kindsvater sagt, er sei bereit, im Tausch gegen einen ganz besonderen Vertrag seinen Chef zu verraten.«

Erneut folgte eine Pause.

»Heute Abend erhalten Sie den Beweis, dass eine Frau und ihr Kind unter größter Geheimhaltung nach Norwegen gebracht wurden. Hier bekamen sie ein neues Leben, eine neue Identität. Sie erhalten den Beweis dafür, dass fünf Jahre später norwegische Waffen außer Landes geschmuggelt und diesem afghanischen Terroristen übergeben worden sind, in einem weiteren Versuch, sich seine Loyalität zu erkaufen. ›Dunkelzeit‹ weiß, dass diese Operationen ohne das Wissen unserer Volksvertreter durchgeführt wurden, – ohne das Wissen von *irgendwem.*« Die Journalistin lächelte schief in die Kamera. »Das heißt, jemand weiß es doch: Personen, die willens sind, für das Erreichen ihrer Ziele mit den dunkelsten Kräften zu paktieren, Menschen, die wissentlich und willentlich den Feind mit Waffen versorgen, obwohl das das Leben unserer Soldaten in Gefahr bringt, Leute mit Macht und Einfluss, die im Geheimen die Staatsbürgerschaft erteilen können. Es geht um eine Gruppe, die nicht zögern wird, das norwegische Volk zu hintergehen.« Sie senkte kurz den Kopf, bevor sie wieder direkt in die Kamera sah.

»Die Dunkelzeit ist nicht vorüber.«

Dann endete die Aufnahme.

»Das ist alles«, sagte Fredrik und rieb die Hände gegen seine Oberschenkel. »Keine Reportage, keine Dokumentation, keine Namen, nichts … kein verfluchter Schnipsel an konkreter Information.«

Kafa saß einfach nur da, und Fredrik fuhr fort. »Dieses Material wurde vermutlich bei dem Hackerangriff auf TV 2 gelöscht. Die Organisation … Ich weiß verdammt noch mal nicht, was ich denken soll, Kafa. Glaubst du an das alles?«

Kafa hatte sich auf dem Stuhl zurückgelehnt. Noch immer sagte sie kein Wort.

»Fakt ist jedoch, dass Børre Drange in ein geheimes Projekt verwickelt gewesen sein muss, bevor er nach Solro kam«, sagte Fredrik. »Er hatte Viren und Bakterien bei sich, die sich zu beschaffen eigentlich unmöglich sein sollte:

Pocken, Milzbrand … Irgendwoher muss er sie bekommen, für irgendjemanden muss er gearbeitet haben. Irgendjemand hat Staffan Häyhä nach Solro geschickt, um die Abscheulichkeiten zu stoppen, die sie dort begingen. Irgendjemand hat Henry Falck, Beata Wagner und Benedikte Stoltz getötet.«

»Ja …«, sagte Kafa.

»Erinnerst du dich an den Zettel, den wir in Benediktes Tasche gefunden haben?« Fredrik lehnte sich über den Tisch. »Afghanistan. Noman Mohammed. Kann es sich dabei vielleicht um dieses Kind handeln? Finden wir die Frau und das Kind, könnten sie es uns doch bestätigen, falls Benedikte Stoltz' Geschichte stimmen sollte. Nicht wahr?«

»Ja …«, wiederholte Kafa. »Ja.«

»Wir müssen Polizeidirektor Koss informieren«, entschied Fredrik. »Das riecht nach großer Politik. Er muss dafür sorgen, dass wir Rückendeckung erhalten.«

Endlich sah Kafa ihn direkt an. »Lass mich heute Abend die Aufnahme durchgehen«, bat sie. »Vielleicht ist es möglich, die Aufnahmen zu vergrößern, sodass wir sehen können, was für Dokumente sie in den Händen hält. Vielleicht finden wir so weitere Spuren … Und morgen früh gehen wir dann zu Koss.«

»Okay«, sagte Fredrik. »Ich muss einen Mann suchen, und es wird spät werden. Ruf mich an, wenn du etwas herausgefunden hast. Egal wann.«

60

Der Morgen war nichts als ein Streifen über dem Ekebergåsen, als Fredrik an die Tür des Lkw klopfte – zuerst nur mit den Fingerknöcheln, anschließend mit der ganzen Faust. Endlich wurde die Scheibe zur Hälfte heruntergefahren. Ein einhundertfünfzig Kilo schwerer brummiger Lkw-Fahrer starrte heraus. In der Hand hielt er eine Brechstange.

»Was willst du, verdammt?«

Fredrik schob den Regenschirm nach hinten auf den Rücken und schaute zu ihm hoch. Eiskalter Regen strömte ihm über Kinn und Hals.

»Ist er hier gewesen?« Mit einem Nicken verwies Fredrik auf den Stapel aus Pappkartons, Bretterstücken und Klebeband.

»Du bist gestern Abend schon mal vorbeigekommen, oder nicht?«

»Stimmt.«

»Da habe ich dir doch gesagt, dass ich anrufe, wenn er auftaucht, oder etwa nicht?«

»Doch.«

»Habe ich angerufen?«

Fredrik stapfte zurück zu seinem Ford Escort und schüttelte den Schirm aus, bevor er sich ins Auto setzte und den Kopf frustriert gegen die Holzkugeln der Nackenstütze sinken ließ. Wo zur Hölle war Tommi Teigen? Nachdem er zusammen mit Kafa Benediktes Rohfassung angeschaut hatte,

hatte er sich auf die Suche nach ihm begeben. Hier draußen. In den Straßen des Zentrums. In den Cafés für die Heroinabhängigen, Speedjunkies und Prostituierten – aber keiner wusste, wo Tommi war. Fredrik hatte nur ein paar Stunden geschlafen, bevor er die Suche wieder aufgenommen hatte.

Er warf einen letzten Blick über den Ekebergåsen. In der regengrauen Morgendämmerung erahnte er gerade so die Villa, in der er überfallen worden war – zumindest die Reste davon. Das Dach der Villa Ravnli war verschwunden, und die eine Längsseite war abgerissen worden. Innerhalb von ein oder zwei Tagen würde das Gebäude dem Erdboden gleichgemacht – ein weiteres Element dieser Ermittlungen, das direkt vor ihren Augen ausradiert wurde.

Auf dem Weg ins Zentrum sah er, wie die Bürobeleuchtung in den Barcode-Gebäuden entlang der Hafenpromenade eingeschaltet wurde, den Glanz des nassen Marmors der Oper und die Streifen des Regens im Licht der Autoscheinwerfer. Er sah zwar seine eigene Fahrspur, jedoch nicht die Spuren daneben und den Kreisverkehr einige hundert Meter weiter vorn. Um sich einen Überblick zu verschaffen, musste er einfach weiter hoch.

So was in der Richtung war ihm nach der Begegnung mit Gerichtsmediziner Heissmann durch den Kopf gegangen. Zu unterschiedlichen Zeiten und an unterschiedlichen Orten waren Puzzleteile für ihn ausgelegt worden: die Kollegen vom Drogendezernat, die Junkies und Verkäufer jagten, die Drogenrazzien, die Leichenhallen voller Süchtiger mit zerbröselten Pillen, Waschpulver und der Teufel weiß was sonst noch für Plunder in den Adern – aber kein Tommi Teigen. Denn Tommi kannte einen Kerl – das hatte er selbst gesagt. Solange Tommi Geld hatte, hatte er Zugang zu Dope. Und Fredrik wusste von einer Ladung Dope auf Abwegen. Einen geringen Teil davon hatten sie gefunden, versteckt in der Wand eines Hauses, in dem eine krebskranke Frau ermordet worden war. Der Großteil des Heroins, das Franke Nore gestohlen hatte, blieb jedoch noch immer verschwunden.

Die Puzzleteile lagen auf dem Tisch, Fredrik hatte nur nicht begriffen, dass sie zum selben Puzzle gehörten.

Wie andere Großstädte verfügt auch Oslo über eigene Plätze für Drogensüchtige. Im Laufe der Jahre hatte sich deren Verteilung ein wenig geändert. Um sie abzulaufen, startete man ursprünglich am Schlosspark und ging dann über den Bahnhofsvorplatz, die sogenannte Plata, bis zu einem Wohnhaus in Ila und gelangte schließlich zu einigen Schlaglöchern unter der ehemaligen Brücke der großen Kreuzung in der Nähe der heutigen Oper. Drogensüchtige sind Nomaden. Sie wohnen überall und nirgends, und wenn Nachbarn und Händler ihrer überdrüssig werden, werden sie davongejagt. In dieser Saison verlief die Strecke von der Treppe vor dem Hauptbahnhof über die Straßenbahnhaltestelle in der Brugata, vorbei an der Anlaufstelle für Drogenabhängige namens Prindsen und den Akerselva hinauf. Anschließend hörte sich Fredrik in den anonymen Mietshäusern um, wo Bettler, Junkies und Verrückte ein Bett bekamen, wenn die Kälte zu streng wurde. Letztendlich landete er dort, wo er angefangen hatte, bei den Cafés der Drogensüchtigen in Kvadraturen im Zentrum. Kein Tommi. Die Strümpfe in seinen Stiefeln waren durchnässt, der Schirm verdreht, und er gab auf. Er schenkte sich einen Kaffee aus dem Stahlbehälter ein und sank an einem Tisch am Fenster auf einen Stuhl. Fredrik war der einzige Gast. Die übrige Klientel hatte sich längst auf die Jagd nach dem morgendlichen Schuss begeben.

Als er sie anrief, ging Kafa nicht ran. Er war gespannt, ob sie auf der Aufnahme irgendwas gefunden hatte. Wahrscheinlich schlief sie, es war vermutlich ein langer Abend im Büro geworden.

Auf einem Zeitungsstapel auf der Fensterbank sammelte sich der Staub. Fredrik suchte die neueste Ausgabe heraus und las die Artikel über den Brand in Maridalen und den Tod von Børre Drange. Die Geschichte war groß aufgemacht – nicht gerade verwunderlich, wenn man bedachte, wie lange Vater und Tochter gefangen gehalten worden waren, dass ein Mädchen erschossen und der Täter schließlich in den Flammen ums Leben gekommen war. Polizeipräsident Neme hatte allerdings gewissermaßen effektiv Feuer gelöscht: Da Børre Drange offiziellen Dokumenten zufolge bereits tot war, hatte er nicht gelogen, als er behauptet hatte, der Täter sei »unbekannt«. Noch hatte niemand herausgefunden, dass der Mörder der vermisste Pfarrer von Solro war – sie mussten abwarten, wie lange das so blieb. Wenn es rauskam, würde das ein verdammtes Spektakel geben – nicht für Fredrik, ihn kümmerte es nicht, aber er fragte sich, wie sie erklären wollten, dass Børre Drange nach dem Solro-Massaker einfach verschwunden war? Würden seine Chefs noch einmal die Terrorpläne des Pfarrers verschleiern?

Sein Telefon klingelte. Er hoffte, es wäre Kafa, aber es war die Polizeiwache.

»Hauptkommissar Beier? Sie wollten informiert werden, sobald Tommi Teigens Name auftaucht?«

»Ja?«

»Soeben läuft ein Rettungseinsatz. St. Olav Domkirche in der Akersgata. Teigen ist der Patient.«

»Überdosis?«

»Das geht aus der Meldung nicht hervor.«

»Verdammt!«

Er rannte, dass der Schneematsch nur so spritzte, vorbei an den farblosen Schaufenstern entlang der Karl Johan, bis sein Knie vor Schmerzen stach, als er auf die Akersgata abbog. Er eilte am Finanzministerium vorbei und sah in der Ferne schon den Rettungswagen. Er parkte auf dem Gehweg vor der Kirchentreppe. Kurz bevor er am Ziel anlangte, wurde das Blaulicht ausgeschaltet. Fredrik fluchte erneut. In seiner Branche waren langsame Rettungswagen kein gutes Zeichen. Fredrik gab dem Fahrer ein Zeichen, die Fensterscheibe herunterzulassen.

»Ist er tot?«

»Wer sind Sie?«

»Beier, Polizei.«

Der Fahrer des Rettungswagens klopfte sich im Takt des Herzschlags auf die Brust. »Der Idiot lebt. Aber er weigert sich, mit in die Notaufnahme zu kommen.«

»Gut«, sagte Fredrik.

Tommi saß unter einem Vorsprung neben einem Seiteneingang gegen die Kirchenwand gelehnt. Die Knie hatte er bis unters Kinn gezogen, und er zitterte. Ein zweiter Rettungssanitäter stand schimpfend bei ihm. »Wenn Sie Glück haben, ist es nur eine Schnittwunde. Sie müssen mitkommen, damit wir es röntgen können.«

Der Ärmel des Pullovers, den sich Tommi vor die Nase hielt, war blutdurchtränkt. Das kranke Auge blickte träge drein, bis es Fredrik entdeckte.

»Sorry, Kumpel«, sagte er zu dem gelb Gekleideten. »Für so was hab ich keine Zeit.«

»Was ist passiert?«

»Hallo, Bulle«, sagte Tommi. »Auch schön, dich zu seh'n. Bist allerdings 'n bisschen spät dran.«

Der Rettungssanitäter saugte den äußersten Teil seines Bartes ein und kaute auf den struppigen Haaren herum. »Er hat Prügel bezogen. Dann hat ein Mitarbeiter der Kirche angerufen. Wir haben ihn hier gefunden, doch er weigert sich mitzukommen. Den Pupillen nach zu urteilen, steht er unter Drogen.«

»Hehe«, wieherte Tommi. »Und Gott sei Dank dafür«, sagte er und lehnte den Kopf gegen die Kirchenwand.

»Tommi«, sagte Fredrik. »Notaufnahme. Sofort.«

Abweisend hob Tommi eine Hand. »Brauch ich nich. Hab nur 'n paar Ohrfeigen gefang'n. Nix Ernstes. Aber 'n Kaffee würd mir schmecken«, sagte er, bevor sein Kopf zur Seite sackte. »Schuldest du mir im Übrigen nich auch noch 'nen Burger?«

Der Rettungssanitäter zuckte mit den Schultern. »Es ist nicht lebensbedrohlich.«

»Ich kümmere mich um ihn«, sagte Fredrik.

Eine Viertelstunde später saßen sie in einer Burgerbude am Egertorget. Fredrik hatte ihn auf dem Weg dorthin stützen müssen, und beide waren sie vom Regen durchnässt, allerdings hatte Tommi die Tour gut getan. Er stürzte sich auf den Burger, den Fredrik vor ihm abgestellt hatte, während er sich mit einer Hand die Seite hielt. »Die Schweine ham mich getreten«, sagte er, als er bemerkte, wie Fredrik ihn ansah.

»Wer?«

»Ach, irgendwelche Leute?«

»Ich glaube, ich weiß, warum sie dich angegriffen haben. Sie wollten wissen, von wem du das Heroin kaufst. Hab ich recht?«

Tommi hob die obere Brötchenhälfte des Hamburgers an und wischte mit einer Serviette das Dressing ab. »Verdammt, machen die hier gute Burger. Nur 'n bisschen viel Pampe auf dem Fleisch. Würd ich das Restaurant betreiben, würd ich das Dressing weglassen. Macht so 'n flaues Gefühl im Magen. Dann könnten sich die Leute lieber 'ne Ladung extra kaufen, wenn sie auf Gedeih und Verderb unbedingt ihre Proteine saufen wollen.«

»Sie wollten wissen, von wem du dein Dope kaufst, habe ich recht? Langsam suchen die Leute verzweifelt nach Heroin?«

»Was hältst du davon, Bulle? Mad Eye Burger? 'n gemeinsamer Laden? Ich brauch 'nen Investor, weißte.«

»Tommi. Ich spendiere dir Essen, du beantwortest Fragen. So lauten die Regeln.«

»Ich hab nichts gesagt. Ich schulde denen 'n paar Groschen, aber sie dürfen nich erfahrn, wo ich einkaufe. Die Jungs würden mir nie helfen. Warum soll ich denen also helfen?«

»Mir sollst du helfen«, sagte Fredrik. »Du sollst mich mit zu deinem Dealer nehmen.«

Selbst Tommis krankes Auge stand nun still. »Hehe. Alter, Aprilscherz.«

Fredrik knüllte sein Burgerpapier zusammen und wischte sich mit einer Serviette den Mund ab, bevor er den Plastikdeckel von dem Kaffee abfriemelte und in den Becher pustete. Der Dampf legte sich um die Regentropfen auf seinen Brillengläsern. »Hast du von Siris Mutter gehört?«, fragte er. »Von der Frau des Polizisten, dessen Schädel man im Gefängnis zertrümmert hat?«

Tommi kaute langsamer. »Siri hat's mir erzählt«, sagte er dann leise. »Verfluchter Mörderteufel.«

»Es ist derselbe Teufel, von dem du das Heroin kaufst. Rita Nore wurde wegen dieses Stoffes ermordet, Tommi. Ich will, dass du mich zu ihm bringst.«

Tommi legte den Burger hin.

»Nein«, sagte er. »Glaub ich dir nich.«

»Ich weiß, von wem du kaufst«, sagte Fredrik. »Es ist Richard Reiss, nicht wahr? Der Kerl, von dem alle glauben, er wäre vor ein paar Wochen im Maridalsvannet ertrunken. Ein ehemaliger Eisschnellläufer, Schläger, Drogensüchtiger … Er hat Siris Mutter ermordet.«

Tommi starrte auf die Tischplatte. »Sieht dem Kerl nich ähnlich, so brutal zu sein. Zumindest nich, nachdem er nich mehr auf'm Trip is.«

»Ich kann es beweisen«, sagte Fredrik.

»Der Bulle. Ich müsste doch 'n stockdämlicher Idiot sein, den einzigen Kerl zu verraten, der momentan keine Kamelscheiße zu Kokspreisen verkauft. Der Verkäufer bestimmt den Markt, um es mal so auszudrücken. Was hab ich an so nem Deal zu verdienen?«

»Außer dass du Siris Seele Frieden schenkst? Ich nehme den Kerl, du das Heroin«, antwortete Fredrik. Er kritzelte seine Telefonnummer auf die Burgerrechnung und schob sie über den Tisch.

Tommi starrte ihn misstrauisch an, knüllte dann den Zettel zusammen und stopfte ihn in die Tasche. *»For the record«*, sagte er, sodass alle es hören konnten, und zeigte auf Fredrik. »Ich hab kein Sterbenswörtchen gesagt.«

»Prima«, entgegnete Fredrik. »Und unabhängig davon, solltest du auf Siri treffen, dann verrat ihr nichts davon. Okay?«

»Hallo, hier ist Kafa Iqbal vom Dezernat für Gewaltverbrechen der Polizeidirektion Oslo. Ich kann Ihren Anruf momentan leider nicht entgegennehmen, aber hinterlassen Sie eine Nachricht, dann rufe ich Sie zurück.«

Es hatte aufgehört zu regnen, und der Abend war im Anmarsch, als Fredrik in Majorstua aus der U-Bahn stieg und den kurzen Weg zu seiner Wohnung in der Sorgenfrigata nach Hause spazierte.

Er hatte sich darauf gefreut, sein Treffen mit Tommi mit Kafa zu diskutieren. Es entsprach nicht ganz der Wahrheit, dass er beweisen konnte, dass Richard Reiss der Mörder von Rita Nore war, aber er war einfach seinem Bauchgefühl gefolgt: die Kette mit dem Ring, die Knochenreste und der Aschehaufen in der Müllverbrennungsanlage – Fredrik hatte sich nie damit abgefunden, dass das Reiss' Schicksal gewesen sein sollte, dass der große, starke Mann zusammen mit Benedikte Stoltz ins Wasser gezogen worden war und ertrunken ist. Denn war es nicht ein etwas zu großer Zufall, dass gerade das Knochenstück erhalten geblieben war, das Richard Reiss identifizieren konnte, während der Rest des Kerls zu Asche verbrannt war? Eine logischere Erklärung war, dass Richard Reiss *wollte*, dass man ihn für tot hielt. Das Blut an dem Kreuz belegte, dass er in der Anlage oben im Wald in einen blutigen Zusammenstoß mit Pfarrer Drange verwickelt gewesen sein musste. War der Finger möglicherweise in der Hitze des Gefechts abgetrennt worden?

Wenn es außerdem *nicht* Reiss war, der hinter den Morden in der Autowaschanlage steckte, sondern Staffan Häyhä, dann saß Reiss ziemlich tief in der Patsche. Er war nicht nur vor der Polizei geflohen, sondern auch vor der Organisation, vor Häyhä. Denn was war Reiss inzwischen für sie, außer einer Bedrohung, ein Zeuge, der wusste, was sich auf Tschernobyl abgespielt hatte und vielleicht auch, wer dahintersteckte?

Er hatte Jennifer Hope angerufen, die Vorarbeiterin, der Kafa auf der Baustelle in Nittedal begegnet war. Sie hatte seine Vermutungen bestätigt: Die Baustelle war zwischen Weihnachten und Neujahr geschlossen gewesen. Als Reiss nach Neujahr zurückgekehrt war, hatte er einen riesengroßen Verband an der Hand gehabt – angeblich ein Unfall beim Holzhacken. Beim Holzhacken! Oslos Bewohner hacken verdammt noch mal kein Holz.

Fredrik hatte im Polizeipräsidium nach Kafa gesucht und sie mehrfach angerufen. Die Absprache stand. Heute wollten sie Sebastian Koss über die Rohfassung von »Dunkelzeit« informieren. Falls etwas nicht stimmte, warum ging sie dann nicht ran, wenn er anrief? Und wo war die Festplatte? Er hatte überall nach ihr gesucht. Kafa musste sie mitgenommen haben.

Die Fragen verursachten ihm Übelkeit. Ein Gesicht tauchte in seiner Erinnerung auf: Benedikte Stoltz' leuchtend weißes Gesicht unter dem Eis. Eine weitere junge Frau, die einfach verschwunden war. Eine weitere junge Frau, die nach der Wahrheit über die Organisation gesucht hatte.

Fredrik zog die Eingangstür zu dem Mehrfamilienhaus auf, in dem er wohnte, und die Stille im Treppenhaus fühlte sich gut an. Im Briefkasten lagen die üblichen Rechnungen sowie ein Brief von der Bank. Dieser ließ ihn ein wenig stutzen. Auf ihm waren erst Name und Adresse seiner verstorbenen Mutter geschrieben, anschließend jedoch wieder durchgestrichen worden. Darunter standen nun sein Name und seine Adresse. Nachdem er die restliche Post unter den Arm geklemmt hatte, nestelte er an dem Umschlag herum, während er die Treppe hinaufging. Vor der Wohnungstür hatte er den Finger endlich unter die Lasche geschoben. Dann zögerte er. Eine böse Ahnung hatte sich in ihm breitgemacht, als wäre der Widerhall seiner Schritte nicht so wie sonst – als wäre der eigenartige Flurduft aus Essen, Seife und Schneematsch mit einem anderen Geruch vermischt, etwas Wärmerem, Feuchterem. Etwas Menschlichem. Als wäre jemand hier.

»Warum wird verschwiegen, dass der Mörder von Maridalen der vermisste Pfarrer von Solro ist?«

Fredrik fuhr herum. Auf der Treppe saß der Nachrichtenchef von TV 2, Carl Solli.

61

»Ist es um die Branche mittlerweile so schlecht bestellt, dass selbst der Zuhälter auf die Straße geht? Ich habe nichts zu sagen«, blaffte Fredrik, nachdem er die Wohnungstür aufgeschlossen hatte. »Leben Sie wohl.«

»Ich bin gekommen, weil es mich persönlich betrifft«, sagte Carl Solli und erhob sich. Die Anzughose war am Saum mit Schneematsch befleckt. »Vor zwei Tagen habe ich eine Mail erhalten.«

»Gratuliere«, sagte Fredrik. Er war im Begriff die Tür hinter sich zuzudrücken, als Solli seine Hand dazwischenschob – ein waghalsiges Manöver.

»Bedenken Sie, dass Sie meine beste Quelle bei der Polizei sind«, sagte Solli und lächelte traurig. »In der Mail stand, dass der Mann, der in Maridalen verbrannt ist, Børre Drange sei, der Pfarrer, der nach dem Solro-Massaker verschwunden ist.«

Fredrik zuckte mit den Schultern. »Nehmen Sie Ihre Hand da weg.«

»Das hier war angehängt«, redete Solli weiter. Mit der anderen Hand zog er einen zusammengefalteten Zettel aus der Innentasche seiner Jacke. »Sehen Sie sich das an. Wenn Sie nicht mit mir sprechen wollen, nachdem Sie das gelesen haben, gehe ich wieder.«

»Wenn es anders nicht geht«, stöhnte Fredrik.

Als er den Zettel durchlas, sackte ihm das Herz einige

Etagen tiefer. Es war nicht das erste Mal, dass Fredrik dieses Dokument sah. Auch wenn inzwischen mehrere Jahre vergangen waren, erinnerte er sich noch immer an den Wortlaut.

William David Wetre Andersen (4 Jahre). Die Wahrscheinlichkeit, dass die Person mit der Personennummer 251068 28356 der biologische Vater ist, beträgt annähernd 99,997 Prozent.

»Und die Person mit der Personennummer 251068 28356…«, begann Solli.

»…ist Børre Drange«, beendete Fredrik den Satz. »Treten Sie sich die Schuhe ab. Das Wohnzimmer finden Sie von allein. Ich hole ein paar Bier.«

Solli hatte sich mitten ins Zimmer gestellt. Im Schein der Straßenlaternen wirkte sein Rücken krumm, beinahe bedrückt. Fredrik schaltete das Licht ein, und der Nachrichtenchef fuhr herum.

»Nur damit ich es richtig verstehe: Der Vater von Finanzministerin Wetres Enkelkind ist Børre Drange, derselbe Mann, der kürzlich ein fünfzehnjähriges Mädchen getötet und geplant hat, einen Vater und seine Tochter zu verbrennen, nachdem er sie über eine Woche lang gefangen gehalten hatte?«

»Deswegen sind Sie vermutlich hier«, murmelte Fredrik, bevor er lauter hinzufügte: »Woher haben Sie das, verdammt?«

»Der Absender ist anonym.« Solli nahm die Dose Carlsberg entgegen. »Ich komme zu Ihnen, weil ich Sie trotz allem für einen ehrlichen Kerl halte. Das hier wurde an TV 2 geschickt, um Wetre vor der Wahl der Parteivorsitzenden in Schwierigkeiten zu bringen.«

»Tut Ihnen das leid?«

»Das kommt darauf an. Die erste Frage, die ich mir gestellt habe, war, ob es sich um eine Fälschung handelt. Aber Sie sind nicht sonderlich schwer zu durchschauen. Der DNA-Test ist offenbar echt, und das war Ihnen nicht neu.«

Fredrik biss die Zähne zusammen. Verdammt noch mal. Solli hatte ihm ganz einfach eine Falle gestellt, und Fredrik war mit beiden Füßen hineingetappt. »Wann werden Sie die Sache veröffentlichen?«

Solli nahm einen Schluck und drückte die Dose dann zusammen, bis das Metall einen Laut von sich gab. »Haben Sie sich jemals kurz vor dessen Ausbruch in der Nähe eines Vulkans aufgehalten?«

Fragend zog Fredrik die Augenbrauen nach oben.

»2010 habe ich ein Team geleitet, das über die Ausbrüche des Eyjafjallajökull auf Island berichtet hat. Die Aschewolken haben den Flugverkehr lahmgelegt«, sagte Solli.

»Und?«

»Vor solchen Ausbrüchen gibt es viele Erdbeben. Wir waren in jenen Tagen auf Island. Anfangs zuckt man jedes Mal zusammen, wenn es rumpelt, das ist ein verdammt beschissenes Gefühl. Trotzdem … nach und nach gewöhnt man sich daran. Allerdings kam es vor, dass ich nachts munter wurde. Und dann, wenn alles still war, hatte ich ab und zu das Gefühl, als würde die Erde zittern – nicht brutal wie bei einem Erdbeben, sondern in Wellen, so als würde ich im Stillen Ozean auf einem Floß liegen. Dieses Gefühl hat mich mit tiefer Unruhe erfüllt, denn damals habe ich eingesehen, dass ich auf einer äußerst dünnen Rinde in einem See aus blubbernder Lava schwamm.«

»Halleluja«, sagte Fredrik.

»Dasselbe Gefühl habe ich jetzt. So als würde etwas unter der Oberfläche brodeln, etwas, was im Begriff ist hervorzubrechen. Heftig und brutal.« Mit dem Daumen bearbeitete der Nachrichtenchef die Dose so lange weiter, bis das

Metall wieder in seine ursprüngliche Form zurücksprang. Bierschaum trat aus der Öffnung, und er schlürfte ihn auf. »Sie ermitteln in den Morden an Benedikte, Henry Falck und dieser Sekretärin, nicht wahr?«

»Wagner«, sagte Fredrik. »Beata Wagner.«

»Wie ist es also gekommen, dass gerade Sie der erste Polizist vor Ort waren, als Pfarrer Drange in Maridalen ums Leben kam? Gibt es zwischen den Fällen einen Zusammenhang?«

»Darauf kann ich Ihnen nicht antworten.« Fredrik setzte sich hin. Solli drehte ein paar Runden durchs Wohnzimmer.

»Was mich quält«, sagte er dann, »ist Folgendes: Ich versuche mir vorzustellen, dass ich ein siebenjähriger Junge bin. Meine Mutter wurde umgebracht, weil sie Mitglied der falschen Glaubensgemeinschaft war. Meine Großmutter, die jetzt auch meine Mutter sein muss, ist Finanzministerin. Dann erfahre ich, dass mein Vater einem Mädchen mit einer Schrotflinte in den Bauch geschossen hat. Anschließend wurde er angezündet und ist gestorben.« Solli beendete seinen Rundgang. »Ist es das wert? Soll ich eine Sache veröffentlichen, die das Leben dieses Jungen in Stücke reißen wird? Das ist der Grund, warum ich zögere. Das ist der Grund, warum wir Kari Lise Wetre noch nicht kontaktiert haben.«

»Rührend«, sagte Fredrik.

Solli schüttelte den Kopf. »Ich habe kein Problem damit, Leute fertigzumachen, die ihre Macht missbrauchen. In der Tat verwende ich mehr Energie darauf, darüber nachzudenken, wie wir das hinbekommen, als darauf, was ich zu meiner Frau sagen muss, damit sie mit mir schläft. Aber unschuldige Kinder? Das Problem an dieser Sache ist, dass diejenigen, die ihre Macht missbrauchen, diejenigen sind, die mir das Dokument geschickt haben. Jemand will die

Wahl des Parteivorsitzenden der Kristelig Folkeparti manipulieren und dadurch bestimmen, wer Finanzminister dieses Landes wird. Wer hat Zugang zu DNA-Tests des engsten Familienkreises von Spitzenpolitikern? Wer hat die Macht, die Zusammensetzung der Regierung des Landes zu manipulieren? Das ist die Story, die ich bringen will.«

Eine Weile sahen sie einander an.

»Vielleicht kann ich Ihnen helfen«, sagte Fredrik. »Aber dann machen wir es auf meine Weise.«

62

»Victoria und Benedikte«. Das Messingschild hing noch immer an der Tür zu Victoria Pytells einem Krähenschloss ähnelnder Villa in Fagerborg.

Es war drei Wochen her, dass Benedikte Stoltz ermordet worden war, drei Wochen, dass Benedikte eine Textnachricht vom Handy ihrer Geliebten erhalten, sich von ihrer Partnerin verabschiedet hatte und in einem zugefrorenen See in Maridalen dem Schicksal begegnet war.

Wie lange sollte man ein Türschild hängen lassen, bevor man es abschraubt? Vielleicht wirft man es einfach weg oder verstaut es in einem Karton auf dem Dachboden, kauft ein neues aus weißem Porzellan mit pastellfarbenem Rahmen und dem eigenen Namen in geschwungener Schönschrift darauf.

Was ist mit den Sachen im Kleiderschrank, den Schuhen im Flur, der Zahnbürste, und dem letzten Kleidungsstück, dem allerletzten Kleidungsstück im Wäschekorb, dem ihr Duft noch anhaftet? Wäscht man es? Oder legt man es beiseite? Hält man es an die Nase und weiß, dass es nicht mehr abartig ist, weil es alles ist, was einem noch bleibt?

Als Frikk starb, war alles so brutal. Die Wohnung war ausgebrannt. Derartige Entscheidungen gab es damals kaum zu treffen. Fredrik hatte seine Decke aufgehoben – sie lag noch immer zu Hause im Safe. Später hatte Alice ihn verlassen. Da war er so wütend geworden, dass er all ihre Sachen weggeworfen hatte, die sie nicht mitgenommen hatte, dass er das einfache Türschild aus der Verankerung gerissen und es zerbrochen hatte. Deshalb stand jetzt »und Fredrik« an seiner Tür. Das hatte eine ganze Reihe von Möglichkeiten eröffnet. Früher hatte er einmal gedacht, dort müsste »Kafa und Fredrik« stehen. Vielleicht aber passte »Therese und Fredrik« besser?

Victoria empfing ihn mit einem Drink in der Hand. Sie wirkte nicht beschwipst, aber auch nicht nüchtern, als sie einfach abwinkte, als seine schwere Winterjacke dem Kleiderständer den Rest gab.

»Danke für die Hilfe mit Benediktes Festplatte«, sagte Fredrik, als sie im Wohnzimmer standen. Wie zuletzt erklang aus der Musikanlage eine träge Jazzstimme, während die gigantischen Computerbildschirme vor den Bogenfenstern den Raum erleuchteten.

»Und? Was denken Sie?«, fragte Victoria.

»Über die Rohfassung?« Fredrik zeigte auf die Wasserkaraffe, als sie ein Longdrinkglas aus der Minibar nahm. »Schwer zu sagen, ohne die ganze Dokumentation gesehen zu haben.«

Victoria reichte ihm das Glas und nahm auf ihrem Bürostuhl Platz. Sie schüttelte den Kopf, wodurch ihr die grauen Haare über die Schultern fielen. »So hat sie es immer gemacht. Das Material ausgetestet. Sie wollte sehen, wie weit sie gehen konnte, ohne etwas zu sagen, was sie später nicht belegen konnte.«

»Sie glauben also, der Inhalt ist korrekt? Dass eine Geheimorganisation Militäroperationen durchgeführt und biologische Waffen erforscht hat …«

»Biologische Waffen?«, sagte Victoria. »Davon hat Benedikte aber nichts gesagt?«

Leise ermahnte Fredrik sich selbst. Diese Ermittlung

zehrte an seinen Nerven. Zweimal war seine Zunge bereits mit ihm durchgegangen.

»Das ist unser Verdacht.« Fredrik brauchte Victorias Hilfe. Er musste ihr vertrauen. »Faktisch ist es das, was wir *wissen*. PJ, Benediktes erste Quelle, war Expertin für biologische Waffen. Petra Johanssen hieß sie.«

»*Hieß* sie?«

»Sie wurde vor einem Jahr erschossen, kurz vor einem geplanten Treffen mit Benedikte.«

»Verdammt.« Victoria Pytell streckte ihre Hand nach der Flasche Kyoto Dry Gin auf dem Schreibtisch aus. Der war sicher nicht dazu gedacht mit der Cola vermischt zu werden, die sie anschließend großzügig ins Glas plätschern ließ.

»Petra Johanssen hat uns bei den Ermittlungen zu dem Massaker auf Solro geholfen. In einem der Verstecke der Glaubensgemeinschaft wurden biologische Waffen gefunden. Milzbrand. Pocken. Die Sekte war im Begriff, einen Terroranschlag vorzubereiten.«

Victoria betrachtete ihn, während sie den Drink im Glas rotieren ließ. »Und das wurde geheim gehalten?«

Fredrik räusperte sich. »Ja.«

»Habt ihr in der Rohfassung irgendetwas Hilfreiches gefunden?«

Er zögerte kurz. Die Unruhe kehrte zurück. Kafa hatte seine Anrufe noch immer nicht beantwortet. »Sie wird noch immer analysiert«, sagte er. Dann teilte er ihr mit, warum er gekommen war. »Ich glaube, Benediktes Recherchen haben eine Kettenreaktion ausgelöst. Die Hintermänner … Die Organisation, wie sie sie auf dem Band nennt … das sind Profis. Skrupellose Teufel. Sie verwischen ihre Spuren und entledigen sich Zeugen.« Er hatte sich gefürchtet, das zu sagen. Allein dadurch, dass er sie einweihte, brachte er Victoria in Gefahr. Er hatte erwartet, dass sie den Inhalt des Glases herunterstürzen und gleich nachschenken würde. Das war es, was die Leute für gewöhnlich taten. Stattdessen stellte sie es einfach nur weg, so weit wie möglich von sich entfernt an den Schreibtischrand. »Warum kommen Sie zu mir?«

»Petra Johanssen hat in einer Textnachricht mitgeteilt, dass es bei der Polizeibehörde undichte Stellen gibt. Ich brauche jemanden, dem ich vertrauen kann. Jemanden außerhalb des Systems.«

Victoria lachte freudlos. »Da sind Sie an der richtigen Adresse. Wer weiß, dass Sie hier sind?«

»Niemand.«

»Das ist schon mal ein guter Anfang. Wie kann ich Ihnen helfen?«

»Sie sind Hackerin, nicht wahr?«

»Früher gewesen, ja.«

»Ich habe etwas, dass Sie sich ansehen sollen.« Fredrik wühlte aus der Tasche einen Zettel hervor. »Henry Falck hat untersucht, unter welchen Umständen norwegische Waffen bei einer Gruppe von Terroristen in Afghanistan aufgetaucht sind. Die Anweisungen wurden über diese Webseite erteilt.«

Victoria warf einen Blick auf den Zettel. »Das Darknet«, sagte sie.

»Okay?«

»Der Teil des Internets, den Sie nicht suchen können, der sich hinter anonymen und nichtssagenden Internetadressen verbirgt, in Datenbanken versteckt wird, in Programmen, die scheinbar eine ganz andere Funktion haben. Dort findet man alle möglichen Abgründe: Drogen, Kinderpornografie, Waffen, Auftragskiller – was auch immer. Solange man bezahlen kann. Was soll ich tun?«

»Ich will wissen, was sich zuvor auf dieser Webseite befunden hat.«

Sie schnaubte. »Wissen Sie, worum Sie mich da bitten?

Wenn diese Organisation so professionell ist, wie Sie sagen, werden sie dafür gesorgt haben, dass alles gelöscht ist. Sie sind zu gut.«

»Zu gut für unsere Leute vielleicht. Aber ist das nicht das, was sie früher gemacht haben? War das nicht Ihr Job?«

Sie schnaubte erneut. »Schmeichler«, sagte sie und reichte ihm ihr Glas. »Kippen Sie das in den Ausguss. In der Küche liegt eine Packung Zigaretten. Holen Sie die und einen Aschenbecher. Dann warten Sie da, bis ich fertig bin.«

Als Fredrik das Küchenfenster öffnete, spürte er die wohligen Stiche der Wintersonne. Er hob das Telefon ans Ohr, und der Polizeidirektor antwortete beinahe unmittelbar.

»Beier?«

»Guten Morgen, Koss.« Fredrik strengte sich an. Es sollte sich so anhören, wie er es meinte. »Haben Sie vor Kurzem mal mit Kafa gesprochen?«

Einen Augenblick lang herrschte Stille. »Ja?«

»Ist sie bei der Arbeit?«

»Nein.«

»Warum nicht?«

»Ich weiß nicht, ob Sie das etwas angeht.«

»Koss. Es geht um die Ermittlung. Es ist wichtig.«

Der Polizeidirektor ließ sich Zeit. »Na gut. Iqbal hat um Sonderurlaub gebeten, ein Krankheitsfall in der Familie.«

»Ein Krankheitsfall? Hat sie eine Nachricht hinterlassen? Irgendwas anderes?«

»Das ist mir nicht bekannt, nein. Aber ich arbeite verdammt noch mal auch nicht in der Zentrale, Beier.«

Fredrik legte auf. Kafa hatte um Sonderurlaub gebeten, ohne mit ihm zu sprechen? Sie war verschwunden. Und mit ihr Benediktes Rohmaterial. Ihr derzeit einziger annähernder Beweis für die Existenz der Organisation.

63

Es war fast Abendbrotzeit, als der Strom wohlklingender, eintöniger Jazzlieder verstummte. Fredrik sah von seinem Stapel Ermittlungsunterlagen auf. Er hatte versucht zu lesen, die Gedanken kehrten jedoch unaufhörlich zu Kafa zurück.

»Fredrik?«

Victoria hatte die beiden oberen Hemdknöpfe geöffnet, ansonsten saß sie so da, wie er sie verlassen hatte. Die Zigarettenpackung lag ungeöffnet im Aschenbecher, und eine durchs Fenster hereinströmende kalte Brise spielte mit den oberen Seiten der Financial Times auf dem Wohnzimmertisch.

»Ich finde keine Spuren von den Anweisungen, die Sie erwähnt haben«, sagte sie. »Etwas konnte ich jedoch ausgraben. Es wurde kürzlich hochgeladen.« Sie zeigte auf einen der Bildschirme. »Sagt Ihnen der Begriff ›der Wanderer‹ etwas?«

»Der Wanderer? Nein«, antwortete Fredrik. »Warum?«

»Der Wanderer ist der Titel eines Ordners in der Datenbank. Es scheint sich um eine Person zu handeln, um den Codenamen einer Person mit Verbindungen zur Polizei. Ich habe die Verschlüsselung geknackt.«

Er wusste nicht, was er erwartet hatte, vielleicht dass sich die Bildschirme in ein Monster aus sich verschiebenden Gitternetzen verwandeln würden und sich mit einem Strom aus Zahlen und Buchstaben füllten, aus Diagrammen und

Bildern, die zu einer größeren Einheit verschmolzen. Etwas in dieser Art. Auf jeden Fall kein einfaches, kleines Fenster, als würde er ein x-beliebiges Dokument öffnen.

»Zwei neue Ordner«, murmelte Victoria. Sie klickte so schnell weiter, dass er kaum in der Lage war, etwas zu erkennen. »Das ist ein Überwachungsprotokoll. Jemand hat die Internetaktivitäten dieses Wanderers verfolgt. Das Protokoll sieht aus, als wäre es«, sie zögerte kurz, öffnete ein weiteres Fenster, »über einen Server der Osloer Polizei erfolgt. Es scheint, als hätte Benediktes Quelle recht gehabt. Der Wanderer arbeitet bei der Polizei.« Sie schaute kurz zu ihm. »Das sind islamistische Internetseiten, islamistische Reden … Huldigungen des einäugigen Arztes, des Terroristen. Und unzählige Internetseiten mit Hassbotschaften. Sehen Sie hier.«

Sie klickte auf eine Internetseite mit Fotos von Politikern der ganzen Welt. Sie waren voller Einschusslöcher und blutbeschmiert. Unter den Bildern stand eine lange Reihe von Anschuldigungen: Korruption, Pädophilie, Vergewaltigung, Raub, organisiertes Verbrechen …

»Was zum Teufel ist das? Verschwörungstheorien?«

Victoria nickte. »Scheint so. Der Wanderer … wenn Leute von der Polizei so etwas verbreiten, habt ihr ein Problem.«

»Nach wem suchen wir denn? Nach einem muslimischen Polizisten?« Fredrik konnte es nicht lassen – er dachte an Kafa. Sie war Muslima, allerdings kaum mehr Muslima als er Christ. Hatte sich das vielleicht geändert?

Victoria war bereits beim nächsten Ordner angelangt. Er war mit »Zieldaten« betitelt.

»Sieht aus, als würde er Fotos enthalten.«

Das erste Bild zeigte einen Turm. Er stand auf einer Ebene und war schmal, wurde nach oben hin allerdings breiter, wie ein Leuchtturm. Aber im Unterschied zu den meisten Leuchttürmen war dieser hier viereckig und hatte kein

Leuchtfeuer an der Spitze, sondern nur Fenster. Bei einigen war das Glas intakt, andere waren nichts als klaffende Mäuler mit Scherbenresten in den Rahmen. Die rote Farbe an den Wänden blätterte ab. »Bananen« war mit gelber Farbe neben die Tür geschrieben worden. Das Auffälligste war das Symbol unterhalb der oberen Etage. Dort hing der Reichsadler der NSDAP. Das Hakenkreuz, auf dem der Adler für gewöhnlich balancierte, war weggemeißelt worden. *Direkter Blick aufs Ziel* stand daneben. *462.*

»Verdammt«, sagte Fredrik. »Das da … das sind Attentatspläne. Jemand plant ein Attentat!«

Er zeigte auf den Turm. »Ist das der Tatort? Der Platz, von dem aus geschossen werden soll? Können Sie herausfinden, was für ein Turm das ist?«

»Einen Augenblick«, sagte Victoria. Sie schob das Foto auf einen anderen Bildschirm hinüber und startete die Bildersuche. »Das wird ein bisschen dauern.« Sie platzierte den Cursor auf der anderen Datei. *»Das Ziel«*, las sie und klickte darauf. Das Foto zeigte einen Mann Anfang vierzig, gepflegt, mit gewelltem, kurzem Haar. Aussehen und Hautfarbe ließen Fredrik an einen Lateinamerikaner denken. Der Mann trug einen dunklen Anzug und posierte vor einem tiefblauen Hintergrund.

»Das Ziel …«, wiederholte Fredrik. Er kannte den Mann nicht. »Das Ziel.«

»Ich mache einen Screenshot«, sagte Victoria. Als sie die Tastatur berührte, machte es einfach Klick. Die Bildschirme wurden schwarz. Das kleine grüne Licht in der Ecke darunter erlosch, der Lüfter des Rechners verstummte, und es wurde still. Ganz still.

Victoria stand vor den Wohnzimmerfenstern und hatte sich eine Strickjacke über das Hemd gezogen. Draußen versank die Sonne hinter den Dächern der Mehrfamilienhäuser auf der gegenüberliegenden Straßenseite, und der Schatten glitt symbolträchtig über ihr ernstes Gesicht. Endlich drehte sie sich zu ihm um.

»Das war Hvalen«, sagte sie. »Hvalen hat meinen Rechner zum Absturz gebracht.«

Mit den Händen machte Fredrik ihr begreiflich, dass er nichts verstand.

»Wissen Sie, dass ich verurteilt wurde? Dass ich eine Strafe verbüßt habe?«, sagte sie unvermittelt.

»Ja… Irgendwer hat es mal erwähnt. Wegen Datendiebstahls?«

Sie legte den Kopf schief und lächelte. »Dieses Jahr werde ich einundsechzig«, sagte sie. »Ich arbeite seit dem Studium mit dem Internet. Ich war an der Entwicklung der Technologie beteiligt, als sich in den Siebzigern die ersten Universitäten in den USA, Großbritannien und Norwegen miteinander verbanden. In den Achtzigern lautete der Auftrag, dieses fantastische Werkzeug allen zugänglich zu machen. Einige, mit denen ich zusammen programmiert habe, gehören heute zu den mächtigsten Menschen der Welt, doch keinen einzigen der Namen würden Sie kennen.« Victoria starrte mit leerem Blick vor sich auf den Boden. »Als der Großteil der Menschheit anfing, das Internet zu nutzen, hatte ich mehr Geld verdient, als irgendjemand braucht. Gleichzeitig war ich immer desillusionierter. Ich sah, wo das alles hinführte. Das Internet sollte nie der freie Kanal für den Austausch von Informationen, Gedanken und Ideen werden, von dem wir geträumt hatten. Stattdessen wurde es nur ein simples Werkzeug, um Geld zu verdienen, um Leute zu kontrollieren und zu überwachen, sie einer Gehirnwäsche zu unterziehen und Propaganda zu betreiben. Ich wurde sehr… ideologisch.«

Sie presste die Handflächen gegeneinander. »Die Behörden mögen keine Ideologen. Wir sind gefährlich, weil wir die Welt verändern und Machtstrukturen abbauen wollen. Und Ideologen mögen keine Behörden. Ich habe mich für Umweltschutz und Menschenrechte engagiert, Ölgesellschaften gehackt, die Lügen über Giftausstoß, Arbeitsunfälle und Umweltschäden verbreiteten. Ich habe Bergbauunternehmen entlarvt, die Kinder als Arbeiter missbrauchten, Behörden, die Übergriffe auf ihre eigene Bevölkerung begingen. Solche Sachen. Ich habe Informationen gestohlen und sie an Organisationen geschickt, die sich für solche Dinge engagieren.«

»Niemand wusste, wer Sie waren?«

»Niemand. Das glaubte ich zumindest. In einem Krieg gibt es aber immer wenigstens zwei Seiten. Irgendwann begriff ich, dass jemand hinter mir her war – ein Hacker, ebenso gut, oder besser, als ich es war. Hvalen hat die Muster identifiziert, die ich verwendet habe, meine Methoden. Dann kriegten sie mich dran. Wie Al Capone.«

»Was meinen Sie?«

»Al Capone hatte dreiunddreißig Menschenleben auf dem Gewissen. Wissen Sie weshalb er ins Gefängnis kam? Wegen Steuerhinterziehung. Wegen der großen Sachen konnten sie mich nicht drankriegen, das hätte schließlich bestätigt, dass die von mir gestohlenen Informationen zutrafen. Also kriegten sie mich wegen einer Lappalie dran: Ende der Neunziger erlebte das Online-Glücksspiel eine Blüte. Ich sorgte dafür, dass eine Organisation, mit der ich sympathisierte, bei jeder Auszahlung einer Prämie ein paar Cent abbekam. Doch Wettbüros haben verdammt wenig Freude daran, Geld zu verlieren. Weil die Sache schon lange her war und das Unternehmen sich weigerte anzugeben, wie hoch der Schaden war, den ich ihm zugefügt hatte, verbüßte ich lediglich ein Jahr. Als ich wieder rauskam, habe ich mich entschieden, dass es das Risiko nicht länger wert ist.«

»Hvalen«, sagte Fredrik. »Was wissen Sie über ihn?«

»Sehr wenig. Er operierte in der gleichen Weise wie ich, versorgte die Behörden nur mit so viel Informationen, dass sie mich zu fassen kriegten. Aber er hatte einen anderen Auftraggeber. Jemanden, der meinen Spuren bei den Behörden gefolgt ist, bei multinationalen Unternehmen … Irgendjemand wusste verdammt viel darüber, was das Internet eigentlich ist.«

Victoria holte sich ein neues Glas aus der Bar und schenkte sich einen neuen dünnen Drink aus Gin und Cola ein. Dieses Mal leerte sie das Glas in einem Zug.

»Warum glauben Sie denn, dass es Hvalen war, der Sie jetzt gestoppt hat?«

Sie hielt die Nase über das Glas und atmete die Aromen ein. »Ich bin gut in dem, was ich tue. Verdammt gut. Nur einmal zuvor hat man mich so zum Absturz gebracht. Das war eine halbe Stunde bevor die Polizei vor meiner Tür stand.«

»Dieses Mal sitzt die Polizei aber bereits in Ihrem Wohnzimmer«, versuchte Fredrik sich an einem Witz.

Als Victoria den Computer endlich wieder in Gang bekam, war alles gelöscht. Die Internetseite war leer, die Fotos waren verschwunden. Er hatte keinen Beweis mehr, nur die Erinnerung.

Auf dem Nachhauseweg blickte er sich immer wieder um, blieb vor dem Mehrfamilienhaus, in dem er wohnte, stehen und sah Autos und Personen hinterher. Schaute irgendwer in seine Richtung? Folgte ihm jemand? Er ging erst hinein, als die Straße vollkommen leer war, und zog die Gardinen vor, sobald er die Wohnung betreten hatte.

64

Eine frühlingshafte Brise zog vor Fredriks Wohnung durch die Sorgenfrigata. Nach Monaten mit geducktem Wintergang hoben die Fußgänger wieder die Köpfe. Der Lärm des morgendlichen Berufsverkehrs klang gedämpft, so als würde die milde Luft die Akustik sanfter machen – ein Vorbote hellerer Zeiten.

Nicht jedoch für Fredrik. Zehn Stunden hatte er geschlafen, trotzdem war er immer noch vollkommen kaputt.

Vor nur wenigen Tagen war er so sicher gewesen, dass sich die Ermittlungen auf der richtigen Spur befanden. Dass sie sich langsam und systematisch einer Lösung näherten. Dann aber hatte alles eine neue Wendung genommen. Kafa war verschwunden. Benediktes Rohfassung war verschwunden. Und die Ereignisse bei Victoria gestern? Wurde Fredrik überwacht? Wusste jemand, dass er Victoria Pytell um Hilfe gebeten hatte? Er versuchte zu verstehen. Irgendwo gab es einen Turm. Irgendwo gab es einen Mann mit lateinamerikanischem Aussehen. Und zu irgendeinem Zeitpunkt sollte dieser Mann vierhundertzweiundsechzig Meter von diesem Turm entfernt stehen – und dann sollte er sterben.

Fredrik dachte an den Waffenkoffer, den er in der Villa Ravnli gefunden hatte, an den Scharfschützen und Auftragsmörder Staffan Häyhä, der irgendwo da draußen lauerte. Die Rechenaufgabe war deprimierend einfach.

»Der Wanderer«, sagte er zu einer Möwe, die voll und

ganz von einem Kebab in Anspruch genommen war, den irgendjemand weggeworfen hatte. Wer hatte sich bei der Polizei eingeschleust? War es Franke? Kafa? Oder jemand anderes?

Seine Gedanken wurden unterbrochen, als ein schwarzer Audi die Straße heruntergerollt kam. Er stoppte, und Fredrik sah in den verdunkelten Scheiben nur sein eigenes Spiegelbild. Er stieg ein.

Kari Lise Wetre musste den zusammengelegten Mantel auf den Schoß nehmen, um Platz für ihn zu schaffen. Sie trug ein hellgraues Kostüm und um den Hals einen straff gebundenen gelben Schal – die Farbe der Kristelig Folkeparti. Fredrik wollte etwas sagen, sie aber hob die Hand und zeigte auf das Radio. Aus dem ertönte die trockene, formelle Stimme von Ministerpräsident Riebe.

»… Sicherheit für alle Einwohner dieses Landes. Das ist das oberste Ziel und die Priorität dieser Regierung, und etwas, hinter dem selbstverständlich die gesamte Regierung steht. Unbestätigte Behauptungen über diesbezügliche Uneinigkeit sind nichts anderes als Wunschdenken der Opposition.«

Wetre schnaubte verächtlich durch die Nase und wandte sich an den Fahrer. »Sie können weiterfahren.«

»Noch immer keine Einigung darüber, ob Sie Überwachungsflugzeuge kaufen oder Flüchtlinge retten sollen?«, fragte Fredrik.

Wetre wirkte für einen Moment verwundert, bevor ihr einfiel, dass Fredrik dabei gewesen war, als sie über die Absprache zwischen Riebe und ihrer Vorgängerin in Kenntnis gesetzt worden war.

»Das war ein raffiniertes Manöver, das muss man ihm lassen«, sagte sie. »Riebe vergisst nur ab und an, dass er nicht mehr beim Militär ist.«

»Was meinen Sie damit?«

»Viele meiner Parteikollegen sind der Meinung, dass er uns wie einen Flügel seiner eigenen Partei behandelt«, erklärte sie. »So was hassen sie.« Sie kramte eine Tüte Halspastillen aus der Tasche und bot ihm eine an, bevor sie sich bediente. »Ich habe Ihre Nachricht erhalten. Sie sagten, es eilt? Dass es um mein Enkelkind geht?«

»Ich nehme an, dass Sie über Pfarrer Dranges Tod informiert wurden?«

Sie richtete die eleganten schwarzen Haare ein wenig. »Ich kann nicht sagen, dass das keine Erleichterung war. Dass er damals einfach verschwand… das war eine Bürde sowohl für mich als auch für meinen Mann. Wir haben William nie die Wahrheit erzählt. Bei all dem Schmerz, den er erdulden musste, da… Das hätte nichts Gutes mit sich gebracht.«

Wetre schloss die Augen. »Und dieses arme Mädchen. Die Fünfzehnjährige, die er erschossen hat. So entsetzlich, dass er diese Möglichkeit bekommen hat. Ich werde nie verstehen, warum die Ermittlungen zum Solro-Massaker abgeschlossen wurden, bevor man Drange gefasst hatte.«

Fredrik antwortete nicht, presste lediglich die Zunge fest gegen die Schneidezähne.

»Sie wurden auch über die Entführungspläne informiert, die wir gefunden haben?«

Ihr Blick verfinsterte sich. »An dem Tag, an dem der Pfarrer starb, hatte sich jemand bei Williams Schule gemeldet. Der Betreffende hat sich als mein Sekretär ausgegeben. William sollte an einer Bushaltestelle vor der Schule warten, wo er von einem Mann in einem Volvo abgeholt würde. Einem Mann namens Børre.«

»Verdammt.«

»Aber das Auto ist natürlich nie gekommen.« Sie räusperte sich und starrte in die Luft. »Es fehlte nicht viel, dann wäre mein Enkelkind mir gestohlen worden.«

»Es tut mir leid«, sagte Fredrik und dämpfte die Stimme. »Erinnern Sie sich an unser Treffen nach Abschluss des Solro-Falls, als Sie mir den DNA-Test gezeigt haben, der beweist, dass Drange Williams Vater ist?«

»Selbstverständlich.«

»Haben Sie das Dokument jemals irgendwem sonst gezeigt?«

»Nein?«

»Kürzlich hat mich ein Bekannter von TV 2 aufgesucht. Er hatte eine Kopie davon. Sie war ihm von einem anonymen Absender zugespielt worden.« Fredrik sah sie direkt an. »Jemand will Ihnen schaden, Wetre. Wir glauben, es handelt sich um einen Versuch, die Wahl Ihres Parteivorsitzenden zu beeinflussen.«

Ihr Gesicht war erstarrt, die Pupillen geschrumpft. »Wie unfassbar boshaft«, sagte sie leise. »Ich überlebe schon, aber William? Soll er von seinen Schulkameraden erfahren, dass sein Vater ein Mörder ist? Der Junge muss so schon genug durchmachen. Was für ein Schwein.« Mit den Fingern drehte sie an einem ihrer Mantelknöpfe herum. Runde um Runde. »Was gedenkt TV 2 zu tun?«

»Sie werden nicht lange darauf sitzen bleiben«, sagte Fredrik. »Aber sie sind sich der Konsequenzen bewusst. Das spielt aber keine Rolle. Jemand hat diese Information platziert und will, dass die Sache vor der Wahl an die Öffentlichkeit gelangt. Bringt es TV 2 nicht, wird es ein anderer tun. Darauf müssen Sie vorbereitet sein. Wer, glauben Sie, will sie derart angreifen?«

Wetre zwinkerte ein paarmal und suchte mit den Nägeln im Augenwinkel nach unsichtbaren Maskaraflecken. »Das ist Politik, Beier. Nichts ist heilig. Heutzutage sind Politiker Freiwild. E-Mails werden gehackt, Dokumente gestohlen. Nur der Teufel selbst weiß, wer dahintersteckt. Der Teufel und«, eine nachdenkliche Falte hatte sich auf ihrer Stirn gebildet, »vereinzelte andere.«

Ein Ratschen ließ sie wissen, dass der Faden gerissen war. Wetre saß mit dem Mantelknopf in der Hand da.

65

Im Treppenaufgang roch es nach Zigarettenrauch, und auf der Fußmatte vor Kafas Wohnung lag die Aftenposten der vergangenen Tage. Fredrik sammelte die Zeitungen auf und bemerkte auf der untersten einen Schuhabdruck. Er schien zu einer kleinen Frau zu gehören, und die Zeitung hatte die Druckerei am selben Tag verlassen, an dem Kafa verschwunden war.

Er schob die Hand in die Tasche seiner Winterjacke. Darin befanden sich die Tüte mit Stines Unterwäsche und ein Schlüssel. Fredrik wiegte ihn in der Hand. Es war lange her, seit er das letzte Mal hier gewesen war, über ein Jahr. Kafa hatte ihn für ein paar Tage hier übernachten lassen. Sein Partner, Andreas, war gerade im Dienst getötet worden, seine Lebensgefährtin war im Begriff, aus der gemeinsamen Wohnung auszuziehen, und Glückspillen sowie Schmerztabletten waren seine einzigen Nahrungsquellen gewesen. Kafa hatte nie darum gebeten, den Schlüssel zurückzubekommen – und er hatte ihn ihr nie zurückgegeben.

Er klopfte an. Selbstverständlich öffnete niemand.

Kafa hatte einen eigenen Duft, und ihm wurde bewusst, dass er nicht zum ersten Mal an exakt dieser Stelle stand und ihn wahrnahm. Sie roch nach säuerlichem, frisch gemähtem Gras, und ein schwacher Hauch davon hing noch immer in der Luft. Im Wohnzimmer stand das Sofa, auf dem er geschlafen hatte. Er warf die Zeitungen auf den Tisch, ließ den

Blick über die nackten Wände und über die Bücherregale schweifen, in denen die Literatur aus der Polizeihochschule noch immer den meisten Platz für sich beanspruchte, sowie über die halb geöffnete Tür zum Schlafzimmer. Die Luft war stickig, und als er das Küchenfenster öffnete, fiel ihm das Foto von Kafas Familie auf. Es war zwischen Sprosse und Scheibe geklemmt. Die freundlich dreinblickenden Eltern in traditionell pakistanische Kleidung gehüllt, Kafa und der Junge in Jeans und unförmigen Pullovern. Der Junge blickte streng, beinahe wütend drein. Fredrik hatte angenommen, es wäre ihr Bruder, hatte aber nie nachgefragt.

Er öffnete den Kühlschrank: Joghurt, das Mindesthaltbarkeitsdatum fast abgelaufen, ein bisschen Aufschnitt und ein trockenes Stück Fladenbrot. Im Badezimmer registrierte er, dass sich in dem Glas auf dem Waschbecken keine Zahnbürste befand, und im Schlafzimmer standen einige der Schubladen offen. Er schaute hinein: ein bisschen Unterwäsche, einige Hemden und ein paar leere Antibabypillenpackungen. Fredrik verspürte einen Hauch von schlechtem Gewissen, als er den Kleiderschrank öffnete. Er überprüfte die Schubfächer. Was würde Kafa sagen, wenn sie wüsste, dass er in ihren Sachen herumwühlte? Sie wäre sicher wütend, aber dann wären sie wenigstens quitt. Es war verdammt noch mal nicht nett, einfach so zu verschwinden. Wenn sie bei einem kranken Verwandten war, warum nahm sie dann seine Anrufe nicht entgegen? Warum schickte sie ihm nicht wenigstens eine Nachricht?

In einem Schuhkarton im obersten Fach lag ein Stapel Briefe – solche, die man aufhebt, von Arbeitgebern, dem Finanzamt und vermutlich von alten Freunden, Familienmitgliedern oder Liebhabern. Einer von ihnen ließ ihn stutzen. Er war an den Ecken verblasst und zerknittert, und Kafas Name und Adresse standen darauf. Was Fredriks Interesse weckte, war das Siegel auf dem Umschlag. Der Reichslöwe über gekreuzten Schwertern. Das Wappen der Norwegischen Streitkräfte. *Veteranenverwaltung der Norwegischen Streitkräfte* stand darunter. Der Brief war ungeöffnet. Konnte er … Nein, das ginge zu weit.

Was hatte das zu bedeuten? War Kafa Kriegsveteranin? In diesem Fall gab es nur einen Krieg, für den sie alt genug zum Dienst gewesen war: der Krieg gegen die Taliban in Afghanistan. Darüber hatte sie nie ein Wort verloren, da war er sich sicher.

Fredrik packte die Briefe weg, schenkte sich ein Glas Wasser ein und setzte sich an den Küchentisch. Er schaute hinaus auf das abschüssige Schieferdach der Sagene Kirche und grübelte über ihr Verhalten nach. Kafa, die immer so geistesgegenwärtig war, so logisch und scharfsinnig – in letzter Zeit hatte es Momente gegeben, in denen er sich gefragt hatte, ob sie überhaupt zuhörte. Ihr Blick schien diese Welt verlassen zu haben, ihr Gesicht hatte ausdruckslos gewirkt. Er meinte auch, sich daran zu erinnern, wann er sie zum ersten Mal so gesehen hatte. Es war, als sie in Frankes Wohnzimmer gestanden hatten. Frankes Ehefrau Rita hatte ermordet im Flur gelegen, und er hatte von Benediktes geplanter TV-Dokumentation »Dunkelzeit« erzählt und davon, dass TV 2 einem Hackerangriff ausgesetzt gewesen war.

Sie war blass geworden und hatte ihn angesehen. »Aber das Material wurde bestimmt gelöscht?«, hatte sie gefragt.

Fredrik hatte natürlich geglaubt, Kafa machte sich Sorgen wegen der Ermittlungen. Hatte er da falsch gelegen? Konnte es sein, dass sich Kafa Sorgen darüber machte, ob noch immer eine Kopie existierte? Die erste Episode sollte von einer Operation in Afghanistan handeln, von einem Terroristen und seiner Familie, die nach Norwegen geschmuggelt worden waren. Wusste Kafa etwas über diese Operation?

War Kafa, ebenso wie Fredrik, in irgendeiner Weise in die Ermittlungen verwickelt? War sie in Gefahr? Die halb geöffneten Schubladen, die fehlende Zahnbürste, die Zeitungen vor der Tür – es waren kleine Anzeichen dafür, dass sie eilig hergekommen war, das Nötigste mitgenommen hatte und wieder verschwunden war.

Das Foto am Fenster flatterte in der milden Brise, und er griff danach, um zu verhindern, dass es sich löste. Da sah er es: Auf die Rückseite waren sechs Zahlen gekritzelt. Eine Telefonnummer.

Einen Augenblick lang studierte er das Bild. Wie alt konnte Kafa bei der Aufnahme gewesen sein? Fünfzehn? Siebzehn? Sie war damals noch runder um die Wangen, wirkte auch fröhlicher, fast unbekümmert. Fredrik wählte die Nummer. Es klingelte lange, bevor jemand abnahm.

»Vøyen Pflegeheim, Sie sprechen mit Ingrid.«

Fredrik brauchte eine Sekunde, um sich zu besinnen. Ein Pflegeheim?

»Guten Tag. Hier spricht Fredrik Beier. Hauptkommissar Beier von der Polizei.«

»Womit kann ich Ihnen behilflich sein?«

»Ich versuche, eine meiner Kolleginnen zu erreichen. Ich glaube, dass ihre Eltern bei Ihnen wohnen. Einer von ihnen zumindest.«

»Wie lauten die Namen?«

»Wissen Sie, die habe ich gerade nicht da. Können Sie nach dem Namen meiner Kollegin suchen? Sie führen doch sicher ein Register über die Angehörigen?«

»Ja«, sagte die Frau zögerlich. »Sie sind von der Polizei?«

»Das ist richtig. Meine Kollegin heißt Kafa Iqbal.«

Das Telefon wurde beiseitegelegt, und im Hintergrund war ein leises Gespräch zu vernehmen. Dann knisterte es in der Leitung. »Wie, sagten Sie, war Ihr Name?«

Fredrik biss sich auf die Zunge, antwortete höflich und leierte dann auch noch seine Personenkennziffer herunter.

»Kafa Iqbals Eltern wohnen nicht hier.«

»Nein?«

»Aber ihr Sohn, Noman Mohammed Iqbal.«

66

Das Vøyen Pflegeheim am Alexander Kiellands plass war abstoßend.

Die blassen Wandplatten waren aus brandhemmendem Material, und die Flurbreite entsprach den Vorgaben für den Transport von Patientenbetten. Die Linoleumböden waren der Arbeitsschutzvorschrift im Pflegebereich angepasst, während die nichtssagende Kunst dem Anteil des Gesamtbudgets entsprach, der den Vorgaben zufolge zu Dekorationszwecken verwendet werden sollte. Die Küche befand sich im vorgeschriebenen Abstand von den Patientenzimmern und die Patientenzimmer im vorgeschriebenen Abstand vom Pausenraum der Angestellten. Ein Aushang an der Wand tat kund, dass Anfragen ausschließlich an die Rezeption zu richten seien, und ein Plakat beschrieb die Vorsichtsmaßnahmen zur Vermeidung von Tröpfcheninfektionen.

Es gab nichts, was aus Rücksicht auf die Menschen hier nicht reguliert war. Dennoch fehlte dem Gebäude jede Spur von Menschlichkeit. Eine Lagerstätte für Menschen, deren Leben zu Ende war, die aber trotzdem noch lange nicht tot waren.

Fredrik war schon einmal hier gewesen – er war nicht hineingegangen, hatte aber davorgestanden. Er hatte Kafa hierhergefahren und sie wieder abgeholt. Trotzdem hatte sie nie von ihrem Kind erzählt, einem Jungen – Noman Mohammed Iqbal. Der Name stand auf einem Schild neben der Tür. Ein kräftiger Pfleger mit rötlichem Bart hatte ihm den Weg zu dem dunklen Zimmer gezeigt. Lautlos fiel die Tür hinter ihnen wieder ins Schloss. Die Gardinen waren zugezogen, das Bett gemacht, und in den Regalen lag Kleidung. Es roch nach sterilem Deodorant und Kinderseife.

»Noman ist äußerst lichtempfindlich«, sagte der Pfleger. Seine Stimme klang tief und fest. »Er hat es am liebsten dunkel, deshalb verwenden wir nur die hier«, fuhr er mit einem Nicken in Richtung einer abgedeckten Lampe auf dem Tisch zwischen Bett und Rollstuhl fort. »Aber jetzt ist er ja nicht hier…« Der Pfleger schaltete die Leuchtstoffröhren in dem Aluminiumkasten an der Decke ein.

An der Wand neben dem Bett waren mit Nadeln Fotos an der Raufasertapete befestigt worden. Fredrik schob seine Brille auf die Nasenspitze. So sah er also aus, Kafas Junge. War das der Grund, warum sie nie von ihm erzählt hatte? Schämte sie sich?

Fredrik löste das Bild, auf dem das Kind am besten zu sehen war, von der Wand. Es war bei den Statuen im Vigelandspark aufgenommen worden. Die Sonne schien, und der Himmel war blau. Der Junge lehnte gebeugt über dem Rücken einer der nackten, knieenden, weiblichen Granitstatuen, und Kafa hatte ihm die Arme um die Taille gelegt. Sie lächelte dem Fotografen entgegen. Und er? Das war schwer zu sagen. Das Gesicht war entstellt, die Haut an einigen Stellen glänzend und gedehnt, an anderen Stellen wie zu fetten Regenwürmern zusammengewachsen. Das eine Auge sah aus, als wäre es geschmolzen, und in dem anderen wies lediglich ein schmaler Spalt darauf hin, dass er sich bemühte, die Umgebung wahrzunehmen. Sein Mund war zu einer Grimasse verzogen. Er war ein Teenager, vielleicht sogar jünger.

»Noman ist im Alter von nur wenigen Monaten in einen

Autounfall verwickelt gewesen. Dabei wurde er schwer verletzt, eingequetscht. Es ist schwer, seine mentalen Fähigkeiten zu beurteilen, wie viel er von dem wahrnimmt, was um ihn herum passiert. Er spricht nicht, er kommuniziert mithilfe von Zeichensprache und Geräuschen.«

»Meine Güte«, murmelte Fredrik. Er setzte sich auf das Bett. »Wie lange wohnt er schon hier?«

»Schon lange. Er war ungefähr drei oder vier Jahre alt, als er hierherkam.«

»Was ist mit dem Vater des Jungen?«

»Viele Beziehungen überstehen es nicht, wenn sie so auf die Probe gestellt werden.«

»War Kafa dabei, als es passiert ist?«

Der Pfleger runzelte die Stirn und rieb sich den Bart. »Das war ganz allgemein gesprochen«, murmelte er, so als hätte er zu viel gesagt. »Ich weiß nur, dass der Vater nicht mit auf dem Bild ist.«

»Und was … was macht er, wenn Kafa nicht hier ist? Besucht er eine Sonderschule?«

»Noman erhält hier in der Einrichtung Einzelunterricht. Das ist nicht ideal, viele von uns sind der Meinung, die Gesellschaft anderer Kinder würde ihm guttun, wäre gut für seine Entwicklung. Wie es aber jetzt aussieht, ist … Na ja, das wissen Sie vermutlich bereits?«

»Was meinen Sie?«

»Sind Sie denn nicht hier, weil Noman verschwunden ist?«

Sie hatten das Zimmer des Jungen verlassen. Der Rotbärtige schenkte Kaffee ein und bat darum, noch einmal Fredriks Polizeiausweis sehen zu dürfen. Sein betrübter Gesichtsausdruck verhieß nichts Gutes.

»Vor einigen Tagen wurde Noman von einem Krankentransport abgeholt. Er hatte einen Termin im Lovisenberg Krankenhaus. Dort tragen sie die medizinische Verantwortung für ihn. Wie üblich gab das Krankenhaus Bescheid, als die Untersuchung beendet war, und wir haben den Krankentransport geschickt, um ihn abzuholen. Das ist Routine. Noman sitzt für gewöhnlich einfach im Wartezimmer, bis der Fahrer kommt. Aber dort war er diesmal nicht.«

Der Pfleger schnaubte so heftig, dass die Haare auf seiner Oberlippe vibrierten. »Erst haben wir angenommen, es handelt sich um ein Missverständnis, dass seine Mutter ihn abgeholt und mit zu einem Ausflug genommen hatte. Wir kennen Kafa seit Jahren, und manchmal macht sie so was. Aber als sie dann am Abend noch nicht zurück waren, sind wir unruhig geworden. Ich habe sie angerufen … Kafa … und ihr Bescheid gegeben.« Als er erzählte, bebte seine Stimme ein wenig. »Kafa war furchtbar unruhig, als sie hier ankam. Wir wollten die Polizei alarmieren, aber sie sagte nur, das wolle sie selbst tun. Da sie selbst Polizistin ist, weiß sie ja, mit wem sie sprechen muss.«

Fredrik war auf dem Stuhl zusammengesunken. Sein Mund stand offen. Er spürte seinen Herzschlag in der Halsschlagader. »Ich verstehe das nicht«, sagte er. »Die Frau, mit der ich telefoniert habe, hat nichts gesagt über …«

»Kafa hat inständig darum gebeten, dass so Wenige vom Personal wie möglich erfahren, dass es … ungewöhnliche Ursachen für sein Verschwinden gibt. Aus Sicherheitsgründen.«

»Aus Sicherheitsgründen?«

»Sie sind wirklich nicht darüber informiert? Noman betreffend existiert eine Bedrohungslage.«

»Durch wen? Den Vater?«

Der Pfleger änderte seine Tonlage, als läse er einen Aushang vor. »Unsere Anweisung lautet, Kafa zu informieren, falls wir etwas Ungewöhnliches bemerken. Besucher, die in den Fluren herumschnüffeln, die Fragen über Noman stellen, solche Sachen.«

»Ist das in letzter Zeit denn vorgekommen?«

»Nein. Es ist noch nie vorgekommen.«

Fredrik betrachtete seine Handflächen. »Wann ist Noman genau verschwunden? Und wann haben Sie Kafa angerufen?«

Der Pfleger hatte ein Protokoll geschrieben, brauchte es jedoch nicht zu überprüfen. »Vor drei Tagen. Am Dienstag. Dienstagabend.«

Jetzt hämmerte Fredrik der Puls bis in die Schläfen hinauf. Dienstagabend. Der Abend, an dem Fredrik und Kafa zusammen Benediktes Rohfassung angeschaut hatten.

Die Wintersonne stand niedrig und lag wie ein Segen über der Stadt, für Fredrik bedeutete das jedoch nur, dass sie ihm in die Augen stach.

Kafa hatte niemanden alarmiert, dass Noman verschwunden war. Es lag keine Anzeige vor, gab keine Nachrichten von ihr, das bestätigte die Einsatzzentrale.

Fredrik und Kafa hatten ihre Meinungsverschiedenheiten gehabt, er hatte sogar Gefühle für sie entwickelt und sie zum Ausdruck gebracht – keine gute Idee. Trotzdem hatte er sie beide immer als enge Kollegen betrachtet, sogar als Freunde, die einander halfen, die zusammenstanden, wenn der Druck von oben überhandnahm. Sie arbeiteten gut zusammen und immer mit dem gleichen Ziel vor Augen: den Fall zu lösen, an dem sie gerade arbeiteten. Was in drei Teufels Namen ging hier also vor sich?

Kafa hatte einen entstellten Sohn. Der Junge war verschwunden und sie ebenfalls, zusammen mit einem wichtigen Beweisstück. Es musste einen Grund dafür geben, warum sie den Jungen nicht als vermisst gemeldet hatte, einen Grund, warum sie Koss angerufen und um Beurlaubung gebeten hatte, damit niemand sie suchen würde.

Was wusste Fredrik eigentlich über Kafas Vergangenheit? Was wusste er über ihre Familie, seit wann sie in Norwegen lebte? Was wusste er über das, was sie getan hatte, bevor sie bei der Polizei gelandet war?

»Nichts«, gestand er sich selbst ein. »Ich weiß nichts.«

Während er im Fahrstuhl des Polizeipräsidiums stand, empfing er eine Nachricht von Tommi. »Hab deinen Kerl gefunden. Morgen 12 Uhr bei Burger'n in der Storgata. Du zahlst.«

67

Staatssekretär Ruben Andersen holte tief Luft, bevor er anklopfte, zählte langsam bis drei und öffnete die Tür.

Das Licht im Wohnzimmer des Ministerpräsidenten war behaglich, der Ministerpräsident selbst saß mit dem Rücken zu ihm da und schlug einen feierlichen Ton an. Der andere Mann auf dem Sofa sah auf. Seine Haare waren dunkel und gewellt. Die Zähne strahlten, und hätte Ruben es nicht besser gewusst, hätte er darauf getippt, dass der Mann aus den südlicheren Gefilden des amerikanischen Kontinents stammte. Er sah jünger aus als auf den Bildern, vielleicht ließen der warme Schein der Lampen und die goldbraune Haut die Altersflecken auch verschwinden.

»Es scheint, als ob einer deiner Leute etwas von dir will«, sagte der Mann. Simon Riebe warf einen Blick über die Schulter.

»Ah, Ruben. Kommen Sie herein. Das ist mein Staatssekretär«, erklärte er seinem Gast. »Sie müssen Botschafter Rodriguez begrüßen.«

Der Mann erhob sich, und Riebe blieb sitzen.

»Willkommen in Norwegen«, sagte Ruben. Marco Rodriguez' Händedruck war warm und fest. »Wir freuen uns, dass Sie jetzt bei uns sind, Herr Botschafter.«

»Ich freue mich auch, hier zu sein und bald meine Arbeit aufzunehmen.« Er sprach so gut Norwegisch, dass Ruben ihm einfach ein Kompliment dafür machen musste.

Der amerikanische Botschafter winkte nonchalant ab: »Mein Vater war Offizier in der US Army und eine Zeit lang auf dem NATO-Stützpunkt auf dem Kolsås stationiert. Wir haben hier gelebt, als ich noch ein Teenager war. Ich habe dem Ministerpräsidenten gerade erzählt, dass ich hier im Schlosspark meinen ersten Kuss bekommen habe.« Er zeigte auf die Bäume der Straße direkt gegenüber. »Sie war natürlich blond und hieß Solveig.«

»Vielleicht sollten wir unseren ausgezeichneten Nachrichtendienst bitten, sie ausfindig zu machen«, sagte Riebe scherzhaft.

»Ich bin mir nicht sicher, ob meiner Frau das recht wäre«, antwortete der Botschafter.

»Botschafter Rodriguez hat soeben bestätigt, dass der Flugzeugträger *USS Nimitz* für die Übergabe der F-35-Kampfjets hierherkommt. Der Pressemitteilung steht somit nichts mehr im Weg«, sagte Riebe heiter.

»Apropos Presse«, sagte Ruben. Sein Tonfall war weitaus weniger fröhlich. »Meinen Sie, ich könnte ein paar Worte mit Ihnen wechseln? Unter vier Augen?« Der Ministerpräsident sah ihn fragend an. »Es ist wichtig«, fügte er eilig hinzu.

Ruben Andersen durchquerte rasch den Flur. Er sagte kein Wort, bis sie im Büro des Ministerpräsidenten angekommen waren und die Tür hinter ihnen ins Schloss fiel. »Vor zehn Minuten hat TV 2 einen Teaser für die Nachrichtensendung ausgestrahlt. Sie haben ein Enthüllungsinterview mit Kari Lise Wetre angekündigt.«

»Also haben sie angebissen. Ich hatte schon beinahe geglaubt, Sie hätten mich im Stich gelassen, Ruben. Ich hoffe, sie machen sie fertig.« Riebe ließ sich auf dem Bürostuhl nieder und richtete die Fernbedienung auf den Fernseher an der Wand.

Der Bericht lief bereits. Kari Lise Wetre saß neben ihrem Ehemann in ihrem eigenen Wohnzimmer, er hatte ihr einen Arm um die Taille gelegt. Im Hintergrund brannten ein paar Kerzen, und auf dem Tisch vor ihnen standen tiefe Porzellantassen. Wetre war hell und bequem gekleidet. Noch bevor der Ministerpräsident den Ton anstellte, spürte Ruben, wie sehr er unter den Achselhöhlen schwitzte.

Konfrontative Interviews finden im Büro, in der Wandelhalle des Parlaments oder auf der Straße statt, nicht zu Hause auf dem Sofa bei einer Tasse Tee und mit dem Lebenspartner an der Seite. Die Unruhe wurde nicht weniger, als er sah, dass es Nachrichtenchef Carl Solli selbst war, der die Fragen stellte. Ruben warf einen Blick auf den Ministerpräsidenten. Machte sich bereit.

»Finanzministerin Wetre«, sagte Solli, »wie wir in dem Beitrag gesehen haben, hat TV 2 aufgedeckt, dass der Mann, der in Maridalen ein fünfzehn Jahre altes Mädchen ermordet und eine Familie gefangen gehalten hat, Børre Drange war, der Pfarrer, der das Attentat auf die Solro-Sekte überlebt hat. TV 2 hat ebenfalls herausgefunden, dass die Sekte vor dem Attentat einen Terrorangriff in Norwegen geplant hatte und dass Pfarrer Drange der Drahtzieher hinter diesen Terrorplänen war. Ihre Tochter war Teil dieser Sekte?«

»Das ist richtig«, antwortete Wetre. Ihre Stimme klang leise, aber fest. »Meine Tochter… Annette… war unter den getöteten Mitgliedern der Glaubensgemeinschaft.« Sie lächelte traurig. »Die vergangenen Jahre waren für uns lang und schmerzhaft – für meinen Mann und mich, selbstverständlich, aber vor allem für Annettes Sohn William, für den wir jetzt das Sorgerecht haben.«

Sie warf ihrem Ehemann einen Blick zu. »Was den Schmerz zusätzlich verstärkt, ist die Tatsache, dass wir im Nachhinein erfahren haben, dass Annette uns nicht die

Wahrheit über Williams Vater gesagt hat. Børre Drange war Williams Vater.«

»Der Pfarrer also, der in Maridalen in den Flammen umgekommen ist, nachdem er einem jungen Mädchen mit der Schrotflinte in den Bauch geschossen hat«, kommentierte Solli theatralisch. »Warum haben Sie sich entschieden, das jetzt zu erzählen?«

»Es ist keine leichte Entscheidung gewesen. Pfarrer Drange ist nach den grauenvollen Ereignissen auf Solro untergetaucht. Mein Mann und ich hatten gehofft, dass die Sache damit erledigt sei. Wir haben William die Wahrheit nie erzählt. Er braucht es nicht zu wissen, dachten wir.« Erneut wechselten die Eheleute einen Blick, ein kurzes, liebevolles Lächeln.

»Aber die tragischen Ereignisse in Maridalen in der vergangenen Woche haben das geändert?«

»Selbstverständlich. So etwas hätten wir uns nie vorstellen können. Außerdem ... wenn diese Sache jetzt bekannt ist, ist es mir wichtig, meiner eigenen Partei gegenüber die Karten auf den Tisch zu legen.«

»Ja, denn an diesem Wochenende soll die Kristelig Folkeparti eine neue Parteivorsitzende wählen. Es ist kein Geheimnis, dass die meisten der Ansicht sind, dass Sie diese Wahl gewinnen werden. Befürchten Sie, dass diese neue Information gegen Sie verwendet wird?«

»Das kann passieren.« Wetre räusperte sich. »Glücklicherweise bin ich von vielen guten Menschen umgeben. Unter anderem will ich meinem Chef danken, Ministerpräsident Simon Riebe. Er ist mir immer eine große Stütze gewesen. Das hier hat selbstverständlich keine Auswirkungen auf unsere Zusammenarbeit. Dafür bin ich ihm sehr dankbar.«

Riebe schnellte in die Höhe und knallte die Fernbedienung so hart auf den Tisch, dass die Batterieabdeckung über die Tischplatte schlitterte. »Darüber hat sie kein Wort gesagt! Was zur Hölle geht hier vor sich?« Er wedelte mit dem Arm Richtung Bildschirm. Ruben antwortete nicht, sondern machte einen kurzen Schritt nach vorn, um zu zeigen, dass er weiter zuhörte.

»Die Behörden haben also Pläne für einen Terrorangriff vor der Bevölkerung des Landes geheim gehalten?«, fragte Solli.

Wetre nickte. »Polizei und Nachrichtendienst waren der Meinung, so sei es das Beste. Natürlich war ich an diesem Entschluss nicht beteiligt, aber ich möchte unterstreichen, dass es sich dabei um vergangene Dinge handelt, die die Polizei jederzeit unter Kontrolle hatte.«

Kari Lise Wetre nahm sich Zeit, die richtigen Worte zu finden. Ihr Mann streichelte ihr über den Rücken. So elegant, dachte Ruben. So verdammt elegant.

»Wie reagiert Ihr Sohn auf all das?«

»Mein Enkelkind?«

Solli lachte kurz und entschuldigend. »Tut mir leid. Selbstverständlich. Ihr Enkelkind.«

»Ich glaube, die Leute werden Verständnis dafür haben, dass wir versuchen, ihn da rauszuhalten. Wir erzählen ihm nur das Allernötigste. Er ist noch ein Kind. Aber sicher macht das Eindruck auf ihn, sowohl das, was er über seinen biologischen Vater erfährt, als auch«, vorsichtig wischte sie sich mit einem Papiertaschentuch unter den Augen entlang, »als auch, dass wir nicht die ganze Wahrheit erzählt haben. Das prägt sein Verhalten in der Schule sowie seinen Umgang mit anderen Kindern. Aber er ist ein starker und kluger Junge. Ich glaube, dass er versteht oder zumindest später einmal verstehen wird, dass wir alles nach bestem Wissen und Gewissen getan haben.«

Nicht nur Riebes Hände, sondern seine gesamten Arme zitterten. »Das geht nicht! Sie verwendet diese verfluchte

Sache, um Sympathiepunkte zu sammeln! Ihre Tochter hat verdammt noch mal ein Kind von einem Terroristen bekommen!«

Die Luft war so dick, dass Ruben das Gefühl hatte, durch einen Strohhalm zu atmen.

»Was werden Sie denen sagen, die Fragen bezüglich Ihrer Urteilskraft stellen? Schließlich sind Terror und Terroristen ihrem Leben sehr nahe gekommen?«, fragte der Nachrichtenchef.

»Ich glaube, alle Eltern wissen, dass wir in unseren Kindern manchmal nur das Beste sehen. Annette, sie… Nachdem sie Mitglied der Solro-Sekte wurde, hat sie sich isoliert. Sie hat eine schlechte Urteilskraft bewiesen und sich von… verrückten und verführerischen Gedanken über Gottes Absichten verleiten lassen.« Wetre schluchzte und wischte sich eine Träne weg. »Wir hätten es natürlich sehen und eingreifen müssen, bevor es zu spät war. Aber… Liebe macht blind. Das ist ein Klischee. Aber es ist auch die Wahrheit.«

Urplötzlich wurde der Bildschirm schwarz. Riebe hatte den Stecker herausgezerrt. Er knallte die Hände auf den Tisch. »Sehen Sie, was dieses Frauenzimmer tut? Sie stellt alles auf den Kopf. Haben Sie gehört, wie sie mich in diesen ganzen Sumpf mit hineingezogen hat? Dass ich ihr eine *große Stütze* war!«

Der Ministerpräsident hatte recht. Würde Riebe jetzt auch nur ansatzweise andeuten, nicht an Kari Lise Wetres Seite zu stehen, würde er nicht nur als ein zynischer Drecksack erscheinen, sondern alle würden auch begreifen, dass der Ministerpräsident keine Kontrolle über die eigene Mannschaft hatte. Wetre stilisierte sich als ehrenwerte Dame, die sich für ihr Enkelkind geopfert und einfach nur die Auflagen der Polizei befolgt hatte. Und wo die Sache jetzt bekannt geworden war, beeilte sie sich, mit der Wahrheit herauszurücken, damit die Partei alle Fakten auf dem Tisch hatte, bevor sie ihre neue Vorsitzende wählte – bevor sie *Wetre* zu ihrer neuen Vorsitzenden wählte. Ruben hatte keine Zweifel: Alle liebten denjenigen, der das Richtige dem Einfachen vorzog und seine Menschlichkeit zeigte. Das war politisches Kalkül auf hohem Niveau.

»Diese Krokodilstränen …« Riebe war kreidebleich. »Diese Frau, die hat nicht das Finanzministerium im Visier, sondern mich! Sie will Ministerpräsidentin werden! Das hier … das lag in Ihrer Verantwortung. Sie muss es gewusst haben! Jemand muss sie vorbereitet haben!«

Die Worte hätten ihn eigentlich hart und im tiefsten Inneren treffen und ihn mit Scham erfüllen müssen. Sein ganzes Erwachsenenleben lang hatte Ruben Andersen all seine Zeit sowie den Großteil seiner Kräfte für diesen Mann geopfert. Doch es hatte sich nie wie ein Opfer angefühlt. Ganz im Gegenteil war es das Wichtigste, Richtigste und Sinnvollste, was Ruben jemals getan hatte. Er bereute keine Sekunde davon. Jedenfalls war das bisher so gewesen.

Doch nun war er mit dem Vorwurf des Verrats konfrontiert?

Vielleicht war es das, was Ruben Andersen am meisten überraschte: Die Erkenntnis, dass die Worte von Ministerpräsident Simon Riebe nicht mehr wehtaten. Die Galle schmerzte nicht. Der Fluch war gebrochen. Er empfand keine Ehrfurcht mehr vor dem Mann, der derart wutentbrannt vor ihm stand – keine Angst, kaum Respekt und vor allem Gleichgültigkeit.

Der Ministerpräsident hatte sich gewünscht, dass Kari Lise Wetre zermalmt würde, doch jetzt lag er selbst zerquetscht am Boden.

68

Vor den Fenstern des offenen Großraumbüros war es dunkel. In der Scheibe sah Fredrik nichts anderes als sein eigenes Gesicht mit der rechteckigen Stahlbrille, die Reihe von Schreibtischen und Computerbildschirmen und die Beweistafel, die er berühren konnte, wenn er seinen Bürostuhl nach hinten schob. Das Spiegelbild zeigte ihm alles, was er nicht sehen konnte. Drehte er sich um, würde er all das sehen, was er jetzt in der Scheibe sah. Sich selbst würde er dann allerdings nicht mehr sehen.

Was war besser? Die Welt so zu sehen, wie sie war, nur ohne sich selbst darin, oder sich in einer spiegelverkehrten Welt wiederzufinden? Wie hatte er Kafa gesehen? So wie sie in Wirklichkeit war? Oder wie ein Spiegelbild, bei dem nichts dort war, wo es zu sein schien? Vielleicht war sie nicht einmal ein Spiegelbild, sondern nur eine Illusion, der Widerschein von etwas, was hier nicht hergehörte.

Es gab keine Polizeiberichte, die darauf hindeuteten, dass Kafa in einen Autounfall verwickelt gewesen war, auch nicht ihr Sohn Noman Mohammed Iqbal. Das war nicht weiter verwunderlich, denn laut Einwohnermeldeamt war Kafa Iqbal kinderlos.

Fredrik sank auf seinem Stuhl in sich zusammen, schob die Brille auf die Stirn und rieb sich kräftig die Augen. Er verstand es nicht. Er verstand wirklich nicht, was hier vor sich ging.

Kafa hatte einen Bruder, Wasim, ihn kannte er von dem Foto in ihrer Küche. Er war offenbar nach Großbritannien ausgewandert. Kafas Mutter Azin war 2006 gestorben. Ihr Vater Mahmoud lebte anscheinend noch. Er war mit einer Adresse in einer Wohnsiedlung in Høybråten außerhalb des Zentrums registriert.

Eine Weile blieb Fredrik sitzen und starrte Löcher in die Luft. Betraf diese Sache Kafas Familie? Waren die losen Fäden mit einer Familientragödie verbunden, von der er bisher nichts ahnte?

Fredrik hatte die für Veteranen zuständige Verwaltungsbehörde der Norwegischen Streitkräfte angerufen. Kafa hatte in Afghanistan gedient. Er musste an seinen eigenen Vater denken. Ken Beier hatte nie über die Zeit als Soldat in Vietnam sprechen wollen. Das war unter denen, die im Krieg waren, kein unbekanntes Phänomen. Vielleicht war es bei Kafa genauso. Vielleicht hatte sie dort Gräueltaten gesehen, die sie nicht vergessen konnte – vielleicht war sie in Afghanistan an Gräueltaten beteiligt gewesen, die sie nicht losließen.

Mahmoud Iqbals Wohnung befand sich in einer Reihe niedriger Wohnblöcke, die im Groruddalen direkt neben der Høybråten Kirche aufragten. In der Dunkelheit konnte Fredrik den Friedhof davor nicht sehen, quer über die Straße hinweg reflektierten sich jedoch die Autoscheinwerfer in dem schmutzigen Schnee entlang der E6. Von dort dröhnte der Verkehr herüber. Nachdem die Tür des Wohnblocks hinter ihm wieder ins Schloss gefallen war, hörte er nur noch das Echo seiner eigenen Schritte. Es hing kein Schild an der Tür, lediglich ein Klebeband mit der Aufschrift »M. Iqbal«.

Nachdem er dreimal geklingelt und anschließend mit der Faust gegen die Tür gehämmert hatte, lehnte er sich mit dem

Rücken gegen den Rahmen und stöhnte. Durch den Briefschlitz sah er nur Dunkelheit. Dunkelheit und Stille. Dann wurde am Schloss der Tür auf der anderen Seite des Aufgangs hantiert. Ein schlanker älterer Herr mit Cowboy-Krawatte und Weste über dem Hemd öffnete und starrte ihn an.

»Sie können die ganze Nacht dort stehen. Er wird nicht aufmachen.«

»Warum nicht?«

»Wenn Sie Mahmoud etwas zu sagen haben, dann können Sie es mir sagen.« Der Kerl schob seine Daumen in Höhe der Achselhöhlen unter die Weste. Im Hintergrund war eine Nachrichtensendung zu hören. Fredrik meinte, etwas über die Finanzministerin zu hören.

»Ich muss mit Mahmoud Iqbal sprechen. Ich komme von der Polizei.«

»Ist etwas passiert?«

»Nein.«

»Wie auch immer. Sie werden ihn nicht finden. Er ist in Pakistan.«

»Was macht er da?«

»Er wohnt dort. Im Winter, im Sommer wohnt er hier. Zug-Paki, nennt er sich.« Er lachte, dass die Cowboy-Weste wackelte. »Ich nehme die Post für ihn entgegen.«

»Hat er denn keine Familie, die das übernehmen kann?«

Der Mann in der Türöffnung wedelte zweifelnd mit den Fingern, ohne die Daumen aus den Achselhöhlen zu lösen. »Soweit ich weiß nicht, nein. Sein Sohn ist weggezogen, und nach dem Tod seiner Frau ist Mahmoud alleine geblieben. Er hat auch eine Tochter, aber der bin ich kaum mal begegnet. Sie hat vermutlich irgendeinen Araber-Krösus geheiratet und ist nach Qatar emigriert.«

»Was meinen Sie damit?«

»Dafür, dass nichts passiert ist, stellen Sie aber ganz

schön seltsame Fragen, finde ich.« Der Kerl starrte Fredrik herausfordernd an, erzeugte damit jedoch keine Reaktion. »Es machen ein paar Geschichten die Runde.«

»Ach so?«

»Sie sollen sich wohl irgendwie gestritten haben, Mahmoud und seine Tochter. Sie wissen ja, wie diese Leute gegenüber ihren Töchtern sein können. Die Ehre der Familie steht auf dem Spiel und …«

»Was sind das für Geschichten?«, unterbrach Fredrik ihn.

»Nein, das …« Er zuckte mit den Schultern. »Irgendwas mit einem Kind, glaube ich.«

Kafas Kind. War es zu einem Schandfleck in der Familie geworden? »Wissen Sie, wann Mahmoud zurückkommt?«

»Keine Ahnung«, sagte der Mann und zuckte erneut mit den Schultern. »Wir gehören zu einer Clique, die sich im Café drüben im Zentrum trifft. Irgendwann im Frühjahr taucht er für gewöhnlich einfach auf und dann sitzt er ein paar Monate lang jeden Vormittag dort, bis er eines Tages einfach nicht mehr kommt. Mahmoud ist nicht gerade ein redseliger Kerl. Er ist wie ein Clown: witzig, aber traurig. Er trottet meist alleine unten im Tal herum«, sagte der Nachbar und nickte mit dem Kopf in die entsprechende Richtung.

»Im Tal?«

»Auf dem Friedhof. Zwischen den Muslimgräbern. Seine Frau liegt dort.«

Fredrik holte die Taschenlampe aus dem Auto, bevor er sich den glatten Pfad zwischen den Gräbern hinunterwagte. Wie ein magerer Arm lag der muslimische Teil des Friedhofs abseits an einer Allee von Birken im Talgrund. Die meisten Grabsteine waren traditionell gehalten, aber es gab auch viele grüne schlanke Grabstecker mit Halbmond und Stern über dem Namensschild. Wenn er sich umdrehte, sah er direkt hinauf zu dem Balkon, der zu Mahmoud Iqbals Wohnung gehören musste.

Die neuesten Gräber befanden sich in der Nähe der Europastraße, die ältesten am Abhang unterhalb der Siedlung. Hier fand er, wonach er suchte: das Grab von Kafas Mutter Azin. Fredrik erkannte den Namen und das Sterbedatum. Eine ausgebrannte Kerze stand schief im Schnee. Das Grab wirkte im Vergleich zu dem daneben einfach. Dort lag ein zerzaustes Stoffkaninchen auf der aufwendig behauenen Säule. Die immergrünen Pflanzen an ihrem Fuß waren aus dem Schneematsch gegraben worden, und rund um das Beet bildeten abgerundete Steine einen kleinen Bogen. Es war ein Kindergrab. Fredrik leuchtete es an. In diesem Moment blieb die Zeit stehen. *Noman Mohammed Shah* stand dort. *Geboren 8. April 2005. Gestorben 19. Mai 2005. Du warst viel zu kurz hier.* Fredrik las die Worte wieder und wieder.

Noman Mohammed Shah. Das konnte einfach kein Zufall sein.

Sein Mund war wie ausgetrocknet, und die Zunge fühlte sich taub an. Langsam streckte Fredrik den Rücken durch, und ein schwindelerregender Nebel machte sich vor seinen Augen breit. Was um alles in der Welt ging hier vor sich? Dem Pflegeheim zufolge hatte Kafa ein Kind, das bei einem Autounfall schwer verletzt worden war. Dem Einwohnermeldeamt zufolge war sie kinderlos. Diesem Grab hier zufolge lag dort ein Kind, begraben neben Kafas Mutter, wobei sich nur der Nachname von Kafas eigenem unterschied.

Mit einem Mal hatte er den Eindruck, nicht mehr allein zu sein. Sein Herz schlug schneller. Fredrik sah sich um und lauschte. Er hörte niemanden, er sah nichts, aber dieses Gefühl … sein Blick glitt zu den Fenstern von Mahmoud

Iqbals Wohnung hinauf – nein, er wurde dorthin gezogen. Und Fredrik hätte schwören können, dass sich hinter den Gardinen etwas bewegte.

Doch niemand öffnete, als er erneut an der Tür klingelte.

69

Es war Samstagvormittag, es wimmelte vor Menschen, und Tommi Teigen benutzte seine große Klappe, um seinen Platz an der Theke des Schnellrestaurants zu verteidigen. Auf dem Tablett lagen vier Burger der billigsten Sorte. Fredrik zog sein Portemonnaie aus der Tasche, und Tommi fügte der Bestellung noch einen Erdbeermilchshake hinzu.

»Hungrig?«

»Biste irre. Ich geh in die Luft wie die verfluchte Apollo 13, wenn ich den Shake runterspüle. Aber ich hab gesagt, ich würd was zu essen für ihn mitbringen. Er is wochenlang nich draußen gewesen.«

»Richard Reiss?«

Tommi ließ mit seinem widerspenstigen Auge einen Blick durchs Lokal schweifen.

»Er wars doch, den de finde willst, wars nich so?«, fragte er leise.

Sie setzten sich an einen der Fenstertische in der ersten Etage, so weit wie möglich weg von den anderen Gästen. Tommi schien in guter Verfassung zu sein, im Flow zwischen dem Morgenschuss und dem Nachmittagsstress. Langsam faltete er das Burgerpapier auseinander und strich es glatt. Dabei redete er die ganze Zeit mit vollem Mund.

»Er schiebt 'ne ziemliche Paranoia, will nur weg, sacht er. Traut sich aber nich, an Leute zu verkaufn, denen er nich vertraut. Ich glaub, er sitzt auf fast nem Kilo. Ich hab gesacht, ich hätte 'nen Käufer, der den ganzen Scheiß haben will. Ich hoffe also, du hast 'n paar Hunderttausend dabei. Ich organisier 'nen verdammt guten Preis.« Tommi kaute, und sein Grinsen verschwand.

»Du, Bulle?«

»Ja?«

»Wenn die Leute erfahrn, dass ich Richard bescheiße, dann siehts nich gut für mich aus. Was willst du mit ihm tun? Landet er im Knast, dann wird er reden. Über mich.«

»Richard Reiss ist ein Mörder, ein Frauenschläger und ein Spitzel. Er steht im Gefängnis nicht so hoch im Kurs. Ich würde mir nicht so viele Sorgen machen.«

»Okay. Aber trotzdem. Kannste nich einfach sagen, dass du nach mir fahndest oder so?«

Fredrik nickte.

»Und die Absprache steht noch, oder? Du nimmst den Kerl, und ich nehm … das Zeug?«

Fredrik nickte erneut.

Draußen auf der Straße mühte er sich dann damit ab, Schritt zu halten. Tommi marschierte über den Youngstorget, vorbei an Sentrum scene und die Mariboesgate hinauf Richtung Jacobkirche. Hier standen frisch sanierte Fassaden Seite an Seite mit heruntergekommenen Mehrfamilienhäusern, bei denen der Putz gerissen und die Farbe abgeblättert war. Winter mit großen Temperaturschwankungen wie dieser bedeuteten den Tod für solche alten Gebäude. Das Eis sprengte den Mörtel auf, bevor das Schmelzwasser in die Risse eindrang und dort wieder gefror. Tommi schaute sich beständig über die Schulter.

»Suchst du jemanden?«, fragte Fredrik.

»Alte Angewohnheit«, entgegnete Tommi.

Sie begaben sich in eines der heruntergekommenen Mehrfamilienhäuser. Es gab lediglich ein mit Graffiti beschmiertes Tor, das in eine halbdunkle Einfahrt führte. An der Wand standen überfüllte Müllcontainer, und im Hinterhof roch es nach Pisse und schlechtem Haschisch. Tommi fand den richtigen Aufgang und hielt nicht an, bevor er auf dem Absatz zwischen der dritten und der vierten Etage stand.

»Was ist das hier?«, flüsterte Fredrik.

Tommi zuckte mit den Schultern. »Einfach ein Ort. Früher hat er Leute mit hierher genommen. Leute, die nich bezahlt haben. Er hat gern 'nen Kugelhammer benutzt. Ich glaub er hatte 'ne Art Deal mit dem Hausmeister.« Er zeigte auf eine schmale Tür zwischen den beiden Wohnungstüren. »Ich hab ihm gesagt, ich komm alleine. Versteck dich auf'm Klo.«

Jemand hatte einen kackenden Kerl sowie die obligatorischen Pimmel-Motive auf die Tür gemalt und mit Edding darauf geschrieben: »Bulle trinkt Junkiepisse«. Fredrik zog die Tür fast komplett zu. Ein Strom aus braunem Wasser sickerte vom Spülkasten in Richtung eines Damms, über dem er breitbeinig stehen musste. Draußen hörte er Tommis Schritte. Dann Klopfen. Ein Schloss, das geöffnet, und ein metallisches Klingen, als die Türkette straffgezogen wurde.

»Alles gut gegangen?« Die Stimme ließ ihn die Faust um die Taschenlampe ballen, die er unter der Jacke versteckt hatte. Bis jetzt hatte der Gedanke, Richard Reiss zu fassen, so fern gewirkt. Wie ein Gespenst war er vom ersten Tag an über den Ermittlungen geschwebt. Jetzt war Fredrik so nah dran. Das Blut pulsierte ihm in den Fingerspitzen. Er legte das Ohr an die Tür und lauschte.

»Ja, ja«, antwortete Tommi.

»Dann zeig mir das Geld.« Reiss' Stimme war hell, fast schon schrill.

»Biste bekloppt? Ich zeig dir doch nich die Kohle, bevor

ich das Zeug sehe. Lass mich rein, verdammt. Ich hab Essen und alles für dich dabei.« Fredrik hörte Tommi mit der Papiertüte mit den Burgern darin rascheln.

Einen Moment lang war es still. Was sollte er tun, wenn Reiss nicht öffnete, sondern das Geld sehen wollte, bevor er die Türkette beiseiteschob? Es gab Gründe, warum Fredrik Polizeidirektor Koss nicht darüber in Kenntnis gesetzt hatte, dass Reiss am Leben war. Einer davon war der Wanderer. Solange er oder sie frei herumlief, war Richard Reiss in Lebensgefahr, sobald Fredrik seine Pläne den Kollegen im Polizeipräsidium eröffnete. Also war er allein hier. Mutterseelenallein.

»Klar«, murmelte Reiss.

Als die Türkette gegen den Rahmen schlug, trat Fredrik die Klotür auf. Tommi wirkte ebenso schockiert wie der Mann in der Tür, als Fredrik »Polizei!« brüllte und angestürmt kam. Er warf sich mit der Schulter gegen die Wohnungstür. Reiss war groß, genauso groß wie er, schaffte es jedoch nicht, sein Gewicht gegen die Tür zu stemmen, als Fredrik die Wohnung stürmte. Er packte den Mörder an der Kehle, schob ihn in den Flur hinein, dann ins Wohnzimmer, bis Reiss nach hinten krachte und Fredrik sich auf ihn fallen ließ. Das Knie drehte er so, dass es auf Reiss' Brustkasten landete. Als die Luft dann aus ihm herausgepresst wurde, gab er ein unterdrücktes Stöhnen von sich. Fredrik legte ihm die Taschenlampe auf die Kehle und drückte zu, bis die fahle Haut unter den Bartstoppeln weiß wurde, die Lippen blutleer waren und die Pupillen sich zusammengezogen hatten. Erst dann erhielt Richard Reiss die Erlaubnis Luft zu holen.

»Umdrehen, auf den Bauch!«, befahl Fredrik und wuchtete ihn herum, schloss die Handschellen um das rechte Handgelenk und anschließend um das linke… Der Großteil des Ringfingers der linken Hand fehlte. Die Narben auf dem verbliebenen Stummel waren noch rot.

Fredrik stand auf, packte ihn an der Kapuze, zog Reiss nach oben und stieß ihn aufs Sofa. »Schließ die Tür ab und setzt dich in die Küche!«, fauchte er Tommi an. Der Junkie stellte die Papiertüte und den Milchshake auf den Fußboden und gehorchte stillschweigend.

Richard Reiss lag da und räusperte sich. Fredrik spürte den Puls in seinen Schläfen hämmern. Das Adrenalin hatte die Muskeln bis zum Platzen gespannt. Er fühlte sich gut, verdammt gut.

Das Wohnzimmer war klein und die Luft stickig. Es stank nach Schweiß und Fast-Food-Resten, aber es war hier nicht unordentlich oder schmutzig wie in anderen Junkiewohnungen, nur ärmlich und einfach. Die Wände waren kahl, während fleckige Gardinen die Aussicht auf die Straße versperrten. Auf dem Fußboden stand ein mit Farbflecken besudelter Schemel und in der Ecke ein großer, altmodischer Fernseher. Das Sofa, auf dem Reiss lag, war fleckig. Davor stand ein Tisch, auf dem ein paar dünne Stapel Zweihundert-Kronen-Scheine, ein bisschen Silberbesteck, etwas Schmuck sowie eine Medaille lagen. Franke Nores Polizeimedaille.

Die Wut kehrte zurück.

70

Fredrik ließ Richard Reiss wieder zu Atem kommen. Seine Haare waren zerzaust und ungewaschen, sein Blick jagte nervös hin und her, die Knie schlugen lautlos gegeneinander, und die Schultern bebten. Auf seiner schiefen Nase glänzte der Schweiß. Fredrik empfand kein Mitleid.

»Erst werden Sie ein paar Fragen beantworten, anschließend rufe ich meine Kollegen auf der Polizeiwache an.«

Reiss hatte sich aufgesetzt und rieb das Kinn gegen die Brust, wie um zu illustrieren, dass Fredrik ihn verletzt hatte. »Habe ich nicht das Recht auf einen Anwalt?«

Fredrik nahm auf einem Schemel Platz. Legte das Telefon auf den Tisch zwischen sie. »Gerüchten zufolge sind Sie Franke Nores Informant gewesen«, sagte er. »Sein Spitzel. Haben Sie gehört, was im Gefängnis mit Franke passiert ist?«

»Wollen Sie mir drohen?«

»Ich verweise nur auf Fakten«, sagte Fredrik. »Wenn Leute wie Sie einfahren, stehen wir Polizisten vor einer Wahl: Wir können darum bitten, dass man ein bisschen besser auf euch aufpasst… oder wir können es unterlassen.«

Reiss reckte das Kinn. Fredrik hatte ihn verletzt. Ungesunde bläulich-lila Flecken breiteten sich über seinen Kehlkopf aus.

»Ihr Problem ist«, sagte Fredrik, »dass es niemanden kümmert. Wir Polizisten hassen Sie für das, was Sie Frankes Frau angetan haben. Der Abschaum im Gefängnis hasst Sie, weil Sie ein Spitzel sind, und die Leute, die hinter Ihnen her sind, hassen Sie für das, was Sie wissen.«

Reiss wand sich.

»Das Einzige, was Ihrem Leben einen Wert gibt, sind die Informationen, die Sie besitzen. *Comprende?*«

Der Mann auf dem Sofa starrte die Gardinen vor dem Fenster an. Dann die Wand hinter Fredrik. Dann ihn. »Einverstanden.«

Fredrik startete die Aufnahmefunktion an seinem Handy.

»Fredrik Beier, Hauptkommissar im Polizeibezirk Oslo. Wir ermitteln hinsichtlich der Morde an Henry Falck, Beata Wagner, Benedikte Stoltz und der Ehefrau von Polizeiermittler Franke Nore, Rita Nore. Sie, Richard Reiss, sind der Beteiligung an all diesen Morden verdächtig.«

Die Anschuldigungen jagten Reiss einen Schrecken ein, aber er sagte nichts.

»Lassen Sie uns ganz am Anfang beginnen«, fuhr Fredrik fort. »Sie waren auf einer Baustelle in Nittedal als Wachmann angestellt. Haben Sie auch noch anderswo gearbeitet? Auf einer Anlage, die im Volksmund Tschernobyl genannt wird etwa, in einem Tal nicht weit von der Baustelle entfernt?«

Reiss nickte.

»Nein, nein, nein«, sagte Fredrik. »Richtige Antworten. Reden Sie. Was ist auf Tschernobyl passiert?«

Im Leben bekommt man nicht unendlich viele Chancen, besonders wenn die, die man bereits erhalten hat, gehörig versemmelt wurden – wenn zum Beispiel eine vielversprechende Sportlerkarriere in Drogensucht und eine Tätigkeit als Schläger abgleitet; wenn stürmisches Verliebtsein in Eifersucht, Misshandlung und einem Mordversuch endet. Über diese Einsicht hatte Richard Reiss vor fast einem Jahr in einer Bar im Zentrum von Oslo gejammert. Er war clean und hatte mit seinen kriminellen Kontakten gebrochen, trotzdem bekam er nur Gelegenheitsjobs. Er hatte kaum Geld und kaum Freunde.

»Mit wem haben Sie gesprochen?«, fragte Fredrik.

»Einem … einem alten Bekannten. Das Streichholz wird er genannt. Spielt das irgendeine Rolle?«

»Möglicherweise nicht. Fahren Sie fort.«

Im Laufe des Abends hatte Reiss plötzlich bemerkt, dass am Nebentisch eine Frau saß und las. Als das Streichholz sich auf den Heimweg machte, war sie zu ihm herübergekommen.

»Sie hatte gehört, worüber wir gesprochen hatten. Und dann fragte sie mich, ob ich mir einen Job als Nachtwache vorstellen könnte auf«, Reiss sah aus, als würde er nach dem richtigen Wort suchen, »einer Art Anlage. Als ich zum ersten Mal ins Tal hinaufgefahren bin, war ich mir sicher, mich verfahren zu haben. Es gab da ja nur Wald. Doch dann kam ich bei der Anlage an.«

»Auf Tschernobyl.«

»Ja. Ja, so wurde der Platz genannt. Die ersten Monate saß ich nur in einer Baracke am Tor im Zaun. Ich sollte nicht patrouillieren, das Gebiet nicht betreten und nicht in die Nähe der Anlage kommen.«

Er zuckte mit den Schultern, wie um zu zeigen, dass er nicht der Typ war, der bei so was Fragen stellte.

»In der Baracke gab es eine gewaltige Apparatur, Bildschirme und Lautsprecher. Alles sah alt und abgenutzt aus, aber der gesamte Platz war überwacht. Kameras und Sensoren waren in den Bäumen und entlang des Zauns versteckt. Zudem streiften streunende Hunde durch das Gebiet. Früher hatten sie dort vermutlich Wachhunde, um die Leute von der Munition fernzuhalten, die nach dem Krieg dort vergraben worden ist. Wurde der Alarm ausgelöst, sollte ich einfach nur die Kameras überprüfen, bei einer bestimmten Telefonnummer anrufen und Bericht erstatten.«

Das Gehalt war gut und wurde in bar ausbezahlt. Nach einer Weile wurde er gebeten, sich um eine Stelle auf der Baustelle in der Nähe zu bewerben.

»Vermutlich war es wichtig, dass ich einen regulären Job hatte, ein zu versteuerndes Einkommen, damit niemand Verdacht schöpfte, weil ich plötzlich Geld zwischen den Fingern hatte.«

»Was ist auf Tschernobyl passiert«, fragte Fredrik. »Wer hat dort gearbeitet?«

Reiss schüttelte den Kopf. »Nachmittags hat ein Bus das Gelände verlassen, ungefähr zur selben Zeit, wenn der Wachdienst begann. Der Bus kehrte am darauffolgenden Morgen zurück. Die Scheiben waren getönt, ich habe nichts gesehen, bevor mein Einsatzort hoch auf die Anlage verlegt wurde.«

Richard Reiss war der Meinung, er sei die ersten Monate über getestet worden, vielleicht sogar überwacht. Eines Tages hatte er Bescheid bekommen, er solle sich im Hauptgebäude melden. Dort war er an einer Gruppe vorbeigekommen, die sich auf dem Weg zum Bus befand. Es waren fünfzehn, vielleicht zwanzig Personen, großteils Männer zwischen vierzig und sechzig Jahren.

»Sie sprachen Englisch, sahen jedoch aus, als kämen sie von überall her: Es waren Weiße, Gelbe, Schwarze … Sie sahen gescheit aus, wenn Sie verstehen, was ich meine. Wissenschaftler, habe ich gedacht.«

»In Alltagskleidung?«

Reiss nickte. »Die Frau, die mich angeheuert hatte, brachte mich in den Keller. Dort erfuhr ich, dass hier mein neuer Arbeitsplatz sei. Sie sagte, dort sei ein Mann, der für ihre Arbeit wichtig sei. Er solle mit Respekt behandelt werden. Aber er war nicht freiwillig dort… Das habe ich gleich begriffen. Seine Zelle war fast vollkommen leer. Alles, was ihm am Morgen ausgehändigt wurde, musste er am Abend wieder zurückgeben. Gehorchte er nicht, sollte er gefilzt und der Raum auf den Kopf gestellt werden. Er nannte sich Pfarrer und war religiös. Glaube ich zumindest.«

Auch wenn die Regeln streng gewesen waren, hatte Richard Reiss die Arbeit gemocht.

»Die Anweisungen waren klar. Und das… na ja, wenn man so lange im Bau gesessen hat wie ich, hat das durchaus sein Gutes. Ich sollte für mich bleiben, keinen Kontakt zu denen aufnehmen, die dort gearbeitet haben. Mit dem Pfarrer durfte ich reden, aber nicht zu viele Fragen stellen.« Er schnaubte. »Das hab ich mich auch gar nicht getraut. Überall hingen Kameras. Und er war kein heiterer Kerl, sondern hat gerne über den Tod, Pest und Elend gesprochen.«

Um Weihnachten herum war es dann passiert. Vollkommen aus dem Nichts heraus hatte der Pfarrer ihn während einer Durchsuchung angegriffen.

»Der Teufel hatte ein Kreuz angespitzt. Er hat mich zu Boden geschlagen, und ich habe das Bewusstsein verloren. An die Stunden danach erinnere ich mich nur bruchstückhaft. Der Alarm heulte. Mein Finger tat höllisch weh. Dann kam ich wieder zu mir. Ich lag in einem Bett, in so einem Zimmer, wo beim Arzt Proben genommen werden. Den Finger hatten sie mir amputiert.«

Reiss wand sich, als würden ihm die Handschellen in die Handgelenke schneiden. »Der Pfarrer war wie vom Erdboden verschluckt. Es herrschte ein ziemliches Chaos. Der Bus mit den Forschern verschwand und kam mit einer Gruppe von Kerlen in Blaumännern und mit Mundschutz zurück. Ich habe das vom Fenster aus gesehen. Sie gingen systematisch zu Werke, trugen eine Unmenge an Ausrüstung in ein paar riesengroße, schwarze Container: Mikroskope, Kühlschränke und alle möglichen extravaganten Sachen. Laborausrüstung eben. Ein bisschen was habe ich schon gesehen. Dann fingen sie an, die Anlage abzubauen, Stück für Stück. Sie hatten es zweifellos eilig.«

»Weil sie befürchtet haben, der Pfarrer würde sie anzeigen?«

Reiss fing Fredriks Blick auf. »Der Gedanke ist mir auch schon gekommen, aber niemand hat mit mir darüber geredet. Irgendwann wurde ich einfach weggeschickt.«

»Aber für wen haben Sie denn gearbeitet? Sie müssen doch Kontakt zu jemandem gehabt haben?«

Er nickte. »Zu der Frau. Es war immer dieselbe Frau. Ich habe schon auch mal andere gesehen, aber… für die war ich Luft.«

Einige Wochen später war die Frau bei ihm zu Hause aufgetaucht.

»Sie fragte mich, ob ich den Unterschied zwischen Zuckerbrot und Peitsche kenne.«

Fredrik betrachtete ihn über die Brille hinweg.

»Da habe ich eingesehen, wie genau sie mich unter die Lupe genommen hatten. Die Frau kannte meine ganze Geschichte: Meine Familienverhältnisse, dass ich Frankes Informant gewesen bin – einfach alles. Sie sagte, wenn die Polizei die Anlage im Wald finden würde, wären meine Haare, meine Fingerabdrücke, meine DNA überall. Und wenn der Pfarrer plaudern würde, würde ich wegen Freiheitsberaubung im Knast landen. ›Wir wissen alles über dich, und du weißt nichts über uns‹, hat sie gesagt. Aber es gäbe noch einen anderen Ausweg.«

Fredrik hob die Hand. »Warten Sie«, sagte er. »Diese Frau. Wer war sie?«

»Sie hat mir nie einen Namen genannt. Sie war… vielleicht vierzig, klein, rothaarig. Hübsch. Ein bisschen mollig, elegant gekleidet.«

Fredriks Herz schlug mit einem Mal schneller. »Worum hat sie Sie gebeten?«

»Ich sollte Franke aufsuchen. Seine Frau sei todkrank, und ihnen fehlte es vermutlich an Geld für einen Krankenhausaufenthalt. Um das alles würde man sich kümmern, wenn Franke eine Ladung Heroin beschaffte. Sie musste unbedingt aus der Asservatenkammer stammen, von einer ganz bestimmten Beschlagnahmung.«

»Warum das?«

Reiss sah weg. »Ich sollte ihm nur einen Umschlag geben, dann würde er es verstehen.«

Einige Tage später war Reiss zu einer Wohnung in Frogner geschickt worden. Dort hatte er sich versteckt, bis ein Tesla am Straßenrand parkte. Er tat, was man ihm gesagt hatte und schmierte »Verräter« auf den Wagen.

»Der Kerl, dem die Karre gehörte, hat mich verfolgt. Glücklicherweise war er ein fetter Sack, und ich hab ihn abgehängt.«

»Sie haben den Pinsel verloren«, sagte Fredrik kühl.

Reiss nickte verdrossen. »Ich bin in Panik geraten.«

Am darauffolgenden Vormittag hatte sich Reiss in einer Wohnung auf Tjuvholmen eingefunden.

»Henry Falcks Wohnung.«

»Ja. Ich sollte mich dort mit Franke treffen. Er gab mir so einen… USB-Stick. Und das Heroin. Dann hab ich mich vom Acker gemacht. Die Sachen, die ich in den vergangenen Tagen getragen hatte, die Farbe, den USB-Stick und ein paar andere Sachen sollte ich in eine Tüte stecken und in einen Müllcontainer in der Nähe werfen.«

»Auch noch ein paar andere Sachen? Ihr Portemonnaie und die Kette mit Ihrem Ehering?«

»Ja.«

»Was war mit dem Heroin?«

»Das sollte ich mitnehmen. Ich glaube … es ist nicht gut, in Besitz von so viel Dope zu sein. Wird man gefasst, gibt es keine Gnade. Ich weiß nicht, wer die Mülltüte aufgesammelt hat, aber … es war wohl jemand, der wichtiger war als ich. Ihn in einer zufälligen Polizeikontrolle zu verlieren, konnten sie sich nicht leisten«, sagte er missmutig.

Fredrik begriff, wer die Mülltüte abgeholt hatte. Herrgott. Er legte die Handflächen auf die Oberschenkel. Sie waren so nah dran gewesen. So verdammt nah. Er sah den Ablauf der Geschehnisse jetzt klar vor sich: Staffan Häyhä hatte Beata Wagner und Henry Falck getötet. Am Morgen danach musste er sich die Mülltüte geholt haben. Anschließend war er zum Maridalsvannet gefahren, wo er Benedikte Stoltz ermordet und Reiss' Sachen ins Eiswasser geworfen hatte, bevor er den USB-Stick mit in die Villa Ravnli nahm.

»Erst anschließend habe ich erfahren, dass Falck ermordet worden war, dass ihm die Wohnung und der Tesla gehört hatten und dass meine Sachen bei der Journalistin platziert worden waren, die ins Eis eingebrochen ist. Ich hatte nichts damit zu tun, das schwöre ich. Ich hatte vorher nie etwas von diesen Leuten gehört. Ich bin kein … Killer.«

Reiss war mitsamt dem Heroin in einem Hotelzimmer untergebracht worden. Dann war Franke verhaftet worden.

Der ehemalige Eisschnellläufer atmete schwer. »Sie hatten Franke doch gedrängt, das Heroin zu stehlen, richtig? Ihm eine ganze Menge Dinge versprochen. Er hätte die Geschichte nicht geschluckt, dass ich zufällig dort oben mit der Journalistin ertrunken bin. Also wurde ich zu Franke geschickt, um etwas von dem Dope in seinem Haus zu verstecken. Sollte er plaudern, sähe es aus, als ob er sich irgendwelche Geschichten ausdenken würde, um die eigene

Haut zu retten, als ob er das Dope eigenhändig verkaufen würde. Ich bin bei ihm eingebrochen und war fast fertig, als es an der Haustür geklingelt hat.«

Richard Reiss ließ den Kopf hängen.

Bis jetzt waren die Erklärungen nur so aus ihm herausgesprudelt, denn bis jetzt war Richard Reiss nichts als ein Puzzleteilchen in der ganzen Geschichte. Er war benutzt und manipuliert worden. Doch jetzt waren sie an dem Punkt angelangt, wo Reiss zu einem Täter wurde, einem Mörder. Einem Schuldigen.

Fredrik kannte das bereits. Die Worte hatten sich hinter der vor Schweiß glänzenden Stirn schon gebildet: Mörder, Vergewaltiger, Kinderschänder. Ab dem Zeitpunkt, da das Unglück geschehen war, entstand eine andere Geschichte: Sie gärte, und wie Hefe Zucker in Alkohol umwandelt, so verwandelte die Geschichte nun Schuld in Unschuld. Es gab für alles eine Erklärung, für alles eine Entschuldigung.

»Und dann stand sie einfach da. Eigentlich sollte sie doch im Krankenhaus liegen! Aber sie war zu Hause, die … arme Frau. Kam aus dem Schlafzimmer. Vor der Tür stand ein Kerl. Sie sprachen miteinander, und er hat ihr ein Gewehr gegeben. Ich habe mich im Wohnzimmer versteckt und gehofft, sie würde sich einfach wieder hinlegen, aber sie kam herein, und dann … wedelte sie mit der verfluchten Büchse herum. Ich habe geglaubt, sie wollte mir die Birne wegpusten! Ich musste mich einfach wehren, um mein Leben zu retten.«

»Sie lag auf dem Boden, als Sie ihr den Schädel zertrümmert haben«, sagte Fredrik kühl. »Das Gewehr war nicht geladen.«

»Ich bin in Panik geraten.« Reiss hatte vollkommen die Kontrolle über seine zitternden Knie verloren. »Es tut mir leid. So verdammt leid.«

»Ich verstehe das nicht«, sagte Fredrik. »Franke wurde doch erst zu einer Bedrohung, nachdem er verhaftet worden war. Was wollte Ihr Auftraggeber denn ursprünglich mit dem Heroin?«

Da Reiss' Hände auf dem Rücken in Handschellen lagen, wirkte sein Schulterzucken unbeholfen. »Ich glaube … jemand anders sollte auf die gleiche Weise angeschwärzt werden. Zumindest hat die Frau eine ordentliche Portion Dope mitgenommen.«

»Sie wollte auch Heroin platzieren? Bei wem?«

»Keine Ahnung. Ich sollte sie an dem Morgen nach meinem Besuch bei Franke treffen. Da sollte ich Geld, Pass und ein Busticket bekommen, mit dem ich das Land hätte verlassen können. Aber … nach der Sache mit Frankes Frau … Selbstverständlich habe ich Handschuhe benutzt, ich bin ja nicht dumm, aber ich hatte höllische Angst, Haare oder andere DNA-Spuren hinterlassen zu haben … Wenn die Polizei herausfinden würde, dass ich am Leben war, würde auch ich gejagt werden, oder? Bei all dem, was ich gesehen hatte und was ich wusste … war ich auch zu einer Bedrohung für diese Leute geworden. Genau wie Franke.« Reiss wand sich. »Sie haben gesehen, was mit ihm passiert ist. Also hab ich mich aus dem Staub gemacht und mich hier versteckt.«

»Was ist mit der Frau? Erinnern Sie sich nicht an mehr? Das ist wichtig!«

Reiss schaukelte nachdenklich auf dem Sofa hin und her.

»Doch«, sagte er. »An dem Tag, an dem sie das Heroin abgeholt hat, zog sie sich um. Sie hat ihren Pullover aus- und sich umgezogen … Ja, so als wollte sie in die Stadt oder so. Eine Bluse. Sie hatte ein Tattoo. Eine riesige, rauchende Pistole auf der Schulter.«

71

Er verspürte einen unwiderstehlichen Brechreiz, und Fredrik spuckte Schleim ins Spülbecken.

»Was is los, Bulle? Haste 'ne Kippe verschluckt? Warum dauert das so lang?« Tommi saß am Küchentisch. Seine Finger bewegten sich rastlos über die Tischplatte, und er war grau im Gesicht. Die Entzugserscheinungen meldeten sich. Fredrik räusperte sich, sein Hals brannte, und seine Augen tränten.

Die Frau, die Richard Reiss beschrieben hatte, war Cecilia, das reizende Geschöpf, dem Fredrik im Lompa begegnet war und mit dem er keinen Sex gehabt hatte, weil er eingeschlafen war. Er verspürte wieder eine Angst, die ihn seit Langem in Ruhe gelassen hatte. Hilflosigkeit. War Fredrik ebenso wie Reiss und Franke nur eine Note in einer Melodie, die jemand anders spielte? Was hatte Cecilia – oder wie auch immer ihr richtiger Name lautete – bei ihm zu Hause in all den Stunden gemacht, in denen er geschlafen hatte?

»Das Dope«, fauchte Tommi. »Können wir das Dope suchen und verdammt noch mal von hier abhaun?«

Richard Reiss war auf dem Sofa zusammengesunken. Fredrik zog ihn hoch. »Wo ist es?«

Mit einem halbherzigen Nicken zeigte Reiss die Richtung an.

»Wo genau?«

»Im Spülkasten. Im Wassertank der Toilette.«

»Behalt ihn im Auge«, sagte Fredrik zu Tommi.

Vielleicht verrieten ihn die Tränen, vielleicht auch nur der Schock. Er war jedoch keineswegs vorbereitet, als er die Wohnungstür aufschloss. Davor stand eine Frau. Ihre braunen Zähne waren zu einer Grimasse zusammengebissen, und die Augen hinter den gebleichten Haaren loderten.

Was Prostituierte betrifft, ist eins sicher: Sie finden zielsicher den Weg zu den edleren Teilen des Mannes. Das Knie traf passgenau, und als er sich zu wehren versuchte, klappte Fredrik zusammen. Grelle Blitze schossen vor seinen Augen hin und her, als er zur Seite geschoben wurde, gegen die Wand knallte und zu Boden sackte wie ein Weihnachtsbaum am letzten Sonntag im Advent.

»Du hast meine Mutter getötet, du Scheißkerl!« Die Armeestiefel donnerten an ihm vorbei, und Fredrik hörte, wie Reiss zu brüllen begann, als sie sich auf ihn stürzte.

»Verdammt, Siri!«, kreischte Tommi. »Was machst'n du hier? Du hast versprochen …«

Fredrik ließ sich auf die Seite fallen. Tommi hielt sich an der Küchentür fest, während er mit weit aufgerissenen Augen die Szene vor sich verfolgte. Siri saß rittlings auf Reiss' Brust, dessen Hände auf dem Rücken in Handschellen gefesselt waren. Er konnte nichts weiter tun, als den Oberkörper verzweifelt von einer Seite zur anderen zu drehen, während Siri Flüche ausstieß und mit den Fingernägeln sein Gesicht malträtierte. Sie war schnell und sie war wütend.

Fredrik versuchte sich auf die Knie zu hieven, aber das Pochen im Schritt war so schmerzhaft, dass ihm schwarz vor Augen wurde.

»Nein, Siri, reiß dich zusammen!«

Tommis Stimme klang verzweifelt, und Fredrik zwang sich, die Augen aufzuschlagen. Siri hatte etwas aus der

Tasche ihrer Lederjacke gezogen. Der Stahl blinkte. Routiniert schwang sie die Hand, das Metall gab einen Ton von sich, und er erkannte die Waffe, die die schmächtige Frau gleich benutzen würde: ein Balisong.

Es wurde auch als Butterfly- oder Faltmesser bezeichnet, doch eigentlich war es ein Werkzeug für philippinische Fischer. Der zweigeteilte Schaft war so konstruiert, dass er über das Messerblatt gefaltet werden konnte, um so die äußerst scharfe Spitze zu bedecken, wenn die Fischer in ihren wackligen Booten standen und auf das offene Meer hinausfuhren. Die Öse, die die Schaftteile zusammenhielt, wurde mit dem Daumen gelöst, dann behielt man die eine Hälfte in der Hand, während die andere in einem Bogen geschwungen wurde. Dann war das Messer ausgeklappt. Bei korrekter Handhabung konnte die Spitze die Stirnpartie eines Hais durchdringen.

»Jetzt wirst du sterben!«, schrie Siri. Der Holzboden ächzte, als sich die Messerspitze in ihn bohrte und wieder losgerissen wurde, nur Zentimeter vom Kopf des Mannes entfernt, der ihre Mutter erschlagen hatte.

Fredriks wacklige Beine waren kraftlos, doch mit reiner Willenskraft hievte er sich nach oben und bekam den Milchshake zu fassen, den Tommi im Flur abgestellt hatte. Er machte ein paar unbeholfene Schritte und ließ sich dann einfach auf Siris Rücken fallen und zerdrückte den Becher in ihrem Gesicht. Fredrik vernahm den penetranten Erdbeergeruch, als er sie zur Seite zerrte. Sie spuckte und fluchte, Reiss versuchte sich wegzudrehen, und Fredrik stieß sie von ihm herunter. Die klebrige Plörre hatte Siris Gesicht rosa gefärbt. Ihre Augen blinzelten hektisch. Er zwang die Hand, in der sie das Messer hielt, zu Boden und hämmerte mit der Faust darauf ein, bis sie den Griff lockerte, anschließend stieß er die Waffe weg.

»Stopp!«, schrie er. »Stopp!«

Siri hörte auf zu kämpfen. Ihr Brustkasten hob und senkte sich in kräftigen Stößen. Er ließ ihren Arm los und erlaubte ihr, sich das Gesicht abzuwischen. Die sommersprossigen Wangen waren fleckig und blass, die Lippen leblos. Sie sah zu ihm auf – nicht wütend, nicht hasserfüllt, sondern einfach nur traurig. »Er hat meine Mama getötet«, sagte sie mit tränenerstickter Stimme. »Er hat meine Mama getötet …«

»Ich weiß«, sagte Fredrik. »Und er wird seine Strafe bekommen.« Dann drehte er sich zu Reiss um.

Aber verdammt!

»Wo ist er?« Fredrik schrie und sah Tommi an.

»Da!«, antwortete Tommi und zeigte auf die Wohnungstür. Fredrik rappelte sich auf und hörte schnelle Schritte auf der Treppe. Er hatte höllische Schmerzen zwischen den Beinen und warf Tommi einen wütenden Blick zu. »Warum hast du nichts gesagt?«

»Ich … ich …«

Er hatte keine Zeit. In gekrümmter Haltung stürzte er in den Hausflur, legte eine Hand auf das Geländer und rannte. Doch er kam nicht schnell voran. Als die Haustür hörbar ins Schloss fiel, hatte er noch mehrere Stockwerke vor sich. Fredrik versuchte, die Schmerzen zu ignorieren, biss die Zähne zusammen, riss die Haustür auf und hinkte mehr, als dass er rannte, erst durch den Hinterhof, dann durch die Einfahrt und riss schließlich das Tor auf. Wo war er hin? Da hörte er einen Automotor aufheulen. Er lief in Richtung des Geräuschs. Weiter unten an der Straße befand sich ein Parkplatz. Von dort kam ein dunkler Lieferwagen angerast. Fredrik stürzte zur Seite, um nicht von ihm erfasst zu werden. Während er Hals über Kopf in einer Schneewehe landete, konnte er einen flüchtigen Blick auf die Gestalt hinter dem Lenkrad werfen: ein kahler Schädel, Knorpelstummel, wo sich einst die Ohren befunden hatten, graue Augen und ein durchdringender Blick.

Wie in drei Teufels Namen hatte Staffan Häyhä sie gefunden?

Fredrik war wieder zu Atem gekommen, als er das Tor zum Hinterhof aufzog. Siri und Tommi kamen ihm entgegen. Sie hatte sich die klebrige Masse aus dem Gesicht gewischt, die Schminke war verschmiert, und sie weinte. Tommi hatte einen Arm um ihre Schulter gelegt. In der anderen trug er eine Tasche.

»Sorry, ich …«

Fredrik unterbrach ihn. »Bist du uns gefolgt?«

Siri nickte.

»Hast du vor dem Haus jemanden gesehen?«

Sie schüttelte den Kopf.

»Es tut mir leid«, sagte Tommi. »Ich hab sie heute getroffen, und … Es is doch ihre Mutter, verdammt. Ich hab es nich geschafft, die Klappe zu halten. Ich hatte doch keine Ahnung, dass sie total durchdrehn würde.«

»Idiot«, sagte Fredrik und riss ihm die Tasche aus der Hand.

»He!« Tommis krankes Auge blitzte. »Es war abgemacht, dass …«

»Tommi. Ich bin Bulle, ich kann dich nicht mit einer Fuhre Heroin verschwinden lassen.«

»Verfluchter Lügner«, sagte Tommi. »Ich hab dir vertraut. Ich hab Schulden!«

Fredrik warf sich die Tasche über die Schulter. »Das ist Gift.«

»Die schlachten mich ab!«, rief Tommi ihm nach. »Wenn ich sterbe, dann isses deine Schuld!«

72

Sein Rückgrat renkte sich wieder ein, als Fredrik endlich die Arme über den Kopf hob und den Rücken wie einen Bogen spannte. In der Scheibe der Balkontür erblickte er sein Spiegelbild und hoffte, die Nachbarn sähen ihn nicht so. Hier stand er groß und mager und mit nackter Brust in seinem eigenen Wohnzimmer. Möbel, Fernseher, Bücherregale und die Kommode waren von der Wand gerückt, die gerahmten Fotos lagen auf dem Sofa. Schlafzimmer, Bad und Küche hatte er bereits durchsucht. Es gab keinen Zentimeter Wand, an den er nicht geklopft und den er nicht mit den Fingern abgetastet hatte. Anschließend hatte er die Bodenleisten und die Decken überprüft. Die ganze Nacht hatte er damit verbracht.

Ohne Ergebnis. Wo hatte sie das Rauschgift nur versteckt?

Das Heroin, das er bei Reiss gefunden hatte, hatte Fredrik im Polizeipräsidium abgeliefert. In den Bericht hatte er geschrieben, dass ein Tipp ihn zu einem obdachlosen Junkie geführt hatte, der im Besitz der Drogen war. Leider hatte ein Tritt zwischen die Beine ihn daran gehindert, den Verdächtigen festzunehmen. Eine richtige, wenn vielleicht auch nicht ganz detailgetreue Wiedergabe der Geschehnisse. Der Schock, den er in der Asservatenkammer bekommen hatte, hatte sich wie ein erneuter Tritt in die Eier angefühlt. Der Beamte am Tresen konnte nämlich bestätigen, dass das von Franke gestohlene Heroin aus einer Beschlagnahmung stammte, die Fredrik selbst durchgeführt hatte. Es handelte sich um das Dope, das er vor Kurzem bei dem Junkie gefunden hatte, der den Judaslohn erhalten hatte. Fredrik hatte die Drogen eigenhändig aus dem Versteck unter den Bodendielen genommen. Sie trugen seine Fingerabdrücke.

Das Kalkül war einleuchtend: Franke war angewiesen worden, eine ganz bestimmte Charge Heroin zu stehlen. Wäre Frankes Diebstahl nicht entdeckt und das Heroin später in Fredriks Wohnung gefunden worden … dann wäre Fredrik der korrupte Drogenbulle gewesen.

Vierhundert Gramm waren noch immer nicht auffindbar. Sie mussten hier irgendwo sein. Sie mussten einfach. Er war so unfassbar müde, und durch seinen Unterleib jagten immer noch Schmerzen, als säße er in Stacheldraht. Seine Gedanken rasten. Jemand versuchte, ihn zu denunzieren. Jemand wollte ihn kompromittieren.

An der Schlafzimmertür hielt er inne und starrte hinein. Der Safe. Der alte Mosler-Safe unter dem Schreibtisch.

Alles war so, wie er es verlassen hatte. Die Geburtsurkunden der Kinder, die Geldbörse des Vaters, die kleine, zusammengelegte Decke von Frikk … Er drückte sie an sich. Sie konnte doch nicht …? Nein. Die steifen Federn darin knisterten, aber sie war durchgehend weich. In der Geldbörse lag der alte Schlüssel zum Bankschließfach. Er wog ihn in der Hand.

Der Schlüssel zu einem Bankschließfach. Zu einem Bankschließfach, das Fredrik nie gefunden hatte. Ihm fiel der Brief ein, den er vor einigen Tagen erhalten hatte, der Brief, mit dem Namen seiner Mutter auf dem Umschlag. Fredrik hatte ihn vollkommen vergessen, und der Brief lag noch immer ungeöffnet auf der Anrichte in der Küche.

Der Text des Briefes war kurz. *In Verbindung mit der Abwicklung unseres Schließfachservices bitten wir Sie, den Inhalt des Bankschließfaches Nummer 6122, registriert auf*

Ihren verstorbenen Mann, Kenneth Beier, möglichst bald abzuholen. Absender war eine Bankfiliale in der Nähe der ehemaligen Wohnung seiner Eltern.

Fredrik schnappte nach Luft. Das Bankschließfach seines Vaters. Seine Mutter hatte nie etwas davon erzählt, dass sein Vater über ein Bankschließfach verfügte? Hatte er dort etwa seine Geheimnisse versteckt?

Fredrik legte den Schlüssel in den Umschlag und steckte den Umschlag in die Tasche. Dann schloss er den Safe und wartete auf den üblichen Klang, den Auftakt zu »A Hard Day's Night« von den Beatles. Der kam aber nicht, sondern nur ein gedämpftes, metallisches Wimmern.

Die Holzleisten rund um die Safetür wirkten unberührt. Das war ihm jetzt jedoch egal. Er rüttelte sie lose, zwang die Hand in den engen Spalt hinein, klopfte die staubige Außenseite des Safes ab – und da fühlte er es. Ein Gegenstand in der Größe eines Gesangbuches, eingepackt in Plastikfolie und an den Stahl geklebt.

Fredrik schlief den ganzen Sonntag durch und wachte erst auf, als es wieder dunkel war. Dann zog er sich an und nahm die Bahn hinunter nach Grønland und marschierte in den Jazzklub Paris H, wo er Cecilia zum ersten Mal begegnet war. Selbstverständlich war sie nicht da. Barkeeper Pierre hatte keine Ahnung, von wem er sprach. Auch im Lompa, wo er Cecilia an dem Abend begegnet war, an dem sie ihn nach Hause begleitet hatte, fand er niemanden, der sich an die rothaarige Frau erinnerte.

Fredrik blieb an der Bar stehen, überlegte einen Moment, ob er seinen Verdruss ertränken sollte, entschied sich dann aber, es sein zu lassen. Kreischendes Gelächter von einem Tisch weiter hinten zerstörte seine Stimmung. Missgelaunt warf er den Verursachern einen Blick zu, da entdeckte er

Therese. Sie hatte derart gelacht, dass ihr die Tränen herunterkullerten, und jetzt saß sie mit einer Serviette unter einem Auge da und winkte ihm zu. Über einem recht engen Kleid war ein dicker Schal locker um ihren Hals drapiert.

»Fredrik! Schön dich zu sehen. Willst du uns Gesellschaft leisten?«

Skeptisch sah er die beiden anderen Frauen am Tisch an.

»Schulfreundinnen«, sagte Therese und stellte sie vor, bevor sie einen Stuhl für ihn hinrückte. »Sie wollten gerade gehen, aber ich bleibe noch ein bisschen. Oder, Mädels?«

Die Freundinnen warfen einander schnell einen Blick zu. »Definitiv. Wir müssen morgen arbeiten. Die Pflicht ruft.«

»Was meinst du? Oder hast du andere Pläne?«

»Nein«, antwortete Fredrik. »Keine Pläne.« Er nickte den beiden zu, die es plötzlich sehr eilig hatten, ihre Gläser zu leeren. »Lass mich nur etwas zu trinken holen. Was willst du?«

»Egal«, antwortete Therese.

Die Schulfreundinnen winkten ihm beim Gehen aufmunternd zu. Therese hatte den Schal auf den Tisch gelegt und zupfte an ein paar Fäden herum.

Er ließ sich auf den Stuhl fallen. »Hast du dich jemals so verarscht gefühlt, dass du nicht mehr wusstest, was oben und was unten ist?«

»Reden wir jetzt in übertragener Bedeutung, oder flirtest du mit mir?«

»Hehe«, schmunzelte er und richtete seinen Blick auf den Boden des Bierglases. »Hehe.«

»Anstrengende Woche?«

»Anstrengendes Leben«, antwortete er frustriert. »Ich mache mir Sorgen um Kafa.«

»Hat nicht irgendwer erzählt, dass ein Angehöriger krank ist?«

»Ja. Aber warum geht sie dann nicht ans Telefon, wenn ich anrufe?« Fredrik beugte sich vor. »Es ist kompliziert«, sagte er. »Verdammt kompliziert.« Er sah sie an, die neugierigen grünen Augen, die dunkle Haarlocke, die er ab und zu gern hinter ihr Ohr zurückstreichen wollte, das schmale Feld, wo das Rot der Lippen in das Weiß der Haut überging. Dann holte er Luft. Schluckte und traf eine Entscheidung. Fredrik brauchte jemanden zum Reden, einen Sparringspartner, jemanden, dem er sich anvertrauen konnte.

»Kafa hat vor ihrem Verschwinden unser wichtigstes Beweismaterial mitgenommen«, sagte er. Im Anschluss erzählte er die ganze Geschichte über Kafa, die vielleicht ein Kind hatte, vielleicht auch nicht, über das Kindergrab und den Inhalt der Dunkelzeit-Rohfassung, darüber, wie er Richard Reiss aufgespürt und verhört hatte und wie der ehemalige Eisschnellläufer entkommen war.

Irgendwann im Laufe des Berichts umklammerte Therese seinen Oberarm, und jetzt berührte ihre Haut seine, wo der Jackenärmel endete. »Ich finde, du solltest darüber mit Koss sprechen.«

Er schaute auf ihrer beider Hände. »Erinnerst du dich an die Nachricht von Benediktes erster Quelle? Dass es faule Äpfel in der Behörde gebe?« Er wählte seine Worte mit Bedacht, bevor er fortfuhr. »Therese, jemand ist bei mir zu Hause eingebrochen. Jemand hat Drogen in meiner Wand versteckt, genau wie bei Franke. Dope aus einer Beschlagnahmung, die ich durchgeführt habe, und auf dem deshalb meine Fingerabdrücke zu finden sind. Ich habe die ganze Wohnung auf den Kopf gestellt. Jemand versucht, mich aus dem Verkehr zu ziehen.«

Eine tiefe Furche hatte sich in ihre Stirn gegraben. »Du glaubst, dass es Koss ist?«

Er zog seine Hand weg. »Es ist Aufgabe des Polizeidirektors, alles zu wissen, was in unserem Dezernat vor sich geht. Neben uns beiden, dem Polizeipräsidenten und Kafa ist Koss der Einzige, der alle Fakten dieser Ermittlung kennt. Er hat abgestritten, dass Staffan Häyhä zurück ist, er war ein Bremsklotz bei den Ermittlungen zum Solro-Fall«, Fredrik zögerte, »und selbst wenn er es nicht sein sollte, werden die Gerüchte umgehend die Runde machen, sobald ich es melde. Ich muss mehr wissen, bevor ich mit Koss spreche. Ich muss verstehen, warum ich als Ziel ausgewählt wurde.« Er versuchte zu lächeln. »Also ja, es war eine etwas anstrengende Woche.«

Therese bestellte noch etwas zu trinken, Bier für ihn und Wein für sich. Anschließend stützte sie einen Ellenbogen auf den Tisch, das Kinn in die Hand und sah ihn an. Er fragte sich, ob sie drüben an der Bar den obersten Knopf ihrer Bluse geöffnet hatte.

»Du und Kafa«, sagte sie. »Habt ihr ein Verhältnis?«

Er schnaubte. »Nein. Wir sind nur Freunde. Zumindest dachte ich, dass wir das sind.«

»Jemand bei der Arbeit sagte, sie hätten dich hier nebenan gesehen«, sagte Therese andeutend. »In dieser Baggerkneipe. Gehst du oft dorthin?«

Er schnaubte erneut. »Baggerkneipe«, empörte er sich. »Das ist ein Jazzklub.«

»Ich bin auch schon mal dort gewesen«, sagte Therese. »Viel nächtlicher Jazz.«

»Gehst *du* oft dorthin?«

»Nur wenn ich Bedarf dafür habe.« Sie schob ihr Glas beiseite. »Ich habe eine Flasche Wein im Kühlschrank, die getrunken werden muss. Und es scheint, als hättest du viel zu erzählen. Dann kannst du anschließend nach Hause fahren und aufräumen.«

73

Jemand hatte eine Portion Snus ins Pissoir gespuckt, und Staatssekretär Ruben Andersen fand Freude daran, es mit dem Urinstrahl durch die Schüssel zu jagen, bis er die breite Seite eines blauen WC-Erfrischers traf und warme Tropfen auf seiner Hand landeten. In der Ferne war der Fahrstuhl zu hören. Er zog den Reißverschluss zu und eilte in den Flur hinaus. Kari Lise Wetre kam zusammen mit ihrer Assistentin heraus, einer fröhlichen, rundlichen jungen Dame mit irritierendem Sørlandsdialekt. »Gratuliere, Frau Parteivorsitzende«, sagte Ruben übertrieben herzlich.

Wetre ignorierte die ausgestreckte Hand. »Ist er da drin?«

Ruben klopfte an und öffnete die Tür, ließ sie vorbei, schlüpfte dann selbst hinein und schloss die Tür hinter sich, bevor der Smiley es schaffte, ihnen zu folgen.

Ministerpräsident Simon Riebe stand mit dem Rücken zu ihnen in seinem Büro. Eine Hand ruhte auf dem Kreuzbein, in der anderen hielt er eine Zeitung. Er vermittelte den Eindruck, konzentriert zu lesen. »Herzlichen Glückwunsch«, sagte er zu niemand bestimmtem, »das war die einzig vernünftige Entscheidung. Ich freue mich auf unsere Zusammenarbeit. Ich habe das Schloss bereits darüber informiert, dass es Veränderungen in der Regierung geben wird.«

Schließlich drehte er sich um. »Frau Finanzministerin«, sagte er. »Das schlechte Gewissen der Nation, der Pietist der Regierung, der Spielverderber – sind Sie sicher, dass Sie so eine Aufgabe übernehmen wollen? Sie wären nicht die erste Parteivorsitzende, die von den grauen Wölfen des Finanzministeriums verschlungen wird.«

Wetre schien die Metapher ein Lächeln zu entlocken. »Wer die Wölfe ruft, ist oftmals der, der gefressen wird«, entgegnete sie und nahm vor dem Schreibtisch Platz. »Ich bin nur auf einen kurzen Sprung hier. In einer halben Stunde beginnt das Parteitagsabendessen.«

»Selbstverständlich«, sagte Riebe und setzte sich unter das Gemälde »Fluss in der Nacht durch Park in der Stadt«. »Pomp und Pracht gehören dazu. Worüber wollten Sie mit mir sprechen?«

»Über den Parteivorsitzenden-Lunch am Mittwoch. Ich will, dass eine Sache in die Tagesordnung aufgenommen wird: Flüchtlinge und der Ankauf von Überwachungsflugzeugen.«

Parteivorsitzenden-Lunch. Wie Ruben dieses Wort missfiel. Es war bei einem dieser Mittagessen, dass Ministerpräsident Riebe die ehemalige Vorsitzende der Kristelig Folkeparti mühsam um den Finger gewickelt hatte. Ein zwangloses Gespräch, in dem die sensibelsten Themen der Regierung verhandelt wurden. Es gab keine Protokolle und auf keinen Fall eine Tagesordnung. Der Grund für Rubens enormes Missbehagen war, dass das Gespräch stets unter vier Augen stattfand. Nicht einmal er durfte dabei sein.

»Kari Lise«, sagte Riebe und verschränkte die Hände ineinander. »Die Sache ist entschieden.«

Wetre imitierte seine Geste. »Meine Vorgängerin ist krank. Sie ist nicht einmal in der Lage, heute Abend zum Essen mitzukommen und hätte vor langer Zeit zurücktreten sollen. Sie hatte weder das Mandat noch die Befugnis, den Vertrag zwischen unseren Parteien zu ändern. Wenn Sie Milliarden für neue Überwachungsflugzeuge verwenden wollen, dann respektiere ich das. Die Gelder werden jedoch nicht von der Entwicklungshilfe abgezogen. Genau wie Sie habe ich ein Gespräch mit dem neuen amerikanischen Botschafter geführt. Ein Hardliner, heißt es, aber er unterstützt in dieser Sache voll und ganz die Linie der Kristelig Folkeparti. Reduzieren wir unseren Einsatz für Flüchtlinge, steigt die Belastung für unsere Alliierten. Also schlage ich vor, dass Sie anfangen nachzurechnen, wie viele neue Kampfjets wir nicht kaufen sollten, damit Sie sich Ihre Überwachungsflugzeuge leisten können.«

Dass sie sich das traut, dachte Ruben. Aber der Ministerpräsident wollte sich offenbar nicht provozieren lassen.

»In zehn Tagen landen die ersten F-35-Kampfjets auf norwegischem Boden. Das wird groß gefeiert. Hat der Botschafter Ihnen erzählt, dass die Amerikaner zur Feier des Tages eine ihrer mächtigsten Waffen schicken? Den Flugzeugträger? Botschafter Rodriguez hat ein keckes Mundwerk, aber lassen Sie sich nicht von einem Räuber täuschen, nur weil er gut gekleidet ist. Die Yankees würden es am liebsten sehen, wenn wir ihre Flüchtlinge aufnehmen, ihre Kampfjets *und* ihre Überwachungsflugzeuge kaufen.« Mit der Hand machte er eine versöhnliche Geste. »Wie auch immer. Wir werden reichlich Anlass haben, das zu diskutieren, Kari Lise. Gehen Sie jetzt und lassen Sie sich heute feiern. Der Alltag hält schnell genug wieder Einzug.«

Sie befand sich auf dem Weg zur Tür, als Riebe sich noch einmal räusperte.

»Im Übrigen muss mir erlaubt sein, Sie dafür zu loben, wie Sie mit den unglückseligen Nachrichten Ihr Enkelkind und seinen Vater betreffend umgegangen sind. Das hätte Sie hart treffen können, wäre es auf die falsche Weise bekannt geworden.«

Wetre drehte sich um, ihr Blick war eisig. »Ich kümmere

mich nicht darum, wie es mich hätte treffen können. Allerdings war jemand bereit, Williams Leben zu zerstören, um meine politische Karriere zu beschädigen. Wenn ich herausfinde, wer dahintersteckt, und das werde ich, werde ich ihn wie eine Laus zerquetschen.«

Anschließend blieb Simon Riebe mit einem schiefen Grinsen um den Mund sitzen. »Ihn wie eine Laus zerquetschen«, äffte er sie nach und starrte Ruben an. »Die Dame ist dreist.«

Ruben trat ein paar Schritte näher. »Ein Vögelchen hat mir ins Ohr gezwitschert, dass Wetre kürzlich einen Polizisten mitgenommen hat, dass die Familienverhältnisse … ihres Enkelkindes im Auto diskutiert wurden.«

»Und?«

»Fredrik Beier. Ermittlungsleiter im Solro-Fall. Einer von denen, für die Sie auf Schloss Akershus eine Rede gehalten haben. Er gehört zu …«

»Ich weiß sehr gut, wer er ist«, unterbrach Riebe ihn. Er presste die Lippen aufeinander, bis sie weiß waren. »Dieser Mann stochert in einem Wespennest herum, von dem er besser die Finger lassen sollte. Dort gibt es keinen Honig, sondern nur Wespen.«

74

Um 4:59 Uhr fuhr die erste Straßenbahn vorbei, und Fredrik erwachte von ihrem Stöhnen, als sie bei Adamstuen hielt. Das Licht der Straßenlaternen ritzte schiefe Trapeze in die Decke. Er lauschte der Straßenbahn, die in der Ferne verschwand, dem Rauschen der Abflussrohre in der Wand, dem Wind, der am Rohr hinter dem Kachelofen hereinzog. Und ihr. Therese, die in der Thereses gate wohnte, ihm den Rücken zuwandte und im Schlaf durch die Nase fauchte. Nachts hatte sie nur zwei Schattierungen, dunkel und hell. Die Helligkeit zeichnete einen Streifen von der Ohrmuschel über den Haarflaum, die Wange hinab über die Vertiefung des Schlüsselbeins und den Arm hinweg. Die Wirbelsäule erahnte er nur, ein Wellengipfel und ein Wellental, das im Bereich der Taille unter der Bettdecke verschwand. Er hatte Lust, an sie heranzurobben, die Wärme an seiner Brust zu spüren, den Nacken an seinen Lippen und den weichen Bauch an seiner Handfläche. Aber er ließ es sein. Er wollte sie nicht stören. Deshalb stand er erst auf, als die nächste Straßenbahn vorbeiquietschte.

Es hat etwas Intimes, barfuß über einen fremden Fußboden zu gehen. Fredrik kochte Kaffee, las Zeitung, und als es dann hell wurde, machte er sich daran, das Frühstück vorzubereiten. Er fand Räucherlachs und Eier für Rührei. Bevor er die Masse in die Pfanne gab, hielt er inne und betrachtete die Fotos, die Therese an der Kühlschranktür befestigt hatte. Die meisten zeigten sie und einen Jungen, manche auch nur den Jungen.

»Du musst dir keine Gedanken machen. Lars ist bei seinem Vater.« Therese hatte einen Pyjama übergezogen und die Haare zu einem Knoten gebunden. Sie lächelte ihn an und sah hübsch aus. »Das ist ja heftig«, sagte sie und hob einen Teller leicht an. »Gurkenscheiben und so. Dann muss ich heute Nacht wohl was richtig gemacht haben.«

Er lächelte schelmisch. Mit seinem eigenen Einsatz war er nur mittelmäßig zufrieden. Siris Knie hatte seine Weichteile noch etwas weicher gemacht, als es üblicherweise der Fall war.

»Ich springe kurz unter die Dusche«, sagte Therese und verschwand.

Nachdem sie in einer Art verlegenem Schweigen gefrühstückt hatten, neigte sie ihren Kopf, um seinen Blick aufzufangen. »Wie alt wäre er denn jetzt … dein Junge? Frikk?«

Es kam selten vor, dass jemand so direkt war. Als er zum letzten Mal so mit Therese in einer Küche gesessen hatte, hatte er sich vor dieser Frage gescheut. Jetzt fand er es schön, dass sie fragte. »Fünfzehn.«

»Es muss seltsam sein, daran zu denken.«

Fredrik schob den Impuls wegzuschauen beiseite. »Ja. Weißt du … vor Kurzem stand ich vor der Wohnung, in der wir damals gewohnt haben. Odins gate 25 in Frogner. Das Haus befindet sich in der Nähe von Beata Wagners Wohnung. Es war das erste Mal, dass ich nach dem Brand dort gewesen bin. Es ist nichts, was ich vermisst oder woran ich gedacht habe, aber«, er zögerte kurz, »es war dennoch gut, dort gewesen zu sein.«

»Vermisst du ihn?«

»Tja«, sagte Fredrik ehrlich. »Wie sehr vermisst man ein wenige Monate altes Baby? Ich glaube, was ich vermisse, ist das Leben, was wir nicht teilen durften. Alles, was kaputtgegangen ist.«

Therese stand auf, umarmte ihn und räumte die Teller ab. »Schön, dass du ein bisschen erzählt hast. Das weiß ich zu schätzen.«

Fredrik versuchte zu lächeln.

»Du bereust es doch nicht?«, fragte sie. »Gestern?«

Er grunzte nur. »Tust du es?«

Sie küsste ihn auf den Nacken.

Fünf Minuten nach Öffnung betrat Fredrik die Bank. Die Filiale war noch nahezu menschenleer, vermutlich kamen zu dieser Zeit nur Rentner und Verschwörungstheoretiker, und das hier war sowieso keine Bank für sie. Hier gab es Marmor auf dem Boden, Fliesen an den Wänden und Uhren, die die Zeit in London, Schanghai und Singapore, in Sydney, Frankfurt, Tokio, Los Angeles und New York anzeigten. Fredrik war nie zuvor hier gewesen, und in den Unterlagen seiner Eltern hatte er nichts gefunden, was darauf hindeutete, dass sie Bedarf an einer Geschäftsbank hatten.

Der Bankangestellte trug Anzug, und dem Anstecker zufolge war er kein Kundenberater, sondern *Bank Account Manager*. Fredrik erläuterte ihm sein Anliegen. Der Mann sah ihn verständnislos an.

»Es muss sich um ein Missverständnis handeln. Wir planen keineswegs, unseren Schließfachservice einzustellen.«

»Nicht?« Fredrik zeigte ihm den Brief, der an seine verstorbene Mutter geschickt worden war.

»Es sieht zweifellos so aus, als wäre das Schreiben von uns verschickt worden.« Die Stimme war ebenso dünn wie der Finger, den der Angestellte über das Papier gleiten ließ.

»Und das Bankschließfach?«

»Es stimmt, dass das Bankschließfach 6122 auf Kenneth Beier registriert ist«, sagte er. »Haben Sie den Schlüssel?«

Die Stahltür zum Tresorraum war dick, die Lampen an der Decke hell. Es roch nach viel Geld und geöltem Metall. Für das Bankschließfach benötigte man zwei Schlüssel: Fredriks und den, den der *Bank Account Manager* an einem Schlüsselbund bei sich trug. Die Schlösser klickten, und Fredriks Atemzüge wurden kürzer. »Wann wurde es denn zuletzt geöffnet?«

»Ist das ein Test unserer Diskretion?« Der Bankmensch sah ihn schief an, während er die Stahlbox auf den Tisch in der Mitte des Raums stellte. Er rückte einen Stuhl vor. »Nehmen Sie sich die Zeit, die Sie brauchen.«

Es konnte sein, dass Fredrik falsch lag. Es konnte sein, dass diese Cecilia nicht auf der Suche nach dem Schlüssel für das Bankschließfach gewesen war. Trotz allem hatte er das Heroin gefunden, das sie versteckt hatte. Als er jedoch den Deckel der Box beiseitelegte, als er den Duft von altem Papier und Druckerschwärze einatmete, als er den handgeschriebenen Zettel las, der auf den Umschlag geklebt worden war, wusste er, dass hier etwas Bedeutungsvolles vor ihm lag.

Der Zettel war auf das Jahr 1993 datiert – das Jahr, in dem sein Vater gestorben war.

An meinen Sohn Fredrik, stand dort. *Ich weiß nicht, wann du diese Worte liest oder unter welchen Umständen. Aber ich hoffe, du hast es geschafft, ein erwachsener Mann zu werden. Ich hoffe, du hast deine Karriere bei der Polizei verfolgt und weißt daher, was du mit diesen Dokumenten tun musst. Es war mühsame Arbeit, sie zu sammeln, eine Arbeit, die mich Jahre gekostet hat, um sicherzustellen, dass niemand Verdacht schöpft. Wie du siehst, ist mir das misslungen.*

Solltest du wider Erwarten noch jung und noch immer im Unklaren darüber sein, was du aus deinem Leben machen willst, dann leg die Papiere zurück ins Schließfach. Lies sie nicht. Nimm sie vor allem nicht mit. Mächtige Menschen sind hinter diesen Dokumenten her. Gefährliche Menschen.

Ich werde nicht mehr lange leben, und die Zeit ist noch nicht reif dafür, dass das, was hier steht, allgemein bekannt wird. Aber die Zeit wird kommen. Deshalb muss ich dir diese Bürde aufladen. Grüße, Dein Vater.

Ken Beier war ein distanzierter Mann gewesen. Ein kalter Mann, ein Vater der alten Schule. Trotzdem zitterten Fredrik die Hände, und er musste blinzeln, um einen klaren Blick zu behalten.

75

Der Umschlag war aus dickem, verblasstem Papier und von gräulichgelber Farbe. Als Fredrik den Zettel löste, den sein Vater geschrieben hatte, sah er den Titel. »Von der Wiener Bruderschaft bis Tschernobyl.«

Die Wiener Bruderschaft. Seine Wangen wurden heiß. Die Wiener Bruderschaft waren die Wissenschaftler, von denen sich Pfarrer Drange hatte inspirieren lassen. Eine Gruppe von Rassenforschern, die vor und während des Krieges die ungeheuerlichsten Experimente an Menschen durchgeführt hatten.

Langsam fuhr er mit dem Finger über die mit Schreibmaschine getippten Buchstaben. Sie hatten Abdrücke auf dem Papier hinterlassen. Er wappnete sich und blätterte um.

Die Dokumente bestanden aus einer Serie von Operationsbefehlen. Der erste war auf 1946 datiert, das Jahr nach dem Friedensschluss, und beschrieb die Errichtung eines Waffenprogramms. Eine Zusammenarbeit mehrerer alliierter Länder, finanziert von den Amerikanern und mit Hauptsitz in Norwegen. Der Leiter des Programms hieß Kolbein Monsen. Der Name kam Fredrik bekannt vor. Er war einer der Forscher der Wiener Bruderschaft gewesen. In mehreren Dokumenten wurde auf die Ergebnisse der Rassenforscher hingewiesen, besonders was die Erprobung chemischer und biologischer Kampfmittel an Juden und Zigeunern, Kriegsgefangenen und Zivilisten betraf.

»Stützpunkt 1« waren die ersten Holzbaracken genannt worden, die im Tal auf der Anlage zusammengezimmert wurden, die heute unter dem Namen Tschernobyl bekannt war. Was Kafa und Fredrik gehört hatten, stimmte: In den ersten Jahren war das Gebiet als Endlager für Bomben, Granaten und Sprengstoff verwendet worden. Bald jedoch wurden die ersten Steingebäude errichtet, die Wehrpflichtigen weggeschickt, und die Forscher zogen ein.

Der Auftrag lautete, alles zusammenzutragen und zu sichten, was die Westmächte an Informationen und Proben aus dem biologischen Waffenprogramm der Sowjets beschaffen konnten, aufzulisten, an welchen Krankheiten sie forschten, welche Raketensysteme sie entwickelten, um die todbringenden Viren und Bakterien zu verbreiten, und welche Impfstoffe sie produzierten, um die eigenen Soldaten und die Zivilbevölkerung zu schützen. Das Material stammte von Geheimagenten, aus verdeckten Operationen sowie von Überläufern.

In den Anfangsjahren war der Geheimhaltung des Stützpunktes nicht so viel Gewicht beigemessen worden. Als sich der Kalte Krieg jedoch zuspitzte, stieg das Geheimhaltungslevel. 1972, als die Sowjetunion und die USA die Konvention unterzeichneten, in der sich die Länder dazu verpflichteten, biologische Waffen weder herzustellen noch zu entwickeln, tauchte das Projekt vollends in den Untergrund ab. Es wurde buchstäblich von den Karten gelöscht und sollte in offiziellen Dokumenten nicht mehr erwähnt werden. Fredrik fiel auf, dass die Befehle nicht mehr von Generälen unterzeichnet waren. Sondern lediglich mit drei Buchstaben: Org.

Die Organisation.

Zu diesem Zeitpunkt war es passiert, dachte Fredrik: Als die Anlage aus den Karten ausradiert wurde, verloren die

Behörden die Kontrolle darüber. Niemand konnte mehr zur Verantwortung gezogen werden. Alles, was danach geschah, war gesetzeswidrig – Verletzung des Völkerrechts, Kriegsverbrechen.

Als der Kalte Krieg sich dem Ende zuneigte, tobte eine Diskussion, ob die Arbeit weitergeführt werden solle. Hier fand Fredrik den Namen seines Vaters. Ken Beier hatte unter Kolbein Monsen gearbeitet, und als Monsen pensioniert worden war, hatte sein Vater übernommen. Die Arbeit wurde in der Villa Ravnli verwaltet, die Forschung ging in der Laboranlage im Tal vonstatten. Ken Beier war einer der wenigen, der für die Einstellung des Projekts argumentiert hatte. Denn worin bestand der Zweck, wenn der Feind verschwunden war?

Diesen Kampf verlor sein Vater. Stattdessen wurde eine Geschichte erfunden, dass nach dem Reaktorunglück in Tschernobyl radioaktiv verseuchte Tierkadaver in dem Gebiet vergraben worden wären. Die Mission war allerdings weitergeführt worden. Getauft wurde sie auf den Namen »Projekt Tschernobyl«.

1992 wurde ein neuer Stamm eines von den Sowjets entwickelten Pockenvirus unter die Mikroskope gelegt. Die Forscher waren schockiert darüber, wie weit der Feind gekommen war und wie wenig der Westen dem entgegenzustellen hätte, sollte das Virus zum Einsatz kommen. Die Forschung wurde intensiviert, und einer der daran beteiligten Wissenschaftler war Børre Drange.

So verhielt es sich also. Dort hatte Pfarrer Drange gearbeitet, bevor er sein religiöses Erwachen erlebte, die biologischen Waffen stahl und floh. Deshalb war Solro angegriffen worden. Die Organisation musste ihn aufgespürt haben.

Das letzte Dokument ließ Fredrik stutzen. Es war auf nur

wenige Monate vor dem Tod seines Vaters datiert und dem Titel nach zu urteilen drehte es sich darin um eine Reihe von Befehlen, bei denen der Verdacht bestand, sie seien aus dem Archiv der Villa Ravnli gestohlen oder kopiert worden. Als er die Liste durchging, begriff er, dass es sich dabei um die Unterlagen handelte, die er soeben gelesen hatte. Das Dokument brach jedoch mitten im Text ab. Ein Papierschnipsel, der noch in der Klammer steckte, belegte, dass eine Seite abgerissen worden war.

Fredrik starrte die glänzende Reihe von Bankschließfächern an. Der Diebstahl war entdeckt worden. Hatte die Organisation herausgefunden, dass sein Vater verantwortlich dafür war? War Ken Beier deshalb beurlaubt worden?

Der Himmel war grau und der Wind beißend. Fredrik hatte gerade den Reißverschluss seiner Jacke bis unter das Kinn hochgezogen, als er das Auto bemerkte, das schräg gegenüber der Bank mit laufendem Motor stand. Es handelte sich um einen kleinen grauen Honda, und die heruntergekurbelte Scheibe ließ ihn innehalten. Wer lüftete an Tagen wie diesen? Sein Herz begann schneller zu schlagen. Wartete die Gestalt hinter dem Lenkrad auf jemanden? Vielleicht auf ihn? Die Straße war fast menschenleer. Fredrik wollte die entgegengesetzte Richtung einschlagen, als ein Ruf den Wind übertönte.

»Fredrik!«

Es war eine ihm bekannte Stimme.

Kafa Iqbal lehnte sich aus dem Fenster, als wollte sie, dass er sie sah, bevor sie die Scheibe wieder hochkurbelte. Fredrik überquerte die Straße. Als er die Tür hinter sich zuknallte, roch es nach Waschanlage und billigem Shampoo.

»Verdammte Scheiße«, brach es aus ihm heraus. »Was zur Hölle geht hier eigentlich vor? Wo bist du gewesen?«

Sie trug ihre übliche enge Jeans, immer noch dieselbe dicke Jacke und das vertraute Band, das die Haare im Nacken zusammenhielt. Dennoch war etwas an ihr anders. Sie wirkte verbissen, gehetzt, das bemerkte er am Umherirren der schwarzen Pupillen. Sie sah aus, als müsste sie sich zum Lächeln zwingen.

»Ich habe mich versteckt«, sagte sie. »Ich habe mich versteckt, um meinen Sohn zu retten.«

»Deinen Sohn?« Seine Stimme klang härter als beabsichtigt.

»Ich brauche Hilfe, Fredrik. Darf ich dir das bitte erklären? Irgendwo, wo wir in Ruhe reden können.«

»Fahr in den Wald ins Tal. Nach Tschernobyl.«

»Ich verstehe, dass du wütend bist«, sagte sie mit gedämpfter Stimme. »Du wirst noch wütender sein, wenn ich dir gesagt habe, was ich zu sagen habe.«

Sie legte den Gang ein und gab Gas. Dann erzählte Kafa ihre Geschichte – über das Leben, das sie gelebt hatte, bevor sie im April 2005 in einem Krankenhaus im Diplomatenviertel von Islamabad einen gesunden Sohn zur Welt gebracht hatte. Und über das Leben, dass zu leben sie anschließend gezwungen gewesen war.

76

Afghanistan ist das Land der Furchen, als hätten die Götter persönlich den Acker gepflügt, aber selbst ihnen war es nicht gelungen, ihn sonderlich fruchtbar zu machen. Also hatten sie die verwinkelten Täler und spitzen Berggipfel den Menschen überlassen. Und die Landschaft hatte die Häuser und Straßen, Dörfer und kleinen Äcker geformt. Derb und karg, kantig und rau. Ja, sogar die Wolken, die über den Himmel hinwegzogen, waren in Streifen zerrissen. Und dann die Menschen. Nie zuvor hatte Kafa Iqbal so viele junge Menschen mit dem matten Blick des Alters gesehen, nie zuvor hatte sie solche Flussläufe von Falten gesehen, bei einigen wenigen vom Lachen geformt, beim weitaus größeren Teil von Sorgen. Nie zuvor hatte sie so sehr darüber nachgedacht, was für ein Leben sie gehabt hätte, wenn ihre Eltern nicht nach Norwegen ausgewandert, sondern in dem Grenzgebiet zwischen Pakistan und Afghanistan geblieben wären.

Die ersten Kontingente norwegischer Soldaten waren 2003 in der vom Krieg verwüsteten afghanischen Hauptstadt Kabul angekommen. Eine von ihnen war Gefreite Iqbal. Sie sprach Paschtunisch, Urdu und Arabisch, was von ihren Vorgesetzten geschätzt wurde. Sie konnte sich mit einer Burka bekleidet unter die örtliche Bevölkerung mischen.

Bald arbeitete sie ebenso oft als Dolmetscherin wie als

Soldatin, sowohl im Feld als auch bei Gesprächen mit Behörden und Informanten. An einem eiskalten Wintertag war sie in einen abgesperrten Teil des Stützpunkts gerufen worden. Vor einem bewachten Zelt war sie vom Kompaniechef und einem Mann in Zivil empfangen worden. Der Kompaniechef stellte den in Zivil Gekleideten als *Auskunft* vor, während der Mann selbst keinerlei Anstalten machte, seinen Namen zu nennen.

Kafa wurde vom regulären Dienst freigestellt. Dann salutierte der Kompaniechef und verschwand.

»Ich erinnere mich noch immer an den hellauf begeisterten Blick des Geheimagenten, daran, wie er mich musterte«, sagte Kafa. »Als wäre Loyalität für ihn ein sichtbarer Körperteil.«

Sie folgten der Ringstraße weg vom Zentrum, und Fredrik sah sie an. Konnte ein Blick entscheiden, ob man ihr vertrauen konnte? Er zweifelte daran. Kafa starrte konsequent auf den stahlgrauen Horizont.

Der Agent erzählte ihr, dass eine Militärpatrouille einige Tage zuvor einen Zufluchtsort der Taliban überfallen hatte. Was sie dort gefunden hatten, nannte er einen *Gamechanger*.

»Dann erwähnte der Agent einen der Anführer der Taliban. Kommandant Kamal… sein Name spielt eigentlich keine Rolle. Er fragte, was ich über diesen Kommandanten wüsste. Ich wusste nicht mehr, als dass er als einer der brutalsten Kämpfer bekannt war, gnadenlos bei der Jagd auf seine Feinde, egal ob es sich dabei um Muslime oder um Christen, um Afghanen oder um Amerikaner handelte. Anschließend zeigte er auf das Zelt und erzählte, dass der Mann, der sich dort drinnen befand, der Leibarzt des Kommandanten sei.«

Der Arzt saß an einem einfachen Tisch. In einer Ecke glimmte ein Elektroofen, und es war auffallend warm. Trotzdem trug der schmächtige Mann eine Steppjacke über der Tunika. An den Handgelenken hatte er Abdrücke von Kabelbindern. Die viereckige Brille war modern und westlich, die dunklen Haare waren penibel gekämmt und die Augen blickten warm. Seiner Haut schien die Hitze nichts auszumachen, und der schwarze Bart war wohlfrisiert. Auf Anfang Dreißig hatte Kafa ihn geschätzt, was sich später als richtig herausstellte.

»Der Leibarzt wollte sich nicht von den afghanischen Dolmetschern verhören lassen. Er traute ihnen nicht. Deshalb entschieden sie sich für mich. Ich sollte dem Geheimagenten direkt Bericht erstatten, und zwar nur ihm.«

Nadir Shah war ursprünglich Jemenit, aber sein Vater hatte mit den Mudschahedin in Afghanistan gekämpft, wo Shah aufgewachsen war. Dann hatte er in Islamabad Medizin studiert. Zu dieser Zeit errichteten die erzkonservativen Fundamentalisten der Taliban in Afghanistan eine Art Frieden nach Jahrzehnten des Bürgerkriegs. Die Taliban erklärten, dass die Opiumproduktion wie so vieles andere unislamisch sei, was sich in den Ohren des jungen Medizinstudenten gut anhörte. Er selbst hatte die verheerenden Auswirkungen des Heroins unter der armen Bevölkerung gesehen. Nachdem er die Ausbildung beendet hatte, hatte er sich entschieden, nach Afghanistan zurückzukehren. Er wollte sich am Wiederaufbau des Landes beteiligen. Der gut ausgebildete junge Mann wurde im Kreis der Kommandanten der Taliban schnell zu einem Vertrauten.

Dann kam der 11. September 2001, der Angriff auf die Zwillingstürme in New York, und die Taliban, die den Terroristen von al-Qaida Afghanistan als Stützpunkt zur Verfügung gestellt hatten, wurden entmachtet. Das Land wurde in einen weiteren Krieg gestürzt, diesmal gegen die mächtige amerikanische Kriegsmaschinerie.

»Er sagte, er habe seinen Respekt vor den Taliban verloren und sehe ein, dass sie nicht besser seien als die Kriegsherren, die zuvor das Land geplündert hatten. Jetzt waren es die Taliban, die zur Finanzierung des Krieges Opium anbauten. Sie waren Teil eines Krieges, der Frauen und Kindern die extremsten Leiden zufügte … Den Talibankommandanten zu verraten bedeutete jedoch den sicheren Tod für ihn. Deshalb forderte der Arzt im Tausch gegen Informationen Schutz, ein neues Leben und eine neue Identität.«

Der Geheimdienst begriff, welches Juwel ihnen da in die Finger geraten war. Sie wollten Nadir Shah nicht einfach aussagen und wieder verschwinden lassen. Sie wollten, dass er weiterhin als Arzt des Kommandanten arbeitete und über die Bewegungen der Taliban berichtete, über ihre geplanten Angriffe, Verstecke und Waffendepots.

»Nach dem ersten Verhör war es meine Aufgabe, als Kontakt des Arztes zu fungieren. Die Taliban durften keinen Verdacht schöpfen, und ich konnte mich in der Stadt frei bewegen. Wir trafen uns in Restaurants und auf Märkten sowie an gesicherten Orten, *Safehouses*, über die die Amerikaner verfügten. Seine Informationen waren präzise, und ich erhielt den Auftrag, alles in meiner Macht Stehende zu tun, um ihn bei der Stange zu halten. Zu dieser Zeit wurde er als der wichtigste Doppelagent betrachtet, den wir in Kabul hatten. Nur bei einer Sache weigerte er sich strikt: Das Versteck seines Kommandanten wollte er nicht verraten.«

Kafa machte eine lange Pause, bevor sie fortfuhr. »Du musst verstehen«, sagte sie, »dass ich jung war, gerade mal zwanzig Jahre alt und für solche Aufgaben nicht geschult. Ich war Soldatin, keine Spionin. Nadir war redegewandt, gut aussehend und lustig. Ab und zu erahnte ich seine Religiosität, sie war vollkommen anders als meine, aber ich begriff nicht, wie tief sie war. Ich wollte es nicht begreifen, denn ich war auch hingerissen von ihm. Nadir erschien mir als ein … als guter Mensch. Und ich hatte furchtbare Angst etwas zu tun, was die Operation zum Scheitern verurteilen würde, die Schuld daran zu tragen, dass er untertauchte oder uns verriet. Viele Leben hingen davon ab, dass ich meinen Job gut machte. Also … habe ich etwas getan, was ich absolut nicht hätte tun sollen. Ich ließ ihn glauben, dass wir eine gemeinsame Zukunft haben könnten, später, in Norwegen. Ich hatte ein körperliches Verhältnis mit ihm und wurde schwanger.«

Sie waren von der Hauptstraße abgebogen, und während sie noch nach Worten suchte, betrachtete Fredrik die verlassene Kiesgrube, an der sie vorbeifuhren: eine klaffende Wunde inmitten der Natur, die jetzt unversorgt zurückgelassen worden war. Entlang der Waldwege war das Tageslicht gedämpft. Die Fichten warfen Schatten über Kafas Gesicht.

»Ich war schrecklich verzweifelt und begriff, dass ich zu weit gegangen war. Also erzählte ich meinem Vorgesetzten was passiert war. Ich sagte ihm, dass ich abtreiben wolle.« Sie räusperte sich. »Der Geheimagent hat mich hintergangen. Nadir hat von meiner Schwangerschaft erfahren. Der Agent betrachtete das lediglich als ein weiteres Druckmittel. Sie versprachen, dass Nadir nach der Geburt des Kindes Afghanistan verlassen dürfe.«

»Die Operation, die Benedikte Stoltz beschrieben hat«, sagte Fredrik leise. »Die Frau und das Kind, die außer Landes geschmuggelt werden sollten. Das waren du und dein Sohn.«

Der Druck auf seiner Brust hatte zugenommen. Kafa hatte es gewusst. Sie hatte es die ganze Zeit über gewusst.

Als die Wölbung des Bauches sichtbar wurde, war Kafa außer Landes gebracht worden. Sie wurde in einer Wohnung im Diplomatenviertel von Islamabad in Pakistan untergebracht. Dort gebar sie in einem Krankenhaus an einem Apriltag 2005 den Jungen Noman Mohammed Shah.

»Noman Mohammed Shah«, wiederholte Fredrik. »Das Kind, das neben deiner Mutter begraben ist.«

Sie waren jetzt in dem engen Tal angelangt. Kafa hielt vor dem Hauptgebäude der Anlage. Sie ließ den Motor laufen, um die Heizung in Gang zu halten, draußen zerrte der Wind am Absperrband, das die Spurensicherung zurückgelassen hatte. Ein paar streunende Hunde flohen in den Wald.

»Die Absprache lautete, dass Nadir den Jungen sehen dürfe, bevor ich das Baby mit nach Norwegen nahm«, fuhr Kafa fort. »Wir sollten uns an einem Ort im Grenzgebiet treffen. Anschließend sollte der Arzt das Versteck des Kommandanten preisgeben. Es war sein letzter Auftrag.«

Ihre Augen glänzten. »Das war ein entsetzliches Chaos. Sollte ich wirklich mit einem Kind und einem Mann, den ich kaum kannte, nach Norwegen zurückkehren? Was würden meine Eltern dazu sagen? Wie sollten wir den Rest unseres Lebens verbringen? Ich tat etwas, was streng verboten war: Vom Krankenbett aus rief ich meine Mutter an und erzählte ihr alles.« Sie begann zu schluchzen. »Noman und ich wurden von drei Männern zur Grenze gebracht. Keiner von ihnen trug eine Uniform, keiner von ihnen sprach Norwegisch, zumindest nicht mit mir. An einem Berghang befand sich eine Ziegenfarm. Ich wartete im Auto, während sie meinen Jungen mit hineinnahmen.« Kafa sah Fredrik direkt an. Ihre Augen flackerten. »Dann brach die Hölle los. Zuerst wurde mit Automatikgewehren geschossen, dann gab es einen gewaltigen Lichtblitz.«

Als Kafa wieder aufwachte, lag sie in einem Militärkrankenhaus. Im Bett neben ihr lag ihr Kind. Der Junge atmete kaum noch, Gesicht und Oberkörper waren bandagiert.

»Ich stand unter Schock. Und er lag da und schrie. Das verbrannte kleine Bündel. Einem meiner Begleiter war es gelungen, zu fliehen und uns in Sicherheit zu bringen. Was eigentlich schiefgegangen war, wusste dem Geheimagenten zufolge niemand – ob die Taliban Nadir auf die Schliche gekommen waren und uns alle töten wollten oder ob Nadir uns verraten hatte. Als eine Militärpatrouille die Ziegenfarm durchsuchte, fand man nur noch die sterblichen Überreste meiner beiden anderen Begleiter.«

Kafa starrte seitlich aus dem Fenster. Die Köter kamen wieder angeschlichen. Sie umkreisten das Auto, schnüffelten und schnappten nacheinander. Vielleicht lockte die Wärme des Motors sie an, vielleicht hofften sie auch nur auf eine Unterbrechung ihrer Langeweile. »Ich habe nie jemandem erzählt, dass ich Mama angerufen habe. Beim pakistanischen Geheimdienst sympathisieren viele mit den Taliban. Sie könnten das Gespräch abgehört haben, oder vielleicht hat mich einfach nur jemand belauscht. Nadir aber war auf jeden Fall verschwunden. Keiner wusste mehr, ob er ein Freund oder ein Feind war.« Sie räusperte sich. »Noman ist Nadirs erstgeborener Sohn. So etwas hat dort unten eine Bedeutung.«

»Mein Gott«, sagte Fredrik. »Mein Gott.« Langsam fing er an zu begreifen, wie dieser Bericht enden würde.

»Das Grab ist also … leer?«

Kafas Atem ließ die Frontscheibe kreisförmig beschlagen. Es knisterte, als sie den Kreis mit dem Jackenärmel wegrieb. »Meine Kontaktperson hat gesagt, dass Sicherste sei, so zu tun, als wäre Noman bei der Explosion getötet worden. Und ich … ich wusste gar nichts. Ich kapierte nichts. Als ich im Flugzeug saß, sah ich, wie ein leerer Kindersarg in den Frachtraum geschoben wurde. Das war … absurd.«

Noman wurde auf anderem Wege nach Norwegen gebracht. Die Einzigen, die die Wahrheit erfuhren, waren Kafas nächste Angehörige.

»Natürlich war es auch für sie ein Schock, dass ich schwanger geworden war und dass sie zu einer fingierten Beerdigung erscheinen mussten. Es war jedoch entscheidend, dass niemand an Nomans Tod zweifelte.«

Aber Noman war nicht tot, nur stark pflegebedürftig. Nachdem er in mehreren Krankenhäusern und Institutionen behandelt worden war, landete er im Vøyen Pflegeheim. In einem strenger Geheimhaltung unterliegenden Beschluss wurde Kafa zum Vormund ihres eigenen Sohnes ernannt. So sorgte man dafür, dass beim Einwohnermeldeamt keine Verbindung zwischen Mutter und Kind bestand.

»Mama hat mir in der Anfangszeit sehr geholfen, aber sie war bereits krank, als ich wieder nach Hause kam. Ich glaube, der Schock ... Das war zu viel für sie. Im darauffolgenden Jahr starb sie. Mein Vater schaffte es nicht, sich mit der Situation abzufinden, mein Bruder auch nicht. Sie schämen sich für mich. Wir haben keinen Kontakt mehr. Vater ist mehr oder weniger nach Pakistan zurückgekehrt. Es gibt nur noch Noman und mich.«

Kafa holte tief Luft, hielt den Atem an und rieb sich mit den Handrücken über die Augenlider. »In all den Jahren habe ich ein Grab ohne Leiche gepflegt, aber es stimmt nicht, dass es leer ist. Jedes Mal wenn ich hingehe, denke ich: Hier habe ich versucht, meine Schuld zu begraben. Die Schuld, Noman in die Welt gesetzt, ihn einer solchen Gefahr ausgesetzt zu haben. Die Schuld für das Leben, das ich ihm genommen habe, als ich ihn mit zu dieser Ziegenfarm nahm. Zeitweise bin ich mir selbst gegenüber sehr hart gewesen.«

»Kafa«, sagte Fredrik, »wenn du weißt, was ich wegen Frikk durchgemacht habe ... Warum hast du nie etwas gesagt?«

Ihr Blick verfinsterte sich. »Weil ich nicht konnte«, sagte sie verbissen. »Nomans Vater ist ein gefährlicher Mann. Ein sehr gefährlicher Mann. Falls er erfährt, dass Noman noch lebt … wird er alles in seiner Macht Stehende tun, um ihn zurückzubekommen.«

Mehrere Jahre vergingen, ohne dass Kafa erfuhr, was mit Nadir Shah geschehen war, und sie hatte sich damit abgefunden. Als jedoch der Arabische Frühling begann und die Terrororganisation IS ihr Kalifat mit Blut besiegelte, machten Gerüchte über einen ihrer gnadenlosesten Anführer die Runde, einen Mann, der mit den Taliban und mit al-Qaida gebrochen und sich an der Spitze des weltweit gefürchtetsten Terrornetzwerks etabliert hatte: der einäugige Arzt.

»Der einäugige Arzt ist Nomans Vater? Der Terrorist?«

Fredrik starrte sie mit weit aufgerissenen Augen an.

»Erst als ich Benediktes Film gesehen habe, habe ich begriffen, dass ich nur ein kleines Puzzleteilchen war. Die Organisation muss Nadir in all den Jahren nach der Explosion gefolgt sein. Die Waffen, die zu Nadir nach Afghanistan geschmuggelt wurden … Sie wurden doch 2010 gefunden – fünf Jahre nach meiner und Nomans Rückkehr nach Norwegen.« Kafa seufzte schwer. »Ich verstehe nicht, was die Organisation davon für einen Nutzen hat, einen Terroristen wie ihn mit Waffen zu versorgen. Nadir aber muss die ganze Zeit über eigene Pläne verfolgt haben. Er hat die Taliban dafür verachtet, seine Ideale verraten zu haben, und uns für unsere Gottlosigkeit. Er muss von etwas viel Größerem geträumt haben, als Krieg aus einer Höhle in einem vom Krieg verwüsteten Land zu führen. Er träumte vom Kalifat.«

Fredrik begriff, was Kafa gefühlt haben musste, als sie Benedikte Stoltz' Film gesehen hatte. Er handelte von ihr. Von Kafa und ihrem Kind.

Ihre Augen glänzten. »Die ersten Jahre waren nicht die

schlimmsten. Da war Noman noch so klein, und er brauchte nur mich. Als er dann jedoch älter wurde … Bis er sechs war, hatte er einen Platz in einem kleinen Kindergarten neben dem Pflegeheim. Es machte ihm so viel Freude, mit den anderen Kindern zusammen zu sein. Die Pfleger holten ihn und brachten ihn wieder zurück, er blühte auf. Aber das Risiko, Noman in die Schule zu schicken, war zu groß. Da er so … sichtbare Verletzungen hat, wäre er aufgefallen. Es gibt zu viele Schüler, Eltern und Lehrer. Also wird er im Heim von einer Pädagogin unterrichtet. Sie ist tüchtig, das ist es nicht, aber … Kannst du dir vorstellen, wie es für eine Mutter ist, ihr Kind von der Außenwelt zu isolieren? Es nie Beziehungen zu Gleichaltrigen aufbauen zu lassen, es nie zu dem werden zu lassen … der es vielleicht hätte werden können, weil wir uns vor einem der gefährlichsten Terroristen der Welt verstecken müssen?«

»Aber … wo ist Noman denn jetzt? Was ist passiert?«

»Wenige Stunden nachdem wir Benediktes Film gesehen hatten, hat mich ein Pfleger angerufen. Er sagte, dass Noman verschwunden sei. Ich habe Todesängste ausgestanden. Ich habe geglaubt, Nadir hätte bereits erfahren, dass Noman noch am Leben ist, und dass Benediktes Recherchen in irgendeiner Weise Nadirs Interesse geweckt hätten.«

In derselben Nacht war Kafa kontaktiert worden. Eine Frau hatte sie angerufen. Sie sagte, Noman sei zu seiner eigenen Sicherheit verlegt worden.

»Sie wusste, dass wir im Besitz des Dunkelzeit-Bandes waren. Sie sagte, ich müsse ihnen helfen, um Noman zu helfen.«

»Wem helfen?«

»Ich glaube, das weißt du sehr gut.«

Kafa hatte die Festplatte eigenhändig zerstört. Jedes einzelne Stückchen zermalmt und die Reste verbrannt.

Fredrik starrte sie fassungslos an. »Du hast denen geholfen, die Benedikte Stoltz ermordet haben? Und Beata Wagner und …«

»Ich musste doch mein Kind beschützen.«

Fredrik blinzelte heftig. »Ich verstehe das nicht. Wie konnte diese Frau wissen, dass wir im Besitz von ›Dunkelzeit‹ sind? Hast du es jemandem erzählt? Wer ist sie?«

Kafa schüttelte hilflos den Kopf. »Ich weiß nicht, woher sie es wusste. Ich weiß nicht, wer sie ist. Sie ruft von einer unterdrückten Nummer aus an. Sie … Das sind keine Gespräche. Sie gibt nur Anweisungen.«

Fredrik ballte die Fäuste so fest, dass ihm die Nägel in die Handflächen schnitten. Er hatte einen starken Verdacht, um wen es sich bei der Frau handelte. »Und wo ist Noman jetzt?«

»Sie sagten, sie würden ihn behalten, bis die Situation unter Kontrolle sei. Ich wurde gebeten, mich ruhig zu verhalten, deshalb habe ich Sonderurlaub beantragt und mich in Vaters Wohnung versteckt.« Kafas Stimme klang jetzt beinahe flehentlich. »Aber inzwischen ist so viel Zeit vergangen. Die Frau ruft nicht mehr an. Ich fürchte, dass etwas nicht stimmt. Deshalb bin ich zu dir gekommen, um dich um Hilfe zu bitten.«

Fredrik zog das Handy und die Dokumente hervor, die er unter seiner Jacke verborgen hatte. Er starrte das gräulichgelbe Umschlagpapier an. In der Abenddämmerung waren die Worte nur schwer auszumachen. Tschernobyl. Die Wiener Bruderschaft. Er musste diesen Ort mit eigenen Augen sehen, musste selbst durch die Flure wandern, durch die sein Vater einst gegangen war.

»Richard Reiss lebt«, sagte er schließlich. »Er hat zumindest bis vor Kurzem noch gelebt. Auf dem hier habe ich ein Verhör mit ihm aufgezeichnet.« Er reichte ihr sein Telefon und die Papiere. »Die Dokumente beschreiben, wozu diese Anlage genutzt wurde. Sieh sie dir an. Dann werde ich dir helfen, deinen Jungen zu finden.«

Die Köter suchten das Weite, als er die Autotür öffnete. Alter Schnee knisterte unter seinen Schuhsohlen. Er betrachtete die Gebäude, die Baumstämme und die Talhänge. Da bemerkte er es: Die Talhänge. Der Bergkamm, dort oben vor dem sich verdunkelnden Himmel. Der Mond, der sich im Schnee spiegelte, die dunklen Rinnen, durch die sich das Schmelzwasser seinen Weg gebahnt hatte. Das war das Motiv vom Gemälde seines Vaters.

77

Fredrik ging an der Wand des großen Hauptgebäudes entlang und blieb dann bei dem Kreis stehen, den die Spurensicherung in den Schnee gesprüht hatte, wo Kafa das Kreuz mit Børre Dranges Fingerabdrücken gefunden hatte. Dann schlenderte er durch die Flure und Hallen. Der Widerhall seiner Schritte war ihm stets eine Nasenlänge voraus. Einen Augenblick lang blieb Fredrik vor dem hohen Kellerfenster der Zelle stehen, in der der Pfarrer gefangen gehalten worden war. Er beobachtete Kafa im Auto und grübelte über das nach, was sie erzählt hatte. All die Jahre. Wo sich jetzt ein Wald befand, hatte er nur ein paar Bäume gesehen, und als sie ihm nun für einen Moment den Kopf zudrehte, hatte er das Gefühl, dass auch der ganze Wald hinter ihr ihn ansah – so leibhaftig, dass er für einen Augenblick zu ahnen meinte, dass sich dort draußen noch jemand aufhielt. Fredrik versuchte, am Schein der Innenbeleuchtung des Autos vorbeizuschauen. Doch er sah nur Dunkelheit.

Das Licht der Taschenlampe verblasste, als er hörte, wie die Autotür zugeschlagen wurde, woraufhin Fredrik in die große Halle beim Haupteingang ging. Kafa stand in der Mitte der Halle auf dem Betonboden im matten Licht des Mondes, der durch eines der länglichen Fenster hereinschien. Die Hände hatte sie in den Taschen vergraben, ihr Gesicht war nachdenklich.

»Das Wetter schlägt um. Es wird wärmer«, sagte sie.

»Ja«, antwortete Fredrik, lehnte sich nach vorn und betrachtete die Landschaft. Am Waldrand lagen achtlos hingeworfene Plastikfässer.

»Suchst du was?«, fragte sie.

»Nur so eine Ahnung.« Er wandte sich ihr zu. »Hast du alles gelesen und abgehört. Was denkst du?«

»Ich denke, du hast den eindeutigen Beweis dafür, dass die Organisation existiert«, sagte Kafa.

»Die Organisation«, wiederholte er, »die Nadir Shah sicheres Geleit, ein neues Leben in Norwegen garantiert und ihn mit Waffen versorgt hat.« Er grub die Schuhspitze in den harten Fußboden. »Sie haben hier eine Anlage für biologische Waffen betrieben und sie haben sich systematisch aller Zeugen entledigt. Was für Leute tun so etwas? Was für Leute haben solch eine Macht?« Er holte mit den Armen aus. »Sieh dir diese Räumlichkeiten an. Die Labors müssen gigantisch gewesen sein. Wo sind sie jetzt? Reiss zufolge wurde das Gebiet nach der Flucht des Pfarrers geräumt und in Container verfrachtet. Danach müssen wir suchen, Kafa. In diesen Containern liegen die Antworten auf unsere Fragen. Wenn wir sie finden, dann finden wir auch deinen Jungen. Es sind dieselben Leute, die dahinterstecken. Die Leute, die die Organisation steuern.«

Kafa sah ihn an. »Glaubst du nicht, dass die Container längst außer Landes gebracht worden sind?«

Er verstärkte das Kratzen mit der Schuhspitze. »Biologische Waffen«, sagte er. »Archive mit extrem sensiblen Informationen. Wie sollten die abtransportiert worden sein? Mit Lkw? Mit Transportflugzeugen oder Zügen? Was, wenn etwas schiefgeht? Was, wenn ein Zollbeamter seine Arbeit ein bisschen zu ernst nimmt?«

Fredrik streckte den Rücken durch. »Es gibt so vieles, worüber wir noch nicht gesprochen haben. Ich habe Pläne für ein Attentat und Bilder eines Mannes gesehen, von dem ich annehme, dass er sterben soll. Ein Lateinamerikaner. Dieser Mann … In irgendeiner Weise ist er eine Bedrohung für die Organisation. Das ist der Grund, warum Staffan Häyhä zurück ist. Wir haben einen Killer, eine Waffe und Bilder eines möglichen Tatorts – aber keinen Mord. Noch nicht. Wir befinden uns mitten in einer laufenden Operation.«

Kafa sah ihn an. Sie schien mit den Gedanken ganz woanders zu sein.

Plötzlich fiel Fredrik etwas ein. Etwas, was in ihm rumort hatte, aber von all den Eindrücken, all dem, was er erfahren hatte, in den Hintergrund seines Bewusstseins gedrängt worden war.

»Ich stelle mir eine Frage: Wie hast du mich gefunden?«

»Ich habe Therese angerufen«, sagte Kafa. »Sie hat erzählt, dass du in der Bank bist.«

Fredrik runzelte die Stirn. »Aber ich muss über eine Stunde dort gesessen und gelesen haben? Warum hast du so lange gewartet? Warum hast du nicht versucht, mich direkt anzurufen?«

Kafa zog eine Hand aus der Tasche. Darin hielt sie ein Handy. Erst glaubte er, es wäre sein eigenes, und sie wollte es ihm reichen, dann aber begriff er, warum die Lampe neben der Kameralinse eingeschaltet war. Sie filmte.

Aus der anderen Tasche zog sie eine Pistole.

»Knie dich hin.«

»Kafa?«

Sie richtete die Waffe auf seine Stirn. Zwischen ihnen war nur ein knapper Meter Abstand.

»Knie dich hin!«

Er tat, was sie von ihm verlangte, ohne den Blick von ihr zu wenden. Fragend. Erstaunt.

»Sag deinen Namen.«

»Was soll das?«

»Dein Name.«

»Fredrik Beier!«

»Und wo bist du?«

»Was geht hier vor sich? Was ist das hier?«

»Es tut mir leid, Fredrik. Noman ist der einzige, den ich habe.« Sie betrachtete ihn einen Augenblick lang. »Okay«, sagte sie dann. »Das ist auch schon egal.«

Kafa straffte den Finger um den Abzug. Mündungsfeuer. Nichts.

Teil 3

78

Dann war er angekommen im Tal des Todes.

So nannte er diese traurige Konstruktion, die unter dem Namen Oslo Busterminal bekannt war. Fahrer 130313 fand die Haltestelle, ließ den Bus zwischen die Asphaltpiere rollen und hielt an. Dann trippelte er ungeduldig mit den Füßen, während er im Spiegel verfolgte, wie die Passagiere ausstiegen. 130313 war selbstverständlich nicht sein Name, ihm gefiel jedoch, wie sich die Zahl im Mund anfühlte. Hatte er gute Laune, meldete er sich sogar damit, wenn er zu Hause anrief. War seine Frau in der gleichen Stimmung, lachte sie darüber, ansonsten antwortete sie: »Gut, Terje.«

Momentan versuchte er, sie bei Laune zu halten. Schließlich war er auf ihre Gnade angewiesen, nachdem er Frau und Kinder zum Fernsehen und zur freitäglichen Gemütlichkeit in die Küche verbannt hatte. 130313 war Modellbauer, wahrscheinlich der beste des Landes, und das waren nicht seine Worte. Es stand in dem Brief, den er erhalten hatte, als er den Wettbewerb zur Gestaltung eines detaillierten Modells des Osloer Flughafens Gardermoen gewonnen hatte. Und das beanspruchte derzeit den Großteil des Wohnzimmers.

Es hatte ihn den ganzen Winter gekostet, aber bald mussten nur noch die Flugzeuge lackiert werden. Die eleganten Boeing 737-Maschinen, die Airbusse A330, A350, A340, A319, A320 und A321. Ja, er konnte sie alle aufzählen, ohne Ausnahme. Die Propellermaschinen von Widerøe, den CRJ900 sowie die Privatjets.

Das war der Grund, warum er so ungeduldig wartete. Es waren noch vierzig Minuten bis zur nächsten Abfahrt, und 130313 musste in ein spezielles Geschäft, um dort den unbedingt erforderlichen Lack zu kaufen.

Nachdem er den Bus abgeschlossen hatte, sah er, dass eine Frau an der Haltestelle stand. Es war eine Norwegerin mit pakistanischen Wurzeln, nahm er an. Sie trug einen Kapuzenpullover unter dem Mantel und hatte die Kapuze über den Kopf gezogen. Das ließ ihn stutzen. Er sah hier unten häufig muslimische Frauen mit Hidschab, selten jedoch mit Kapuzenpullover – Jugendliche vielleicht, aber keine erwachsenen Frauen. Sie musste mindestens dreißig Jahre alt sein. Im Schneematsch neben ihr standen zwei dunkle Reisetaschen und dazwischen stand ein zusammengeklappter Rollstuhl.

»Wollen Sie gleich um 11:45 Uhr mitfahren? Es dauert noch eine Weile, bis ich den Bus aufmache«, sagte er. »Gehen Sie doch nach drinnen in die Wartehalle, dann müssen Sie hier draußen nicht frieren.«

Die Frau warf einen Blick auf ihr Gepäck und zuckte mit den Schultern. »Ist schon in Ordnung.«

Er wollte gehen, aber irgendetwas an ihrer Traurigkeit hielt ihn zurück. Er hatte schlicht und einfach Mitleid mit ihr. »Ich kann den Rollstuhl und die Reisetaschen schon mal in den Kofferraum packen, dann müssen Sie die Sachen nicht mit in die Wartehalle schleppen«, sagte er eilig.

»Danke«, sagte sie und zog die Kapuze noch enger um ihr Gesicht. Es war beinahe so, als wollte sie nicht gesehen werden.

Die Besorgung war schneller erledigt, als er gehofft hatte. Wieder zurück, machte er an einem der Kioske des Busterminals Halt und bestellte ein Würstchen, eine Cola und ein paar Schokoküsse mit Kokos. Auf dem Bildschirm unter der Decke liefen unter den Abfahrtszeiten die neuesten Nachrichten durch. Ein amerikanischer Flugzeugträger sollte Oslo einen Besuch abstatten und die Finanzministerin stieß eine neue Flüchtlingsdebatte an. 130313 brummte missmutig. Eine *neue* Flüchtlingsdebatte. Wurde in diesem Land überhaupt noch über etwas anderes diskutiert?

Vor dem Bus hatte sich eine kleine Schlange gebildet. Als die übrigen Passagiere an Bord waren, stand die Frau noch immer vor dem Bus. Letztendlich lehnte er sich vor.

»Sie, jetzt sind es noch zwei Minuten, bis ich fahre. Wenn Sie nicht mitwollen, muss ich Ihr Gepäck wieder ausladen.«

Sie schaute zu ihm auf. Es sah aus, als hätte sie geweint.

»Ich warte auf mein Kind«, sagte sie. »Wir fahren mit. Ganz bestimmt.«

79

Ein lautloser Sturz in der Nacht. Kein in den Ohren sausender Wind, kein Licht, kein Schatten. Kein Taumeln oder Schreien.

So fühlte sich Sterben also an.

Fauchender Atem. Das Rauschen einer Toilette. Klamme Feuchtigkeit auf den Oberschenkeln und ein schlaffes Herz in der Brust.

Moment. So fühlte sich Sterben nicht an.

So war es zu leben.

Verdammt, wie weh das tat. Fredrik versuchte, die Ellenbogen auf dem Boden aufzustützen, wollte den Oberkörper anheben, aber es war vergebens. Der Hinterkopf knallte auf den Boden, und der Schmerz zog wie Nebelschwaden über die Netzhaut. Er konzentrierte sich auf einen der herumschwirrenden Punkte, ließ ihn zum Rand des Blickfeldes gleiten und ihn aus der Bewusstlosigkeit herausführen. Was hatte ihn geweckt? Was war das für ein Schaben, das er an Stirn, Kinn und Augenlidern verspürte? Die Augen waren fast vollkommen verklebt. Da sah er, was sich über ihn beugte: ein stinkendes Hundemaul, eine ausgemergelte Köterschnauze. Er brachte die Kraft auf auszuholen. Das Tier erschrak, winselte und trollte sich.

Er lag auf einer Decke auf der Seite. Er musste wieder weggedöst sein und sich im Schlaf umgedreht haben, denn vor seiner Brust lag das Tier und schlief. Fredrik hatte den Arm darum gelegt, die Hand in dem schmierigen Fell vergraben und spürte seine Wärme. Im Halbdunkel entdeckte er an der Decke Furchen, an den Wänden hatte Feuchtigkeit Ränder auf dem Beton hinterlassen. Wo war er hier?

Der Eisengeschmack brannte in seinem Mund, als er den Kopf hob. Die Zange verstärkte ihren Druck um die Schläfen. Der Hund wand sich unruhig, als er die Hand wegnahm. Vorsichtig berührte er seine Stirn. Die Hand wurde klebrig. Die Fingerspitzen waren dunkel von lehmartigem Blut. Dann fanden die Nägel Halt hinter dem Wundschorf, und er wusste, dass er es nicht tun sollte, tat es aber trotzdem: Er riss den abstoßenden Fleck ab. Frisches Blut floss aus der Wunde, und er fluchte unter Schmerzen. Der Hund schoss in die Höhe. Er hatte den Kopf eines Schäferhundes. Der Körper aber war kleiner, und er war magerer als jeder Schäferhund, den Fredrik je gesehen hatte. Das Tier lahmte.

Bereits bevor er sich auf die Knie gehievt hatte, machte sich die Übelkeit im Zwerchfell bemerkbar. Fredrik verharrte in dieser Position, auf allen vieren, krummgebeugt und keuchend. Er räusperte sich, spuckte und krabbelte über den Betonboden hinüber zur Wand. Dort zog er sich mühsam auf die Beine. Rücken und Hintern gegen den feuchten Beton gestemmt wartete er, bis der Schwindel nachließ und sein Blick klar wurde.

Am Ende des Raums war von der Decke her ein Lichtschein zu sehen. Durch den Schwindel fühlte es sich so an, als würde das Licht über die dort aufwärts führende Treppe treiben. Also musste er sich in einem Keller befinden. Ein paar tiefe Atemzüge und er schleppte sich über den Boden, erklomm die Stufen mit Händen und Füßen. Unter den Fingern spürte er etwas Langes und Glattes. Es war eine Leitung. Sie verlief durch die Holzluke, die ihm den Weg versperrte. Durch Ritze in der Luke drang Tageslicht zu ihm. Der Lichtschein blendete, und ohne Erfolg suchte er nach einem Griff, einer Klinke, nach etwas, was er packen konnte. Die Luke war klamm, und auf ihr hatten sich Tropfen gebildet. Sie rührte sich keinen Zentimeter. Er versuchte, den Rücken dagegen zu stemmen und zu drücken, jedoch fehlte ihm die Kraft.

»Hallo!«, rief er. »Hilfe!« Keine Antwort.

Fredrik legte die Hände um die Leitung und folgte ihr nach unten. Dort endete sie als eine Rolle unter der Treppe und war an einem Heizlüfter befestigt. Darauf lag etwas: seine Brille und eine Taschenlampe. Er fand den Schalter, und kurz darauf glühten die Wärmestäbe. Der Lüfter quietschte, es roch nach verbranntem Staub, und er wärmte sich die Hände, bevor er die Taschenlampe einschaltete.

Es *war* ein Keller, und er war komplett geplündert. Der Hund drehte vor einem Verschlag am anderen Ende Kreise. Es war eine Toilette. An der Wand hinter dem Ofen stand eine Einkaufstüte mit Äpfeln und Birnen, einigen Tüten Haferflocken sowie ein paar Flaschen Wasser. Fredrik wusste, dass er sich darüber hätte wundern sollen, brachte jedoch nicht die Kraft dafür auf. Er spürte nur, wie hungrig er war, wie ausgetrocknet seine Kehle war. Er trank und aß. Das Essen machte ihn müde, und er schlief wieder ein.

Sein Schlaf war leicht und wurde von Kreischen und Hundegewinsel begleitet, das Summen jedoch, das ihn weckte, stammte von einem Telefon. In weiter Ferne. Es klang wie sein eigenes und verstummte schnell wieder. Es war dunkel. Stockdunkel. Die Luke musste ins Freie führen, und dort oben war Nacht. Fredrik hatte die Decke zum Heizlüfter gezogen, bevor er eingeschlafen war, er war trocken und fror nicht. Im Schein der Taschenlampe sah er, dass sich der

Hund ganz in seine Nähe gelegt hatte. Er streckte die Hand aus. »Komm her. Komm her, Kumpel. Ich beiße nicht.«

Das Tier ließ sich von ihm über den Kopf streicheln. »Was ist mit dir passiert, Kumpel? Hast du dich am Bein verletzt?« Er strich über die geschwollenen Rippen, woraufhin der Hund wimmerte. Der Klumpen direkt unter dem Hüftgelenk gehörte schlichtweg nicht dorthin. »Du hast auch einen Schlag abbekommen.« Der Hund legte sich in seine Arme. Fredrik streichelte das struppige rotbraune Fell.

Es war ein Weibchen und ließ Fredrik an ein anderes weibliches Wesen denken.

Kafa hatte vor der Bank auf ihn gewartet. Zusammen waren sie nach Tschernobyl gefahren. Er hatte sie die Dokumente seines Vaters lesen, das Verhör mit Reiss anhören lassen. Er hatte ihr alles erzählt, was er wusste. Anschließend hatte sie ihn auf die Knie gezwungen und auf ihn geschossen.

Sie hatte auf ihn geschossen! Er kapierte es nicht. Wenn sie ihn hatte töten wollen, warum hatte sie es nicht einfach getan? Warum hatte sie von ihrem Sohn erzählt? Von Afghanistan? War das nur eine Lüge gewesen? Ein Trick, um ihn mit sich zu locken? Was war mit dem Ofen, dem Essen und dem Wasser? Wenn sie ihn hatte töten wollen … warum war er dann noch am Leben?

Die Wunde an seiner Stirn war tief, daran gab es keinen Zweifel, das Stirnbein schien jedoch intakt zu sein. Fredrik konnte ein Dickschädel sein, allerdings nicht in dem Sinn, dass eine aus einem Meter Abstand abgefeuerte Kugel nicht hindurchdringen würde.

Er schob den Hund beiseite und stemmte sich hoch. Im Schein der Taschenlampe suchte er den Boden ab und fand die Stelle, wo er zuerst aufgewacht war. Dort lag er. Der Klumpen geronnenen Blutes war fingerdick und erinnerte an eine ungleichmäßige Scheibe Blutwurst. Er brach sie in Stücke. Sie hatte einen harten Kern. Er saugte daran. Das geronnene Blut erzeugte bei ihm einen Brechreiz, schließlich aber hatte er einen geschmacklosen Klumpen im Mund. Er hatte die Größe einer Erbse und gab nach, als er hineinbiss. Es war ein Gummigeschoss. Kleiner als herkömmliche Gummigeschosse und weicher.

Es war also nicht das Ziel gewesen, ihn zu töten. Kafa hatte gefilmt, ihn gebeten, seinen Namen zu sagen. Sollte jemand anderes den Film sehen? Sollte jemand anderes glauben, er wäre Zeuge von Fredrik Beiers Hinrichtung?

Der Wanderer.

War Kafa der Wanderer und hatte sein Leben verschont, weil … weil sie Freunde waren? Oder weil sie sich nicht getraut hatte?

Seinen Segen erteilte er ihr deshalb nicht gerade. Aber sie hatte es offensichtlich versucht.

Ob er geschlafen oder nur gedöst hatte, wusste er nicht, als er jedoch den Kopf hob, waren die Konturen der Treppe deutlich zu erkennen. Erneut war da etwas an dem Licht, das ihn verwunderte: Es schien beinahe so, als wäre es in Bewegung. Erneut stieg er die feuchten Stufen hinauf. Zwischen den Ritzen in der Luke sah er etwas … Glänzendes? Plastik? Es musste Plastik sein, der Boden von irgendetwas Großem, das über der Luke platziert worden war. Dann begriff er: Das zwischen den Brettern herunterrinnende Kondenswasser, das seine Finger befeuchtete, das schwimmende Licht, das waren Fässer oder Plastikkanister voller Wasser.

»Hilfe!«, brüllte er. »Hilfe!«

Niemand antwortete, aber Fredrik war nun stärker, und als er den Rücken erneut gegen die Luke presste, gab sie nach. Nur ungefähr einen Zentimeter, aber immerhin. Er sah sich um. Gab es hier irgendetwas Spitzes? Einen Nagel, eine Schraube… Sein Blick fiel auf den Heizlüfter. Aber er wagte es nicht. Allein die Vorstellung, dass er kaputtgehen könnte… Was war mit den Taschen? Das Handy war verschwunden, das Portemonnaie nicht zu gebrauchen, also… die Plastiktüte. Die Tüte mit Stines Unterwäsche, die er noch immer mit sich herumtrug. Er pulte die schmalen Metallbügel aus dem Büstenhalter. Sie waren fest, scharfkantig, robust. Genau, was er brauchte.

Stine konnte er seinen Segen erteilen. Schlagfertige, sorglose, vollbusige Stine.

80

Die Sonne schien auf den Ministerpräsidenten herab – Ruben Andersen hatte sich so hingestellt, dass der Schatten auf ihn fiel.

Ruben stand nicht gern in der Sonne. Sie war hinterlistig, sie blendete und sie brannte. Sie konnte das Sehvermögen einschränken, sodass man Gefahren nicht rechtzeitig erkannte, weil man nur die Sonne sah. Und man konnte zu dem Glauben gelangen, dass die Sonne nur für einen selbst schien.

Simon Riebe hatte so lange am Fenster im Esszimmer seiner Wohnung gestanden, dass er einer Statue glich. In der Hand hielt er ein Handy. Auf dessen Display sah er etwas, von dem er den Blick nicht losreißen konnte.

»Dann ist das erledigt«, murmelte er schließlich und drehte sich zu Ruben um. »Lassen Sie ihn nicht warten. Führen Sie ihn gleich herein.«

Ruben Andersen hatte nicht gefragt, warum er zur Wohnung von Trym Dahl geschickt worden war, um die Einladung für ein privates Mittagessen mit dem Ministerpräsidenten zu überbringen. Dahl war genauso überrascht gewesen wie er selbst. Er war Vorsitzender der Arbeiterpartei, im Parlament Oppositionsführer und bei der Wahl im Herbst Simon Riebes Hauptgegner. »Haben wir Krieg?«, hatte er gefragt und gelacht.

Ruben hatte nicht nachgefragt. Aber er gedachte, es herauszufinden. Er hatte das Küchenpersonal gebeten, neben der Esszimmertür einen Stuhl zu platzieren, auf den er sich setzte.

Als Trym Dahl das Zimmer betrat, gab sich Ruben so unbedeutend wie möglich.

»Trym«, sagte Riebe und streckte die Hand aus.

»Simon«, sagte Dahl und ergriff sie. »Wie ich sehe, hast du die Gardinen austauschen lassen. Eisblau. Das passt gut zur Politik der Regierung.«

»Besser als blutrot«, entgegnete der Ministerpräsident.

Mit einem hübsch polierten Nagel kratzte sich Dahl an der Stirn. »Soweit ich mich erinnere, waren sie vorher weiß.«

»Rot, weiß oder blau«, sagte Riebe und zuckte mit den Schultern. »Das sind alles Farben der Nationalflagge. Und das ist auch der Grund, warum ich dich hergebeten habe. Es gibt eine Sache, die ich gern mit dir besprechen möchte. Eine Sache, die die Zukunft der Nation betrifft.« Mit der Hand machte er eine einladende Geste, und sie setzten sich. Riebe hatte darum gebeten, dass die Mahlzeit aus Salzhering und Kartoffeln, Butter, klein geschnittenen roten Zwiebeln und Sauerrahm bestand. Früher war das ein Arme-Leute-Essen, zumindest wenn man die Butter und den Sauerrahm wegließ, nunmehr aber haftete dem Gericht etwas Feineres an. Ruben verstand gut, warum Riebe so etwas servieren wollte. Die Nation war nicht von allein der Armut entkommen. Hinter dieser Entwicklung standen Staatsmänner und staatstragende Parteien. Und davon gab es nur zwei: die Arbeiterpartei und die Høyre.

»Und mit deiner Frau ist alles in Ordnung?«, fragte Dahl, während der Ministerpräsident Apfelsaft einschenkte.

»Meine Frau? Bist du ihr auf dem Weg hier herauf nicht begegnet? Ich hatte ihr gegenüber erwähnt, dass sie dich in Empfang nehmen soll.«

»Doch«, antwortete Dahl scherzhaft. »Ich meinte deine andere Frau. Die Kratzbürste von einer Finanzministerin, die du dir zugelegt hast. Wetre ist wohl auch stellvertretende Ministerpräsidentin, wenn ich das richtig gelesen habe? Nicht alle Politiker hätten die Nachricht überlebt, dass ihre eigene Tochter ein Kind mit einem Terroristen gezeugt hat.«

Riebe schmunzelte hinterhältig. »Nein. Das war bei ihrer Vorgängerin einfacher. Die Essen mit Vibeke bestanden zur Hälfte aus Betablockern und zur anderen Hälfte aus Napoleon-Torte«, sagte er und wies mit dem Messer auf Dahls Teller. »Hau rein.«

»Wie ich höre, bereitet Wetre einen neuen Kampf in der Flüchtlingspolitik vor«, sagte der Vorsitzende der Arbeiterpartei. »Wenn du meine Meinung dazu hören willst, Simon, dann nimmt dieses Land bereits hinreichend Glücksritter auf. Dass wir für die Amerikaner den Job des Abseihens übernehmen, die faulen Äpfel aus dem Korb lesen, bevor sie sich die besten von ihnen schnappen und sie nach Silicon Valley verfrachten, ist nicht nachhaltig.«

Riebe kaute fertig und legte dann das Besteck beiseite. »Allein im vergangenen Jahr wurden in norwegischen Flüchtlingsheimen vier Personen mit Verbindungen zum einäugigen Arzt identifiziert. Weiß du, wo die sich jetzt befinden?«

Dahl schüttelte leicht den Kopf. »Im Gefängnis, hoffe ich?«

»Ja. In amerikanischen Gefängnissen.«

»Überstellen wir sie an die Amerikaner? Was sagt die Justiz dazu?«

»Das ist eine Grauzone«, sagte Riebe. »Diese Männer sind durch ganz Europa gereist, ohne Asyl zu beantragen. Wie du weißt, besagen die Regeln, dass sie den Antrag in dem ersten Schengen-Land stellen müssen, in das sie einen Fuß setzen. Deshalb betrachten wir die Überstellung nicht als Gefangenenauslieferung. Das System ist so konstruiert, dass der Transport zufällig über die USA erfolgt. Und was die Amerikaner auf amerikanischem Boden tun, damit haben wir selbstverständlich nichts zu schaffen. Die Amerikaner sind enorm erpicht darauf, den Arzt in die Finger zu kriegen. Sie wollen jeden haben, der mit ihm in Verbindung steht.«

»Pfiffig«, sagte Dahl. »Pfiffig. Und Kari Lise Wetre ist einverstanden mit dieser… Regelung?«

»Sie hat ihre Tochter bei einem Terroranschlag verloren. Sie sollte es also sein. Wetre hegt keine Sympathie für Terroristen. Für sie ist es wichtig, die Anzahl der bei uns aufgenommenen Flüchtlinge zu erhöhen. Reine Symbolpolitik«, schnaubte Riebe.

»Der teuren und risikobehafteten Art«, fügte Dahl hinzu.

Sie aßen schweigend weiter. Hatte Riebe den Vorsitzenden der Arbeiterpartei deswegen hierher eingeladen? Um sich Rückendeckung zu verschaffen, sollte diese Praxis bekannt werden?

Nein.

»Früher war alles einfacher«, sagte Riebe plötzlich. »Da hatten unsere beiden Parteien eine gemeinsame Vision darüber, wohin sich die Nation entwickeln sollte. Zwar waren wir uneins über die Methoden, das Tempo und die Hilfsmittel, aber das Ziel stand fest. Das Öl sollte gefördert, das Land aufgebaut werden. Jetzt leben wir in einer Zeit der Parteienzersplitterung. Regierungen existieren durch die Gnade der kleineren Parteien, sie zerreißen und verschleißen uns, um eigene Wähler zufriedenzustellen. Im einen Jahr sind es die Umweltschützer, dann sind es die Bauern, die Islamhasser oder die Firmengründer. Alle haben nur ihr eigenes Interesse im Blick. Wir fahren Slalom auf einem für die Abfahrt angelegten Hang, Trym. Das ist das Problem hierzulande.«

Dahl sah verstohlen zu ihm auf. »Das hättest du in deiner Neujahrsansprache sagen sollen.«

Riebe schnaubte. »Ich will die Amerikaner nicht provozieren, aber früher oder später werden wir einen dieser Terroristen übersehen. Was passiert, wenn sich der Abschaum im Osloer Hauptbahnhof in die Luft sprengt oder sich während des Weihnachtstrubels mit einem Lkw auf Amokfahrt begibt? Im Herbst ist Wahl. Möglicherweise musst du ja die nächste Neujahrsansprache halten, nachdem die Tragödie eingetreten ist. Dann bist du es, dem die Wähler auf die Pelle rücken und der büßen muss.«

»Ich habe den Eindruck, du möchtest mir irgendeinen Handel vorschlagen«, sagte der Vorsitzende der Arbeiterpartei. »Und ich nehme an, es geht um Flüchtlinge. Hast du das mit den Amerikanern besprochen?«

Riebe nickte. »Sie sind skeptisch. Allerdings habe ich eine Methode gefunden, ihnen die Pille zu versüßen. Wir haben nämlich etwas, was unsere Freunde hinter dem Atlantik enorm zu schätzen wissen. Wir haben eine Möglichkeit, den einäugigen Arzt empfindlich zu treffen. Wir haben Zugriff auf jemanden, der ihm nahesteht.«

Dann wischte sich der Ministerpräsident den Mund ab und wandte sich an Ruben.

»Es ist an der Zeit, dass Sie uns verlassen.«

Ruben Andersen fühlte sich am wohlsten im Schatten. Er verstand es, sich in der Dunkelheit zurechtzufinden. So war er zwar aus dieser unheiligen Kammer verbannt worden, das Aufnahmegerät unter dem Sitz des Stuhls befand sich jedoch noch immer an Ort und Stelle.

81

Fredrik war inzwischen überzeugt, dass er einen Spalt in den Wasserbehälter ritzen könnte, der die Luke über der Treppe blockierte. Die Bügel von Stines BH erwiesen sich allerdings als unbrauchbar. Egal, wie viel er darauf herumbiss oder versuchte, sie zu verbiegen, sie fügten dem harten Plastik kaum einen Kratzer zu. Die Feuchtigkeit sorgte dafür, dass ihm die Metallstäbe unaufhörlich durch die Finger rutschten, zudem musste er auf dem Rücken liegen, wodurch sich die Treppenstufen in Wirbelsäule und Nacken drückten. Die Nägel schmerzten, das Blut sickerte, und in den Augen standen ihm die Tränen.

Das hier war kein Traum, er hörte Hundekläffen und Knurren. Während er sich unter der Luke abmühte, kehrte der Lärm zurück. Erst war er noch weit weg, doch als sich das wütende Kläffen näherte, begann die Hündin am Fuß der Treppe zu knurren und nervös auf und ab zu laufen. Es mussten viele sein, und sie klangen aggressiv. Gefährlich. Wie war die Hündin hier heruntergekommen? Zusammen mit ihm oder war ihre Anwesenheit hier von ihm unabhängig? Er hatte nach anderen Wegen gesucht, aber nur einen Lüftungsschacht auf der Toilette gefunden, der sowohl für Menschen als auch für Hunde zu eng war.

Fredrik schob sich einige Stufen nach unten, streckte den Rücken durch, zog die Knie unter das Kinn und schloss die Augen. Es war eine Position ohne Willen und Kraft. Sein

Becken schmerzte, die Muskeln brannten, und er hatte Angst. Er spürte es, weil es ihn schauderte, allerdings nicht vor Kälte. Er biss sich in die Wangen, es tat jedoch nicht weh. Sollte er hier erfrieren, langsam verhungern oder von wütenden Kötern in Stücke gerissen werden? Wer war so grausam, ihn hier einzusperren?

Er begriff, dass es sich bei den Kötern dort oben und der Hündin hier unten um die gleichen streunenden Tiere handelte, die sich in den Wald getrollt hatten, als er mit Kafa zu der Laboranlage gekommen war. Da waren sie noch ängstlich gewesen, jetzt aber war er schwach und alleine. So wusste er zumindest, wo er war: Das Verlies musste sich in einem Keller irgendwo im Tal befinden. Diese Gewissheit verstärkte jedoch nur seine Unruhe, denn in diesem Wald waren keine Menschen unterwegs. Die Spurensicherung war hier längst fertig, und vermutlich kam niemand hierher, um nach ihm zu suchen.

Fredrik versuchte, sich Therese vorzustellen, an dem Morgen in der Thereses gate. Er dachte an ihren Atem, die sanfte Silhouette in der Dunkelheit. Als er von dort weggegangen war, war er so zufrieden gewesen, so froh, so … sorglos. Dachte sie an ihn? Vermisste sie ihn auf der Arbeit? Hatte vielleicht Therese versucht anzurufen?

Pfoten kratzten an der Luke. Die Hunde witterten ihn vermutlich, denn sie knurrten und scharrten mit ihren stumpfen Krallen auf dem Holz. Er versuchte, etwas zu erkennen, erahnte zwischen den Ritzen die Schatten, sie schnappten nacheinander und tranken aus den Wasserpfützen dort oben.

Er erschauderte. Was wenn sie auf die Verlängerungsschnur aufmerksam wurden, daran kauten oder zerrten? Es war nur eine Frage der Zeit, bis die Winterkälte zurückkehrte. Ohne die Wärme der Glühdrähte des Heizlüfters würde er … Moment. Die Glühdrähte.

Fredrik krabbelte wieder zum Heizlüfter hinunter, zog die Hündin zu sich heran, legte die Arme um sie und flüsterte leise Worte. Dabei summte er ein Lied, das er nicht gesungen hatte, seit er an der Wiege seines jüngsten Sohnes gesessen hatte. Es beruhigte sie beide, und sie warteten. Und warteten. Nach einer Weile waren es die Köter leid und verschwanden wieder.

Fredrik ließ den Hund los, umklammerte einen der BH-Bügel mit dem Jackenärmel und schob ihn vorsichtig durch das Gitter des Heizlüfters. Die Bügel taugten nicht dazu, Kerben in die Plastikgefäße zu ritzen. Aber vielleicht waren sie dennoch zu etwas nutze. Schon bald glühte die Spitze des Bügels. Er eilte die Treppe hinauf und drückte das glühend heiße Ende gegen das Plastik des Kanisters.

Pssscchh… Das Tropfen wurde stärker.

Es dauerte lang, aber es funktionierte. Mit jeder Tour die Treppe hinab wurden es mehr Tropfen. Er wurde nass, komplett durchnässt, geronnenes Blut und Schmutz rannen ihm das Gesicht und den Hals herunter, über die Arme und in die Jacke hinein, aber er kümmerte sich nicht darum, sondern flitzte immer nur hoch und runter, schob den Bügel vorsichtig in den Heizlüfter und hatte dabei höllische Angst, einen Schlag zu bekommen oder einen Kurzschluss zu erzeugen. Die Hündin war genauso eifrig wie er, folgte ihm die Treppe hinauf und die Treppe wieder hinunter. Fredrik zitterte vor Kälte und Aufregung, jetzt rann das Wasser in einem Strom die Stufen herunter. Er presste den Rücken gegen die Luke und spannte den Körper bis zum Äußersten an. Ihm wurde schwindelig, in seiner Stirn hämmerte es unaufhörlich, der Rücken schrie vor Schmerzen, und er stimmte ein. Und endlich gab die Luke nach. Die Wassertanks fielen krachend um, die Hündin wich zurück, und Fredrik war frei.

Völlig entkräftet fiel er um, vor Kälte zitternd, wachsam und durchnässt. Sein Puls pochte in den Schläfen, und die Muskeln schmerzten ihn.

Da knurrte es. Das Geräusch von Pfoten auf morschem Schnee. Fredrik lag auf einem nackten Betonfundament mitten im Wald. Daneben verlief ein Schotterweg, und dort standen sie. Die Hunde hatten das Fell gesträubt, die Köpfe gesenkt und fletschten die Zähne. Sie waren nicht groß oder kräftig wie Kampfhunde, aber sie waren zahlreich, acht oder zehn Stück. Und sie waren hungrig und hatten eine Beute erspäht. Bei einigen hing das Fell verfilzt herab, bei anderen waren die Ohren zerbissen, und über ihren Schnauzen zeichnete sich Narbengewebe ab. Das Leittier, ein Köter mit schnurgeraden Ohren und Stecknadelaugen über der knurrenden Schnauze stand ein Stück weit vor den anderen. Als Fredrik Anzeichen machte aufzustehen, sprang er auf ihn zu.

Fredrik ballte die Hand um den Metallbügel und schob sich nach vorn, um auf die Knie zu kommen. Da nahm er im Augenwinkel eine Bewegung wahr. Das Leittier war bereits so nah, dass er den Sabber spritzen sah, als die Hündin an ihm vorbeischoss, das Tier in der Seite traf und ins Leere schnappte. Die beiden Hunde fielen übereinander her und rollten im Kampf umher. Doch die schwache, verstümmelte Hündin war kein Gegner für das Leittier. Es wand sich, knurrte und versuchte, seine Schnauze in ihren Nacken zu rammen. Endlich hatte Fredrik sich aufgerappelt. Mit aller Kraft, die er aufbringen konnte, trat er zu und traf das Leittier am Zwerchfell. Es fühlte sich an, als würde etwas nachgeben, der Köter schlitterte über den Beton, fauchte böse und hievte sich mühsam wieder hoch. Fredrik knurrte, als wäre er selbst ein Tier, machte einen weiteren Schritt nach vorn und hob drohend den Metallbügel. Einen Augenblick lang starrten sie einander wütend in die Augen. Herausfordernd. Abschätzend. Dann drehte sich der Köter um und lief in den Wald davon. Und der Rest der Bande folgte ihm.

Fredrik sank auf die Knie. »Herrgott.«

Er blieb so sitzen, bis der Sturm in seiner Brust nachließ. Anschließend stellte er fest, dass es Nachmittag war. Das Schmelzwasser tropfte von den Bäumen, und der Himmel war grau. Die Hündin saß neben ihm. Fredrik füllte seine Hände mit Schnee und rieb sich damit wieder und wieder das Gesicht ab, bis Blut und Schmutz den Schnee nicht mehr rotbraun färbten und die intensiven Kopfschmerzen nachließen. Seine Sachen waren dreckig, zerrissen und mit weißen und braunen Tierhaaren übersät.

Der Weg führte zu einem Zaun zwischen den Baumstämmen. Er vermutete hier die Baracke des Wachmanns. Er stand auf dem Fundament der Wachbaracke, in der Richard Reiss gesessen hatte, einige hundert Meter von der Hauptanlage auf Tschernobyl entfernt.

Das Telefon fand er neben dem umgekippten Wasserkanister. Es war nass, funktionierte aber noch. Er hatte mehrere entgangene Anrufe. Fredrik tippte die Notrufnummer ein und wollte gerade anrufen, zögerte jedoch.

Wenn man ihn so finden würde, würde das einen riesigen Aufruhr verursachen. Wer sich seinen Tod gewünscht hatte, würde erfahren, dass er noch lebte.

Er hörte die Nachrichten ab. Therese hatte mehrfach angerufen und fragte sich, wo er war. Polizeidirektor Koss hatte wiederholt die Anweisung hinterlassen, er möge sich umgehend bei ihm einfinden. Die letzte Nachricht, die er noch abhörte, bevor der Akku streikte, stammte von Victoria Pytell, der Hackerin und Lebensgefährtin von Benedikte Stoltz. Die Nachricht war kurz und unmissverständlich. »Sie müssen herkommen.«

82

Fredrik schwankte und musste sich mit einer Hand am Türrahmen abstützen. Er wollte gerade noch einmal anklopfen, als Victoria Pytell öffnete.

»Meine Güte. Was um Himmels willen ist Ihnen denn passiert?«

»Ich bin sofort gekommen, nachdem ich Ihre Nachricht abgehört hatte«, presste Fredrik mühsam hervor, während sie ihm in den Flur half. Sie schob ihn auf einen Stuhl neben dem Kleiderständer. Er musste sich abstützen, um nicht zu Boden zu kippen.

»Was zum Teufel ist das da?«

Victoria starrte zur Eingangstür.

»Ah«, sagte Fredrik. »Das da ist Houdini. Ich hoffe, Sie mögen Hunde.«

»Das ist kein Hund«, sagte Victoria. Allerdings scheuchte sie das Tier in den Flur, bevor sie einen Blick auf die Straße warf, die Tür zumachte und hinter ihnen abschloss.

»Sind Sie verletzt? Brauchen Sie einen Arzt?«

»Ja. Und nein«, antwortete Fredrik.

»Ziehen Sie die stinkenden Fetzen aus. Ich lasse Ihnen ein Bad ein.«

Das Wasser roch nach Eukalyptus und war so heiß, dass er es kaum aushielt. Die Seife, die sie ihm hingelegt hatte, war in weiches Papier gewickelt, das Licht war angenehm gedämpft, und die Hündin hatte sofort verstanden, dass der

Bottich, den Victoria auf dem Badezimmerboden platziert hatte, für sie bestimmt war. Während sein Nacken auf dem Handtuch auf dem Badewannenrand ruhte, schloss Fredrik die Augen.

Es war nicht einfach gewesen, ein Auto zum Anhalten zu bewegen, sobald er sich endlich den Weg an der Kiesgrube vorbei gebahnt hatte. Mehrfach hatte Fredrik versichern müssen, dass er Polizist sei, seinen Polizeiausweis vorzeigen und dem Betreffenden Name und Adresse aufschreiben lassen müssen. »Wir hatten eine Übung. Ein Überlebenstraining«, hatte er erklärt. Der Fahrer hatte nicht überzeugt gewirkt. Fredrik war fast drei Tage lang eingesperrt gewesen.

»Ui. Da liegt ein nackter Mann. Sie wissen aber, dass Sie den Duschvorhang benutzen können?«

Victoria stand in der Tür. Fredrik fummelte an dem Vorhang herum, sie aber wehrte ihn mit einer wedelnden Handbewegung ab, stellte ein Trinkglas in die kleine, im Marmor dafür vorgesehene Halterung und gab ihm mit einer Geste zu verstehen, dass es für ihn sei.

»Ich glaube, ich habe seit den Siebzigern keinen komplett nackten Männerkörper mehr gesehen.« Sie ließ ihren Blick über ihn wandern. »Aber ihr habt euch nicht groß verändert.« Sie band die grauen Haare mit einem Gummi zusammen, bevor sie neben dem Bottich in die Knie ging und sich daran machte, den Hund zu schrubben. »Houdini, sagten Sie? Prächtiger Name für so ein Tier.«

»Glauben Sie mir«, sagte Fredrik. »Sie hat ihn sich verdient.«

Als Fredrik seine Erzählung beendet hatte, saßen sie in den tiefen Scandia-Stühlen im Wohnzimmer. Fredrik trug einen weiten Seidenpyjama, das einzige Kleidungsstück, das nach Victorias Meinung hätte passen können. Die Hosenbeine endeten direkt unter den Knien. Seine Jacke konnte nur noch entsorgt werden, und seine restlichen Sachen befanden sich in der Waschmaschine.

»Was haben Sie jetzt vor?«

Victoria hatte Pizza bestellt, sowohl für sie beide als auch für den Hund. Fredrik aß gierig und schüttelte zwischen den Bissen den Kopf. »Ich kann nicht einfach wieder bei der Arbeit auftauchen und so tun, als wäre nichts. Ich muss den Kopf unten halten und diejenigen, die mir Kafa auf den Hals gehetzt haben, glauben machen, dass ich gefangen oder tot oder was auch immer bin.«

»Aber, wird man Sie denn nicht vermissen?«

Fredrik hatte auch schon daran gedacht. Die Kinder, Jacob und Sofia, würden nicht stutzig werden, wenn sie eine Weile nichts von ihrem Vater hörten. Kafa… Was sie trieb, wussten nur die Götter. Sie würde jedoch sicher keine Vermisstenanzeige aufgeben, so viel hatte er begriffen. Also musste er sich nur noch um Polizeidirektor Koss Sorgen machen.

»Ich habe eine… Kollegin. Therese Grøfting. Ich will sie jetzt nicht anrufen. Da… gäbe es zu viel zu erklären. Können Sie morgen zu ihr ins Polizeipräsidium gehen und ihr sagen, dass ich in Sicherheit bin? Dass sie mit meinem Chef sprechen und ihm erzählen muss, ich sei verreist oder… ihr fällt sicher irgendetwas ein.«

»Wird sie mir denn glauben?«, fragte Victoria. »Sie kennt mich ja nicht.«

Fredrik dachte nach. »Sagen Sie ihr, dass ich es nicht bereue.«

»Dass Sie es nicht bereuen?«

»Ja. Sie wird es verstehen. Sagen Sie ihr, dass ich mich darauf freue, Sie wiederzusehen.«

»So«, sagte Victoria und lächelte. »Ich verstehe, ich

bin nicht die Einzige, die die Freude hatte, Sie in all Ihrer Pracht zu sehen.«

»Okay«, sagte Fredrik. Er war noch immer verdutzt wegen des Kommentars im Badezimmer. »Das war nun nicht gerade meine volle Pracht. Allerdings sind Sie die Einzige, die mich in Seide sehen darf.«

Sie aßen weiter. Houdini hatte es sich auf dem Perserteppich bequem gemacht. Sie schnarchte laut und tief.

»Sie baten mich zu kommen«, sagte Fredrik. »Es klang wichtig.«

Victoria nickte. »Ich habe viel darüber nachgedacht, wie Hvalen es geschafft hat, mein System zu crashen. Also habe ich ein paar alte Bekannte kontaktiert und ein wenig Hilfe bekommen. Als Sie und ich die Datei mit dem Foto von dem Lateinamerikaner geöffnet haben, gab es eine Ratte gratis dazu.«

»Eine Ratte?«

»Ein RAT. *Remote Access Trojan.* Dabei handelt es sich um ein kleines Programm, das wie ein Trojanisches Pferd funktioniert. Es gibt sich als etwas anderes aus als das, was es in Wirklichkeit ist. Lädt man das Programm herunter, verbreitet sich ein Virus auf dem Rechner. In diesem Fall war es dafür konstruiert, das komplette System zum Absturz zu bringen. Es hat mich mehrere Tage gekostet, das Programm zu identifizieren. Es ist äußerst ausgeklügelt – maßgeschneidert, um meine Sicherheitsvorkehrungen zu knacken.«

Sie sah ihn an. »Ihre Einzigartigkeit ist jedoch auch die Schwachstelle so einer ausgefallenen Software. Das erleichtert es herauszufinden, wer dahintersteckt. Einer meiner Bekannten hat Zugang zu extremen Mengen Datenkapazität. Mit seiner Hilfe ist es mir gelungen, die IP-Adresse des Rechners aufzuspüren, von dem das Foto mit dem Virus hochgeladen wurde.«

Sie sah ihm an, dass er nichts verstand.

»Das gibt uns die Möglichkeit, sie zu überwachen.«

»Ah, okay.«

»Der Rechner ist Teil eines geschützten Netzwerks, aber ich kann nicht erkennen, wo er sich befindet. Rein physisch, meine ich. Aber ich kann ablesen, wann er in Gebrauch ist.«

»Können wir uns Zugang zu ihm verschaffen?«

»Das wäre gesetzeswidrig«, sagte Victoria. »Deshalb habe ich Sie angerufen. Ich dachte, Sie könnten einen Gerichtsbeschluss beschaffen. Wie sich die Situation jedoch entwickelt hat, da …« Sie stellte das Tablett auf den Boden, stand auf und nahm vor den Bildschirmen Platz. »Es ist möglich. Wir müssen nur ihre eigene Waffe gegen sie verwenden. Wir müssen unsere eigene Ratte entwerfen, und sie müssen sie herunterladen.«

»Und wie soll das gehen?«

»Hier liegt das Problem. Ratten werden installiert, indem der Nutzer eine Datei öffnet, die er für ungefährlich hält – ein Foto, ein Video, ein Textdokument … so was in der Art. Die erste Herausforderung besteht darin, eine E-Mail-Adresse zu erstellen, ein Profil in den sozialen Medien oder etwas anderes, was von dem Rechner genutzt wird, sodass wir einen Ort haben, von dem aus wir das Programm versenden können. Die andere Herausforderung besteht darin, dass der Nutzer keinen Verdacht schöpfen darf. Die Datei muss als etwas getarnt werden, was der Betreffende herunterladen möchte.«

»Also eigentlich haben wir noch nichts?«

Victoria schnaubte. »Sie glauben gar nicht, wie viel Arbeit ich investiert habe, um so weit zu kommen.«

Fredrik war erschöpft. Der Effekt der Kopfschmerztabletten ebbte ab, und sie sah es ihm an. »Ich habe Ihnen das Gästezimmer fertig gemacht. Schlafen Sie jetzt ein paar Stunden.«

Er nahm einige Ausgaben der Aftenposten mit nach oben. Schließlich fand er, wonach er suchte. Um elf Uhr am morgigen Vormittag sollte Rita Nore auf dem Alfaset Friedhof beerdigt werden.

Fredrik stand wieder auf, ging hinunter zu Victoria und bat sie, ihr Telefon benutzen zu dürfen. Dann schlief er ein.

83

Die Waschmaschine hatte nicht geholfen. Die kurzen weißen und braunen Tierhaare hafteten weiterhin wie festgeklebt an Hemd und Hose. Fredrik ließ die unbrauchbaren Sachen auf dem Tresen des Geschäfts liegen, nachdem er neue gekauft hatte. Anschließend legte er sich ein Ladegerät für das Handy zu und lieh sich Victorias silbergrauen Aston Martin Cygnet.

Der Parkplatz am Alfaset Friedhof war groß, und er parkte so weit weg von der Kapelle wie möglich. Es handelte sich um ein modernes Gebäude aus weißem Backstein mit einem hohen, steil abfallenden Schrägdach. Darunter sollte die Gedenkzeremonie für Rita Nore stattfinden.

Auch, wenn noch viel Zeit bis zum Begräbnis blieb, hatten die Vorbereitungen bereits begonnen. Deshalb ging er nicht an der Kapelle vorbei. Stattdessen schlug er die entgegengesetzte Richtung ein, nordwärts, vorbei an den prunkvollen Romagräbern, um den Hügel mit dem Bestattungsbüro herum und wieder südwärts, durch das Erinnerungswäldchen. Schließlich stand er vor dem niedrigen Lattenzaun, der die Grenze zu einem ganz speziellen Teil des Friedhofs markierte. Vor ihm lagen in Reih und Glied hintereinander grob behauene Granitkreuze. Die letzte Ruhestätte von 3207 deutschen Soldaten und Wehrpflichtigen.

Während des Krieges waren ihre Körper oben auf dem Ekeberg begraben worden. Dort hatten sich die Besatzer des besten Bodens der Stadt bedient, denn »Deutsche sollen hoch und frei liegen«, wie die Nazis es ausgedrückt hatten. Später waren die Leichen wieder ausgegraben worden. Die Behörden hätten die Toten am liebsten nach Deutschland geschickt, aber es war nicht leicht, jemanden zu finden, der den Auftrag annahm, Tausende halb verweste Körper über den Skagerrak zu befördern. Also waren sie Anfang der Fünfzigerjahre hierher umgebettet worden. Auf jedem Kreuz standen zwei oder drei Namen. Hier lagen Peiniger und Kriegsverbrecher, aber auch Bauernsöhne, Verkäufer und Lehrersprösslinge, abkommandiert in Hitlers Heer. Einige von ihnen hatten gerade einmal den Beginn des Krieges miterlebt, bevor sie am 9. April 1940 mit dem Kreuzer *Blücher* im Drøbaksund versanken.

Links von der menschenleeren Fläche befand sich ein kleines Mausoleum, und dorthin führte Fredriks Weg. Auf einigen der Kreuze lagen Kränze. Das musste man sich mal vorstellen. Siebzig Jahre waren seit dem Ende dieses Irrsinns vergangen und trotzdem wurde noch immer geweint.

Das Mausoleum war aus Granitklötzen gebaut, und vor dem Eingang standen zwei römische Säulen. Drinnen war die Luft nasskalt und der Tag ausgesperrt. Er konnte gerade so erkennen, dass die Wände aus endlosen Reihen gemeißelter Buchstaben und Zahlen bestanden. Geburtsjahre, Todesjahre und die Namen derer, die niemals hätten hier sein dürfen und die niemals nach Hause zurückgekehrt waren. Hier stand eine Parkbank, und auf der saß ein korpulenter älterer Herr. Unter seinem Mantel schaute die Anzughose hervor. Fredrik setzte sich neben ihn.

»Danke, dass Sie gekommen sind«, sagte Fredrik. »Ich dachte mir, dass Sie zu Ritas Beerdigung gehen würden.«

Haakon Bull brummte leise. »Es ist so entsetzlich. Schlicht und einfach entsetzlich.«

Fredrik ließ die Worte verhallen. »Ich habe mehr über meinen Vater erfahren«, sagte er dann. »Ich weiß, was er getrieben hat und warum Benedikte Stoltz sich für ihn interessiert hat. Das ist die getötete Journalistin.«

»Und?«

»Norwegische Behörden, unsere Alliierten … sie alle haben nach dem Krieg gemeinsam an einem Waffenprojekt gearbeitet, dessen Ziel es war, einem möglichen sowjetischen Angriff mit biologischen Waffen zuvorkommen zu können. Es wurde eine Laboranlage errichtet, nur wenige Kilometer von hier entfernt. Dort fand die Forschung statt.«

Bull heftete seinen Blick auf das Pflaster an Fredriks Stirn. »In die Ihr Vater involviert war?«

Fredrik nickte. »Offensichtlich. Er hat sie faktisch geleitet. Irgendwann aber ist das Projekt der Kontrolle der Behörden entglitten. Es wurde im Untergrund weitergeführt. Die Forschung an biologischen Waffen … ist seit über vierzig Jahren verboten. Trotzdem war die Anlage bis jetzt in Betrieb.«

Der Alte strich sich über dem dicken Bauch die Falten aus dem Mantel und wiegte den Kopf von einer Seite zur anderen.

»Es fällt mir schwer, das zu glauben. Wer soll die Arbeit denn geleitet oder sie finanziert haben?«

»Dennoch entspricht es der Wahrheit«, sagte Fredrik. »Ich bin dort gewesen und Leuten begegnet, die dort gearbeitet haben. Erinnern Sie sich an unser letztes Gespräch? Ich habe Sie gefragt, ob Ihnen eine Gruppe namens ›Die Organisation‹ bekannt ist.«

An der kurzen Wand auf der anderen Seite des Mausoleums war ein einzelner Name goldgeprägt. Es schien, als würde Bull beim Nachdenken darauf starren.

»Ich brauche Ihre Hilfe«, sagte Fredrik. »Die Organisation

ist noch immer aktiv. Sie steckt nicht nur hinter dem Labor, sondern auch noch hinter anderen Sachen. Benedikte Stoltz hat aufgedeckt, wie all das zusammenhängt. Deshalb wurde sie ermordet. Sie kennen viele Leute und haben Zugang zu Dokumenten. Ich muss wissen, was passiert ist, als die Organisation die Kontrolle über das Projekt übernommen hat. Ich muss wissen, was die Organisation ist und wer dahintersteckt.«

»Und das lässt sich nicht über die offiziellen Kanäle klären?«

Fredrik holte tief Luft. »Nein. Die Organisation … Sie haben auch einen Spion bei der Polizei. Die Person trägt den Beinamen der Wanderer. Ich habe einen Verdacht, um wen es sich dabei handeln könnte, eine Frau, mit der ich zusammenarbeite, aber ich weiß es nicht. Ich hoffe, wir können das so geräuschlos wie möglich lösen.«

Bull antwortete nicht, stand lediglich auf und streckte eine Hand aus. »Ich muss zurück. Meine Frau kommt bald.« Er musterte ihn prüfend, das eine Auge leicht zusammengekniffen. »Ich bin lange beim Militär, bei der Polizei und in der Politik gewesen. Von so etwas habe ich noch nie etwas gehört. Noch nie.« Dann ging er davon.

»Aber geben Sie mir ein paar Tage. Ich werde mich ein wenig umhören.«

Fredrik nahm den gleichen Weg zurück. Im Auto klappte er die Lehne des Fahrersitzes zurück und wartete auf die Trauergäste. Er wollte nicht gesehen werden. Viele kamen nicht. Die Umstände wollten es vermutlich so. Bull stand mit seiner Frau vor der Kapelle. Polizeidirektor Koss war mit Polizeipräsident Neme da. Dann kam *er* – Roger Petterson, Frankes Nachbar und Freund, fuhr, und auf dem Rücksitz saß Franke neben einer Polizistin. Nachdem er ausgestiegen war, stand er mit gebeugtem Nacken da, während die Frau seine Handschellen löste. Die Mulde im Kopf war von einer dicken Mütze bedeckt, und der Mantel hing ihm von den Schultern herab. Roger und die Polizistin stützten ihn auf dem Weg zur Kapelle.

Die Zeremonie hatte begonnen, und Fredrik startete den Motor. Als er die Ausfahrt erreichte, sah er sie. Tommi hatte sich rasiert und die Haare gekämmt, und Siri trug einen langen, zerschlissenen Mantel. Sie hielt sich am Arm ihres Begleiters fest. Als Fredrik an ihnen vorbeifuhr, schien es, als würde sich der Blick von Tommis krankem Auge auf ihn heften, aber nur für einen Moment. Dann hatte er sich in den Verkehr eingefädelt.

84

Wie sonderbar das Leben doch ist, wie ungereimt.

Franke Nore trug zwar nicht seinen Teil der Last, als der Sarg zum Grab gebracht werden sollte. Er war nicht stark genug dafür. Aber er fasste mit an, an der vorderen linken Ecke, nachdem der Pfarrer die Aufschriften auf den Schleifen der Kränze und Blumengestecke vorgelesen hatte. Einen Augenblick lang waren die Träger mit dem Sarg stehen geblieben, bevor der Pfarrer die Prozession aus der Kapelle hinausführte. Da sah er Ritas Freunden in die Augen. Seinen Freunden. Wie die Blicke schmerzten. Polizeipräsident Nemes düstere Gleichgültigkeit, Polizeidirektor Koss' aufgesetztes Lächeln. Warum waren sie eigentlich hier? Waren sie gekommen, um ihn zu trösten, sie, die ihn morgen verurteilen sollten? Wofür hielten sie ihn? Für einen simplen Drogendieb, einen Dealer, eine Schande für ihren Berufsstand?

Wie sonderbar das Leben doch ist. Wie ungereimt.

Der Sarg klang hohl, als gefrorene Erdklumpen auf seinen Deckel fielen. Hier stand er und starrte auf sie hinab. Sein ganzes Erwachsenenleben lang hatte er geglaubt, dass es umgekehrt sein würde, dass eines Tages sie ihn in die Erde hinablassen würde. Denn Franke war es, der Türen eingetreten, den Schweiß am Oberschenkel abgewischt, nach dem Revolverschaft gegriffen und gewalttätiges Pack gejagt hatte. Er war es, der Drogenhaien, Mördern und Schlägern Fallen gestellt hatte.

Irgendwo da draußen gab es eine Kugel mit seinem Namen darauf. Zu Hause hatte ein Gewehr mit seinem Namen darauf gestanden, mit dem Ritas Schädel zertrümmert worden war. Es war sein Gewehr gewesen, und es war seine Schuld. All die Niedertracht, vor der er Rita sein ganzes Leben über hatte schützen wollen und die er hinter Gitter bringen wollte – letztendlich hatte er selbst sie in sein eigenes Heim gelassen.

Wie sonderbar das Leben doch ist, wie ungereimt.

Franke hatte nicht an Gott geglaubt. Dafür hatte er zu viel Schlechtigkeit gesehen. Vielleicht aber gab es doch einen Herrn, der Rita aus Barmherzigkeit von ihren Qualen erlöst hatte. Der Traum, den sie von der Behandlung im Ausland gehabt hatten, das Krankenhaus in Israel – war alles nur eine Fantasie gewesen? Eine Verlängerung des Leidens, der Angst und der Hoffnung, die sie so lange begleitet hatten?

War das der Grund dafür, warum die Trauer ihn nicht niederdrückte und zerquetschte?

Der Pfarrer gab allen die Hand. Zuerst Franke, anschließend seinem Nebenmann und dessen Nebenmann: Haakon Bull und Roger Petersson, die Jagdkameraden. Roger hatte ihn sogar vom Krankenhaus abgeholt, das hatte sein Nachbar im letzten Moment vorgeschlagen, und es war eine freundliche Geste des Polizeipräsidenten, es Franke zu ersparen, bei der Beerdigung seiner Frau in einem Streifenwagen vorgefahren zu werden. Die Männer wichen seinem Blick nicht aus. Sie lächelten weder dumm und verlegen, noch verurteilten sie ihn. Sie waren Kameraden. Er schätzte sie. Unsagbar.

Dann entdeckte Franke ein Gesicht, das er in der Kapelle nicht bemerkt hatte. Es war Siri. Der Pfarrer war vermutlich von der Sorte, die Mitleid mit Menschen wie ihr hatten, denn er blieb lange bei ihr stehen und hielt ihre Hand. Siri hatte geweint, das konnte er sehen, aber vielleicht war sie auch high. Das brauchte sie heute wohl. Neben ihr stand ein Typ, den Franke nicht kannte. Allerdings kannte er die Sorte von Typen. Ein Auge flackerte gehetzt in der Augenhöhle umher. Er war es vermutlich nicht gewohnt, Frauen von Polizisten das letzte Geleit zu geben. Siris und Frankes Blicke begegneten sich. Wenn man sich vorstellte, was aus ihr hätte werden können, hätte sie die Lunte nicht an beiden Enden angezündet und sie auch noch in der Mitte abgebrannt… Sie hatte schöne, große Augen, genau wie ihre Mutter, Sommersprossen und war gescheit. Sie schien nicht wütend zu sein, nur erschöpft und abgespannt. Mit den Lippen formte sie ein paar Worte, aber er verstand sie nicht.

Was erwartete ihn jetzt? Stille. Das wartete. Stille und Strafe. Jahre im Gefängnis. Und dann, vielleicht noch ein bisschen Leben.

Franke sagte Nein, als die Polizistin, die ihn bewachte, fragte, ob er an der Gedenkfeier teilnehmen wolle. Er brachte nicht die Kraft dafür auf. Krabbenschnittchen, saure Gurken und Apfelschaumwein. Auf Untertassen klappernde Kaffeebecher. Er brachte nicht die Kraft auf, dort mit den anderen beisammenzustehen. Das Händedrücken und das Gemurmel waren genug gewesen.

Siri wartete beim Auto auf ihn, umarmte ihn und flüsterte ihm ins Ohr. »Ich werde dich besuchen.«

»Du weißt ja, wo du mich findest«, antwortete Franke. Dann sahen sie einander an und lächelten ihr traurigstes Lächeln.

»Mama hat dich geliebt«, sagte Franke.

»Und dich hat sie auch geliebt«, antwortete Siri. Das hatte sie am Grab geflüstert.

»Musst du mir die Handschellen unbedingt auf dem Rücken anlegen? Die Schultern tun mir davon so verdammt weh.«

»Du kennst die Regeln, Franke. Aber ich kann dich stattdessen an der Tür festmachen? Dann hast du eine Hand frei?«

Er antwortete der Polizistin mit einem Nicken. Die Handschellen klickten, am Handgelenk wurde es kalt, und sie sagte Roger, er könne losfahren.

»Die Wetre ist übrigens Finanzministerin geworden, Franke. Was hältst du davon?« Roger versuchte sich im Small Talk, aber Franke wusste nicht, was er darauf antworten sollte.

»Warst du in den Fall mit ihrer Tochter verwickelt, Franke? Ins Solro-Massaker? Verdammt noch mal, das muss ein Chaos im Präsidium gewesen sein, als die Ermittlungen liefen«, fuhr Roger fort.

»Nein«, sagte Franke. »Das war der Sommer, in dem Rita zum ersten Mal krank wurde. Ich war beurlaubt.«

Danach sagte Roger nichts mehr. Die Polizistin durchbrach die Stille.

»Hier entlang.«

Franke schaute auf. Was war das? Sie waren kaum ein paar hundert Meter gefahren. Der Weg, den sie mit einem Nicken wies, führte zwischen den Postterminals hindurch, über ein solides Industriegrundstück mit Lagern, Rampen und verlassenen Betonplätzen an der Westseite des Friedhofs.

Roger bog ab.

»Was zum Teufel soll das?«

Keiner von beiden antwortete. Roger gab Gas, vorbei an den Terminals, um dann eine Kellerrampe hinunterzufahren. Sie musste wohl in irgendein Parkhaus führen, für Lkw vielleicht, aber es schien nicht in Gebrauch zu sein. Das Deckenlicht war ausgeschaltet und das Tor drinnen im Halbdunkel geschlossen.

Roger bremste jäh ab, zog die Handbremse an und stieg aus.

»Was zum Teufel geht hier vor?« Inzwischen schrie Franke. Die Polizistin warf ihm nur einen schnellen Blick zu, bevor sie Roger folgte. Er zerrte mit der Hand, und die Stahlringe der Handschellen erzitterten, aber er war an der Autotür festgekettet. Er starrte durch die Frontscheibe und hielt nach ihnen Ausschau, sah stattdessen aber nur *ihn*.

Ein Mann, der sich die Kapuze über den Kopf gezogen hatte, näherte sich mit raschen Schritten dem Auto.

85

Franke Nore hatte sich ganz dicht an die Autotür gedrückt. Die freie Hand hielt er sich vor die Brust, das Knie hatte er angehoben, um Bauch und Schritt zu schützen, und sein Gesicht war noch blasser als vor der Beerdigung.

Fredrik zog die Kapuze herunter, und Franke starrte ihn ungläubig an.

»Verdammt, Beier! Was zum Teufel treibt ihr hier?«

»Du hattest recht«, sagte Fredrik. »Diese Ermittlung wird überwacht. Leute in unseren eigenen Reihen arbeiten gegen uns. Ich musste dich in einem Zivilfahrzeug hierher kriegen, in einem Auto, bei dem niemand auf die Idee kommen würde, es abzuhören.«

Frankes Kinnlade klappte herunter.

»Deine Auftraggeber fürchten dich. Sie fürchten, dass du redest und sie entlarvst«, fuhr Fredrik fort. »Richard Reiss hat das Heroin in deinem Haus versteckt, um dich anzuschwärzen. Hier aber gibt es keine Mikrofone und keine Zuschauer. Du kannst frei reden.«

Franke hob die Hand. Sie zitterte. »Meine *Auftraggeber*«, wiederholte er verächtlich. »Die wussten alles. Sie wussten, dass ich meine Frau angelogen habe.«

»Angelogen?«

»Rita hat dir vermutlich erzählt, dass ihr Mädchen, meine Stieftochter, nach vielen Jahren auf der schiefen Bahn auf die Beine gekommen war und wieder eine Wohnung hatte.

Siri aber hat dieses Leben nicht gepackt. Nach nur wenigen Monaten ist sie wieder auf der Straße gelandet. Ich habe sie da gefunden, eines Abends nach der Arbeit. Sie war weit weg. High. Jemand hatte ihr ein Veilchen verpasst. Du weißt schon … Wenn die Mädchen erst mal in dieses Alter kommen, können sie nicht wählerisch sein. Sie beziehen so verdammt viel Prügel, Fredrik. Erniedrigung … du hast ja keine Ahnung.« Franke starrte wieder durch das Fenster nach draußen. »Ich habe sie mit nach Hause genommen. Rita lag im Krankenhaus. Am Tag darauf habe ich zum ersten Mal etwas aus der Asservatenkammer gestohlen. Nur ein bisschen was. Ich habe den Gedanken einfach nicht ausgehalten, dass Siri wieder auf die Straße muss. Irgendwann wurde es mehr, aber niemand hat etwas bemerkt, und ich schäme mich nicht. In diesen Wochen haben Siri und ich uns gut verstanden. Das war nicht mehr so gewesen, seit sie ein kleines Mädchen war.«

»Franke …«, sagte Fredrik leise. Er hatte Mitleid mit seinem Kollegen, doch gleichzeitig war er ein Idiot. Es war klar, dass der Diebstahl irgendwann bemerkt würde. Es war nur eine Frage der Zeit gewesen.

»Wir einigten uns darauf, Rita nichts zu sagen. Wenn sie erfahren hätte, dass es mit Siri wieder schiefgegangen war … Es hätte sie kaputtgemacht. Aber sie brauchte ihre Kräfte doch, um gegen die Krankheit anzukämpfen.« Franke drehte sich zu ihm um. Erneut hielt er die zitternde Faust nach oben. »Du weißt, dass ich kein zittriger Typ bin. Diese Hand … das ist keine Angst vor dem, was mich erwartet. Das ist keine Furcht vor denen, die mir im Gefängnis aufgelauert haben. Das ist auch keine Trauer und kommt auch nicht vom Schlag auf den Kopf. Es sind die ersten Symptome von Parkinson, einer aggressiven Variante. Für mich spielt es also keine so große Rolle, ob ich zwei oder zwölf

Jahre im Gefängnis sitze. Es geht so oder so dem Ende entgegen.«

Fredrik sah keinen Grund dafür, sein Mitleid zu verbergen. »Das tut mir leid, Franke. Wirklich. Das hast du nicht verdient.«

»Verdient«, spuckte er aus. »Das Leben ist verdammt noch mal keine Rechenaufgabe, die immer aufgeht. Das Gute wiegt das Schlechte nicht auf. Das habe ich zumindest geglaubt – bis Richard Reiss mich aufgesucht und mir den Brief gegeben hat.«

Der Absender wusste alles. Über die Diebstähle aus der Asservatenkammer, über Siris Havarie, über die Krankheit, die er vor seiner Frau geheim gehalten hatte, über Ritas Aussichten auf Genesung und über das Geld, das sie nicht hatten, um in das israelische Krankenhaus zu fahren.

»Ritas Behandlung war nur ein Teil der Abmachung. Sie beinhaltete außerdem einen Platz für Siri in einer Entziehungseinrichtung in den Niederlanden. Es fehlte nur eine Unterschrift.« Er strich mit der Hand über die Mulde unter seiner Mütze. »Dort unten sind sie liberaler was Dope angeht. Mädchen wie Siri, die so lange dabei sind … sie verzeichnen gute Ergebnisse, was ältere Junkies betrifft. Der Missbrauch wird in kontrollierten Bahnen gehalten. Viele führen ein gutes Leben.« Franke rieb sich mit dem Daumen unter den Augen entlang. »Vielleicht war ich nicht für Siri da, als sie mich am meisten gebraucht hat. Nun bot sich mir aber die Möglichkeit, ihr in den Jahren zu helfen, die noch kommen und in denen Rita und ich nicht mehr hier sein würden.«

Franke massierte sich das Handgelenk unter der Handschelle. »Du fragst dich, was im Gefängnis passiert ist? Wer mich überfallen hat? Die Wahrheit ist, ich habe keine Ahnung. Ich erinnere mich an nichts. Allerdings bin ich verdammt sicher, dass ich nicht einfach nur auf die Fresse gefallen bin.«

»Aber«, sagte Fredrik nachdem er nachgedacht hatte, »Ritas Behandlung, Siris Platz in den Niederlanden… Das musste doch ein Vermögen kosten. Mehr als das Heroin wert ist, das du gestohlen hast. Warum waren die bereit, so viel zu zahlen?«

»Das Heroin musste aus einer bestimmten Charge stammen. Das ist alles, was mir gesagt wurde.«

»Die von mir beschlagnahmte Charge«, sagte Fredrik. »Mit meinen Fingerabdrücken drauf. Aber warum?«

»Glaubst du, ich hätte nachgefragt? Glaubst du, es gab jemanden, den ich hätte fragen können? Der Kontakt lief über Richard, und der Trottel wusste nichts. Ich habe in Israel und bei der Einrichtung in den Niederlanden angerufen, und sie bestätigten den Abschluss der Verträge. Es war kein Bluff.«

Er starrte an die Decke. »Das sind Leute mit Zugang zu Krankenakten. Die wissen Sachen, die ich nur meinem nächsten Umfeld anvertraut habe. Diese Leute, Beier«, er zögerte, »die finden deinen allerschwächsten Punkt, und sie nutzen ihn, um dich in Stücke zu reißen. Bis du eines Tages in den Spiegel schaust und den Teufel, der dir entgegenblickt, nicht mehr wiedererkennst.« Franke schob die Hand in die Innentasche seines Mantels und legte einen Gegenstand zwischen sie auf den Sitz.

»Die trage ich immer bei mir. Sie ist eine Erinnerung daran, mit welcher Art von Schweinen ich es zu tun habe.«

Es war eine durchsichtige Plastiktüte. Darin befand sich eine Spritze. Die Spitze war von einer Kappe bedeckt, und der Kolben war aufgezogen, um dem grauweißen Inhalt Platz zu machen.

»Sie lag eines Tages auf meinem Bett im Krankenhaus,

als ich vom Röntgen kam. Das ist eine Judas-Spritze – die Spritze, die du bekommst, wenn du zu viel redest.«

Fredrik seufzte nur.

»Und weißt du, was darunter lag? Das Foto von Rita, Siri und mir. Sie bedrohen nicht nur mich, Fredrik. Ich werde keine Aussage machen. Ich werde mit meinen Entscheidungen sterben.«

»In Ordnung«, sagte Fredrik. »Aber nicht an einer Überdosis Heroin.« Er steckte die Tüte mit der Spritze darin in seine Tasche.

Es war gut rauszukommen, gut, die Lunge mit der Winterluft zu füllen. Roger nickte ihm zu und stieg wieder ins Auto.

»Ich bin dir was schuldig«, sagte Fredrik zu der Polizistin. Sie lächelte. »Nein. Aber du schuldest mir eine Tüte mit Unterwäsche.«

»Die musst du wohl als verloren betrachten.«

»Okay?«, sagte sie. »Soll ich vorbeikommen und eine neue Garnitur vergessen?«

Fredrik räusperte sich. »Tut mir leid. Die Zeiten sind vorbei.«

Stine zuckte mit den Schultern. »Freut mich, dass ich behilflich sein konnte«, sagte sie und setzte sich ins Auto.

86

Der Schnee knisterte unter den Reifen des Cygnet, als er zum Hafen auf Sjursøya abbog.

Richard Reiss hatte gesehen, wie Container mit Laborausrüstung beladen worden waren. Irgendwo mussten sie sich befinden. Also suchte Fredrik – auf den Güterbahnhöfen, auf den Lkw-Stellplätzen und hier, im größten Hafenterminal des Landes. Nahezu einer halben Million Stahlboxen bot der Betonkai vor ihm Platz. An Containern fehlte es also nicht. Er musste nur die ausfindig machen, die sich von den übrigen unterschieden. Wachleute. Zäune und Stacheldraht. Überwachungskameras. Unbeschriftete, schwarze Container.

Nachdem er sich ausgewiesen hatte, wurde er in den Bereich jenseits des Zauns vorgelassen und trottete nun alleine am Kai entlang. Vom Fjord wehte ein kühler Wind heran, und die Nachmittagssonne blendete ihn. Genauso wie Franke sich hatte blenden lassen. Fredrik ging ihr Gespräch nicht aus dem Kopf. Franke erinnerte sich nicht daran, was passiert war, als er im Gefängnis verletzt wurde. Er wusste nicht, wer Richard Reiss zu ihm geschickt hatte. Dennoch wurde sein Leben bedroht. Was wusste Franke, das so gefährlich war? Fredrik war sich sicher, dass er die Antwort darauf bereits gegeben hatte, dass der Schlüssel in dem lag, was Franke ihm erklärt hatte. Aber was genau war es?

Eine Stunde später parkte Fredrik einige Häuserblocks

nördlich des Zentrums. Er war niedergeschlagen und irritiert. Die Suche war ergebnislos geblieben.

Wie hatte Staffan Häyhä den Weg zu Richard Reiss' geheimer Wohnung gefunden? Reiss hatte sich tagelang dort versteckt. Warum tauchte Häyhä genau dann auf, als Fredrik dort war? Er konnte es sich nicht anders erklären, als dass er selbst den Killer dorthin geführt hatte. Wurde Fredrik überwacht? Verfolgte ihn jemand?

Fredrik checkte die anderen Autos in der Straße sowie die Gesichter hinter der Scheibe der nahe gelegenen Kaffeebar. Doch niemand schien sich um ihn zu kümmern. Niemand schien zu verfolgen, was in der Wohnung einige Etagen über ihm vor sich ging. Trotzdem wurde er das Gefühl nicht los, beobachtet zu werden. Die Kopfschmerzen wollten nicht verschwinden, das Knie pochte, der Rücken brannte, und er war am ganzen Körper klamm.

Jetzt saß er hier vor dem Haus, in dem Therese wohnte. Konnte er ihr vertrauen? Er hatte sich entschieden, es zu tun. Er brauchte einen Anker, jemanden, der ihm dabei half, nicht den Verstand zu verlieren. Außerdem brauchte er jemanden, der Zugang zum inneren Kreis der Ermittlungen hatte. Er brauchte einen warmen Körper, an den er sich schmiegen konnte. Da war die Auswahl nicht groß. Er klingelte, und als er die Treppe hinaufstieg, stand sie schon in der Tür.

»Fredrik. Meine Güte, ich hab mir Sorgen um dich gemacht.«

Ihr Blick blieb auf dem Pflaster unter dem Haaransatz hängen. Sie streckte die Hände aus, zog ihn in den Flur und in ihre Arme. Lange und fest. Sie legte ihre Wange auf seine Brust, und als sie sich aus der Umarmung löste, strich sie mit der Hand über seine Stirn. Es lagen eine Wachsamkeit und ein Feingefühl in ihren grünen Augen, die ihn verwunderten. Warum fragte Therese nicht, was geschehen war?

»Es ist so gut, dass du zu Hause bist«, sagte Fredrik. »Ich habe …«

Sie legte einen Finger auf seine Lippen. »Psst«, sagte sie. »Es ist Besuch für dich da.«

Therese führte ihn durch den schmalen Flur am Schlafzimmer, in dem sie sich geliebt hatten, und an der Küche vorbei, in der sie gefrühstückt hatten. Die doppelflüglige Tür zum Wohnzimmer war zugeschoben.

»Die Freundin von Benedikte Stoltz, Victoria, war heute bei mir. Hat sie dich hierhergeschickt?«, fragte sie.

»Nein?«

»Spielt auch keine Rolle«, fügte sie eilig hinzu, »solange du nur hier bist.«

Ebenso wie im Rest der Wohnung war die Decke des Wohnzimmers hoch und stuckverziert. Die Gardinen waren zugezogen. An der Wand stand ein Ledersofa, davor standen ein Tisch und ein Stuhl – und zwischen Sofa und Tisch stand sie.

»Kafa.« Der Name purzelte einfach aus ihm heraus.

Ein schwarzer Wollpullover reichte ihr beinahe bis zu den Knien ihrer Jeans, die Haare waren struppig und standen in alle Richtungen ab. Sie hatte das Kinn gereckt und sah ihn direkt an.

»Verzeih mir«, sagte sie.

Fredrik starrte sie an. Er suchte nach einem Gefühl, einem Resonanzboden dafür, wie er sich ausdrücken sollte. Aber er fand nichts. Er war nicht wütend und nicht verbittert. Er war nicht froh, sie zu sehen, und nicht erleichtert. Vor allem verspürte er den Drang, sich umzudrehen und wieder zu gehen.

»Du verdammte Idiotin«, sagte er. Dann stellte er sich vor sie. »Jemand sollte den Scheiß aus dir herausprügeln.« Es fühlte sich gut an, das zu sagen. Ebenso wie es sich gut anfühlte, die Hände zu heben und sich von ihr umarmen zu lassen. Sein Hemd wurde feucht, und er klopfte ihr widerstrebend auf den Rücken. Dann sah sie zu ihm auf. Ihre Grimasse erinnerte ihn an eine Art Lächeln, und sie machte es wie Therese und berührte seine Stirn.

»Ich habe auf dich geschossen«, sagte sie kaum hörbar. »Meine Güte, ich habe auf dich geschossen.«

Therese räusperte sich. »Kafa ist vor ein paar Tagen hierhergekommen«, sagte sie. »Ihr zwei müsst miteinander reden. Ich kümmere mich um etwas zu essen.«

Sie setzten sich hin, Fredrik auf den Stuhl, Kafa auf das Sofa. Der Wohnzimmertisch zwischen ihnen war mit Papieren bedeckt.

»Also?«, begann Fredrik. »Wirst du mir jetzt erzählen, was passiert ist?«

Kafa hatte ihn nicht angelogen. Jedenfalls kaum.

»Die Frau, die mich angerufen hat … Ich sollte Noman zurückbekommen, aber nur wenn ich ihnen helfe.«

»Mich zu erschießen und einzusperren«, sagte Fredrik hart.

Kafa schüttelte heftig den Kopf. »Sie sagte, du seist in ernsthafter Gefahr. Dass du so tief gegraben hättest, dass mächtige Leute aufmerksam geworden seien. Der Beschluss war bereits gefasst. Du solltest weg. Genau wie Benedikte Stoltz, Beata Wagner und Henry Falck.«

Während sie sprach, klopfte sich Kafa mit der Hand gegen das Kinn. »Dann sagte die Frau, es gebe Leute, die diese Ansicht nicht teilten und es für zu riskant hielten, einen Polizisten zu töten. Die Konsequenzen seien unvorhersehbar. Deshalb ließ sie mir die Wahl. Ich könnte dich retten. Aber es musste wie ein Mord aussehen und es musste dokumentiert werden.«

»Mich retten«, brach es aus Fredrik heraus. »Du hättest mich umbringen können! Was wenn du mich ins Auge getroffen hättest? Was wenn mich das Gummigeschoss getötet hätte?«

Kafa antwortete nicht. Stand einfach nur auf und zog den Pullover bis zur Brust hoch. Mitten auf dem Bauch prangte eine feuerrote Wunde, umrandet von einem heftigen Bluterguss. »Ich habe mit einer der Kugeln auf mich selbst geschossen, Fredrik. Ich musste wissen, wie viel Schaden sie anrichten. Dann entschied ich, das Risiko wäre akzeptabel.«

Bei diesen Worten sah sie ihn direkt an und musste wohl erkennen, dass seine Wut zunahm. Das Risiko war akzeptabel. Verdammt. Kafa presste die Lippen aufeinander. »Fredrik. Wenn man dein Kind entführt hätte, was hättest du getan?«

Er grunzte abfällig, suchte nach einer Antwort. Was hätte er getan? Hätte er auf seine Kollegin geschossen? Die Antwort stand nicht in den Handflächen geschrieben, die er sich vor die Augen legte. »Wo ist dein Sohn jetzt?«, murmelte er.

Als sie nicht antwortete, schielte er zu ihr hinauf. Sie blinzelte, um die Tränen zurückzuhalten.

»Sie haben gelogen. Ich habe Fotos von dir gemacht. Habe den Film an die E-Mail-Adresse geschickt, die ich bekommen hatte. Tags darauf sollte mir Noman am Busbahnhof übergeben werden. Aber er ist nie angekommen. Sie haben ihn nicht gebracht. Und ich«, Kafa rieb sich die Augen, »ich bitte dich nicht um Vergebung. Aber ich hoffe, dass du mich vielleicht verstehst.«

»Verdammt!«

Fredrik stand abrupt auf und hatte das Gefühl, etwas

gegen die Wand werfen, die Faust gegen die Tür hämmern zu müssen. Stattdessen machte er nur einen Schritt von ihr weg.

»Ich dachte, du hättest das Gummigeschoss eingesetzt, hättest dich entschlossen, mein Leben zu verschonen. Jetzt sagst du, das wäre die ganze Zeit der Plan gewesen? Ich verstehe das nicht. Ich weiß heute über die Ermittlungen noch genauso viel wie vor ein paar Tagen. Wie lange hätte ich denn in diesem verfluchten Keller eingesperrt bleiben sollen? Jetzt, wo ich frei bin, bin ich da in Lebensgefahr?«

Kafa sah ihn verzweifelt an. »Ich weiß es nicht, Fredrik! Es gab keine Verhandlung. Sie hat gesagt, ich würde dein Leben retten, wenn ich dich für eine Zeit lang außer Gefecht setze. Sie hat sogar gesagt, dass … Sie hat gesagt, ich solle mich versichern, dass du die Dokumente deines Vaters gelesen hast, bevor ich auf dich schieße.«

»Die Dokumente meines Vaters … Woher zur Hölle wusste sie, dass ich sie geholt hatte? Warum … Ich habe dich doch gebeten hat, uns nach Tschernobyl zu fahren. Was wenn ich dich gebeten hätte, in die Stadt zurückzukehren? Hättest du woanders auf mich geschossen und mich woanders eingesperrt?«

Kafa starrte ihn resigniert an. »Ich … ich weiß es nicht. Die Frau hat gesagt, du würdest mich bitten, dorthin zu fahren, nachdem du die Dokumente gelesen hast. Sie wusste es einfach. Und ich habe dich nicht eingesperrt. Ich habe dich dort zurückgelassen. So lautete der Befehl.«

»Der Befehl?«, brüllte Fredrik. Jetzt löste es sich. Die Lawine rollte einfach von ihm ab, das Adrenalin pumpte die Muskeln auf, und die Schlacke wurde von den Aderwänden gerissen. Es war eine Befreiung. Gierig holte er Luft.

»Der Befehl? Woher weiß ich, dass du die Wahrheit sagst? Dass das nicht noch eine Finte ist, eine Manipulation!«

Er richtete den Zeigefinger auf sie. »Bist du der Wanderer? Hast du etwas durchsickern lassen, die Ermittlungen sabotiert und für Unruhe gesorgt, weil du es nicht geschafft hast, dein eigenes Kind zu retten? Rammst du mir den Dolch in den Rücken, damit du dich traust, deiner Missgeburt in die Augen zu sehen?«

Das waren harte Worte. Hässliche Worte. Und sie trafen wie ein Gummigeschoss die Stirn. Kafa erstarrte. Ihre Augen wurden schmaler, während die Pupillen mit dem Augapfel verschmolzen. Sie ging auf ihn zu. Er hörte das Sausen der Hand, wich jedoch nicht zurück, wendete den Blick nicht von ihr, und die Hand traf ihn mit einem Knall über dem Kiefer. Kafa musste alle Kraft in den Schlag gelegt haben, die sie noch aufbringen konnte. Die Tränen sprühten und seine Nase lief. »Du armseliger Mann«, fauchte sie. »Der Teufel soll dich holen.«

Sie stand noch immer vor ihm, als sein Blick sich wieder klärte. Die Hände in die Hüften gestemmt, und das Kinn nach vorn gereckt – eine Herausforderung zurückzuschlagen. Und er war nicht weit davon entfernt, es zu tun.

»Jetzt reicht's!«

Fredrik hatte keine Ahnung, wann Therese die Tür aufgerissen hatte. Nun aber stand sie da und starrte aufgebracht vom einen zur anderen.

»Es ist für euch beide hart, aber jetzt reicht's. Es gibt nur einen Weg, um in dieser Ermittlung voranzukommen. Und den müsst ihr gemeinsam gehen. Hört auf mit den unverzeihlichen Worten.«

Kafa sah verstohlen zu ihm auf, und er sah auf sie hinab. So standen sie da. Therese öffnete das Fenster und zog die Gardinen beiseite.

»Bei diesem Geschrei gibt es niemanden, der nicht mitbekommen hat, dass ihr hier seid«, fauchte sie.

Fredrik atmete die kalte Winterluft ein, und Kafa bekam wieder Farbe im Gesicht.

»Ich habe die Grenze überschritten«, sagte er. »Verzeih mir. Ich bin wütend geworden.«

Kafa nahm ihre Hände von den Hüften. »Niemand nennt meinen Jungen eine Missgeburt«, sagte sie. »Niemand.«

87

Die Luft ist nie so frisch wie nach einem Gewitter, wenn sich die Spannungen entladen haben.

Sie aßen Thereses Tütensuppe, Spiegelei und Makkaroni. Fredrik erinnerte sich nicht daran, wann er zuletzt so einen Appetit gehabt hatte.

»Ich habe dich angelogen«, sagte Kafa leise. »Es war nicht Therese, die gesagt hat, dass du in der Bank bist. Es war die Frau. Sie hat gesagt, ich solle dort auf dich warten.«

Fredrik schielte zu ihr hinüber. »Ich habe einen Brief bekommen«, sagte er, »adressiert an meine verstorbene Mutter mit der Nachricht, dass das Bankschließfach aufgelöst werden müsse. Den Schlüssel hatte ich seit ihrem Tod, allerdings keine Ahnung, wo sich das Bankschließfach befand.« Er zerschnitt ein Ei, betrachtete den Dotter, während er herausfloss und dicke Streifen in die Suppe malte. »Der Bankmitarbeiter sagte, sie hätten keinen solchen Brief verschickt. Das heißt… jemand wollte offensichtlich, dass ich die Dokumente lese.« Er verschlang das halbe Ei. »Warum? Warum hat Staffan Häyhä mir nicht das Messer in den Rücken gerammt, als er mich in der Villa Ravnli angegriffen hat? Hat auch er mich absichtlich am Leben gelassen?«

Keine der beiden Frauen sagte etwas.

Fredrik stöhnte und wandte sich an Therese. »Was hast du Polizeidirektor Koss gesagt?«

»Verdammt, Fredrik, was sollte ich denn sagen? Dass du

die Sprache verloren hast und ihn nicht selbst benachrichtigen konntest? Ich habe ihm gesagt, dass wir zusammen zu Abend gegessen und uns beide eine Lebensmittelvergiftung zugezogen hätten. Dass du wimmernd zu Hause auf dem Sofa liegst, am Montag aber sicher wieder zurück wärst.«

Heute war Freitag. Das ließ ihm nicht viel Zeit. »Hat er dir geglaubt?«

»Er hat nur die Augen verdreht und mich weggescheucht.«

Sie aßen schweigend weiter. Die Löffel klirrten gegen das Porzellan, während sie gedankenversunken vermieden, einander anzusehen. »Wenn ich in dem Keller gefangen gehalten werden sollte«, sagte Fredrik schließlich, »warum haben sie mich dann nicht überwacht? Dort war Essen für mindestens eine Woche.«

»Weil die Zeit gegen uns arbeitet«, sagte Kafa. »Die Rohfassung ist weg. Richard Reiss ist weg. Die Zeugen sind tot. Die Labors wurden weggeschafft. Die Dokumente deines Vaters … Ich habe sie verbrannt. Das Verhör mit Reiss habe ich von deinem Handy gelöscht, wie es mir befohlen worden ist.« Während sie das sagte, schaute sie ihn direkt an. Fredrik zuckte lediglich mit den Schultern. Er verkraftete keine weitere Runde mehr.

»Ich habe nachgedacht«, fuhr sie fort und sah zu Therese hinüber. »*Wir* haben nachgedacht. Unmittelbar bevor ich … auf dich geschossen habe, hast du gesagt, dass wir uns mitten in einer Operation befänden. Ich glaube, du hast recht. Deshalb war es wichtig, dich außer Gefecht zu setzen. Es soll bald etwas passieren, und du standest kurz davor es aufzudecken.«

»Das Attentat«, sagte Fredrik.

Kafa schob den Teller von den Unterlagen weg, die über den Tisch verstreut lagen. »Genau«, sagte sie. »Ein Mann soll sterben. Wir wissen nicht, wer, wir wissen nicht, warum, und wir wissen nicht, wo. Aber wir wissen, dass es bald passieren soll.«

Bei den Unterlagen handelte es sich um Ausdrucke von Nachrichtenmedien, Pressemitteilungen und amtlichen Bekanntmachungen. »Da du den Mann nicht kanntest, kann es sich nicht um einen prominenten Norweger handeln. Du hast gesagt, er sah ausländisch aus?«

»Lateinamerikanisch«, bestätigte Fredrik.

Kafa reichte ihm einen Stapel Ausdrucke. »Das sind Leute, die in der kommenden Woche Reden halten, an Seminaren teilnehmen, Konzerte und Vorstellungen geben: ausländische Wirtschaftsbosse, Politiker, Aktivisten und Künstler.«

Fredrik hatte gerade einmal die ersten Seiten durchgeblättert, als er innehielt. »Das ist er«, sagte Fredrik und tippte mit dem Zeigefinger auf das Blatt.

Es war nicht das gleiche Foto wie das, was er gesehen hatte, aber es war ähnlich. Der mit einem Anzug bekleidete Mann war schätzungsweise Anfang vierzig. Die Haare waren wohlfrisiert, aber dennoch leger, und er posierte vor einer amerikanischen Flagge.

»Verdammte Scheiße«, murmelte Kafa. »Marco Rodriguez. Der frisch ernannte amerikanische Botschafter in Norwegen. In vier Tagen soll er seinen ersten öffentlichen Auftritt haben. Während eines Festakts auf dem Osloer Flughafen soll er Ministerpräsident Simon Riebe die neuen F-35-Kampfjets übergeben.«

88

Über den Dächern in Richtung Osten hatte sich ein erster blauer Streifen gebildet. Darüber leuchteten noch immer die Sterne. Fredrik streckte erst das Knie, dann den Rücken, sog die eisige Luft ein. Der letzte Tropfen Kaffee war längst kalt geworden. Er drehte sich zu Kafa um. Sie hatte den Wollpullover ausgezogen und saß in einem weißen Unterhemd über den Laptop gebeugt da. Sie hatte Gänsehaut und strich sich über die nackten Unterarme, woraufhin Fredrik das Fenster schloss. Therese war zu Bett gegangen.

»Marco Rodriguez«, sagte Fredrik. »Was hast du gefunden?«

Sie schob den Rechner von sich weg. »Dass mit seinem Tod vielen gedient wäre«, antwortete sie trocken.

Seine Großeltern waren Exilkubaner. Der Großvater mütterlicherseits war einer der Guerillakämpfer, die getötet wurden, als die CIA hinter der missglückten Invasion in der Schweinebucht auf Kuba steckte. Der Vater war Offizier, zudem hatte Marco Rodriguez in seiner Jugend für einige Jahre in Norwegen gelebt. Er war in die militärischen Fußstapfen seines Vaters getreten, bis er schließlich in die Politik wechselte.

»Er wird als Hardliner beschrieben«, sagte Kafa, »arbeitete für eine Denkfabrik, die den gegenwärtigen Präsidenten während des Wahlkampfs mit militärischen Analysen fütterte. In seinem Heimatland ist er vor allem für die Ausarbeitung eines Dokuments mit Anforderungen bekannt, die die NATO-Länder erfüllt haben müssen, bevor die USA im Falle eines Angriffs Hilfe leisten. Es geht natürlich um wirtschaftliche Forderungen, aber auch um die Auslieferung von Terrorverdächtigen, um Geheimdienstaktivitäten, um die Überwachung sozialer Medien und so weiter. ›Wir bezahlen. Wir bestimmen‹, war die Analyse betitelt.«

Sie rieb sich die Augen, bevor sie fortfuhr. »Daneben ist er aber auch extrem kritisch gegenüber China und Russland eingestellt und steht für eine äußerst aggressive Linie gegenüber Islamisten, bei denen er sich für Racheangriffe gegen die Familien von Terroristen ausgesprochen hat. Er hat auch vorgeschlagen, Muslime in Internierungslager zu stecken, wenn die Behörden sie als eine Gefahr für das Wohl der Gesellschaft einstufen.«

»Meine Güte«, sagte Fredrik und setzte sich hin.

»Lange wurde er als zu extrem für eine politische Karriere betrachtet«, fuhr sie fort. »Aber… dann änderte sich das. Er betrieb unermüdlich Wahlkampf für den Präsidenten, und der Botschafterposten in Norwegen wird als Belohnung für diesen Einsatz betrachtet.«

»Was aber hat er getan, um die Organisation zu provozieren?«, fragte Fredrik. »Warum muss er beseitigt werden?«

Kafa legte die Hände auf die Knie. »Ich weiß es nicht«, sagte sie.

Fredrik hatte zusammengestellt, was während des Empfangs auf dem Flughafen Gardermoen geschehen sollte. Er kramte nun das Programm hervor.

»Ich glaube, ich weiß, wie die Container aus Norwegen heraustransportiert werden sollen.«

»Aha?«

»Die Kampfjets kommen nicht alleine. Aus irgendeinem verfluchten Grund schicken die Amerikaner anlässlich der

Festlichkeiten einen Flugzeugträger in den Osloer Hafen. Das Publikum darf an Bord gehen, es soll Konzerte am Kai geben, und das Ganze endet mit einer Flugshow über der Stadt. Ein hübscher Mediengag.«

»Eine verdeckte Operation«, sagte Kafa.

»Richtig. Wenn die Flugshow vorüber und das Fest beendet ist, bleibt das Schiff alleine zurück. Das Gebiet ist gegen Terror gesichert, überall stehen Zäune, hängen Überwachungskameras, die Sicht ist eingeschränkt…«

»Der Flugzeugträger soll die Container außer Landes schaffen«, sagte sie.

»Kein Zoll, keine Grenzposten – und direkt in die Hände der Amerikaner. Einen sichereren Ort gibt es nicht.« Fredrik schob die Papiere beiseite und holte eine Karte hervor. Sie zeigte den Flughafen Gardermoen, und er hatte den Bereich eingekreist, in dem die Zeremonie stattfinden sollte.

»Allerdings frage ich mich, ob uns eine ernsthafte Fehleinschätzung unterlaufen ist. Ich glaube nämlich nicht, dass Staffan Häyhä der Attentäter ist.«

»Okay?«

»Die Kampfjets sind das Teuerste, was der Staat Norwegen jemals gekauft hat. Die Ankunft soll groß gefeiert werden. Hunderte von Gästen sind eingeladen: Regierungsmitglieder, das Parlament, die Armeespitze und Wirtschaftsbosse. Die Zusammenkunft wird im Fernsehen übertragen. Der erste Programmpunkt ist die Ansprache des Botschafters, dann landen die Kampfjets, und Ministerpräsident Riebe hält die Willkommensrede. Die Sicherheitsvorkehrungen werden immens sein: bewaffnete Polizei, Scharfschützen auf den Dächern, Leibwächter und Sprengstoffspürhunde.« Er holte mit den Armen aus. »Ein extrem komplizierter Job für einen Killer. Für jemand Internes hingegen, für einen Leibwächter oder einen Polizisten…«

»Der Wanderer«, sagte Kafa.

Fredrik legte eine Skizze über die Karte. Er hatte versucht, den verfallenen Betonturm mit dem Reichsadler darauf zu zeichnen, den er gesehen hatte, bevor Victorias Computer gecrasht worden waren.

»Da das Hakenkreuz herausgemeißelt wurde, nahm ich an, es handelte sich um etwas, was die Nazis während der Besatzung gebaut hatten und was nach dem Krieg stehen geblieben ist. Es ähnelt doch einem altmodischen Tower, oder nicht?«

Sie nickte.

»Ich habe die ganze Zeit angenommen, dass Staffan Häyhä den Mord ausführen soll, dass dieser Turm der Ort ist, von dem aus er schießen soll. *Direkter Blick aufs Ziel. 462* hatte auf dem Foto gestanden. Eine Abstandsmessung hatte ich vermutet. Auf dem Flughafen aber befindet sich kein solcher Turm. Das habe ich überprüft.«

Er sah sie an. »Was, wenn nicht Häyhä der Attentäter ist, sondern der Wanderer? Ein Polizist, der dem Botschafter einfach in den Rücken schießt oder ihm die Kehle durchtrennt, während er vor der Rede beim Pissen ist?«

»Nein«, sagte Kafa. »Es wird am Rednerpult passieren.«

»Okay?«

»Das ist eine Symbolhandlung. Der Mord soll präsentiert werden und zwar der kompletten Machtelite – über alle Fernsehkanäle direkt übertragen.«

»Aber warum?«, entgegnete Fredrik.

Kafa kniff die Augen zusammen und blinzelte ein paarmal. Sie grübelte. »Es gibt viele, die ein Interesse daran haben könnten, den Botschafter aus dem Weg zu räumen. Was ist mit den Amerikanern selbst?«, fragte sie plötzlich. »Eigentlich ist Rodriguez ein *Nobody*. Er kann geopfert werden. Ein Mord an einem amerikanischen Botschafter ändert jedoch die Spielregeln. Vielleicht will die Organisation ihn töten, um die Situation dann zu nutzen, einige seiner extremen Vorschläge durchzubringen?«

Fredrik sah ihr an, dass sie von den eigenen Worten nicht überzeugt war. »Das … das klingt weit hergeholt«, erwiderte er.

»Hör zu«, sagte Kafa. Sie hatte ihre Stimme gesenkt. »Es gibt ein Ereignis, das ich einfach nicht aus dem Kopf kriege. Erinnerst du dich an das Abendessen im Schloss, als Ministerpräsident Riebe für ein Gespräch bei uns stehen geblieben ist? Er hat mich nach meiner Tochter gefragt. Als ich ihn berichtigte und ihm sagte, dass ich keine Tochter hätte, wischte er das einfach weg. Was aber … wenn das keine Versehen war? Was wenn es eine Erinnerung daran war, dass ich mich in Acht nehmen muss? Ein subtiler Hinweis darauf, dass er über mein Kind Bescheid weiß?«

Fredrik starrte sie an.

»Riebe war früher beim Geheimdienst«, fuhr sie fort. »Während des Kalten Krieges hat er die Russen ausspioniert. Er war jahrelang Offizier. Und als wir im Solro-Massaker ermittelt haben, führte eine der Spuren doch direkt zu ihm. Wir hatten den Verdacht, er würde falsche Informationen an die Medien weitergeben.«

»Aber es ist uns nie gelungen, das zu beweisen«, murmelte Fredrik.

»Wenn du also über Verschwörungstheorien sprechen willst, was ist dann mit dieser hier: Ministerpräsident Riebe ist Teil der Organisation. Er weiß, dass hierzulande unerlaubt Forschung an biologischen Waffen betrieben wurde. Ihm war bekannt, dass Staffan Häyhä nach Solro geschickt worden war, um Pfarrer Drange zu stoppen, vielleicht war er sogar dafür verantwortlich. Solro endete jedoch in einem Blutbad. Unschuldige Menschen wurden getötet. Riebe weiß, wenn diese Sache in irgendeiner Weise mit ihm in Verbindung gebracht werden kann, dann liegt nicht nur seine Karriere in Trümmern, sondern er landet hinter Gefängnismauern.«

»Meine Güte«, sagte Fredrik. »Um den aktuellen Stand der Ermittlungen zu erfahren, braucht es nur einen Anruf vom Büro des Ministerpräsidenten beim Polizeipräsidenten. Sie haben die Macht über die Sicherheitspolizei, den Geheimdienst … die gesamte Verwaltung.« Er schüttelte den Kopf. »Wenn das stimmt … dann ist es nicht verwunderlich, dass sie uns scheinbar immer einen Schritt voraus sind.«

»Das ist der Grund, warum sie das Heroin bei dir zu Hause versteckt haben«, sagte Kafa. »Sie hatten Angst vor dem, was du herausfinden würdest. Also platzierten sie das Dope, um etwas gegen dich in der Hand zu haben.«

Fredrik stöhnte. Das war zu viel auf einmal. Die Morde an Benedikte Stoltz, Beata Wagner, Petra Johanssen und den anderen … Konnte das Oberhaupt des Landes wirklich in so etwas verwickelt sein? In die Mordpläne gegen Fredrik? Das Rauschgift? Nur um die eigene Haut zu retten?

Dann kam ihm etwas in den Sinn, was Polizeidirektor Koss gesagt hatte. »Angst. Das abgedroschenste Motiv der Mordhistorie.«

»Das Tschernobyl-Labor wurde mithilfe der USA betrieben. Ist Riebe darin verwickelt, wissen das auch die Amerikaner. Wenn Botschafter Rodriguez über die Rolle des Ministerpräsidenten informiert wurde«, sagte Kafa, »dann können die Amerikaner unsere Regierung erpressen, genau das zu tun, was sie wollen. Möglicherweise will Riebe das nicht akzeptieren, und deshalb muss der Botschafter sterben.«

Der Tag war angebrochen. Therese kam zu ihnen ins Wohnzimmer. Dort saßen sie schweigend und starrten in die Luft. Fredrik war vollkommen erschöpft. »Geh und leg dich hin«, sagte Kafa. »Ich bringe Therese auf den neuesten Stand.«

Da fiel ihm etwas ein. »Du? Die Aufnahme, als du auf mich geschossen hast. Du hast gesagt, du hast den Film an eine E-Mail-Adresse geschickt?«

Sie nickte. »Ja, ich habe sie auf dem Telefon.«

Victoria Pytell klang schlaftrunken, als sie abhob. »Ich habe hier eine E-Mail-Adresse«, sagte Fredrik. »Ich glaube, dass es sich womöglich um die handelt, die Sie brauchen.«

»Schicken Sie sie rüber«, antwortete sie knapp.

Fredrik schlief nicht länger als ein paar Stunden. Ein unruhiger, zermürbender Schlaf, oberflächlich. Als er aufgestanden war, saß Kafa alleine am Küchentisch. »Was glaubst du, warum wird er der Wanderer genannt?«, fragte sie.

»Was meinst du?«

»Es muss einen Grund dafür geben, dass der Maulwurf diesen Namen erhalten hat.«

»Daran habe ich noch gar nicht gedacht.«

»Ich habe ein bisschen recherchiert, während du geschlafen hast. Hast du schon mal von Ahasverus gehört? Dem ewigen Juden?«

»Ist das nicht irgendein antisemitischer Müll?«

»Doch, *Der ewige Jude* ist ein nationalsozialistischer Propagandafilm. Der Mythos ist aber viel älter als der Nationalsozialismus. Er geht darauf zurück, dass ein Jude Jesus verweigerte sich auszuruhen, als dieser das Kreuz nach Golgata trug. ›Geh weiter‹, sagte der Mann. ›Ich gehe, aber du sollst hierbleiben, bis ich zurückkomme‹, antwortete Jesus. Der Fluch zwang den Juden auf der Erde umherzuwandern, bis Jesus am Tag des Jüngsten Gerichts zurückkehren würde.«

»Okay?«, sagte Fredrik. »Der Wanderer, also er … verbüßt eine Art Strafe?«

»Tja, ich sehe das mehr als Bild für einen schlafenden

Agenten. Der Auftrag ist erteilt, und jetzt wartet er auf ein Signal oder ein Ereignis, um seine Pläne umzusetzen.«

Fredrik sah sie an. »Vielleicht«, sagte er. »Vielleicht.«

Da hörten sie Schritte im Flur, und Therese kam herein. Ihre Haut unter dem Morgenmantel wirkte nach der Dusche gesund und warm, das Gesicht aber war blass. »Wir müssen irgendwen warnen«, sagte sie. »Wenn jemand einen Mord plant, dann haben wir keine Wahl. Der Botschafter muss gewarnt werden. Und wenn es so ist, wie ihr sagt, dass«, sie flüsterte beinahe, »*er* etwas damit zu tun haben soll…« Therese verdrehte die Augen. »Ich kann das schlicht und einfach nicht glauben. Ihr müsst mit dem Polizeipräsidenten sprechen. Und mit Koss.«

Auf Kafas Stirn zeichneten sich tiefe Furchen ab. »Das ist zu riskant. Diese Ermittlung wird überwacht.«

Fredrik legte Therese eine Hand auf die Schulter. »Du hast natürlich recht«, sagte er. »Wir müssen irgendwen warnen. Zuerst aber müssen wir den Wanderer aus der Reserve locken und in Erfahrung bringen, wie sein Auftrag lautet.«

»Und wie machen wir das?«

Nachdem Fredrik den Plan erläutert hatte, schüttelte Therese den Kopf. »Das hört sich wirklich überhaupt nicht sicher an.«

89

Arif Erim war so vertraut mit den Formen des Wagens, dass er gern mit geschlossenen Augen arbeitete. Seine kräftige Nase erfüllte der sanfte Duft von Wachs, der Lappen glitt widerstandslos über die Oberfläche, und aus den Ohrstöpseln drang Barbara Bonneys Sopran. Sie sang »An den Frühling« von Edvard Grieg. Er hatte die Anzugjacke abgelegt und die Hemdsärmel hochgekrempelt. Die Sonne küsste ihn in den Nacken, während sich die schwarzen Haare an seinen Unterarmen in der Kälte aufstellten. Er würde nicht aufhören, bevor er sich beim Öffnen der Augen selbst in der Motorhaube des Audi funkeln sehen konnte. Deshalb erschrak er, als er endlich zufrieden war, denn er sah nicht nur sich selbst, sondern auch das makellose Spiegelbild von Simon Riebe.

»Herr Ministerpräsident«, sagte Arif, machte einen Schritt zur Seite und zog sich die Ohrstöpsel heraus. »Es tut mir leid. Ich habe Sie nicht gehört. Es tut mir sehr leid.«

Arif hatte gelogen, als er behauptet hatte, achtzehn zu sein, als er kurz vor Neujahr 1979 von Gebze in der Nähe von Istanbul nach Norwegen gekommen war. Er war Werftarbeiter bei Aker am Tage und Norwegischschüler am Abend. Sein geschliffenes Riksmål hatte er von Frau Thoresen gelernt, einer älteren Lehrerin aus Ullern, die Freude daran hatte, den Gastarbeitern die korrekte Sprache beizubringen.

Heutzutage sprach kaum noch jemand wie er. Nicht im

Fernsehen, nicht in der Schule und nicht unter den Norwegern im Allgemeinen. Seine Kinder pflegten zu sagen, dass er irgendwann im Volksmuseum enden würde. Arif aber hielt an seiner Aussprache fest, denn *ein* Mann wusste sie zu schätzen – der Mann, den Arif tagtäglich von seiner Wohnung hinter dem Schlosspark abholte und in sein Büro im Zentrum fuhr. Der Ministerpräsident.

Auch Riebe hatte seine Anzugjacke ausgezogen. Er reichte sie einem der Leibwächter. »Gib mir einen Putzlappen, Arif. Schließlich ist der Kofferraum schon mit Wachs eingeschmiert.«

»Sind Sie sicher, Herr Ministerpräsident? Noch drei Minuten, dann ist Ihr Fahrzeug bereit.«

»Nun, wenn wir es zusammen machen, dauert es nur anderthalb, nicht wahr? Gesparte Zeit ist verdientes Geld.«

Zwischen den Leibwächtern auf der Treppe stand ein Fotograf von der Aftenposten. Arif war über ihn informiert worden. Er hatte die Erlaubnis erhalten, sich an einzelnen Tagen an die Fersen des Ministerpräsidenten zu heften. Der Fotograf knipste drauflos, und Arif dachte nicht weiter darüber nach.

Der Leibwächter starrte gedankenverloren aus dem Fenster, als Arif auf die Bygdøy allé abbog. Sie saßen nur zu dritt im Auto. Der Ministerpräsident sollte an diesem Sonntag mit der Familie seiner Schwester auf Bygdøy zu Mittag essen, und er schien bester Laune zu sein. Riebe lehnte sich nach vorn und legte Arif eine Hand auf die Schulter. »Ich möchte, dass Sie direkt zu den Museen auf Bygdøy fahren. Da gibt es etwas, was ich mir gern ansehen würde. Dann gehe ich bei dem schönen Wetter von dort aus zu Fuß.«

»Selbstverständlich, Herr Ministerpräsident«, antwortete Arif.

»Darf ich Ihnen eine persönliche Frage stellen?« Der Ministerpräsident wartete die Antwort nicht ab. »Sind Sie ein religiöser Mann, Arif?«

Arif suchte im Rückspiegel Blickkontakt mit Riebe. Der Ministerpräsident sah ihn offenherzig an.

»Ja … Ich glaube an Allah, wenn es das ist, wonach Sie fragen? Aber religiös … Ich kann mit dem Herrn Ministerpräsidenten doch nicht einfach am Straßenrand anhalten, wenn Gebetszeit ist.« Arif lachte nervös.

»Ich selbst bin Atheist«, sagte Riebe. »Ich glaube, die Religionskriege im Nahen Osten, der christliche Konservatismus in den USA und das Erstarken des Fundamentalismus auf unserem Kontinent sind lediglich Todeskrämpfe.«

»Viele kluge Menschen sind Atheisten«, antwortete Arif diplomatisch.

»Sie verstehen das«, dozierte Riebe, »Religionen basieren darauf, dass Gott uns Menschen gegenüber eine besondere Fürsorge an den Tag legt, dass wir seinem Willen entspringen und dass die Erde seine Schöpfung ist. Bald jedoch – vielleicht sogar noch zu unser beider Lebzeiten, Arif – werden wir erkennen, dass es im Universum von Leben nur so wimmelt, dass es nichts gibt, was unseren Planeten einzigartig macht. Wir sind nur Sandkörner in einer Wüste. Es gibt keinen Gott, der uns liebt.«

»Wenn das wirklich so ist«, sagte Arif, »dann macht mich das traurig, wenn der Herr Ministerpräsident mir erlaubt, das zu sagen.«

Riebe klopfte ihm auf die Schulter. »Das ist nicht traurig«, sagte er. »Das ist, was dem Leben einen Sinn gibt. Sandkörner verwandeln sich ab und an in Perlen. Das ist aber keiner höheren Macht geschuldet, auch keinem Wunder. Es ist Mathematik. Auf der Erde gibt es Milliarden von Sandkörnern und Millionen von Muscheln. Ein Wunder wäre es, wenn sich beide niemals begegneten. Aber das tun sie. Und die Muschel kapselt den Sand in der Perlmutter ein. Das ist der Lauf der Natur.«

Der Ministerpräsident lehnte sich zurück. Sie waren fast da. Er ließ seinen Blick auf den herrschaftlichen Villen entlang der Straße ruhen, die zur Landzunge führte. »So ist es auch mit uns Menschen«, fügte er dann noch leise hinzu. »Einige von uns sind einzigartig. Die meisten jedoch sind nur Sandkörner.«

Arif parkte und begriff, was der Grund für ihre Fahrt hierher war. Draußen auf dem Fjord schwamm auf seinem Weg in den Hafen von Oslo das größte Schiff, das er je gesehen hatte: der Flugzeugträger *USS Nimitz*. Die Kampfjets und Kampfhubschrauber auf dem flachen Deck ähnelten Miniaturen, und die dahinter folgende Armada, die Zerstörer, Kreuzer und Kleinboote glichen Spielzeugbooten in einer Badewanne.

»Wenn Sie von Wundern sprechen möchten«, sagte Riebe und löste den Sicherheitsgurt. »Dort haben Sie eins.«

90

Hier hatte alles angefangen und hier sollte es auch sein Ende finden. Fredrik stand hinter dem niedrigen Steinzaun mitten auf der gepflasterten Anhöhe zwischen dem Schloss Akershus und dem Osloer Hafen. Entlang der schrägen Eisenbeschläge an der Schlosswand war Schmelzwasser wieder gefroren. Es funkelte in der Nachmittagssonne. Unterhalb lag das schlummernde Monster – mehr als ein Viertelkilometer Kampfkraft, hunderttausend Tonnen schwimmender Stahl. Auf dem flachen Deck des Flugzeugträgers hatten Kriegshubschrauber, Transporthubschrauber groß wie Busse sowie eine Reihe mattschwarzer Kampfjets Position bezogen. Es quietschte in der Hydraulik, als die Ladetore zur Seite glitten und der warme Dampf an der Seite des Schiffes entlang entwich. Die Tore waren so breit, dass zwei, vielleicht sogar drei Panzer gleichzeitig entladen werden konnten. Eine Gruppe von Marinesoldaten war dabei, den Kai einzuzäunen und Kontrollposten aufzustellen.

»Meine Güte«, sagte Kafa. Wie er hatte sie lange und fest geschlafen, und das hatte ihr gutgetan. Die Unruhe Noman betreffend war zwar noch da, aber ihr Blick war wachsam, und die Wangen hatten ihre Farbe wiedergewonnen. »Ich dachte, es würde etwas dauern, die Container einzuladen. Aber hier können sie ja einfach reingefahren werden.«

»Und dann sehen wir sie nie wieder«, stellte Fredrik fest. »Viel Glück. Therese löst dich um Mitternacht ab.«

Kafa zog die Steppjacke enger um die Schultern. »Sie hat recht, weißt du. Therese. Wir sind zu wenige, um dieses Schiff zu bewachen. Den Wachleuten wird auffallen, dass wir herumschnüffeln. Wir brauchen Hilfe.«

»Vierundzwanzig Stunden, Kafa. Das ist alles. Morgen Vormittag wissen wir dann, wer der Wanderer ist.«

Das Eis auf den Pflastersteinen glänzte, weshalb Fredrik sich behutsam fortbewegte, als er zum Auto zurückging. Unterwegs dachte er darüber nach, was passieren würde, sobald die Container angeliefert würden. Der Plan war einfach. Sie würden ihre Polizeibefugnis gebrauchen, die Lkw anhalten und die Einsatzzentrale der Polizei über einen möglichen Drogentransport informieren. Würde das funktionieren? Er hatte keine Ahnung. Was wenn die Fahrer sie ignorierten? Was wenn die Soldaten sie einfach beiseitefegten oder sogar die Waffen gegen sie erhoben?

Fredrik rieb seine eiskalten Hände gegeneinander, bis das Blut in den Fingerspitzen kribbelte und die Heizung des Cygnet langsam Wärme abgab. Die Situation war nicht ganz so aussichtslos, wie Kafa meinte. Ab und an konnte man leicht vergessen, dass die Welt aus mehr als nur Polizei und Verbrechern bestand. Er zog sein Telefon heraus.

»Ja?«

»Hier ist Fredrik Beier.«

»An einem Sonntag?« Nachrichtenchef Carl Solli klang müde.

»Das ist eine lange Geschichte«, antwortete Fredrik. »Ich habe einen Tipp und eine Frage.«

»Okay?«

»Der DNA-Test, den Sie mir gezeigt haben. Das Wetre-Kind. Der kam doch von einer anonymen E-Mail-Adresse?«

»Das ist korrekt.«

»Können Sie mir die schicken?«

Solli schnaubte. »Nein. Das wäre eine Verletzung des Quellenschutzes.«

»Quellenschutz? Sie haben doch nicht mal eine Ahnung, wer die Quelle ist?«

»Wenn ich Ihnen aber die Adresse gebe, dann können Sie es herausfinden, oder nicht? Auch anonyme Quellen sind Quellen. Den Inhalt einer Nachricht zu diskutieren, ist eine Sache, den Absender muss ich allerdings für mich behalten.«

»Ach, verflucht«, brach es aus Fredrik heraus. »Das hörte sich bei unserer letzten Begegnung aber nicht gerade so. Ihr Vortrag über Erdbeben? Ohne mich hätten Sie ein paar Tage später im Fernsehen kein Schwätzchen mit Kari Lise Wetre gehalten. Das sind Sie mir schuldig.«

Am anderen Ende der Leitung wurde es still. Fredrik sah förmlich vor sich, wie sich von Sollis Kragen aus rote Flammen über Hals und Wangen ausbreiteten.

»Hören Sie zu«, sagte Fredrik. »Ich lese Ihnen jetzt eine E-Mail-Adresse vor. Sollten Sie diese schon einmal gehört haben, dann halten Sie die Klappe. Sollten Sie sie noch nie gehört haben, dann verraten Sie wohl auch nichts, wenn Sie mir das mitteilen.«

Bevor Solli Zeit hatte, Einwände zu erheben, hatte Fredrik bereits die E-Mail-Adresse heruntergeleiert, die Kafa zum Versand des Videos verwendet hatte, auf dem Fredrik angeschossen wurde. Der Redakteur blieb lange stumm. »Sie sagten, Sie hätten einen Tipp«, sagte er schließlich.

»Verflucht! Ich hab's gewusst.« Fredrik donnerte die Faust aufs Lenkrad. »Ihr habt vielleicht registriert, dass ein amerikanischer Flugzeugträger am Kai vor der Festung Akershus liegt?«

»Die Propagandawanne des Ministerpräsidenten? Man könnte glauben, die *Titanic* wäre den Fjord hinaufgesegelt.

Die Verteidigungsministerin soll morgen eintreffen, und wir schicken ein Team. Aus Gründen, die ich niemals verstehen werde, möchte er, dass seine verbale Speichelleckerei an die Adresse der Amerikaner für alle Zeiten dokumentiert wird.«

»Sorgen Sie dafür, dass ein Fotograf dort sein kann. Den ganzen Tag über.«

»Warum?«

»Quellenschutz«, sagte Fredrik.

»Beier«, stöhnte der Redakteur. »Wissen Sie, was das kostet? Sie müssen mir doch sagen können, worum es geht?«

»Eins kann ich Ihnen verraten«, erwiderte Fredrik. »Wenn meine Vermutungen stimmen, verspreche ich Ihnen, dass Sie die Fernsehbilder haben wollen. Okay?«

Dem Fluchen nach zu urteilen, hatten die Flammen Carl Sollis Haaransatz erreicht, als Fredrik auflegte.

Haakon Bull wohnte in einem protzigen Familienanwesen in Vinderen, einige Kilometer nördlich des Zentrums. Der Garten sowie die ockergelbe Villa waren von einem hohen Lattenzaun umgeben. Die Torpfosten waren von einer knorrigen Eiche überwuchert, dahinter standen Obstbäume und Beerensträucher und hielten Winterschlaf. An der kurzen Seite des Hauses hatten Rosenzweige ihre Klauen um die Streben des Spaliers gekrallt. Sie reichten fast bis zum Dachfrist hinauf.

Das Tor gab einen Ton von sich, als er es aufschob. Einen Augenblick lang blieb Fredrik stehen, starrte den eisbedeckten Kiesweg entlang und ignorierte erneut seine Zweifel. Tief im Inneren wusste er, dass er keine Wahl hatte. Er konnte nicht zulassen, dass der amerikanische Botschafter an der Zeremonie zum Empfang der Kampfjets teilnahm.

Unter anderen Umständen hätte Fredrik vielleicht anders

gedacht. Wenn die Verantwortung auf den Schultern der Polizeiführung lasten würde, hätte er die Schlagkraft des Präsidiums zur Verfügung, und sie könnten eine Falle stellen. Das ging jedoch nicht, solange der Wanderer frei herumlief und der Ministerpräsident auf der Liste der Verdächtigen stand. Das Leben des Botschafters lag in Fredriks Händen. Er wusste, was es bedeutete, Schuld am Verlust eines Lebens zu tragen. Diesen Preis zu zahlen, war er nicht bereit.

Deshalb war Haakon Bull seine beste Option. Fredrik hatte Bull bereits von der Organisation und von den Labors erzählt. Bull war Rentner, aber auch Regierungsberater. Er stand der Macht nahe genug, damit ihm zugehört wurde. Dennoch gehörte er definitiv nicht zu Riebes engstem Kreis. Die Warnung an den Botschafter musste von ihm kommen.

Die Türklingel war eine von der alten Sorte, dasselbe galt für den von ihr verursachten tiefen Glockenton. Fredrik schaffte es gerade noch, den Finger vom Knopf zu nehmen, da wurde die Tür auch schon geöffnet.

»Fredrik?«, fragte Bull überrascht. »Sie kommen unangemeldet?«

»Störe ich?«

Der kräftige Körper füllte die ganze Türöffnung aus. Bull war mit Anorak, Mütze und Skihose bekleidet. »Wir waren gerade auf dem Weg hinauf in die Marka.«

»Es wird nicht lange dauern.«

Bull trat einen Schritt zur Seite. »Kommen Sie rein ins Warme. Ich sage nur schnell meiner Frau Bescheid, dann können wir reden, während ich das Auto belade.«

An der Decke der Halle hing ein Kronleuchter, die Wände schmückten nationalromantische Landschaftsgemälde. Fredrik war nicht sicher, ob es sich um Originale handelte oder nicht, aber falls sie es waren, dann waren sie wertvoll. Ein eifriger Beagle, braun und schwarz am Kopf und weiß am

Bauch, schwänzelte um ihre Füße herum. Fredrik ließ ihn an seiner Hand schnuppern. »Torill«, rief Bull die Treppe hinauf. Eine Frau, die beinahe ebenso stattlich wie ihr Ehemann war, kam zum Vorschein. Sie war in Bulls Alter und genau wie er für eine Skitour gekleidet. »Erkennst du diesen Kerl wieder?«

Überraschend leichtfüßig kam die Frau auf sie zu. Sie hatte Lachfältchen und Grübchen, und Fredrik war wie verzaubert von den Augen, die unter dem Mützenrand fröhlich strahlten.

»Er kommt mir bekannt vor, aber …«

Bull gluckste. »Du hast den Burschen vermutlich nicht gesehen, seit er noch in kurzen Hosen herumgelaufen ist. Das ist Fredrik Beier. Der Sohn von Ken und Gunhild.«

»Nein, ist das denn die Möglichkeit«, rief sie und schlug sich die Hände gegen die Wangen. »Jetzt sehe ich es. Sie haben die Augen Ihrer Mutter.« Mit beiden Händen ergriff sie Fredriks ausgestreckte Hand. »Woher kennt ihr euch?«, fragte sie ihren Ehemann.

»Von der Arbeit. Wir müssen nur fünf Minuten was besprechen, dann fahren wir los.«

Torill Bull wandte sich erneut an Fredrik. »Er bezeichnet sich als Rentner«, sagte sie und zwinkerte ihm zu, »dabei arbeitet er die ganze Zeit. Na ja, schön, Sie kennengelernt zu haben. Schließlich hatte ich bis zuletzt Kontakt zu Ihrer Mutter. Ich hoffe wirklich, dass das Leben es gut mit Ihnen meint.«

Dieses Thema wollte er nicht ausufern lassen, weshalb Fredrik nickte und einfach nur »Gleichfalls« antwortete.

Sie ließ seine Hand los und winkte den Hund zu sich. »Gere. Komm, dann kriegst du was zu fressen, während wir auf Papa warten.«

»Gere?«, sagte Fredrik, als Bull die Haustür hinter ihnen

schloss. Der Ruheständler zeigte auf zwei Paar Ski und Stöcke und bedeutete Fredrik, sie zu nehmen. Er selbst trug zwei Rucksäcke und eine Hundedecke.

»Torill ist Professorin in Altnordischer Archäologie«, sagte er. »Gere war einer von Odins Wölfen. Aber der gute Odin trank ja nur Wein, weshalb er all das Essen, das ihm serviert wurde, für die Wölfe auf den Boden warf. Gere bedeutet gefräßig.« Bull nickte Richtung Küchenfenster. Der Hund fraß gierig aus seinem Napf. »Torill fand, das passte. Vergangenes Jahr hatten wir sie mit bei der Hasenjagd. Also Gere, nicht Torill. Es war ihr erstes Jahr. Jetzt weiß ich nicht, was daraus wird. Weder Roger noch ich … Ohne Franke ist es nicht dasselbe.«

Er nestelte an seiner Tasche herum, und das automatische Garagentor glitt auf. Drinnen stand ein dunkler Nissan X-Trail. »Aber Sie sind vermutlich nicht hergekommen, um mit mir über Hunde zu sprechen. Ich habe mich ein wenig umgehört«, sagte Bull.

In der Garage herrschte eine angenehme Temperatur. Bull schloss das Tor und schaltete die Deckenlampe ein, bevor er fortfuhr. »Diese Organisation«, sagte er. »Ich habe mit Leuten gesprochen, die es wissen müssten, denen ich vertraue und die mir vertrauen.« Seine Stimme klang aufrichtig. »Die meisten haben nur gelacht und gesagt, dass so etwas vollkommen undenkbar sei, dass es ein Bruch mit allem wäre, wofür unsere Nation steht. Sind Sie sich denn wirklich sicher? Sagten Sie nicht, Sie hätten Belege?«

»Die *hatte* ich, ja«, sagte Fredrik. »Es gibt aber nichts mehr, was ich Ihnen zeigen könnte. Sie sind gerade dabei, gründlich ihre Spuren zu verwischen.«

Bull musterte ihn skeptisch. »Okay.« Er öffnete den Kofferraum des SUV. Dort standen ein Hundekäfig und ein paar Pappkartons. Er machte sich daran, Platz für die Skier und die Rucksäcke zu schaffen. »Wollten Sie darüber mit mir sprechen? Oder gibt es noch etwas anderes?«

Fredrik war unsicher, wo er anfangen sollte. Bull zweifelte offensichtlich an seinen Worten. Wie sollte er ihn davon überzeugen, dass jemand ein Attentat auf den amerikanischen Botschafter plante? Sollte er erzählen, dass Ministerpräsident Riebe zu den Leuten gehörte, gegen die sie ermittelten?

»Es gibt noch eine Sache«, begann er. »Sie wissen von der Veranstaltung auf Gardermoen am Dienstag? Der Empfang der F-35-Kampfjets?«

Bull hatte ein Knie auf den Boden des Kofferraums gestemmt, während er darin herumwühlte. Das Fahrzeug schwankte unter seinem Gewicht. Er reichte Fredrik eine Zeitung, eine alte Ausgabe der VG aus der Zeit, als Saigon gerade von den nordvietnamesischen Streitkräften eingenommen wurde. »Halten Sie die mal«, sagte Bull. »Ich bewahre die Geschichte gern auf.« Dann warf er einen Blick zu ihm nach hinten.

»Der Empfang sagen Sie? Ach ja. Ich bin eingeladen.« Er lächelte zufrieden. »Aber ich habe abgesagt. Das ist der Vorteil daran, wenn man Rentner ist. Man kann immer Nein sagen. Bei diesem trostlosen Winter ist schwer zu sagen, wie lange der Schnee noch liegen bleibt. Ich habe stattdessen vor, die Natur zu genießen.«

»Sie wissen, dass der amerikanische Botschafter die Rede zur Übergabe halten soll?«

»Ja.« Bull hatte die Rucksäcke endlich so verstaut, wie er es haben wollte. Er krabbelte wieder heraus und zeigte mit der Hand an, wo Fredrik die Skier hinlegen sollte: zwischen den Hundekäfig und die Rucksäcke. Als er seine Hand wieder aus dem Auto zog, war sie voller Hundehaare. Er rieb die Handflächen gegeneinander, erst schnell, dann etwas langsamer. Schließlich hielt er inne, betrachtete einige der kurzen braunen und weißen Haare und rieb sie zwischen den Fingerspitzen. Diese Haare … Fredriks Herz begann hart in der Brust zu pochen.

»Sie haart ganz gewaltig«, sagte Bull entschuldigend. »Selbst im Winter. Die setzen sich überall fest, diese verfluchten Hundehaare. Nicht mal der Staubsauger hilft. Was wollten Sie mir sagen?«

Fredrik sah Bull direkt in die Augen und mühte sich damit ab, die Lunge mit Luft zu füllen. Er fror unter der Jacke. Dann schüttelte er nur schnell den Kopf, schluckte und lächelte.

»Nein, mehr war es nicht. Ich wollte nur hören, ob Sie dorthin fahren. Falls ich Sie erreichen muss.«

91

Nicht einmal die Kälte konnte dem Gestank etwas anhaben, und Fredrik rümpfte die Nase, als er mit langsamen Bewegungen nach den Tüten im Müllcontainer griff und sie in einer ordentlichen Reihe vor Victoria Pytells Haus hinstellte. Langsam wurde es dunkel. Im Schein des Hoflichts fühlte er sich von den Nachbarhäusern und den Mehrfamilienhäusern auf der gegenüberliegenden Straßenseite beobachtet. Als er sich jedoch umblickte, war niemand zu sehen außer Victoria selbst, die dort hinter dem Wohnzimmerfenster stand und ihm mit vor der Brust verschränkten Armen zusah.

Endlich fand er, wonach er suchte. Victoria blieb am Fenster stehen, bis er die übrigen Tüten fein säuberlich zurückgepackt, den Plastikdeckel wieder geschlossen sowie die Schneeschaufel verwendet hatte, um die Flecken von dem eisbedeckten Kiesweg zu entfernen.

Er stellte die Tüte in den Ausguss der Waschküche und riss ein Loch hinein. Seine alte Jacke qualmte vor Schweiß, Dreck und Feuchtigkeit. Er faltete sie auseinander und zupfte die losen Haare ab, bis er ein ganzes Büschel zwischen den Fingern hielt. Dann legte er sie auf ein Blatt Papier neben die Hundehaare aus Haakon Bulls Kofferraum. Anschließend trug er das Blatt ins Wohnzimmer, wo Victoria auf ihn wartete.

»Ich habe einen Fehler gemacht«, sagte Fredrik. »Einen großen Fehler.«

Victoria studierte die beiden Ansammlungen von Haaren. Dann nickte sie sachte. »Ich befürchte, Sie haben recht«, antwortete sie. »Die ähneln einander sehr.«

»Verdammt«, sagte Fredrik und sank in einen der tiefen Stühle. Er presste die Handflächen gegen die Schläfen. »Verdammt, verdammt, verdammt.«

»Das müssen Sie mir erklären.« Victoria schob den Bürostuhl von dem sperrigen Schreibtisch weg. »Was hat das zu bedeuten?«

Fredrik versuchte nachzudenken. Ja, was zum Teufel bedeutete das? Was hatte er getan? »Ich war mir sicher, dass die Hundehaare auf meinen Sachen von ihr stammen«, sagte er und zeigte auf Houdini, die Hündin, die ihm unten im Keller Gesellschaft geleistet hatte. Sie schlummerte in ihrem Körbchen. Ihr Hinterlauf war dick bandagiert, sie war entlaust, gewaschen und geschoren, Krallen und Zähne waren einer Pflege unterzogen worden. Victoria wollte nicht verraten, wie viel sie für die Oberschenkelknochen-OP bezahlt hatte. Sie begnügte sich damit festzustellen, dass der Tierarzt bemerkt habe, Einschläfern wäre »die finanziell richtige Entscheidung«.

»Sie ist aber rotbraun. Nicht braun, schwarz und weiß. Die hier gehören also dem Hund von Haakon Bull. Bull arbeitet als Berater fürs Verteidigungsministerium.« Fredrik machte eine lange Pause. »Kafa hat mich zurückgelassen, wo sie auf mich geschossen hat. Jemand muss mich also irgendwie durch den Wald in den Keller gebracht haben. Es gab einen Moment da…« Er dachte an die Stunde, in der Kafa im Auto gesessen und die Dokumente seines Vaters gelesen hatte. Er hatte am Fenster der Zelle im Keller der Anlage gestanden. »Ich habe gespürt, dass mich jemand beobachtet hat. Jemand muss im Wald auf uns gewartet haben. Ich glaube, dass ich im Kofferraum von Bulls SUV zu dem Keller gefahren wurde.«

»Also … ist Bull Teil der Organisation?«

»Ich glaube schon. Herrgott«, brach es aus Fredrik heraus. »Herrgott. Ich hab ihm von den Ermittlungen erzählt. Von der Organisation. Er war früher mal beim Militär und hat bei der Polizei gearbeitet … Er hat mich gefragt … Der Drecksack hat mich gefragt, ob ich Beweise für die Existenz der Organisation hätte. Ich habe ihm alles, was er braucht, auf dem Silbertablett serviert.«

Und damit all seinen alten Freunden und Bekannten … Bull hatte alles über ihre Ermittlungen wissen wollen. Er hatte die Freundschaft mit seinem Vater dazu gebraucht, Fredriks Vertrauen zu gewinnen. Und Franke? Franke hatte doch gesagt, dass er von seiner Parkinson-Erkrankung nur den ihm am nächsten Stehenden erzählt hatte – wie seinen zwei besten Kameraden. Fredrik sah es direkt vor sich, wie die drei Kerle sich nach einem langen Tag auf der Jagd um eine Feuerstelle versammelten. Unfassbar, was für ein Drecksack Bull war. Dieser arrogante Kriecher hatte ihm alles geschildert. »Ich habe versucht, an die Elchjagd im Herbst zurückzudenken«, hatte Bull zu Fredrik gesagt, als sie sich im Polizeipräsidium begegnet waren. »Wenn ich etwas gesagt habe, was … ja, was er sich zunutze gemacht haben könnte, was ihn auf Ideen gebracht haben könnte …«

Aber nicht Bull hatte etwas verraten, woraus Franke einen Nutzen ziehen konnte, sondern umgekehrt.

Fredrik lehnte sich auf dem Stuhl zurück. Er war total erschöpft.

Victoria war aufgestanden. Sie schaute auf die Wand über seinem Kopf. »Aber wenn Bull dafür gesorgt hat, dass auf Sie geschossen wird, Sie jedoch nicht getötet wurden. Was tut er jetzt, da er weiß, dass Sie frei sind?«

»Ich habe keine Ahnung«, sagte Fredrik. »Ich bin ihm bereits bei der Beerdigung von Frankes Frau begegnet. Er weiß es also bereits seit mehreren Tagen.« Nachdenklich neigte er den Kopf zur Seite. »Ich habe ihm erzählt, dass es keinen Beweis für die Existenz der Organisation gibt. Glücklicherweise habe ich Verdacht geschöpft, bevor ich ihm verraten habe, was wir über die Attentatspläne wissen; dass wir wissen, wie die Labors außer Landes geschafft werden sollen. Er glaubt, wir tappen noch völlig im Dunkeln.«

Victoria richtete ihren Blick auf ihn. Sie wollte ihn nicht hierhaben, das sah er ihr an, aber sie sagte nichts. Stattdessen atmete sie nur schwer, bevor sie den Stuhl an den Schreibtisch zurückschob. »Was diese E-Mail-Adresse betrifft, kann ich Ihnen helfen«, sagte sie kühl.

Fredrik hatte sich gerade neben sie gesetzt, als ihn ein Blitzschlag traf. Es war etwas, was ihn seit Langem quälte, eine Frage, auf die er keine Antwort gefunden hatte. Doch jetzt begriff er.

Kafa hatte mitgeteilt bekommen, wann er in der Bank war. Cecilia, die Frau, die das Heroin bei ihm versteckt hatte, war *zufällig* im Lompa gewesen, als er nach der Arbeit dort ein Bier getrunken hatte. Staffan Häyhä war in der Villa Ravnli aufgetaucht, kurz nachdem Fredrik dort eingebrochen war. Und Häyhä war es auch gelungen, Richard Reiss' geheime Wohnung aufzuspüren, als Fredrik noch dort war.

Er verbarg das Gesicht in den Händen und sah sie ganz deutlich vor sich: seine erste Begegnung mit Haakon Bull. Die Drinks in der Bar im Hotel Bristol. Dort hatte Bull eine Software auf seinem Telefon installiert, eine Software, die laut Bull dafür entworfen war, den USB-Stick aufzuspüren, den Fredrik gesucht hatte.

»Sie haben *was* getan? Verdammt, Fredrik. Sie haben einen Fremden unbekannte Software auf Ihrem Telefon installieren lassen?«

92

»Sie sind ein verdammter Idiot«, schimpfte Victoria.

Die sonst so abgeklärte Frau war außer sich, ihre Wangen waren kreideweiß, und sie hämmerte auf der Tastatur herum, als hätte diese sie belästigt. Victoria hatte einen Laptop aus einer Schublade geholt und sein Telefon damit verbunden.

»Kein Wunder, dass die wissen, was Sie treiben«, sagte sie. »Ihr Handy sendet ununterbrochen Ihren Standort. All Ihre Telefongespräche wurden abgehört, alle Textnachrichten gelesen, und wenn Sie so verflucht dumm gewesen sind, das Telefon an einen Computer anzuschließen, müssen Sie davon ausgehen, dass dessen gesamter Inhalt kopiert wurde.«

Er brummte nur. »Und Sie wissen, dass Sie hier sind. In diesem Moment!«

Damit zerrte sie das Kabel aus dem Telefon, zog die Gardinen vor und warf das Handy in den Kamin. Sie war schon im Begriff die Gasflamme anzuzünden, als Fredrik sie zurückhielt. »Sie werden begreifen, dass wir ihnen auf die Schliche gekommen sind«, sagte er leise. »Ich verstehe, dass Sie verärgert sind, aber wir müssen jetzt clever agieren.«

Victoria schrie mehr, als zu sprechen. »Das Cleverste, was ich tun kann, ist, Sie vor die Tür zu setzen. Zusammen mit Ihrem von Flöhen befallenen Köter.«

Fredrik hob die Hände. »Es tut mir leid.« Seine Haut kribbelte. Ihm war schlecht, er war wütend und fühlte sich verraten. Er schwitzte und fror zugleich. »Es tut mir wirklich leid.«

Victoria holte tief Luft. Sie war wütend, aber da war noch mehr. Unter den Augenlidern blitzten Tränen auf. »Diese Schweine haben Benedikte getötet«, sagte sie mit schneidender Stimme. »Glauben Sie wirklich, dass Sie die aufhalten können? Dass sie für das, was sie getan haben, zur Verantwortung gezogen werden?«

Er fühlte wie sein Körper schwankte, als er seine Hände auf ihre Schultern legte. »Das weiß ich nicht.«

Einen Augenblick lang starrte sie ihm so tief in die Augen, dass er ihrem Blick beinahe ausweichen musste.

»Ich bin froh, dass Sie ehrlich sind«, sagte sie dann. »Denken Sie nach. Haben Sie am Telefon über die Container gesprochen? Habt ihr die Attentatspläne diskutiert?«

Fredrik überlegte. »Nein. Ich glaube nicht. Aber ich war heute früh zusammen mit Kafa bei dem Flugzeugträger. Ich habe einem Journalisten mitgeteilt, dass dort etwas geschehen könnte. Es ist möglich, dass sie kapiert haben, dass wir ihnen auf der Spur sind.«

Victoria nahm ein Glas aus der Bar, goss einen ordentlichen Schluck Gin ein, ließ die Cola weg und reichte es ihm. Dann schenkte sie sich selbst ein Glas ein. Anschließend nahm sie mit zwei Fingern das Telefon aus dem Kamin, als könnte das Computervirus auch sie infizieren. »Ich brauche Zeit, um es genauer zu untersuchen«, sagte sie und leerte das Glas in einem Zug. »Offensichtlich wissen die ja, dass ich Ihnen helfe. Wollten sie uns tot sehen, hätten sie vermutlich längst die Tür eingetreten.«

Fredrik hoffte, dass sie recht hatte, fand jedoch nicht allzu viel Trost darin. Der USB-Stick, dachte er. Die Geschichte über Staatsgeheimnisse auf Abwegen. War das nur eine Erfindung, um die Spionagesoftware auf seinem Handy zu installieren? War alles nur eine Lüge gewesen?

»Sie sagten, dass Sie mir helfen könnten. Mit der E-Mail-Adresse?«, sagte Fredrik. Er trank einen guten Schluck Gin. Das half. Der Branntwein legte sich wie Öl über die Wogen in seinem Inneren. Haakon Bull. Was für ein fieser Scheißkerl.

Victoria sank auf den Stuhl vor den Bildschirmen. Nach einem Mausklick kam auf dem mittleren von ihnen ein Foto zum Vorschein. Er hatte es noch nie zuvor gesehen, und es erschreckte ihn. Denn Fredrik sah sich selbst. Seine Augen waren halb geöffnet, nur das Weiße war zu sehen. Die Stirn war blutrot verfärbt, und auch die Haare waren blutdurchtränkt. Blut lief ihm über die Wange und in den Schnee darunter.

»Ich weiß«, sagte Victoria und legte ihre Hand auf seine. »Das ist unangenehm. Erinnern Sie sich an das Programm, das ich installieren wollte? Die Ratte?«

Er nickte.

»Ihre Kollegin Kafa hat dieses Foto von Ihnen gemacht. Ich habe es von einer Adresse, die sich als ihr Handy ausgibt, an besagte E-Mail-Adresse geschickt. Es hat gewirkt. Heute Vormittag wurde die Datei geöffnet. Die Ratte wurde installiert, anscheinend ohne dass sie es bemerkt haben. Ich habe das Material heruntergeladen, das beim Empfänger gespeichert war.« Sie zwinkerte ihm zu. »Wir dürfen uns darüber freuen, dass nicht nur Sie ein verdammter Idiot sind«, sagte sie. Fredrik leerte sein Glas.

»Ich habe zudem eine kleine zusätzliche Finesse eingebaut. Wenn das nächste Mal jemand den Computer anschaltet, werden wir direkt mit der Kamera verbunden sein. Wir sehen dann, wer ihn verwendet.«

»Ohne dass sie es merken?«

»Es wird sie zumindest ein bisschen Zeit kosten.«

Victoria öffnete den Ordner, den sie heruntergeladen hatte. Das Hintergrundbild zeigte zwei junge Mädchen, offensichtlich Zwillinge, und er erkannte sie aus den Ermittlungsunterlagen wieder: Es waren die Zwillinge von Petra Johanssen, der größten Biowaffen-Expertin des Landes, die vor über einem Jahr ermordet worden war – Benedikte Stoltz' erste Quelle.

Victoria sah, dass er sie wiedererkannte und nickte. »Das ist von PJs Computer«, sagte sie. »Es war auf den Computer kopiert worden, den wir gehackt haben.«

»Der endgültige Beweis«, murmelte Fredrik leise. »Es war kein Überfall. Kein Raubmord. Petra Johanssen wurde ermordet, weil sie der Wahrheit auf der Spur war. Und der Organisation.«

»Der Ordner enthält vor allem Fachliteratur über das Pockenvirus, Milzbrand, Ebola, Botulismus, Pest, das Marburg-Virus … alle möglichen Grausamkeiten. Es geht um chemische Waffen, um internationale und nationale Gesetzgebung, Behandlungsmethoden und … ja, viel trockenes Zeug. Das hier aber wird Ihnen gefallen, glaube ich.«

Sie klickte auf eine einfache Textdatei.

»Ein Brief?«

Was ist die Wiener Bruderschaft? Warum interessierte sich die Solro-Sekte für diese Naziforscher? Ich verstehe nicht, warum mich niemand ernst nimmt. Die Polizei hört nicht auf meine Warnungen. Es scheint, als wäre die Krankheit vergessen, als würden die Leute glauben, die Pest könnte nicht zurückkehren. Niemand versteht, dass ein Seuchenausbruch heute Auswirkungen haben würde wie ein Atombombenangriff. Zweihundert Jahre lang ist gegen Pocken geimpft worden. Heute wird niemand mehr geimpft. Unsere Widerstandsfähigkeit ist extrem reduziert. Wissen

Sie, was mit den Eingeborenen passiert ist, als die Spanier die Krankheit mit nach Amerika brachten? Neunzehn von zwanzig Menschen starben. Der Krankheitsverlauf ist furchtbar. Große, schmerzhafte Beulen wachsen überall, die inneren Organe versagen, die Schleimhäute im Darm, in der Vagina, im Atmungssystem – der Körper löst sich regelrecht auf. Ich habe es selbst gesehen. Pocken sind in Wahrheit die schlimmste Krankheit der Welt.

Und da werde ich einfach mit einem Schulterzucken abgefertigt?

Je mehr er las, desto mehr verstand Fredrik, worum es sich hier handelte. Es war Petra Johanssens letzte Nachricht an Benedikte Stoltz. Sie war zwei Tage vor dem Todesdatum der Forscherin verfasst worden. Er las weiter.

Seit dem 19. Jahrhundert gibt es Impfungen. Trotzdem starben im vergangenen Jahrhundert mehr Menschen an Pocken, als Stalin, Hitler, die Roten Khmer sowie alle anderen Diktatoren und Verrückten zusammen zu töten in der Lage waren.

Die Viren, die ich beobachtet habe, sind gefährlicher als die natürlichen Varianten von damals, denn sie wurden von Menschen konstruiert, um Menschen zu töten.

Ich weiß nicht viel über diejenigen, die dahinterstecken. Aber ich weiß, dass sie sich »Die Organisation« nennen. Nur wenige Personen wissen von ihrer Existenz. Die meisten, die für die Organisation arbeiten, haben keine Ahnung, wer ihr eigentlicher Auftraggeber ist. Die Mitglieder sind handverlesen und sie sind mächtig. Sehr mächtig. Sie nutzen ihren Einfluss, um das zu bekommen, was sie wollen. Sie beeinflussen die Politik, die Polizei und den Geheimdienst. Und ich habe Namen gehört. Namen, die Sie schockieren würden. Ich kann sie hier aber nicht nennen.

Ich wollte irgendwen warnen. Ich habe versucht, den Dienstweg einzuhalten, aber sogar meine Chefs glauben, ich wäre verrückt geworden. Jetzt wende ich mich also an Sie. Ich bin überzeugt, dass heute in unserem Land geheime Forschungen an dieser Krankheit durchgeführt werden. Ich wurde bedroht und habe den Hinweis erhalten, ich möge aus Rücksicht auf die Sicherheit des Königreichs schweigen. Bricht die Krankheit jedoch aus, gibt es kein Königreich mehr. Die Bevölkerung muss davon erfahren. Ich habe Angst, und ich bitte Sie um ein Treffen, sobald Sie es einrichten können. Ich höre mich bestimmt wie eine Verrückte an, aber ich kann alles dokumentieren. Mit freundlichen Grüßen, Eine, die Bescheid weiß.

Fredrik wäre am liebsten nur aufgestanden, hätte die Gardinen zur Seite gerissen, die Fenster geöffnet und die Lunge mit Sauerstoff gefüllt. Aber er schaffte es nicht. Victoria stieß ihm heftig in die Seite und zeigte auf den anderen Bildschirm.

»Sie haben sich eingeloggt«, flüsterte sie, als fürchtete sie, dass derjenige, der an der Tastatur saß, sie hören könnte.

Zuerst flackerte der Bildschirm. Dann war über die Lautsprecher die heisere Stimme einer Frau zu vernehmen.

»Und der Wanderer hat die Kraft, den Angriff durchzuführen? Die Waffe ist bereit und …«

»Alles läuft nach Plan«, unterbrach eine helle Männerstimme. Fredrik lehnte sich nach vorn. An ihr war etwas Bekanntes, aber es gelang ihm nicht ganz, sie zu verorten.

»Gut. Ich freue mich darauf, das Ganze abzuschließen. Ich stelle die Verbindung her und mache mich fertig.«

Langsam setzte sich ein Bild zusammen. Die Auflösung war schlecht, Fredrik gelang es nur, die Wände eines schmalen, länglichen Raums auszumachen. Die Frau hatte ihnen den Rücken zugewandt, und in dem dunklen Licht wirkten ihre rotbraunen Locken beinahe schwarz. Dennoch hatte Fredrik keinerlei Zweifel, um wen es sich dabei handelte. Sie drehte sich auf dem Stuhl wieder um. Diesmal blitzten ihre Augen nicht verführerisch. Die Wangen, die er liebkost hatte, hatten nichts Weiches mehr an sich. Der Gesichtsausdruck war einfach nur kalt.

»Cecilia«, murmelte er.

»Kennen Sie sie?«

»Ich bin ihr schon begegnet«, antwortete Fredrik. »Sie hat das Heroin in meiner Wohnung versteckt. Sie hat Kafas Sohn entführt.«

Cecilia beugte sich über die Tastatur und musterte den Bildschirm vor sich. »Wann hast du dieses Foto heruntergeladen?«

»Heute Vormittag«, antwortete die Männerstimme.

»Und warum sollte sie jetzt neue Bilder schicken?« Auf ihrer Stirn hatte sich eine tiefe Furche gebildet.

»Ich nehme an, dass sie in Panik ist. Vielleicht glaubt sie, wir hätten das Video nicht bekommen und dass die Fotos das Kind retten würden.«

Skeptisch nahm Cecilia den Bildschirm in Augenschein und fuhr sich mit der Zungenspitze fest über die Oberlippe. »Das«, sagte sie langsam, »erscheint mir unlogisch.« Dann starrte sie direkt in die Kameralinse und machte sich daran, über die Tastatur etwas einzugeben.

»Sie überprüft das Skript«, murmelte Victoria. »Sie hat begriffen, dass …«

»Ah, verdammt«, sagte Cecilia. »Trottel!« In einer jähen Bewegung lehnte sie sich nach vorn, es knackte in den Lautsprechern, und der Bildschirm wurde schwarz.

Fredrik sah Victoria an. Sie starrte vor sich hin und drückte mit Daumen und Zeigefinger die Oberlippe zusammen. »Ich habe immer geglaubt, es wäre ein Mann«, sagte sie leise.

»Was meinen Sie?«

»Mein Programm war gut versteckt. Die wenigsten hätten seine Existenz erahnt. Und nur eine würde genau wissen, wo sie suchen musste. Das war Hvalen, der Hacker, der mich hinter Gitter gebracht hat.«

93

Ein Klingeln war zu vernehmen, als die Nachricht auf dem Bildschirm auftauchte.

Schnell erhob er sich, zog den Mantel über die Jacke, schloss die Tür zum Büro und stapfte eilig zum Fahrstuhl. Es kribbelte ihm in den Fingern, der ganze Körper zitterte, und er schwitzte – besonders in der Achselhöhle, wo das Pistolenholster hart und ungewohnt gegen seine Brust drückte. Als der Fahrstuhl anhielt, nahm er zwischen den Rückenwirbeln einen kleinen Stich wahr, und bevor die Türen zur Seite glitten, rief er sich selbst in Erinnerung, dass er keine Eile hatte. Sie würde einige Minuten brauchen, um die Angelegenheit zu erledigen.

Nachdem er sich versichert hatte, dass der Flur leer war, ging er zu der Stelle, wo dieser einen Bogen machte, und blieb dort stehen. Er war zu weit weg, um die Worte zu verstehen, die am Tresen gewechselt wurden, allerdings wusste er, dass er das Klicken des Schlosses vom Waffenraum wiedererkennen würde.

Es dauerte nur ein paar Minuten. Er war versucht, einen Blick um die Ecke zu werfen, unterließ es aber. Das Geräusch der harten Absätze verklang, und er trat nach vorn.

Der Polizist hinter dem Schalter streckte den Rücken durch, als er ihn sah.

»Es wurden gerade zwei Handfeuerwaffen abgeholt. Wofür?«

»Stimmt etwas nicht? Das war eine vollkommene Standard …«

Die Überwachung führte dazu, dass sich der Uniformierte selbst unterbrach.

»Kafa Iqbal. Zwei Heckler & Koch-Pistolen zum Training. Ihre eigene und«, blitzschnell warf der Polizist einen Blick auf den Bildschirm, »die von Hauptkommissar Beier. Fredrik Beier.«

Der Morgen war kalt. Der gefrorene Boden knirschte unter seinen Schuhen, als er ihrem dunklen Mantelrücken an der Grønland Kirche vorbei folgte. Sie ging nicht schnellen, aber dennoch bestimmten Schrittes Richtung Grønlandsleiret. Dort setzte sie sich in eines der Taxis. Er wartete, bis es gewendet hatte, bevor er in das nächste sprang.

»Folgen Sie dem Taxi.«

Die Fahrerin, eine kräftige Dame mit Liverpool-Tattoo unter dem Hemdkragen, musterte ihn im Rückspiegel. »Wie im Film?«

Er zog seinen Polizeiausweis hervor. Sie zuckte mit den Schultern.

Es war Montag, und der Verkehr war dicht. Sie folgten der Schlange durch Grønland und fuhren am Akerselva entlang auf die besetzten Mehrfamilienhäuser in der Hausmanns gate zu, als Iqbals Taxi plötzlich in eine der trostlosen Seitenstraßen des Zentrums abbog. Das Taxi hielt vor einem Haus, das seit Langem hätte für unbewohnbar erklärt und abgerissen werden müssen.

»Halten Sie Abstand«, sagte er verbissen. »Warten Sie, bis sie die Straße überquert hat. Dann fahren Sie weiter vor, damit ich sehe, wo sie hingeht.«

Die Taxifahrerin begann leise zu summen. Es war die Erkennungsmelodie, die vor allen James-Bond-Filmen eingespielt wurde.

»Halten Sie die Klappe«, sagte er. »Das hier ist kein Spiel.«

Es sah aus, als würde Kafa die Adresse überprüfen, bevor sie durch das Tor ins Innere des Gebäudes verschwand. Er bezahlte. Direkt gegenüber dem Mehrfamilienhaus befand sich eine Toreinfahrt. Dort stellte er sich in die Schatten der Backsteinwand, lehnte sich nach vorn und spähte hinein.

Die Sonne spiegelte sich in den schmutzigen Fenstern des Treppenhauses und erschwerte ihm die Sicht auf das, was im Inneren des Gebäudes vor sich ging. Dennoch meinte er, einen Schatten an den Treppenabsätzen vorbeihuschen zu sehen, bis ganz nach oben in die vierte und letzte Etage. Sicher war er sich, als sie zwischen den Gardinen einer der Wohnungen hindurchschielte.

Er blickte hinauf. Befand sich Fredrik Beier dort oben? Oder war er unterwegs? Er sah auf die Uhr, wartete fünf Minuten und dann noch einmal so lange, dann überquerte er eilig die Straße.

Selbst jetzt im Winter stank es im Innenhof nach Urin und Abfall. Im wärmeren Frühling musste der Gestank unerträglich sein. Was war das hier für ein Ort? Auf den Klingelschildern standen kaum Namen, bei mehreren von ihnen war die Plastikabdeckung kaputt. In einem Steintopf lagen Kippen und Verpackungen von Einwegspritzen. Drinnen war der widerliche Geruch noch stärker. Irgendwo schrie jemand etwas, zudem war das Hämmern eines Basslautsprechers zu hören. Hinter einer Tür brüllte ein Kind, aber er hörte keine Schritte auf der Treppe und keine Stimmen im Aufgang. Er knöpfte den Mantel auf und ließ die Hand unter das Jackett gleiten, spürte den harten Polymerschaft und löste die Lasche, die die Pistole festhielt. Auf dem zweiten Treppenabsatz hielt er inne und lauschte. Jetzt begriff er, woher der Geruch stammte. In jedem Stockwerk befanden sich zwei Wohnungen, und dazwischen lag jeweils ein Etagenklo. Darin thronte eine Porzellanschüssel ohne Brille. Über den Boden lief schmutziges Wasser durch den dunklen Türrahmen in den Aufgang hinaus.

Er folgte der Treppe bis nach oben. »Bulle trinkt Junkiepisse«, hatte irgendein Versager an die Toilettentür geschrieben. Sie war zumindest zugezogen, sodass er umhinkam, sich das Elend ansehen zu müssen. Sein Blick wanderte über die Eingangstüren. Das Holz war gesplittert, und von den Wänden blätterte die Farbe ab.

In der Wohnung zu seiner Rechten hatte er Iqbal zwischen den Gardinen gesehen. Und war das nicht… Doch. Von drinnen hörte er Stimmen. Es klang, als würde sie mit jemandem streiten. Also war Beier mit ihr dort. Er schlich sich an, um zu lauschen.

Wenn er eine Grätsche machte, sodass die Schuhe die Wände berührten, vermied Fredrik es, in das braune Wasser zu treten, das vom Spülkasten heruntertropfte.

Er legte ein Ohr gegen die Tür. Zuerst hatten die Schritte nur hohl auf dem Beton widergehallt. Sie verstummten, dann hörte er sie erneut. Sie klangen nicht hart, wie bei den Sohlen von Kafas Stiefeletten. Vielmehr weich und reibend. Gummi auf Beton. Galoschen, dachte er. Fredrik kannte nur einen Mann, der so etwas trug, und sie über das Leder seiner italienischen Designerschuhe zog, als Schutz gegen die Unbilden des Winters. War er es tatsächlich?

Stille. Der Wanderer musste auf dem Treppenabsatz direkt vor der Tür stehen. Fredrik schickte eine SMS. Es dauerte nur eine Sekunde oder zwei, dann hörte er ihr Schimpfen. Schleichende Schritte auf dem Beton, sie hielten inne…

Fredrik zog die Pistole und stürmte ins Treppenhaus.

Die blonden glatten Haare fielen ihm über den Mantelkragen. An den frisch rasierten Wangen glänzte der Schweiß. Fredrik traf ihn an der Schulter, und sie krachten gegen die Tür. Er spürte, wie die Luft aus dem schlanken, großen Mann herausgeschlagen wurde, seine Nase füllte sich mit dem Geruch teuren Rasierwassers, und Fredrik drückte die Pistolenmündung hart gegen seinen Nacken.

»Dann bist du es also. Du Teufel.«

Die blauen Augen von Polizeidirektor Sebastian Koss blinzelten furchtsam, als er ihm den Kopf zudrehte.

94

»Sind Sie jetzt komplett verrückt geworden, Beier? Was zur Hölle geht hier vor sich?«

Zum zweiten Mal innerhalb von zehn Tagen stand Fredrik einem Mann gegenüber, den er in dieser Wohnung in eine Falle gelockt hatte. Im Unterschied zu Richard Reiss wanderte der Blick des Polizeidirektors jedoch nicht nervös durch das Zimmer. Er wich seinem Blick nicht aus. Nachdem er den ersten Schock abgeschüttelt hatte, war Sebastian Koss einfach nur wütend. Fredrik hatte ihm keine Handschellen angelegt, aber er hatte ihn auf das Sofa des kleinen Wohnzimmers gezwungen und seine Pistole auf die Fensterbank gelegt.

»Das sollten doch wohl verdammt noch mal Sie mir beantworten«, fauchte Fredrik zurück. »An wen lassen Sie etwas durchsickern? Für wen arbeiten Sie?«

Koss sah aus, als hätte Fredrik ihm ins Gesicht geschlagen. Er schnitt erst eine Grimasse, dann lachte er, laut und verächtlich.

»Dann habe ich also recht. Sie sind komplett durchgeknallt. Was fällt Ihnen ein, mich so zu beschuldigen?«

Fredrik hatte keine Ahnung, welche Reaktion er erwartet hatte, diese jedoch nicht. Unsicher zuckte er mit den Schultern.

»Ich habe die Pistole, also stelle ich hier die Fragen«, sagte Fredrik. »Was machen Sie hier?«

Koss hatte aufgehört zu lachen. »Sie wissen, dass ich Sie nicht ausstehen kann, Beier«, sagte er verbissen. »Ich ertrage solche Typen wie Sie einfach nicht. Sie halten sich nicht an Anweisungen, haben keinen Respekt vor Ihren Vorgesetzten und befolgen die Regeln nicht. Glauben Sie, ich weiß nicht, dass Sie Geheimnisse haben? Sie sind ein einsamer Wolf. Sie jagen in einer Umgebung, in der Sie die Grenze zwischen richtig und falsch nicht mehr unterscheiden können. Sie erfüllen die Erwartungen an den Standard eines Polizisten nicht mehr. Zumindest nicht nach meinen Vorstellungen.« Koss strich sich über die Schwellung an der Wange, eine Folge des Zusammenpralls mit der Tür.

»Aber Sie erzielen Ergebnisse. Das ist vermutlich der Grund, warum der Polizeipräsident seine Hand schützend über Sie hält. Oder vielleicht hat er einfach nur Mitleid mit Ihnen. Der Goldjunge, der ins Schlingern geriet, als sein Kind starb. Armer Beier, der noch eine Chance bekommen muss. Immer noch eine Chance.«

Fredrik schloss seine Hand fester um den Pistolenschaft und biss sich auf die Zunge, damit er die Klappe hielt, sein Blick jedoch musste mehr als deutlich sein.

»Trotzdem bin ich Ihr Chef. Ich habe Verantwortung für Sie«, fuhr Koss fort. »Vergangene Woche sind Sie einfach nicht mehr zur Arbeit erschienen. Ich habe mehrfach bei Ihnen angerufen, ohne dass Sie rangegangen wären. Eines Tages lagen ein Brief und eine Krankschreibung auf meinem Tisch. Von Ihrem Psychiater.«

»Wovon reden Sie da?«

Mit einer überdeutlichen Geste schob Koss eine Hand in die Manteltasche und zog ein Schreiben daraus hervor. Er faltete es auseinander und las vor: »Aufgrund der Ernsthaftigkeit des Zustandes ist es meine gesetzlich auferlegte Pflicht, Ihnen Bescheid zu geben.« Koss warf ihm einen Blick zu.

»Fredrik Beier ist aufgrund einer Zwangsstörung, einer Psychose und suizidaler Depression krankgeschrieben.«

Fredrik klappte der Kiefer herunter.

»Am Tag darauf kam dann die Leiterin der Spurensicherung in mein Büro marschiert. Und wissen Sie, was sie zu sagen hatte? Nun, Therese Grøfting präsentierte eine Ausrede, dass Sie beide zusammen zu Abend gegessen und sich eine Lebensmittelvergiftung zugezogen hätten.« Koss ließ den Brief auf die Tischplatte fallen. »Haben Sie Ihr Telefon verschluckt? Für wie dämlich halten Sie mich eigentlich?«

»Wer hat diese Sachen hier geschrieben«, stotterte Fredrik. »Mein Psychiater? Ich habe verflucht noch mal keinen Psychiater.«

»Ein gewisser Oberarzt Schötz von der Psychiatrischen Abteilung des Var Frue Hospitals. Und ja. Ich habe ihn angerufen. Aber der Oberarzt ist krankgemeldet. Ich habe ihn nicht erreicht.«

»Ich bin nicht krank«, sagte Fredrik schnell. »Ich habe keine Ahnung, wer dieser Mann ist. Ich bin bei keinem Psychiater gewesen.«

»Nein, das weiß ich verdammt noch mal auch«, sagte Koss. »Sie haben nicht auf meine Anrufe geantwortet, Ihr Arzt hat nicht geantwortet. Ich habe durchaus begriffen, dass irgendetwas nicht stimmt. Also habe ich der Computerabteilung Bescheid gegeben, sie solle mich informieren, sobald Sie sich ins System einloggen. In der Nacht zum Sonntag haben Sie Iqbal eine Nachricht geschickt, in der Sie schrieben, Sie solle Ihre Waffe holen und Sie in Ihrem Versteck treffen. Sie wüssten, wo sich die Labors befinden. Ich bat darum, informiert zu werden, sobald Iqbal die Schlüsselkarte zur Waffenkammer benutzt. Dann bin ich ihr hierher gefolgt.«

»Aber … aber, die da?« Fredrik schwenkte zu der Pistole

auf der Fensterbank. »Warum zum Teufel kommen Sie bewaffnet hierher?«

»Weil ich keine Ahnung hatte, was mich erwartet!« Koss wurde wieder laut. »Der Krankschreibung zufolge sind sie suizidal und haben eine Psychose!« Er zeigte auf die Waffe, die Fredrik in der Hand hielt. »Verstehen Sie nicht, dass ich Ihnen einen verdammten Dienst erwiesen habe? Eigentlich hätte ich eine Streife schicken und Sie verhaften lassen müssen!«

Fredrik ging in die Hocke, legte die Pistole auf den Tisch und kniff die Augen zusammen. Es war logisch, dass Haakon Bull dafür gesorgt hatte, dass niemand nach Fredrik suchte, während er in dem Keller eingesperrt war. Und was wäre wohl eine bessere Erklärung als eine Psychose? Ein Aufenthalt in einer psychiatrischen Klinik?

»Jetzt ist es möglicherweise an der Zeit, mich einzuweihen«, sagte Koss. Er war aufgestanden. »Geben Sie mir eine Erklärung, warum Sie mich mit einer scharfen Waffe bedrohen?«

Fredrik sah zu ihm auf. »Das war eine Falle. Ich habe geglaubt … Es gibt so verdammt viel, was Sie nicht wissen, Sebastian. Sie hatten doch selbst die Befürchtung, dass es im Polizeipräsidium eine undichte Stelle gibt. Aber es ist mehr als nur eine undichte Stelle. Ein Maulwurf, ein Agent oder … Ich habe den Müll gesehen, nach dem diese Person im Netz gesucht hat. Es geht um Hass auf Politiker, Verschwörungstheorien … eine tickende Zeitbombe. Der Wanderer, lautet sein Codename. Oder ihrer. Ich habe Kafa die Mail geschickt, um ihn oder sie aus seinem beziehungsweise ihrem Versteck zu locken. Ich habe gehofft, die betreffende Person würde ihr folgen, um mich aufzuhalten.«

»Iqbal«, sagte Koss hart. »Kommen Sie hier rein. In zehn Minuten rufe ich die Einsatzzentrale an. Innerhalb dieser

Zeit sollten Sie beide mir einen verdammt guten Grund dafür geliefert haben, damit ich Sie nicht verhaften lasse.« Koss durchquerte das Zimmer und nahm die Pistole von der Fensterbank. Fredrik unternahm nichts, um ihn daran zu hindern. Er stand nur auf, starrte durch den Spalt zwischen den Gardinen auf den tiefblauen Winterhimmel und nickte Richtung Sofa. »Es wird länger als zehn Minuten dauern.«

Nach dem Bericht saß der Polizeidirektor einfach nur da. Sein Gesichtsausdruck hatte zwischen Skepsis, Verwunderung und Wut geschwankt. Jetzt rieb Sebastian Koss sich die Augen. Fuhr sich anschließend mit den Händen durch die blonden Haare und massierte mit den Fingerspitzen seine Wangen. »Sie haben also ein Kind«, sagte er ruhig zu Kafa. »Einen Sohn. Und sein Vater ist der einäugige Arzt. Der Terrorist.«

Kafa nickte. »Er ist verschwunden«, flüsterte sie leise. »Ich weiß nicht, was sie mit ihm anstellen.«

Koss sah aus, als versuchte er sie anzulächeln. »In dieser Anlage draußen im Wald… in Tschernobyl… dort wurde seit dem Krieg ein Labor betrieben. Für biologische Waffen. Pfarrer Drange hat dort gearbeitet, bevor er sich von Gott berufen fühlte. All die Morde, das Solro-Massaker, die TV 2-Journalistin, die anderen… Dabei handelt es sich um eine Operation, durch die das unter Verschluss gehalten werden soll. Einer der Verantwortlichen ist Haakon Bull, seines Zeichens Regierungsberater. Und nun glauben Sie, die Labors und die dort produzierten Waffen sollen mit dem Flugzeugträger im Osloer Hafen abtransportiert werden. Gleichzeitig ist ein Attentat auf den amerikanischen Botschafter geplant, während der Empfangszeremonie auf Gardermoen… morgen?« Koss war wie ein Mann, dem man ein viel zu üppiges Mahl serviert hatte.

Fredrik hatte alles erzählt. Fast alles. Eine Sache hatte er ausgelassen: den Verdacht, der sich gegen den Ministerpräsidenten richtete. Selbst in Fredriks Ohren klang das so abwegig, dass er Schwierigkeiten hatte, es zu glauben. Koss brauchte es ohnehin nicht zu wissen. Stimmte die Theorie, würde sich die Wahrheit auch so ihren Weg bahnen.

»Das ist schwer zu begreifen«, sagte Fredrik. »Aber Sie dürfen das nicht als separate Ereignisse betrachten. Ein Element verbindet alles miteinander: die Organisation.« Er setzte sich auf den Tisch. »Alles begann im Kalten Krieg, mit dem Wettrüsten zwischen Ost und West. Die Sowjets haben biologische Waffen entwickelt, also musste der Westen dasselbe tun. Oder vielleicht war es auch umgekehrt«, sagte Fredrik, stützte die Ellenbogen auf die Oberschenkel und verschränkte die Hände ineinander. »Ich habe nicht mehr allzu viele Illusionen. Anfang der Siebziger wurde die UN-Konvention ratifiziert, die die Produktion sowie die Lagerung biologischer Waffen untersagte. Die Sowjets aber machten einfach weiter. Was also sollte der Westen tun? Das Projekt wurde im Untergrund weitergeführt. Geheimhaltung und Fälschung, eine Lüge verdeckte die nächste, bis einer der Forscher ein religiöses Erweckungserlebnis hat. Er glaubt, Gott hätte ihn in das Labor gesandt und dass er Gottes Werkzeug wäre. Also stiehlt er das Pockenvirus und Milzbrandbakterien und flieht, schließt sich der Sekte auf Solro an. Dort findet ihn die Organisation, und Staffan Häyhä erhält den Auftrag, den Pfarrer aufzuhalten. Aber irgendetwas geht schief. Bei dem Vorhaben werden unschuldige Sektenmitglieder abgeschlachtet. Wir, die Polizei, finden die auf Abwege geratenen biologischen Waffen. Die Expertin, die wir um Hilfe bitten, Petra Johanssen, beginnt Fragen zu stellen. Der Schneeball ist ins Rollen gekommen. Nach dem Massaker wissen die Mitglieder der Organisation, dass sie sich in eine Ecke manövriert haben. Sie haben nun Menschenleben auf dem Gewissen und kriegen Angst. Wie Sie es gesagt haben, Sebastian. Angst. Das abgedroschenste Motiv der Mordhistorie.«

»Aber … die Attentatspläne? Was haben die mit der Sache zu tun?«

»Mein Vater war Amerikaner. Er kam nach Norwegen, um an diesem Projekt mitzuarbeiten. Es geht hier um viel mehr als um ein Labor in einem Tal außerhalb von Oslo. Botschafter Rodriguez ist ein Hardliner. Wir glauben, dass er die Untaten der Organisation nutzt, um Druck auf sie auszuüben. Er hat die Macht, sie zu entlarven.«

Koss stöhnte auf. »Und wer ist neben Bull noch involviert? Die Spitzen des Militärs? Der Diplomatie? Des Geheimdienstes?«

»Ich weiß es nicht«, antwortete Fredrik. »Ich weiß es wirklich nicht. Aber es gibt eine Verbindungsperson. Sie hat die Polizei infiltriert. Der Wanderer. Er soll den Botschafter ermorden.«

»Nicht Staffan Häyhä?«

»Das hatten wir zuerst angenommen, aber ein Mord auf dem Osloer Flughafen während einer solchen Veranstaltung? Selbst wenn das Attentat gelingt, ist das Risiko, geschnappt zu werden, sehr groß. Bedenken Sie, was die Organisation alles unternommen hat, als Staffan Häyhä verletzt im Ullevål gelegen hat. Sie haben einen halben Krankenhausflügel in die Luft gesprengt, um ihn zu retten. Er ist ein Auftragsmörder, ein Serienkiller, der seit Jahren für sie arbeitet. Er weiß viel zu viel, als dass sie seine Festnahme riskieren könnten.« Fredrik merkte, wie seine Stimme an Intensität gewann. »Ich glaube, der Attentäter auf dem Flughafen spielt irgendeine Rolle in der ganzen Geschichte. Vielleicht hat er eine politische Botschaft. Vielleicht soll er gefasst werden.«

»Vielleicht ist er auch ein Selbstmordattentäter«, sagte Kafa düster.

Der Polizeidirektor rieb sich die Oberschenkel. »Aber Sie haben keinen konkreten Beweis. Keine Dokumente, keine Zeugen …«

»Nein.«

»Und was passiert, wenn wir Haakon Bull festnehmen? Ihn verhören?«

»Er wird nicht reden. Alles, wonach wir gefahndet haben, verschwindet. Er darf auf keinen Fall erfahren, dass wir Verdacht geschöpft haben.«

Koss murmelte missbilligend. »Und der Wanderer?«

»Ihr habt beide auf meiner Liste der Verdächtigen gestanden«, sagte Fredrik mit einem freudlosen Lachen. »Jetzt weiß ich es einfach nicht mehr. Was wir wissen, ist, dass der Wanderer das Attentat ausführen soll. Wir haben gestern Abend ein Gespräch zwischen zwei Agenten der Organisation aufgeschnappt.«

Fredrik sah, dass Koss auf dem Wort herumkaute. »Aufgeschnappt.« Er begriff vermutlich, dass auch das nicht ganz regelkonform abgelaufen war. Aber er sagte nichts, saß einfach nur da und betrachtete die Streifen aus Schweiß, die seine Hände auf den Hosenbeinen hinterlassen hatten. Schließlich reckte er das Kinn.

»Es gibt etwas, worüber ich seit geraumer Zeit nachdenke«, sagte er. »Das Solro-Massaker. Wir wissen, dass Staffan Häyhä nicht das erste Mal hier im Land gewesen ist. Vor zehn Jahre ist er bei einer Verkehrskontrolle außerhalb von Oslo angehalten worden. Im Kofferraum ist damals Kleidung mit Brandschäden gefunden worden, und er wurde eine Zeit lang verdächtigt, Feuer in den Räumen eines MC-Klubs gelegt zu haben.« Der Polizeidirektor sah sie fragend an. »Ein Motorradklub? Warum?«

»Ich habe mir das angesehen«, antwortete Kafa. »Ich fand das auch seltsam. Ich habe Morde, Mordversuche, grobe Misshandlungen und so weiter untersucht ... überprüft, ob es aus dieser Zeit vielleicht unaufgeklärte Fälle gibt – Fehlanzeige.«

»Was also führte den Auftragskiller Häyhä in jenem Sommer nach Norwegen?«, fragte Koss.

Fredrik hatte keine Ahnung. Aus jener Zeit erinnerte er sich nur an wenig, denn das war der Sommer, in dem Frikk gestorben war.

»Lasst uns das Material noch einmal durchgehen«, sagte er leise.

»Das kann Therese machen«, sagte Koss, erhob sich und streckte Fredrik eine Hand entgegen. »Lassen Sie uns Frieden schließen. Zumindest bis diese verfluchte Flugzeugzeremonie überstanden ist. Ich wünschte, Sie wären früher zu mir gekommen. Viel früher. Aber ... vielleicht war es richtig, dass Sie diese Bande allein gejagt haben.«

Fredrik ergriff seine Hand.

»Ich sage nicht, dass ich Ihnen Ihre Geschichte abkaufe«, fuhr Koss fort. »Ich will harte Fakten sehen. Beweise. Ich will Zeugen hören. Aber ich werde sie auch nicht aufhalten.« Koss ließ seine Hand los und trat einen Schritt nach hinten. Dann ließ er seinen Blick zwischen den beiden Ermittlern hin- und herwandern. »Sie beide halten sich weiterhin bedeckt. Halten Sie sich vom Polizeipräsidium fern. Allerdings will ich, dass Sie morgen auf Gardermoen anwesend sind. Ich werde dafür sorgen, dass Sie auf den Gästelisten stehen.«

»Therese ist unten am Kai. Sie überwacht ...«

»Es gibt ein paar Männer, denen ich vertraue. Sie können den Wachdienst beim Schiff übernehmen.«

Koss hatte seinen Blick auf Kafa gerichtet und lächelte erneut. »Und dann werden wir Ihr Kind finden. Das verspreche ich Ihnen.«

Kafas Kehle entrang sich ein kurzer trauriger Laut, bevor sie eilig nickte und sich räusperte. »Was machen wir mit dem Botschafter?«, sagte sie dann. »Setzen wir darauf, dass es uns gelingt, den Angriff abzuwehren?«

Koss betrachtete die Pfützen, die seine Galoschen auf dem Fußboden hinterlassen hatten. »Verdammt. Am liebsten würde ich die ganze Veranstaltung absagen. Aber das … Die Beweislage ist zu dünn. Polizeipräsident Neme wird mir die Zunge aus dem Mund reißen, wenn ich mit so einem Vorschlag komme. Ich werde sehen, was ich hinsichtlich des Botschafters unternehmen kann. Wichtig ist, dass alle glauben, dass er kommt. Wir müssen sicher wissen, dass der Attentäter sich auf dem Flughafen befindet, bevor wir das Areal abriegeln.«

95

Es war eine dieser Nächte, in denen der Mond besonders groß wirkte. Nur eine dünne Scheibe war von seinem Rand abgehobelt worden. Rundherum wimmelte es von Sternen. Sie waren blass, wie sie es über der Großstadt immer waren. Zwischen ihnen flitzte ab und zu ein Satellit schnurgerade über den Nachthimmel. Fredrik fand das schön.

Es war nach zwei in der Nacht, und es blieben weniger als zwölf Stunden, bis der Botschafter auf dem Flughafen ans Rednerpult treten sollte. Fredrik hätte längst schlafen sollen. Stattdessen stand er hier gegen Victorias Auto gelehnt, schauderte aufgrund der nächtlichen Brise, die unter die Jacke fuhr sowie an den Fußknöcheln entlang- und die Oberschenkel hinaufzog, und war trotzdem so verdammt zufrieden, ja, beinahe glücklich.

In der Ferne war das Dröhnen der Dieselaggregate des Flugzeugträgers zu vernehmen. Zu seiner Rechten lag die Festung, links der Fjord und direkt vor ihm der große asphaltierte Platz. Dieser war inzwischen leer, keine Autos, keine Menschen, keine Lkw und keine Container waren mehr zu sehen. Es gab nur Fredrik, den Mond und die Sterne. Vor einer Stunde war das noch anders gewesen. Da hatte hier ein einziges Gewimmel geherrscht.

Die Männer, denen Polizeidirektor Koss vertraute, hatten sich als ein paar Fahnder der Polizeidirektion Lillestrøm herausgestellt. Die trostlose Ortschaft einige Kilometer vor Oslo, der es nie gelang, den Dreck abzuwaschen, der unaufhörlich am Rand zwischen Stadt und Land vorhanden war. Ihr Chef war Koss' ehemaliger Studienkamerad, und er hatte angerufen und mitgeteilt, dass drei schwarze, unbeschriftete Lastzüge am Kai gestoppt worden waren. Als Fredrik ankam, traf er dort auf einen schimpfenden amerikanischen Offizier in aufrechter Haltung. Neben ihm stand gebeugt der stellvertretende Hafenchef und nickte. Ein Kameramann von TV 2 filmte das Ganze. Er filmte Polizeidirektor Koss und die Mitarbeiter der Spurensicherung, er filmte, während sie in die weißen Schutzanzüge schlüpften, die Schutzmasken anlegten, die Plastikhandschuhe mit Klebeband an den Handgelenken fixierten und den Befehl erteilten, die Containertüren zu öffnen. Fredrik hoffte, der Kameramann würde trotz der Schutzfolien vor den Containereingängen ein paar Eindrücke erhaschen, bevor die Türen wieder geschlossen wurden und Koss den Abtransport der Lastzüge befahl.

Fredrik atmete ein letztes Mal tief die Nachtluft ein, bevor er sich hinters Lenkrad setzte. Erst als sich die Innenraumbeleuchtung einschaltete, wurde ihm bewusst, dass er das Handy, ein vor Ortung sicheres Modell, mit dem Victoria ihn ausgestattet hatte, auf den Beifahrersitz gelegt hatte. Darauf wurden mehrere entgangene Anrufe angezeigt, alle von Therese. Der letzte war erst eine halbe Stunde her, weshalb er zurückrief. Sie nahm sofort ab.

»Du hast es also gehört?«, sagte er gut gelaunt. »Wir haben die Container gefunden. Sie wurden in ein Quarantänelager gebracht. Der Inhalt wird morgen früh untersucht. Ein paar aus deiner Abteilung waren drin und haben sich einen ersten Überblick verschafft. Sie sagen, die Container seien vollgeladen mit Paletten, alle in dickes weißes Plastik eingepackt. Wir haben es geschafft. Ich glaube echt, wir haben die Labors von Tschernobyl gefunden.«

»Du … Fredrik?« Etwas war mit ihrer Stimme. Es lag keine Freude darin, nichts Feierliches.

»Ja?«

»Ich weiß nicht, wie ich es dir sagen soll oder ob das der richtige Zeitpunkt ist, aber …«

»Ja?«

»Ich habe diesen Brand untersucht … den Brand, den Staffan Häyhä gelegt haben soll. Der Motorradklub in Alnabru.«

»Und?«

»Ich habe doch vor einer Weile die Dokumente über Häyhä für dich aus dem Archiv geholt. Koss bat mich jedoch, mir die Sache erneut anzusehen …«

»Ich weiß«, unterbrach Fredrik sie. »Tut mir leid, dass dir das aufgehalst wurde.«

»Das Merkwürdige ist, dass sich jetzt Dokumente in der Ermittlungsakte befinden, die vorher nicht darin waren.«

»Und?«

»Den neuen Unterlagen zufolge wurde Häyhä am selben Tag aus der U-Haft entlassen, an dem man ihn festgenommen hatte.« Er hörte wie sie Luft holte. »Am selben Tag, Fredrik? Wenn er wegen Brandstiftung verdächtigt wurde? Das ist höchst ungewöhnlich.«

Die angenehmen Schauder, die er draußen empfunden hatte, entwickelten sich zu einem unbehaglichen Frösteln.

»Häyhä wurde verdächtigt, hinter dem MC-Brand zu stecken, weil die Streife, die ihn angehalten hat, im Kofferraum seines Autos eine Jacke fand. Sie stank nach Rauch und war an den Ärmeln noch immer mit Paraffin durchtränkt.«

»Okay?«

»Wie du weißt, verdampft Paraffin, zwar nicht so schnell wie Benzin, aber immer noch recht schnell. Wird es richtig angewendet, kann es schwer sein, am Brandort Spuren davon zu finden. Bei einigen Bränden haben wir den Einsatz von Paraffin vermutet, aufgrund ungenügender Beweislage aber dennoch den Schluss ziehen müssen, der jeweilige Brand wäre aus unbekannter Ursache entstanden. Ich arbeite bei der Spurensicherung. Ich verstehe was von solchen Sachen.«

Sie war einen kurzen Augenblick lang still, und Fredrik stand kurz davor, ungeduldig zu werden. Worauf wollte sie hinaus?

»Wenn die Jacke also noch immer feucht war, muss Häyhä den Brand am selben Tag gelegt haben, maximal einen Tag zuvor. Ich habe das mehrfach überprüft. Der Motorradklub in Alnabru hat zwei Wochen zuvor gebrannt. Es ist unmöglich, dass Häyhä dahintersteckt.«

Erneut verstummte sie. Erneut holte sie tief Luft. Dieses Mal dauerte der Augenblick etwas länger.

»Ich habe alle Brände und versuchten Brandstiftungen an diesen beiden Tagen untersucht, die Berichte der Feuerwehr ebenso wie unsere eigenen durchgesehen, in Oslo und im Rest des Østlandet. Das Entsetzliche …«

Kalter Schweiß brach ihm aus. Eine frostige Hand legte sich ihm ums Herz.

»… das Entsetzliche ist, dass es an diesen Tagen nur einen Brand gegeben hat.«

Fredrik musste schlucken, um den Mageninhalt bei sich zu behalten.

»In der Odins gate 25 in Frogner. Es war der Brand in eurer Wohnung, Fredrik. Der Brand, der deinen Sohn getötet hat. Frikk.«

Der Frost übermannte ihn.

96

Die Flugmaschinen mit ihren dröhnenden Eingeweiden wirbelten weißen Staub auf. Fein gemahlene Körner aus Schnee und Eis tanzten zwischen den Stuhlreihen, überzogen das Podium und das Rednerpult wie mit Puderzucker und legten sich über den ausgerollten Läufer. Der kardinalrote Stoff des Teppichs verschluckte jedoch all das Weiß, und die zurückbleibende Feuchtigkeit tauchte ihn in ein noch tieferes Rot.

Wie Blut, dachte Fredrik. Er stand seit Tagesanbruch in der ersten Etage des Terminalgebäudes.

Wie Blut.

Fünfzehn Jahre lang hatte Fredrik die Schuld für den Tod seines Sohnes mit sich herumgetragen – nein, nicht getragen, denn eine Last kann man abwerfen. Eine Last kann man teilen. Doch tatsächlich waren die Schuld und Fredrik eins geworden. Er sah sie am Morgen im Spiegel. Er sah sie auf dem Boden des Glases, wenn er sich betrank. Er hörte sie, wenn er sprach und wenn er die Folie über der ersten Tablette des Blisters zum Aufplatzen brachte. Die Schuld hatte ihn eine Ehe gekostet, eine enge Beziehung zu seinen Kindern und eine Karriere. Fredrik Beier war schuld am Tod seines Kindes. Fredrik Beier war die Schuld.

Aber so verhielt es sich offenbar nicht. In den Stunden, die er hier gestanden und zugesehen hatte, wie sich der Platz draußen von einem flachen Stück Beton in den Ort verwandelte, wo die Empfangszeremonie für die F-35-Kampfjets stattfinden sollte, war es langsam eingesickert. *Solltest du wider Erwarten noch jung und noch immer im Unklaren darüber sein, was du aus deinem Leben machen willst, dann leg die Papiere zurück ins Schließfach,* hatte sein Vater über die Dokumente geschrieben. *Lies sie nicht. Nimm sie vor allem nicht mit. Mächtige Menschen sind hinter diesen Dokumenten her. Gefährliche Menschen.*

Jahrelang musste die Organisation diesen Papieren hinterhergejagt sein. Irgendwie hatten sie begriffen, dass Ken Beier hinter dem Diebstahl steckte. Da sein Vater zu diesem Zeitpunkt bereits tot war und Fredriks Mutter im Altersheim lebte, musste Häyhä alle Zeit der Welt gehabt haben, um die unbewohnte Wohnung von Fredriks Mutter zu durchsuchen. Dann waren sie auf ihn gekommen. Staffan Häyhä war bei Fredrik eingebrochen, hatte die Dokumente jedoch auch hier nicht gefunden. Natürlich nicht. Zu diesem Zeitpunkt wusste Fredrik nicht einmal, dass sie existierten. Er hatte keine Ahnung, dass seine Mutter einen Schlüssel zu einem Bankschließfach besaß und diesen nicht aus der Hand geben wollte, bevor sie selbst das Zeitliche segnete. Also legte der Killer in Fredriks Wohnung Feuer, um sicherzugehen, dass die Papiere für immer vernichtet wären. Fredrik hatte keine andere Erklärung.

Staffan Häyhä trug die Schuld an Frikks Tod. Häyhä und diejenigen, die in dorthin geschickt hatten. Die Organisation.

Nicht Fredrik.

Erst mit dieser Erkenntnis ließen sich seine Gefühle handhaben. Aus Schuld wurde Wut.

Fredrik hörte die Schritte auf dem Teppich nicht, merkte nicht, dass Kafa da war, bevor sie eine Hand auf seinen Oberarm legte. »Bist du sicher, dass du das schaffst? Wir … wir sind abhängig davon, dass du klar denken kannst.«

Er drehte sich zu ihr um. Kafa hatte ihre Polizeiuniform angezogen, einen Stöpsel im Ohr und ihre Haare waren zu einem Pferdeschwanz gebunden, der auf dem Rücken über der Lederjacke hing. Diese beulte sich über der schusssicheren Weste aus. Das große, schwere Pistolenholster war sichtbar an der Hüfte befestigt. Sie sollte während der Zeremonie einfach wie eine der vielen anderen Polizeiwachen erscheinen. Prüfend maß Kafa seinen finsteren Blick, bevor sie sich zum Fenster drehte, zum Podium schaute, auf dem der Botschafter seine Rede halten sollte, schließlich zum Rednerpult, von dem sie befürchteten, es könnte zu einem Tatort werden.

»Wir haben die Labors«, sagte sie. »Bleibt nur noch der Wanderer. Er muss uns zu denen führen, die Frikk auf dem Gewissen und Noman entführt haben …«

»Ja«, antwortete Fredrik knapp. »Ich bin bereit.«

Und das entsprach der Wahrheit. Er war bereit. Bevor dieser Tag vorüber war, sollte er seine Rache bekommen.

Das Fenster reichte vom Boden bis zur Decke, und hinter der Scheibe befand sich endloser vereister Beton. Hier drinnen ebbte der Fluglärm zu einem Brummen ab. Die Flugzeuge, die weit hinten zum Terminal rollten, ließen sich mit einem Finger verdecken. Lange war dieses Betongebäude mit dem nichtssagenden Namen General-Aviation-Terminal als VIP-Bereich genutzt worden. Hier draußen waren sie in Empfang genommen worden, die Nobelpreisträger, die Superstars und die Mächtigen dieser Welt. Von hier aus wurden die Reichsten und Mächtigsten des Landes zu ihren Privatflugzeugen gebracht. Jetzt aber sollte es zusammen mit dem Rest der Hangars und den Lagerhallen in diesem Bereich des Hauptstadtflughafens abgerissen werden. Der Empfang der F-35-Kampfjets stellte das große Finale dar.

Fredrik sah auf die Uhr. Eine knappe Stunde noch, dann

wäre die Zeremonie in Gang, dann wären die Sitzreihen dort unten mit Politikern und Leuten aus der Wirtschaft, Offizieren und anderen prominenten Gästen gefüllt, die im Moment zum Empfang in der darunterliegenden Etage strömten. Botschafter Marco Rodriguez und Ministerpräsident Simon Riebe würden ihren Einzug über den roten Teppich halten.

»Gibt es was Neues vom Botschafter?«, fragte Fredrik. »Kommt er?«

»Polizeidirektor Koss antwortet nicht. Ich nehme an, dass er mit der Untersuchung der Container beschäftigt ist. Die Polizisten an der Sicherheitskontrolle haben keine Informationen über Änderungen im Programm erhalten. Wir müssen einfach abwarten.«

Der Lärm draußen nahm zu. Irgendwo hier versteckte sich ein Mörder.

Das, was einst eine Abflughalle gewesen war, ähnelte jetzt vor allem einem überladenen Kongressraum. Die heruntergekommenen Wände waren hinter Stoff versteckt worden, teils einfarbig, teils bedruckt mit Illustrationen der Kampfjets, die bald landen sollten. Auf dem Boden lag ein königsblauer Teppich, während von der Decke mobile Kronleuchter herabhingen. Vor sperrigen Bildschirmen standen Offiziere der Luftwaffe und berieten jene, die mehr über die Geschichte der Kampfjets, technische Spezifikationen oder Waffensysteme wissen wollten.

Fredrik zog sich in eine Ecke neben der Sicherheitskontrolle zurück. Die Gäste schickten Plastikwannen mit Taschen, Dokumentenkoffern, Uhren und Geldbörsen an den Scannern vorbei, bevor sie selbst durch die Metalldetektoren gingen, wo sie von zwei ausdruckslos dreinblickenden Polizisten mit Maschinenpistolen durchgewinkt wurden.

Plötzlich spürte er eine Hand auf der Schulter.

»Hauptkommissar Beier? Ich hatte nicht erwartet, Sie hier zu sehen?«

Finanzministerin Kari Lise Wetre war von einem Leibwächter an den Metalldetektoren vorbeigelotst worden. Hinter ihr folgten der Vorsitzende der Arbeiterpartei, Trym Dahl, sowie ein verbissener Grünschnabel, der seinen Koffer trug.

»Heute ist ein großer Tag«, antwortete Fredrik und versuchte zu lächeln.

»Auf alle Fälle ein teurer Tag«, erwiderte Wetre. »Ich bin Ihnen zu Dank verpflichtet, aber wir sprechen ein andermal. Der Ministerpräsident hat einen Fotografen der Aftenposten im Schlepptau. Er hat die Parteivorsitzenden des Parlaments vor Beginn der Zeremonie zum Mittagessen ins Hinterzimmer eingeladen. Die Presse soll sehen, wie einig wir hinter dem Beschluss stehen, achtzig Milliarden Kronen für ein paar Dutzend Mordmaschinen auszugeben.« Sie gab sich keine Mühe, ihre tatsächliche Meinung zu verbergen.

»Der amerikanische Botschafter... Ist er bei dem Essen dabei?«

»Das weiß ich nicht.«

Fredrik ließ sie ziehen und wartete, bis der Leibwächter neben ihm auftauchte. »Sie führen sie nicht durch die Schleuse?«

»Die VIPs? Nein. Das gehört nicht zum Prozedere.«

»Sind hier nicht alle VIPs?«

»Einige Tiere sind gleicher als andere«, sagte der Typ mit einem Schulterzucken.

Fredrik stöhnte. Sah sich um. Der Raum füllte sich langsam. Wo zur Hölle war Kafa? Er griff nach dem Telefon.

»Hier ist es durchlässig wie ein Sieb«, sagte er irritiert. »Die Spitzenleute und ihre Assistenten müssen nicht durch die Sicherheitskontrolle, und sie nehmen Presseleute mit ins Hinterzimmer… Wo bist du?«

»Ganz hinten in der Halle. Bei dem Modell.«

»Welchem Modell?«

»Du kannst es nicht verfehlen.«

Das stimmte. Nachdem er sich den Weg vorbei an einer Reihe schwarz gekleideter Kellner gebahnt hatte, sah er den dunklen Pferdeschwanz. Kafa stand neben einem massiven Modell des Flughafens. Es war vor den Fenstern mit Aussicht auf das Original platziert worden.

Als er ankam, zeigte sie auf ein paar leere Stühle auf dem Plateau direkt dahinter.

»Nach den Reden soll hier drin eine Veranstaltung stattfinden. Dort sollen sie sitzen: der Ministerpräsident, einige Regierungsmitglieder und der Botschafter… Das Musikkorps der Luftwaffe soll spielen, die Piloten sollen von der Tour über den Atlantik berichten und…«

Fredrik hörte ihr nicht mehr zu. Ein paar Meter von ihnen entfernt stand neben dem Modell ein Mann, der einer Gruppe von Wirtschaftsleuten irgendetwas zeigte und erklärte. Er unterschied sich von den anderen, sein Anzug wirkte billig und die Haare nicht für einen solchen Anlass gekämmt, was jedoch Fredriks Interesse weckte, war sein Blick. Es dauerte nur einen Augenblick, aber er hatte Kafa angesehen, als würde er sie wiedererkennen.

»Kennst du den da?«

Sie sah hinüber. »Ich glaube nicht. Warum fragst du?«

Fredrik schüttelte nur den Kopf und versuchte dann aufzuschnappen, was der Mann sagte. Es ging um Lack und Spezialleim, um Filz, der in den Farben des Winters gefärbt werden, dann um eine Ehefrau, die beschwichtigt werden musste.

»Was für ein verfluchter Scheiß«, sagte der Typ und gestikulierte. »Sinn und Zweck war es ja, dass das Modell so authentisch wie möglich sein sollte. Aber dieses ganze Gebiet hier … Im Herbst sah es so aus. Ein Teil davon war abgerissen, ein Teil stand noch. Jetzt ist es nur noch eine riesige Baustelle. Diese Hangars, die Lagergebäude … alles ist weg. Lediglich der alte Tower steht noch.«

Fredrik erstarrte. Der Modellbauer hatte seinen Finger auf eine schiefe rote Figur in der Größe eines Daumens gelegt.

»Entschuldigung«, unterbrach er. »Hier steht noch so ein Tower?«

Die Anzugträger blickten ihn verstört an. Der Mann hingegen begegnete der Frage mit einem Lächeln. »Das ist eine verdammt komische Geschichte, wissen Sie. Die Deutschen haben den Turm während des Krieges gebaut. Nach der Besatzung wollten die Behörden ihn abreißen. Stattdessen aber kaufte ein Logistikunternehmen das Grundstück. Sie errichteten ein Lager, einen Reifungsraum für Bananen, wenn ich mich recht entsinne, und dabei verbauten sie den Turm schlicht und einfach in einer der Wände. Der Aussichtsposten, mit dem Naziadler und dem Ganzen, endete so in der Loftetage, wo er niemanden belästigte. Die Treppe nutzten sie als Schleusenschacht. Einige Wochen, bevor ich dort war, um Fotos zu machen, ist das Lager abgerissen worden, und jetzt sind neue Zeiten angebrochen. Der für das Fylke zuständige Denkmalpfleger hat den Turm unter Denkmalschutz gestellt. Er soll wieder instandgesetzt werden, glaube ich.«

Fredrik beugte sich nach vorn und blinzelte. Kaum zu glauben. Selbst den Naziadler und die Kerbe im Beton, die vom Entfernen des Hakenkreuzes herrührte, hatte der Modellbauer eingearbeitet.

»Wo steht er?«, fragte er schnell.

Der Typ wedelte mit der Hand. »Ungefähr nördlich von hier.«

»Wie weit?«

Der Modellbauer schielte auf sein Werk. »Hmm. Vierhundertfünfzig Meter. Vielleicht etwas mehr?«

»Vierhundertzweiundsechzig«, sagte Fredrik mit zusammengebissenen Zähnen. »Vom Rednerpult dort draußen aus gerechnet.«

97

Der Beton unter den Absätzen seiner Stiefel war hart, der Wind eisig, doch Fredrik bemerkte es kaum. Sein Blick war auf die Konstruktion ein gutes Stück entfernt gerichtet, auf den Turm, der einsam über dem Zaun der Anlage thronte. Von dort oben blickte irgendwo ein Auge herunter, das spürte er. Es starrte sie durch das Visier eines Scharfschützengewehrs an, betrachtete die leeren Stuhlreihen, den roten Teppich und das Podium, berechnete Windrichtung, Temperatur und die Schneise des Projektils und sah vor sich den Platz voller Menschen, Leibwächter und Polizisten. Er hatte nur noch wenige Augenblicke zur Verfügung, wenn der Botschafter einmal am Rednerpult stand, die Sicht klar und der Wind abgeflaut war. Vielleicht stellte er sich auch die Sekunden danach vor. Das Chaos und die Panik, das Zucken des zerfetzten Menschen, während der Teppich gierig das Blut aufsaugte und ein Hauch von Schnee auf dem Körper schmolz. Den Triumph.

An der Ecke des Terminalgebäudes wartete er auf Kafa. Dicht an die Wand gepresst, versuchten sie, keine Aufmerksamkeit auf sich zu ziehen.

»Bist du dir sicher?«

»Das ist der Turm, den ich auf dem Foto gesehen habe.«

Ihr schwirrte der Kopf. Sie sah zum Turm, dann zum Terminal und wieder zum Turm. »Wir müssen herausfinden, ob der Attentäter in dem Tower ist«, sagte sie. Er hörte die

Verzweiflung in ihrer Stimme. »Wir müssen herausfinden, ob der Mörder nicht ein Polizist irgendwo dort drin ist, ein Leibwächter oder ein Kellner.«

»Wir können das nicht ignorieren. Der Turm ist unsere konkreteste Spur.«

Ein paar Schneeflocken hatten sich auf ihre Wimpern gelegt, und sie blinzelte. Dann biss sie sich auf die Lippe. »Nein«, sagte sie. »Das können wir nicht.« Aber er sah, dass sie zögerte.

Der alte Tower befand sich im hinteren Bereich der Baustelle hinter den glatten Brettern eines hohen Zauns. Die Toreinfahrt sei aufgrund der Zeremonie geschlossen, und die Arbeiten seien eingestellt, hatten Polizeiwachen ihnen erklärt, die das Stahlgatter bewachten. Hundepatrouillen hatten den Bereich am Morgen durchkämmt.

Erst drinnen begriff Fredrik, wie riesig die Baustelle war: Unendlich viele Lagerhallen mussten dem Erdboden gleichgemacht worden sein. Übrig geblieben waren klaffende Löcher im Boden sowie Reste des Fundaments. Ziegel und Beton, Holz, Armaturenschrott, Isolierung und Müll waren zu enormen Haufen aufgetürmt. Entlang des Schotterwegs, der sich durch das Gebiet schlängelte, waren Baumaschinen geparkt, während Baumaterial für die zu errichtenden Gebäude in Blöcken, hoch wie Häuser, aufgestapelt war. Ab und an drehte sich der Wind und bekam das Plastik zu fassen, mit dem das Material abgedeckt war. Das Plastik pfiff und flatterte wie mürbe Lungenwände. Es war, als würde man sich in ein lebendes Labyrinth begeben. Ein Kriegsgebiet. Es stank nach Staub, verbranntem Müll und Abgasen.

Zwischendrin blieben sie stehen und versicherten sich, dass sie von der Spitze des Towers aus nicht zu sehen waren. Kafa hatte die Heckler & Koch aus dem Oberschenkelholster gelöst, und jetzt griff auch Fredrik nach seiner Waffe. Sie lag schwer in seinen Händen. Er ließ seinen Blick über die Umgebung schweifen. Der Wanderer. War er alleine? Oder hatte sich hier draußen jemand versteckt, um ihm den Rücken freizuhalten? Staffan Häyhä vielleicht? Fredrik starrte auf die Bauwagen am Zaun und prüfte die Haufen aus Abfall und Gebäuderesten. Verstecke gab es hier überall. Er suchte nach dem blinkenden Reflex eines Visiers, lauschte auf das Geräusch von Stiefelsohlen auf Schotter, irgendetwas, was sich von dem Schrott, dem Wind und den Ruinen unterschied. Doch da war nichts. Sie schlichen weiter. Kafa deckte die rechte Flanke ab, er die linke.

»Da«, flüsterte Kafa.

Sie standen gebückt hinter den Resten einer brusthohen Mauer, und als Fredrik in ihre Richtung sah, entdeckte er den Turm. Er befand sich am anderen Ende eines Betondecks. Der Boden in dem ehemaligen Bananenlager war nackt. Fredrik ging in die Hocke, und gemeinsam krochen sie bis zu der Öffnung, wo sich einst die Lagertore befunden haben mussten. Kafa sah ihn an.

»Ich gebe dir Deckung.«

Er blickte nach vorn. Der Turm war rechteckig, während der Kontrollraum an seiner Spitze achteckig war. Um den Fluglotsen Aussicht zu gewähren, war er rundum verglast. Mehrere Scheiben waren zerbrochen, und in einigen von ihnen steckten nur noch scharfe Glaszähne. Unter dem Kontrollraum ragte der Adler hervor. Er war aus Granit gehauen und breitete seine Flügel über der Stahltür darunter aus. Das war der Eingang.

Fredrik heftete seinen Blick auf die Fensterreihe. Im scharfen Licht der Wintersonne erahnte er die Konturen von Wänden, einer abblätternden Decke, sah jedoch keinerlei Anzeichen für Leben. Er wartete ab. Starrte und wartete.

Kafa hatte eine Hand auf seine Schulter gelegt. Schließlich lehnte er sich gegen sie.

»Jetzt«, flüsterte er. Dann hörte er das metallische Klicken, als sie die Waffe durchlud.

Jetzt.

In der Sekunde, bevor Fredrik durch die Maueröffnung stürmte, erhob sich Kafa, hielt die Pistole mit beiden Händen fest, neigte den Kopf und zielte auf den Turm. Er rannte vornübergebeugt und im Zickzack und mit dem Blick auf den Boden vor sich gerichtet. Er lief so schnell er konnte, bis sein Herzschlag den Wind und das Stampfen der Schuhe auf dem Boden übertönte. Wenn jemand mit einem Scharfschützengewehr auf ihn feuerte, würde ihm auch die kugelsichere Weste nichts nützen. Das Projektil würde sie direkt durchschlagen, vermutlich würde er den Schuss nicht einmal hören. Wie bei einer Narkose: Im einen Augenblick war er da, im nächsten nicht mehr. Fredrik fand eine Art Trost darin, während er vorwärts stürzte, bis sich die Turmwand endlich vor ihm erhob und er mit dem Rücken gegen sie prallte. Auch wenn er nicht einmal hundert Meter gelaufen war, brannte der Atem in seiner Brust, und er musste zwinkern, um den Rotstich auf der Hornhaut zu vertreiben. Verflucht, was für eine Angst er hatte.

Er machte Kafas Kopf bei der Maueröffnung aus. Ihre Blicke begegneten sich, dann trat sie auf den offenen Platz hinaus. Anstatt zu laufen, bewegte sie sich schnell, aber kontrolliert vorwärts, mit erhobener Waffe und dem Blick auf die klaffenden Fenster des Kontrollraums gerichtet. Die Sekunden vergingen unendlich langsam, aber schließlich war sie so nah, dass er den Glanz auf ihrer Stirn sehen konnte. Nichts passierte. Kein Schuss. Keine Geräusche.

Die Tür war alt und dort, wo der Lack sich gelöst hatte, verrostet. Mit einem Nicken wies er auf die Klinke. »Du öffnest.« Fredrik stellte sich vor die Tür, hob die Waffe vor die Brust und entsicherte sie.

Die Tür gab kaum einen Ton von sich, lediglich ein leises Quietschen, als Kafa sie aufdrückte. Dahinter befand sich ein dunkler Schacht, gefrorenes Schmutzwasser auf dem Steinboden sowie eine Stahltreppe, die nach oben führte. Es gab keine Fenster, kein Licht von den Wandleuchten. Als Fredrik sich in die Mitte des Raumes stellte, starrte er zwischen den Treppenabsätzen hindurch. Er zählte vier, und meinte, ganz oben einen Lichtschein zu erahnen.

Kafa zog die Tür wieder zu, und es wurde dunkel. Auf der Suche nach ihr, tastete Fredrik um sich herum, fand ihre Schulter und beugte sich nach vorn, bevor er ihren Geruch wahrnahm, eine Mischung aus Deo, Leder und Schweiß.

»Taschenlampe?«

»Ja.«

In dem blassen Lichtschein funkelte das Eis an den Wänden, an dem einfachen Eisengeländer sowie über den Gitterrosten der Stufen. Ein vermoderndes Plakat an der Wand informierte über die Evakuierungsinstruktionen im Brandfall.

Kafa machte sich ganz klein und schlich die Treppe hinauf. Dabei hielt sie die Taschenlampe parallel zum Lauf der Pistole. Bei jedem Schritt gab die stählerne Treppe einen kleinen Ton von sich. Fredrik blieb mit gezückter Waffe stehen, bis sie den zweiten Absatz erreicht hatte. Dann folgte er ihr.

»Sieh dir das an«, sagte sie und verwendete die Lampe wie einen Laserpointer. Auf dem dritten Absatz war eine niedrige Stahltür in die Wand montiert. Statt eines Türgriffs hatte sie einen Hebel. »Es muss noch eine Etage unter dem Kontrollraum geben.«

Fredrik schlich sich an ihr vorbei. Die Treppe war so schmal, dass er sich zwischen Kafa und dem Geländer hindurchquetschen musste. Es schwankte und er sah sich schon fast abstürzen. Er legte eine Hand auf den Hebel der Stahltür. Sie mussten sicherstellen, dass sich dahinter niemand versteckte.

Fredrik inspizierte den Treppenabsatz oberhalb, bevor er sich umdrehte. Es war der letzte. Der Lichtschein, den er gesehen hatte, kam von einer mit Aluminium beschlagenen Tür ganz oben. Sie war angelehnt. Das musste der Eingang zum Kontrollraum sein.

Er zerrte an dem Hebel, woraufhin das Metall quietschte und gellend widerhallte. Fredrik stellten sich die Haare auf, er wirbelte herum und richtete die Pistole auf die obere Tür. Dann wartete er auf das Geräusch von Schritten, einer durchgeladenen Waffe, wartete, dass die Tür aufgerissen wurde. Er bemerkte den Eisengeschmack im Mund – und wartete …

Keine Schritte, keine Schatten, keine Reaktion. Warum passierte nichts? Warum reagierte der Wanderer nicht auf den Krach? Verdammt! Wenn das hier eine Falle war? Was, wenn Fredrik falsch gelegen hatte? Was, wenn sich der Mörder doch unten im Terminal aufhielt?

»Was siehst du?«, fauchte er zwischen zusammengebissenen Zähnen hindurch. Kafa war weitergegangen und unterzog den Raum hinter der Stahltür einer genauen Prüfung. Er selbst wagte es nicht, den Spalt ein Stockwerk höher aus den Augen zu lassen.

»Es ist ein Lager.«

Nun wagte er es doch, einen Blick hineinzuwerfen. »Ich komme rein«, flüsterte er.

Hinter der Tür befand sich ein Betonrahmen, und von dort aus war es ungefähr ein halber Meter bis hinunter auf den Boden. Von kleinen, tief in die Wand montierten Fenstern, drang ein Dämmerlicht ins Innere. Fredrik machte Stapel von verrottenden Bananenkisten und Kartons aus, Ziegelsteine sowie farbverkrustete Eimer, Testbenzin-Flaschen und Terpentinbehälter. Morsche Büromöbel und Tischplatten waren gegen die Wände gelehnt. Es roch nach Staub, Chemikalien und vergammelnden Textilien.

Er ließ sich auf den Boden hinunter, musste mit krummem Rücken und gebeugten Knien dastehen, um sich nicht den Kopf an der Decke zu stoßen. Fredrik sah sich um, bis er sicher war, dass sich in dem Raum niemand versteckte.

Danach schlichen sie die letzten Treppenstufen des Schachts nach oben zur Tür vor dem Kontrollraum. Dahinter war das Pfeifen des Windes zu vernehmen, der an den zerbrochenen Fensterscheiben rüttelte, dann das ferne Dröhnen eines abhebenden Flugzeugs. Vielleicht war der Lärm, den sie verursacht hatten, von dem Rauschen draußen übertönt worden. Kafa blickte ihn an und er sie.

98

»Polizei!«

Fredrik stürmte hinein. Sein Blick folgte den ruckartigen Bewegungen der Pistole. Er sah veraltete Instrumententafeln. Umgestoßene Stühle, Farbe, die in Streifen von der Decke hing und in Stücke gerissene Karten an der Außenwand des Treppenschachts. Er sah die Sonne, den Flughafen, blauen Himmel. Er spürte den Wind an den Wangen.

»Sauber!« Kafa hatte die andere Richtung eingeschlagen.

»Sau…« Weiter kam er nicht.

Der Kontrollraum war nicht groß – kaum größer als ein normales Wohnzimmer. Nur ein schmaler Rahmen verhinderte, dass die Fenster vom Boden bis zur Decke reichten. Die Splitter der zerbrochenen Scheiben lagen auf dem Boden. Nach Osten und Süden in Richtung der Rollbahnen ausgerichtet, standen armeegraue Blechzylinder mit runden Instrumentenfenstern – gewölbtes, reifbedecktes Glas überdeckte die Radarschirme, Schalter und Knöpfe bestanden aus Hartplastik. Der einzige Ort, an dem sich ein Mensch hier verstecken konnte, war hinter den Archivschränken, die am Eingang standen. Aber dort hatte er bereits nachgesehen.

Er war nicht verstummt, weil er jemanden entdeckt, sondern weil er recht hatte: Das hier war der Stützpunkt des Attentäters. Auf der Instrumententafel vor dem zum Rednerpult ausgerichteten Fenster stand auf einer Halterung ein Scharfschützengewehr. Er erkannte die Waffe sofort. Sie wurde VS94P genannt und war eine umgebaute .308 Kaliber Bolt Action Mauser, treffsicher bis auf achthundert Meter, ein guter Schütze konnte jedoch ein Ziel auf einen Kilometer Abstand erwischen. Das Gewehr wog 5,6 Kilo, das Magazin enthielt fünf Kugeln, und die Austrittsgeschwindigkeit des Projektils lag irgendwo zwischen achthundertsechzig und achthundertachtzig Metern pro Sekunde. Fredrik kannte all diese Details, weil es das Gewehr war, mit dem er selbst früher geübt hatte. Diese Waffe war Anfang der Neunziger speziell für die Scharfschützen der Polizei angefertigt worden. Vereinzelt war sie noch immer in Gebrauch.

Kafa war um die Ecke getreten. »Eine Polizeiwaffe – der Wanderer«, stellte sie knapp fest.

Die Patrone lag bereits in der Kammer. Das Visier entsprach dem Standard, Schmidt & Bender 6 x 42. Er überprüfte die Seriennummer, zuerst am Visier, anschließend am Gewehr. Sie stimmten überein. So sorgte die Polizei dafür, dass das richtige Visier an der richtigen Waffe angebracht war.

Er starrte auf das Podium und das Rednerpult. Die Stuhlreihen füllten sich langsam. »Wo ist der Schütze?«

Kafa sah sich hastig um. »Es sind noch fünf Minuten, bis der Botschafter ans Rednerpult tritt.«

»Verdammt«, murmelte er. »Glaubst du, er hat uns gesehen?«

Sie lehnte sich vor und spähte zum Baustellenbereich hinunter. »Es gibt nur einen Weg hinaus, den über die Treppe. Bist du ganz sicher, dass sich im Lager niemand versteckt hat?«

»Ja.«

Plötzlich merkte Fredrik, dass es in seiner Tasche vibrierte. Er holte das Telefon heraus, während Kafa ihn mit hinter die Archivschränke zog. »Wir verstecken uns«, flüsterte sie. »Falls er kommt, dann jetzt!«

Es war Therese. Fredrik kniete sich hin und flüsterte. »Ja?«

»Wir lagen falsch«, sagte sie.

»Was?«

»Wir haben die Container geöffnet. Darin sind nur Waschmaschinen.«

»Was?«

Kafa starrte ihn fragend an.

»Vierundfünfzig Industriewaschmaschinen, um genau zu sein«, fuhr Therese fort. »Polizeidirektor Koss ist nicht gerade erfreut. Der Schiffskapitän auch nicht.«

Kafa schaute auf die Uhr, dann wieder auf ihn und flüsterte drängend: »Drei Minuten, Fredrik. Drei Minuten.«

Als er auflegte, hörte sie den harten Klang von Fingern, die auf ein Mikrofon hämmerten.

»Einen schönen Vormittag«, sagte eine ferne, dünne Stimme. »Ich heiße den Parlamentspräsidenten, die Regierung, die Abgeordneten und alle verehrten Gäste willkommen. In wenigen Minuten wird der allererste F-35-Kampfjet der Nation auf der Landebahn hinter mir aufsetzen.« Die Stimme gehörte Ruben Andersen, dem Staatssekretär des Ministerpräsidenten.

»Zuerst jedoch noch eine praktische Information«, fuhr er fort. »Der Botschafter der USA, Marco Rodriguez, ist leider verhindert und kann nicht an unserer Feier teilnehmen. Ministerpräsident Simon Riebe ist daher der erste Redner.« Er machte eine lange Pause. »Aber jetzt lehnen Sie sich zurück, genießen Sie die kommenden Minuten und lassen Sie mich die drei allerersten Kampfjets vom Typ F-35 Lightning II mit norwegischer Flagge am Rumpf präsentieren.«

»Es hat geklappt«, sagte Kafa matt. »Polizeidirektor Koss

hat es geschafft. Der Botschafter hat abgesagt.« Ihr Körper sackte zusammen. »Deshalb ist der Wanderer nicht hier. Es gibt kein Attentat.«

Fredrik schaffte es kaum, wieder auf die Beine zu kommen. »Aber woher wusste er das? Wer hat ihn gewarnt?« Der Wind traf ihn, und er spürte, wie Tränen in kalten Streifen über seine Wangen liefen. Er torkelte durch den Raum, zu den Fenstern, zum Gewehr. Was jetzt? Was zum Teufel sollten sie jetzt tun? Staffan Häyhä hatte seinen Jungen ermordet. Kafas Kind war verschwunden. War das alles? Die Container waren leer, der Wanderer, Häyhä und die Labors verschwunden. Es gab keinen Attentäter. Sie hatten keine Beweise, keine Dokumente, nichts. Gar nichts. Sollte es so enden?

Ein tiefes Rauschen erfüllte den Kontrollraum. Weit hinter ihnen erahnte er am blauen Himmel ein paar immer größer werdende Punkte. Die Kampfjets wurden von zwei noch größeren Militärflugzeugen flankiert.

Kafa war zu Fredrik nach vorn gekommen, griff nach seiner Hand und legte ihren Kopf an seinen Oberarm. Sie zitterte und weinte, still und verbissen. Dann spürte er, wie sie ihren Griff straffte, als wäre ihr plötzlich etwas aufgefallen. Erst suchte er nach dem, was ihre Aufmerksamkeit erregt haben konnte, dann hörte er es. Von der Instrumententafel neben dem Gewehr stieg ein Dröhnen auf. Eine halbe Sekunde lang blickten sie einander wie gelähmt an, bevor es in Kafas Augen aufloderte. Sie packte die Abdeckung der Instrumententafel und riss sie zur Seite.

»Hier liegt etwas.« Kafa spähte ins Innere der Radarkontrolle, tastete mit der Hand danach und zog einen großen Umschlag heraus. Ihre Hand zitterte, als sie ihn aufriss und ein klingelndes Telefon herausnahm. Sie hob ab. »Hallo? Hallo? Was zum Teufel? Hallo?« Sie schüttelte den Kopf.

»Tot.«

Der erste Kampfjet landete, ein dunkles, kantiges, brüllendes Ungetüm. Sie sollten neben einem dunkelblauen Teppich zum Stehen kommen, ungefähr hundert Meter hinter dem Mann, der jeden Augenblick über den roten Teppich schreiten und sich ans Mikrofon stellen würde: Ministerpräsident Simon Riebe.

Kafa zog Fredrik am Arm. »Hier liegt noch etwas.«

Es war eine einzelne verblasste Seite. Eine Ecke war abgerissen. Fredrik erkannte die Schrift und den Farbton des Papiers wieder.

»Das ist die letzte Seite«, sagte er. »Der Bogen, der aus Vaters Unterlagen entfernt wurde.«

Er las. Der Text war kurz. Trotzdem brauchte er ein paar Sekunden, um seine volle Bedeutung zu erfassen. Er musste die letzten Sätze noch einmal lesen.

Schlussfolgerung: Es bestehen keine Zweifel mehr daran, dass eine gewisse Anzahl von Operationsbefehlen aus den zentralen Archiven kopiert worden sind. Dem neuen Direktor des Projekts Tschernobyl, Simon Riebe, wird die Vollmacht erteilt, alle notwendigen Maßnahmen zu ergreifen, um die Dokumente zu lokalisieren und sicherzustellen sowie zu verhindern, dass ihr Inhalt bekannt wird. Org.

99

»Verdammt, Fredrik! Was tust du da?«

Fredrik hatte Kafa von sich weggeschoben, erst aufgeschaut, dann die Pistole gehoben. Nun sah er ihr direkt in die Augen. »Leg die an«, befahl er und wies mit einem Nicken auf die Handschellen, die sie an ihrem Gürtel trug. Seine Stimme klang so wütend, dass er sie kaum als seine eigene erkannte.

»Wirf deine Waffe weg und leg die an.«

Sie starrte ihn mit weit aufgerissenen Augen an. Ihre Stimme zitterte vor Misstrauen. »Bist du verrückt geworden?«

Als sie die eine Handschelle um ihr Handgelenk gelegt hatte, zeigte er auf einen Stahlring an einer der Instrumententafeln.

»Dann kettest du dich daran fest.«

»Fredrik! Was ist denn los?«

»Halt die Klappe!« Die Spucke flog tröpfchenweise aus seinem Mund. »Begreifst du es denn nicht?« Er umklammerte den Pistolenschaft so fest, dass seine Finger weiß wurden. »Simon Riebe hat die Leitung des Projekts Tschernobyl übernommen. Er hat das Biowaffenprojekt in Norwegen geleitet. Er war es, der entdeckt hat, dass mein Vater die Dokumente gestohlen hatte.«

Draußen spielte das Orchester die Nationalhymne. Kafa machte ein paar wacklige Schritte rückwärts und versuchte, sich zitternd festzuketten.

»Als er Feuer in meiner Wohnung legte, hat Staffan Häyhä einen Befehl ausgeführt«, fuhr Fredrik fort. »Der Mann, der ihn geschickt hatte, der Mann, der für den Mord an meinem Sohn verantwortlich ist, ist Simon Riebe.«

»Oh, mein Gott. Aber was … Willst du ihn erschießen?«

Fredrik antwortete nicht, sondern schob nur die Pistole zurück in sein Schulterholster und wandte sich von ihr ab. Er ließ den Blick über den Flughafen schweifen. Über allem lag ein roter Film, ein Farbschimmer, der nicht mehr verschwand, wie oft er auch zwinkerte. Der Wind riss und zerrte an der Musik, bis sie weit entfernt und entstellt klang.

»Fredrik …«

»Halt die Klappe!«

Das Gewehr stand in der perfekten Höhe. Er lehnte den Oberkörper gegen die Instrumententafel, entfernte die Schutzkappe vor dem Zielfernrohr und hob den Kolben an die Schulter. Dann hantierte er an der Sicherung herum, bis er sich erinnerte, wie der Mechanismus funktionierte. Mit dem Zeigefinger testete er den Abzug. Das Holz fühlte sich kalt an seiner Wange an, als das Brillenglas gegen den Visierring stieß. Er zwinkerte. Verflucht, wie er heulen musste. Er wischte sich die Augen trocken. Jetzt sah er schon besser.

Jetzt sah er alles.

Die Kampfjets glitten über die Rollbahn in Richtung der Teppiche hinter dem Rednerpult. Die Leibwächter zirkulierten vor dem Podium, und das Publikum hatte seine Plätze in den Stuhlreihen gefunden. Das Haarnadelvisier glitt über die Rücken, die Köpfe. Fredrik sah Polizeipräsident Neme, Finanzministerin Wetre, den amerikanischen Botschaftssekretär Miller. Er sah den tiefroten Teppich und richtete den Lauf auf das Terminalgebäude. Dort stand er. Hinter der Scheibe bei der Tür. Der Ministerpräsident. Eine Minute noch. Vielleicht zwei.

»Simon Riebe ist ein Mörder. Er hat alle, die eine Bedrohung für ihn waren, aus dem Weg geräumt.« Fredriks Stimme war so kalt wie der Winter draußen. Er räusperte sich und spuckte. »Frikk. Alle mussten mit ihrem Leben bezahlen. Alles hat sich nur um eine einzige Sache gedreht: die Organisation zu beschützen. Simon Riebe zu beschützen.«

»Fredrik…« Kafas Stimme klang flehend. »Sei doch vernünftig. Merkst du nicht, dass du manipuliert wirst?«

Von weit unten erklang die zweite Strophe von »Ja, vi elsker«, und Fredrik drehte sich zu ihr um. Sie wirkte so armselig, wie sie dort stand, mit gebeugten Knien vor dem Stahlring kauernd, das leere Holster am Oberschenkel.

»Wenn Riebe dich loswerden will, warum habe ich dann den Auftrag erhalten, dass du die Dokumente deines Vaters lesen sollst? Warum sollte ich ein Gummigeschoss verwenden?« Ihr Gesicht war grau und unsagbar traurig. »Es war nie beabsichtigt, den amerikanischen Botschafter zu töten. Das war nur ein Mittel, um uns hierherzulocken. Ministerpräsident Riebe ist die ganze Zeit über das Ziel gewesen.«

Fredriks Magen füllte sich mit Steinen. Er musste sich von ihrem Blick losreißen. Dann starrte er aus dem Fenster. Die Musik verklang, und die Türen des Terminalgebäudes glitten zur Seite.

Er legte das Auge ans Visier und schluckte.

Kafa sprach jetzt schneller. Ihre Stimme klang drängend.

»Begreifst du denn nicht? Sogar die Mordwaffe ist ein Gewehr, für dessen Gebrauch du geschult bist. Der Wanderer, Fredrik, der Mann, den wir so lange gejagt haben – er steht direkt vor mir. Du bist es.«

100

Die Nationalhymne. Wie er diese Melodie liebte. Sie beschwor vor seinem inneren Auge ein Bild herauf, einen Seeadler, der im Westen vom Meer aus hereinschwebte, von dort, wo der Boden grün, aber auch karg und steinig ist. Dort begann das Lied in den tiefen, langen Tönen. Dann fand der Adler die Fjorde, segelte über das tiefblaue Wasser, wo Gebirgskämme zu Talhängen und Talhänge zu Bergen wurden. Die Melodie stieg immer weiter an, und bald fand sich kein Fjord mehr, und der Adler ließ sich von der kräftigen Luftströmung anheben, über Nadelwälder, Birkenwälder und bald darauf das kahle Gebirge hinweg, und als die Melodie ihren höchsten Ton erreichte, erblickte er die für immer in ein Schneekleid gehüllten Berggipfel. Alles lag darunter. Alles. Selbst die Wolken. Dann stieg die Melodie wieder hinab, und der Wind nahm den Raubvogel mit sich, bis die Töne verstummten und der Flug in einem der Täler des Tieflands im Osten ihr Ende fand.

Jetzt sangen sie dort draußen die Nationalhymne. Sie sangen sie für ihn.

Die Türen glitten zur Seite, und Ministerpräsident Simon Riebe spürte die beißende Brise im Gesicht, die Eiskristalle, die auf seiner Haut schmolzen. Ihn aber schauderte es nicht. Wer fror schon in einem Augenblick wie diesem? Er sah all die ihm zugewandten Rücken und Gesichter, den roten Teppich, flankiert von Schneegriesel auf Beton. Über all dem war der Himmel blau, und weit vorn standen die Kampfjets. Er ging weiter. Nicht langsam, nicht schnell, sondern aufrecht. Am Podium angelangt, machten die Leibwächter ihm Platz. Leichtfüßig erklomm er die Stufen, bevor er Ruben auf die Schulter klopfte. Der Staatssekretär wirkte gestresst und wich seinem Blick aus. Einen Augenblick lang blieb Riebe mit dem Rücken dem Publikum zugewandt stehen, als würde er die Kampfjets betrachten, bevor er die Hand flach gegen die Stirn legte und die Piloten auf militärische Art begrüßte. Dann wartete er, bis die Fotografen den Moment für die Ewigkeit festgehalten hatten, und drehte sich um. Der Applaus verstummte.

»Danke«, sagte er. »Sind sie nicht schön? In den kommenden Jahrzehnten werden diese Hightech-Vögel, diese Seeadler unser Land und unsere Ehre verteidigen.«

Alle applaudierten, und er wusste, dass es richtig gewesen war, die ersten Worte der Rede zu improvisieren. Während er seine Notizen hervorzog, ignorierte er den Blick von Finanzministerin Wetre und zwinkerte dem Vorsitzenden der Arbeiterpartei, Trym Dahl, zu. Beide saßen direkt vor ihm. Er legte den Zettel ab und räusperte sich.

»Der Frieden wirkt nur bis zu dem Tag teuer erkauft, an dem es keinen Frieden mehr gibt«, begann er.

Die Rede handelte von Verteidigungswille und Kampfstärke, von Abschreckung, Allianzen und der Verbindung zu den USA. Er brauchte nicht auf seine Notizen zu schauen. Brauchte nicht nachzudenken. Es war lediglich eine Zusammenfassung all der Argumente, die er bereits in Debatten, im Parlament sowie in Interviews angeführt hatte. Aber sie mussten wiederholt werden, denn diese Worte bildeten die Grundlage für den zweiten Teil seiner Rede – den, der für Aufruhr sorgen und den man in Erinnerung behalten würde.

Er starrte Wetre an und schaffte es nicht, seine Freude zu unterdrücken, was in einem Lächeln zum Ausdruck kam. Er sah, dass sie es bemerkte, denn sie neigte den Kopf und hörte zu. Gut. Hör mir zu, dachte er. Jetzt wirst du eine Lektion darin erhalten, wie Politik funktioniert. Wie Macht ausgeübt wird.

»Liebe Freunde der Landesverteidigung,« Riebe verschränkte die Hände, »denn das sind alle heute hier Anwesenden wohl.« Er ließ Wetre nicht aus den Augen. »Ich hatte mich darauf gefreut, den amerikanischen Botschafter an meiner Seite zu begrüßen, denn heute ist ein großer Tag für unsere beiden Länder, nicht nur wegen der F-35-Kampfjets, die jetzt hinter mir stehen, sondern auch, weil Sie ganz sicher bemerkt haben, dass die Kampfjets nicht allein gekommen sind. Zwei amerikanische Boeing P-8 Poseidon haben sie auf ihrer Reise über den Atlantik begleitet. Also habe ich außerdem die Freude bekanntzugeben, dass das Verteidigungsministerium einen Vertrag über die Anschaffung von fünf neuen Poseidon-Überwachungsflugzeugen für unsere Luftwaffe abgeschlossen hat.«

Zufrieden registrierte er, dass Wetre die Zähne so fest zusammenbiss, dass ihr Gesicht erstarrte, bevor sie das Kinn reckte. Fragend. Verständnislos.

»So begegnen wir der neuen sicherheitspolitischen Lage. So begegnen wir der Zukunft. So sichern wir die Kontrolle über unser Territorium.« Er ließ den Blick über die Stuhlreihen schweifen. »Heute möchte ich meinen Dank an die Arbeiterpartei richten, besonders an ihren Vorsitzenden Trym Dahl. Überdies würde ich ihn als Visionär bezeichnen, würden wir nicht in einem halben Jahr im Wahlkampf miteinander konkurrieren.« Alle lachten, mit Ausnahme von Wetre. »Um den Frieden in unserem Land zu sichern, haben die großen Parteien der norwegischen Politik gemeinsame

Sache gemacht. Die Arbeiterpartei und die Høyre werden zusammen sicherstellen, dass der Ankauf im Parlament die nötige Mehrheit erhält.« Riebe verstärkte seinen Griff um das Rednerpult und beugte sich vor.

»Wir werden selbstverständlich für Menschenrechte kämpfen, für die, die vor Krieg und Terror fliehen, die hungern und leiden. Das ist unsere Pflicht. Aber wir werden ihnen in den Flüchtlingslagern helfen. Wir werden ihnen in ihrer vertrauten Umgebung helfen. Wir werden ihnen helfen, nach Hause zurückzukehren.«

Wie gut sich das anfühlte. Wetre hatte ihn herausgefordert, ihm den zweitwichtigsten Posten in der Regierung beinahe abgetrotzt. Selbstverständlich konnte er das nicht akzeptieren. Sie musste zurechtgewiesen werden.

Riebe sah auf. Der Himmel war so blau, so wolkenfrei. Die Gedanken, die ihn so lange bedrückt hatten, waren verschwunden. Die Labors befanden sich auf dem Weg außer Landes. Die Spuren, die ihn mit ihnen und dem Arbeitsunfall auf Solro in Verbindung brachten, waren ausgelöscht. Der Polizist, der sich geweigert hatte, sich auf Abwege führen zu lassen … war nicht mehr da.

Er sah über die Menschenmenge hinweg und ließ sie die Botschaft verdauen.

»Autoritäres Gedankengut und religiöser Fundamentalismus sollen niemals die Möglichkeit erhalten, unsere freiheitsliebende Kultur auszuhöhlen. Unser Land soll niemals ein Zufluchtsort für diejenigen werden, die Gesetzlosigkeit und Terror huldigen.«

Simon Riebe grinste breit. Er befand sich auf dem Gipfel seiner Macht. Er war Ministerpräsident.

Ja, er liebte dieses Land. Und dieses Land liebte ihn.

101

Ein glühender Dolch im Bauch. So fühlte es sich an. Die Erkenntnis saß so tief, dass sie nicht wehtat. Der Schaden aber war nicht mehr gutzumachen. Es war zwar schwer zu begreifen, musste aber einfach eingeräumt werden. Fredrik war der Wanderer.

Er wusste, dass Kafa recht hatte. Er war gelenkt, hierher zum Tower geführt worden, zu exakt diesem Augenblick, wo er jetzt spürte, wie das Blut im Finger am Abzug hämmerte. Der Widerstand des Abzugs, der schwere Duft von geöltem Stahl.

Kafas Stimme überschlug sich. »Haakon Bull hat die Software auf dein Handy gespielt, die uns zu dem USB-Stick führen sollte. Auf dem USB-Stick haben wir die Internetseite mit dem Foto des amerikanischen Botschafters, das Foto des Towers sowie die Attentatspläne gefunden. Bull hat dich abtransportiert, nachdem ich auf dich geschossen hatte. Er hat dein Telefon überwacht. Wer, glaubst du, hat dafür gesorgt, dass Therese die Ermittlungsunterlagen gefunden hat, die belegen, dass Häyhä Frikk ermordet hat? Wer, glaubst du, hat dieses Dokument hier hinterlassen, das beweist, dass Simon Riebe es war, der Häyhä zu dir nach Hause geschickt hat? Wer, glaubst du, hat gerade hier auf diesem Telefon angerufen?«

Sie dämpfte ihre Stimme.

»Ich weiß nicht, was für ein Motiv Haakon Bull dafür hat,

sich Riebes Tod zu wünschen, aber wenn du diesen Schuss abfeuerst, bist du nichts weiter als seine Marionette. Er hat dich auserwählt, weil er weiß, welchen Schmerz Frikks Tod dir zugefügt hat, weil er weiß, dass die Rachegelüste dich in Stücke reißen. Tötest du den Ministerpräsidenten des Landes, sitzt du im Gefängnis, bis du stirbst. Ist es das, was du willst? Du hast noch zwei weitere Kinder. Was für eine Zukunft werden sie haben? Die Kinder des Polizisten, der den Ministerpräsidenten getötet hat.«

Fredrik presste das Auge so fest gegen das Visier, dass ihm das Brillenglas in die Haut schnitt. »Fünfzehn Jahre lang habe ich mir selbst die Schuld für Frikks Tod gegeben, Kafa«, schluchzte er. »Das hat mein Leben zerstört, das Leben meiner Exfrau, das Leben unserer Kinder ...« Jetzt sprudelten die Tränen wieder. Er zwinkerte, mühte sich ab, einen präzisen Zielpunkt zu finden, denn direkt neben Simon Riebe stand Ruben Andersen, die Ratte. Würde er jedoch nur einen Schritt zur Seite treten, nur einen Schritt nach hinten oder nach vorn, dann wäre die Sicht frei.

»Simon Riebe hat mein Leben zerstört, damit er sein eigenes leben konnte. Das, Kafa, ist Gerechtigkeit.«

Er wischte sich die Tränen mit dem Jackenärmel ab, spuckte aus und wischte erneut. Ihm war schlecht, schwindelig. Dann legte er das Auge erneut ans Visier. Der Staatssekretär war ein paar Schritte zurückgegangen. Fredrik hatte das Ziel nun klar im Blick: das wohlfrisierte, angegraute Haar, die gesunde, reine Haut, das arrogante Ministerpräsidentengrinsen.

»Bist du nur ein Werkzeug, oder bist du ein Mensch?«, schrie Kafa.

Fredrik zögerte. Und zögerte. Jetzt oder nie. Seine Wangen waren eisig vor Tränen, seine Brust kochte vor Wut.

Dann explodierte Simon Riebes Kopf.

102

Über dem Beton lag eine Schicht Schnee, dünn wie ein Flor, so feinkörnig, dass selbst die leichteste Brise die Luft mit Eisfragmenten erfüllte. Der weiße Nebel färbte Kopfbedeckungen und Jackenschultern. An den Hangarwänden türmten sich langsam Schneeverwehungen auf, die Kameramänner mussten die Linsen reinigen, und er fand das schön.

Denn nichts war so schön wie Blut im Schnee.

Die Stellung war unbequem, ein Knie auf dem Boden und eins im Neunziggradwinkel abgespreizt. Die Kopfhaut schabte gegen das Dach. Die Sehnen unter dem Fuß und im Knöchel schmerzten, und er fror, denn durch das zerbrochene Fenster zog ein kalter Wind herein. Er holte tief Luft, dachte an das, was ein Soldat ihm einst erzählt hatte, dass Kälte nur ein Gemütszustand sei, ebenso wie Freude oder Angst, und dass sie sich genauso ablenken ließe. Atme. Presse die Spannung ins Kreuzbein, füll die Lunge und lass den Frost dem Atem aus dem Körper folgen.

Sein Frösteln legte sich. Sein Jochbein rieb gegen den Gewehrkolben, und durch das Visier betrachtete er den riesigen Platz vor sich. In der Ferne lagen die Terminals, die Rollbahnen und die Parkbuchten. Weiter vorn befand sich das GA-Terminal, weiß und hoch und mit schmalen Betonsäulen an der Front, wie bei einem Legostein. Die Kampfjets und der Mann hinter dem Rednerpult, all das Harte verstärkte und verzerrte das Echo seiner Worte.

Was für ein Spektakel das geben würde. Auf den Dächern hatte er drei Scharfschützen ausgemacht, Leibwächter am Podium und Polizisten mit Maschinenpistolen, die durch die Menschenmenge patrouillierten.

Hier nahm es sein Ende, in einem Tower an einem kalten Tag im März auf dem Osloer Flughafen, einige Kilometer nördlich der Hauptstadt. All diese Jahre. All diese Menschen. Alles, was geschehen war, und alles in der allergrößten Heimlichkeit – enden sollte es also auf offener Bühne.

Jetzt. Er rieb den Ellenbogen gegen das Knie, bis der Knochen exakt an der richtigen Stelle platziert war, versicherte sich, dass das Zweibein gegen die Backsteine gestützt dastand. Die Atmung fand den richtigen Rhythmus. Der Mann, der neben dem Redner gestanden hatte, war ein paar Schritte nach hinten gegangen, genau so, wie es ihm gesagt worden war.

Der Wind spielte mit dem ergrauten Haar der Zielperson, und ihm kam in den Sinn, dass es kalt sein müsse, wenn man dort nur mit einem Anzug bekleidet stand.

Der Zeigefinger straffte sich um den Abzug. Straffte sich weiter. Er wartete, bis er nicht mehr länger warten konnte. Der Schwächling würde nicht schießen. Dann musste er es eben selbst tun. Es spielte keine Rolle mehr. Das Ergebnis wäre dasselbe.

Der Abzug gab nach. Der Knall, der Schlag des Rückstoßes, der Schießpulvergeruch und die über dem Gewehrlauf schmelzenden Eisperlen.

Staffan Häyhä blinzelte. Der Schütze blinzelte, als wäre sein Auge eine Kamera und sein Blinzeln das winzige, kaum fassbare Dunkel, wenn der Spiegel hinunterklappte und die Zeit gefror. Dies war sein Augenblick, für immer festgehalten.

Blut im Schnee.

103

»Unser Land soll niemals ein Zufluchtsort für diejenigen werden, die Gesetzlosigkeit und Terror huldigen.« Das Echo der Worte des Ministerpräsidenten hallte noch immer nach, als die dreißig Millimeter lange Kugel Simon Riebe direkt hinter dem rechten Ohr traf. Das Projektil hatte eine so enorme Kraft, dass es den Schädel direkt durchdrang, bevor es den hinteren Teil des Podiums traf, die Richtung änderte und das Wadenbein des Fotografen der Aftenposten zersplitterte, bevor es sich in die Betondecke grub. Die Stoßwelle riss den Hauptteil des Hinterkopfs und des Gehirns des Ministerpräsidenten weg. Einige Zehntelsekunden lang stand er einfach nur da, die Augen quollen hervor, die Zunge presste sich zwischen den Zähnen nach vorn, er stieß ein gurgelndes Prusten aus, dann kippte der Körper zur Seite.

Stille. Stille, zerrissen von einem Schmerzensschrei des Fotografen. Chaos.

Es sorgte für ordentlich Lärm, als Hunderte von Klappstühlen zu Boden krachten, während die Gäste die Beine in die Hand nahmen. Sie schrien, kreischten, trampelten über die Stühle, schoben einander beiseite in dem Versuch, dem Gewimmel zu entkommen. Leibwächter scharten sich um den Parlamentspräsidenten und die Regierungsmitglieder, die zu bewachen ihre Aufgabe war. Polizisten brüllten Befehle und schwenkten mit Maschinenpistolen, liefen an den Rand der Menschenmenge und bildeten eine lebendige Wand rund um den Körper, der am Rednerpult zu Boden gestürzt war. Ein Leibwächter in Zivil war auf die Knie gegangen und verabreichte eine Herzdruckmassage, ein anderer stand hinter dem spastischen Körper, mit den Händen vor der Brust, von seinen Fingern tropfte es rot und grau-orange, von dem Schädelstück, das er in seinen Händen hielt, hingen ein paar zottelige Haarsträhnen herab. Auf den Terminaldächern blitzten die Visiere der Scharfschützen auf, und die Sirenen heulten.

»Du hast ihn erschossen?«

»Nein«, keuchte Fredrik. »Nein. Das war ich nicht.«

Er erschrak, als ihm der Gewehrkolben aus den Händen glitt und gegen die Instrumententafel knallte.

»Mach mich los! Mach mich verdammt noch mal los!«

Fredrik fuhr herum. Kafa zerrte an den Handschellen und stampfte mit dem Fuß auf. Sie war bleich vor Schock, und ihr Kinn zitterte.

»Ist er tot?«

»Ich weiß es nicht!«, fauchte Fredrik, während er an den Handschellen herumfummelte. Das Adrenalin ließ seine Hände zittern. Für einen kurzen Moment sahen sie einander in die Augen. »Es gab noch einen Schützen. Das Schwein muss noch einen Schützen abgestellt haben!«

Die Stahltreppe klapperte, als sie den dunkeln Schacht hinunterjagten. Etwa auf halbem Wege packte Kafa ihn an der Schulter, hielt an und presste den Zeigefinger gegen den Stöpsel im Ohr. »Sie haben die Wiederbelebungsversuche eingestellt.«

»Verdammt!«

»Sie sagen, der Schuss sei aus nördlicher Richtung gekommen. Von hier.«

»Was?«

»Der Schuss kam aus dem Baustellenbereich. Der Mörder muss noch hier in der Nähe sein!«

Das Atmen schien ihm die Lunge zu zerreißen, ihm war schlecht und schwindelig. Sein Gesichtsfeld verkleinerte sich, Kafa verschwamm vor seinen Augen, und er bewegte sich schwerfällig. Ein kräftiger Schlag auf die Brust ließ ihn gegen die Wand taumeln.

»Konzentrier dich, Fredrik! Du hast nicht geschossen. Das ist das Einzige, was jetzt zählt. Wir haben einen Job zu erledigen!«

Er sah sie wieder klar. »Ja«, stotterte er. »Ja!«

Kafa schaltete die Taschenlampe ein, und sie liefen die Treppe hinunter. Sie warf sich gegen die Tür, die sich nicht bewegte. Sie stemmte die Schulter dagegen und drückte. »Sie ist abgeschlossen!«

»Abgeschlossen?« Fredrik nahm Anlauf und trat zu. Es gab einen Knall, die Tür bebte, blieb jedoch an Ort und Stelle.

»Was sollen wir tun?« Panik lag in ihrer Stimme. »Uns rausschießen?« Sie richtete den Lichtstrahl auf das Schloss.

Er zögerte. Ein Pistolenschuss auf eine Stahltür, hier in diesem schmalen Schacht. Projektilfragmente und Metallsplitter würden überall abprallen.

»Verdammt«, sagte er. »Es ist eine Falle. Sie wollten, dass man mich zusammen mit einem Scharfschützengewehr findet.«

Kafa warf sich erneut hektisch gegen die Tür. »Ich verstehe das nicht«, keuchte sie. »Die Techniker werden feststellen, dass das Gewehr dort oben nicht die Mordwaffe ist.«

Verzweifelt versuchte Fredrik seine Gedanken zu sortieren. »Solange wir unter Verdacht stehen, wird niemand auf uns hören. In der Zwischenzeit können die Labore außer Landes geschafft und der Schütze evakuiert werden …«

Sie gab auf und lehnte sich atemlos mit dem Rücken gegen die Wand. Dann leuchtete sie in dem engen Schacht umher. »Der Schütze«, sagte sie, »muss Häyhä gewesen sein.«

»Häyhä war hier, um den Job zu erledigen, sollte ich nicht schießen.«

Unvermittelt hob Kafa den Finger erneut ans Ohr. »Gütiger Gott, Sie haben bereits deinen Namen.«

»Verdammt!« Es knallte, als Fredrik den Pistolenschaft gegen die Stahltür hämmerte. Was kapierte er nicht? Er wandte sich zu ihr um. »Warum war …« Am Rande des Lichtkegels der Taschenlampe erblickte er an der Wand den Evakuierungsplan. Er packte Kafa am Arm und zeigte darauf.

»Es gibt noch ein Gewehr«, sagte er.

»Was meinst du?«

»Es gibt noch ein Gewehr. Hier im Tower. Die Mordwaffe. Der Schuss kam nicht nur aus dem Baustellenbereich. Er kam von hier.«

»Was?«

»Sieh mal.« Er zog sie mit zu dem Plakat. Auf dem Boden des engen Lagers unter dem Kontrollraum war, von Feuchtigkeit und Fäulnis beinahe ausradiert, ein roter Pfeil eingezeichnet.

»Aber … das Lager war leer. Du hast es doch überprüft!«

»Der Dreckskerl muss sich hereingeschlichen haben, nachdem wir hier waren.«

Sie stürmten wieder nach oben und rissen den Hebel zur Seite. Während Kafa leuchtete, kletterte Fredrik über den Rahmen, die Pistole zwischen den zitternden Händen. Seine Atmung ging flach, jeden Herzschlag spürte er in der Brust.

Im Licht der kleinen Fenster sah er die Bananenkisten und die ausrangierten Möbel entlang der Wände. Er stürmte an den Flaschen mit Lösungsmittel und Farbeimern vorbei und fand das Fenster, von dem aus der Tatort zu sehen war.

Davor stand ein Gewehr vor einem Haufen Backsteine auf ein Zweibein gestützt. Der Schießpulvergestank stach in der Nase, während die winzig kleinen Tropfen über dem Lauf belegten, dass die Waffe gerade erst abgefeuert worden war. Das Gewehr war identisch mit dem im Kontrollraum.

Hinter ihm polterte es. Kafa war durch die Öffnung geklettert. Sie kümmerte sich nicht darum, dass sie auf der Suche nach dem Notausgang Flaschen und Eimer umkippte. Fredrik wollte sich zu ihr umdrehen, als ihm etwas zwischen den Backsteinen auffiel. Ein Ausweis. Die um den Hals zu tragende Kette sah aus, als wäre sie gerissen, und über dem Foto lag ein Staubfilm. Der Mann auf dem Foto trug eine kantige Brille, hatte schmale Augen und graue Stellen an den Schläfen. Es war Fredrik.

Mit einem Mal wurde das Bild ganz deutlich, das Haakon Bull von ihm zeichnen wollte. Polizeihauptkommissar Beier, der Ministerpräsidentenmörder, der diebische Polizist mit dem Heroin, versteckt hinter der Wandvertäfelung seiner Wohnung. Der Wanderer, der sich von den Hassseiten im Internet verrohen ließ, Politiker verachtete und direkt vor dem Attentat wegen Psychosen und Selbstmordgedanken krankgeschrieben worden war.

Es gibt Grenzen dafür, wie viel ein Mensch ertragen kann. Im Laufe des vergangenen Tages hatte Fredrik erfahren, dass sein Sohn getötet worden war. Er hatte eine Waffe in die Hand und die Möglichkeit bekommen, diesen Mord zu rächen. Mit ihm war gespielt, er war manipuliert worden. Er war wie ein Esel, der hinter einer Karotte hertrabte.

Es gibt Grenzen. Fredrik hatte diese Grenze erreicht. Er

hätte Wut empfinden sollen, Rachegelüste, er hätte den Betrug und den Verrat fühlen müssen, denen er ausgesetzt gewesen war, aber das Maß war schlicht und einfach voll. Statt alles zu fühlen, fühlte er nichts. Der brodelnde Lärm, der an seinen Nerven und Eingeweiden gezerrt hatte, war nicht mehr da. Sein Kopf fühlte sich klar an. Er schnaubte, während er den Ausweis in die Tasche steckte.

»Hier!«, rief Kafa. »Ich habe ihn gefunden.«

Der Fluchtweg war einfach nur eine Holzluke im Boden, nur so breit, dass ein erwachsener Mann sich gerade so hindurchschlängeln konnte. Ein eisiger Hauch drang herein, und sie starrten direkt auf den Boden, zehn, zwölf Meter unter ihnen. In die Turmwand waren Ringe aus Betonstahl eingelassen, und die primitive Leiter führte von der Luke aus nach unten. Die Ringe waren mit Eis überzogen. Fredrik schob die Pistole ins Schulterholster und war gerade im Begriff die Füße über die Kante zu schwingen, als er im gleichen Atemzug eine Bewegung wahrnahm. Weiter unten hastete eine groß gewachsene, kräftige Gestalt zwischen den Haufen aus Schrott und Baumaterial hindurch. Sie hielt Kurs auf die Arbeitsbaracken, die sich in nördlicher Richtung beim Zaun befanden. Fredrik ließ sich nach unten rutschen, suchte mit den Beinen so lange, bis er die Sprosse fand.

Der Wind hatte nun einen Angriffspunkt, zerrte an seiner Jacke und wollte ihn aus dem Gleichgewicht bringen und ihn so gern gegen die Steine, den Beton und die Bretterstücke dort unten schlagen. Die Abstände zwischen den Sprossen waren groß, und mit jedem Schritt schmerzte sein Knie mehr, doch er musste einfach darauf vertrauen, dass die nächste Sprosse hielt, dass der Fuß nicht auf dem Eis abrutschte. Der Betonstahl jagte ihm einen kalten Schmerz durch die Handflächen. Sprosse für Sprosse, Meter für Meter näherte er sich dem Boden. Er hatte kaum einen Fuß darauf gesetzt, als Kafa hinter ihm hergestürzt kam.

»Sie verfolgen *mich*. Geh zurück ins Terminal und schnapp dir Koss. Ich bleibe am Mörder dran«, sagte Fredrik.

Sie nickte nur. »Sei vorsichtig.«

104

Der Lauf der Heckler & Koch hob und senkte sich im Takt seines Atems, als Fredrik das Tempo verringerte, um anschließend in die Arbeitsbaracke zu stürzen. An den Wänden entlang standen Kleiderspinde und Bänke, an Haken hingen Schutzhelme, reflektierende Westen und Arbeitsuniformen. Resolut stampfte er durch den Raum und trat an dessen Ende die Tür auf. Es war ein Büro. Das Fenster zum Bauzaun war einen Spaltbreit geöffnet.

Der Abstand zwischen Barackenwand und Zaun war schmal. Für einen festen Halt war der Zaun in kräftigen Betonklötzen verankert worden, die in großzügigem Abstand um die Baustelle herum verteilt waren. Genau an dieser Stelle waren jedoch zwei der Klötze in nur kurzer Distanz voneinander platziert. Dazwischen befand sich ein Spalt. Er kletterte durchs Fenster, legte sich flach hin und schlängelte sich hindurch.

Nachdem er sich wieder auf die Beine gestemmt hatte, sah Fredrik ein, dass er sich ganz im Norden des Flughafengeländes befand. Der Tatort befand sich weit hinter ihm auf der anderen Seite des Bauzauns. Von dort aus erklangen in der Ferne Sirenen. Östlich von ihm lag der Militärbereich des Flughafens, er konnte die beiden Überwachungsflugzeuge erkennen, die die Kampfjets eskortiert hatten. Das eine war noch immer nicht zum Stillstand gekommen und im Begriff, neben einer Hercules zu parken. Zwischen ihm und dem Militärterminal befand sich die Rollbahn, auf der die F-35-Kampfjets gelandet waren. Fredrik hielt Ausschau. Wo zum Teufel war Häyhä? Die Landebahn konnte er nicht überquert haben. Das Risiko, entdeckt zu werden, war zu groß. Also musste er entweder weiter nach vorn in Richtung der enormen Scheinwerfer am Beginn der Rollbahn gelaufen sein oder sich über den Maschendrahtzaun zur Straße hin geschwungen haben. Wartete dort vielleicht ein Fluchtauto? Das war die logischste Alternative. Fredrik zögerte jedoch. Der Ministerpräsident war ermordet worden, und der Mörder war noch immer auf freiem Fuß. Es gab kein Fahrzeug zwischen Oslo und dem Mjøsa, das nicht kontrolliert würde. Außerdem war bei Staffan Häyhä gar nichts logisch. Er war Soldat und Söldner seit fünfundzwanzig Jahren. Er war in Jugoslawien und Afghanistan im Krieg gewesen. Er war darauf trainiert, in jeder Art von Klima zu operieren, auf jeder Art von Terrain, und er war es gewohnt, allein klarzukommen. Staffan Häyhä würde keine Hilfe brauchen. Für einen wie ihn bot die Zivilisation keine Zuflucht. Ihn würde es in die Wildnis treiben, dorthin, wo Raubtiere sich wohlfühlten.

Fredrik kauerte sich hin und lief dann los.

Zwischen den Scheinwerfern war leise ein elektrisches Summen zu vernehmen. Hier bestand der Boden aus einer dicken Schicht Schnee und Eis. Hinter der Reihe von Scheinwerfern stand der Zaun, dahinter verlief ein Weg, dann folgte der Wald. Der Zaun musste mindestens drei Meter hoch sein, seine Maschen waren so eng, dass es unmöglich war, die Stiefelspitze hineinzupressen. Wie war er hinübergelangt? Ungefähr hundert Meter Richtung Osten, wo der Zaun wieder südwärts abbog, war ein Holzpfahl dagegen gelehnt. Dort zog er sich mit den Fingern mühsam nach oben und schaffte es, den Fuß auf der oberen Kante des Pfahls zu platzieren. Dann stieß Fredrik sich ab, schoss aufwärts, zog und wand sich, bis die Beine über dem Zaun waren, bevor er mit einem heftigen Aufprall auf der anderen Seite landete.

Aus einer Schramme in der Handfläche sickerte Blut, und seine Muskeln schmerzten. Die spitzen Stahldrähte an der Oberkante des Zauns hatten seine Jacke zerrissen. In den Schnee war eine Spur getrampelt. Der Abstand zwischen den tiefen Fußabdrücken war groß. Sie führten zwischen die Baumstämme.

Der Schein der niedrig stehenden Wintersonne schaffte es nicht, die Kronen der Fichten zu durchdringen. Hier war es kalt, allerdings wehte kaum Wind. Es gab nur ein Rauschen in den Baumkronen. Zum Boden hin waren die Baumstämme kahl, und von ihnen standen scharfe Zweigreste ab, starr wie krumme Finger. Sie kratzten an ihm, als er vorbeilief, ritzten ihm das Gesicht auf und brachen krachend ab, als hätte sich der Wald für eine Seite entschieden. Dunkle Schatten löschten den Unterschied zwischen dem, was er sah, und dem, was er zu sehen glaubte, aus, und Fredrik musste an seinen Traum denken, den Albtraum von einem Wald, genau wie diesem hier, in dem er der Gejagte war. Darin war er hingefallen, und die Gestalt von Staffan Häyhä hatte sich über ihm aufgetürmt.

Oft standen die Bäume so dicht, dass der Boden kahl war. Dort musste er in einem Bogen über den Teppich aus Heidekraut und zusammengefrorenen Tannennadeln gehen, bis er einen schneebedeckten Fleck und darin die Spur der Armeestiefel wiederfand. Die ganze Zeit über lief er gebückt und schloss den Griff fest um die Pistole. Er lauschte, er spähte. Falls Staffan Häyhä bemerkt hatte, dass er verfolgt wurde, falls er ihm hier irgendwo im Schatten auflauerte, hinter einer herausgerissenen Wurzel oder in einem Erdloch, würden die Rollen von Jäger und Beute vertauscht werden.

Bald verlor er jedes Gefühl für Zeit und Richtung, jagte einfach nur durch den Wald, jagte, hielt an, suchte und jagte weiter. Dann wurde er zwischen den Baumkronen auf die Silhouette einer hohen Mauer aufmerksam – und Fredrik begriff, wo er war.

Das war der Trandumskogen, Tatort einiger der grausamsten, von den Nazis in diesem Land begangenen Verbrechen. Hier waren fast zweihundert Norweger, Russen und Briten hingerichtet und verscharrt worden. Dort, wo sich die Massengräber befunden hatten, standen noch immer Steinkreuze. Einige von ihnen konnte er vom Pfad aus sehen.

Die andere Seite bot einen merkwürdigen Anblick: eine Reihe verstärkter Betonwände, bis zu zehn Meter hoch und vermutlich ebenso breit. Im unteren Teil verfügten die Wände über Breschen, groß genug, dass ein Lkw hindurchrollen konnte. Sie waren schartig und hässlich, der Betonstahl stach in rostigen Spitzen heraus. Es war ein ehemaliger Schießstand für Panzer. Jetzt eroberte der Wald das Terrain zurück.

An jeder Wand hielt er inne, lauschte und schaute sich um. Aber alles war still. Still und verlassen.

Direkt bevor er an den offenen Platz mit dem Denkmal kam, bogen die Spuren in den Fichtenwald ab. Hier war das Gelände unwegsamer. Er querte Skiloipen, folgte einem niedrigen Tal und kletterte einen Berghang hinauf, bevor er schließlich einen Höhenzug erreichte, auf dem der Wald endete. Vor ihm lag ein reifüberzogenes Feld und in der Ferne ein Bauernhof. Hatte sich Staffan Häyhä dort versteckt? Dann bemerkte er etwas anderes: Etwas näher, direkt am Waldrand auf einer Lichtung, machte er verborgen hinter einer Reihe hoher Fichten einen dumpfen, gelb-orangefarbenen Schein aus.

Es war eine Gärtnerei. Das Licht kam von den Lampen hinter den zugefrorenen Plastikscheiben. Vor der Wand, unter einer Antennenbox stand – mit einer Plane überzogen – ein Auto. Als Fredrik sich anschlich, sah er, dass es sich dabei um einen roten Mini Cooper handelte.

105

Schon bevor Fredrik es gelang, die Kunststofftür hinter sich zu schließen, waren seine Brillengläser beschlagen.

Was für ein Gestank. Er hörte ein Summen. Erst glaubte er, es käme von der elektrischen Anlage. Dann begriff er, dass das Geräusch erst beständig zunahm und anschließend wieder an Stärke verlor, und er spürte ein Kribbeln unter der Haut. Fredrik wischte die Brille trocken. An der Decke hingen Aluminiumprofile, von denen sich Tausende von Fäden Richtung Boden streckten. Die Fäden waren um die Stängel schleimiger Gewächse gebunden. Die Pflanzen waren so groß wie er, und zwischen den fauligen Blättern quollen längliche, glänzende Leiber hervor. Von der Spitze dieser mit Gonorrhö infizierten Gurken tropfte eine zähe, weißlich-braune Flüssigkeit, während es in den offenen Wunden vor Fliegenlarven nur so wimmelte. Der Boden war mit dickem Plastik überzogen. Dort wo die Stängel herausgewachsen waren, war es löchrig, und aus den Vertiefungen schwappte dreckiges Wasser.

Überall summte und schwirrte es. Unter dem Dachfrist glimmten Wärmelampen. Ungefähr einen Meter darunter, wo die Wärme erträglich wurde, befanden sich die Seile, die zum Hochziehen und Herabsenken der Lampen verwendet wurden. Sie waren bedeckt mit Fliegen- und Larvenhaufen, groß wie Weintrauben. Die Insekten landeten auf seinen Händen, in seinem Gesicht und in seinem Nacken. Er erschauderte und versuchte, sie zu verscheuchen. Was für ein vergessener Höllenpfuhl war das hier?

Die Pflanzenreihen standen dicht, und es war unmöglich zu sehen, was sich hinter der Fäulnis befand. Er machte eine schmale Passage ausfindig. Sie war fast zugewachsen, und er konnte nur wenige Meter weit gucken. Fredrik hielt den Kopf unten und die Waffe einsatzbereit. Er versuchte, die Pflanzen um sich herum nicht in Bewegung zu versetzen und lauschte auf andere Geräusche als das Surren der Insekten.

Auf einmal fuhr er zusammen. Irgendeine Maschinerie war in Gang gesetzt worden. Der Krach hatte seinen Ursprung irgendwo vor ihm. Er hörte das Geräusch einer rollenden Kette und quietschenden Metalls. Eine längliche Struktur glitt über ihn hinweg, die Luft füllte sich mit Dampf, und er fühlte sich ganz klamm. Eine Bewässerungsanlage.

Fredrik steigerte das Tempo, schob Blätter, abgebrochene Stängel und stinkende Gurkenreste beiseite. Endlich erblickte er eine freie Stelle. Die letzten Meter schlich er sich vor, bekam noch eine Dusche ab, als die Anlage in ihre Startposition zurückrollte. Als die Maschinerie wieder verstummte, stellte er fest, dass dieser Teil des Gewächshauses von einem anderen Klang geprägt war, einem sanften Klappern, und als er die letzten Blätter wegschob, sah er, wodurch es verursacht wurde. Vor ihm befand sich eine Hebebühne, und dahinter hing eine Wand aus dicken Plastikbändern, die sanft hin und her wogten. Vor dieser Wand standen Regale und Bänke, in denen sich Kanister mit Pflanzenschutzmitteln, Gartengerätschaften, Kalk, Gasbrenner und Tischlerwerkzeug stapelten. Daneben glimmte es in einem Ölkessel.

Er wartete ab und lauschte. Hatte Staffan Häyhä hier Zuflucht gesucht? Fredrik sah keinerlei Anzeichen für menschliches Leben, hörte außer den Insekten überhaupt nichts Lebendiges, darum ging er weiter. Er begab sich schnellen Schrittes zu den Plastikstreifen und schob sie zur Seite.

Nur eine Armlänge von der ersten entfernt hing eine identische Wand aus Plastikbändern. Der Raum dazwischen fungierte als eine Art Schleuse. Hier war es um einige Grad kälter. Es gab hier kaum Fliegen, und die Geräusche aus dem Gewächshaus waren nur gedämpft zu hören.

Fredrik trat auch durch diese Wand, blinzelte, um sich an den Schein der Leuchtstoffröhren an der Decke zu gewöhnen und keuchte dann auf, als er begriff, was er sah.

Es waren Schiffscontainer. Drei an der Zahl. Schwarz, massiv und einer neben dem anderen. Die Stahltüren wiesen in seine Richtung. Sein Herzschlag beschleunigte sich, und er atmete flach und rasch, bewegte sich seitwärts, um sicherzustellen, dass sich niemand in den schmalen Gängen zwischen den Stahlwänden versteckte. Hinter den Containern befand sich die Tür, die zur anderen Seite des Gewächshauses führte. Fredrik schob sie auf und starrte auf die Felder davor. Alles war öde. Öde und verlassen.

Mit einem massiven Holzbrett versperrte er die Tür. Wenn jemand wirklich hier hereinwollte, dann würde die Blockade zwar nicht lange Widerstand leisten, aber niemand sollte es schaffen, die Tür unbemerkt zu benutzen.

Die Zeit war knapp. Die schweren Containertüren schienen unverschlossen zu sein. Das konnte nur bedeuten, dass sie anderweitig bewacht wurden.

Der erste Container war fast bis zur Decke vollgestapelt. Der Inhalt war in durchsichtiges Plastik verpackt. Es handelte sich um Mikroskope und Medikamentenkühlschränke, Gefrierschränke, Brutschränke, Homogenisatoren und weitere Laborausrüstung, von der er weder den Namen noch den Verwendungszweck kannte. Weiter hinten standen Archivschränke und stapelweise Computer.

Er hatte die Labors des Tschernobyl-Projekts gefunden.

Zufrieden schob er die Tür wieder zu und wollte gerade die nächste öffnen. Doch als er die Hand auf den Hebel legte, spürte er, dass dieser vibrierte. Im Inneren des Containers dröhnte etwas – eine lange Reihe von Kühl- und Gefrierschränken.

Das Herz des Labors. Der Zweck des Betriebs der Tschernobyl-Anlage im Tal. Das Geheimnis, das es wert war, dafür zu töten. Die Kühlschränke waren mit einem schwarzen Dreieck auf gelbem Hintergrund gekennzeichnet, in dem Dreieck wurden drei Kreise von einem weiteren Kreis zusammengehalten. *Biohazard.* Biologisches Risiko. Ansteckungsgefahr.

»Die Pathogene«, sagte er zu sich selbst. Er musste es aussprechen, um es wirklich glauben zu können. Die Viren, Bakterien, Sporen. Auf den Kühlschränken lagen Plastikordner mit bedruckten Aufklebern. *Bacillus anthracis.* Milzbrand. *Orthopoxvirus (vaccinia): Variola major.* Pocken. Die teuflischste Krankheit der Welt. Es fanden sich noch weitere lateinische Namen. Hinter den Beschreibungen standen Zahlencodes, allein für die Pockenviren zählte er mindestens zehn verschiedene.

Das war das Böse, dem sie sich verschrieben hatten: Haakon Bull, Simon Riebe, Fredriks Vater. Die Organisation. Er dachte an Frikks leblosen Körper, als er den Jungen in der brennenden Wohnung aus dem Bett gehoben hatte, an Benedikte Stoltz' gefrorenes Gesicht unter dem Eis und an Beata Wagners durchlöcherte Stirn. An all die anderen.

»Verfluchte Schweine.« Auch das musste er laut aussprechen.

Einige der Aufkleber hatten eine andere Farbe. *Vaccine* war über die lateinischen Namen gestempelt.

Er holte tief Luft, ging in die Hocke und öffnete eine der Kühlschranktüren. Darin befanden sich Spritzen, Reagenzröhrchen und Petrischalen. Einige der Flüssigkeiten waren durchsichtig, andere grauweiß und trübe. Bei manchen der Substanzen handelte es sich nicht einmal um Flüssigkeiten, sondern einfach um irgendwelche Klumpen und Häute, dünn wie ein Flor unter Deckeln, Ansammlungen von Leben, das Leben zerstörte.

Fredrik war erleichtert. Jetzt konnte er die Kollegen alarmieren, egal von welchen Lügnern er umgeben war. Die Beweise waren überwältigend. Er trat hinaus und öffnete den letzten Container.

Dort stand er. Direkt neben der Tür. In der Hand hielt er ein Messer. Das Blatt war rußig, die Schneide blank wie Silber.

106

Ist das Messer scharf genug, tut es gar nicht weh.

Die Pistole glitt ihm aus der Hand, und als er danach greifen wollte, gehorchten ihm die Finger nicht mehr. Es pochte nur in den Fingerkuppen. Vom Oberarm Richtung Ellenbogen und Brust breitete sich eine klebrige Wärme aus, und Fredrik taumelte nach hinten.

Die Containertür quietschte, als Staffan Häyhä sie auftrat. Er war größer und kräftiger als Fredrik. Die Leuchtstoffröhren spiegelten sich in dem schmalen, länglichen und haarlosen Schädel, während die Knorpelreste der Ohren krumme Schatten über das Jochbein warfen. Eine dünne Schicht Silikon war zu einer künstlichen Nase und künstlichen Lippen geformt, der Mund war schmal und zu etwas modelliert, was weder ein Lächeln noch eine Grimasse war. Die Haut, die alles umrahmte, war blass wie Wachs. Wenn er atmete, bebte die Maske. Die runden grauen Augen blickten bodenlos. Jetzt ertränkten sie ihn mit ihrem Blick – selbstsicher, dominant und entschlossen.

Der enge NATO-Pullover beulte sich über der Brustmuskulatur aus. Staffan Häyhä hob das Messer und ein Blutstropfen glitt von der Spitze die Schneide entlang dorthin, wo das Messerblatt am breitesten war. Dort wuchs er an. Zitterte für einen Moment und fiel schließlich herunter.

Bevor der Tropfen auf dem Boden auftraf, hatte Fredrik sich herumgeworfen.

Die Plastikgardinen schlugen ihm ins Gesicht, und als er hindurchraste, stieß er gegen die Werkzeugbank und fiel hin. Der Schmerz schoss ihm durch die Schulter, die Bank kippte um, und die Gartengeräte und das Werkzeug verteilten sich über den Boden, während die Hebebühne in Richtung des schleimigen Waldes aus Gurkenpflanzen krachte. Fredrik rannte weiter. Mit dem Kopf als Rammbock hetzte er durch den Dschungel. Um ihn herum stiegen Fliegenschwärme auf. Die zähe Feuchtigkeit legte sich wie eine klebrige Decke über ihn, er schob schwammige Blätter und wässrige Stiele zur Seite, stapfte über gärende, stinkende Gurkenreste, zwang sich, das Tempo zu drosseln, und sah sich um. Er folgte ihm nicht – zumindest nicht durch das Pflanzenmeer. Fredrik ging in die Hocke.

Das Summen der Insekten war laut, trotzdem hätte er die schweren Schritte durch die Wasserpfützen auf dem Plastik sowie das Aneinanderreiben von Blättern und Stielen hören müssen, denn er hörte auch die von der Decke fallenden Wassertropfen, das Knistern der glühenden Wärmelampen und sein Herz. Sein Herz, das das Brustbein flachklopfte.

Fredrik bewegte sich nicht, sondern wartete ab. Er kniete sich in einer der dreckigen Pfützen hin und zerrte die Jacke über die verletzte Schulter. Jetzt tat sie ihm weh, verdammt weh, er spürte einen tiefen, beißenden Schmerz, begleitet von scharfen Nadelstichen in der Wundfläche. Das Hemd war blutverschmiert, und weit oben auf dem Arm durchzog ein fingerlanger Schnitt den Stoff, den er von der Wunde zerrte. Das Messer hatte sich ins Fleisch gebohrt, in die Muskeln, glücklicherweise aber klaffte die Wunde nicht auseinander, und das Blut rann mehr, als dass es pumpte. Er konnte den Arm heben und die Finger bewegen. Vorsichtig riss er einen Streifen vom Hemd ab und während er das eine Ende mit dem Mund festhielt, wickelte er das andere um den Oberarm.

Hektisch kramte Fredrik in der Tasche herum und fand das Telefon. Er brauchte Hilfe. Mann gegen Mann, verletzt und ohne Pistole hatte er keine Chance. Er gab den Notruf ein und wartete auf den Klingelton. Nichts passierte. Er versuchte es erneut – mit demselben Ergebnis. Da sah er, dass er kaum Netz hatte. Verdammt. Direkt neben dem Flughafen müsste doch Empfang sein? War das … Mit einem Mal verstand er den Zweck der Antennenbox vor dem Gewächshaus. Es handelte sich um einen Störsender. Wollte er Alarm schlagen, musste er weg von hier.

Ein scharfer Ton ließ ihn zusammenzucken. Die Bewässerungsanlage setzte sich wieder in Gang. Die Glieder der Kette dröhnten. Jetzt, im Lärm der Bewässerung, musste er hier rauskommen. Er spähte erst nach vorn, dann nach hinten. Es gab nur zwei Auswege: dort, wo er hereingekommen war und die Tür hinter den Containern. Das war genug, dieser Teufel konnte sie nicht beide überwachen. Zuletzt hatte Häyhä Fredrik von den Containern weglaufen sehen. Daher kehrte er um, kroch auf allen vieren, versuchte, sich an den fetten Stielen vorbeizuschlängeln und sah zur Decke hinauf. Er schätzte, dass er sich etwa in der Mitte der Halle befand. Unvermittelt spürte er etwas Weiches und Gallertartiges. Es brannte in der Handfläche, und als er die Hand zu sich heranriss, zog sich sein Magen zusammen. Das über dem Boden liegende Plastik war aufgesprungen, und halb begraben in der Pflanzenerde lagen die Reste eines Körpers. Fredrik hatte seine Hand genau auf das Gesicht der Leiche gestützt. Es waren nur noch verbrannte Reste von Fleisch übrig, während ihn der Schädel anglotzte. Die Augenhöhlen waren leer, und das daumendicke Loch in der Stirn zeigte an, wo die Kugel ausgetreten war. Haarstummel umrahmten den Kopf wie ein Kranz, und zwischen Rippen und Becken waren Reste von Kleidung und Gewebe zu einer Masse verschmolzen. Die Arme der Leiche waren auf den Rücken gebogen, und Fredrik wusste, würde er den Körper umdrehen, wären die Handgelenke mit Handschellen gefesselt – seinen Handschellen – und der Ringfinger der linken Hand würde fehlen. Das hier waren die kläglichen Überreste von Richard Reiss, mit ungelöschtem Kalk bestreut. Fredrik hatte so etwas schon einmal gesehen. Noch ein paar Tage, vielleicht eine Woche, dann wäre die Leiche vollständig verschwunden. Die dicken Fliegen, die in die Höhe geschossen waren, als Fredrik den Kopf berührt hatte, kehrten nun zurück.

Neben dem Toten lag ein Pflanzspaten. Scharf war er zwar nicht, aber er war besser als nichts. Er nahm ihn und mit brennendem Ekel in der Kehle kroch er weiter.

Über ihm dröhnte weiterhin die Bewässerungsanlage. Aber es kam keine Dampfdusche mehr. Stattdessen fielen nur ein paar schwere Tropfen herab, stinkende Tropfen.

Was zum Teufel …?

Öl. Verdammt.

Jetzt verstand Fredrik, warum Häyhä ihm nicht gefolgt war, warum er die schweren Schritte nicht gehört hatte. Häyhä hatte die Bewässerungsanlage an den Tank des Ölkessels angeschlossen. Das Dröhnen der Kette verstummte, als die Anlage stoppte. Dann folgte die Dusche, und ein penetranter Geruch breitete sich in der Halle aus.

Fredrik blickte nach oben und entdeckte die letzte in der Reihe der Wärmelampen. Er befand sich jetzt fast schon wieder bei den Plastikgardinen. Er ging in die Hocke. Das Seil der Lampe verschwand direkt vor ihm im Blätterdschungel … Er hob den Kopf noch ein Stück an … da. Dort drüben war er. Staffan Häyhä stand auf der Hebebühne. Mit gerecktem Kinn ließ er den Blick über den verrottenden Dschungel schweifen, der jetzt mit einer Ölmarinade überzogen wurde. Er hatte Fredrik nicht gesehen. Noch nicht.

Fest umklammerte dieser den Spaten und holte Luft. Der Öldampf würde die Luft langsam aber sicher unerträglich machen. So wollte Häyhä ihn zum Herauskommen zwingen. Fredrik biss die Zähne zusammen und erhob sich. Er schob die Pflanzen beiseite und machte ein paar Schritte nach vorn. Dann warf er einen weiteren Blick zur Decke, legte den verletzten Arm auf den Rücken und blieb an der richtigen Stelle stehen.

Die Augen, die ihn betrachteten, waren unlesbar. Als Fredrik jedoch ein paar der fauligen Gewächse mit dem Fuß niedertrat und den Pflanzspaten auf die Brust des Hünen richtete, hätte er schwören können, dass der Dreckskerl grinste. Es war, als würde er anerkennen, dass Fredrik begriffen hatte, dass das Ende nahte, der Polizist aber für seine Ehre kämpfen musste. Er schien ihm damit zu versprechen, dass das Leid nicht langwierig sein würde.

Staffan Häyhä griff nach der Maske. Sie verzog sich zu Grimassen, bevor der Leim nachgab. Vermutlich wollte er, dass Fredrik so starb, mit diesem Anblick vor Augen: eine dunkle, schnaubende Vertiefung, wo die Nase abgetrennt worden war, die dicke, rot-weiße Narbe der Oberlippe und der vibrierende Stummel im Gaumen – die Reste einer Zunge. Häyhä hob das Messer und kam auf ihn zu. Schmutz fiel dorthin, wo er sich seinen Weg bahnte. Fredrik schützte sich mit dem Spaten, machte erst einen Schritt nach hinten, dann zwei, aber der Unmensch ignorierte ihn einfach und schob die Pflanzen beiseite. Fredrik bewegte sich weiter rückwärts und zog die Schultern ein … So standen sie einander direkt gegenüber, blickten argwöhnisch und aufmerksam. Fredrik machte einen Ausfallschritt, bevor er sich erneut rückwärts bewegte. Das Ungeheuer folgte ihm. Jetzt.

Mit aller ihm zur Verfügung stehenden Kraft zerrte Fredrik an dem Seil, das er hinter seinem Rücken festgehalten hatte. Der Mechanismus, der die Wärmelampe verschloss, klickte. Staffan Häyhä schaffte es gerade noch, den Kopf zu heben, bevor das meterlange, glühende Wärmeelement ihn traf.

Der Schrei, der daraufhin das Gewächshaus erfüllte, war zugleich schrill und guttural. Er beinhaltete Bestürzung, Schmerz und Wut und folgte auf den Geruch verkohlter Haut und versengten Fleischs. Das Wärmeelement hatte den monströsen Mann an Hinterkopf und Rücken getroffen und ihn zu Boden gedrückt. Häyhä warf sich herum, sodass die Wärmelampe zischend im Dreck landete.

Einen Augenblick lang blieb Fredrik stehen, fing den schockierten Blick auf und trat die Hand weg, die das Messer umklammerte.

»Ich hoffe es tut weh«, sagte er. »Du hast Frikk ermordet. Du Ungeheuer.«

Er wollte mehr sagen, kam aber nicht mehr dazu, denn draußen knallten Autotüren. Durch die dunstigen Plastikwände war es unmöglich, etwas Genaues zu erkennen, aber er hatte keine Sirenen gehört, und es blinkte auch kein Blaulicht.

Er sah zu dem Raum mit den Containern. Dort lag seine Pistole.

107

Wie lange es dauerte, bis ein splitterndes Geräusch an der Tür anzeigte, dass das Holzbrett geborsten war, wusste er nicht. Die Zeit war stehen geblieben. Es existierte nur noch der jeweilige Augenblick.

Als Haakon Bull zwischen den Containern erschien, hielt er sich die Hände vor den aufgeblähten Bauch. Hinter ihm folgte eine schmächtige Gestalt: Es war Staatssekretär Ruben Andersen, der mit gequältem Gesichtsausdruck und zitternder Hand einen messingfarbenen Revolver auf Fredrik richtete.

»Ruhig jetzt«, sagte Bull. »Ganz ruhig.«

Die Neuankömmlinge stoppten vor den offen stehenden Containertüren. Bull fixierte Fredrik, der den Blick erwiderte. Staffan Häyhä schwankte kniend von einer Seite zur anderen und wurde nur von Fredriks Griff um die Kehle aufrecht gehalten. In der anderen Hand hielt der Polizist eine Spritze. Die Kanüle bohrte sich in Häyhäs Hals, Fredriks Daumen ruhte auf dem Kolben. Bull sah kurz auf den Aufkleber.

»*Variola major.* Wie es aussieht, eine der russischen Varianten, eines der von Doktor Drange entwickelten Pockenviren. Eine gute Wahl, Fredrik. Eine richtig gute Wahl. Schwierig damit fertigzuwerden. Aber du weißt, dass wir einen Impfstoff haben?«

»Der auch dann wirkt, wenn das Virus direkt ins Blut gespritzt wird?« Fredrik starrte den fetten, lächelnden Mann zornig an. »Ich war hinter diesem Dreck jahrelang her. Selbst ein alter Bulle wie ich schnappt unterwegs ein bisschen was auf.«

Bull zuckte mit den Schultern. »Und was bringt dich zu der Annahme, dass wir es nicht einfach darauf ankommen lassen?«

»Dass ihr noch nicht geschossen habt«, entgegnete Fredrik und sah mit hervorgestreckter Brust zu Ruben Andersen. »Aber Ratten töten nicht. Sie fressen nur das, was bereits tot ist.«

Dem Staatssekretär entging Fredriks Blick nicht, doch seinen eigenen ließ er schnell ziellos umherwandern: über den Containerinhalt, über den knienden Riesen. Das Röcheln aus der entstellten Kehle schien sich durch seine Gehörgänge zu bohren. Was auch immer Ruben Andersen sich gedacht hatte, als er zustimmte, Ministerpräsident Simon Riebe zu verraten – das hier hatte er sich nicht vorgestellt.

»Ich nehme an, Sie kennen den Geruch von Öl«, fuhr Fredrik fort. »Auf dem Tisch hinter mir steht ein Gasbrenner. Wie hoch ist die Wahrscheinlichkeit, dass der Tisch umkippt, wenn er schießt und ich falle? Ich habe die Container besprenkelt. Wenn Sie zu Ihren Labors nicht Danke und Auf Wiedersehen sagen wollen, dann müssen Sie mit mir verhandeln.«

Bull bedachte ihn kurz mit einem prüfenden Blick. »Einverstanden«, sagte er langsam. »Worüber verhandeln wir?«

»Sie bekommen die Labors. Ich bekomme den Jungen, den Sie gefangen halten, Noman Iqbal.«

Bull räusperte sich. »Ich werde großzügig sein«, sagte er. »Sie können sie beide haben, sowohl die Missgeburt als auch die Mutter.«

»Kafa?«, brach es aus Fredrik heraus. »Ihr habt …«

»Wir haben sie vor der Baustelle aufgelesen. Meinst du nicht, wir hätten nicht vorausgesehen, dass du nicht alleine zum Tower kommst?«

Er stieß Andersen in die Seite. »Hol sie her«, befahl er, nahm ihm die Pistole ab und steckte sie in die Tasche seines weiten Mantels.

»Politiker«, stöhnte Bull, als die Ratte verschwunden war. »Reden viel. Und gern über sich selbst. Geht es allerdings um Taten, kann man sich nicht auf sie verlassen. Er da«, sagte er und schüttelte verächtlich den Kopf, »ist nur eine blasse Kopie seines Chefs. Simon war zumindest aus dem richtigen Holz geschnitzt. Er wusste, dass Beschlüsse einen Preis haben. Leider sah er nicht ein, dass das auch für ihn selbst galt.«

»Warum habt ihr ihn getötet?«

Bull murrte: »Wusstest du, dass Simon Riebe bekannt war, dass sich dein Sohn in der Wohnung befand, als er die Brandstiftung befahl?« Er zeigte auf Häyhä. »Selbst er hat eine Reaktion gezeigt, aber Simon war besessen davon, die Dokumente zu zerstören, nur weil er wusste, dass ihr Inhalt ihm selbst schaden würde.«

Er ging zu dem mittleren Container und drehte Fredrik den Rücken zu, während er die dröhnenden Kühlschränke und Gefriertruhen betrachtete.

»Du weißt … Der Erfolg der Organisation hängt von ihrer Unsichtbarkeit ab. Als ich Simon Riebe kennengelernt habe, war er ein Geheimagent, einer der allerbesten: clever, geistesgegenwärtig und mit den richtigen Werten ausgestattet. Dann aber packte ihn der Übermut. Er wollte es seinem Vater und seinem Großvater gleichtun und ein wichtiger Mann werden. Er wollte Anerkennung. Und Simon war der beste im Gelände und in der Politik. Ein Ministerpräsident jedoch kann seine Vergangenheit nicht unter Verschluss halten.«

Er holte mit seinen riesigen Pranken aus. »Die Tragödie auf Solro sollte sich als der Anfang vom Ende erweisen. Die Organisation hat Børre Drange seit seinem Verschwinden gejagt. Schließlich haben wir ihn ausfindig gemacht und seine Entführung geplant. Ich dachte, es wäre möglich, ihn wieder in unsere Gemeinschaft zu integrieren, Simon aber fürchtete, er würde erneut fliehen und unsere Geheimnisse vielleicht der Polizei verraten, vielleicht auch den Medien. Er wusste, dass dein Vater Dokumente gestohlen hatte und hoffte, das Feuer hätte sie zerstört. Sicher war er sich aber nicht. Was wenn Dranges Zeugenaussage zu dem Schneeball würde, der die Lawine auslöste? Was wenn andere sich entschlossen, den Mund aufzumachen? So dachte er. Es musste ein Exempel statuiert werden. Alle mussten begreifen, dass Verrat unverzeihlich war.«

Bull schnalzte mit der Zunge und wandte sich zu ihm um. »Er handelte also hinter dem Rücken der Organisation. Es endete in einer Katastrophe. Das Leben von Zivilisten wurde geopfert, und ihr habt die biologischen Waffen gefunden.«

»*Ich* habe sie gefunden«, sagte Fredrik.

»Du hast sie gefunden«, wiederholte Bull. »Ken Beiers Sohn sollte zu unserem Jäger werden. Und du hast die Viren an die aufrechte Biochemikerin Petra Johanssen weitergegeben. Da wurde es ernst. Simon kannte nur eine Antwort. Aber für jeden toten Körper, für jedes einzelne Leben, bewegte er sich einen Schritt weiter auf den Abgrund zu. Zum Schluss war die Situation nicht mehr akzeptabel.«

Er trat von den Containern weg und hielt nach dem Staatssekretär Ausschau. »Als Kari Lise Wetre Finanzministerin wurde und Riebe herausforderte, war er bereit, die von Drange auf Solro ausgebrüteten Terrorpläne zu verraten, nur um sie zu treffen. Und um seine eigenen Ziele zu erreichen, brachte der arrogante Sack die Organisation sowie ihre Operationen in Gefahr.« Bulls Gesicht nahm einen verklärten Ausdruck an. »Fällt ein morscher Baum in einen morschen Wald, kann das viele Bäume mit sich reißen.«

Häyhä murrte. Sein Rücken war inzwischen durchgestreckt, allem Anschein nach hatte er den ersten schmerzhaften Schock überwunden. »Er hier«, sagte Fredrik und verstärkte den Griff um Häyhäs Kehle, »er war Riebes Werkzeug und befolgte seine Befehle. Dennoch hat er seinen Herrn getötet.«

Bull lachte dröhnend. »Wir alle haben Simon Riebes Befehle befolgt, bis wir sie nicht mehr befolgt haben. Vermutlich ist unser Name Programm: Wir sind eine Organisation, keine Monarchie.«

»Die Organisation«, sagte Fredrik. »Wer seid ihr?«

Wieder dieses kurze, kehlige Lachen. »Wir sind die, die dafür sorgen, dass du in einem friedlichen Land lebst. Wir sind die, die Terroristen davon abhalten, deinen Arbeitsplatz in die Luft zu sprengen. Wir wachen über die Demokratie und alles, was dir lieb ist. Wir greifen ein, wenn unsere westlichen Werte auf die Wirklichkeit treffen und wir das Spiel des Feindes spielen müssen. Wir sind die, die handeln, während die Politiker reden. Wir sind deine Immunabwehr, die unsichtbaren kleinen Helferlein, die dich in dem Glauben leben lassen, dass der Mensch grundsätzlich gut ist.«

Bull hatte die Hände vor dem Bauch verschränkt und betrachtete ihn zufrieden. »Glaubst du, ich wäre enttäuscht von dir, weil du nach all der Arbeit, die wir investiert haben, um dich dort hinauf in den Tower zu lotsen, nicht geschossen hast?«

»Daran habe ich keinen Gedanken verschwendet.«

Bull zuckte mit den Schultern. »Ich bin stolz auf dich,

weil du Menschlichkeit bewiesen hast, ein denkendes, moralisches Wesen bist. Und damit verkörperst du alles, was bewahrt werden muss«, sagte er und lächelte. »Auch du bist einer von uns. Du wusstest es nur nicht.«

Die Tür knallte, und Reifen quietschten über den Boden. Kafa schob einen Rollstuhl herein, und darin saß Noman. Das entstellte Gesicht ruhte auf einem Schulterkissen, während er mit dem halb geöffneten Auge die Umgebung musterte. Als sie die ganze Szene sah, blieb sie abrupt stehen: den verunstalteten Riesen auf Knien vor Fredrik, die Spritze in Fredriks Hand und den Alten mit dem selbstsicheren Gesichtsausdruck.

»Meine Güte. Was in Gottes Namen geht hier vor sich?«

»Wir haben nur miteinander geredet«, antwortete Bull leichthin. »Über alles, was bewahrt werden muss, nicht wahr, Ruben?«

Der Staatssekretär hatte sich vor die Wand gestellt. Er antwortete nicht.

»Bewahren«, schnaubte Fredrik. »Indem man Massenvernichtungswaffen entwickelt, internationale Gesetze und Vereinbarungen bricht, geheime Operationen durchführt, Leute zum Schweigen bringt und diejenigen tötet, die nicht spuren.« Er spuckte auf den Boden. »Sie sind blind, wenn Sie tatsächlich glauben, wir hätten etwas gemeinsam.«

Bull schienen die Anschuldigungen nicht sonderlich zu interessieren. »Du erinnerst mich an deinen Vater. Er war ein guter Laborleiter, ein pflichtbewusster Ideologe. Als jedoch der Kalte Krieg vorüber war, wartete er auf den Befehl zur Abwicklung. Er war nicht in der Lage, das große Ganze in den Blick zu nehmen. Er verstand nicht, dass das Pendel hin- und herschwingt: Heute ist Frieden, morgen Krieg. Die Dokumente zu stehlen war ein ernster Fehler. Hätte er den nicht begangen, wäre dein Sohn noch am Leben.«

Die Worte brannten. Denn irgendwo tief in ihm rührten sie an einer Wunde. Wie hatte sein Vater nur so verdammt unvorsichtig sein können? Hatte er nicht begriffen, was für Konsequenzen es haben konnte, die Unterlagen in einem Bankschließfach zu verstecken und die Arbeit seinen Nachkommen zu überlassen? Seinem einzigen Sohn?

»Ich bemerke, dass du wütend wirst«, erklärte Bull. »Die Wut ist ein gutes Gefühl. Sie sagt uns, wer wir sind und was uns wichtig ist.«

Fredrik blinzelte heftig. »Nein«, sagte er langsam. »Das stimmt nicht. Mein Vater konnte ein Drecksack sein. Glauben Sie mir. Aber so funktioniert das nicht. Ken Beier hat niemanden getötet. Er hat nicht den Beschluss gefasst, Feuer in meiner Wohnung zu legen. Ihr tragt die Verantwortung für Frikks Tod. Suchen Sie sich gern die Lebenslüge aus, die Sie brauchen, um mit sich selbst im Reinen zu sein, aber an euren Fingern klebt das Blut meines Sohnes. Sonst nirgends.«

Bull sah ihn zweifelnd an und hob dann die Hände, um zu zeigen, dass Fredrik falsch lag. »Lebenslüge«, sagte er. »Das ist ein Wort, das nur verwendet werden kann, wenn ein Gespräch bald vorüber ist – wir nähern uns anscheinend dem Ende. Wie du sicher verstehst, Fredrik, ist die Situation, wie sie ist, untragbar. Solange du lebst, bist du eine Bedrohung für mich und für die Organisation. Die Verhandlungen sind beendet.«

»Meine Pistole!«, schrie Fredrik Kafa an. »Sie ist unter der Tischplatte befestigt!« Als er mit einem Nicken auf den Tisch mit dem Gasbrenner wies, spürte er einen schraubstockartigen Griff um die Hand, die die Spritze festhielt. Fredriks Daumen wurde eingeklemmt, und Staffan Häyhä warf sich nach vorn. Die Kanüle rutschte aus seiner Kehle, und Fredrik wurde von ihm mitgerissen. Es krachte, als der

Tisch umkippte, und Kafa fluchte, während sie sich mit der Pistole abmühte, die er an einem der Tischbeine befestigt hatte. Der Riese zerrte an ihm und versuchte, ihn zu Boden zu zwingen, als Bull seine Stimme erhob.

»Ich erschieße die Missgeburt.«

Haakon Bull starrte Kafa und die Pistole in ihrer Hand an und presste die Revolvermündung fester gegen Nomans Schläfe. »Und dieses Mal verwenden wir keine Gummigeschosse.«

Ein dumpfer Ton erklang, als Kafa die Waffe fallen ließ.

108

»Was wollt ihr? Was wollt ihr denn mit meinem Jungen?«

Kafa schluchzte leise. Sie kniete mit den Händen hinter dem Kopf und nur mit Hose und Top bekleidet. Fredrik hatte die gleiche Position eingenommen. Seine verletzte Schulter schmerzte. Kafas Uniformjacke, ihre kugelsichere Weste und alles, was sie in den Taschen gehabt hatten, lag jetzt auf dem Boden verstreut. Staffan Häyhä hatte sie ruppig durchsucht und ihr die Kleidung vom Oberkörper gerissen. Der Hüne schwitzte, zitterte und taumelte gebückt einige Schritte vor ihnen herum. Fredriks Pistole hatte er auf dessen Brust gerichtet, sein Blick war hasserfüllt. Der Geruch von versengter Kleidung und verbrannter Haut stach in der Nase.

Haakon Bull war zu dem fauchend auf dem Boden liegenden Gasbrenner hinübergegangen und trat dagegen. »Vermutlich war es nur ein Bluff, wie ich es mir gedacht hatte«, sagte er nachdenklich. »Ich hatte schon angenommen, dass du deine Pistole hier irgendwo versteckt hast. Die brauche ich, verstehst du? Du bist ja immerhin der Mörder des Ministerpräsidenten, der Mann, der das Landesoberhaupt getötet hat, bevor er geflohen ist und die letzte Kollegin, die noch zu ihm hielt, in einem Auto an einer Landstraße im Nirgendwo erschossen hat. Anschließend hast du dir dann mit deiner eigenen Waffe das Leben genommen. So wird man sich an dich erinnern.« Er sah auf die Uhr. »Hvalen wird bald mit dem Auto hier sein. Bis dahin können wir nichts anderes tun als warten.«

»Warum ich?«, fragte Fredrik leise.

Bull steckte den Revolver in seine Tasche zurück und zog den Mantel aus. Das Hemd darunter hatte große Schweißflecken unter den Achselhöhlen. »Du musst verstehen, dass es nichts Persönliches ist, Fredrik. Du hattest gerade eine Ermittlung abgeschlossen. Es war einfach vorauszusehen, dass du, in deiner Position als Kriminalhauptkommissar, auch bei der Ermittlung in diesem Fall eine Schlüsselrolle spielen würdest. Anfangs wollten wir dich einfach nur überwachen, weshalb wir das kleine Programm auf deinem Handy installiert haben. Wir hatten vor, dich in die Irre zu führen, falls du uns in die Quere kommen solltest, vielleicht auch dich anzuschwärzen. Deshalb brauchten wir das Heroin mit deinen Fingerabdrücken darauf.« Sein Tonfall war ebenso nüchtern wie bei ihrer Begegnung im Büro der Finanzministerin.

»Als Simon Riebe jedoch gegen Wetre in den Krieg gezogen ist und damit die ganze Organisation in Gefahr gebracht hat, habe ich mich gefragt, ob du vielleicht eine wichtigere Rolle übernehmen solltest. Schließlich hattest du uns ja schon einmal überrascht, als du den USB-Stick gefunden hast. Wir haben also lediglich die dir zugänglichen Informationen ein wenig justiert, dich zu den Fotos des Towers und des amerikanischen Botschafters geführt und dein Leben gerettet, als Riebe dich zu töten befahl. Dann haben wir dich zu dem Bankschließfach gelotst, nachdem wir vorher die letzte Seite des Dokuments entfernt hatten.«

Bull hatte den Mantel mittlerweile zusammengefaltet und legte ihn neben Ruben Andersen. Der Staatssekretär war an der Wand hinabgeglitten und hatte das Gesicht in den Händen vergraben. Es sah aus, als würde er weinen.

»Wie eine Maus in einem Labyrinth, Fredrik. Es galt nur, die richtigen Köder auszulegen. Denn schließlich bist du doch der Wanderer, wankst ziellos durchs Leben, auf der Suche nach einem Sinn hinter dem Tod deines Sohnes. Also haben wir dir ein Ziel und einen Sinn gegeben. Wir haben dir gezeigt, was tatsächlich geschehen ist, als Frikk ums Leben kam.« Er legte sich ein paar dicke Finger aufs Kinn. »Faktisch habe ich dir die Möglichkeit geschenkt, deinen Sohn zu rächen. Jetzt wo du ohnehin sterben wirst, würdest du dich vielleicht doch besser fühlen, wenn du selbst auf Riebe geschossen hättest.«

Dann wandte er sich an Kafa. »So wie sie es getan hat. Ich habe das Ganze im Wald beobachtet.« Bull versuchte Kafas Blick zu begegnen, aber sie schaute zu Boden. »Hast du dich später nicht gefragt, ob sie auch dann geschossen hätte, wenn die Kugeln aus Blei und nicht aus Gummi gewesen wären? Vielleicht hätten wir Iqbal hinter das Gewehr im Tower setzen sollen.« Bull trat näher, und Fredrik nahm den stechenden Geruch von Rasierwasser und Schweiß wahr.

»Aber… woher wusstet ihr von dem Bankschließfach? Woher wusstet ihr, dass die Dokumente doch nicht verbrannt waren?«

»Du hast es deinem Psychologen erzählt. Alles, was du von deinen Eltern hast, läge in einem Safe, hast du gesagt. Wir haben seine Notizen gelesen und in deinem Safe den Schlüssel zum Bankschließfach gefunden. Da mussten wir nur noch eins und eins zusammenzählen.«

Bull machte eine belehrende Geste. »Das ist eine Ironie des Schicksals, findest du nicht? Dein Vater hat uns verraten, und jetzt musst du sein Kreuz tragen. Ich bedauere, dass Doktor Drange das nicht miterleben kann. Er wüsste den göttlichen Aspekt daran zu schätzen.« Bull ging zu Häyhä hinüber und betrachtete den Einstich an seiner Kehle.

»Ich verstehe nicht, wie Sie mit sich selbst leben können«, sagte Fredrik. »Franke ... Er ist Ihr Freund. Sie waren bei der Beerdigung seiner Frau. Rita ist Ihretwegen gestorben.«

»Ich mag Franke«, antwortete Bull. »Er ist ein guter Jagdkamerad, aber allmählich sind seine Hände so zittrig geworden. Er traf nicht mehr allzu viel. Vermutlich hast du bereits herausgefunden, dass er mir während einer unserer Jagdtouren von seiner Krankheit erzählt hat, von dem Krankenhaus in Israel und von Siri. So fand ich anderweitig Verwendung für ihn.« Bull zögerte. »Und Rita? Natürlich tut es mir leid, dass es so enden musste, aber was ist eigentlich das Beste? Jahrelang zu leiden, während die Krankheit dich auffrisst, oder ein schneller und schmerzfreier Tod? Wäre sie ein Hund gewesen, würde niemand zweifeln.«

Bull schaute zu Kafa. Seine Stimme klang nun weicher. »Ich werde Ihre Frage beantworten. Um Noman wird man sich kümmern. Aber nicht hier und nicht Sie.«

Er hob die Spritze auf, die Fredrik auf den Boden fallen gelassen hatte und beäugte den Tropfen, der aus der Nadelspitze austrat. »Es sieht so aus, als könntest du ein bisschen davon abbekommen haben«, sagte er zu Häyhä. Er watschelte in den mittleren Container und kramte in einem der Kühlschränke herum.

»Sie verstehen das doch, Iqbal«, fuhr er fort, und seine Stimme hallte von den Stahlwänden wider. »Ihr ehemaliger Geliebter, Nadir Shah, der einäugige Arzt, tauchte einige Jahre nach der Explosion auf unserem Radar auf. Wir wussten, dass er mit den Taliban gebrochen hatte. Die Waffen, die außer Landes geschmuggelt wurden, waren für ihn. Er war im Begriff, eine neue Guerilla aufzubauen, die die Taliban in Afghanistan herausfordern wollte. Uns kam es gelegen, dass sie ihre Streitigkeiten untereinander austrugen, aber wir ahnten nicht, dass diese Gruppe noch irrer als die Priesterschaft der Taliban sein würde. Einige Jahre später taten sie sich mit Fanatikern aus dem Irak und Syrien zusammen und bildeten die Terrororganisation IS.«

Bull schien gefunden zu haben, wonach er in dem Kühlschrank gesucht hatte. »Simon Riebe wurde wütend, als Kari Lise Wetre den Vertrag missachten wollte, den er mit ihrer Vorgängerin geschlossen hatte. Mit einem Angebot zum Kauf von Überwachungsflugzeugen ist er zu den Amerikanern gegangen. Voraussetzung für den Deal sollte sein, dass sie ihren Teil der Flüchtlinge übernahmen.« Mit einem Nicken verwies Bull auf den Jungen im Rollstuhl. »Die Amerikaner waren unentschlossen. Also spielte Simon ein Ass aus: Nadir Shahs Erstgeborenen. Mit dem Jungen hoffen die Amerikaner den Arzt an den Verhandlungstisch zu zwingen oder in einen Hinterhalt zu locken.« Der Containerstahl klang hart, als er wieder herausgestampft kam. Die Spritze, nach der er gesucht hatte, hielt er in der Hand. »Wie ich bereits gesagt habe, Simon Riebe war ein Genie, ein arrogantes, egozentrisches Genie.«

Kafa weinte.

»Und so gewinnen wir«, fuhr Bull unbeeindruckt fort. »Jetzt übernimmt Kari Lise Wetre als Ministerpräsidentin. Die Flüchtlinge werden ganz oben auf ihrer Prioritätenliste stehen. Aus dem Vertrag über die Überwachungsflugzeuge kommt sie jedoch nicht mehr raus. Die Amerikaner bekommen Noman, und die Labore werden an einem geheimen Ort wieder errichtet.« Bull hielt die Spritze gegen das Licht und schnipste leicht dagegen. Dann wandte er sich an Häyhä. »Die Impfung«, sagte er. »Zur Sicherheit.« Er führte die Kanüle in den Arm des Hünen ein.

»Ihr wollt, dass Wetre Ministerpräsidentin wird?«, fragte Fredrik. »Das ist ein Staatsstreich!«

»Wetre wird eine gute Landesmutter werden«, konstatierte Bull. »Sie hat keine Ahnung von der Existenz der Organisation, und so soll es auch bleiben. Ministerpräsidenten sollten mit so etwas nicht behelligt werden. Es wird am besten von denen gehandhabt, die nicht im Rampenlicht stehen – wie ihr neuer Staatssekretär.« Er sah zu der gebeugten Gestalt an der Wand hinüber.

»Die Labors und der Junge werden mit den Flugzeugen außer Landes transportiert, die die Kampfjets begleitet haben, allerdings erst in ein paar Tagen. Die Situation muss sich nun erst einmal wieder beruhigen. Es verursacht viel Aufruhr, wenn ein Polizist einen Ministerpräsidenten ermordet.« Dann drückte er den Kolben herunter. Staffan Häyhä erzitterte leicht.

»Ich muss das Kreuz meines Vaters tragen«, sagte Fredrik. »Ein biblischer Vergleich. Aber wir tragen wohl alle ein Kreuz. Ihres muss der Hochmut sein.« Haakon Bull glotzte ihn an. Aus Häyhäs Kehle drang ein Gurgeln, während sich sein Zungenstummel im offenen Mund drehte. »Und wenn wir schon über die Bibel sprechen. Wissen Sie, was ein Judas ist?«, fuhr Fredrik fort. »Die Verräterspritze?«

Häyhä machte abrupt einen Schritt zur Seite. Der Pistolenlauf kippte abwärts.

»Das da kein Impfstoff. Der liegt im Kühlschrank nebenan. Ich habe sie vertauscht, während Sie sich damit abgemüht haben, die Tür einzutreten. Das ist die Spritze, mit der ihr Franke bedroht habt. Darin steckt genug Heroin, um ein Pferd zu töten.«

Entsetzt versuchte Bull den Aufkleber zu lesen, den Fredrik auf der Spritze befestigt hatte.

Häyhä stieß ein gurgelndes Schluchzen aus, seine Augen waren vor Panik weit aufgerissen, und er versuchte, die Pistole auf Fredrik zu richten, doch sein Körper gehorchte ihm nicht mehr. Er fiel auf die Knie, die Schultern bebten, rotweißer Schaum spritzte ihm aus der Kehle und füllte die offene Nasenhöhle. Er kippte um und blieb zuckend liegen, die Pistole rutschte ihm aus der Hand und schlitterte über den Boden.

Bevor Haakon Bull sich wehren konnte, hatte Kafa sich schon auf ihn gestürzt. Wutentbrannt traf sie ihn mit dem Ellenbogen über dem Nasenrücken, bevor sie seinen enormen Arm auf den Rücken bog. Aber Bull war stark, viel stärker als sie. Er wehrte sich, während ihm das Blut aus der Nase floss. Fredrik stemmte sich hoch, nahm Anlauf und rammte Bull die gesunde Schulter in die Brust. Durch den Aufprall verloren alle drei das Gleichgewicht und fielen hin: Haakon Bull auf Kafa, Fredrik daneben. Kafa stieß einen Schmerzensschrei aus, als Bull seine Faust in ihren Unterleib rammte. Fredrik rollte sich auf die Seite, aber der alte Ochse war schnell.

»Hilf mir doch«, schrie Bull Ruben Andersen an. »Die Pistole steckt in meiner Manteltasche!« Der Staatssekretär starrte ihn an, dann Häyhäs Leiche und den Jungen im Rollstuhl. Er rührte sich nicht vom Fleck.

Bull kniete bereits. Als er sich nach vorn warf, begriff Fredrik, was er vorhatte. Fredriks Pistole lag nur eine Armlänge von dem wild herumfuchtelnden Mann entfernt. Fredrik stürzte hinterher, versuchte ihn am Hemd oder den Armen zu packen, aber die Schmerzen in seiner Schulter waren zu heftig. Blasse Blitze zuckten vor seinen Augen, die Muskeln gehorchten nicht mehr, und die Hand ließ sich nicht kontrollieren.

Bull trat nach ihm, robbte vorwärts und …

Plötzlich schrie er auf. Ein knirschendes Geräusch von brechenden Knochen erklang. Fredrik sammelte sich. Durch den Rotschimmer sah er ihn. Es war Noman. Der Junge in dem Rollstuhl war nach vorn geschaukelt und war mit dem Rad über Haakon Bulls ausgestreckte Hand gefahren. Kafa stürzte an ihm vorbei, setzte sich auf Bulls Rücken, packte ihn an den Haaren, riss seinen Kopf nach hinten und fauchte: »Niemand nennt meinen Jungen eine Missgeburt. Er ist körperbehindert, Sie Idiot. Nicht taub. Noman bleibt bei mir.«

109

Frühling

Die gemauerte Fassade glühte seit dem frühen Morgen in der Sonne. Schmelzwasser tropfte vom Fenstergitter. Beständig kamen neue Tropfen hinzu, und das Wasser rann weiter.

So sollte es weitergehen, bis der letzte Rest des Winters verdunstet war. Dann kämen der nächste Winter und neue Schneefälle, dann ein neuer Frühling und neue warme Frühlingstage, neue Ansammlungen von altem Schnee würden schmelzen und wieder verschwinden.

Das Wasser lernte nie. Es tat nur, was es immer getan hatte: Gefrieren, schmelzen und verdampfen, und das tat es ohne Fehl und Tadel, niemals zu spät und niemals zu früh. Es benahm sich so, wie Gott es vorgesehen hatte.

Konnte man das Gleiche über uns Menschen sagen? Über Simon Riebe, über Haakon Bull und über die schmächtige Gestalt, die mit hervorquellenden Augen, vollgepinkelter Jogginghose und schiefem Nacken von dem Strick an der Decke baumelte?

Gefängniswärter Bredo Holm, unter Freunden einfach das Streichholz genannt, kümmerte es nicht. Er wusste nur, dass der Alarm seit fast fünf Minuten heulte. Als er auf dem Flur die Laufschritte der Kollegen vernahm, packte er die Oberschenkel des Mannes und rief. »Hilfe! Helft mir doch! Er atmet nicht mehr!«

»Heute Nachmittag ist der frühere Staatssekretär Ruben Andersen tot in seiner Zelle im Osloer Gefängnis aufgefunden worden«, sagte die Stimme aus dem Fernseher. »Damit ist Regierungsberater Haakon Bull nun der einzige Angeklagte wegen des Mordes an Ministerpräsident Simon Riebe. Gestern wurden für ihn weitere vier Wochen U-Haft mit Post- und Besuchsverbot verhängt. Wie TV 2 in Erfahrung bringen konnte, wird gegen ihn auch wegen Beteiligung an mehreren anderen Morden und Todesfällen ermittelt, darunter der Mord an der TV 2-Reporterin Benedikte Stoltz. Gegen Bull wird zudem wegen des Verstoßes gegen Paragraf 112 des Strafgesetzbuches ermittelt, der die *Grobe Verletzung von Norwegens Unabhängigkeit und Frieden* sanktioniert. Im Gegensatz zu Ruben Andersen weist Bull bekanntermaßen alle gegen ihn erhobenen Vorwürfe zurück.«

Polizeipräsident Trond Anton Neme drehte die Lautstärke des Fernsehapparates herunter und wandte sich zu ihm um.

»Gibt es denn nichts, was ich noch sagen kann, um Sie zu überreden?«

»Nein«, sagte Fredrik. »Nichts.«

»Und Sie sind sicher, dass Sie nicht einmal eine kleine Abschiedsfeier wünschen? Ein bisschen Kuchen und einen Kaffee mit den Kollegen?«

»Nein, was soll's. Sparen Sie sich das Lob für jemanden auf, der es braucht.«

»Nun«, sagte Neme. »Dann will ich nur Danke sagen. Und Auf Wiedersehen.«

Es stach in Fredriks Schulter, als sie einander die Hand gaben, bald aber würde die Wunde vernarbt sein. Neme ließ ihn allein im Großraumbüro zurück. Der Schreibtisch war fast leergeräumt, der Pappkarton, den er auf der Tischplatte abgestellt hatte, war hingegen voll. Lediglich die Decke, die die Polizei bei der Durchsuchung seiner Wohnung beschlagnahmt hatte, war noch da. Frikks Decke. Sie war auseinandergefaltet und für alle anderen nur ein trauriger Fetzen Stoff, vergilbt und voller alter, herausgeplatzer Daunen, aber nicht für ihn. Fredrik hielt sie sich an die Nase. Noch immer meinte er den Geruch seines Sohnes zu erahnen. Am auffälligsten war jedoch der Geruch, der nun nicht mehr in dem Stoff hing. Ein Geruch, der so festgesessen hatte und den zu entfernen so unmöglich erschienen war: der Geruch von Scham. Der Geruch von Schuld.

Fredrik klemmte den Pappkarton unter den Arm und brach auf. Am Empfang lieferte er seine Zugangskarte ab. Als er die Sicherheitsschleuse des Polizeipräsidiums gerade durchqueren wollte, erklang hinter ihm ein klarer Bariton.

»Fredrik!« Polizeidirektor Sebastian Koss kam entschlossenen Schrittes die Treppe herunter.

»Sebastian«, antwortete Fredrik. »Hat der Polizeipräsident dich geschickt? Mein Entschluss ist endgültig.«

»Weißt du, was ich immer an dir gemocht habe?«, sagte Koss und streckte eine Hand aus.

»Das meiste, vermute ich.« Fredrik ergriff die Hand.

Koss prustete. »Es war ein Ausdruck, mit dem du dich vor einer Weile mal gebrüstet hast. Ockhams Rasiermesser. Ich hab das nicht mehr aus dem Kopf gekriegt, also habe ich es nachgeschlagen. Die einfachste Erklärung ist in der Regel die richtige. Was wenn ich einfach nur gekommen bin, um mich zu verabschieden?«

»Nun«, sagte Fredrik, »das wüsste ich zu schätzen.«

Die beiden Männer ließen einander los.

»Grüß Kafa und den Bengel von mir. Sag ihr, dass wir uns darauf freuen, sie zurückzubekommen.«

Fredrik lächelte. Für Kafa und ihren Sohn gab es keine Notwendigkeit mehr, sich zu verstecken. Bald sollte der Prozess gegen Haakon Bull beginnen, und Nomans Geschichte würde bekannt werden. Der Junge ging mittlerweile zur Schule in eine Einrichtung, die speziell auf Schüler mit besonderen Bedürfnissen ausgerichtet ist, und er fühlte sich dort wohl – er blühte auf, wie es eine der Lehrerinnen Kafa gegenüber formuliert hatte. Selbstverständlich musste er weiterhin bewacht werden, schließlich war der einäugige Arzt noch immer irgendwo da draußen. Vielleicht aber war Noman jetzt sicherer, wo alle davon erfuhren. Dann passten auch alle auf. So hatte Fredrik früher auch gedacht: dass Menschen Menschen brauchen.

»Und wo geht die Reise jetzt hin?«

»Nach Marokko«, antwortete Fredrik. »Ein voller Tank, ein halb volles Portemonnaie, Therese und ich.«

»Hochzeitsreise?«

»Das wäre zu viel gesagt.«

Therese wartete im Park vor dem Präsidium, küsste ihn und streichelte ihm über die Hand, als sie ihm das Hundehalsband reichte.

»Wie ist es gelaufen?«

»Gut«, sagte Fredrik.

»Wir müssen uns beeilen«, sagte sie. »Kafa hat Noman bereits abgeholt, und Victoria hat im Restaurant einen Fensterplatz reserviert, dann haben wir Houdini draußen im Blick.«

Fredrik betrachtete das Tier, das um seine Füße herumschwänzelte. Sein Fell war gepflegt und sauber, und es wedelte mit dem Schwanz. Die Hündin humpelte ein wenig mit dem einen Hinterlauf, und das würde sich auch nie mehr ändern, aber schließlich humpelte auch Fredrik ein wenig.

So gesehen passten sie gut zusammen. Er dachte, das würde ihn immer daran erinnern, dass wir alle unsere Vergangenheit mit uns herumtragen. Sie macht uns zu dem, was wir sind.

Aber sie bestimmt nicht, wer wir werden.

Epilog

Die Sonne loderte, und es stand nicht eine Wolke am Himmel. Hinter dem kugelsicheren Glas war das Gezwitscher der Singvögel in den Baumkronen unmöglich zu hören. Ministerpräsidentin Kari Lise Wetre zupfte ein wenig am Stoff der neuen Gardinen herum und grübelte, ob ihr Vorgänger wohl auch einmal so dagestanden hatte, ob auch er das Schloss hinter den Bäumen des Schlossparks betrachtet und eine solche Ehrfurcht vor dem verspürt hatte, was ihn hier erwartete.

Sie schnalzte zurückhaltend mit der Zunge und drehte sich um. Das Porträt von Simon Riebe stand noch immer auf dem Büfett, zwischen dem Strauß Frühlingsblumen und der brennenden Kerze. Selbst jetzt spürte sie seinen Blick noch auf sich. Wäre sie allein gewesen, hätte sie das Foto umgedreht.

Stattdessen wanderte die frisch vereidigte Landesmutter langsam am Konferenztisch entlang und ließ den Blick auf den Deckenlampen ruhen. Es waren unzählige kleine Glühbirnen, die wie die Zweige eines Busches zusammengebunden waren. Was sollten sie symbolisieren? Dass das Land, das sie nun leiten würde, ein Gewimmel aus hellen Köpfen, guten Ideen und Schaffenskraft war? Oder ein Bollwerk aus Kräften, die nur den eigenen Interessen dienten? So hatte Riebe es vermutlich gesehen. Als ein Gewirr, unlösbar für andere außer ihn selbst.

Sie goss eine Tasse Kaffee ein, dann noch eine. »Milch oder Zucker?«, fragte sie, ohne sich umzusehen.

»Nein, danke«, antwortete die Frau, die auf der anderen Seite des Tisches an der Wand stand. »Ich trinke ihn schwarz.«

Kari Lise Wetre drehte sich um. Die gelockten dunkelroten Haare der anderen Frau lagen über dem Kragen der kurzen Jacke, ihr Rock saß stramm, ihre Lippen waren rot und die Augen meerblau. Als sie einander begrüßt hatten, hatte die Ministerpräsidentin einen schwachen Duft nach Vanille und Zimt wahrgenommen.

Mit der Hand bot Wetre ihr einen Platz an. Sie schob die eine Kaffeetasse über den Tisch und hielt sich ihre eigene unter die Nase. »Nun?«, fragte sie und atmete die scharfen Aromen ein. »Es war an der Zeit, einander von Angesicht zu Angesicht zu begegnen. Wie soll ich Sie nennen? Hvalen? Oder Cecilia?«

Intelligent, brisant und hochaktuell – die spannende Erfolgsreihe von SPIEGEL-Bestsellerautor Ingar Johnsrud!

978-3-7645-0587-5

978-3-7645-0588-2

978-3-7645-0589-9

Lesen Sie mehr unter: **www.blanvalet.de**

Drei, zwei, eins – wenn der Countdown-Mörder zählt, fließt Blut …

480 Seiten. ISBN 978-3-7341-0894-5

An dem Tag, als die Autorin Sonja Nordstrøm verschwindet, sollte sie zur Premiere ihres Buches »Ewige Erste« erscheinen. Dass sie nicht auftaucht, veranlasst die Promi-Reporterin Emma Ramm, Nordstrøm zu Hause aufzusuchen. Die imposante Villa ist leer, doch eine am Fernseher angebrachte Zahl weckt Emmas Neugierde: die Nummer Eins. Alexander Blix vom Osloer Dezernats für Gewaltverbrechen ist der nächste, der eine Zahl findet: die Nummer Sieben, und zwar auf der Leiche eines Mannes, der in Sonja Nordstrøms Sommerhaus gefunden wird … Was Emma und Alexander noch nicht wissen: Ein Countdown hat begonnen, und er wird in Blut enden.

Lesen Sie mehr unter: **www.blanvalet.de**